【臺灣現當代作家
研究資料彙編】12

琦　君

國立台灣文學館
出版

主委序

　　臺灣文學發展至今，已蓄積可觀且沛然的能量，尤於現當代文學領域，作家們的精彩創作與文學表現，成績更是有目共睹。對應日益豐饒的文學樣貌，全面梳理研究資源、提昇資料查考與使用的便利性，也就格外重要。

　　本會所屬國立台灣文學館自成立以來，即著力於臺灣文學史料之研究、整理及數位化，迄今已積累相當成果，民眾幾乎可在彈指之間，獲取相關訊息及寶貴知識；為豐富臺灣文學研究基礎，繼 99 年出版收錄 310 位現當代作家評論資料的《臺灣現當代作家評論資料目錄》後，今（100）年進一步延伸建置「臺灣現當代作家研究資料庫」，將現當代文學作家及系列作品建構起多向查考、運用的整合機制，不僅得以逐步完善 310 位現當代作家評論資料的確切性及新穎度，研究者亦能更加便捷地掌握研究概況、動態，進而開闢不同的研究路徑及視野。

　　為深化既有成果，也同步推動「臺灣現當代作家研究資料彙編計畫」，預計分年完成自臺灣新文學之父賴和以降，50 位現當代重要作家研究資料彙編，系統性纂輯、呈現作家手稿、影像、文學年表、研究綜述、評論文章及目錄、歷史定位與影響等。目前已完成第一階段賴和等 15 位重要作家研究資料彙編工作，此為國內現行唯一全方位的臺灣現當代文學工具書，也是研究臺灣作家、文學發展的重要讀本依據，乃極具代表性意義的起點，搭配前述資料庫，相信能為臺灣文學研究奠定益加厚實的根基；亦祈各方不吝指正，以匯聚更多參與及持續前行的能量。

行政院文化建設委員會主任委員

館長序

　　近幾年，臺灣現當代文學的研究，朝著跨領域整合的方向在發展，但不管趨勢如何，對於作家及其作品的理解與詮釋，恆是最基本且是最重要的工作。因此，作家到底是一個什麼樣的人？他的出身、學經歷究竟如何？他在哪些主客觀條件下從事寫作？又怎麼會寫出那樣的一些作品？這些都有助於增加理解；進一步說，前人究竟如何解讀作家的為人和他之所作？如何評述其文學風格及成就？這些相關文獻提供了我們重新展開深入探索的基礎，了解前修有所未密，後出才能轉精。

　　當臺灣文學在 1980 年代獲得正名，在 1990 年代正式進入學院體制，「學科化」就彷彿是一場學術運動，迄今所累積的研究成果已極可觀，如果把前此多年在文學相關傳媒所發表的評論資料納入，則可稱之為臺灣文學的「研究資料」，以作家之評論而言，根據國立台灣文學館委託台灣文學發展基金會所蒐羅的作家評論資料（310位作家，收錄時間下限是 2009 年 8 月），總計近九萬筆。這龐大的資料，已於去年編印成八巨冊的《臺灣現當代作家評論目錄》；在這樣的基礎上，以個別作家為考量的「研究資料彙編」計畫，其第一階段的成果即將出版（15 冊），如果順利，二、三年內將會累積到50 冊。

　　「臺灣」是我們生存的空間，「現當代」約指新文學發生以降迄今，「作家」特指執筆為文且成家者。臺灣現當代作家之所以值得研

究，乃是因為他們以其智慧和經驗創造了許多珍貴的文學作品，反映並批判社會，饒富現當代意義，如果能夠把他們的研究資料集中，對於正在學習或有文學興趣的讀者，應該會有莫大的助益。

　　賴和被尊稱為臺灣新文學之父，他出生於甲午戰爭那一年（1894），爾後出生的作家，含在臺灣土生土長，以及從中國大陸來臺者，人數非常多，如何挑選重要作家，且研究資料相對比較豐富者，是一件不容易的事，這就需要專家的參與；基本上，選人要客觀，選文要妥適，編選者要能宏觀，且能微視，才能提出有說服力的見解。

　　毫無疑問，這是一個重大的人文基礎建設，由政府公部門（國立台灣文學館）出資，委託深具執行力的社會非營利組織（台灣文學發展基金會），動員諸多學術菁英（顧問群、編選者）來共同完成，有效的運作模式開創一種完美的三合一典範，對於臺灣文學，必能發揮其學科深化的作用，且將有助於臺灣文學的永續發展。

國立台灣文學館館長　李瑞騰

編序

◎封德屏

緣起

　　1995 年 10 月 25 日，在臺灣師範大學教育大樓的 201 室，一場以「面對臺灣文學」為題的座談會，在座諸位學者分別就臺灣文學的定義、發展、研究，以及文學史的寫法等，提出宏文高論，而時任國家圖書館編纂張錦郎的「臺灣文學需要什麼樣的工具書」，輕鬆幽默的言詞，鞭辟入裡的思維，更贏得在座者的共鳴。

　　張先生以一個圖書館工作人員自謙，認真專業地為臺灣這幾十年來究竟出版了多少有關臺灣文學的工具書，做地毯式的調查和多方面的訪問。同時條理分明地針對研究者、學生，列出了十項工具書的類型，哪些是現在亟需的，哪些是現在就可以做的，哪些是未來一步一步累積可以達成的，分別做了專業的建議及討論。

　　當時的文建會二處科長游淑靜，參與了整個座談會，會後她劍及履及的開始了文學工具書的委託工作，從 1996 年的《臺灣文學年鑑》起始，一年一本的編下去，一直到現在，保存延續了臺灣文學發展的基本樣貌。接著是《中華民國作家作品目錄》的新編，《臺灣文壇大事紀要》的續編，補助國家圖書館「當代文學史料影像全文系統」的建置，這些工具書、資料庫的接續完成，至少在當時對臺灣文學的研究，做到一些輔助的功能。

　　2003 年 10 月，籌備多年的「台灣文學館」正式開幕運轉。同年五月《文訊》改隸「財團法人台灣文學發展基金會」，為了發揮更大的動能，開始更積極、更有效率地將過去累積至今持續在做的文學史料整理出來，讓

豐厚的文藝資源與更多人共享。

　　於是再次的請教張錦郎先生，張先生認爲文學書目、作家作品目錄、文學年鑑、文學辭典皆已完成或正在進行，現在重點應該放在有關「臺灣現當代作家評論資料目錄」的編輯工作上。

　　很幸運的，這個計畫的發想得到當時臺灣文學館林瑞明館長的支持，於是緊鑼密鼓的展開一切準備工作：籌組編輯團隊、召開顧問會議、擬定工作手冊、撰寫計畫書等等。

　　張錦郎老師花了許多時間編訂工作手冊，每一位作家的評論資料目錄分爲：

　　（一）生平資料：可分作者自述，旁人論述及訪談，文學獎的紀錄。

　　（二）作品評論資料：可分作品綜論，單行本作品評論，其他作品（包括單篇作品）評論，與其他作家比較等。

　　此外，對重要評論加以摘要解說，譬如專書、專輯、學術會議論文集或學位論文等，凡臺灣以外地區之報刊及出版社，於書名或報刊後加註，如中國大陸、香港、新加坡等。此外，資料蒐集範圍除臺灣外，也兼及中國大陸、香港、新加坡、日本、韓國及歐美等地資料，除利用國內蒐集管道外，同時委託當地學者或研究者，擔任資料蒐集工作。

　　清楚記得，時任顧問的學者專家們，都十分高興這個專案的啓動，但確定收錄哪些作家名單時，也有不同的思考及看法。經過充分的討論後，終於取得基本的共識：除以一般的「文學成就」爲觀察及考量作家的標準外，並以研究的迫切性與資料獲得之難易度爲綜合考量。譬如說，在第一階段時，作家的選擇除文學成就外，先考量迫切性及研究性，迫切性是指已故又是日治時期臺籍作家爲優先，研究性是指作品已出土或已譯成中文爲優先。若是作品不少而評論少，或作品評論皆少，可暫時不考慮。此外，還要稍微顧及文類的均衡等等。基本的共識達成後，顧問群共同挑選出 310 位作家，從鄭坤五、賴和、陳虛谷以降，一直到吳錦發、陳黎、蘇偉貞，共分三個階段進行。

　　張錦郎教授修訂的編輯體例，從事學術研究的顧問們，一方面讚嘆「此目錄必然能成為類似文獻工作的範例」，但又深恐「費力耗時，恐拖延了結案時間」，要如何克服「有限時間，高度理想」的編輯方式，對工作團隊確實是一大挑戰。於是顧問們群策群力，除了每人依研究領域、研究專長認領部分作家外（可交叉認領），每個顧問亦推薦或召集研究生襄助，以期能在教學研究工作外，為此目錄盡一份心力。

　　「臺灣現當代作家評論資料目錄」專案計畫，自 2004 年 4 月開始，至 2009 年 10 月結束，分三個階段歷時五年六個月，共發現、搜尋、記錄了十餘萬筆作家評論資料。共經歷了三位專職研究助理，近三十位兼任研究助理。這些研究助理從開始熟悉體例，到學習如何尋找資料，是一條漫長卻實用的學習過程。

接續

　　本來以為五年的專案工作可以暫時告一段落，但面對豐盛的研究成果，無論是參與這個計畫的顧問或是擔任審查工作的專家學者，都希望臺灣文學館能在這樣的基礎下挖深織廣，嘉惠更多的文學研究者。

　　「臺灣現當代作家評論資料目錄」的專案完成，當代重要作家的研究，更可以在這個基礎上，開出亮麗的花朵。於是就有了「臺灣現當代作家研究資料彙編暨資料庫建置計畫」的誕生。為了便於查詢與應用，資料庫的完成勢在必行，而除了資料庫的建置外，這個計畫再從 310 位作家中精選 50 位，每人彙編一本研究資料，內容有作家圖片集，包括生平重要影像、文學活動照片、手稿及文物，小傳、作品目錄及提要、文學年表。另外每本書分別聘請一位最適當的學者或研究者負責編選，除了負責撰寫五千至一萬字的作家研究綜述外，再從龐雜的評論資料中挑選具有代表性的評論文章，全文刊載，平均 12～14 萬字，最後再附該作家的評論資料目錄，以期完整呈現該作家的生平、創作、研究概況，其歷史地位與影響。

　　由於經費及時間因素，除了資料庫的建置，資料彙編方面，50 位作家

分三個階段完成。第一階段挑選了 15 位作家，體例訂出來，負責編選的學者專家名單也出爐了，於是展開繁瑣綿密的編輯過程。一旦工作流程上手，才知比原本預估的難度要高上許多。

首先，必須掌握 15 位編選者的進度這件事，就是極大的挑戰。於是編輯小組在等待編選者閱讀選文的同時，開始蒐集整理作家生平照片、手稿，重編作家年表，重寫作家小傳，尋找作家出版品的正確版本、版次，重新撰寫提要。這是一個極其複雜的工程。要將編輯準則及要素傳達給毫無編輯經驗的助理，對我來說，就是一個極大的考驗。於是，邊做邊教，還好有認真負責的專任助理宇霈，以及編輯老手秀卿下海幫忙，將我的要求視爲使命必達，讓整個專案在「高壓政策」下，維持了不錯的品質及進度。

當然，內部的「高壓政策」，可以用身教、言教的方法執行，但要八位初出茅廬的助理，分別盯牢 15 位編選的學者專家，無疑是一件「非常人」可以勝任的工作。學者專家個個都忙，如何在他們專職的教學及行政工作之外，把這件有意義的編選工作如期完工，另外還得加上一篇完整的評論綜述，這可是要大智慧、大勇氣的編輯經驗了。

有些編輯經驗可以意會，不可言傳，這是多年血淚交織的經驗與心得，短時間要他們全然領會實在有些困難。但迫在眉睫的工作總得完成，於是土法煉鋼也好，揠苗助長也罷，一股腦全使上了。在智慧權威、老練成熟的學者專家面前，這些初生之犢的年輕助理展現了大無畏的精神，施展了編輯教戰手冊中的第一招——緊迫盯人。看他們如此生吞活剝地貫徹我所傳授的編輯要法，心裡確實七上八下，但礙於工作繁雜，實在無法事必躬親，也只好讓他們各顯身手了。

縱使這些新手使出了全部力氣，無奈工作的難度指數偏高，進度遇到瓶頸，大夥有些喪氣，這時就得靠意志力及精神鼓舞了。我曉以大義的說，他們正在光榮地參與一個重要的文學工程，絕對不可輕言放棄。

成果

　　雖然過程是如此艱辛，可是終究看到豐美的成果。每位編選者雖然忙碌，但面對自己負責的作家資料彙編，卻是一貫地認真堅持。他們每人必須面對上千或數百筆作家評論資料，挑選重要或關鍵性的評論文章，全面閱讀，然後依照編選原則，挑選評論文章。助理們此時不僅提供老師們所需要的支援，統計字數，最重要的是得找到各篇選文作者，取得同意轉載的授權。在進度流程初估時，我們錯估了此項工作的難度，因為許多評論文章，發表至今已有數十年的光景，部分作者行蹤難查，還得輾轉透過出版社、學校、服務單位，尋得蛛絲馬跡，再鍥而不捨地追蹤。

　　除了挑選評論文章煞費苦心外，每個作家生平重要照片，我們也是採高標準的方式去蒐集，過世作家家屬、友人、研究者或是當初出版著作的出版社，都是我們徵詢的對象。認真誠懇而禮貌的態度，讓我們獲得許多從未出土的資料及照片，也贏得了許多珍貴的友誼。例如楊逵的兒子楊建、孫女楊翠，龍瑛宗的兒子劉知甫，張文環的女兒張玉園，楊熾昌的兒子楊皓文，鍾理和的兒子鍾鐵民、孫女鍾怡彥及鍾舜文，梁實秋的女兒梁文薔，呂赫若的兒子呂芳卿、呂芳雄等，我們和他們一起回憶他們的父祖輩可敬可愛的文學人生。

　　閱讀諸篇評論文章，對先民所處的時代有更多的同情與瞭解。從日本研究臺灣文學的學者尾崎秀樹〈臺灣文學備忘錄——臺灣作家的三部作品〉一文中，可以清楚瞭解臺灣人作家對日本殖民統治的意識，乃由抵抗而放棄以至屈服的傾斜過程。向陽認為，其中也能發現少數因主流思潮的覆蓋而晦暗不明的作家，例如不為時潮所動，堅持以超現實主義書寫的楊熾昌。然而經過時間的考驗，曾經孤獨的創作者，終究確立了他在臺灣文學史上的地位。

　　在閱讀中，許多熟悉的名字不斷出現。1962 年，張良澤以一個成大中文系學生的身分，拜訪了鍾理和遺孀，且立下了今後整理臺灣文學史料的

志業。1977 年 9 月，張良澤主編的《吳濁流作品集》，堂堂六冊由遠行出版。1979 年 7 月，鍾肇政、葉石濤、張恆豪、林梵、羊子喬等人編纂《光復前臺灣文學全集》，由遠景出版，這些作家、學者、出版家，都為早期臺灣文學的研究貢獻了心力。

1987 年 7 月臺灣解嚴，臺灣文學研究的風潮日漸蓬勃。1990 年 4 月23 日，《民眾日報》策劃「呂赫若專輯」，標題為〈呂赫若復出〉；1991 年前衛出版社林文欽出版「臺灣作家全集・短篇小說卷・日據時代」；1997年自真理大學開始，臺灣文學系所紛紛成立，臺灣文學體制化的脈動，鼓舞了學院師生積極從事日治時期臺灣文學史料的蒐集。這股風潮正如陳萬益所言，不只是文獻的出土，也是一種心態的解嚴，許多日治時期作家及其家屬，終於從長期禁錮的氛圍中解放。許俊雅認為，再加上當初以日文創作的作家作品，也在 1990 年代後被逐漸翻譯出來，讀者、研究者在一個開放的空間，又免除語文的障礙，而使臺灣文學研究開始呈現多元的風貌。

1990 年開始，各地縣市文化中心（文化局），對在地作家作品集的整理出版，以及臺灣文學館成立後對日治時期作家以迄當代重要作家全集的編纂，對臺灣文學之作家研究，也有了很好的促進作用。《鍾理和全集》、《鍾肇政全集》、《楊逵全集》、《張文環全集》、《呂赫若日記》、《葉石濤全集》、《龍瑛宗全集》，如雨後春筍般持續展開。「臺灣意識」的興起，使本土文學傳統快速的納入出版與研究行列。

每位編選者除了概述作家的研究面向外，均有獨到的觀察與建議。陳建忠細論賴和及其文學接受史的演變歷程後，建議未來研究者回歸到賴和文學本體與專業研究方向；張恆豪除抽絲剝繭細述「吳濁流學」的接受及演變歷程外，並建議幾個有關吳濁流及《亞細亞的孤兒》尚待關注及努力的議題；須文蔚建議未來的研究者，可從紀弦 1950～1960 年跨區域文學傳播角度出發，彙整紀弦對上海、香港、臺灣及東南亞華文地區詩歌的影響；或從紀弦主編過的《火山》詩刊、《新詩》月刊等著手，從文學社會學

或文學傳播的角度出發。柳書琴、張文薰為顧及張文環多元面向，除一般期刊論文外，亦選譯尚未譯介的論文，希望展示海內外不同世代之路徑與成果；應鳳凰以深入 50 年代文本的研究基礎，將鍾理和的研究收納得更為寬廣。彭瑞金則分別對葉石濤及鍾肇政進行深入細膩的研究，以及熟稔精密的剖析，他認為葉石濤文學是長期累積的成果，他所選錄的 20 篇葉石濤相關評論文章，代表各種背景的評論者、評介者閱讀葉石濤文學的方法；而鍾肇政上千筆的研究資料，呈現的多是鍾肇政文學的外圍研究，較少從文學的角度去探求解析。清理分析成果後，才可以作為續航前進的動力。

　　然而在近二十年本土文學興盛的臺灣文學研究中，是不是也有遺漏與偏失？陳信元的〈兩岸梁實秋研究述評比較〉，也足以讓我們思考。陳義芝除肯定覃子豪詩藝的深度與厚度，以及對後繼青年的影響外，如果從文獻蒐集、詮釋的角度來看，他認為覃子豪研究仍有尚未開發的議題。

　　學者兼作家的周芬伶，對琦君的剖析與論述細微而生動，她細膩的文字觀察，清楚道出琦君研究的未到之處；張瑞芬則以明快的文字，將林海音一生的創作、出版與編輯完整帶出，也比較了評論者對林海音小說、散文表現的不同看法，相同的則是林海音編輯生涯中對作家的提攜與貢獻。

期待

　　感謝臺灣文學館持續支持推動這兩個專案的進行。「臺灣現當代作家評論資料目錄」的完成，呈現的是臺灣文學研究的總體成果；「臺灣現當代作家研究資料彙編」套書的出版，則是呈現成果中最精華最優質的一面，同時對未來的研究面向與路徑，做最好的建議。我們可以很清楚的體會，這是一條綿長優美的臺灣文學接力賽，我們十分榮幸能參與其中，我們更珍惜在傳承接力的過程，與我們相遇的每一個人，每一件讓我們真心感動的事。我們更期待這個接力賽，能有更多人加入。誠如張恆豪所說「從高音獨唱到多元交響」，這是每一個人所期待的。

編輯體例

一、本書編選之目的，爲呈現琦君生平、著作及研究成果，以作爲臺灣文學相關研究、教學之參考資料。

二、全書共五輯，各輯內容及體例說明如下：

　　輯一：圖片集。選刊作家各個時期的生活或參與文學活動的照片、著作書影、手稿（包括創作、日記、書信）、文物。

　　輯二：生平及作品，包括三部分：

　　　　1.小傳：主要內容包括作家本名、重要筆名，生卒年月日，籍貫，及創作風格、文學成就等。

　　　　2.作品目錄及提要：依照作品文類（論述、詩、散文、小說、劇本、報導文學、傳記、日記、書信、兒童文學、合集）及出版順序，並撰寫提要。不收錄作家翻譯或編選之作品。

　　　　3.文學年表：考訂作家生平所進行的文學創作、文學活動相關之記要，依年月順序繫之。

　　輯三：研究綜述。綜論作家作品研究的概況，並展現研究成果與價值的論文。

　　輯四：重要文章選刊。選收國內外具代表性的相關研究論文及報導。

　　輯五：研究評論資料目錄。收錄至 2010 年 10 月底止，有關研究、論述臺灣現當代作家生平和作品評論文獻。語文以中文爲主，兼及日文和英文資料。所收文獻資料，以臺灣出版爲主，酌收中國大陸、香港、日本和歐美國家的出版品。內容包含三部分：

　　　　1.「作家生平、作品評論專書與學位論文」下分爲專書與學位論文。

　　　　2.「作家生平資料篇目」下分爲「自述」、「他述」、「訪談」、「年表」、「其他」。

　　　　3.「作品評論篇目」下分爲「綜論」、「分論」、「作品評論目錄、索引」、「其他」。

目次

輯一◎圖片集

影像◎手稿◎文物

幼年時在溫州老家，中立者是琦君的父親抱著妹妹，站在
父親前的小女孩就是琦君。（翻攝自《與我同車》紀念珍
藏版，九歌出版社）

琦君中學時期，於杭州蔣莊。（翻攝自《琦君的
世界》，爾雅出版社）

1945年，抗戰勝利後，琦君在浙江高等法院圖書
館。（翻攝自《琦君的世界》，爾雅出版社）

1950年8月，琦君與李唐基結婚照。（以下未註明翻攝者，皆由國立中央大學中國文學系琦君研究中心提供）

琦君與《自由中國》雜誌作家們出遊。後排右起：柏楊、
周棄子、琦君、歸人、聶華苓、黃中（《自由中國》編
輯）、李唐基。（翻攝自《玻璃筆》紀念珍藏版，九歌出
版社）

1950年代，琦君在司法行政部擔任部長秘書，與部長
鄭彥棻合影。

1950年代，琦君與丈夫李唐基、兒子李一楠
在杭州南路寓所前。（翻攝自《玻璃筆》
紀念珍藏版，九歌出版社）

1950年代,琦君與文友合影。後排右起王琰如、琦君、余夢燕、劉枋、沉櫻、潘人木、俞大采、張明;前排右起唐舜君、蝴蝶、顧正秋、金素琴。(翻攝自《玻璃筆》紀念珍藏版,九歌出版社)

1950年代,琦君與文友接受軍中之聲訪問合影。右起林海音、琦君、張明、畢璞、潘人木、孟瑤。

1950年代,琦君夫婦(左二、右一)與中國文藝協會創始人陳紀瀅夫婦於其寓所前合影。

1963年5月4日，獲頒中國文藝協會舉辦之第四屆文藝獎
章散文創作獎章，琦君（右三）與上官予、王慰成、郭
燕嶠、傅崇文和蔣經國先生（左三）合影。（翻攝自
《玻璃筆》紀念珍藏版，九歌出版社）

1965年，琦君（中）與謝冰瑩
（左）、蓉子（右）代表臺灣
省婦女寫作協會訪韓。（翻攝
自《玻璃筆》紀念珍藏版，九
歌出版社）

琦君夫婦和她的妹妹潘樹珍（右）妹夫杜薌之（左二）
攝於東海大學杜薌之的書房。（翻攝自《琦君的世
界》，爾雅出版社）

1960年代，琦君與幼年時偶像
——影星胡蝶合照，因而寫了
散文〈胡蝶迷〉。

1970年，以《紅紗燈》獲頒中山文藝散文獎，由王雲五先生頒贈。（翻攝自《玻璃筆》紀念珍藏版，九歌出版社）

1972年3月，琦君（左三）參加中華民國友好訪問團，參觀位於夏威夷珍珠港的亞利桑納戰艦紀念館。

1975年，琦君夫婦（左二、右一）出席香港國民外交協會與會長合影。（翻攝自《琦君的世界》，爾雅出版社）

1978年，第一次赴美與兒子李一楠在紐約市區。（翻攝自《與我同車》紀念珍藏版，九歌出版社）

1978年，與丈夫及夏志清、唐德剛夫婦，前往太空科學家丘宏義家中作客並合影留念。前排左起：夏志清、琦君、丘夫人、唐夫人，後排左起唐德剛、丘宏義。

1979年中秋，琦君夫婦（右一、二）在美國紐約哥倫比亞大學與夏志清（左一）、李又寧（左二）合照。（翻攝自《與我同車》紀念珍藏版，九歌出版社）

琦君與文友歡聚。前排右起黃文範、琦君、橋橋、姚宜瑛；後排右起楊牧、彭歌、思果、何凡、羅青、余光中、瘂弦。（翻攝自《琦君的世界》，爾雅出版社）

在林海音家中。後排左起：何凡、殷允芃、琦君、林海音、季季、心岱、七等生；中排右起朱立民、齊邦媛、左一為羅蘭；前排左起楊牧、林懷民、陳之藩。（翻攝自《與我同車》紀念珍藏版，九歌出版社）

右起歐陽子、林海音、琦君、丘彥明，攝於林海音家中。（翻攝自《琦君的世界》，爾雅出版社）

琦君與文友聚餐。右起陶曉清、齊邦媛、琦君、三毛、林貴真。（翻攝自《琦君的世界》，爾雅出版社）

後排右起琦君、劉紹唐、彭歌；前排右一梁實秋、右二葉曼、右四何凡。（翻攝自《玻璃筆》紀念珍藏版，九歌出版社）

1980年8月，琦君與林海音參加花蓮基督教女青年會舉辦的學術演講活動，於海濱度假大酒店合影。

1983年，受邀參加第三屆全國學生文學獎，與當時大專組小說獎第一名張曼娟合影。

琦君與夫婿李唐基在美國新澤西州家居。（翻攝自《與我同車》紀念珍藏版，九歌出版社）

1984年，琦君在紐約第六大道中央公園門前擺攤，代好友
畫家徐綺琴賣畫，因而寫了散文〈路人如畫——我做了
一天街頭藝術家〉。

1989年，現代文學討論會後與文友餐敘。前排左起殷張蘭
熙、琦君、潘人木、林海音，後排左起郭嗣汾、王德威、彭
歌、齊邦媛、何凡、黃文範。

1989年9月，琦君夫婦去臺南拜會蘇雪林先
生（右）。（翻攝自《與我同車》紀念珍藏
版，九歌出版社）

1991年4月，琦君（右三）參加北美華文作家協會舉辦之
文學座談會。

1991年，琦君與蔡文甫攝於九歌文學書屋。（翻攝
自《與我同車》紀念珍藏版，九歌出版社）

1993年11月，出席波士頓「紐英崙中華三州專業
人員協會雙週年會議」的文學座談。左起張鳳、
琦君、平路。

琦君在大陸訪問冰心女士（中）。（翻攝自《與我同車》紀念珍藏版，九歌出版社）

1995年，前往美國華府華文作家協會演講，會後林太乙夫婦邀宴。前排左起：林太乙、琦君、喬夫人，後排左起：林太乙丈夫黎明、喬志高、李唐基。

2001年，琦君在北美華文作家協會舉辦的第五屆會員代表大會，與鄭愁予、王鼎鈞、夏志清同獲特別獎。左起馬克任、林澄枝、夏志清、琦君、鄭愁予、王鼎鈞。

2001年，座落在琦君溫州老家中式樓房的「琦君文學館」正式開館。（翻攝自《與我同車》紀念珍藏版，九歌出版社）

2001年10月22日，琦君返回離別半世紀的故鄉——浙江
瞿溪，參加「琦君文學館」的開館典禮。

2001年，琦君夫婦與電視劇「橘子紅了」演員寇世勳夫
婦（後排）合影。

2001年11月，「張秀亞追思會」文
友合照。前排右起愛亞、琦君、于
德蘭、丘秀芷；後排右起封德屏、
林黛嫚、劉靜娟、樸月、程麗娜
（張秀亞媳婦）。

2004年，拿著桂花枝，正在寫作的琦君。

2004年9月19日，由三民書局與《中國時報·開卷周報》共同主辦的「琦君迷同學會」，老友劉枋（右）特別到場致意。

2004年10月15日，琦君獲頒二等卿雲勳章，表彰其因致力於文化藝術創作對臺灣的貢獻，這也是總統首度贈勳給資深傑出藝文人士。

2004年12月，中央大學琦君研究中心舉辦「琦君作品研討會暨相
關資料展」，琦君（中坐者）與中央大學教授們合影。

2005年12月15日，文友合影於「永恆的溫柔——琦君及
其同輩女作家學術論文研討會」會場。中坐者為琦君，
後排左起：畢樸、簡宛、鮑曉暉、芯心、王令嫻。

2006年7月24日，由琦君研究中心、九歌文教基金會共同舉辦「細雨紛飛，燈花已落——懷念永遠的琦君」追思會，在臺北市立圖書館舉行。

2007年8月，舉辦「天涯若比鄰——《琦君書信集》發表暨座談會」。左起李唐基、莊宜文、周芬伶。

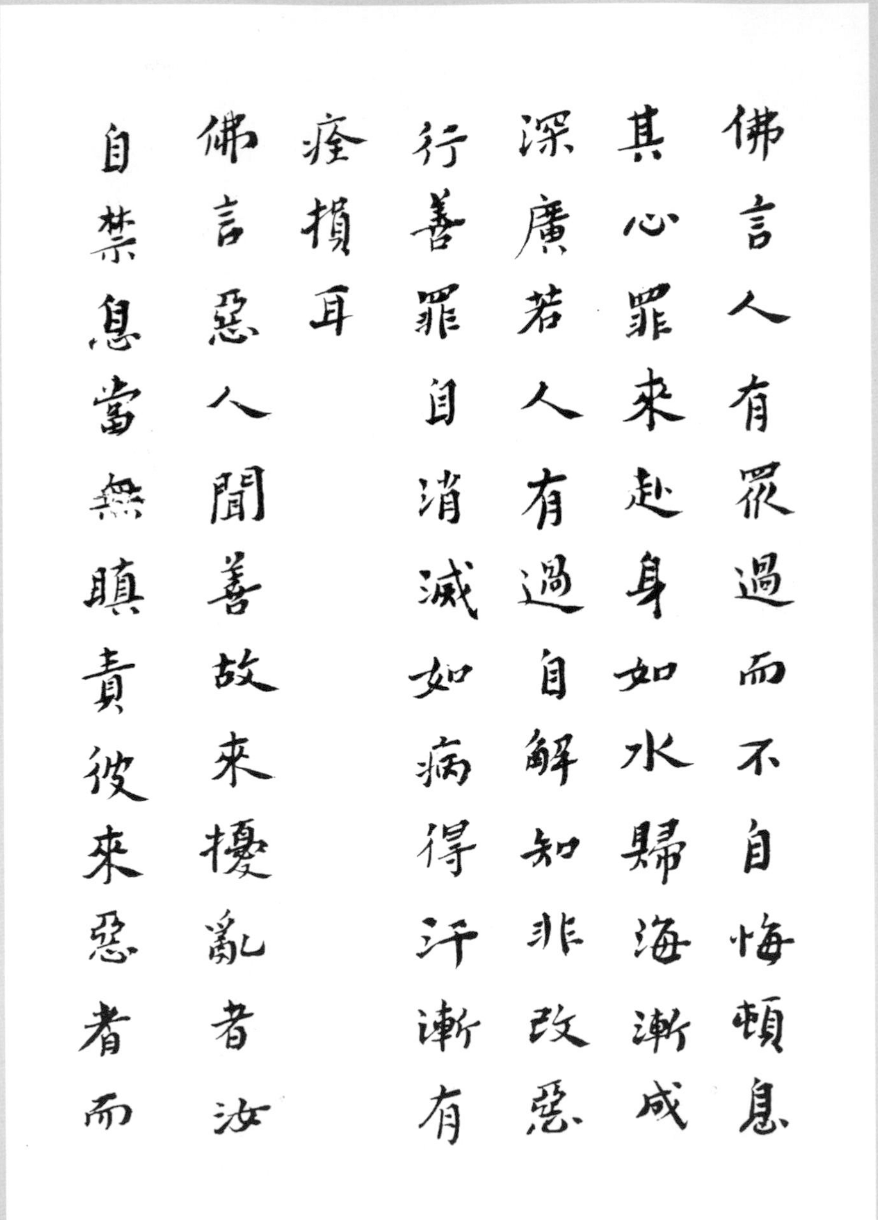

佛言人有眾過而不自悔頓息

其心罪來赴身如水歸海漸成

深廣若人有過自解知非改惡

行善罪自消滅如病得汗漸有

瘥損耳

佛言惡人聞善故來擾亂者汝

自禁息當無瞋責彼來惡者而

1985年，琦君以散文集《此處有仙桃》獲第11屆國家文藝獎，從電話中獲知得獎消息之後寄予蔡文甫先生的信。（翻攝自《琦君散文選中英對照》，九歌出版社）

1991年5月10日，琦君寫給韓秀的信，信中表示對韓秀作品的喜愛與讚嘆。

1991年11月琦君在九歌文學書屋和讀友座談後之感言。（翻攝自《琦君散文選中英對照》，九歌出版社）

2000年6月九歌出版《琦君散文選中英對照》，琦君收到版稅後，寫信給蔡文甫先生說明完成多年願望的心情。（翻攝自《琦君散文選中英對照》，九歌出版社）

輯二◎生平及作品

小傳◎作品◎年表

小傳

琦君 （1917～2006）

　　琦君，女，本名潘希珍，籍貫浙江省永嘉縣，1917 年 7 月 24 日生，1949 年 5 月隨國民政府來臺，2006 年 6 月 7 日辭世，享年 89 歲。

　　浙江杭州之江大學中文系畢業，曾任教於上海匯中女中、永嘉中學、之江大學等校，並兼任浙江高等法院圖書管理員。來臺後，曾任高檢處紀錄股長、司法行政部編審科長、中國文化學院副教授、中央大學、中興大學教授。曾獲中國文藝協會散文創作獎章、中山文藝散文獎、新聞局優良著作金鼎獎、國家文藝獎，並於逝世後榮獲總統褒揚令。

　　琦君的創作文類豐富，包含散文、論述、小說、兒童文學、翻譯、詞論等。1950 年代以小說創作為主，篇幅多為短篇，內容經常呈現封建社會中女性於婚姻中的痛苦，其中〈橘子紅了〉曾在 2001 年改編為電視劇。1960 年代後，改以創作散文，內容包含臺灣生活的經驗、海外見聞和懷念故土的文章，尤以懷舊散文見長，彭歌曾評其懷舊散文：「平實樸素之中具見人情之真切」，鄭明娳也曾指出：「潘琦君的散文，無論寫人、寫事、寫物，都在平常無奇中含蘊至理，在清淡樸實中見出秀美；她的散文，不是濃妝豔抹的豪華貴婦，也不是粗服亂頭的村俚美女，而是秀外慧中的大家閨秀。」夏志清更認為琦君的散文在傳統上和李後主、李清照的詞屬同一流派，甚至在境界上更高於二人，由此可見琦君散文在文壇上的重要地位。

　　琦君的文字特色之一在於不雕琢、不粉飾,自然流暢,張秀亞曾說:
「在琦君的文章中,有一種清新俊逸之氣,一股高雅的氣韻,一種難言的
神韻,這賦予她文字無限的魅力,文章的氣韻,原是得自天機,發自靈
府」,即可見琦君創作之風格。琦君創作的另一特色是充滿中國傳統溫柔敦
厚之氣質,乃由於從小接受私塾啓蒙、研讀儒家經典,又受到母親和老師
的影響,思想中保有佛教的慈悲心。如同她在《讀書與生活》中所述:「我
們深深關切期望每個中華兒女,都能沐浴於先聖孔子的所啓示我們偉大的
仁愛之中,超越於人爲的暫時隔閡,以真、善、美一致的文學作品,使心
靈得以交流。」筆耕文壇 50 年,琦君出版作品四十餘本,其散文樹立了以
人物懷舊爲主軸的創作風格,繼承了五四新文學以來的寫實精神,爲現代
散文的創作豎立新典範,以臺灣戰後女性散文發展而言,足堪稱代表。

作品目錄及提要

【論述】

詞人之舟

臺北：純文學出版社
1981 年 4 月，32 開，248 頁
純文學叢書 90

臺北：爾雅出版社
1996 年 3 月，32 開，269 頁
爾雅叢書 34

純文學出版社

爾雅出版社

本書介紹中國著名詞家詞作，內容趣味化，避免學術性的理論，以平實的個人心得爲主，表現了琦君深厚的古典文學素養，收錄溫庭筠、晏殊、蘇軾、晏幾道、秦觀、辛棄疾、朱淑真、吳藻八位詞家詞作。正文前有齊邦媛〈自然處見才情〉，正文後附錄〈卓文君〉、〈花蕊夫人〉、作者〈後記〉。1996 年由爾雅出版社出版新版，作者增補李昱、柳永、張子野、李清照、陸放翁五位詞家詞作，共 13 家，正文後新增林文月〈讀《詞人之舟》〉、歐陽子〈一葉扁舟怎載得動如許學問？〉。

【散文】

溪邊瑣語

臺北：婦友社
1962 年 5 月，32 開，84 頁
婦友叢書之 2

本書爲作者於《婦友》月刊發表之專欄。全書收錄〈茶與同情〉、〈女性與詞〉、〈愛的教育〉等 20 篇，正文前有錢劍秋〈序〉。

三民書局 1969　　三民書局 2002

紅紗燈

臺北：三民書局
1969 年 11 月，40 開，218 頁
三民文庫 74

臺北：三民書局
2002 年 6 月，新 25 開，243 頁
三民叢刊 285

本書分為三輯，輯一為作者的生活雜感，輯二為作者於《婦友》月刊發表之專欄，輯三為個人的讀書心得。全書收錄〈貼照片〉、〈第一雙高跟鞋〉、〈孩子快長大〉、〈母親那個時代〉等 42 篇，正文前有作者〈前言〉。

書評書目出版社　　光啟出版社

煙愁

臺北：書評書目出版社
1963 年 8 月，32 開，238 頁

臺中：光啟出版社
1963 年 8 月，32 開，209 頁
文藝叢書 17

臺北：爾雅出版社
1981 年 9 月，32 開，223 頁
爾雅叢書 96

本書集結作者回憶童年及對親人師友的懷念之散文，收錄〈啟蒙師〉、〈聖誕夜〉、〈雲居書屋〉、〈楊梅〉等 37 篇。正文後有後記〈留予他年說夢痕〉。並於書評書目出版第三版後，正文前新增作者〈枝上花開又十年——三版小記〉，1981 年爾雅出版社新版正文前亦有此文。

三民書局 1966　　三民書局 2004

琦君小品

臺北：三民書局
1966 年 12 月，40 開，228 頁
三民文庫 2

臺北：三民書局
2004 年 2 月，新 25 開，267 頁
三民叢刊 285

本書匯集作者之回憶、雜感、遊記、小小說、詞與讀書心得等作品，分為三輯。全

書收錄〈外祖父的白鬍鬚〉、〈憂愁風雨〉、〈慈悲為懷〉、〈佛緣〉等 73 篇。正文前有作者〈前言〉，正文後有〈漫談創作〉、〈寫作技巧談片〉、〈寂寞詞心（我讀辛棄疾詞)〉。

三更有夢書當枕
臺北：爾雅出版社
1975 年 7 月，32 開，204 頁
爾雅叢書 2

本書為作者對生活的雜感及懷舊的回憶文。全書收錄〈浮生半日閒〉、〈照片〉、〈鏡裡朱顏改〉等 26 篇。正文前有作者〈雲影天光（代序)〉，正文後有〈琦君寫作年表〉。

桂花雨
臺北：爾雅出版社
1976 年 12 月，32 開，229 頁
爾雅叢書 18

本書集結作者之懷舊散文、生活雜文和讀書感想之作品。全書收錄〈父親〉、〈母親〉、〈靈山秀水挹清芬〉等 29 篇。正文前有李唐基〈序〉，正文後有〈琦君寫作年表〉。

細雨燈花落
臺北：爾雅出版社
1977 年 7 月，32 開，194 頁
爾雅叢書 27

本書為作者發表於《中華日報》副刊上的專欄「龍吟集」之作品集結，內容包含懷舊回憶及生活雜感。全書收錄〈盼待回音（代序)〉、〈念師恩〉、〈長懷感謝心〉、〈忘我〉、〈從前〉等 66 篇。正文後有〈琦君寫作年表〉。

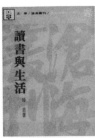 

東大圖書公司　　三民書局

讀書與生活

臺北：東大圖書公司
1978 年 1 月，25 開，201 頁
滄海叢刊

臺北：三民書局
2005 年 1 月，新 25 開，252 頁
三民叢刊 299

本書分為「讀書隨筆」、「生活雜感」二輯。全
書收錄〈就論語一書探討孔子的文學觀〉、〈歷
代女性與文學〉、〈古樂府「孤兒行」的欣
賞〉、〈中國詩詞之演進〉等 32 篇文章。正文
後附錄〈柿子紅了〉。

千里懷人月在峰

臺北：爾雅出版社
1978 年 9 月，32 開，214 頁
爾雅叢書 42

本書整理作者應邀訪美後寫成的遊記 10 篇，加上回憶文數篇結
集而成。全書收錄〈賭城奇遇記〉、〈單身漢先生〉、〈靜止的風
鈴〉等 23 篇。正文前有作者〈小序〉，正文後有〈琦君寫作年
表〉。

九歌出版社 1979　　九歌出版社 2006

與我同車

臺北：九歌出版社
1979 年 3 月，32 開，239 頁
九歌文庫 17

臺北：九歌出版社
2006 年 11 月，25 開，245 頁
琦君作品集 10

本書為作者旅居美國時思念故國的感懷。全書收錄〈記憶中有趣的人物〉、〈靜謐的
大學城〉、〈小說研習班旁聽記感〉等 28 篇。正文前有作者〈序〉。2006 年出版新
版，內容分「好春卻在高枝」、「花開時節喜逢君」、「那一片上升的雲」、「雪花開放
的聲音」四輯，正文前新增〈永恆的容顏——琦君珍貴鏡頭〉、郭強生〈因讀琦君
作品而流淚〉，正文後新增「永懷琦君專輯」收錄鄭明娳〈閱讀琦君的方法〉、愛薇

〈鄉愁 鄉愁，從此莫愁〉、〈琦君及著作得獎紀錄〉、〈琦君作品
目錄一覽表〉。

留予他年說夢痕

臺北：洪範書店
1980 年 10 月，32 開，203 頁
洪範文學叢書 60

本書為作者的回憶散文及在海外生活之雜感。全書收錄〈母親
的書〉、〈大圓桌上的蒼蠅〉、〈香菇蒂〉等 21 篇。正文前有楊牧
〈序〉，正文後有作者〈後記〉。

母心似天空

臺北：爾雅出版社
1981 年 12 月，32 開，222 頁
爾雅叢書 101

本書匯集作者之懷舊作品及對現實生活所見之雜感。全書收錄
〈母心似天空〉、〈水的懷念〉、〈放生〉、〈莫傷稚子心〉等 31
篇。

燈景舊情懷

臺北：洪範書店
1983 年 2 月，32 開，196 頁
洪範文學叢書 92

本書為作者對現實生活的感觸及懷舊之作。全書收錄〈不再是
蘭花手〉、〈翠玉藜〉、〈燈景舊情懷〉、〈旱煙管憶往〉等 33 篇。
正文前有作者〈小序〉，正文後有作者〈悲憫情懷〉、〈我對散文
的看法〉。

水是故鄉甜

臺北：九歌出版社
1984 年 5 月，32 開，239 頁
九歌文庫 134

臺北：九歌出版社
2006 年 6 月，25 開，222 頁
琦君作品集 05

九歌出版社 1984

本書描述作者因居住在國內外兩處完全不同生活環境中所生之
不同的思與感，並以〈水是故鄉甜〉一文涵蓋全書懷舊之旨，
收錄〈水是故鄉甜〉、〈一餅度中秋〉、〈母親的手藝〉、〈「提防扒
手」〉等 37 篇。正文前有作者〈寫在「水是故鄉甜」之前〉，正
文後有沈謙〈愛的世界〉。2006 年出版新版。內容分上下兩
卷。正文前新增編者〈賀琦君榮獲「資深作家敬慰獎」〉，正文
後新增蘇林〈作家之寶〉、郭明福〈坎坷世路上的安慰〉、〈琦君
作品目錄一覽表〉。

九歌出版社 2006

九歌出版社 1985

此處有仙桃

臺北：九歌出版社
1985 年 6 月，32 開，255 頁
九歌文庫 168

臺北：九歌出版社
2006 年 6 月，25 開，242 頁
琦君作品集 06

本書為作者的懷念舊日及記述旅居生活的文章，分為四輯：「舊
日情懷」、「難忘的人」、「母親的手藝」、「旅居隨感」。全書收錄
〈春雪・梅花〉、〈「哈背牛年」〉、〈「代書」歲月〉、〈「一春風雨
四重溪」〉等 39 篇。正文前有作者〈小序：異國的仙桃〉。2006
年出版紀念珍藏版。正文前新增李瑞騰〈臉上常帶著純真笑容
的琦君〉、〈珍貴親筆書信及手稿〉，正文後新增陳希林〈為人為
文　真誠無偽〉、〈琦君及著作得獎紀錄〉、〈琦君作品目錄一覽
表〉。

九歌出版社 2006

玻璃筆

臺北：九歌出版社
1986 年 11 月，32 開，251 頁
九歌文庫 206

臺北：九歌出版社
2006 年 9 月，25 開，244 頁
琦君作品集 09

本書記錄作者在美國旅居之生活雜感、讀書偶得與難忘的舊事
等短文。全書收錄〈剎那與永恆〉、〈掃落葉〉、〈觀瀑記〉、〈陽

九歌出版社 1986

九歌出版社 2006

光〉、〈康多、迷尼〉等 88 篇。正文前有作者〈小記〉。2006 年出版紀念珍藏版。正文前新增〈永恆的容顏——琦君珍貴鏡頭〉、蔣竹君〈回憶潘老師〉，正文後新增〈特載琦君最後遺作（附手稿）——最後的握手悼念摯友海音〉及「永懷琦君專輯」收錄應鳳凰〈希世之珍琦〉、王盛弘〈聽到琦君阿姨過世〉、宣中文〈潘陸風采 希世之珍〉、〈琦君及著作得獎紀錄〉、〈琦君作品目錄一覽表〉。

九歌出版社 1987

琦君讀書

臺北：九歌出版社
1987 年 10 月，32 開，285 頁
九歌文庫 234

臺北：九歌出版社
2006 年 12 月，25 開，258 頁
琦君作品集 11

本書匯集作者之書序作品及推介新書之文章，內容包羅萬象、遍及古今，表現作者的獨到見解。全書收錄〈舊江山都是新愁〉、〈龍蛇絡繹雲煙下〉、〈童心、詩心〉、〈是多情還是無情〉等 34 篇。正文前有作者〈友情的書（代序）〉。2006 年出版紀念珍藏版。正文前新增〈永恆的容顏——琦君珍貴鏡頭〉、丘秀芷〈念琦君大姊〉，正文後新增「永懷琦君專輯」收錄張瑞芬〈細雨燈花落——懷想琦君與其散文〉、樸月〈以詞訂交——憶琦君二三事〉、黃文範〈琦君的二百二十封信——外一章〉、〈琦君及著作得獎紀錄〉、〈琦君作品目錄一覽表〉。

九歌出版社 2006

我愛動物

臺北：洪範書店
1988 年 3 月，32 開，212 頁
洪範文學叢書 180

本書將作者歷來散文作品中描述動物的篇章，加上幾篇新作，結集成書。全書收錄〈我家龍子〉、〈難忘龍子〉、〈人鼠之間〉、〈放生〉等 37 篇。正文前有作者〈我愛動物（代序）〉。

九歌出版社 1988

九歌出版社 2004

青燈有味似兒時

臺北：九歌出版社
1988 年 7 月，32 開，250 頁
九歌文庫 254

臺北：九歌出版社
2004 年 10 月，25 開，240 頁
琦君作品集 01

本書為作者以童心真情體察萬物之作，分為「懷舊篇」、「生活篇」二輯。全書收錄〈玳瑁髮夾〉、〈南海慈航〉、〈菜籃挑水〉、〈吃大菜〉等 30 篇。正文前有作者〈小序〉，正文後有周芬伶〈千里懷人月在峰——與琦君越洋筆談〉。1978 年第七版，正文前新增林太乙〈琦君與我〉。2004 年出版新版。正文前新增〈出版前言：童心不老，愛心不絕〉，正文後新增〈了解琦君‧認識琦君（琦君小傳）〉、〈《青燈有味似兒時》相關評論索引〉、〈琦君作品目錄一覽表〉。

九歌出版社 1989

九歌出版社 2006

淚珠與珍珠

臺北：九歌出版社
1989 年 10 月，32 開，230 頁
九歌文庫 279

臺北：九歌出版社
2006 年 8 月，25 開，219 頁
琦君作品集 08

本書為作者在客居異鄉時寫下的所見所聞，文中描述對各種社會現象的檢視，內容描寫人生況味及懷舊憶往的文章，表現作者的稚子情懷。全書收錄〈新春的喜悅〉、〈冬夏陽光〉、〈萬花筒〉、〈「勞健保啊！」〉、〈幼兒看戲〉等 59 篇。正文前有作者〈小序〉。2006 年出版新版。內容分為「童稚情懷」、「藝文之樂」、「有情天地」、「旅美隨筆」四輯。正文前新增廖玉蕙〈終究無法將她久留人間〉，正文後新增「永懷琦君專輯」收錄畢璞〈莫愁前路無知己，天下誰人不識君〉、黃靜嘉〈琦君家世及成長環境〉、陳素芳〈漸行漸遠還深〉、〈琦君及著作得獎紀錄〉、〈琦君作品目錄一覽表〉。

九歌出版社 1990

九歌出版社 2004

母心‧佛心

臺北：九歌出版社
1990 年 10 月，32 開，237 頁
九歌文庫 300

臺北：九歌出版社
2004 年 12 月，25 開，222 頁
琦君作品集 02

本書集結作者懷舊散文及生活雜感之作品，分為「護生篇」、
「懷舊篇」、「生活篇」、「隨感篇」四輯。全書收錄〈三淨素〉、
〈送鴿記〉、〈守著螞蟻〉、〈小鳥離巢〉等 40 篇。正文前有作者
〈媽媽，您安心吧（代序）〉。2004 年出版新版。正文後新增
〈了解琦君‧認識琦君（琦君小傳）〉、田新彬〈琦君回家〉、
〈琦君作品目錄一覽表〉。

一襲青衫萬縷情——我的中學生活回憶

臺北：爾雅出版社
1991 年 7 月，32 開，220 頁
爾雅叢書 257

本書精選作者描寫中學生活之回憶散文，集結成冊。全書收錄
〈兩條辮子〉、〈十個零鴨蛋〉、〈頑皮的小草〉等 21 篇。正文後
有〈琦君寫作年表〉。

九歌出版社 1992

媽媽銀行

臺北：九歌出版社
1992 年 9 月，32 開，229 頁
九歌文庫 338

臺北：九歌出版社
2005 年 5 月，25 開，204 頁
琦君作品集 03

本書為作者描述童年與故鄉的散文作品及對生活所見之感想。

九歌出版社 2005

全書收錄〈三十頭〉、〈外公〉、〈媽媽銀行〉、〈小叔寫春聯〉等
38 篇。正文前有作者〈旅居心情（代序）〉，正文後有作者〈得
失寸心知〉。2005 年出版新版。正文後新增詹悟〈媽媽銀行存
的是什麼款？〉、〈琦君作品目錄一覽表〉。

九歌出版社 1995

萬水千山師友情
臺北：九歌出版社
1995 年 2 月，32 開，234 頁
九歌文庫 397

臺北：九歌出版社
2006 年 6 月，25 開，240 頁
琦君作品集 07

本書匯集作者回憶師友之情及兒時記憶之作品、描寫異國生活
之文章及作者四十年來之寫作過程與理念，另外收錄作者數篇
小小說，分為四輯。全書收錄〈好鳥歸來〉、〈一點領悟〉、〈此
心春長滿〉等 40 篇。正文前有作者〈以文章代書信（代序）〉。
2006 年出版紀念珍藏版，內容分為「此心春長滿」、「母親的菩
提樹」、「我寫作的信念」、「小小說」、「新詩及劇本」（部分手
稿）五輯，其中「新詩及劇本」收錄作者尚未結集的作品。正
文前新增編者〈永恆的懷念〉，正文後新增邵冰如〈寫下永遠的
童話〉、宇文正〈終其一生，她是幸福的〉、吳玲瑤〈讀琦君
《萬水千山師友情》〉、〈琦君及著作得獎紀錄〉、〈琦君作品目錄
一覽表〉。

九歌出版社 2006

母親的書
臺北：洪範書店
1996 年 9 月，50 開，54 頁
隨身讀 9

本書精選作者於 1978～1979 年中發表的作品，並多選與母親相
關的散文，結集成一本隨身小書，以便閱讀。全書收錄〈母親
的書〉、〈大圓桌上的蒼蠅牢〉、〈香菇蒂〉、〈去看癲人〉、〈耙耙
癢〉、〈畫菊〉、〈夢蘭〉七篇文章。

九歌出版社 1998

九歌出版社 2005

永是有情人

臺北：九歌出版社
1998 年 2 月，32 開，220 頁
九歌文庫 483

臺北：九歌出版社
2005 年 12 月，25 開，224 頁
琦君作品集 04

本書集結作者散文與小說作品，分爲「走在歲月裡」、「一日一回新」、「喜新又戀舊」三輯。全書收錄〈雙親〉、〈再哭一點點〉、〈團圓餅〉、〈第一次坐火車〉等 31 篇。正文前有作者〈大媽媽敬祝：您在天堂裡生日快樂〉，正文後有〈祝福〉、〈剪斷的金戒指〉。2005 年出版新版。正文後新增洪淑苓〈永恆的母親〉、陳文芬〈童心與溫暖的活泉〉、〈琦君作品目錄一覽表〉。

九歌出版社 2000

九歌出版社 2007

琦君散文選中英對照／鮑端磊等譯

臺北：九歌出版社
2000 年 6 月，25 開，325 頁
九歌文庫 921

臺北：九歌出版社
2007 年 6 月，25 開，330 頁
琦君作品集 12

本書從作者著作《三更有夢書當枕》、《煙愁》、《淚珠與珍珠》等書中精選數篇作品，採中英對照方式，請名家翻譯，經主編殷張蘭熙、齊邦媛審慎校訂而成。全書收錄〈桂花雨〉、〈毛衣〉、〈一對金手鐲〉等 12 篇。正文前有〈自序〉。2007 年出版紀念珍藏版。正文前新增李唐基〈英譯作品因而成忘年交〉、〈琦君與蔡文甫之書信選〉、彭歌〈溫柔敦厚，風華自蘊〉、林太乙〈特載：琦君與我〉、〈琦君作品目錄一覽表〉。

母親的金手錶

臺北：九歌出版社
2002 年 1 月，25 開，286 頁
名家名著選 2

本書精選《水是故鄉甜》、《此處有仙桃》二書之散文集結而
成，從往事、母親的手藝與生活隨筆之中，感受到作者繽紛的
童年、中國婦女的質樸溫馨及人間的美善，分為「水是故鄉
甜」、「母親的手藝」、「異國的仙桃」三輯。全書收錄〈水是故
鄉甜〉、〈貓債〉、〈不放假的春節〉、〈母親的金手錶〉、〈鞋不如
故〉等 54 篇。正文前有編者〈琦君其人其文〉。

夢中的餅乾屋

臺北：九歌出版社
2002 年 3 月，25 開，283 頁
名家名著選 4

本書精選《萬水千山師友情》、《淚珠與珍珠》二書之散文集結
而成，為作者在「三度空間」浮遊心情的寫照，分為「童稚情
懷」、「此心春常滿」、「文人與書生」三輯。全書收錄〈新春的
喜悅〉、〈冬夏陽光〉、〈萬花筒〉、〈字典的故事〉、〈幼兒看戲〉
等 74 篇。正文前有編者〈琦君的有情世界〉。

【小說】

菁姐

臺北：今日婦女半月刊社
1956 年 1 月，32 開，188 頁
今日婦女叢書之 8

短篇小說集。本書內容表現人間的苦樂，以中國文學「哀而不
傷」的旨趣來描寫，將痛苦與辛酸寄託於高潔的美，顯出作者
的獨特風格，全書收錄〈阿玉〉、〈妻〉、〈完整的愛〉、〈三劃阿
王〉、〈菁姐〉、〈蘭陽戀〉、〈阿榮伯伯〉、〈永恆的美〉、〈紫羅蘭
的芬芳〉、〈清明劫〉共十篇。

百合羹

臺北：開明書局
1958 年 9 月，32 開，220 頁
開明文學叢刊

短篇小說集。本書爲作者早期的小說作品，內容多描寫男女情愛的糾葛及命運的無可奈何，其中〈清泉曲〉後來改名爲〈清泉院〉收錄至《橘子紅了》一書中，且結局略有修改。全書收錄〈百合羹〉、〈未著塵的白雪〉、〈岳母〉、〈鐘〉、〈懇親會〉、〈冷月〉、〈聖心〉、〈清泉曲〉、〈團圓月〉、〈沉淵〉共十篇。正文前有作者〈前言〉。

繕校室八小時

臺北：臺灣商務印書館
1968 年 1 月，40 開，186 頁
人人文庫 558

短篇小說集。本書描寫來臺中國人的流離生涯，描述作者所見所遇的窮困文人拮据的生活與人事之滄桑，是作者難得的社會寫實作品。全書收錄〈繕校室八小時〉、〈浪濤沙〉、〈電氣冰箱〉、〈死囚〉、〈他們倆〉、〈生與死〉、〈春陽〉、〈星期天〉、〈莫愁湖〉、〈長溝流月去無聲〉共十篇。正文前有〈編印人人文庫序〉。

七月的哀傷

臺北：驚聲文物供應公司
1971 年 11 月，32 開，198 頁
驚聲文藝叢書 6

短篇小說集。本書中的七篇小說是將作者發表於各報刊之作品精選而出，另三篇〈姊夫〉、〈阿玉〉、〈清明劫〉爲舊作重登。全書收錄〈阿玉〉、〈姊夫〉、〈清明劫〉、〈遲暮心〉、〈喜事重重〉、〈交通車上〉、〈兩張聖誕卡〉、〈七月的哀傷〉、〈忍〉、〈繡香袋〉共十篇。正文後有作者〈寫在後面〉。

爾雅出版社 1980

錢塘江畔

臺北：爾雅出版社
1980 年 4 月，32 開，193 頁
爾雅叢書 64

臺北：爾雅出版社
2004 年 10 月，25 開，319 頁
爾雅叢書 64

爾雅出版社 2004

短篇小說集。本書精選作者十多年間所寫的短篇小說，表現作者在詩詞散文之外的另一種才華。全書收錄〈錢塘江畔〉、〈清明劫〉、〈百合羹〉、〈亂世功名〉、〈莫愁湖〉、〈梨兒〉、〈梅花的踪跡〉、〈岳母〉、〈荼蘼花〉、〈阿玉〉、〈完整的愛〉共 11 篇。正文前有作者〈細說從頭（代序）〉。2004 年重新排版，正文後新增〈有關本書作者〉。

爾雅出版社 1980

菁姐

臺北：爾雅出版社
1980 年 12 月，32 開，188 頁
爾雅叢書 102

臺北：爾雅出版社
2004 年 5 月，25 開，319 頁
爾雅叢書 102

爾雅出版社 2004

本書將《菁姐》及《七月的哀傷》二本短篇小說集重選出六篇，加上未曾結集的短篇小說數篇，仍以《菁姐》為名成書，其中除了〈七月的哀傷〉一文是描寫舊家庭的變故外，餘皆是描寫少男少女間痴與愛的文章，全書收錄〈菁姐〉、〈紫羅蘭的芬芳〉、〈七月的哀傷〉、〈遲暮心〉、〈繡香袋〉、〈快樂聖誕〉、〈探病記〉、〈傘下〉、〈鐘〉、〈長溝流月去無聲〉共十篇，正文前有作者〈重印「菁姐」〉。2004 年重新排版，更名為《菁姐——琦君小說集》，正文前新增隱地〈歷久彌新話琦君〉，正文後新增〈有關本書作者〉。

洪範書店

橘子紅了

臺北：洪範書店
1991 年 9 月，32 開，194 頁
洪範文學叢書 223

臺北：三民書局
2007 年 1 月，25 開，143 頁

中、短篇小說集。本書以〈橘子紅了〉爲主，加上三篇短篇作品〈金縷曲〉、〈清泉院〉、〈爸爸，好人！〉集成一書。〈橘子紅了〉描寫當時封建體制所造成的家庭悲劇，表現了舊時代社會傳統對女人的壓迫。正文前有白先勇〈棄婦吟〉、作者〈小序〉。2007 年由三民書局出版英文版，更名爲《英譯橘子紅了 *When Tangerines Turn Red*》，周亦培翻譯。

【書信】

琦君書信集／李瑞騰、莊宜文編

臺南：國家臺灣文學館
2007 年 8 月，25 開，527 頁

本書爲國立臺灣文學館委託中央大學中國文學系琦君研究中心進行的編印計畫。全書收錄作者自 1971 年開始至 2004 年止共 375 封與文友尹雪曼、艾雯、林海音、姚宜瑛、封德屏、夏志清、畢璞、陳素芳、瘂弦、蔡文甫、樸月、隱地等通信之信件，爲研究琦君生命歷程之重要文獻。正文前有鄭邦鎮〈序〉、李瑞騰〈導言〉、〈編輯體例〉、〈琦君小傳〉。

【兒童文學】

賣牛記

臺北：臺灣省教育廳
1966 年 9 月，25 開，76 頁

本書描述農家兒童聰聰，因不忍媽媽把朝夕相處的老牛阿黃賣掉，於是離家出走到城裡找回老牛的故事，書中除了人與動物交流的溫馨感情外，也表現了江南農村晚春的景色及充滿溫情的人物描寫。正文前有臺灣省政府教育廳廳長潘振球出版序。

老鞋匠和狗

臺北：臺灣書店
1969 年 6 月，25 開，40 頁

本書以一個修理皮鞋及雨傘的老鞋匠為主角，描述其因有愛護動物的善良之心，而得到了家庭的溫暖。書中的小黃和小花是作者童年時的伴侶、家中小狗的寫照，作者筆下的老鞋匠對小狗的愛心就是作者的真情流露，表現出作者一貫的溫馨文風。正文前有臺灣省政府教育廳廳長潘振球出版序。

純文學出版社　　　三民書局

琦君說童年

臺北：純文學出版社
1981 年 8 月，32 開，190 頁
純美家庭書庫 26

臺北：三民書局
1996 年 8 月，32 開，166 頁
三民叢刊 140

本書收錄適合孩子閱讀的散文及小說，書中分享了她家鄉的人物、生活的景象，以及她幼年聽過的神話和歷史故事。全書收錄〈我愛亮晶晶〉、〈嚐新〉、〈變戲法的老人〉等 26 篇。正文前附林海音〈談談琦君〉、作者〈小記童年〉。

純文學出版社　　　健行文化出版公司

琦君寄小讀者

臺北：純文學出版社
1985 年 6 月，32 開，219 頁
純美家庭書庫 40

臺北：健行文化出版公司
1996 年 8 月，新 25 開，183 頁
生活叢書 93

臺北：九歌出版社
2004 年 7 月，25 開，176 頁
飛躍青春 09

本書匯集作者旅居海外時，因翻譯兒童文學作品而與臺灣小讀者們的通信，內容訴說在異國生活的感想和新鮮事，書中附作者親筆自畫像

九歌出版社

及插畫。全書收錄〈小松鼠〉、〈斷腿娃娃和小狗〉、〈寂寞的美人魚〉等 26 篇。正文前有作者〈寫在前面〉。2004 年由九歌出版社出版新版，更名爲《鞋子告狀──琦君寄小讀者》，正文前有作者〈給小讀者寫信，可以忘憂〉（原〈寫在前面〉）。

桂花雨
臺北：格林文化公司
2002 年 7 月，20.5x20.5 公分，82 頁

本書精選爾雅出版社出版的《桂花雨》及《煙愁》二書中之散文，加上水彩插畫集結而成，表現作者對故鄉的思念。全書收錄〈桂花雨〉、〈兩條辮子〉、〈一對金手鐲〉、〈喜宴〉、〈小瓶子〉、〈阿榮伯伯〉、〈母親〉七篇。

玳瑁髮夾
臺北：格林文化公司
2004 年 8 月，20.5x20.5 公分，72 頁

本書精選九歌出版社出版的《青燈有味似兒時》、《永是有情人》、《母親的金手錶》中之散文，加上水彩插畫集結而成。全書收錄〈玳瑁髮夾〉、〈母親的金手錶〉、〈我的蚌殼棉鞋〉、〈寶松師傅〉、〈碎了的水晶盤〉、〈阿標叔〉六篇。

賣牛記
臺北：三民書局
2004 年 8 月，新 25 開，177 頁
三民叢刊 298

本書將《賣牛記》及《老鞋匠和狗》兩書合爲一冊，正文前有冰子序〈充滿了愛的仙境〉。

【合集】

國風出版社

爾雅出版社

琴心

臺北：國風出版社
1953 年 12 月，32 開，180 頁

臺北：爾雅出版社
1980 年 12 月，32 開，211 頁
爾雅叢書 82

本書爲作者第一本出版書籍，爲小說、散文合集，是其當時生活的寫照、真性情的傾吐。全書收錄散文〈金盒子〉、〈海天遙寄〉、〈聖誕夜〉等 16 篇；小說〈姊夫〉、〈遺失的夢〉、〈水仙花〉、〈永恆的愛〉、〈琴心〉、〈長相憶〉、〈梅花的踪跡〉七篇。正文前有張文伯〈序言〉、作者〈吾師（代序）〉，正文後有作者〈後記〉。1980 年出版新版，更名爲《琴心：琦君的第一本書》。全書收錄 13 篇散文，七篇小說。正文後新增作者〈我的第一本書〉、〈校後記〉。

集選自君琦

琦君自選集

臺北：黎明文化公司
1975 年 12 月，32 開，262 頁
中國新文學叢刊 42

本書收錄作者之散文、小說及詞作。全書分爲「散文」、「小說」、「詞」三輯。全書收錄〈寫作回顧〉、〈外祖父的白鬍鬚〉、〈毛衣〉等 21 篇散文及〈亂世功名〉、〈阿玉〉二篇小說、十首詞作並附錄梁實秋〈前調〉。正文前有作者素描、生活照片、手跡、小傳，正文後有〈作品書目〉、〈作品評論引得〉。

文與情

臺北：三民書局
1990 年 8 月，新 25 開，188 頁
三民叢刊 9

本書集結作者於海外所寫之散文、小說作品及讀書心得，分爲散文卷及小說卷。全書收錄〈文學的生活情趣〉、〈相愛容易相屬難〉、〈夕陽無限好〉等 19 篇散文及〈哥哥與我〉、〈做媒〉、〈貝貝與螞蟻〉、〈老伴・老拌〉、〈十分好月〉、〈母與女〉六篇小說。正文前有作者〈小序〉。

文學年表

1917 年　7 月　24 日，生於浙江永嘉縣瞿溪鄉，本名潘希珍，又名潘希真。
　　　　　　　父潘國康、母卓氏。幼年時因「頭髮濃密的孩子會與家人犯
　　　　　　　沖」，被迫離開母親，後於四歲時由大伯母葉夢蘭帶回。

1918 年　5 月　29 日，生父潘國康因痢疾病逝。

1919 年　本年　因居於鄉間未受啟蒙，又終日與黃牛作伴，語言學習遲緩，
　　　　　　　見任何人都喊「哞！」。夏承燾（字瞿禪）此時執教於瞿溪鄉
　　　　　　　村小學，曾來琦君家中教其說「月光」二字，對往後琦君的
　　　　　　　文學生涯影響深遠。

1920 年　本年　生母卓氏因身體羸弱，將琦君與其六歲的哥哥潘長春託付給
　　　　　　　大伯父潘國綱與大伯母葉夢蘭。琦君作品中所提到的「父
　　　　　　　親」、「母親」即為大伯父夫妻。（以下皆稱父親、母親）。

1921 年　9 月　23 日，生母卓氏去世。
　　　　　本年　家庭教師葉巨雄開始教導方塊字，並擔任琦君 5 歲到 12 歲間
　　　　　　　學習中國古典文學的領路人，奠定琦君古典文學扎實的根
　　　　　　　基，為影響琦君最多的啟蒙老師。

1922 年　本年　學描紅，不會握毛筆，常挨打。

1923 年　本年　開始學習《詩經》、唐詩、習字，曾寫對聯「果菜鱸魚人生貴
　　　　　　　適意，瓊樓玉宇高處不勝寒」，字與文采受父親友人讚美。
　　　　　　　父親任革命軍中將，後因派系之爭退出軍旅。
　　　　　　　父親娶二姨娘王雪因進門，琦君筆下的故事大多皆與她有直
　　　　　　　接或間接的關係。

1924 年	本年	開始讀《女論語》、《女誡》、《孟子》等。
		潘宅竣工（自 1920 年開始興建，即琦君筆下的潘宅及後來的琦君文學館）。
1925 年	本年	開始讀《論語》、唐宋古文、《左傳》，並學作古文。
		父親帶二姨娘與哥哥前往北平，琦君與母親留在故鄉；哥哥把兩人一起收藏的金盒子交她保管。
1926 年	本年	開始對武俠、言情等小說感興趣，老師葉巨雄特准閱讀《三國演義》及《東周列國誌》。
1927 年	2 月	23 日，哥哥潘長春因急性腎臟炎病逝於北京。琦君痛失手足，以文言文寫成〈祭兄文〉，又以白話文寫成〈哭哥哥〉。
1928 年	本年	寫作文言文〈說釣〉、〈說蟻〉等。
		寫作〈義猴記〉。
		二堂叔指點寫語體文，並送她《愛的教育》、《安徒生童話集》，影響她對白話文的喜愛。
		舉家遷居杭州。
1929 年	本年	父親退休養老。
1930 年	本年	考入弘道教會女中，國文名列前茅，而西式教育的英文、算術卻不及格。
		啟蒙教師葉巨雄辭館而去，到五臺山出家。
1931 年	本年	表叔協助補習英文，大有進步，在英文表演會上當主講人。
1932 年	本年	初中部作文比賽第一名，國文、英文均名列前茅，被同學封為「文學大將」。
1933 年	本年	寫作短篇小說〈桃花開了的時候〉投稿至浙江《東南日報》副刊，但被退回。
		初中畢業並通過會考，直升高中部。暑假期間父親督促重溫《左傳》、《史記》，並讀《通鑑》；暗中讀新舊小說甚多。
		妹妹潘樹珍出生，其母為三姨娘王珍芝。

1934 年　　本年　　小說〈煙鬼下場〉以佳作入選校際文學比賽。

1935 年　　本年　　高中國文老師王善業鼓勵寫作，並建議從回憶文入手，琦君
　　　　　　　　　因而完成〈童年瑣記〉，並改寫舊文〈桃花開了的時候〉，二
　　　　　　　　　文皆被選入壁報與學校年刊。

　　　　　　　　　寫作〈我的一個好朋友——小黃狗〉，刊於《浙江青年》，此
　　　　　　　　　為第一篇正式發表之作品。

　　　　　　　　　當選為學生自治會學術股長，主辦演講會、辯論會等。

　　　　　　　　　母親因家中寂寞，領養族弟溫小挺。

1936 年　　本年　　高中畢業通過會考，直升之江大學中文系。暑假期間閱讀新
　　　　　　　　　文藝小說、張恨水作品、《斷鴻零雁記》、《浮生六記》、《黃仲
　　　　　　　　　則詩》等等。

　　　　　　　　　寫作中篇小說〈三姊妹〉，投稿未獲刊載。

1937 年　　本年　　中日戰爭爆發。父親生病。

　　　　　　　　　作文比賽，全校第一名。

1938 年　　本年　　因中日戰爭而輟學返鄉，夏承燾亦避亂瞿溪，就近請益，學
　　　　　　　　　詩詞讀《老子》、《莊子》。

　　　　　6 月　　6 日，父親潘鑒宗病逝。

1939 年　　本年　　返滬續學，當時四所基督教大學滬江、之江、東吳、聖約翰
　　　　　　　　　聯合於上海南區公共租界慈淑大樓上課。因副修英文系，開
　　　　　　　　　始閱讀西洋經典名著，美籍老師 Dr. Day 與 Mrs. White 教學態
　　　　　　　　　度和藹認真，受益甚多。從此認為無論中西文學名著，皆應
　　　　　　　　　從至情至性中出發，並從實際的體認著筆。

1940 年　　本年　　夏承燾奔喪返鄉，由龍沐勛代授詞選，教作「慢詞」。

　　　　　　　　　族弟溫小挺於 7 月 15 日去世，為琦君懷舊作品的要角之一。

1941 年　　11 月　27 日，母親葉夢蘭病逝。

　　　　　　本年　大學畢業，任教於上海匯中女中為期一年，後因母親病重須
　　　　　　　　　返鄉而辭職。任教期間為學生盧燕（本名盧燕香）指導話劇

《火煉》。

| 1943 年 | 本年 | 返鄉任教於永嘉縣立中學（今浙江省溫州第二中學），爲學生編導話劇。恩師夏承燾亦返故鄉，囑琦君寫作〈之江同學滬濱歡聚回憶錄〉，引起琦君寫回憶文的興趣。 |

1944 年　本年　早春深夜，日軍占領城區，與家人倉皇逃往深山。

1945 年　本年　中日戰爭結束後回到杭州，任教母校之江大學並兼任浙江高院圖書管理員，得以暢覽群籍與雜誌，偶寫雜感寄報刊。後因政府把先前被占領的房子歸還，由於父母皆已辭世，家中一門女流，恐財產遭覬覦，家人希望她到法院作事，以保護她們，遂轉入蘇州法院擔任機要祕書，開始往後數十年同時在司法界與教育界的工作生涯。

1947 年　本年　龍沐勛以文化漢奸罪名被監禁在蘇州監獄，琦君與夏承燾互通信件同爲他上書陳情，約定以「琦」爲暗號，龍師回信稱皆「琦君」，幾個月後司法部批准保外就醫。

1949 年　5 月　與二姨娘、妹妹隨國民政府到臺灣，將父親藏書捐給浙江大學圖書館，將財產留給三姨娘、四姨娘。因父親好友爲高等法院院長，經其介紹而進入高等法院擔任法庭書記官長達 25 年，之後因表現良好轉調司法行政部（1980 年 7 月 1 日起改名爲法務部）擔任部長鄭彥棻的秘書，並在此期間受鄭部長之託編寫《受刑人教化教材》。琦君的司法生涯在 1969 年因健康問題退休後結束。

　　　　　6 月　來臺後受故友孫多慈介紹認識了蘇雪林及謝冰瑩兩位文壇前輩，並且受到二人的鼓勵，發表首篇散文作品〈金盒子〉，刊於《中央日報》副刊，而跟李唐基結緣。

1950 年　3 月　5 日，發表〈飄零一身——給一個學生的信〉刊於《中央日報》婦女家庭版。因來臺後的兩篇作品皆被刊出，開始寫作散文作品並投稿，因此結識《中央日報》婦女家庭版主編武

月卿女士，進而認識許多文友，如徐鍾珮、林海音等。

1951 年　1 月　發表短篇小說〈姊夫〉於《文壇》創刊號，激發寫小說的興趣。

　　　　2 月　發表短篇小說〈失落的夢〉於《文壇》。

　　　　8 月　與李唐基結婚，住在法院分配的迷你宿舍，自號「水晶宮」。

1952 年　本年　擔任《國風》月刊助理編輯，稿源不足常自己填空。

1953 年　2 月　發表短篇小說〈琴心〉於《國風》第 7 期。

　　　　5 月　發表短篇小說〈永恆的愛〉於《國風》第 9 期。

　　　　8 月　發表短篇小說〈長相憶〉於《國風》第 12 期。

　　　12 月　寫作短篇小說〈梅花的蹤跡〉，收錄於張漱菡編的第一本女作家選集《海燕集》，由臺北海洋出版社出版。

1954 年　3 月　27 日，發表〈理髮記〉於《聯合報》副刊。

　　　　5 月　22 日～6 月 2 日，發表短篇小說〈做了爸爸以後〉於《聯合報》副刊。

　　　10 月　發表短篇小說〈三劃阿王〉於《自由中國》第 11 卷第 8 期。

　　　12 月　自費出版第一本散文小說合集《琴心》，由臺北國風出版社出版。

　　　本年　〈梅花的蹤跡〉由糜榴麗譯為英文，刊於印度的報紙副刊。

1955 年　本年　二姨娘王雪因去世。

　　　　　　　長子李一楠出生。

1956 年　1 月　短篇小說集《菁姐》由臺北今日婦女月刊社出版。

　　　　　　　發表短篇小說〈黎明〉於《自由中國》第 14 卷第 1 期。

　　　　7 月　24～27 日，發表短篇小說〈百合羹〉於《聯合報》副刊。

　　　　9 月　發表短篇小說〈清泉曲〉於《文藝創作》第 65 期。

　　　10 月　參加國民黨中央黨部婦女會舉辦「蔣總統祝壽徵文」活動，獲第二名（第一名從缺）。

1957 年　2 月　發表短篇小說〈母親的毛衣〉於《文學雜誌》第 1 卷第 6

期。

3 月　1〜20 日，發表短篇小說〈情淵〉於《聯合報》副刊。

4 月　發表短篇小說〈冷月〉於《自由中國》第 16 卷第 7 期。

11 月　15 日，發表短篇小說〈兩代〉於《文壇》季刊第 1 號。

1958 年　2 月　9 日，發表短篇小說〈鐘〉於《聯合報》副刊。

9 月　短篇小說集《百合羹》由臺北開明書店出版。

1959 年　6 月　1 日，發表短篇小說〈茶蘼花〉於《聯合報》副刊。

1960 年　8 月　18〜30 日，發表短篇小說〈探病記〉於《聯合報》副刊。

1962 年　3 月　發表短篇小說〈死囚〉於《文壇》第 21 號。

5 月　《溪邊瑣語》由臺北婦友月刊社出版。

7 月　發表短篇小說〈愛之霧〉於《文壇》第 25 號。

1963 年　1 月　發表短篇小說〈聖誕夜〉於《文壇》第 31 號。

5 月　4 日，中國文藝協會舉辦成立 13 週年紀念大會及第 20 次會員大會，《煙愁》獲中國文藝協會文藝獎章散文獎。

8 月　《煙愁》由臺北書評書目出版社出版。

《煙愁》由臺中光啓出版社出版。

1964 年　2 月　發表短篇小說〈交通車上〉於《文壇》第 44 期。

發表短篇小說〈梨兒〉於《皇冠》第 20 卷第 6 期。

11 月　發表短篇小說〈長溝流月去無聲〉於《文壇》第 53 期。

12 月　18〜23 日，發表短篇小說〈七月的哀傷〉於《聯合報》副刊。

1965 年　3 月　8 日，臺灣省婦女寫作協會主編的《金門、馬祖、澎湖》專輯，由臺北臺灣省婦女寫作協會出版。本專輯集結臺灣省婦女寫作協會會員作家訪問前線之作品，收錄琦君短文〈金門行〉。

5 月	9 日，應韓國《女苑》雜誌社邀請，與謝冰瑩、蓉子組「中國女作家大韓民國訪問團」，代表臺灣省婦女寫作協會應邀訪韓。後寫作〈一襲韓裝萬里情〉、〈海雲臺的濤聲〉、〈異國友情〉、〈膽瓶留取漢江春〉、〈賢妻良母的典型〉、〈華克山莊之夜〉、〈舊傳統與新潮流〉、〈慶州佛國寺與新羅遺跡〉、〈漢城模範監獄〉、〈三十八度線〉、〈漢城之春〉共 11 篇文章記錄訪問過程。
7 月	14 日，發表〈慶州佛國寺與新羅遺跡〉於《中國時報》副刊。
11 月	11 日，發表〈我們的話──等〉於《中國時報》副刊。
本年	任臺灣省婦女寫作協會理事。
	短篇小說〈百合羹〉譯為韓文，刊於韓國《女苑》月刊。

1966 年　9 月　兒童文學《賣牛記》由臺北臺灣省政府教育廳出版。

　　　　11 月　2 日，發表〈爛腳糖〉於《中國時報》副刊。

　　　　12 月　9 日，發表〈談創作〉於《中國時報》副刊。

　　　　　　　　《琦君小品》由臺北三民書局出版。

1967 年　9 月　10 日，發表〈靈感的培養〉於《中國時報》副刊。

1968 年　1 月　短篇小說集《繕校室八小時》由臺北臺灣商務印書館出版。

　　　　本年　〈長溝流月去無聲〉譯為韓文，刊於韓國《女苑》月刊。

1969 年　6 月　兒童文學《老鞋匠和狗》由臺北臺灣省政府教育廳出版。

　　　　8 月　6 日，發表〈給小讀者〉於《聯合報》副刊。

　　　　11 月　兒童文學《老鞋匠和狗》由臺北臺灣書店出版。

　　　　　　　　《紅紗燈》由臺北三民書局出版。

　　　　本年　自司法行政部退休。

1970 年　11 月　12 日，《紅紗燈》獲第五屆中山學術基金會文藝創作散文獎。

1971 年　11 月　短篇小說集《七月的哀傷》由臺北驚聲文物供應公司出版。

1972 年	本年	應美軍太平洋總部邀請，以友好訪問團身分訪問夏威夷，又由美國國務院安排訪問美國長達兩個月。
1973 年	本年	任教於實踐家政專科學校。
1974 年	3 月	〈下雨天，真好〉選載於《讀者文摘》及同月《讀者文摘》英文版。
	本年	於中興大學、中央大學等學校中國文學系兼任教職。
1975 年	6 月	〈下雨天，真好〉選載於《讀者文摘》日文版。
	7 月	《三更有夢書當枕》由臺北爾雅出版社出版。
	9 月	〈秋扇〉選載於《讀者文摘》中文版。
	12 月	合集《琦君自選集》由臺北黎明文化公司出版。
1976 年	8 月	應《讀者文摘》主編特約邀稿，發表〈母親〉於《讀者文摘》中文版。
	12 月	《桂花雨》由臺北爾雅出版社出版。
		為《中華日報》副刊撰寫「龍吟集」專欄。
1977 年	3 月	發表〈女人與書〉於《婦女》雜誌。
	6 月	隨丈夫工作遷調，客居美國紐約至 1980 年。
	7 月	《細雨燈花落》由臺北爾雅出版社出版。（為「龍吟集」文章結集出版）
1978 年	1 月	《讀書與生活》由臺北東大圖書公司出版。
	7 月	20 日，發表〈母親的書〉於《聯合報》副刊。
	9 月	9 日，發表〈大圓桌上的蒼蠅牢〉於《聯合報》副刊。
		《千里懷人月在峰》由臺北爾雅出版社出版。
	11 月	14 日，發表〈香菇蒂〉於《聯合報》副刊。
	12 月	31 日，發表〈耙耙癢〉、〈去看癲人〉於《聯合報》副刊。
1979 年	2 月	6 日，發表〈畫菊〉於《聯合報》副刊。
	3 月	《與我同車》由臺北九歌出版社出版。

5 月	23 日，發表〈匆匆去來〉於《中華日報》副刊。
6 月	25 日，發表〈忘憂之日〉於《世界日報》副刊。
	28 日，發表〈童稚的情趣〉於《世界日報》副刊。
7 月	11 日，發表〈異國故人情〉於《中央日報》副刊。
	17 日，發表〈南灣小駐〉於《中華日報》副刊。
	26 日，發表〈「三如堂」主人〉於《聯合報》副刊。
8 月	2 日，發表〈「白蛇傳」的回憶〉於《聯合報》副刊。
	7 日，發表〈電影・明星〉於《聯合報》副刊。
	19 日，發表〈閒居偶拾〉於《聯合報》副刊。
	22 日，發表〈樹若有情時〉於《世界日報》副刊。
9 月	12 日，發表〈鼠友〉於《聯合報》副刊。
	19 日，發表〈生兒養兒一樣恩〉於《中華日報》副刊。
10 月	20 日，發表〈茶邊瑣語〉於《聯合報》副刊。
11 月	24 日，發表〈夢蘭〉於《聯合報》副刊。

1980 年

3 月	5 日，發表〈感新年〉於《臺灣時報》副刊。
4 月	1 日，發表〈初識夏陽〉於《中華日報》副刊。
	短篇小說集《錢塘江畔》由臺北爾雅出版社出版。
6 月	27、28 日，發表評論林太乙《金盤街》，〈莉莉，一朵淒苦的花〉於《聯合報》副刊。
9 月	11 日，發表〈樹的感懷〉於《中華日報》副刊。
	〈桂花雨〉選載於《讀者文摘》中文版。
10 月	12 日，發表〈愛貓人看貓戲〉於《中華日報》副刊。
	《留予他年說夢痕》由臺北洪範書店出版。
11 月	17 日，發表〈不卜他生樂此生〉於《臺灣時報》副刊。
12 月	7 日，發表〈狗逢知己〉於《中央日報》生活版。
	〈含蓄之美〉選載於《讀者文摘》中文版。
本年	自美國返臺，任教於國立中央大學中國文學系。

1981 年	1 月	《母心似天空》由臺北爾雅出版社出版。
	4 月	詞論《詞人之舟》由臺北純文學出版社出版。
	6 月	26 日，發表〈母心似天空〉於《中華日報》副刊。
	7 月	16 日，發表〈火燒「鷄」〉於《中華日報》副刊。
		發表〈貓緣〉於《仕女雜誌》。
	8 月	《琦君說童年》由臺北純文學出版社出版。
	9 月	2 日，發表〈風雨憶〉於《中央日報》晨鐘副刊。發表〈牙趣〉於《臺灣時報》副刊。
	12 月	〈三如堂主人〉選載於《讀者文摘》中英文版。
1982 年	11 月	15 日，發表〈天下無不是的「子女」〉於《中華日報》副刊。
1983 年	2 月	〈燈景舊情懷〉選載於《讀者文摘》中文版。
		《燈景舊情懷》由臺北洪範書店出版。
	5 月	〈一雙神仙手〉（原名〈母親的蘭花手〉）選載於《讀者文摘》中文版。
	8 月	再度因丈夫工作調遷，客居美國紐澤西，至 2004 年 6 月返臺。
		〈我的英文密碼〉（原名〈標點與我〉）選載於《讀者文摘》中文版。
1984 年	4 月	23 日，發表〈最後的兩片葉子〉、〈得失之間〉於《中國時報》美洲版。
		29 日，發表〈春雪‧梅花〉於《聯合報》副刊。
	5 月	25 日，發表〈一春風雨四重溪〉於《臺灣日報》副刊。
		26 日，發表〈笑的故事〉於《中央日報》副刊。
		《水是故鄉甜》由臺北九歌出版社出版。
	6 月	15 日，發表〈生與死〉於《中華日報》副刊。
	7 月	26 日，發表〈寶松師傅〉於《聯合報》副刊。

8月　　15日，發表〈阿標叔〉於《中華日報》副刊。

30日，發表〈可敬的盲人〉於《中華日報》副刊。

9月　　19日，發表〈風車老人〉於《世界日報》副刊。

10月　　10日，發表〈路人如畫〉於《中華日報》副刊。

11日，發表〈梅吉老先生〉於《中央日報》副刊。

19日，發表〈公寓風光〉於《中華日報》副刊。

11月　　13日，發表〈此處有仙桃〉於《世界日報》副刊。

發表〈「代書」歲月〉於《聯合文學》創刊號。

12月　　9 日，發表〈快樂的羅拔多〉、〈花與葉〉、〈靜夜良伴〉於
《聯合報》副刊。

23日，發表〈頭髮與麥芽糖〉於《世界日報》副刊。

27日，發表〈舊日情懷〉於《中華日報》副刊。

本年　　應邀出席紐約美東區中華婦女聯誼會座談。

1985年　2月　22日，發表〈哈背牛年〉於《中國時報》人間副刊。

3月　　10日，發表〈南海慈航〉於《聯合報》副刊。

26日，發表〈鬼抽筋〉於《中華日報》副刊。

5月　　10日，發表〈鷓鴣天〉於《聯合報》副刊。

6月　　《此處有仙桃》由臺北九歌出版社出版。

《琦君寄小讀者》由臺北純文學出版社出版。

7月　　18日，發表〈紙的懷念〉於《中華日報》副刊。

31 日，《琦君寄小讀者》獲行政院新聞局優良圖書著作金鼎
獎。

9月　　11日，發表〈講英語〉於《世界日報》副刊。

10月　　10日，發表〈天下一家〉於《中央日報》副刊。

11月　　19日，發表〈吃大荣〉於《聯合報》副刊。

12月　　8日，發表〈胡蝶迷〉於《聯合報》副刊。

29日，發表〈「有我」與「無我」〉於《臺灣日報》副刊。

1986 年　1 月　〈一對金手鐲〉選載於《讀者文摘》中英文版。

　　　　2 月　21 日,《此處有仙桃》獲第 11 屆國家文藝獎散文獎。發表〈一點心願〉於《中華日報》副刊。

　　　　3 月　8 日,應邀出席由中華婦女聯合會美東分會主辦的「蔣公百年誕辰座談會」。

　　　　4 月　5 日,發表〈遙遠的祝福〉於《中華日報》副刊。

　　　　5 月　11 日,夏承燾於北平去世。

　　　　6 月　發表〈兩位裁縫〉於《婦友》雜誌。
　　　　　　　應邀出席休士頓中華婦女工商會美國總會演講「婦女與文學」。

　　　　8 月　19 日,發表〈一回相見一回老〉於《中國時報》人間副刊。

　　　10 月　18 日,入選光統圖書百貨公司主辦「我最愛的作家」票選活動前十名。
　　　　　　　21 日,發表〈借煙消愁愁更愁〉於《中華日報》副刊。
　　　　　　　〈髻〉選載於《讀者文摘》中文版。

　　　11 月　《玻璃筆》由臺北九歌出版社出版。

　　　本年　應邀出席舊金山國建會美西分會文學組座談。

1987 年　1 月　16 日,發表〈願天下眷屬都是有情人〉於《中華日報》副刊。
　　　　　　　24 日,發表〈「閨秀派」與醜惡面描寫〉於《臺灣日報》副刊。
　　　　　　　28 日,發表〈「芬芳」的厄運〉於《中國婦女》。

　　　　2 月　發表〈冬夏陽光〉於《婦友》雜誌。
　　　　　　　10 日,發表〈以「友」會「文」〉於《世界日報》副刊。
　　　　　　　25 日,發表〈學畫的故事〉於《中華日報》副刊。

　　　　3 月　9 日,發表〈窗前小鳥〉於《中華日報》副刊。
　　　　　　　20 日,發表〈電梯口的老婦〉於《中華日報》副刊。

4 月　　發表〈最後的旅程〉於《婦友》雜誌。

　　　　3 日,發表〈三十年點滴念師恩〉於《中國時報》人間副刊。

　　　　17 日,發表〈守時精神〉於《世界日報》家園版。

　　　　24 日,發表〈青燈有味似兒時〉於《中華日報》副刊。發表〈黃金之戀〉於《世界日報》副刊。

5 月　　22 日,發表〈文人與書生〉於《世界日報》副刊。

　　　　25 日,發表〈第一枝春花〉於《中華日報》副刊。

　　　　29 日,發表〈恩師的誨諭〉於《中華日報》副刊。

6 月　　發表短篇小說〈橘子紅了〉於《聯合文學》第 32 期。

7 月　　〈老太太與小玩意〉選載於《讀者文摘》中文版。

　　　　9 日,發表〈念蟋蟀〉於《世界日報》副刊。

　　　　13 日,發表〈守著螞蟻〉於《中央日報》海外版。

　　　　15 日,發表〈十步芳草〉於《中華日報》副刊。

　　　　27 日,發表〈若要足時今已足〉於《世界日報》副刊。

8 月　　10 日,發表〈難忘的歌〉於《世界日報》副刊。

　　　　19 日,發表〈也談「性」字〉於《中華日報》副刊。

　　　　26 日,發表〈兒子的禮物〉於《中華日報》副刊。

　　　　發表〈六十分〉於《婦友》雜誌。

9 月　　1 日,發表〈玟瑁髮夾〉於《世界日報》副刊。

　　　　17 日,發表〈讀禪話偶感〉於《中華日報》副刊。

　　　　發表〈中年讀書〉於《婦友》雜誌。

10 月　　22 日,發表〈字典的故事〉於《中央日報》國際版。

　　　　23 日,發表〈意在言外〉於《臺灣日報》副刊。

　　　　28 日,發表〈糖與鹽〉於《世界日報》副刊。

　　　　《琦君讀書》由臺北九歌出版社出版。

　　　　發表〈小茶匙〉於《婦友》雜誌。

11 月　11 日，發表〈第一〉於《中華日報》副刊。

17 日，發表〈但願虔修來世閒〉於《中央日報》副刊。

25 日，發表〈悲劇與慘劇〉於《中華日報》副刊。

發表〈忘年之樂〉於《婦友》雜誌。

12 月　2 日，發表〈千古浮名餘一笑〉於《中華日報》副刊。

9 日，發表〈惜生・愛生〉於《中華日報》副刊。

14 日，發表〈謝師宴〉於《臺灣日報》副刊。

發表〈「勞健險啊！」〉於《婦友》雜誌。

發表〈永恆的思念〉於《聯合文學》第 38 期。

本年　應邀出席由國建會於休士頓主辦的「第二屆北美華人學術研討會」。

應邀出席由休士頓國建會美西分會於霍斯敦華僑服務中心主辦的「國建會眷屬組文藝座談會」。

1988 年　1 月　7 日，發表〈淺近的領悟〉於《世界日報》家園版。

31 日，發表〈幼兒看戲〉於《中華日報》副刊。

發表〈艱難的成長〉於《婦友》雜誌。

發表〈靈犀一點〉於《幼獅少年》第 135 期。

2 月　2 日，發表〈撿來歲月〉於《中華日報》副刊。

5 日，發表〈電腦與人腦〉於《臺灣日報》副刊。

11 日，發表〈打雷與戰爭〉於《世界日報》副刊。

21 日，發表〈美國人的光榮〉於《中央日報》海外版。

22 日，發表〈淚珠與珍珠〉於《世界日報》副刊。

發表〈世間燈〉於《婦友》雜誌。

發表〈電影與我〉於《幼獅少年》第 136 期。

3 月　6 日，發表〈萬花筒〉於《中華兒童》。

26 日，發表〈忘掉了〉於《世界日報》副刊。

發表〈梯〉於《婦友》雜誌。

中篇小說〈橘子紅了〉選載於《讀者文摘》中文版。

《我愛動物》由臺北洪範書店出版。

4月　14日，發表〈傘之戀〉於《世界日報》副刊。

發表〈「你看到過我嗎？」〉於《婦友》雜誌。

兒童翻譯小說《涼風山莊》由臺北純文學出版社出版。

5月　25日，發表〈異國心情〉於《臺灣日報》副刊。

6月　28日，發表〈死生亦大矣〉於《臺灣日報》副刊。

29日，發表〈觀球記趣〉於《中華日報》副刊。

發表〈讀書瑣憶〉於《宇宙光》雜誌。

發表〈母愛無邊〉於《婦友》雜誌。

7月　30日，發表〈護生樂〉於《中央日報》副刊。

《青燈有味似兒時》由臺北九歌出版社出版。

發表〈晚年〉於《婦友》雜誌。

8月　3日，發表〈三代情〉於《中華日報》副刊。

4日，發表〈孤寂老婦〉於《世界日報》家園版。

18日，發表〈至美的心靈〉於《中華日報》副刊。

9月　16日，發表〈快樂週末〉於《世界日報》家園版。

21日，發表〈眼高手也高〉於《中華日報》副刊。

10月　1日，《琦君讀書》入選新聞局中小學生優良課外讀物第 6 次推介。發表〈小鳥離巢〉於《世界日報》家園版。

12日，發表〈滿心的關愛〉於《中華日報》副刊。

11月　19日，發表〈老人病與氣功〉於《中華日報》副刊。

26日，發表〈瞬息人生〉於《世界日報》副刊。

12月　5日，發表〈一片愛國心〉於《中華日報》副刊。

13日，發表〈耶誕老人〉於《國語日報》。

1989年　1月　4日，發表〈詼諧中的練達〉於《聯合報》副刊。

18日，發表〈蟹醬字〉於《聯合報》繽紛版。

發表〈和媽媽同生肖〉於《幼獅少年》第 147 期。

2 月　11 日，發表〈送鴿記〉於《中央日報》副刊。

20 日，發表〈惜生隨感〉於《世界日報》家園版。

22 日，發表〈人參的故事〉於《中華日報》副刊。

3 月　12 日，發表〈另一種啟示〉於《中華日報》副刊。

4 月　5 日，發表〈夕陽無限好〉於《中華日報》副刊。

15 日，應邀出席文建會與《中央日報》合辦之「潘人木作品討論會」，講評潘人木長篇小說《馬蘭的故事》。

26 日，發表〈一棵堅韌的馬蘭草〉於《中央日報》副刊。

5 月　發表〈代溝〉於《婦女》雜誌。

發表〈懷念兩位中學老師〉於《文訊》第 43 期。

6 月　16 日，臺北實體書店──「久大書香世界」統計 30 年來最暢銷的文學書與文學家，與龍應台、林清玄居榜首。

7 月　兒童翻譯小說《比伯的手風琴》由臺北漢藝色研文化公司出版。

8 月　6 日，發表〈爸爸教我們讀詩〉於《兒童日報》。

29 日，發表〈「留學」與「流學」〉於《世界日報》家園版。

9 月　1 日，發表〈長風不斷任吹衣〉於《聯合報》副刊。

赴臺南成功大學拜訪前輩作家蘇雪林。

應中華日報之邀請，於臺南市育樂中心主講「讀書寫字與感性生活」。

兒童翻譯小說《李波的心聲》由臺北漢藝色研文化公司出版。

與通信多年的年輕文友陳素芳、吳涵碧、周芬伶聚會。

10 月　1 日，《青燈有味似兒時》入選新聞局中小學生優良課外讀物第七次推介。

5 日，發表〈誠殺篇〉於《聯合報》副刊。

12 日，發表〈想上洋學堂〉於《聯合報》副刊。

《淚珠與珍珠》由臺北九歌出版社出版。

11 月　11 日，發表〈「好收藏者必竊」的印證〉於《聯合報》副刊。

12 月　20 日，發表〈冒煙的手提箱〉於《中華日報》副刊。

21 日，發表〈三淨素〉於《中央日報》副刊。

1990 年　1 月　24 日，發表〈母心‧佛心〉、〈嬰兒與盜賊〉於《聯合報》副刊。

26 日，發表〈大紅包〉於《中國時報》人間副刊。

發表〈良緣‧孽緣〉於《婦女》雜誌。

2 月　6 日，發表〈冬天的太陽〉於《世界日報》副刊。

28 日，發表〈蘿蔔大餐〉於《中華日報》副刊。

3 月　8 日，發表〈盲女柯芬妮〉於《世界日報》副刊。

4 月　3 日，發表〈一幕難忘的情景〉於《中央日報》副刊。

8 日，發表〈病中憶〉於《聯合報》副刊。

9 日，發表〈忙與閒〉於《臺灣日報》副刊。

15 日，發表〈照鏡子〉於《世界日報》家園版。

18 日，發表〈機器人和我〉於《中華日報》副刊。

25 日，發表〈仁心仁術〉、〈寂寞童心〉於《中華日報》副刊。

5 月　18 日，發表〈幼兒的心願〉於《中華兒童》。

27 日，發表〈小羊〉於《中華兒童》。

7 月　4 日，發表〈聾啞夫妻〉於《中華日報》副刊。

16 日，發表〈餐桌上的無聲〉於《聯合報》副刊。

8 月　合集《文與情》由臺北三民書局出版。

10 月　16 日，發表〈友情與愛情〉於《聯合報》副刊。

19 日，發表評論吳玲瑤《女人的樂趣》的〈珠玉繽紛〉於《世界日報》副刊。

《母心‧佛心》由臺北九歌出版社出版。

本年　應邀出席由國建會於紐約主辦的「第三屆北美華人學術研討會」。

1991年　1月　12日，應邀返臺出席《中央日報》與國家文藝基金會主辦之「現代文學討論會」，會中由夏志清講評琦君作品。

2月　8日，發表〈舊睡袍的懷想〉於《世界日報》副刊。

12日，發表〈故鄉的農曆新年〉於《聯合報》副刊。

24日，發表〈看廟戲〉於《中華兒童》。

3月　17日，發表〈一把椅子〉於《世界日報》副刊。

4月　5日，應邀出席由世界華文作家協會北美分會主辦的文學座談會。

24日，發表〈媽媽銀行〉於《聯合報》副刊。

7月　13日，發表〈分享之樂〉於《中華日報》副刊。

《一襲青衫萬縷情》由臺北爾雅出版社出版。

9月　9日，發表〈「笨」的隨想〉於《聯合報》副刊「文人之笨」專輯中。

30日，發表〈「笨」的隨想〉於《世界日報》副刊。

中篇小說《橘子紅了》由臺北洪範書店出版。

應中國婦女寫作協會之邀請，創作散文〈做個「學堂生」〉，收錄於中國婦女寫作協會、行政院新聞局企劃主編的《我們的八十年》，由臺北時報文化出版社出版。

10月　1日，《母心‧佛心》入選新聞局中小學生優良課外讀物第九次推介。

13日，應邀出席於洛杉磯西來寺舉辦的「海外女作家第二屆大會」。

16日，應邀出席由婦女會主辦的「南加州臺灣醫學會」。

1992 年　1 月　24 日,《橘子紅了》獲《聯合文學》主辦「八十年度十大文學好書」之讀者專選好書。

29 日,發表〈釣魚〉於《中華日報》副刊。

31 日,發表〈鐵樹開花〉於《中央日報》副刊。

2 月　1 日,發表〈小叔寫春聯〉於《中華日報》副刊。

19 日,發表〈尷尬年齡〉於《中華日報》副刊。

兒童翻譯小說《愛吃糖的菲利》由臺北九歌出版社出版。

3 月　18 日,發表〈遛狗〉於《中央日報》副刊。

兒童翻譯小說《好一個餿主意》由臺北遠流出版社出版。

應邀出席北卡羅萊那州書友會,參加「寫作的心路歷程」座談會。

5 月　13 日,發表〈蛇經〉於《中華日報》副刊。

應巴黎華僑文教服務中心邀請出席巴黎海華文藝季座談會,主講「文學的世界」。

6 月　3 日,發表〈三十頭〉於《中國時報》人間副刊。

21 日,發表〈小仙童〉於《中華兒童》。

7 月　15 日,發表〈藍衣天使〉於《聯合報》副刊。

9 月　《媽媽銀行》由臺北九歌出版社出版。

10 月　1 日,應邀出席由中國民主促進會舉辦的「北京文教座談會」。

27 日,應中國北京人民大學邀請,演講「個人對文學創作的主張」。

11 月　23～25 日,返臺參加由世界華文作家協會於臺北圓山飯店主辦的「第一屆世界華文作家大會」。

12 月　4 日,應臺灣大學邀請於臺灣大學綜合大樓禮堂舉行演講,題目為「我寫作的心路歷程」。

11 日,發表〈萬水千山師友情〉於《世界日報》副刊。

本年　應臺灣大學中國文學系邀請，演講「新舊文學的共通性」。

1993 年　2 月　2 日，發表〈中個女狀元〉於《中國時報》人間副刊。

6 日，發表〈關公借錢〉於《新亞時報》副刊。

3 月　9 日，發表〈我愛紙盒〉於《中華日報》副刊。

30 日，發表〈奶奶的洋娃娃〉於《國語日報》。

4 月　18 日，發表〈中個女狀元〉於《中央日報》副刊。

5 月　29 日，發表〈好鳥歸來〉於《中央日報》副刊。

6 月　2 日，發表〈媽咪，我愛你〉於《世界日報》副刊。

8 日，應邀出席由全美中華婦女聯合會主辦的「大紐約區國語演講比賽」。

7 月　12 日，發表〈生活隨感〉於《世界日報》副刊。

8 月　14 日，發表〈她的困惑〉於《中央日報》副刊。

23 日，發表〈男朋友〉於《中國時報》人間副刊。

28 日，發表〈舊書新意〉於《世界日報》副刊。

9 月　30 日，發表〈一點領悟〉於《世界日報》副刊。

11 月　6 日，應邀出席波士頓「紐英崙中華三州專業人員協會雙週年會議」的文學座談，討論文藝在 90 年代的新挑戰。

12 月　15 日，發表〈電腦與煩惱〉於《中華日報》副刊。

11 月　16 日，入選北京現代文學館策劃「臺灣當代著名作家代表大系」叢書，其餘代表作家有林海音、黃春明、林文月、余光中、張秀亞、彭歌、徐鍾珮等人。

本年　應邀出席由全美中華婦女聯合會主辦的「願天下眷屬都是有情人座談會」。

1994 年　1 月　9 日，發表〈爺爺的味兒〉於《中華日報》兒童版。

3 月　29 日，發表〈別針風波〉於《聯合報》副刊。

4 月　7 日，發表〈飄雪的春天〉於《中華日報》副刊。

發表〈兩代〉於《幼獅文藝》第 210 期。

5 月　　4 日，獲選為臺灣電視公司「談笑書聲」節目及《大成報》合辦的「十大最受歡迎女作家」得獎者之一。

7 日，發表〈媽媽罰我跪〉於《聯合報》副刊。

7 月　　12 日，發表〈孤兒的哀泣〉於《中華日報》副刊。

9 月　　11 日，發表〈放走一隻小飛蟲〉於《中華日報》兒童版。

11 月　　17 日，發表〈三個不同的快樂週末〉於《國語日報》。

1995 年　2 月　　《萬水千山師友情》由臺北九歌出版社出版。

兒童翻譯小說《小偵探菲利》由臺北九歌出版社出版。

5 月　　14 日，發表〈母親的心情〉於《世界日報》副刊。

6 月　　7 日，發表〈媽媽炒的酸鹹菜〉於《國語日報》。

12 日，發表〈橋頭阿公〉於《世界日報》副刊。

7 月　　27 日，發表〈瀟灑話壓力〉於《世界日報》副刊。

8 月　　9 日，發表〈真與假〉於《自由時報》副刊。

9 月　　14 日，發表〈忘掉了也好〉於《聯合報》副刊。

10 月　　應美國華府華文作家協會之邀，演講「我怎樣走上寫作之路」。

1996 年　3 月　　17 日，發表〈第一次坐火車〉於《星島日報》。

4 月　　27 日，發表〈談寫作念恩師〉於《中華日報》副刊。

28 日，發表〈萬金油的故事〉於《中華日報》副刊。

8 月　　15 日，發表〈給丘秀芷的信〉於《中國時報》人間副刊。

9 月　　《母親的書》由臺北洪範書店出版。

1997 年　4 月　　兒童翻譯小說《菲利的幸運符咒》由臺北九歌出版社出版。

5 月　　6 日，發表〈父親的兩位知己〉於《中央日報》副刊。

6 月　　高雄師範大學國文研究所碩士論文，何淑貞教授指導，邱珮萱撰寫的《琦君及其散文研究》，為臺灣第一本以琦君為主的學位論文。

7 月　　28 日，發表〈再哭一點點〉於《中國時報》人間副刊。

　8 月　　11 日，發表〈雙親〉於《中國時報》人間副刊。

　11 月　　16 日，發表〈親子情〉於《中國時報》人間副刊。

1998 年　2 月　　《永是有情人》由臺北九歌出版社出版。

　5 月　　28 日，發表〈仁心仁術〉於《中國時報》人間副刊。

1999 年　3 月　　19～21 日，由文建會主辦，《聯合報副刊》承辦的「臺灣文
學經典研討會」，選出 30 本「臺灣文學經典」。《煙愁》入選
散文類經典。

　6 月　　11 日，發表〈鄉音不改〉於《中國時報》人間副刊。

　10 月　　1 日，《永是有情人》入選新聞局中小學生優良課外讀物第 17
次推介。

2000 年　6 月　　鮑瑞磊等人翻譯之《琦君散文選中英對照》，由臺北九歌出版
社出版。

　10 月　　12 日，在美國新澤西州進行大腿髖骨手術。

　本年　　獲第六屆海外華文女作家大會頒贈「終身成就獎」。

2001 年　5 月　　26 日，參加由北美華文作家協會舉辦的第五屆會員代表大
會，與鄭愁予、王鼎鈞、夏志清同獲特別獎。

　7 月　　夏美華改編小說《橘子紅了》為同名電視連續劇，在臺灣公
共電視臺播出，轟動海峽兩岸。

　10 月　　22 日，琦君返回離別半世紀的故鄉——浙江瞿溪，參加由瞿
溪鎮政府修葺琦君故居（潘宅）而成立的「琦君文學館」開
館典禮。琦君文學館座落於中國浙江省溫州市甌海瞿溪鎮三
溪中學內，展館規劃為正廳、生平室、作品陳列室、名家評
論、讀者來信、名言摘錄等六部分。

2002 年　1 月　　14 日，金石堂書店主辦 2001 年「年度出版紀事」票選活
動，琦君與《天下雜誌》發行人殷允芃一同獲選為「年度出
版風雲人物」。

《母親的金手錶》由臺北九歌出版社出版（選錄《水是故鄉甜》、《此處有仙桃》），登上臺灣暢銷書排行榜，並盤踞榜上多時。

3 月　《夢中的餅乾屋》由臺北九歌出版社出版（選錄《萬水千山師友情》、《淚珠與珍珠》）。

7 月　兒童文學《桂花雨》，黃淑英繪圖，由臺北格林文化公司出版。

2003 年　12 月　31 日，散文集《母親的金手錶》榮登金石堂年度 TOP 大眾散文類。

2004 年　1 月　31 日，《琦君寄小讀者》入選由臺北市立圖書館、民生報及國語日報主辦的第 47 梯次「好書大家讀」評選活動。

5 月　1 日，小說《橘子紅了》進金石堂暢銷書排行榜，並獲得「最愛 100 小說大選」第 67 名。

6 月　與丈夫返臺定居於淡水。

兒童文學《玳瑁髮夾》，黃淑英繪圖，由臺北格林文化公司出版。

9 月　19 日，出席由三民書局與《中國時報‧開卷周報》共同主辦的「琦君迷同學會」，為返臺後首次公開露面，林良、郭強生、鍾怡雯等皆受邀參與。

10 月　15 日，獲總統頒授二等卿雲勳章。

12 月　1 日，應邀參加由國立中央大學圖書館主辦的「水是故鄉甜──琦君作品研討會暨相關資料展」，展出時間為 12 月 1 日至 12 月 15 日；開幕當天，於「琦君作品研討會」聆聽張瑞芬〈琦君散文及其文學史意義〉、林秀蘭〈從花果飄零到靈根自植──綺君的離散書寫〉、莊宜文〈《橘子紅了》的本文衍義〉之討論。

2005 年　6 月　28 日，《鞋子告狀：琦君寄小讀者》入選新聞局中小學生優

良課外讀物第 24 次推介。

12 月　15 日，應邀出席由國立中央大學中國文學系於臺灣師範大學
會議廳舉辦的「琦君研究中心」開幕茶會。「琦君研究中心」
爲李瑞騰教授自 2004 年 12 月琦君重返校園參加「水是故鄉
甜——琦君作品研討會暨相關資料展」後動念，歷經一年的
籌備，終告成立，並在開幕當天舉辦「永恆的溫柔——琦君
及其同輩女作家學術論文研討會」。

15～16 日，國立中央大學中國文學系「琦君研究中心」於臺
灣師範大學會議廳主辦「永恆的溫柔——琦君及其同輩女作
家學術論文研討會」，發表人爲封德屏、梁竣瓘、汪淑珍、朱
嘉雯、許秦蓁、曾萍萍、洪珊慧、林淑貞、黃慧鳳、應鳳
凰、侯雅文、羅秀美、林淑媛、李栩鈺，共發表 14 篇論文。

12 月　17 日，國立中央大學中文系「琦君研究中心」於臺北佛光山
道場舉辦「琦君文學專題研究」研究生論文發表會，發表人
有陳威宏、楊毓絢、賴婉玲、林胤華、陳建隆、許芳儒、李
家欣、簡瀅灩、辜韻潔，發表論文 9 篇。

本年　大陸廣西師範大學出版社推出《中國女性文學讀本》，收錄中
國、臺灣、香港、澳門重要女作家作品，臺灣女作家有琦
君、張秀亞、三毛、袁瓊瓊、蘇偉貞等入選。

2006 年　1 月　宇文正著《永遠的童話——琦君傳》，由臺北三民書局出版，
是唯一由琦君授權的傳記。

24 日，《永是有情人》入選由臺北市立圖書館、《聯合報》及
《國語日報》主辦的第 49 梯次「好書大家讀」。

4 月　30 日，應邀出席亞洲華文作家文藝基金會舉辦的「向資深作
家琦君女士致敬」典禮，於臺灣大學校友聯誼社舉行，獲頒
「資深作家敬慰獎」。作家司馬中原、丘秀芷、符兆祥、初安
民、季季等人都出席觀禮。

5 月　13 日，因感冒感染肺炎，住進和信醫院。

20 日，因呼吸困難，住進加護病房插管治療。

6 月　7 日，凌晨 4 時 45 分因肺炎病逝於臺北。

19 日，於臺北市立第二殯儀館懷恩廳舉行告別式。臺灣文學館代館長吳麗珠頒贈總統褒揚令，由琦君獨子李一楠受領，表揚了琦君一生於文學上的成就。

7 月　24 日，由國立中央大學中國文學系琦君研究中心、九歌文教基金會共同舉辦的「細雨紛飛，燈花已落——懷念永遠的琦君」追思會，在臺北市立圖書館舉行。追思會由國立中央大學副校長葉永烜主持，臺大中文系教授何寄澎、玄奘大學中文系教授鄭明娳、國立中央大學中國文學系琦君研究中心主任李瑞騰教授分別發表專題演講，出版界、作家及琦君的故舊門生等也都出席參與。

2007 年　1 月　翻譯小說《英譯橘子紅了 *WHEN TANGERINES TURN RED*》，由臺北三民書局出版。

6 月　4 日，三民書局舉行「永遠的童話——琦君逝世周年」紀念專題展同步於臺北市復興北路、重慶南路門市及該網路書店舉行。

8 月　27 日，國立臺灣文學館及國立中央大學中國文學系「琦君研究中心」共同主辦「《琦君書信集》新書發表暨座談會」，該書收集琦君自 1971 年至 2004 年與文友來往之信件，共 375 封，與會者有李唐基、封德屏、莊宜文、周芬伶、應鳳凰、陳素芳等。此書信集為應國立臺灣文學館代理館長吳麗珠所託，希望琦君有關資料能入館典藏，在與李唐基先生多次商量後，決定蒐集琦君的書信，並委託國立中央大學中文系琦君研究中心進行將近一年的編印計畫，經過長期的徵集整理而成。

2010 年　　3 月　　20 日，由中共溫州市委宣傳部、市臺辦、市教育局、市廣播
電視總臺主辦的 2010 年「一鳴盃」琦君文學獎開始徵文，對
象是溫州市所有中學生，投稿日期截至 5 月 20 日止，並於同
年 6 月 4 日在三溪中學舉行頒獎典禮。琦君文學獎是 2003 年
由琦君故居所在地的三溪中學設立，由琦君每年出資 1000 美
元獎勵優秀的校園文學創作，在 2006 年琦君過世後，由她的
丈夫李唐基先生繼續資助，直到本年首次擴大徵文，並改由
溫州市政府舉辦。

參考資料：

・宇文正，《永遠的童話──琦君傳》，臺北：三民書局，2006 年 1 月。

・章方松，《琦君的文學世界》，臺北：三民書局，2004 年 9 月。

・隱地編，《琦君的世界》，臺北：爾雅出版社，1980 年 11 月。

・網站：五〇年代文藝雜誌及作家影像資料庫 http://tlm50.twl.ncku.edu.tw/wwqj1.html。
最後瀏覽時間：2011 年 1 月 19 日。

・林鈺雯，〈琦君年表〉，《琦君散文的抒情傳統》，國立彰化師範大學國文系，2005 年 6
月。

輯三◎
研究綜述

打開記憶的金盒子
琦君研究的典律化迷思

◎周芬伶

一、前言——琦君的寫作年代

　　從上個世紀中葉到這個世紀初，琦君研究也有半個世紀，嚴格說來並不長。跟魯迅、張愛玲相比，研究的總量少很多，她還比張愛玲年長三歲呢！她的第一篇作品〈金盒子〉被討論得最多，這篇看來溫馨的作品，埋藏著作者對至親的痛，它的研究者在風格、意象、修辭的討論可謂多矣，新批評的研究法在琦君研究中占大宗，但她的特殊性就在於：1.風格鮮明，易於辨識；2.語言明白曉暢，是詩詞的口語化與現代化，但無法拆碎來談；3.人物刻畫生動，如真人重現；4.對話幽默可愛，敘事感人如小說與戲劇。這些特點也造成研究的盲點：也就是大家都喜歡都明白，但做出來的研究很難突破，它像一個黑洞般，深不可測。

　　她的典範無可置疑，但納入文學史中總是找不到確切的位置，難道她也是典律之難以典律化的例子？如張愛玲。琦君通常被指為溯源於冰心、朱自清，又與林海音、張秀亞並稱，單獨談她確實不易。

　　為什麼？為什麼？為什麼？

　　且讓我們從頭說起。

　　琦君的創作以散文與小說並寫的狀態發端，成名出書都比一般作家晚，初來臺時因好友孫多慈介紹，認識文壇前輩蘇雪林與謝冰瑩，在她們鼓勵下寫出〈金盒子〉投到《中央日報》副刊，那是 1949 年 5 月，這篇文章成為她與先生的媒人，李唐基因欣賞此篇文章而寫信給她，兩人因此締

結良緣，丈夫是她的文學知己及支柱。之後還有〈飄零一身〉等散文，原本寫散文的她在《明天》月刊主編杜衡之的建議下，寫出短篇小說〈姊夫〉，成爲《文壇》月刊創刊號的第一篇小說，可以說她初入「文壇」是小說與散文並重，後來散文的成績太亮眼，而至掩蓋小說，至 1990 年代以《橘子紅了》再攀寫作高峰，小說再被注意，所以她不完全是散文家，也是小說家，創作超過半個世紀，可謂廣大流行。

　　琦君出道晚，成名也晚；〈金盒子〉在 1949 年刊出，1954 年第一本散文小說合集《琴心》才出版，那時她已 38 歲；第一本書即獲好評，銷售成績也不錯；柳綠隨即在《中國一周》發表評論〈梅花的化身──琦君〉。第一本散文集《溪邊瑣語》於 1962 年出版，她 46 歲。而開始引人注目的是 1963 年的《煙愁》，這時已近五十歲，是一個成熟母親書寫對故鄉母親的懷念；這種雙重母親的形象已經確立，彷彿她從未年輕過。大家對她早年的生活與內心世界較無從理解，尤其是戰爭時期與戰後到初來臺的生活；這在她早期的小說《琴心》、《百合羹》、《菁姐》有些微吐露。但琦君以散文成爲大家之後，早期的研究一直在懷舊與母愛之間徘徊不去，這在 1990 年代才有轉變。琦君的論文可說是現代散文研究的顯學，數量之多之精可謂奇觀。中央大學成立「琦君研究中心」，中國大陸於 2001 年在溫州成立「琦君文學館」；可說自有琦君，即有戰後懷舊散文之討論，也即有來臺女性散文研究。

　　她從 1940 年代出發，1950 年代崛起，1960 年代成名，說她是 1940、1950、1960 年代皆不恰當。因爲她的〈金盒子〉發表在 1940 年代，比林海音、潘人木早，年紀也略長於她們。況且從 1949 年到 1963 年《煙愁》出版中間長達 14 年，她的文學活動十分活躍。她與林海音、鍾梅音、沉櫻的交遊密切，及受《中央日報》副刊「婦女家庭版」主編武月卿及《文壇》主編劉枋欣賞而邀稿，從 1950 年到 1953 年連續在《婦女週刊》刊載 12 篇散文，然後收在《琴心》中；還有她初任書記官擔任司法行政部編審，曾編寫一套受刑人訪談及教材；另 1953 年張漱菡編第一本女作家選

集，她為此創作短篇小說〈梅花的蹤跡〉；小說集《琴心》、《百合羹》也在1950 年代出版。因此陳芳明定位她為 1950 年代，張瑞芬定位她為 1960 年代作家皆有失準，確切來說琦君是戰後初期作家，或第一代來臺女作家，而且是跑在許多作家前面。

琦君的研究史可看出文學典範建構的過程。尤其是散文家，她如何從一個擅寫鄉愁與母親的能手，變成「讀琦君的作品長大的」[1]擁有廣大書迷的散文經典，影響年輕與其後作家，成為從七歲到七十歲都能讀的作家，並享有文學史上難以取代的位置，確實值得探討。

二、溫柔敦厚——抒情美文的典範

散文這文類在文學史的地位極為奇特。它是古文的再革命，中西的混血兒，曾是古典文學的主流，而後在詩與小說的夾縫中求生存；它的另一面是雜文亦即知性散文。琦君之前的在臺散文大家如梁實秋即以小品文名世，他所服膺的新古典主義，是反五四的浪漫主義與抒情傳統的。他強調「散文之美，美在簡單」，大力提倡 600 字的小品，因此也造成專欄方塊文章廣大流行。但在同時代的林海音、張秀亞、胡品清的抒情美文更為深入人心；徐志摩、朱自清的散文也頗受讀者喜愛，他們的作品率先被選入國文課本與現代文藝課程中；而琦君的作品雖較晚選入，卻是重要參考書與中小學生重要課外讀物，對於琦君的重視順序，先是教育工作者與讀者，然後才是評論者。

跟其他文類相比，早期散文的研究也晚於其他文類。一直要到 1970 年代，才有專書討論大陸早期的散文家，如周作人、朱自清、徐志摩、林語堂、冰心等人，且多以文學史或集團的概念簡單劃分；彼時臺灣還在戒嚴時期，因此左翼作家如魯迅、茅盾、巴金等人鮮少有人提及。戰後女作家最常被提及的是潘人木、謝冰瑩、蘇雪林、孟瑤；蘇雪林的〈綠天〉是較

---

[1]林良〈描繪溫馨人間的藝術家——讀琦君傳記《永遠的童話》〉，《永遠的童話——琦君傳》序，臺北：三民書局，2006 年，頁 2。

早被選入國文教材中，然後是鍾梅音、張秀亞，琦君算是晚的。

　　琦君的作品在 1960 年代才真正受到注意。李豐楙的《中國現代散文析論》選入當代十大散文家，並提及「琦君此期內的散文，成就頗高，凡有《溪邊瑣語》、《煙愁》等，敘事體物，平實動人，所寫多追憶往事，親切而有味，逐漸奠定其散文家風格」。較爲早期的研究（1954～1985 年）收進隱地編的《琦君的世界》中，此書的訪談記錄其單篇及單本作品評價；或從作家與作品風格關係討論；或從散文與小說文類角度切入；或從她家談起（如與朱自清作比較），似是歸爲承襲朱自清（五四傳統）或溫柔敦厚文風之肇始，誠如李又寧所言：

> 技巧不是琦君成功的主要因素，技巧靠努力是可以學到的。琦君具有學不來的秉質，那是她的真摯敦厚。她的文章自然生動、細膩婀娜，充滿了對世人和萬物的關愛。在人海，她隨處尋覓溫暖、記述溫暖、散播溫暖和慰安。[2]

　　另外思果強調她的人情味，尤其是寫母親「活在紙上，使我們如見其人，如聞其聲」[3]，由此初步建立琦君文學評價的基調，即「真摯敦厚」的文風，及書寫母親之生動感人。這是 1975 年，接著 1986 年鄭明娳《現代散文縱橫論》中提到：

> 琦君是典型的閨秀作家，繼承冰心以降的抒情傳統，在感性散文掛帥的今天，她抒情的風格，仍爲大多數女性作家所依承。而她，跨越了戰前與戰後，不論在抒情散文的成就及時代上的意義，都是最有代表性的人物。[4]

---

[2] 李又寧〈談琦君的散文（上、下）〉，《聯合報》，1979 年 12 月 29～30 日，第 8 版。
[3] 思果〈落花一片天上來──讀琦君女士的散文〉，《中國時報》，1975 年 12 月 21 日，第 12 版。
[4] 鄭明娳〈序〉，《現代散文縱橫論》，臺北：長安出版社，1986 年 10 月，頁 2～3。

　　鄭明娳是較早有系統研究散文理論與美學的散文作者兼研究者，她的散文三書[5]幾乎是早期研究散文必讀的一套書。雖然結構與理論較為單薄，但在「重男輕女，偏中輕臺」的嚴選中，獨立一章討論琦君確是開風氣之先。她肯定琦君對人物的刻畫，其中尤以母親最為成功，她又指出其成功的因素：敏銳的感受力、真摯的情人眼、大家閨秀的風範、豐富的舊經驗、迅捷的聯想力與判斷力、純熟的文字技巧及清明的知性。她提出的優點可謂總結前人之說，但她也指出其局限。如敘述往事時，常加以詮釋，反造成畫蛇添足的結果；又如琦君在書名上已能留意文字之錘鍊，若能擴展至文章中的文句、結構及文意的含蓄內斂上，想必會更上層樓。這些「建議」可能就是琦君為文的特色，很難說是否有用。何寄澎則觀察到臺灣散文中的女性描寫雖以母親為大宗，但認為琦君的不同在於「琦君的母親勤勞、節儉、容忍、慈祥——傳統中國婦女三從四德之集於一身；比較特殊的是，終其一生似乎未得丈夫之愛情，故在其平和優美形象的背後，其實充滿悲劇色彩」[6]。琦君筆下的母親不僅是她寫作的主軸，就像永遠解不開的心結或情結，也成為她的獨門功夫。因此夏志清給予琦君極高的評價，他把〈一對金手鐲〉與魯迅的〈故鄉〉相比，卻沒有魯迅的灰暗色調，又說：

　　我以前曾把琦君同李後主、李清照相比，現在想想，她的成就，她的境界都比二李高。二李只想到自己的處境，自己的哀樂，胸襟實在太狹小。[7]

---

[5]指其《現代散文縱橫論》（1997年）、《現代散文類型論》（1992年）、《現代散文構成論》（1998年），臺北：大安出版社。

[6]何寄澎〈當代散文中的女性形象〉，《當代臺灣女性文學論》，臺北：時報文化出版公司，1993年，頁283。

[7]夏志清〈夏志清論〈一對金手鐲〉〉，收於隱地編《琦君的世界》，臺北：爾雅出版社，1985年6月，頁151。

夏志清 1974 年在《書評書目》第 17 期上看到彭歌〈琦君的《煙愁》〉這篇書評後，也就忍不住要把自己想說的話寫成一封信，發表於《書評書目》的下一期。他在信裡把琦君與古今四位名家（三位是女性）相提並論：

> 琦君的散文和李後主、李清照的詞屬於同一傳統，但它給我的印象，實在更真切動人。詞的篇幅太小，意象也較籠統，不能像一篇散文這樣可以暢表真情。第一流的散文家，一定要有超人的記憶力，把過去的真情實景記得清楚。當年蕭紅如此（她的回憶錄《呼蘭河傳》是現代中國文學經典之作，實在應該重印），現在張愛玲如此，琦君也如此。[8]

夏志清品評作品常有慧眼，有時至神，把琦君的作品地位置於二李之上是否恰當？在王國維《人間詞話》中，李後主被視為神品，其作品與基督之「血書」並稱之；李清照前後期作品各具風格，李後主亦然。所謂「大家」至少應具備幾個條件：1.承先啓後；2.多樣風格；3.作品水準整齊，不至參差不齊。在 1970 年代可說是琦君聲望攀至最高之時，但都集中在散文的討論上。在此之前她寫出散文《煙愁》、《紅紗燈》、《桂花雨》、《三更有夢書當枕》、《青燈有味似兒時》，這五本書是琦君散文最豐富也是最成熟之作，莫怪當時的評價這麼高。之後她的風格更加確定，而題材難有所變化，然楊牧認為她的不變也是優點：

> 琦君是不刻意求變的，唯以不變應萬變，竟數十年於茲，還能勝過恓恓惶惶的散文家，這可證明她的原始面貌最正確……琦君以她的敏感和學識做她文學的骨架。洗練的文字布開人情風土的真與善，保守自持，為這一代的小品文樹立溫柔敦厚的面貌和法則。[9]

---

[8]夏志清〈雞窗夜靜思故友〉，《聯合報》，2006 年 10 月 3 日，E7 版。
[9]楊牧《《留予他年說夢痕》——琦君的散文〉，《聯合報》，1980 年 9 月 13 日，第 8 版。

　　從承襲到風格的確立，而成爲散文的法則，這個過程並沒有太久，風格到底是變或不變好？在 1980 年代的作品《水是故鄉甜》、《此處有仙桃》、《珍珠與淚珠》顯然是既定風格延續之作。在 1980 年代女作家輩出，女性意識高漲之際，琦君的作品是否具有女性意識、是否重覆的疑惑漸漸浮出。在 2001 年之前的學術研究一直擺放在傳統母性的討論上，如邱珮萱《琦君及其散文研究》（1997 年）、張佩珍《臺灣當代女性文學中的母女角色關係探討》（2001 年）。從「真摯敦厚」到「溫柔敦厚」，楊牧可說是定調的主要推手，他自己是散文大家，因此對散文的看法別有會心，「她並不以今天的眼光和口氣，來判別敦厚和怨懟。對於傳統女性外在美的影響，只維持童年時代簡單的口氣，看似駁雜，其實是最嚴密的技巧──童年觀察環境的眼光是今日琦君人情通達的心思還原後，無阻礙的直接的投射。」琦君對此的看法，在〈溫柔敦厚〉中就有直接回答，她認爲《詩經》裡所描寫的愛，都是一種溫柔敦厚的愛。無論是親子、朋友、情人或夫婦間，都是那麼蘊藉而且永恆，這才見得愛的真諦、愛的偉大；遇到好人寫下好人並不能凸顯其溫厚，碰到不好的人還能對他好這才是真的溫厚。她說：

> 我大半生中所遭遇到的許多事、許多人物，並不個個都像我回憶童年文中的人物那麼純樸善良。年輕時，我想寫那些人和事是由我的厭惡與憎恨，現在已完全沒有厭恨，只有同情與憐憫。[10]

　　回想琦君的文章，尤其是她最好的文章，都是起源於某種傷痛或怨恨，曾親近她的人都知道她是一個道德感很強的人，有時出口不饒人，但她對寫文章態度太謹慎，又深受佛心感化，故常將怨氣化爲「愛語」，這是她的文章之所以感人之處。另外，在愛語背後不能言說的身世，作爲一

---

[10]琦君〈讀〈移植的櫻花〉──給歐陽子的信〉，《與我同車》，臺北：九歌出版社，1979 年，頁180。

再成爲孤女的痛苦，隱藏在文中，形成具有「刺點」的一幕幕往事畫面，以及可以融化人的熱情，這是她的散文看似簡單其實深刻之處。

2001 年廖玉蕙親訪琦君，提出讀者長久以來的疑惑，即「溫柔敦厚」與「風格固定」的問題：

> 廖：妳太客氣了。妳的散文裡，對怨恨、憤怒這類的情感似乎是抱定原則不想多寫，固然有人稱讚妳的溫柔敦厚，但是，也有人因此批評妳的文章因為過度的溫柔敦厚，筆下常成是非不分的菩薩心腸。妳對這樣的評論同意嗎？或者有不同的看法？是不是老一輩的文人比較重視社會教化的功能的緣故？妳是不是認為文學思維的啟蒙事小，人生態度的導引事大？
>
> 琦：我接受，我也承認、也曉得老是寫好的一面，天底下哪那麼多好事情呢？可是我覺得，社會上壞事情已經很多了，所以為什麼不把好的一面表現出來呢？有些朋友也會問我：「妳每次都寫好的，那妳自己不是也會生氣？妳生氣說話不見得都是很客氣、很文雅的啊！」我現在經驗多了、體會深了，我想如果我再寫，也會把壞的一面寫出來。不過我先生就講：「算了吧，妳這麼大年紀，還去寫壞事情。」所以，這恐怕是很難的，因為這筆已經成習慣了，寫好的寫慣了，一寫，心裡想到的都是溫馨的。[11]

這一段問答，似乎解答一些疑問，但也引來更多疑問，尤其是琦君喃喃自問：「難道不是這樣的？」、「難道真的一再重覆？」，琦君的錯愕顯然從未想過這些問題。

---

[11]廖玉蕙〈在彩色與黑白的網點之後〉，《自由時報》，2001 年 11 月 9～10 日，第 39 版。

三、舊箱子也是金盒子──傳統底下的個人才華

　　做爲理解琦君文學人品特質的捷徑，這邊或許有兩句話很值得參考。一個就是琦君在〈浮生半日閒〉裡的自述：「坐在一口舊箱子上，什麼都不用力看，是藝術的最高境界」[12]；另外一個則是楊牧在〈留予他年說夢痕──琦君的散文〉[13]中對琦君的點評：「永遠是無害的淺愁，不是傷人的哀歎……時常能於筆端瀕近過度之前，忽然援引一句古典詩詞，以蒙太奇的形聲交錯，化解幾乎逾越限度的憂傷，搶救她的文體於萬險之中，忽然回頭，保持琦君散文的溫柔敦厚，而且更博更廣。」

　　在琦君的自述中，舊箱（鄉）子作爲一種象徵，同時聯繫兒時生活的物質記憶。原鄉追尋與文學傳統等細節的描述，而「不用力看」，因爲不只是一切需要看的，都已經在這口舊箱子底，也因爲用力看未免過於刻意，少了一點細緻、含蓄與不經意的情趣。有趣的是，這個個人與傳統的關係，也以換句話說的方式出現在楊牧口中。

　　顯而可見的是，楊牧透過琦君也同時偷渡了他個人的文學觀，對文學家的自我期許，如何透過傳統與個人才華建立避免庸俗與絕望的堡壘。如同樣也是新批評重要推手的現代主義詩人艾略特，在他的經典評論〈傳統與個人才華〉中提到所謂的經典，即是「傳統底下的個人才華」的還魂與肉身展現。做爲一名詩人，一個人才得以終日徘徊佇立於河畔邊，而不被視爲棄人怨婦；做爲一名繼承文學傳統的詩人，這名流連忘返者才有機會在墜入河流深淵之前，被傳統一把拉住。

　　大傳統的歷史底下有它才華洋溢的小個人，但才華洋溢的小個人也有自己生命的大傳統，夏志清認爲琦君終其一生都在寫一本「巨大的回憶錄」[14]。用琦君自己的角度來看，自己的過去與傳統的養成，是一口不多不

---

[12]琦君〈浮生半日閒〉，《琦君自選集》，臺北：黎明文化公司，1986 年。

[13]楊牧〈留予他年說夢痕──琦君的散文〉，《聯合報》副刊，1980 年 8 月 13 日。

[14]夏志清〈現代中國文學史四種合評〉，原發表於《現代文學》復刊第 1 期（1977 年 7 月），收入夏志清《新文學的傳統》，臺北：時報文化出版公司，1979 年。爾雅版《琦君的世界》節錄部分，

少恰好接近滿足心靈所需的百寶箱，不足處只需要稍微往外「不用力看」。
而對於楊牧來說，透過傳統的授權與保護，琦君的落寞憂鬱，始終微妙的
擺盪在剛好的振幅規律裡，只要一有危機，傳統就會伸出援手將其化解。

　　琦君的第一口「舊箱子」是關於故鄉與童年初始經驗，陳玉玲〈女性
童年的烏托邦──童年的烏托邦〉以精神分析的手法，分析了琦君對於童
年烏托邦的想像與期望。她認為琦君的故鄉根植在童年之中，無男女性別
之分。為了長保清新，琦君有能力將童年自絕於憂慮、烽火之外，也「與
成人的世界隔絕」、「童年獨立的時空，在琦君的筆下，得到最佳的詮釋」。
鄭明娳的〈一花一木耐溫存〉[15]裡頭對琦君的家庭、成長背景，文學啟蒙與
授業的過程做全面性的介紹，以此來稱琦君「寫作出書，活水不斷，不事
雕琢，新舊皆通」的根源，來自這個被愛與關懷包圍的童年與成長經驗。
兩人的文章互相補充，在理論與傳記研究上，不約而同的提供了作家為何
生性溫暖可能的由來。

　　沿著這層心靈上對作者的理解，在童年的獨立時空中，故鄉與故鄉人
事物，類似一幅和諧有機的田園景象。姚皓華[16]跟楊俊華[17]兩位學者，不約
而同的以「思鄉懷人」或「懷舊散文」為題，開展對琦君的研究。翁細金
〈琦君散文的一種解讀〉[18]與仲文婷的〈論琦君散文的小說化書寫〉[19]，則
分別依照這個懷鄉懷舊的主題，再進一步探討作者本身環繞著緬懷這種心
境，所發展出來的情緒轉折與文學技巧。此二人分別對於琦君在「懷舊是
其心態的物化」與「兒童化視角」、「語言動作的戲劇化」等論述皆值得參

題為〈夏志清論〈一對金手鐲〉〉。
[15]原載於《幼獅文藝》第 263 期，1975 年 11 月。後收錄於隱地編《琦君的世界》，臺北：爾雅出版
　　社，1985 年 6 月，頁 27～40。
[16]姚皓華〈琦君思鄉懷人散文研究〉，《渤海大學學報》2005 年第 6 期，2005 年 11 月，頁 29～31。
[17]楊俊華〈論臺灣女作家琦君的懷舊散文〉，《華南師範大學學報》2003 年第 1 期，2003 年 2 月，
　　頁 48～51、56。
[18]翁細金〈琦君散文的一種解讀〉，《溫州師範學院學報》2001 年第 2 期，2001 年 4 月，頁 35～
　　38。
[19]仲文婷〈論琦君散文的小說化書寫〉，《世界華文文學論壇》2006 年第 3 期，2006 年 9 月，頁 25
　　～27。

考。另外在《臺灣文學與中華文化地域研究》一書中，作者特闢專章討論琦君記憶與書寫中，富有吳越文化色彩的江浙文學地誌。其中特別提到琦君作品中描述對於傳統農村文化受到城市摩登文化的入侵，所產生的傷害，並闡述吳越文化的文學共性，在琦君作品中所展露的痕跡，是臺灣學者較少涉及的研究題目[20]。

而林秀蘭〈從花果飄零到靈根自植——琦君的離散書寫〉則是少數幾位將琦君的作品，代入離散書寫的脈絡去觀看的作者。其在論述的過程中同時涵蓋琦君播遷來臺，與赴美定居兩次的離散經驗，並從這種西方論述的程序中，引伸出琦君的離散經驗最後將從「花果飄零」引渡「靈根自植」的中國精神。其論述的邏輯為中體西用，似乎也同樣在暗示，即便是透過西方的理論來覺察離散者的生命處境，可是回到心靈故鄉的契機，還是要回到自我經驗中曾熟悉的文化語言，與結構情感的重新獲得。可惜相關研究後繼無人，該文已無法妥善回應當今的時空狀況，而離散書寫的定義與價值，也在這些年來不斷受到質疑與重新修正。

琦君的另外一口「舊箱子」，來自傳統的古典訓練，與五四美文的流風餘韻。朱嘉雯[21]在其文中提到，1949 年後，留在大陸的作家，由於經歷的文革的摧殘，被迫在精神與學養上完全與五四文化斷絕關係，轉向文革文學與傷痕文學的路子發展，但在舊學的基礎上，完全無法與五四文人相比。反觀隨國民政府出走臺灣的這批作家，如冰心、聞一多、林語堂或凌淑華等人，不僅保留五四文人的國學基礎，對外文更是見多識廣，博學強記。而琦君做為一位後進，常被拿來與冰心比較，兩人對歌頌母愛的不遺餘力與餘緒關係外，也同樣間接的點到了兩人皆受過紮實的古典訓練，並加以現代化的相同特徵。

[20]朱雙一〈臺灣文學中的中國南方各區域文化色彩——江浙籍作家筆下的吳越文化色彩〉，《臺灣文學與中華地域文化》，廈門：鷺江出版社，2008 年 9 月，頁 240～254。
[21]朱嘉雯〈推開一座牢固的城門——林海音及同時代女作家的五四傳承〉，《霜後的燦爛：林海音及其同輩女作家學術研討會論文集》，臺南：國立文化資產保存研究中心籌備處，2003 年 5 月，頁 231～232。

四、詞人之眼——不用力看的關鍵

另外就「不用力看」的部分，林文月在〈讀《詞人之舟》〉[22]中，特別提到琦君對品詞的觀察敏銳，見解敦厚獨到，也提到她本人即是一位極好的詞人。齊邦媛在其文一開頭也寫道：

> 中國古典詩詞的許多句子在琦君的文章裡早已不露痕跡的「現代化」了。大多數寫「純散文」的人都有詞窮的時候，琦君腦中卻有無數詞句在緊要關頭帶著彩筆來，給她的龍「畫上眼睛」。[23]

齊教授對琦君的讚譽，與楊牧對琦君的觀察似乎不謀而合。不過有些不同的是，除了跟楊牧一樣贊同傳統對琦君生活與創作的影響及幫助，她也特別從女性的角度觀察到，這種傳統的繼承不見得一定都是為了化解憂傷這種大題目而來的。所謂詞的現代化，在實際的執行過程與讀者的交流中，也可能等於是詞的生活化。熟稔古典傳統的琦君在做的，也許不是將自己的現代小說散文創作給詩詞化，而是將具有傳統文學思想的詩詞給生活化、散文化。而這種「不露痕跡地現代化」過程，也許就是琦君「不用力看」的祕訣偏方。

琦君曾在與學生的電話訪問中，回答過她為何不再觸碰可能產生爭議問題的創作題材：

> 當年我寫這些社會寫實小說，大致上是以我周遭所能接觸的人事物為素材，試著改變我的寫作風格；不料作品發表後，有些同事認為我寫的就是他們，有些甚至認為我有意醜化他們，使我在心裡上受到極大的壓

---

[22] 林文月〈讀《詞人之舟》〉，收錄於《詞人之舟》，臺北：爾雅出版社，1996 年 3 月，頁 251～257。
[23] 齊邦媛〈自然處見才情〉，《詞人之舟》，臺北：純文學出版社，1981 年 4 月，頁 1。

力。此外，評論家、出版者，沒人給我絲毫鼓勵，我感到相當氣餒，就沒有勇氣再繼續寫這類作品。[24]

　　不論在評論什麼人物，我們都必須先承認兩個預先存在的問題，一個是每個人生命所能夠改變的軌跡，都有它一定的範圍與限制；另外一個就是，人無法完全活在他人的期許之中。琦君曾為了自己沒有活在他人期許之中，而感到挫折；而現在我們或許也會對琦君因為他人的喜好，而沒有活在自己對自己的期許之中，而感到遺憾。

　　如同萬物一體的兩面，「不用力看」也會引來不同的看法與評價，從夏志清的「琦君今生也休想拿到諾貝爾獎」、「思想貧乏」[25]，到李今的「對無名分的威脅這種人倫秩序的戀人之愛絕少觸及」[26]，甚至是楊牧的「古典的節制」[27]，這些都是在文本的內在基礎上，對琦君所做的評述。而在性別國族或文學史定位這些外在的議題上，就五四傳統的脈絡，琦君在與她同時代的女作家（尤以林海音做為對象）的比較上，也因為這個「不用力看」的特質，與林海音有別。王小琳〈青春與家國為題──論五○年代大陸遷臺女作家的憶舊散文〉以青春家國為題，將琦君的懷舊散文歸類到「文化傳統的眷慕」，與林海音的「人間世相的洞察」有別。無獨有偶，應鳳凰[28]也將兩人的鄉愁以「一種鄉愁兩種色調」定位，這些都跟琦君的「不用力」的特質有關。

　　在（女）作家被論述化的過程中，她的身影究竟是正相還是背影，是

---

[24] 林秀蘭〈琦君的社會寫實小說──繕校室八小時〉，《文訊》第 207 期，2003 年 1 月，頁 10～12。

[25] 夏志清〈夏志清論〈一對金手鐲〉〉，頁 151。

[26] 李今〈善與美的象徵──論琦君散文〉，收入《評論十家》，臺北：爾雅出版社，1995 年。此文另作琦君散文集《紅紗燈》（李今編，長江文藝出版社）之編序。

[27] 楊牧〈留予他年說夢痕──琦君的散文〉，原載《聯合報》1980 年 8 月 13 日，收入琦君《留予他年說夢痕》。

[28] 應鳳凰〈五、六○年代女性小說的性別與家國話語──比較琦君與林海音〉，《永恆的溫柔：琦君及其同輩女作家研討會論文集》，桃園：國立中央大學中國文學系琦君研究中心，2006 年 7 月，頁 79～99。

清晰還是更加模糊？陳芳明的〈在母性與女性之間〉[29]，特別容易反映出這種焦慮。他在左翼文學與後殖民論述的基礎上，將琦君等人的作品，部分歸類到反共文學時期中，並以女性意識含量與現代化等基準，去檢視她們的成就。想當然爾在這種大悲無情的架構下，琦君的文學地位一定不會太高。梁峻瓘的文章[30]以意識形態、文類的困擾還有歷史分期三個軸線切入，探討琦君在臺灣文學史上的身分地位，始終徘徊在「留名」跟「不應只是留名」的閾限狀態中。琦君的文學定位不是轉向過度就是不足，始終難解，多少也顯現出這種「不用力看」的蒼白的焦慮。承上所言，琦君的「不用力看」的個人性情與特質，似乎是她成為讀者愛戴，也受到學院肯定其在傳統精神繼承與轉化地位的重要因素，然倒回去看，許多的批評也都是因為這樣的文字與人格特質而起。

如同應鳳凰所言：

> 也許琦君與林海音等戰後初期臺灣女作家群，寫作時不一定意識到「性別」與「家國」這類後人為了做文學研究才給安上的學術名詞。與其說是「家國」，不如說是「個人」之上更大的「社會制度」或「封建文化」；與其說是「性別」，不如說是她們身為女性，歷經五四新思潮洗禮後，對中國儒家傳統文化裡重男輕女的觀念有所不平。[31]

文學研究明查暗訪的對象，畢竟不完全同於政治學或社會學所研究的「現實」。文學創作應該被保留更多的政治不正確性與反動力；作家的天真、局限與錯誤，也應該被以描述性語言一併被當成珍貴的創作副產品給保存下來。畢竟一般人無法超越同時代的最傑出者，而最傑出者則無法超

---

[29]陳芳明〈在母性與女性之間——五○年代以降臺灣女性散文的流變〉，《霜後的燦爛：林海音及其同輩女作家學術研討會論文集》，頁295～310。
[30]梁峻瓘〈試論琦君的文學史地位〉，《永恆的溫柔：琦君及其同輩女作家研討會論文集》，桃園：國立中央大學中國文學系琦君研究中心，2006年7月，頁61～78。
[31]同註28，頁96。

越他自己，結論就是人無法超越他自己所屬的時代與自我經驗才華的限
制。我們不妨在各種的意識形態發生之前，先去某程度的肯定個人的選擇
與限制，理解他們跟傳統還有現處環境可能存在的困境，如此或許更具有
文學精神。

五、從母性到女性——身世之痛與女性意識

最早提出琦君散文中的女性形象的是何寄澎，但他的焦點是母親，並
指出「終其一生似乎未得丈夫之愛情，故在其平和優美形象的背後，其實
充滿悲劇色彩」[32]，這樣的心聲終於慢慢浮出水面。

被定位為散文家的琦君，歷經數十年，讓人忘記她也是小說家的身
分。直到 1991 年發表中篇小說《橘子紅了》，這本蘊藏著她身世秘密的散
文化小說，多了一點表白傳統女性痛苦的悲哀，寫活了怨婦的心理，裡面
的大媽與秀娟的關係活脫是大伯母與琦君的再現。可惜起初並沒引起研究
者的注意，她自己在 1998 年散文集新版《桂花雨》中的代序〈大媽媽敬祝
您在天堂裡生日快樂〉中吐露她的身世：

> 我忍不住要向親愛的讀者吐露一件心事：數十年，我筆下的母親，其實
> 是對我有天高地厚之愛的伯母。我一歲喪父，四歲喪母，生母於奄奄一
> 息中把哥哥和我這兩個苦命的孤兒託付給伯母，是伯母含辛茹苦撫育我
> 們兄妹長大的……奇怪的是，我竟一直喊她大媽，沒喊她一聲媽媽。[33]

2001 年《橘子紅了》改編為連續劇，因製作精美，編導演美術皆表現
凸出，引起廣大迴響，並在對岸也得到重視。這一年「琦君文學館」在她
的故鄉永嘉成立，她也參加開館典禮。

---

[32]何寄澎〈當代臺灣散文中的女性形象〉，《當代女性文學論》，頁 283。
[33]琦君〈大媽媽敬祝您在天堂裡生日快樂（代序）〉，《桂花雨》，臺北：九歌出版社，1998 年，頁
5。

　　從此我們得以明白《橘子紅了》的另一層意義，那是女性與女性作家的壓抑與沉默、懺情與告白：大媽多想擁有自己的兒女，而作家多想喊她一聲媽，而竟不能。其實琦君的身世對親近的文友並不諱言，只是她一直奉養著二姨娘，更疼愛三姨娘的女兒潘樹珍，因為怕她們傷心而選擇不寫或曲寫、暗寫，這是她為人厚道之處。

　　但女作家的壓抑與空白不也是女性經驗的實情，且是女性的反書寫？在這點上是深具女性意義的，她不僅是個母親，還是女兒；不僅是位作家，還是人。

　　此後的研究顯得多元。一是傳記的研究，陳瀅如的碩論《琦君兒童散文的傳記性》（2002 年）著重其散文的真實與自我描寫；又如林鈺雯在其碩論《琦君散文的抒情傳統》（2005 年）中涉及琦君身世的新角度並對李唐基先生做訪談；宇文正的《永遠的童話──琦君傳》因多次接觸與豐富的一手資料，讓我們對琦君的生命有進一步的了解，讓我們知道琦君獲得的愛並不多，但她對伯父母的孺慕之情的真切與炙熱。而女作家創作之初十分艱辛，李先生對妻子的支持令人感佩。2008 年李瑞騰、莊宜文主編《琦君書信集》之後有王育美的碩論《琦君書信研究》（2008 年）寫出她的「真誠美善」的文學立場與書信的寫作特色。

　　另一角度是女性的，較早提出她的女性意識的是 1996 年陳玉玲在〈女性童年的烏托邦──童年的烏托邦〉，把琦君歸為停留在童年烏托邦的女性；張西燕的碩論《琦君小說中女性意識書寫研究》（2006 年），以女性意識書寫的表現為研究主軸，藉由「女性主義」的觀點，重新對琦君小說有更深一層的探索。另一是研究《橘子紅了》延伸出的小說與影像研究：如張林淑娟碩論《琦君〈橘子紅了〉敘事美學研究》（2005 年），偏重琦君在小說創作美學上的藝術技巧；另林致好碩論《現代小說與戲劇跨媒體互文性研究──以〈橘子紅了〉及其改編連續劇為例》（2006 年）分析〈橘子紅了〉從文學文本到電視電影文本，轉換過程間所引起的跨媒體互文現象；又王琢藝碩論《舊時代的棄婦輓歌──琦君小說〈橘子紅了〉》

（2007 年）研究〈橘子紅了〉人物內心世界以及探索琦君的思想，並藉此反省性別歧視、人權與倫理與女性立場的局限，以釐清自我的概念與價值。又廖雅玲碩論《〈橘子紅了〉女性意識研究——以小說與電視劇為文本的考察》（2008 年），以女性主義的角度切入，歸納分析小說與戲劇文本之間的人物特色、情節發展，以探討兩種文本之間女性意識的內涵。

另一是其小說研究，如陳雅芬的碩論《琦君小說研究》（2002 年）研究琦君小說作品的內涵、藝術和旨趣，又王怡心碩論《琦君小說主題內涵與人物刻畫研究》（2004 年），研究琦君小說中主題內涵，與人物刻畫的意義與價值，及其「小說家」的地位。這些研究都圍繞著主題思想之嚴正，風格之溫婉，修辭之完備，或新批評或文學史傳記之研究為主。

然琦君的自我書寫與女性主體性的建構有關女性的我是大寫的我，如同 Bell Gale Chevigny：「女性有關女性的寫作是對她們與母親的內在關係的象徵性的再現，在某個程度上是再造自身。」女性重構自我的過程有許多路徑：

1.自我命名：如自我命名為「琦君」，語自「稀世之珍琦」，跟她的身世成為對照，或在文章中總以小名「小春」出現。

2.家族：對家人或家族史的敘述（父親、母親、二媽、哥哥、肫肝叔叔……）。

3.紀念物：具有生命意義的物品，物品作為連結生命的入口（如金盒子、金手鐲、毛衣……）。

4.愛情：偏重於女性在情愛關係中被壓抑的一面（琦君幾乎不寫愛情）。

另外值得注意的是「童女與樂園」，這在女性書寫上特別具有意義。如蕭紅《呼蘭河傳》、林海音《城南舊事》，皆描寫童女與一座花園／老宅／後院的故事，是女性未分化前的完整與圓滿狀態，它們具有共同的特色：

1.年齡的停滯與倒退：如《呼蘭河傳》中的小女孩，《城南舊事》中

的英子，及琦君散文中的小春，年紀都在八、九歲，這可能是一個女人感覺最完滿自足的前青春期，由此純真之眼對照世故的大人世界，更顯出強烈對照。

2.母女一體：有關琦君的女性意識多集中在此討論，與冰心連結也因此之故。

然而琦君的書寫具有女性意義的還有，女性生命聯結與擴大，表現在：

1.姐妹情誼：如〈一對金手鐲〉描寫的，還有〈與友人書〉中存在於同性之間的關懷與同情。

2.同情弱小：不管是小動物或可憐的社會邊緣人與勞動者。

3.泛愛：對於萬物有情之描寫。

更值得注意的是「女性的空白」，也就是她選擇不說，或隱惡揚善的部分：

1.戰亂與流離：琦君不僅經過戰亂流離，且在戰亂中喪失伯父母及兄弟，又與夏師、龍師之情誼，尤其與二姨娘及三姨娘的女兒一起來臺，相濡以沫的生活甚少見諸文章。

2.身世之痛：她一歲喪父，四歲喪母的身世之痛直到上世紀末才提及。

3.情愛之無言：琦君甚少描寫男女情愛，對浪漫之愛具有排斥心理。

綜而言之，琦君也許女性意識不強烈，她的作品卻具有女性意義。琦君的研究還有許多空間可以探索，女性的無言與空白恰是她的潛意識海洋。

六、文學史的地位——所謂閨秀散文

沒有一個散文家喜歡這頂帽子，一但被套上「閨秀作家」這封號，似乎也被逐進不見天日的幽室。

從五四到戰爭時期的女作家，出走的出走，當兵的當兵，革命的革

命，戰亂流離，輾轉來到臺灣，不要說閨房，連安身之地都困難，早已沒閨房這東西，何來閨秀之名稱？現代女性大多要自立自強，更別提現在的房價，連套房都別想，何來閨房？追溯它的起源，是封建時期帶有男性眼光的研究者，用來區隔女性作家的小圈圈，在現代則變成一個贅詞。

琦君在納入文學史的過程，也跟這個名詞糾纏不休。

早在葉石濤的文學史歸納中，琦君的名字出現於一群 1950 年代女作家中，並帶著批判的眼光，指其為「把白日夢當作生活現實中所產生的文學，乃壓根兒跟此地民眾扯不上一點關係的文學」[34]。古繼堂《簡明臺灣文學史》，將琦君、張秀亞、胡品清並列，強調她的「中國味兒」[35]。陳芳明《臺灣新文學史》初構中，也納入 1950 年代的論述中，稱她為「1950 年代以來最富有母性的散文家」。邱貴芬《日據以來臺灣女作家小說選讀》[36]並未收入琦君的作品。在導論中將 1970、1980 年代的女作家作品稱之為「閨秀文學」，並說：「無論就政治批判或性別批判的角度而言，我認為『閨秀文學』的基進政治意涵都相當薄弱」，其論述強調政治與性別批判的觀照，但這類說法假如操作不當，往往跟之前男性（大敘述）中心，在邏輯運作的層次上並無不同。蔡玫姿的博論《「閨秀文學」：風格衍生探討及相關文本舉隅》（2004 年）討論閨秀文本，以琦君為代表之一，認為閨秀文本與現代主義文本的差異與矛盾。於是，我們在日間渴望批判它鋼筆般的嚴謹，卻只能在入夜後開始夢想反省那毛筆般的溫柔。

中國大陸方面，白少帆等人編輯的《現代臺灣文學史》[37]、古繼堂編輯的《簡明臺灣文學史》等作品中，除了提到琦君的名字，且有簡略的作家及作品的評述。1993 年福州海峽文藝出版社出版的《臺灣文學史（下）》

---

[34] 葉石濤〈五〇年代的臺灣文學〉，《臺灣文學史綱》，高雄：文學界雜誌社，1991 年 9 月，頁100。

[35] 古繼堂〈臺灣女性文學的勃興〉，《簡明臺灣文學史》，北京：時事出版社，2002 年 6 月，頁248。

[36] 邱貴芬主編《日據以來臺灣女作家小說選讀》，臺北：女書文化，2001 年。

[37] 白少帆、王玉斌、張恆春、武治純主編《現代臺灣文學史》，遼寧：遼寧大學出版社，1987 年 12 月。

中有一節討論余光中、琦君與 1960 年代的散文創作[38]。1994 年她的作品入選北京現代文學館策劃「臺灣當代著名作家代表大系」叢書，其餘代表作家有林海音、黃春明、林文月、張秀亞、彭歌、徐鍾珮等人。1999 年陳遼與曹惠民主編之《百年中華文學史論：1898～1999》中有兩章節提有琦君[39]，企圖將琦君納入大歷史中。其他散篇的論文焦點與臺灣早期研究並無不同：懷舊、思鄉、母親等探討；褒的視其為「善與美的象徵」，貶的視其為「不食人間煙火」。這種現象顯示的是琦君個人的局限，還是我們無力另作他想的困境？

在 2001 年之後，在《橘子紅了》轟動兩岸，引起學者研究關注。2002年，琦君應中國北京人民大學之邀演講，2005 年廣西師範大學出版社推出《中國女性文學讀本》，收錄中、臺、港、澳主要女作家作品，臺灣女作家有琦君、張秀亞、三毛、袁瓊瓊、蘇偉貞、成英姝等入選。大陸的研究也緊急追上。

1999 年由文建會主辦，《聯合報》副刊承辦的「臺灣文學經典研討會」選出 30 本「臺灣文學經典」，其中入選的散文家有梁實秋、王鼎鈞、陳之藩、琦君、簡媜。這是琦君正式進入典律討論的開始，到「琦君研究中心」成立，她在學院已有相當的地位。

2004 年琦君與夫婿回國定居，2005 年中央大學成立「琦君研究中心」，2006 年琦君過世，中央大學研究中心隨即在 2006 年舉辦兩場琦君研討會，後來發表的論文結集，由李瑞騰主編《新生代論琦君：琦君文學專題研究論文集》與《永恆的溫柔：琦君及其同輩女作家學術研討會論文集》。這些論文較值得注意的是，文學史的討論與作家定位，其中封德屏〈遷臺初期文學女性的聲音——以武月卿主編《中央日報》「婦女與家庭

---

[38] 劉登翰等主編〈散文創作（上）〉，《臺灣文學史（下卷）》，福建：海峽文藝出版社，1993 年 1 月，頁 445～466。

[39] 方忠編寫〈百年臺灣文學發展論——從空疏到勃發的散文〉，頁 59；劉林紅編寫〈女性寫作：文學話語的別一系統——繁花似錦・新蕊吐秀〉，頁 304。皆收於陳遼、曹惠民主編《百年中華文學史論：1898～1999》，上海：華東師範大學，1999 年 9 月。

週刊」爲研究場域〉試圖爲 1950 年代女作家發言，認爲她們也是不脫現實
的在地書寫：

> 這些身處在五〇年代「反共」氣氛下的女作家，她們從來沒有忘記「國
> 仇家恨」，但是她們用一支自由的筆，自自然然地寫下她們的所思所感。
> 容或有懷鄉，容或有反共，對這一群離鄉背景的年輕女性（大多二十多
> 歲三十歲）來說，也是呈現個人真實的的經歷。最可貴的，閱讀她們的
> 作品，絕少怨天載道的追悔與憤怒，而多是面向現實生活的在地書寫。[40]

遷臺女作家放在流放與離散，逃與困的脈絡下談也許較恰當，如王小
琳〈青春與家國記憶——論五〇年代大陸遷臺女作家的憶舊散文〉中所
言：

> 女作家們的憶舊書寫，從最親近的身邊事物出發，格局雖小，卻最貼近
> 人情人心，又能穿過憶往懷鄉的表層，觸及生命的省思與覺察，具有超
> 越時地的普遍性，且以各具風格的語言形式，為這一種主題類型留下典
> 範，而這正是在臺灣這塊土地所蘊育出的美果。如果能肯定五十年來臺
> 灣文學是一個多姿多彩，繁花似錦的園地，則這輩女作家的憶舊散文也
> 是其中一枝花朵，以其豐美的藝術表現，領有一席之地。[41]

這種開闊的文學史觀更適合強調多元的現代，海納百川，爲何偏薄閨
秀作家？詩與小說都早已去閨秀化，散文也該去閨秀了。

以目前研究的狀況來看，約有十幾本碩論，單篇論文較多。但論文的
總體研究跟其他作家相比說來並不多，於是有人爲她抱不平「臺灣文學史

---

[40] 封德屏〈遷臺初期文學女性的聲音——以武月卿主編《中央日報・婦女與家庭週刊》爲研究場
域〉，《永恆的溫柔：琦君及其同輩女作家研討會論文集》，頁 17〜18。
[41] 王小琳〈青春與家國記憶——論五〇年代大陸遷臺女作家的憶舊散文〉，收於李瑞騰主編《霜後
的燦爛——林海音及其同輩女作家學術研討會論文集》，頁 334。

對她不公──文學斷代難收編，總是漏了琦君」[42]、「文學史忽略琦君，學者抱不平」[43]的聲音傳出。

在解嚴後，臺灣文學成爲顯學。以承襲傳統的琦君一方面在國文教學上占有重要的地位，一方面在臺灣文學史上卻不受重視；在臺灣本位的思考中，琦君的地位受到忽略。梁竣瓘認爲造成這種差異的原因，一方面是意識形態作祟，琦君的反共語言不強所以未被當時官方的文藝史所重視；她的作品又有懷鄉特色，也與臺灣本土文學史的強調重點相反。

琦君在文學史上的建構，學者的態度有褒有貶。大體來說琦君與五四的浪漫主義傳統不一定相扣，她也是梁實秋新古典一路，但她與五四的關係在「我手寫我口」的徹底實踐上，與冰心的相契在「母女一體」的女性主體的尋求。而張瑞芬在〈琦君散文及其文學史意義〉中指出她與冰心與五四並無多大關係：

> 琦君與冰心的散文，就她們使用的文學語言來講，並不相侔，前者口語，後者文言，這和她們所處時代相距十餘年有絕大關係，冰心雖出生於南方，然而整個成長時期都在北京求學，五四運動爆發那年，她正就讀協和女子預科。
>
> 與蘇雪林一樣，冰心是舊時代中走過來，站在浪頭上（受五四直接啟蒙）的一代，她的散文質地以文言為底，優雅細緻，有時帶點文藝腔，為道地「美文」一路……這和琦君散文有極大差異，琦君散文平白如話，不重文言結構和句法，這和時代背景有關。相對於北方風氣之新潮，身處溫州南鄉的琦君，和冰心在青年時期所受的時代啟蒙是不同的。冰心出身海軍將領門庭，西化甚早，琦君在家學與師承，卻是她較為保守與國學傾向的主因，父親原本屬意琦君從大儒馬一浮為弟子，並

---

[42] 徐開塵〈臺灣文學史對她不公──文學斷代難收編，總是漏了琦君〉，《民生報》，2005 年 12 月 16 日，A13 版。

[43] 陳希林〈文學史忽略琦君，學者抱不平〉，《中國時報》，2005 年 12 月 16 日，D8 版。

反對她上洋堂，足見觀念較為保守（投考大學，琦君原本意在燕京外文系，父親堅持不允，故改入之江大學中文系）。[44]

　　張瑞芬的描述的矛盾在於，說琦君國學傾向，可是其為文卻口語，不如冰心文言；說冰心有受過五四影響，可是琦君卻出身更晚，應該更易享受後五四的果實；說琦君家庭傳統保守，可是琦君的父親與伯父都有留洋的背景，況且琦君在中文之外輔修英文。依當初琦君自我意願，是想上洋堂學外文的，家庭保守不等於個人保守，這些觀察與推論間的落差有待商榷。至於冰心與琦君是否相同，或琦君跟林海音、張秀亞，或冰心與蕭紅，甚至是琦君跟魯迅或梁實秋……則端賴研究者設定的框架與切入的角度才能做適當的觀察與評斷。在語言或出身上，兩人或有差異之處，然在愛與母性的描寫上，琦君確實與冰心有心靈共通之所在。如同她與林海音的關係從作者跟編者，作者與作者，到私交文友之間的相濡以沫，也有可共併談論之處。

　　在散文上，新古典主義一直是臺灣散文的主流，從梁實秋到張秀亞、余光中、楊牧，都是或曾是新古典主義的信徒，它強調理性、典雅、自制與規律，琦君更多了一些佛教的感化或童女的想像。你說她佛，可是卻有儒心；你說她保守，可是卻有童稚之情；你說她大家閨秀，可是卻有俠士的古典氣質。她的定位問題充滿諷刺意味，可是卻盡顯文學（史）的幽默本質，是女神「不用力」的一笑，或也可說是臺灣戰後散文與五四的矛盾與辯證關係。

七、結語——女性哲思

　　許多人注意琦君作品的文學感染力，較少人注意她文中的哲思，佛化似乎也不能完全涵蓋她的思想，她的思想跟喬治桑接近：

[44]張瑞芬〈琴心夢痕——琦君散文及其文學史意義〉，《永恆的溫柔：琦君及其同輩女作家研討會論文集》，頁29～59。

> 人總是常常寂寞，我也是寂寞的時候居多。可是這刻骨的寂寞卻常使我的心靈寧靜而清明，也因而懂得了溫厚。……人在一個智慧過高的眼光看起來，就像太陽裡滾滾的微塵，有時會顯得愚昧而可憐。但，那是連我們自己也在內。你不要太清醒了，太清醒，這世界就不值得再逗留。人世的愛、恨、恩、怨，以及榮譽、德性都將不復存在，努力也不再有任何意義，那就太空虛、太痛苦。那是連出家當修女與自殺都解決不了這痛苦的，我們又何必如此自苦呢？[45]

另外她對人性的看法完全是正面的。就算經歷過身世家國戰亂流離之痛，在司法界也接觸許多受刑人，在監獄中她曾經遍訪他們，幫他們做記錄，並把這些訪問稿在監獄內部的刊物發表。她發現每個人的犯罪動機都有其可憫恕之處，她相信「人性都是善良的，沒有誰是故意要去做壞事，都是因為偶然的，特別的遭遇，才會產生犯罪的心態。」她的第一本書《琴心》還是監獄印刷廠印製的。所以她認為人性皆善，人不是神，所以不必看壞，也不看空，如果看空就出家算了，不如糊塗一點，「不用力看」：

> 但我總有一個信念多多向光明美好的一面，也可能產生神奇力量，扭轉乾坤，或可使不幸人間，峰迴路轉。[46]

> 喬治桑對巴爾扎克說：「你寫的是實際的醜惡面，我所寫的是我所希望實現的美好面。」我寧願服膺喬治桑的文學主張。[47]

但她最迷人不是理性的一面，而是非理性的一面，對於母親的非理性

---

[45] 琦君〈與友人書〉，《煙愁》，臺北：爾雅出版社，1981 年 9 月，頁 195～196。
[46] 琦君〈悲憫情懷──序張至璋的短篇小說集《飛》〉，《燈景舊情懷》，臺北：洪範書店，1983 年，頁 187。
[47] 琦君〈應描寫美好的一面〉，《玻璃筆》，臺北：九歌出版社，2006 年，頁 136。

迷狂，對於紀念物的迷狂，已不能說是感性或抒情的了。

　　這裡區別了她與新古典主義散文的不同：他們建構的理性在象牙塔中，是理論引導創作；而琦君的理性與非理性是在人間煉獄中體會出來，實踐在她的作品中，這是「仁者」之道了。從這個世故的時代看起來，琦君經驗豐富的一生，還有她幽默誠摯的筆心人情，本身就是一種風景，一個值得慶祝的事件。而她這種天真的勇氣，表面看起來數十年不變，實際上卻不斷在微調深化。悲觀的人生觀固然充滿荊棘，可是沒有鄉愿的良善更需奮鬥進取，不怕惡意犬儒的騷擾。她的善良，無須固態宗教信仰的加持，只需要文學相伴、一點人間有情與記憶中的記憶，即能自成一格，是禁得起考驗的天真與善良。

　　當我們試圖以論述、用典律去捕抓她的身影定位、她的地位，我們能得到的，好像永遠只是某個片面上的意象。卻發現真的困境在於，面對這樣一個透明度高，容易預測歸類的作家，對於各種關於她的報告結果，始終帶著一點遺憾，總覺得還是有那麼一點未說之話。可是同時間，在這個未來的時代裡，過去的時間奔馳到現實的懸崖前將不斷的潰退逆流。但我們也無法被席捲回去，是過去將要退潮，留下旅人腳印與貧瘠沙灘。而像琦君這樣的含蓄微光，在論述機器高速旋轉的間隙中，發出微微暗光，閃亮，閃閃亮，在遠處陪伴我們於時光黑暗的倒流中低著頭繼續前行。

輯四◎
重要評論文章選刊

大媽媽敬祝您在天堂裡生日快樂
代序

◎琦君

　　近數月來因苦於雙膝風濕，文思枯滯。對兩年中所寫的文章，也無心整理。悵憾中，適文甫兄來美東開會，得以在舍間暢敘半日。他極力勸我「不要放下筆，散文、小說都應該寫。筆健身體就健。」他並告訴我素芳會為我整理好稿件，讓我過目一下，不用我操心。文甫兄和素芳的誠意實在使我感動。我因而想起當年恩師所說「忘病是治病良方」的至理名言，精神立刻振作起來了。

　　不多日，就收到素芳為我整理好的稿件，整整齊齊一厚疊，依文章內容分為三輯，用大號字體打印，免傷我目力。並告以只需大體過目，略加斟酌，就可以了。她辦事效率之高，令我感佩萬分。

　　第一輯是懷舊篇章，重讀時立刻使我回到童年，偎依在慈母和各位疼愛我的長輩身邊，享受著無比的溫馨歡樂。我才相信：年光雖然飛逝，而童心是永不會老去的。

　　第二輯是旅居生活點滴與領悟，多處文筆居然能亦莊亦諧，不由得自我陶醉起來。

　　第三輯是對文學寫作的體認，與讀友人作品的思與感，我也頗驚異於自己的心思細密，死腦筋對「新文學」居然尚能有所領會，譬如〈一棵堅韌的馬蘭草〉一篇，是我用全心靈欣賞了《馬蘭的故事》，打心眼兒裡誠誠懇懇地寫出來的，我真是好喜歡這本小說，也「喜歡」自己這篇文章。但願能與真正喜愛文學創作的讀者朋友分享。

　　又譬如〈我看新詩〉一文，是讀隱地新詩的感想，我這個只會背「平

平仄仄」舊詩詞的人，居然福至心靈，作起新詩來了。那首思念母親的新詩，因為語語出自至誠，我還真喜歡呢！親愛的詩人朋友們，不會笑我狂妄吧！

〈談寫作、念恩師〉一文是紀念我初、高中的幾位國文老師，與大學時的夏瞿禪恩師，他們誨諭我的都是同一個字，就是「誠」，為人為文都要誠，是天地間不變的真理。相信愛好文學與寫作的青年朋友們，一定也能深體此意吧！

附錄〈祝福〉，是我內心深深的感念，化為第三人稱寫的小小說。如今重讀時，實在是感觸萬萬千。此中況味，一言難盡。相信天下母親的心，都是一樣的，但我一想起兒子的祝福，何以格外的心酸呢？

此文承新加坡一份文學月刊轉載，並由一位未謀面的先生寫了一篇評介，使我十二分感激。現在將評文附在後面，卻找不到原刊物，不知作者大名，特掛越洋電話到新加坡請好友尤今代為打聽，她遍問諸位主編先生都不知道，內心深感歉疚。

小序將寄發時，看日曆明天 12 月 31 日，是農曆的十二月初二，正是我母親 126 歲的冥壽。我要虔誠地把這本文集獻給她老人家，她一定會瞇起近視眼說：「我那裡認得這麼多字，你唸給我聽吧！」

媽媽，我天天都在心中把我的得意文章唸給您聽啊！

感念母親一生辛勞與容忍的美德，她老人家的無言之教，越發使我深深體會為人、為學、寫作，尤其是夫妻之間的相處之道，乃以集中〈永是有情人〉一文為書名，以誌紀念，並以自勉。

寫至此，我忍不住要向親愛的讀者朋友吐露一件心事：數十年來，我筆下的母親，其實是對我有天高地厚之愛的伯母。我一歲喪父，四歲喪母，生母於奄奄一息中把哥哥和我這兩個苦命的孤兒托付給伯母，是伯母含辛茹苦撫育我們兄妹長大的。後來哥哥被伯父帶到北京，哥哥竟不幸於 13 歲時因腎病不治，兄妹一別，竟成永訣。我一直在伯母的愛撫下長大，而奇怪的是，我竟一直喊她大媽，沒有喊她一聲媽媽。記得有一次，我傻

傻地問：「大媽，我為什麼不喊你媽媽呢？」她定定地看著我，沒有作聲。邊上的五叔婆說：「因為你不是大媽生的呀！」母親緊緊摟我在懷中，低聲地說：「不要多問了，有娘疼就好。」邊上的小叔嘆口氣說：「你命好，有娘生，有娘疼，我卻是有娘生，沒娘疼啊！」母親看著他說：「你是男孩子，想開點。只要心好就好。」小叔說：「大嫂，妳這樣的好心腸，一定上天堂的。」我想了半天說：「我現在知道了，您是比我媽媽還要大的媽媽，我就喊您大媽媽吧。」這個「大」在我心中是偉大的意思，只是我當時還不會說。

　　放下筆，我走到她老人家肖像前，深深膜拜，默默祈禱，喊一聲：

　　親愛的大媽媽，敬祝您在天堂裡與大伯團圓，生日快樂。

　　　　　　　──民國 86 年 12 月 30 日，農曆十二月初一深夜

　　　　　　　　　　　　──選自琦君《永是有情人》

　　　　　　　　　　　　臺北：九歌出版社，1998 年 2 月

讀《移植的櫻花》

給歐陽子的信

◎琦君

　　收到您的信和書，那一份欣喜是異乎尋常的，讀完《移植的櫻花》以後（篇名與書名都好），真有好多的心得感想，覺得連筆談都不夠痛快，恨不能馬上飛到德州，在您和顏先生悉心經營的花圃田園中，分享一下您們的「農耕之樂」，同時和您談寫作和人生的許多問題。從您〈關於我自己〉的全文中，看出您真是一位有智慧、愛心、毅力的文學工作者，與您討論，一定獲益至多（多年前，歐陽子這個筆名，就在我心中占有相當重的分量，那時以為您是個男士，這也許是受了〈秋聲賦〉的影響吧，一笑）。我也很想看看您的三位可愛的孩子，領略一下世松的聰明巧智。他的仁慈，愛憐小生命而及於小小昆蟲，令我好感動。我們一定會很談得來，我要講最近如何營救一隻蜘蛛以及和一隻小蜜蜂輕輕說話的真實故事給他聽。小生命真有靈性有感應，殘殺生靈確實是非常不應該的。

　　我看書很慢，無論是理論或抒情的，我都一個字一個字慢慢的看，遇到我特別喜愛或值得深思之處，我都來回看好幾遍，有如和作者面對面交談；其樂無窮。您的書，我當然是這樣看的，您這本書，我篇篇都喜歡，〈入院記〉與〈移植的櫻花〉給人的啟迪很多。我一生已住過四次醫院，雖然沒有患過像您這樣嚴重的眼疾，但每次也都是死去活來。在病中，愈益感到生命的可貴、人情的溫暖和自己活在這個世界上的意義。尤其是去秋的一場胃出血，生死之間不容髮，異鄉臥病，悽苦可知。外子為我日夜奔波，那份恩情令人感激涕零，躺在病床上，更想念遠在臺灣的兒子兒媳和關懷我的親友們，真有點捨不得就這麼死掉。我總算活過來了，現已健

康如常。正如您說的「如果我們總是回頭，想像各種可能發生的災禍，怎麼還有勇氣向前邁進呢？」您這篇文章，寫得生動、緊湊、自然又風趣，如用「文以載道」的口氣來說，是一篇極好的「勵志文學」。〈移植的櫻花〉更不用說了，真是好感人。您說「想著只要能永遠保有這個家，永遠沉浸在這一份溫暖裡，變成殘廢也不是一件怎樣可怕的事。」人就是這樣，面臨危急關頭之時，心靈就格外的清明，抗拒病痛的勇氣也會倍增。病癒以後，在心境上會有更上一層樓的感覺。

臺灣櫻花，在德州的土地裡活了，而且花開得那樣繁茂，您說得一點不錯，「天生的質，有時也能戰勝環境的。」這株櫻花，使您自「累積多年的心靈麻痺」中覺醒過來，您「載滿了近乎痛苦的狂喜，感觸銳敏得無以復加。」我很能體會那「豁然開朗」的境界，因為我也曾經有過。可惜我沒有像您那樣持續的勇氣與毅力。我常常為一些無聊瑣事瞎忙，或無聊憂傷而浪費時間，現在我已偌大年紀，覺得做什麼都太晚了。其實造物主什麼時候要我們離開人世，誰也不知道，也許是三年五年十年後，也許就在明天、後天。活著就得盡量把握此時此刻，讀您此文，增加我不少勇氣（我想勇氣、毅力與年齡無關，我容易有挫敗感，但讀了朋友的好文章，受到朋友的鼓勵也特別容易振奮）。最使我感動的是您說「能多看一日、多活一日，那是上天給我的額外賞賜，而不是我來到世間就該享有的權利，」您「領會到自己的幸福，體驗到生活的情趣，感觸到生命蘊含的無窮喜悅……」如果我現在人在臺北，我會將這些句子唸給我的孩子聽、學生聽（此文在《時報》刊載時錯過未讀），唸著的時候，心也充滿喜悅。看您寫《王謝堂前的燕子》和編《現代文學小說選集》的用心，我真正相信您是確確實實領會到這份幸福與情趣的。您用一隻不是百分之百健全的眼睛做了這麼多工作；您旅居海外這麼多年，而心向臺灣，感到自己總算為臺灣文學和社會做了些工作，心中感到踏實，我真感動您說的「肉眼一敗壞，慧眼就明亮起來，我回返到文學，回返到東方的文化思想」，這是比什麼都值得人為您驕傲的事。我來此一年接觸到一部分人物，他們或是對臺

灣的國際局勢漠不關懷，或是把國內的一切都看得一無是處。打個比喻來說，就算「父母」有不是之處，難道連養育的恩情都沒有嗎？子女難道不盼望自己的父母健康長命百歲嗎？我是受舊式教育長大的人，我總是記得「君子不忘本」、「飲水思源」的舊道德──這也是我個人的道德標準，有時或顯得有點不合時宜，好像是康德說過這樣的話：「自立信條而自守之道德標準無待外求」，這與孔子所說的「克己復禮」、「我欲仁，斯仁至矣」的意思相近，您該不會覺得我太迂闊吧？因為這與您論道德標準好像有點衝突，當然人都是凡人，我們不能以全人的人格要求於凡人，或先天性惡之人或愚昧無知之人，但如果是在同一個水平上，同一個環境中，同等的智愚上的人，我們總可以同樣的道德標準去衡量他（她）們吧，如果不合於此標準，就是您所說的欺昧自己良知的人了。

　　您的〈關於我自己〉，使我反覆深思，讀了又讀，對您也有更深一層的認識，歎佩於您的正直、剛毅、為學、寫作之認真不懈，表現於您作品中的，實不止王文興所說的「穩重、細心、冷靜」而已；您「力求完美、絕不馬虎」的性格，使您在寫小說及文學批評時，態度十分的誠懇。儘管您的有些小說矯枉過正地過分強調人心的缺陷，使人看了「好難過」，但只要出發點是基於悲憫心情的，就值得人重視。您評白先勇的《臺北人》，我當時也介紹同學們仔細地讀過，因為我也選了他的小說給他們欣賞分析，白先勇對舊時代生活的體認，人物性格、心態之刻畫，主題之呈顯，技巧確是相當高明，您的詳細評析，不止是對有志於小說創作者的幫助。

　　這些年來，我一直都寫散文，但我仍有試試再寫小說的念頭。您說的寫小說那種「死去活來」的痛苦經驗，我只要認真的寫，也會有的，只是個人才情所限，即使死過去幾次，也寫不出自己滿意的作品來。可是我總是不死心，老是對自己說：「我心裡有一篇真正好的小說，只是還沒寫出來，我要寫的。」就是連寫散文，我也並不像您的「心平氣和」，並不輕鬆，一篇比較滿意的作品完成，至少也得昏迷好幾天，看來那麼平常的一篇東西，我的初稿總是塗改得面目全非，有時連一個聲音太接近的字也得

改掉（正如您用一個「的」字，都要再三考慮）。您寫小說是先想到一種處境或困境，然後設想某種性格的人陷入其中的心理反應，這對於人物行爲的動機，具有透視性的效果。我不擅長寫小說，也不重視方法與理論，因此往往先由一種情態引發一個意念，那意念往往是對那情態的不滿與糾正，於是就運用那情態或人物予以改變，寫一篇小說，以表達我的希望和看法。可惜都寫得未能十分滿意。還有我大半生中所遭遇到的許多事、許多人物，並不個個都像我回憶童年文中的人物那麼純樸善良。年輕時，我想寫那些人和事是由我的厭惡與憎恨，現在已完全沒有厭恨，只有同情與憐憫，但我又不知如何下筆。那些人和事明明是要用小說寫而不能化爲散文的，希望有一天能與您當面討論後再動筆。「任何一個人，無論爲善爲惡，必有值得饒恕的動機」，當年有一位仁慈的老法官曾對我這麼說過。他說罪惡本身雖可恨，犯罪者卻是可憫恕的，可是一位公正廉明的法官，不一定過著好的生活，相反的，往往貧病交迫以至於死。這個世界是不太公平的（我寫過一篇老法官的故事，和一篇公務機關基層人員的悲和喜。應該算是象牙塔外的作品吧）。

您說的「藝術本來就和人生分不開，藝術必然是人的藝術」，真是一針見血之論。我最反對把這二者分開，既然生而爲人，就有人生，人的思維感情行爲就是人生的表現，將這一切寫入作品中必須以藝術的手法，正如一件雕刻之所以引起人美感，還是由於藝術家的雕刻技巧，實不必再爲此爭論，哪有與人生脫離的藝術呢？教堂的莊嚴音樂及壁畫是藝術，而宗教就是人生。我國自古以來的大文豪大詩人，他們都是用生命的血淚寫入文章與詩歌。屈原不放逐，焉有《離騷》；庾子山不經亡國之痛，焉有〈哀江南賦〉；杜甫的〈北征〉簡直就是一篇流亡小說，有哭有笑、有同情有憤怒。記得當年老師說得真對，他說「極痛中不能寫，要痛定思痛，入於痛苦，出於痛苦才能寫，那時你心境平靜，才能反省、才能客觀地透視人生。」老師如生於今日，讀過文藝新理論，一定是位寫小說的能手呢。他教我們《左傳》、《史記》，就主張追究這些歷史人物當時的心理狀態，和他

從事某一行為的動機，他說人性絕無百分之百的善或惡，正因人性的多面性，所以才形成複雜的人生、複雜的人際國際關係。後來我講《左傳》的晉公子重耳流亡一篇，就用這種觀點去分析重耳的心態，同學們都覺得非常有趣，史家也是小說家，講《史記・項羽本紀》這個悲劇英雄充分發揮他的自由意志。他是如此心甘情願地選擇了自己的路，自刎於烏江。絕不接受旁人的安排——渡江東返。司馬遷真是全心在寫小說而不是寫歷史，他自己也是悲劇英雄啊！《漢書》是政治宣傳，是教條；班固與司馬遷的氣魄境界相差不可以道里計，前者才是真正的藝術，不知您的看法如何？

　　四月間「聯副」座談「中國小說的未來」，記得有人認為有的作者重視內涵主題，而不重文字技巧。我認為內涵與技巧原是二而一不可分的，主題意識必須高明的文字技巧來呈現，如無內涵，空有技巧，亦不足稱為佳構。我自知技巧訓練不足，所以縱有想表達的主題，也只好暫儲胸中了。

　　從〈農耕之樂〉中，看出您先生的淡泊明志。你們的田園之樂，令人神往不已。請代致敬佩之忱。〈我兒世松〉一篇，我讀了好幾遍，凡是母親寫孩子的，都是至性之文，您這篇尤為感人。世松天真的愛心，不能容忍人類的殘酷，他的那個救蛇的夢，和對祖母過世的恐懼。我讀到「為什麼不去，為什麼不去——圖書館」都為之泫然了。孩子稚嫩的心靈是多麼難以承當啊（此篇雖是散文，而組織之嚴謹，頗具小說效果）！您這位母親真了不起。對他的撫慰與啟發是如此溫厚和恰當。

　　我每回讀朋友寫孩子的文章，就禁不住熱淚盈眶，我想起幼年父母對我的教誨，更想起自己的孩子。兒女應該是自我的延伸，可是我卻為何如此感觸萬端。

——民國 67 年 10 月

——選自琦君《與我同車》
臺北：九歌出版社，1979 年 3 月

落花一片天上來

讀琦君女士的散文

◎思果[*]

　　我讀了琦君女士的散文要寫幾句推重的話，想找一個好題目，找了很久。忽然悟到，何不借重她本人呢？她在《琦君小品》附編有篇〈漫談創作〉講風格裡引李白一句詩「落花一片天上來」，是再好也沒有的了。她的作品給人的正是這個印象。我跟一位美國訓練的律師做過事，他教我「別自己作文，有得抄就抄別人的」，這裡的作文當然指法律文件或別的應用文，他的話我常常照做的，得到不少好處。

　　普通人講道德，說仁義，自己未必實踐。但作家指示創作的要點可不同。琦君女士寫〈漫談創作〉是她的自白、經驗談。她寫〈寫作技巧談片〉，也是如此。我拿她的這兩篇文章來量她的作品，覺得她真達到了自己定出的標準和建立的理想。可是非常慚愧，我知道她是散文名家很遲，近一年還是偶然的機會才和她通信。昨天特地翻出已故夏濟安先生主編的《文學雜誌》，只找到她一篇〈母親的毛衣〉（目錄上註明是「小說」，因此我沒有注意麼？）我不明白何以那本雜誌收她的文章這樣少。臺灣有許多位散文高手，我都讀過些他們的大作，非常佩服，何以會不知道琦君女士？我若是新聞記者、文藝編輯、文學教授、批評家，罪就大了。我雖然沒有這種種資格，人沒有到過臺灣，仍然覺得自疚，其實受損失的是我。

　　無論詩文，凡是好作品都有兩個條件。1.作者有慧眼、慧心，所以能寫有價值的東西；2.寫得好。文章內容好像是人的性情、頭腦、修養；文字像人的衣裝聲欬。琦君女士這兩個條件都具備了，這是大家都不否認的。她寫對父

思果（1918～2004）散文家、翻譯家。原名蔡濯堂。江蘇鎮江人。

母、孩子、小動物的親愛,對師長的敬仰,對朋友的感情……細微深厚到極處,這可以說是天賦。又能用生花妙筆把感受寫出古人所說的澹雅,沉鬱、研精覃思,她都有了,這兩方面都和文學修養有關,這種修養增加人的敏感和表現能力。她所欣賞的文章要像「行雲流水,自然可愛」,「風吹水面,自然成文」,自己的就是這一種。我既然抄了她的引文,索性再抄幾句吧,她又提過要寫出「人人意中所有,人人筆下所無」的才算好,她寫的就是這種文章。至於她標舉的「淨化」、「蘊藉」,兩樣都是她作品的特色,還有就是「真摯」,英國文藝批評家瑞卻滋(I. A. Richards)在所寫《實用批評學》書裡提到「誠」字,引《中庸》六處之多,著重的情形可見。這個理想琦君也達到了。她自以為寫作題材的範圍不夠廣,其實這正是誠。英國寫《傲慢與偏見》的奧斯婷筆下的人物不多,都是她熟悉的,一樣不朽。

我們有很多寫散文的人,但像琦君女士這樣認真寫散文的人似乎不多。她雖然也寫小說,散文仍舊是主要創作。(英國的藍姆寫過一個劇本,算不得成功,和他姊姊合著《莎氏樂府本事》,也不能和他的散文相比。我看過寫《藍姆傳》的散文家盧克斯的一本小說《Over Bemerton's》,文筆很好,恐怕只能當散文讀。)琦君女士的詩詞經名師指點過,極有功力,但終被她的散文所掩。我覺得她這樣專心致力於散文是文壇上的好事,因為我們希望多點寫得像她這樣好的散文讀。

她的文章最富人情味。人情味是人人文章裡可以有的,問題是夠不夠深,寫得好不好。她寫得細膩感人。她寫的人,尤其是她母親,活在紙上,使我們讀了如見其人,如聞其聲。(我夫妻二人讀了她的文章也不知流了多少次淚。)〈毛衣〉寫她替母親織毛衣的經過,曲折而情深,比朱自清的〈背影〉動人得多。〈病中致兒書〉寫她在住院時不放心兒子的早點,關懷兒子燈下讀書的寂寞,叫兒子餵鴿子,發現兒子偷偷送她母親節賀片……句句叫人感動。〈課子記〉寫她嫌她先生對兒子太苛,「誰知輪到我自己教他,竟比他爸爸更容易冒火」,這句平淡而毫無修飾的話多近人情!這就是人人會有,沒有寫出的情況,要加圈的。下面又寫她先生「每天晚上……花兩個鐘頭的時間陪孩子做功

課。看他一陣子高興，一陣子發火，一會兒喊『乖兒子』，一會兒罵『笨東西。』我的心也跟著一下子緊張。一下子鬆弛……」又多麼真實、多活躍紙上，琦君女士的文章不能抄，要抄的多了，這篇文章就有好多地方我忍不住還要抄，如結尾的整段，篇篇都流露出真摯的情感。這些只有留給讀者自己去讀了。

　　幾本散文集裡都有寫她故鄉風土的文章，如〈春節憶起兒時〉、〈故鄉的婚禮〉、〈月光餅〉、〈紅紗燈〉等。還有憶舊遊的文章如〈故鄉的江心寺〉、〈憶姑蘇〉、〈西湖憶舊〉等都寫得美妙有趣。順便提一句，中國地大、歷史久，我真希望各地的人寫些本鄉的民俗，錄些方言下來，以免這些民族之寶湮沒。我偶看孟元老的《東京夢華錄》不禁神往。現在是打倒舊俗，消滅方言的時代，不由得我不擔憂。琦君提到往日衣料的名稱，如華絲葛、鐵機緞，三、四十歲的人恐怕沒有聽見過，我和內子讀到了特別覺得親切有意思。我們都幾乎忘記了，幾十年沒有聽人提過了。杜甫有詩史之稱，散文家的文也可以成為史。

　　即使小文章如〈一生一代一雙人〉也非常動人有味，充滿至情。琦君女士善於捕捉稍縱即逝、有聲有色的情景語句。這篇文章裡她記她師母給老師祝嘏諧詩：「先生有三寶，太太鋼筆錶，莫再想兒子，老了。」還有師母經醫生診斷不能生育，老師說她：「你才是絕代佳人呢！」真是極可讀的。中國的散文一向少諧趣，琦君女士筆下時時有這樣品質，她調侃自己，毫不留情，調侃她先生的四川話，都非常有趣。〈秋扇〉是「幽默」妙品。〈我的另一半〉寫她的先生：

　　他的特色太多了，我先說那一樣呢？對，慢動作。他的慢動作是他服務機關全體同仁都知道的。下班時，四個人合坐一輛計程車，總是三缺一，總得等他。他慢條斯理地整理公文，慢條斯理地分別收進抽屜或鐵櫃，鎖上了，拉兩下，再拉兩下才放心。然後慢條斯理地走到電梯口，電梯太擠寧可走下去，為了安全。等得大門口的三個人直嘆氣，說他老虎追來了，還得回頭看看是公的還是母的。真沉得住氣。……再說候計程車吧，也總得挑選：車子

太舊的不坐，不乾淨。司機太年輕的不坐，因為年輕人喜歡開快車，不安全。嘴裡叼著煙捲的不坐，煙和煙灰噴向後座受不了。豎眉瞪眼的不坐，免得嘔氣。非得選一輛八成新以上的車輛，司機中年以上，看去慈眉善目的，他才肯舉手招呼他停下來……。

這也是一篇「幽默」妙品，要全讀的。（文章之所以詼諧，並非故意胡扯，而是說出實情。實情有時比奇情小說還奇。）

中西散文都崇尚說仁義道德。琦君寫的人物如「阿榮伯伯」、「三劃阿王」、「韋老師」都是可愛可敬的人。這些人物經她一寫，也不虛一生了。

我聽說她寫文章是改了又改的，可見她多愛惜文字。我又猜這和她詩詞修養功深有關，因為像她那樣的人推敲已成習慣，不但字義要斟酌，用字要乾淨，連音調都不肯馬虎一點。結果苦了自己。我們讀她的文章覺得不費氣力，容易忘記她是絞了腦汁的。

我讀別人的散文常有感激的心思，因為作者拿我和無數的讀者當朋友，把心裡的話講出來，讓我們分領他（或她）們奇妙獨有的經驗，悲也好，樂也好。我們要知道，有些人是從來不講一句自己的事情的。琦君女士的世界是瑰麗的，在人間，也在神仙境界，凡是讀者都可以去。

——原載《中國時報》人間副刊，民國 64 年 12 月 21 日

——選自思果《林居筆話》
臺北：大地出版社，1979 年 7 月

當代臺灣散文中的女性形象

◎何寄澎*

一、

　　所謂「當代」，在一般用法上，並無嚴格而確切的時間定義。縮短來看，晚近十年固可名之「當代」；拉長來看，本世紀以內，亦無妨視之「當代」。本文所取則括及近 40 年臺灣散文作品。作品希望透過這種檢索探討的工作，了解政府遷臺以來之 40 年中，臺灣女性形象之諸種樣態，並思考其間所蘊藏之意義。經過整理分析，40 年來臺灣散文作品中之女性形象略可分爲「家族內女性」與「家族外女性」兩類。前者不出母親、祖母、妻子、女兒、姊妹五種身分；後者則較爲多樣：村婦、寡婦、妓女、遊藝者、單身女郎，乃至女尼、女作家等，不一而足。以下分別論述。

二、

（一）家族內女性

1.母親

　　臺灣當代散文中之女性描述，蓋以母親一類爲最大宗，絕無疑問。其篇章之夥，超過其他女性描述之總和，顯示散文作家對女性之關注實以母親爲焦點。大體而言，作者皆以孺慕之心情、讚頌之態度，集慈愛、堅毅、勇敢、勤勞、儉樸等美德於母親一身。試看邵僩〈母親的期待〉[1]一

*臺灣大學中國文學系教授兼系主任。

[1]原載 1962 年 5 月 13 日《聯合報》副刊，後選入《聯副三十年文學大系・散文卷》，臺北：聯合報社，1981 年 10 月。

文：

> 在酷烈的陽光下，我穿著破爛的球鞋，和母親扛著一綑木柴，蹣跚的走在崎嶇的石子路上，向山上走去，我總是抬著前面，而母親在後面常悄悄的把繩子向後移，使我的分量減輕。

這是寫母親的慈愛；文內又云：

> 我第一次感到「錢」的魔力時，是父親的離開我們。
> 我們籌不出四張半機票的錢；相對而飲泣。
> 「你要去的！」母親堅決的對父親說：「你在臺灣找到朋友，再借錢匯給我們。」
> 「但是……」
> 「如果來不及，」母親說：「我會帶著孩子們再由廈門回江蘇老家。」
> 然而我們沒有回家鄉，母親吃盡千辛萬苦，沒有要父親的錢，就把我們帶到臺灣。

這是寫母親的堅毅；而

> 我六歲的光景，我們躲日本人，逃到鄉下，有一天，土匪來了，母親拿出家裡的積蓄放在桌上，然後再禮貌的替每人倒了一杯茶，她對他們說：希望他們去打日本人。那些土匪沒有東翻西找，喝完茶，什麼東西都沒拿，溫和的走了。

則是寫母親的勇敢。再看黃武忠〈四十九個夕陽〉[2]：

---

[2]原載 1982 年 10 月 29 日《聯合報》副刊，後選入《永遠》，臺北：文經出版社，1986 年。

婦人黝黑的臉，被日頭燙出憨厚，皺紋蜿蜒其上，刻烙出歲月痕路，六
十多歲的人了，蹲在井旁揉搓衣物，動作樸拙，散發著自然、純真與美
感。

她，就是我的母親。

……

母親是屬於古井的，正如古井屬於她。

現代文明似乎並沒有影響到她，仍然天天到井邊洗滌衣物，把洗衣機擺
在一旁。在眾人淡忘這口古井的當兒，每天尚以水桶跌打井心的人，自
然祇有母親了。

她，宛如古井，牢牢的種在那兒，以穩當的體態，默默的來承受多變的
人間世。

以及阿盛〈娘說的話〉[3]：

我開始工作賺錢之後，母親從未過問我的薪水，我寄錢給她，強要她去
買些自己喜歡的好東西，她答應了。迎娶我太太那天，母親將我叫到一
旁，遞給我一疊鈔票，她告訴我，這是按月存下來的，實在捨不得花
掉，再說，吃飽穿暖之外，人世間還有什麼好東西？

我照舊寄錢給母親，並且說明絕不願意她存起來還給我，她答應了。待
得我兒子出世，母親興匆匆地來到臺北，她為小孫子備妥了一切初生到
三、四歲嬰孩所能用得著的衣物、鞋子、玩具、甚至金鎖片、銀手鍊。

母親根本沒有為自己花用我一文錢。

則分別寫母親的勤勞與儉樸。在臺灣當代散文作家的筆下，母親恆常
以擔負者、奉獻者、庇蔭者的姿態出現，她的一生一如張春榮〈畫樹〉[4]所

---

[3]原載 1984 年 10 月 10 日《中華日報》副刊，後選入九歌版《七十三年散文選》。
[4]收入《冠軍散文》，臺北，希代書版公司，1987 年。

云：母親是一棵取之不盡的果樹，一棵不分春夏秋冬永遠長滿果實的大樹。母親更是一株無言的月桂，撐起一把似小實大的綠傘，替兒女遮去人間的風風雨雨。然後，隨著兒女的長大，年華的老去，母親漸漸變成一棵低矮的果樹，一棵臃腫的老樹；而最終，勢將成爲斷臂殘枝的老樹，默默倒下。

然而除去這些普遍的共相之外，當代散文作品中的母親，也還略有其他別致的殊相。

梁實秋的母親愛吃「花酒」[5]，奚淞的母親則擅繪畫[6]；王鼎鈞的母親知所割捨[7]，林良的母親有深邃的智慧[8]。此外如：莊因母親的嚴厲[9]，小野母親的陽剛[10]，乃至封德屏母親的精明能幹[11]等，都在「傳統」的母親形象外，增添更生活化、人性化的姿采；也在倫理、道德的意義之外，賦予更自然、真實，廣大無邊，深邃無底的動人面貌。因爲這些作品，當代散文

---

[5]梁實秋〈想我的母親〉一文（原載 1980 年 3 月 14 日《聯合報》副刊，後選入《聯副三十年文學大系·散文卷》）有云：「我母親喜歡在高興的時候喝幾盅酒。冬天午後圍爐的時候，她常要我們打電話到長發叫五斤花雕，綠釉瓦罐，口上罩著一張毛邊紙，溫熱了倒在茶盃裡和我們共飲。下酒的是大落花生，若是有『抓空兒的』，買些乾癟的花生吃則更有味。我和兩位姊姊陪母親一頓喝完那一罐酒。後來我在四川獨居無聊，一斤花生一罐茅台當做晚飯，朋友們笑我吃『花酒』，其實是我母親留下的作風。」

[6]參見氏著〈姆媽，看這片繁花〉一文。原載 1985 年 5 月 11 日《聯合報》副刊，後選入前衛版《一九八五臺灣散文選》。

[7]〈一方陽光〉一文（見氏著《碎琉璃》，臺北：九歌出版社，1978 年）寫母親希望守住兒子：「她希望在那令人留戀的幾尺乾淨土裡，她的孩子，她的貓，都不要分離，任發酵的陽光，釀造濃厚的情感。」而當蘆溝橋的砲聲一響，「母親知道她的兒子絕不能和她永遠一同圍在一個小方框裡，兒子是要長大的，長大了的兒子會失散無蹤的。」母親最後說：「只要你爭氣，成器，即使在外面忘了我，我也不怪你。」

[8]參見氏著〈母親的智慧〉一文。（原載 1977 年 11 月 14 日《國語日報》）文中敘述母親從不跟他談有關人生大道之類嚴肅的話；從不肯讓他幫一點忙；對他的奮鬥，既不抱反感，也不讚美；而在他消極、頹廢的時候，安安靜靜，不開導、不鼓勵、不教訓、不責備、不與他商量往後日子怎麼過。作者的母親深知每一個年輕人都可能遭遇人生的逆境，而他遲早會從逆境中走出。只有一種情形可能使他毀滅在逆境裡，那就是過分的關切所造成的焦躁，以及那焦躁對意義深遠的「自我掙扎」的干擾。

[9]參見氏著〈母親的手〉一文。（原載 1978 年 8 月 8 日《聯合報》副刊，後選入《聯副三十年文學大系·散文卷》）文中對母親揪擰的獨門絕招有生動描述。

[10]參見氏著〈亂世兒女〉一文。（原載 1980 年 4 月 12 日《聯合報》副刊，後選入前揭書散文卷）文中的母親從不妝扮自己，給孩子的家書永遠寥寥數語，冷冷淡淡；一生灑脫，只做不說，果斷機智。

[11]參見氏著〈夜空下的羽翼〉一文。（原載《我們的八十年》，臺北：時報出版公司，1991 年）文內敘述母親擅動腦筋，掌握時機，使全家在窮困苦難的年歲裡，過得豐饒舒適。

中的母親形象才不致顯得過分單一而標準化。

　　討論至此，我們也許應該特別提及琦君與吳晟。因爲相較於其他作家的零星篇章，琦、吳二氏有大量作品描述母親。琦君著作等身，而母親永遠是她筆下最重要的人物；吳晟則有《農婦》[12]一書，見證母親在其心中的地位。扼要言之，琦君的母親勤勞、節儉、容忍、慈祥──傳統中國婦女三從四德之美德集於一身；比較特殊的是，終其一生似乎未得丈夫之愛情，故在其平和、優美形象的背後，其實充滿悲劇色彩。吳晟的母親則勤勞、刻苦、儉樸，一生逆來順受，督子甚嚴，土地是她永遠固守的生命舞臺。兩者雖有共通的品質與德性，但後者顯然已龐大至具有地母性格。那種無限給予、無限付出，不斷勞作、不斷承擔的本質，無一不與「大地」之仁德相應和，吳晟筆下的「農婦」似乎已不再是他個人母親的形象，而成爲「大地」的象徵。

　　然而無論具有何等特殊的表現樣式，上述種種母親的形象，基本上都是被賦予正面意義的，換言之，母親永遠被塑造爲具有勇者、能者的氣質。但在時代快速變遷，社會劇烈變化的情況下，這種正面的形象，是否已經失落某種真實性質，而作者是否也已在不知不覺中掉入成規式的感性世界描述，欠缺客觀的反省思考呢？在這裡，有兩篇作品特別值得一提，此即：心岱的〈童真〉[13]與陳彥的〈媽媽〉[14]。

　　〈童真〉一文中的母親是一個容不得任何人愛她的女兒的女性。作者先是一再重複的說：「除了感激從母親得來這童真的生命外，她不知道尙有什麼足以令她去愛她的母親的。」最後則恍然大悟的說：「母親什麼也沒給她。……母親只是個虛幻的影子，模糊且遠隔，甚且早已不在她身邊，她和母親能共通的僅僅是兩個寡居的女人，她有兒子，母親有她，……」

　　心岱呈現了一個孤獨、自私的母親形象，也明確地表示其內心對母親

---

[12]臺北：洪範書店，1985 年。
[13]出處不詳。後選入《錦繡文章》，臺北：皇冠出版社，1984 年。
[14]原載 1981 年 6 月 23 日《聯合報》副刊，後選入《感人的散文》。臺北：希代書版公司，1986 年。

所存有的那份恐懼、厭惡與憎恨。母女之間往往是沉默而各懷心機地面對，注定彆扭而不相容。

〈媽媽〉一文則藉虛構情節，呈現現代社會中嬰兒與母親的疏離。嬰兒在離開天庭的時候，黃衣天使告訴他們，到了人間更幸福，因為會有一個身上散發香氣，常在他身邊，只為他流淚的媽媽。但結果是嬰兒根本無法在他身邊來來去去的人當中找出他的媽媽。天使只好說：「你們的媽媽為了某些原因，不能常常陪你們。」「他們當嬰兒的時候，是很幸福的，可是，他們忘掉自己的幸福了。」

二文筆致之疏密與布置之巧拙雖有不同，但難得的是，都能在原本永恆不變的母親形象外，顧及現實狀況，指出母親形象的可能變化。我們也許可以繼續思考：那些所有「正面」描述的母親形象，其時空背景其實都有相似的特質：苦難的歲月、貧困的社會，傳統價值觀深植人心。而晚近以來，工商文明急速發展，倫理關係迭遭衝擊，價值體系頻生變化，揮別了苦難、揮別了貧困之時，母親的形象是否仍然一成不變？散文作品如果不能與之做廣泛而深入、細密的回應，創作的意義便可能因之而略有減損。

2.祖母

和母親的「莊嚴」相比，作家筆下的祖母（包括外祖母）往往充滿詼諧的趣味。如果說母親是旦角，祖母就有一點丑角的味道了。

孫春華〈老家屏東〉[15]是最典型的例子，文中的大姥是個愛打人的老太太，因為不滿縣長沒向她老人家請安，每天拿著棍子到縣政府門口打轉。她也是個愛撒小謊以博同情的人（她曾跟人訴苦：「我沒兒沒女啊！沒人養活我，連水都沒給我喝！」）。她拜菩薩拜得虔誠，小外孫女為了點心和卡片，偷偷上主日學，回來一定被抓到廟裡罰跪。她會唱讓人笑死的歌，她常把田裡的小野花摘來插在自己頭髮上。而簡媜〈銀針掉地〉[16]、馮秋鴻

---

[15]原載 1980 年 4 月 26 日《聯合報》副刊，後選入《聯副三十年文學大系·散文卷》。
[16]原載 1986 年 12 月 26 日《聯合報》副刊，後選入九歌版《七十五年散文選》。

〈燈冠花開時〉[17]則透過特殊生活化的對話，傳遞出絲絲鄉土的詼諧。〈銀〉文裡的阿嬤，夏天時，脫下衫來睏地上「又箇涼又箇爽」；上了臺北，還是只著半截布褲，裸裎上身，不怕對樓的人看。面對孫女換衫要她閉眼，很不以為意地說：「自小幫妳拉屎拉尿，看透透囉，瓠仔茱瓜、芋仔蕃薯，差不多差不多。」〈燈〉文裡的祖母面對耍賴的孫女，永遠一邊罵另個倒楣鬼，一邊嘴上還「憨孫、乖孫，阿媽不甘」地撫慰著；而在清洗她的三寸金蓮時，總要感嘆世風日下：「現今的姑娘，個個大腳婆，只會『蹓蹓走』。」和母親比起來，祖母似乎意味著更大的寬容與更多的可親。當面對母親時所經常會產生的敬謹與慚愧，在面對祖母時似乎都可以為一種完全輕鬆而理所當然的放任所取代。臺灣當代散文作品中，描述祖母的並不多見，但都給人一種特殊親切、溫暖而有趣的形象。而祖母的形象會不會改變？是不是已經有所改變？從臺灣當代散文作品中，我們尚無進一步的發現。

3.妻子

在中國古典文學的長流裡，我們很少看到寫妻子的作品。也許是封建社會的封建意識作祟吧？妻子似乎只宜沉靜無聲地隱身在黑暗的角落裡。沒想到進入現代，妻子仍不是作家筆下垂青的對象，篇章之少恐怕較祖母為尤然。林清玄〈歸營三疊〉[18]裡的妻子是溫柔而成熟的，她深情，卻能適時適分的抑制情感。她的信中總是叮嚀著：要注意身體要服從命令要遵守紀律，衣服髒了要換洗，障礙超越別太匆忙，晚上讀書別讀得太晚。當丈夫歸營的時間已屆，她會說：「應該走了。」對丈夫想藉著颱風來襲賴著不走，更表情嚴肅的說：「不行，大家都不回去，軍隊還像是軍隊嗎？你是長官你怎麼辦？」「紀律，軍隊，就是犧牲。」然而離別的剎那，她總是默默，她的口像一道嚴密的閘門；偶爾則會淡淡地說：「兩情若是久長時，又

---

[17]原載 1983 年 2 月 21 日《中國時報》人間副刊，後選入前衛版《一九八三年臺灣散文選》。

[18]原載 1977 年 9 月 7 日《中國時報》人間副刊，後選入《中國散文展》，臺北：長河出版社，1978年。

豈在朝朝暮暮？」

　　如果說林清玄筆下的妻子是純美柔和的化身，然則林芳年筆下的妻子便是勞碌終身，隨時活在戰戰兢兢裡的迷羊了[19]。她在丈夫剛經一段情場的蹉跌下，靠媒妁之言與之結褵。她和丈夫間隔著很厚很厚陌生的牆，因為並無愛情。她內心一直存有恐慌，怕丈夫突如其來的罵聲；如何使得丈夫稱心悅意是她日夜殫精竭慮的關鍵。但她終於靠著她的容忍，馴服了一位極挑剔的男人；靠著她的艱辛勞碌博得了一位陌生男人的賞識與同情；靠著她的無所要求，激發了丈夫的反省。丈夫終於持著公正的態度去讚揚她，承認她有一顆永遠晶晶發亮的愛心。她終於獲得丈夫的愛情與尊重。

　　兩位妻子的時代不同，其特質自異。但相同的是，對待丈夫都有深摯的情意，也「甘心」的做一位妻子。這是男性角度的觀察。而女作家筆下的妻子，則有迥異其趣的表現。康芸薇〈這樣好的星期天〉[20]現身說法，寫成為妻子之後的孤寂。結婚以前那種多得說不完的可愛廢話再也不來；想和丈夫一起談女兒粉紅的小臉、可愛的笑，也不可得；即使要和丈夫拌嘴，得到的也永遠是淡漠式的輕侮。最後作者在西門町的人潮裡像一株浮萍，由一條街逛到另一條街，不知道自己是不是要這樣過一天。但確定的是，她不會回家，她不願像黑奴，而林肯也不會來解放她。啊！「這樣好的星期天！」多麼諷刺的一句話。

　　男女作家筆下有如此互異的妻子形象，是值得玩味的。在林芳年的作品裡，我們看到的是上一個時代裡，默默等待丈夫眷愛的妻子；在林清玄的作品裡，我們看到這一個時代裡柔情如水的妻子；而在康芸薇的作品裡，我們更看到女性意識漸漸自覺後的妻子對愛情與婚姻的惶惑與質疑。可惜康芸薇的年代還是早些（1960 年代），她也只能留在那種令人窒悶的惶惑與質疑裡，不知如何往前踏出。奇怪的是，近三十年來，繼續此一方

---

[19]見氏著〈我與她〉一文，原載 1980 年 1 月 19 日《聯合報》副刊，後選入《聯副三十年文學大系‧散文卷》。

[20]見文星版氏著《這樣好的星期天》，選入《中國當代女作家文選》，臺北：華欣文化事業公司，1988 年。

向思考的作品竟難得一見，不能不令人感到微微遺憾。

4.女兒

　　1960 年代，丹扉曾以敘寫其一對女兒（大貓、小貓）馳名文壇，在其筆下，大貓、小貓頑皮有趣又少年老成，使人愛恨交加之情永不能統一的形象極爲鮮明；但看〈母親的心聲〉[21]一文可知。嬉皮笑臉地稱「壞老媽」、「臭姆媽」；動不動就奚落母親「妳讀過大學，連這點都不懂，真是『三八』！」（小貓接著說「你真是三八廿一呀！」）還會聲色俱厲打下女的官腔：「這是我們的家，不是妳的家，妳知道嗎？」做這兩位頑童的母親真不容易。而與之相異其趣的是喻麗清筆下懷著純潔無所的愛的少女。〈瞎子、孩子與狗〉[22]一文寫女兒小喬訓練導盲犬老黃毛的故事。雖然小喬與老黃毛因爲朝夕相處產生了深厚的感情，但老黃毛終究是要送出，屬於某一個盲人的。當離別的那一天來到，小喬悲傷中帶著驕傲、微笑的眼裡居然有與老黃毛一樣的神色──勇敢而悲壯；作者最後做這樣精采的結尾：

　　　車要開了，小喬只說：
　　　「老黃毛，你去吧！」
　　　狗和孩子，一樣的神色。
　　　我走過去，輕輕喚了一聲：
　　　「小喬……」
　　　她抱住我，哭起來。

　　一個既天真又懂事，充滿愛又能擴大愛的女孩形象呼之欲出。丹扉筆下的女兒形象，置諸 1980、1990 年代，大概也仍然覺得生動、眼熟，因爲現在的孩子，比起大貓、小貓，只有過之而無不及。喻麗清的筆下亦清晰地刻畫了屬於小女孩特有的純潔本質──這種本質基本上似不會隨著時代

---

[21]原載 1965 年 5 月 9 日《聯合報》副刊，後選入《聯副三十年文學大系・散文卷 5》。
[22]原載 1983 年 12 月 17 日《中國時報》人間副刊，後選入九歌版《七十二年散文選》。

的變遷而有太大轉變的。當代散文摘述女兒者寥寥可數,也不夠厚實,卻似乎較完整地呈現了這類「女性」的形象。

5.姊妹

在苦難的時代裡,姊姊往往帶著一點母親的色彩,以超過其年齡與能力的負荷照顧著家庭裡年幼的弟妹,而妹妹則往往要分攤姊姊的負荷——對家中的男孩子來說,妹妹有時被迫地逆轉角色,彷彿成為姊姊。而這些原都是文學作品很好的題材,也都應該被描述、被記錄。可是事實上,臺灣當代散文作品中「明確」刻畫姊妹形象的似乎最為少見,也最欠完整。限於材料,這裡只能舉周玉璽的〈手〉[23]做為例子。

這篇文章分別寫父親的手、母親的手、三姊的手。三姊只讀到小學畢業,一生忍飢受凍,充滿坎坷,最後還受病魔折磨早夭。三姊長得像觀音,有兩隻愛哭的眼睛和一雙靈巧的手。她最疼弟弟。每次回家,總拿五元紙幣給弟弟,囑其買學用品;弟弟考上師專,她大方地買魚回來加菜,竟受債主一頓奚落;她為弟弟裁製新衣——在病中把極合身的衣服裁製完成。對弟弟,她只是付出,從不要求回饋。這篇文章整體而言雖然尚欠成熟,但已為貧困時期的臺灣家庭中的姊姊刻下清晰的形象。其實在那個時代裡,尚有許多姊姊或妹妹甚至偷偷地以賣身來做為對自己家人的奉獻,卻終遭家人唾棄[24]。對這些悲苦的角色,臺灣當代散文只留下模糊簡略的造影,並未留下深刻鮮明的造型。

臺灣當代散文中的家族內女性形象大體如上。母親恆常是勇者、能者,在慈祥之外,還添具絲絲強者的剛性與智慧。這種特殊的性質使得描述者基本上以崇敬的心情去寫,不敢略有造次。但寫祖母則不然,故祖母之形象乃有格外寬舒、詼諧的氣質。至於妻子,基本上是情意深摯、善盡

---

[23]見《冠軍散文》,臺北:希代書版公司,1987年。
[24]林文義〈走過椏樹路〉(原載1986年9月22日《中國時報》人間副刊,後選入九歌版《七十五年散文選》中便有一位這樣的女子。她有一個日本名字叫美智子。她按月寄錢回家,小弟小妹讀大學的學費都由她出,看到她這位做賺吃查某的姊姊,卻像看到鬼。她人不能回家,以免給家鄉人嘲笑。

職責的；女兒則基本上是天真（頑皮也是一種天真）純潔的；姊姊則帶有慈母的形象。而在這種種基本形象之外，捕捉更特異形象，反映更細膩的觀察與思考者，實不多見，甚且全無。我們清晰地感受到，對做為一個敏銳的時代見證者而言，臺灣當代散文的表現是不足的。以家族內女性之描寫而言，它就似乎耽溺在一個已經根深柢固的溫馨而美好的「觀念世界」裡而欠缺深廣的外視企圖。

（二）家族外女性

　　相對於作家描繪家族內女性略嫌狹隘的內視視野而言，家族外女性的描寫，本身已相對地呈現若干程度的外視視野。以下分目略作論述。

1.村婦

　　林芳年〈古井邊的撒野〉[25]把農村婦女本然的、通俗的粗線條式的野性寫活了。她們天天在古井邊集會，沒有什麼建設性的發言，大多是一連串唏哩啪啦無止境的埋怨：她們埋怨婆婆的嘮叨難纏，埋怨丈夫的不長進，痛恨小姑們挑撥是非，甚至神秘兮兮的談與丈夫的房事快樂趣聞，她們常有這樣的對話：「唉，阿三嫂，妳的先生帥極啦，他天天西裝畢挺，皮包裡必定裝上一大把鈔票。妳要甚麼，他必定給妳甚麼。」阿三嫂睜起了哀怨的眼睛說：「別瞎猜，你抬錯了我的『斬頭』（指自己的先生）了，他一天到晚不幹好事，他的皮包裡那有鈔票？是一大把的衛生紙噢。」

　　劉還月的〈旅愁三疊〉[26]則描寫農村婦女怯生生的、忠厚的、善良的本質。作者以陌生人的角色來到小小的山村、他沿著客運車行駛的馬路走去，正見伊從側方的小路走來，以好奇的眼神盯著他瞧了一會兒。他想上前去打個招呼，還沒走近，伊卻匆匆走了，腳步顯得有點慌亂。不久之後，雨卻趕來了，飄游的雨絲很快變成豆大的雨珠，作者焦慮的往前奔跑，趕過伊時，伊說：「左手邊那叢檳榔林後，有一間屋子可以躲雨。」伊

---

[25]原載 1983 年 2 月 9 日《臺灣日報》副刊，後選入《鹽分地帶文學選集》（一），臺北：自立晚報社，1988 年。

[26]原載 1984 年 5 月 16 日《中國時報》人間副刊，後選入前衛版《一九八四臺灣散文選》。

後來也躲進這屋簷下，聲音怯怯地問：「你來這做什麼？」又問：「你淋雨有要緊否……？」聲音顯得有點不自在；伊最後說：「雨落那麼大，我——本想請你去阮厝避雨，又驚不識不相真歹勢，又驚你淋雨會感冒，才來看覓……」。說完，便急急投身入那片雨幕中。

　　無論是林芳年筆下三姑六婆式的村婦形象或劉還月筆下溫厚、善良的村婦形象，她們都是典型的臺灣鄉村婦女，彷彿「停格」在一個特定的時空裡，只要我們去到鄉村，她們總會不時的出現。與此略異其趣的是洪素麗筆下的村婦。《浮草》[27]一書中〈盛夏風俗畫〉裡寫一位守廟的阿婆。平時坐在紅板桌邊數著銅錢賣香燭、紙錢；更多的時候則在廟側的廊下升火煮飯。她的兒女都成家立業了，在老伴去世之後，她來到廟裡，盡責地、虔誠地打理廟裡的瑣務，勤快的她有平靜的晚年，唯一的不足是，不能搭棚養雞，也不能鋤一塊地來種菜。此外，《十年散記》[28]一書中的〈瘋子印象〉則寫一位患有精神分裂傾向的鄰婦。她出身於重男輕女的老家族，未受過多少教育。婚後連生三個兒子，還一邊替人車衣服補家計。好不容易丈夫熬出頭，兒子也大了，她卻帶著苦盡甘來的虛脫感，而被遺棄的感覺尤強。住在隔絕的、多雨的山村，她空白的時間太多，都拿來幻想，疑神疑鬼；她總把周圍的人編成姦夫蕩婦——這是她最切身關心的主題。

　　守廟的阿婆也好，疑神疑鬼的老婦也好，在她們身上都讓我們看見社會工商業化以後人心孤寂無奈、甚且扭曲變態的痕跡。如果時代繼續變化，前述「典型」的村婦大概終將消失，「停格」的畫面大概也不復可求吧！

2.寡婦

　　洪素麗〈昔人的臉〉[29]中「水中影」一則寫她記憶中的一位寡婦。罩著直直的黑色長裙，穿著繡花布面鞋，鞋頭尖尖，腳跟墊著削圓的一塊木

---

[27]臺北：洪範書店，1983 年。
[28]臺北：時報出版公司，1981 年。
[29]原載 1983 年 8 月 29 日《自立晚報》副刊，後收入氏著《昔人的臉》，臺北：時報出版公司，1984 年。

料，永遠扶著牆走路，在外祖父家鬧轟轟的宅院裡，她是最沉默的一位。後來丈夫兒子都失去，默默地在一個大家族裡做守寡的貞婦，幫忙操持家務，不特別引起別人好感，也不引起惡感。她的存在，只是喚起人們記憶到喪失的兩位家族成員罷了，她的存在，只是為了親人的見證。

　　季季〈一九八四年三月〉[30]寫故鄉一位對這世界沒有微笑的寡婦。她有兩個女兒，一個兒子，兒子在上了十餘歲後得病死了。她後來再婚，又生了一個兒子。沒有人嘲笑她老蚌生珠，她比一般年輕人受到更多的祝福，那時她嚼檳榔的嘴總是笑個不停。可是好景不常，不久她第二個丈夫離開她，回到原住的村子去。作者後來看到的她是「騎著老舊的腳踏車，仍然嚼著檳榔，但血紅的嘴唇是冰冷的，沒有微笑，沒有招呼。」作者說她能了解寡婦的心情：「一個對這世界沒有微笑的人，對自己也是沒有微笑的。」

　　司馬長風〈鰥與寡〉[31]中的寡婦有五個孩子，丈夫活著的時候，便是個不務正業的賭棍，一家七口生活靠她給人傭工，擦汽車，倒垃圾來維持。丈夫死了後，她還是替人看更、洗車，以供應一家生活所需。她的臉不能平易的用「蒼白」兩字形容，那是慘綠和枯黃再加上鐵青混成的、可怖的絕望的臉。但她有時也會泛出幾絲活氣，那就是每天提早和另一個看更的男子一起擦車的時候。作者每次看到這樣的景況，都掬誠的為他們默禱祝福，相信他們在一起傾談、互相凝視的時候，就能忘去愁苦，聽到幸福的呼喚。然而這男子竟突然死於心臟病。作者對這女子最後的描寫是：「有時無意中看一眼，看見她奄奄一息孤零零的擦車情景──她的臉除了原來的慘綠、枯黃和鐵青外，又加多了一層死灰和砭骨的冷霜。」

　　三位失去丈夫的女性，第一位的形象最模糊───一如作者的題目「水中影」。她像是剪紙上的人物，板板的貼在紙版上，嗅不出一點生命的氣息，默默地讓時光度過，度完她沒有任何自由意志的一生；她是過去那個

---

[30]原載 1984 年 12 月 30、31 日《自立晚報》副刊，後選入前衛版《一九八四年臺灣散文選》。
[31]出處不詳，選入《中國當代散文大展》，臺北：大漢出版社，1975 年。

時代裡「寡婦」的一種典型。二、三兩位女性，則受盡命運的捉弄。一個
是雖曾有二度春天，但畢竟短暫，一個是剛燃起希望之火，就迅即熄滅。
兩者其實都是「對這世界沒有微笑」的人。

　　平心而論，這種題材是很好的，因為「寡婦」在中國社會裡是遭受特
殊注意目光的女性。然而這三篇的描寫，基本上還是太感性、太模糊。
「洪」文中除了「沉默」的形象，未及其餘；「季」文中，第二個丈夫因何
離去，作者也無興趣探究；司馬長風則一逕自作多情地以遠遠旁觀者的角
度去刻畫，尤顯造作失真；而如果你要問現今的寡婦又是怎樣的形象？那
就更看不到有誰去加以觀察、記錄了。

3.妓女

　　心岱〈風塵的夜〉[32]如此記錄著妓女：

> 　　千古以來，她們都是相同的一群，不改的顏容，不更的命運，即使是流
> 轉的時空，也未曾引渡她們的心事。……她們是城市繁花裡的一角風
> 景，她們是鄉下寂靜神秘的布景，有人的地方，她們就出現；有旅館的
> 地方，她們便走進來。……她們沒有任何標誌，但是，她們有許多心
> 事，濃濁得令她們難以察覺，所以她們的眼睛常蒙著人人口中隨時會說
> 的形容詞──風塵。

　　她們的心事是什麼呢？作者認為「不公、不正的屈辱就是她們全部的
心事」，因為「世上有很多交易，並非都是平等互惠的定律，然而，有那一
樁生意是這樣徹底去販賣尊嚴和敗德？」

　　馮青的〈春鳥〉[33]則記錄已經飄零的北投妓女：

> 　　常在午後的電影院裡邂逅到那些女子，她們大多穿著簡單涼爽的衣服。

---

[32] 出處不詳，選入《感人的散文》，臺北：希代書版公司，1986 年。
[33] 同上註。

蒼白的臉頰，不見一絲陽光停留的痕跡。三三兩兩坐在生意清淡的午後場，抽煙，小聲交談，很安靜。一點也不喧嘩。很老練。眼神盡處是看穿世事的空茫。別的少女，在這種年齡應該是飛揚顧盼的吧！而她們竟沒有，而且，抽煙的女郎之中，很多才十四、五歲呢！她們有時把腳擱在前排的空位上休息。戲院裡的空間，竟像她們家的客廳一樣。她們是北投的夜合花。因為電影一散場，就是夜晚作息時間的開始，她們幾乎每天都要進美容院做頭髮。修修指甲，化妝成嬌滴滴的模樣兒。開始那夜合花的生涯。

　　比較細膩的是，馮青還刻畫了這些妓女內在的脆弱、不安，以及善良。一個路況不熟的計程車司機，隨著一名女郎到座落半山腰的飯店。計程車在密如蛛網的巷道中迷路了。剎時間，女郎手扶車門，預備跳車，且以發抖的聲音大喊，你要載我去那裡？等到弄清原委，並經司機道歉後，女郎才恢復鎮定，下車時，還多給一百元小費。

　　女郎為什麼驚恐？為什麼準備跳車？豈不是她們曾受太多的羞辱？豈不是她們也有她們做為一個人的尊嚴嗎？

　　馮青說：「她們是一具抽離了風情的標本」、「是坐等命運之手撥弄枯乾的野草。」她們確如心岱所說：「千古以來都是相同的一群，顏容不改，命運不更。」臺灣當代散文作家對社會陰暗角落的特殊女性，證諸上類作品，也曾投注關懷的眼光，可惜還是不夠廣闊深刻。

4.遊藝者

　　在人類文明史上，遊藝者的起源其實甚早。他們輾轉於鄉村城鎮之間以其一藝博取生活之資，他們真的像浮萍、像蓬草，隨風隨水而飄蕩，這樣的生命似乎是辛苦而悲傷的。然而雷驤的〈盲樂手〉[34]卻不盡然。那位穿著豆沙顏色舊長裙，赤腳立在廊前演唱的盲婦，雖然頭髮焦黃，面容赤

---

[34]原載 1981 年 10 月 19 日《臺灣時報》副刊，後選入九歌版《七十年散文選》。

褐,但並無悲戚的神色。作者說,勉強要形容的話,那是一種隱約的、不易察覺的喜悅;作者終於體會到,那是一種:能使旁人得到快樂,不幸的自己也因此感到驕傲的表情。

心岱的〈遊戲者〉[35]則寫自 13 歲開始就把一生交給觀眾的女戲子。她家世代衣缽相傳,甘心的接受戲子命。她們能奇蹟似的用彩墨掩蓋歲月殘蝕的痕跡,把生活的夢,混合於荒謬的、即興的、盡情的揮灑到古來歷代的生靈故事。當歸於凡俗的浮生時,她們如掌握舞臺上的角色分寸般,從不猶豫自己的角色。那已經做曾祖母的老戲子對著她尚在襁褓中的曾孫女說:「我們去臺下玩,看媽媽、阿婆唱歌仔,妳要好好的聽,牢牢的記。未來的天下,就靠妳囉!」

無論雷驤或者心岱,都把民間遊藝者生命中動人的莊嚴做了描繪,可惜感性語言仍多過知性語言。其實這些人似乎將永遠存在——在不同的時代裡,以不同的姿態出現,值得創作者作更細膩的刻畫。

5.其他

從凸顯晚近十年臺灣社會快速都市化中的女性多元形象而言,前述諸作無論為寫村婦、寡婦、妓女、或遊藝者,似乎都尚不足以據為代表。在這裡,我們也許應另舉幾篇作品來討論。它們分別描寫單身女郎、女作家,乃至女尼。由於篇章極少,統入「其他」類綜合論述。

汪其楣〈單身是不必說抱歉的〉[36]用明亮的節奏、輕快的語言現身說法,寫自己身為單身女郎的快樂以及一點點不樂。單身女郎的生活是自在的,她可以「自私」的把「全家人」的菜錢都拿去買書;她可以有忙碌的自由、發獃的自由、無所事事的自由;無論忙與閒,秩序與放假,她都可以自己決定,還可以即興。至於那一點點不樂便是:租房子不易、對不想做的事找人人都接受的婉轉理由不易、常常要被強迫打包剩菜剩食,而出書寫序的最後一段不能寫「感謝外子的耐心與體貼……」云云。

---

[35]原載 1984 年 7 月《散文季刊》第 3 期,後選入九歌版《七十三年散文選》。
[36]原載 1983 年 9 月 24 日《聯合報》副刊,後選入九歌版《七十二年散文選》。

汪氏這篇作品最有意義的是觸碰到晚近以來臺灣社會愈來愈普遍存在的事實——單身女郎的自處問題。不論她們曾婚或未婚，單身女郎面對自我、面對家庭、面對周遭社會，她們確實需要成熟的觀念與態度，以便適應。作者自己雖然是興高采烈的，但她感謝開朗的家人幫她走過來，她也真心推崇賢妻良母之美妙偉大，她認為單身女郎絕不要忌諱「愛迪生」——因為只要知趣有趣，自己會是個發亮來電的朋友。要言之，作者所表現的是個開朗、健康、坦然的單身女郎，她並不把單身女郎塑造成單純美好、不食人間煙火的形象，她無異為所有單身女郎的自處之道提供了極好的參考指引。最後她說：「謹以此文獻給所有自在自得的女同胞，單與不單。」更充分明白顯示了她的女性自覺意識——新時代的女性，面對社會多元的價值，最重要的是以通達、寬闊、自信的胸襟與智慧去適應，而僵化的本位主義或定位主義都是要不得的。

洪素麗的〈女作家〉[37]用簡得不能再簡的文字描繪時下的部分女作家：「把頭髮長長披下來，作女鬼狀，眼眶塗得烏黑，遠看，搞不清這人有沒有眼珠；手叼一根煙，極其『有味道』的樣子。必要時，鬧點新聞，比方說：流浪啦，和某人戀愛，又絕交啦，自殺未遂啦，等等。」作者最後嘲諷地說：「女作家要成為作家，得先學會做老實人。」

洪氏這篇作品雖然只如一幅極簡單的鉛筆素描，但臺灣這幾年來出現過的「明星式包裝」的女作家形象倒是呼之欲出。她們之中有些人已消失不見，但繼起的人還是不斷，見證了這個階段別致的文學現象。只是平心而論，洪氏的筆畢竟太過簡略，其文的寫實意義遂不免薄弱。

伴隨著通俗而軟性文學之潮流所產生的明星式女作家，固是晚近十餘年來臺灣「新興」的女性；而另一方面，隨著工商業化所帶來的人心迷茫與不安，宗教人物則成為臺灣社會新的禮讚偶像，簡媜〈紅塵親切〉[38]見證了這樁事實。

---

[37]原載 1981 年 4 月 25 日《聯合報》副刊，後收入氏著《浮草》，臺北：洪範書店，1983 年。
[38]原載 1984 年 11 月 9 日《聯合報》副刊，後選入九歌版《七十三年散文選》。

　　〈紅〉文寫作者一位穿黑長衫的好友──空法師。作者說：一把利剪，剪去 25 年的女兒身後，她是穿百衲衣的大丈夫。在作者眼中，她行住坐臥，掌風習習，妙藏物色；她提足成步，如礦出金，如鉛出銀，又十分洗練。有時她老練深沉，宛如幾百歲；有時又很年輕，與沒大沒小的兒郎一起調皮搗蛋；她有老年之識見又有少年之胸襟，她，乃是個忘年僧。

　　簡媜以她精麗的筆細細刻畫空法師的天真與機趣、智慧與人情，讀來可親可敬，充滿禪意。而她以身受高等教育之身分，心繫佛理，又描繪一同受高等教育獻身佛法的女性，無論就其本身或就其對象而言，都是當今社會極饒富興味的現象。

　　臺灣當代散文中的家族外女性形象大致如上。較諸家族內女性形象，顯然較具寬廣的視野與細膩的觀察；但仍屬零星，欠缺系統；且在敏銳地隨時捕捉時代面貌以做相應的人物刻畫上亦嫌不足──殆唯汪其楣一文較為清晰務實──是則尚有待後起者繼續努力，殆無疑問。

三、

　　用前文地毯式的檢索方法處理臺灣當代散文中的女性形象，其實是吃力不討好的工作。一個基本的弱點是：在材料無法全面羅織的情況下，文中所討論的女性形象有所疏漏，勢必難免。所幸這種疏漏只要一旦掌握更多資料，自可隨時添入彌補，應非嚴重。我個人真正關心的是，藉此觀察，驗證臺灣散文的基本性質。以臺灣現代文學的發展歷史而言，散文較諸小說、新詩，不但更少外鑠的成分，也對時代的回應較為遲鈍冷漠。這一點，驗諸本文所探討的臺灣當代散文中的女性形象，似乎也得到具體的證明。首先，描寫家族內女性的篇章遠超過描寫家族外女性，便已反映了散文作者薄弱的外視能力與省思能力；其次，家族內女性的形象多屬正面，家族外女性的形象又多零散模糊，也還是反映散文作者對外在世界關照能力的不足。要言之，臺灣當代散文作者普遍而言，內視多於外視，回顧多於前瞻，感性重於知性，雖說也為臺灣 40 年來的女性刻畫了部分「典

型」，但嚴格來說，仍屬略筆，且泰半爲「過去時代」中的人物，然則就相應於現實的腳步而言，散文的表現確實是緩慢而落後的。

　　除了這種「反映現實」的意義欠缺之外，臺灣當代散文描寫女性形象多用感性略筆，而少精細刻畫也讓人既失望又憂心。這是否意味著 40 年來臺灣散文在抒情小品持續不衰的情勢下，已漸漸傷害散文文體的「體質」，進而弱化作者創作的能力？這些課題如果能因本文之寫作再度喚起有心者的省思──省思散文的題材、章法、技巧、風格，乃至該具何種精神與面貌，我個人的心願便達成了。

──選自鄭明娳主編，《當代臺灣女性文學論》

臺北：時報文化出版公司，1993 年 5 月

雞窗夜靜思故友

◎夏志清*

感謝林以亮　寄來張愛玲二書

　　《雞窗集》是我的第一本散文集，1984 年九歌出版社臺北初版，我那時已 63 歲。在此前後所出的五種集子，皆以談論文學爲主，而少談到自己。香港 7 月剛出版的《談文藝，憶師友——夏志清自選集》倒是本道地的散文集，入選的 20 篇中只有〈上海，一九三二年春〉、〈紅樓生活志〉、〈外行談平劇〉這三篇錄自《雞窗集》。

　　林以亮（宋淇）爲我寫的長序〈稟賦、毅力、學問〉也算是本書一個特色，因爲我的其他文集只備自序，而從不請比我年長的師友寫篇序的。宋淇早在抗戰期間即是濟安哥的光華同學，且常來我家同我談話。早於 1976 年我即爲《林以亮詩話》寫了篇序，但宋淇兄 1996 年去世後，我因患有心臟病而並未在臺港報刊上爲他寫篇悼文。宋淇同我的另一至交高克毅兄都是香港中大《譯叢》（*Renditions*）的創業編輯（Founding Editors）。《譯叢》1973 年創刊。繼任他們的主編孔慧怡（Eva Hung）博士要於新世紀初出本慶賀該刊 30 周年的紀念冊《譯叢點滴》（The Renditions Experience, 1973～2003）。我也在被邀寫稿之列，寫了篇追念宋淇的短文（"emembering Stephen Soong"），主要感謝他於 1943 年秋召集了一個文友聚會，給我機會同錢鍾書夫婦相見談話；再於 1950 年代初從香港寫封推崇張愛玲的信，並把《傳奇》、《流言》此二書的盜印本也航郵寄我。我那時

*美國哥倫比亞大學退休教授、中央研究院人文及科學組院士。

正在寫《中國現代小說史》，假如未能及時看到此二書，很可能我不會闢一
專章去大寫張愛玲的。

行動支持林海音的《純文學》

　　除了宋淇那篇序文外，《雞窗集》還把琦君寫我的那篇〈海外學人生活
的另一面──讀夏志清〈歲除的哀傷〉有感〉當篇「附錄」刊出。小女自
珍 1972 年初出生之後，原先還看不出多少不正常，年齡愈增而其低智能和
自閉症之病象愈顯，我和王洞（按，夏夫人）為她日夜勞累而並不見她有
何進步。〈歲除的哀傷〉既已提到了那晚父女摔跤的實情，我想把琦君的讀
後感當「附錄」刊出，也可讓讀者們知道我那幾年的生活實況，不必自己
再操心去寫下那些痛苦的經驗了。

　　我於 1962 年來哥大任教之後，因為濟安哥的關係，最先認識的臺灣朋
友，不外是他的臺大外文系同事和學生。但時間久了，來自臺灣而與先兄
關係不深的訪美學者、作家我也認識了好多位。林海音就是其中的一位，
她於 1965 年秋來美一遊，同我談及她要設立一個出版社，且創辦一份名叫
《純文學》的月刊。我表示願意支持她，日後果然我的首三本文集都是交
純文學出版社出版的，好多篇學術論文請人中譯後，也是先在《純文學》
上發表的。

1966 年與琦君在金華街做鄰居

　　到了 1966 年初，我的第二部著作《中國古典小說》（ *The Classic
Chinese Novel* ）差不多已寫就，我在哥大已將教滿了四年，真想偕同妻卡
洛、女兒一同到臺北去住上半年，我一人初去臺北當一名小公務員已是
1945、1946 年的事了。正好中日語文系已請到了一筆 Fulbright-Hays 獎
金，可供我全家遊覽東京、京都兩周，居住臺北半年。

　　吳魯芹兄嫂早已遷居華府了，約定在松山機場迎接我們的乃是先兄另
一好友侯健教授。他先帶我們到臺北鬧區一家館子點了一道一鴨三吃，大

家吃得很滿意，再乘車送我們到圓山飯店住了兩晚。我那時只是個副教授，住了兩晚即遷居自由之家，再託林海音找一個公寓房子賃居。我在圓山飯店頭一個晚上即買了一罐 50 支裝茄力克牌（David Gorvick 是英國 18 世紀最著名的演員）香煙抽一兩支自娛。早在上世紀 1920、1930 年代，英國老牌茄力克即是上海最名貴的香煙，而我從未抽過。同一晚上我也買了一冊臺北翻印的邱吉爾名著《英語民族通史》（*A History of the English-speaking Peoples*），至今還放在我客廳書架上。因為扉頁上寫下了初抵圓山的日期，才確定它是 1966 年 7 月 30 日無誤。

　　林海音很快即在金華街給我們找到了一套相當寬敞的公寓房間，可能是琦君給她的情報，因為她同夫婿李唐基兄即住在同街一幢二層樓的寓所。不少作家因慕我名或有求於我才同我相識的。但我同琦君一開頭就有了個鄰居的關係，再加上琦君雖是溫州人，她在求學期間杭州、上海、蘇州都住過，她可以用吳語、英、蘇語同我談話，友誼的增進也就更為方便。因之琦君每贈我一冊新出的文集，即使我已重返紐約，我自然而然想看，而且幾天內即把它畢讀了。沒有人請我寫篇文章評她，我當然也無意為她寫篇專論，但我於 1974 年在《書評書目》第 17 期上看到彭歌〈琦君的《煙愁》〉這篇書評後，也就忍不住要把自己想說的話寫成一封信，發表於《書評書目》的下一期。我在信裡把琦君同古今四位名家（三位是女性）相提並論：

　　　琦君的散文和李後主、李清照的詞屬於同一傳統，但它給我的印象，實
　　在更真切動人。詞的篇幅太小，意象也較籠統，不能像一篇散文這樣可
　　以暢表真情。第一流的散文家，一定要有超人的記憶力，把過去的真情
　　實景記得清楚。當年蕭紅如此（她的回憶錄《呼蘭河傳》是現代中國文
　　學經典之作，實在應該重印），現在張愛玲如此，琦君也如此。

懷念吳魯芹　一手瀟灑的字

〈琦君的散文（「書簡」節錄）〉早已收入了我的第三本文集《人的文學》，此書即將由麥田出版公司重印。在我退休之後而尚未患有心臟病之前，我受梅新之託，寫了一篇長文〈母女連心忍痛楚——琦君回憶錄評賞〉在《中央日報》副刊上連載了三天（1991 年 11 月 8～10 日）。同時「中副」也舉辦了一個老作家討論會，我那篇論文也是討論的對象，唐基、琦君特從紐約趕來，參與此盛事。到了今天，那天下午在會場上發言的卜寧、王藍皆已物故，連遠比我年輕的梅新弟也早已病逝，琦君姊自己也於今年（2006 年）6 月 7 日長離人世了。

寫本文時，我們兄弟的好友吳魯芹當然也在我思念之列，但我早已為他寫過三篇長文：〈《師友‧文章》序〉見《人的文學》，〈雜七搭八的聯想——《英美十六家》序〉和〈最後一聚——追念吳魯芹雜記〉則同見本書，實在沒有必要在這裡為他多說些什麼了。他的毛筆字寫得瀟灑自如，行家見了都應該很喜愛。1955 年 1 月 20 日魯芹（名鴻藻）從臺北美國新聞處寄給住在溫州街 58 巷臺大宿舍濟安哥的那封〈邀戰書〉，我在他遺物中發現之後，保存至今。《雞窗集》重版，我特囑把此函影印出來，讓讀者們看到魯芹兄另一方面的才華。

——選自《聯合報》，2006 年 10 月 3 日，第 7 版

《留予他年說夢痕》序

◎楊牧[*]

　　琦君的小品散文晶瑩清澈，典雅雋永，是當今猶能一貫執筆的資深作家中，風格確定而不衰腐，題裁完備而不僵化，最能持續開創，時時展現流動的新意，而不昧於文字，反能充分駕馭文字以驅策新感性新思維的三三健筆之一。

　　我讀琦君的散文，積有至少 20 年的豐富經驗，一向對於她持有獨具的深厚人情感到無限仰慕。20 年來的現代文學發展十分快速，面貌自然也是繁複的；詩與小說固已幻化而屢遷，散文小品的激盪轉變也極爲可觀。這些年來我曾自許，不斷追蹤文學類型發展的脈絡軌跡，於每種文類中特別把握三五位作家，密切注意他們的文學和時代變化的關係，隨時觀察他們和新起作家之間的異同。這是因爲我個人對於當代文學的興趣，除了基本的欣喜以外，還有一層「歷史癖」，希望能以長期的追蹤理出一份現代文學發展史的頭緒，做爲綜合研究的憑藉。這些年來，在我的名單上，詩方面的三五人，只餘二三位還在創作，其他默默無聞了；小說方面，大概一兩位猶有可說，其他的早被新作家所超越；散文方面的三五人生命力似乎最強，至少有一半不但不廢耕，反而越來越嚴，越深，越廣。琦君正是其中之一。

　　20 年來，琦君的散文越嚴越深越廣，這是令我們參與現代文學創作和研究的人所不得不欣羨的。文學要求其嚴密深廣，此理念當無可疑。但我們確實目睹不少前輩和同輩作家，爲求嚴密而演爲僵硬，爲求深刻反流於

[*]本名王靖獻。發表文章時爲美國華盛頓大學中國文學系及比較文學系副教授，現爲政治大學臺灣
　文學研究所講座教授。。

晦澀，爲求廣闊竟難逃奢華浪侈之譏——此於詩，於小說，於小品散文例子所在多有，不必列舉。質言之，嚴密深廣的文學理想，固然無可置疑，執行起來，至少有兩種不同的方式。一是順著時代的風潮不斷改弦更張，另闢蹊徑以就之，歲月的累積將證實他戮力獻身的功力。一是長期堅持他完整確切的風貌和性格，烈火升青焰，冷水爲增冰，如陳酒之醇，如老薑之辣，或如琦君憶舊文章中所提到的「陳勝德的八寶茶」，良方一味，涼沁心胸，亦可顯示其歲月累積的功力，初不一定必極言新潮，驚世駭俗才算是有價值的新文學。琦君的散文嚴密深廣，屬於第二種。

琦君散文的嚴密深廣，復寓於平淡明朗之中，這是我多年追蹤的感受。現在細讀她的新集小品《留予他年說夢痕》，更確定了這份認識。琦君是不刻意求變的，唯以不變應萬變，竟數十年於茲，還能勝過許多恓恓惶惶的散文家，這可證明她的原始面貌最正確，而她文學的根本厚植於無可推翻的基礎上，綿綿嚴密，自然隨著時間的發展而深沉廣闊。表面上平淡明朗的文體，竟能含涵嚴密深廣的文學理想，小品散文家的功力修養，於此一端是最值得野心勃勃的詩人和小說家借鏡學習的了。

我細讀琦君的新書《留予他年說夢痕》，嘗試來理解一個人如何寓嚴密深廣的思想感情於平淡明朗的文體之中。我發覺琦君的文學藝術，最成功的是古今中外多種因素的輻輳交織，於興味題材如此，於文字意象亦復如此。這本書中，憶兒時的文章占了大部分，另外便是記海外的文章。然而憶兒時的文章並不孤立，往往和作者眼前的體會融合在一起；而記海外的文章，又密切地和臺灣的甚至整個中國的經驗融合在一起。如此，則人生際遇中便沒有任何片刻是孤立的，而散文的層次也就通過這種交織的技巧而臻其最嚴密的境界，思想愈廣，感情愈深；看似有盡，實則無窮。

琦君寫她的母親，一個傳統社會裡溫柔善良的女人，「對萬事逆來順受⋯⋯受苦受難，罪過都往自己身上堆，覺得自己真犯了大錯大過似的」；和充滿怨懟的五叔婆正好是明顯的對照。這個對照見於〈香菇蒂〉和〈去看癲人〉文中，作者筆下的感情自然是明白可見的。但她並不以今天的眼

光和口氣，來判別敦厚和怨懟對於傳統女性外在美的影響，只維持童年時代簡單的口氣，看似駁雜，其實是最嚴密的技巧——童年觀察環境的眼光是今日琦君人情通達的心思還原後，無阻礙的直接的投射。此書憶兒時的小品不下十篇，自成體系，近乎小說，但又不是冷淡批判的小說，因為琦君文筆來回於今昔自我之間，今日的同情和悲憫與往日的天真純潔交織，跌宕為純粹記敘散文的聲音，不是向壁虛構的小說筆法。她的散文情思，完全是主觀的投入，不是客觀的捏塑。在這些文字中，我們看見她的母親、父親、外公、五叔婆、小花和她一家人，可憐的岩青嫂，畫菊的孫伯伯，信佛的啟蒙師；此外，我們還看到小時候的琦君，更看到今日的琦君。散文之斷定和小說不同，就是因為我們在其中可以清晰看見今日的琦君。

除了憶兒時十篇以外，記海外的散文，則直接以今日最主觀的口氣娓娓敘述一些溫暖的外國人情和風土，處處是愛，時時有情。一盆小小的「棕柳」，小老鼠，蜘蛛，農村裡的異國友人，到處都是激發琦君思索火花的文學因素。而琦君在記述這些身邊瑣事的時候，更無時不以她的中國經驗為依歸——異國人情，因為擺在中國的框架裡，顯得更淳厚，更生動。

我們讀琦君的《留予他年說夢痕》，感覺親切，毫不費力，彷彿秋光中翻看一疊整理得井井有條的照片。憶兒時的小品，是發黃的黑白攝影，引導我們跟她一起懷念生命中一段幾乎淡忘了的，卻又渲染有致的歲月。記海外的小品，是一組五彩的攝影，帶著幽雅的主調，偶爾還透露些戲謔的斑點，但永遠是合度的，善意的，平添許多擁抱現實人間，認同現實人間的勇氣和信心。

雖然如此，這些雋永晶瑩的小品，又比普通鏡頭下的照片更嚴密，更深，更廣。這裡有一個浮在表面上明朗清晰的形象我們毫不費力便能把握它；又在黑白的和彩色網點之後，活動著一層引人思考的寓意和哲理。這層寓意和哲理隱隱約約，可有可無——有無之間，端視我們誦讀的靈視。琦君和別的散文家不同，她不強制我們非努力探索她字裡行間的寓意哲理

不可，一切聽任讀者自決。只有一點，那是琦君小品散文最執著的特徵，於平淡中注入深沉的感情，那是她無時不在的淺愁；《留予他年說夢痕》中泛著這一層淺愁，記曩昔的親人，寫海外的友誼，都因這份淺愁而更深更沉。琦君的淺愁永遠是無害的淺愁，不是傷人的哀歎——然則，她又如何能不流入泛情的哀歎？我發現她時常能於筆端瀕近過度的憂傷之前，忽然援引一句古典詩詞，以蒙太奇的聲形交錯，化解幾乎逾越限度的憂傷，搶救她的文體於萬隱之間，忽然回頭，保持琦君散文的溫柔敦厚，而且更廣更博。

琦君散文之所以能寓嚴密深廣於明朗平淡之中，除了以她通達的人情爲基礎，則爲這份文學技巧的自如運用。她的淺愁也可以說是一種懷舊的惆悵（nostalgia），憶兒時的文章中充滿這份惆悵，令我們想到魯迅一些介乎小說和小品之間的文章，例如〈祝福〉和〈在酒樓上〉。魯迅以他超越常人的冷漠（極度悲憫所壓縮完成的冷漠），維繫他古典的節制；琦君則以她靜謐的詩詞含蘊將悲憫擴散在時空以外，也能維繫她古典的節制。琦君記海外的小品又令我們想到冰心最細緻的文字，然而我們知道，琦君的感觸和筆路都已遠遠超越了冰心。琦君以她的敏感和學識做她文學的骨架，洗練的文字佈開人情風土的真與善，保守自恃，爲這一代的小品散文樹立溫柔敦厚的面貌和法則。

——1980 年 9 月 3 日，臺北

——選自琦君《留予他年説夢痕》
臺北：洪範書店，1980 年 10 月

談琦君的散文

◎李又寧[*]

人人意中所有，人人筆下所無

　　五四以來的中國新文學，以散文的成就為最大，超過詩歌、小說、和戲劇。在散文的廣大領域中，記事和抒情文最多采多姿，許多作品具有永恆的文學價值。記事抒情文學家裡，潘琦君無疑的是非常傑出的一位。她的散文是中國文學中的一朵奇葩，《千里懷人月在峰》是她創作過程中的一座豐碑。

　　琦君無須介紹，她早已擁有廣大的讀者，出版的集子總在十冊以上。去年問世的《千里懷人月在峰》收了她近年在美國寫的 23 篇散文，我一讀再讀，圈圈點點，忍不住心中的興奮，寫下一點感想。

　　琦君的文章雖然琳瑯滿目，但有一貫的氣韻風格。可舉《千里懷人月在峰》書中第一篇〈賭城奇遇記〉為例。此文開筆似凡而不凡：

> 飛機盤旋在拉斯維加斯（Las Vegas）上空，開始降落時，我從窗洞下望，已見一片絢爛燈海。看看腕錶正是八點，心裡有點懊惱到得太晚，恐怕不能在晚上一個人逛一逛這舉世聞名的賭城了。

　　先直接俐落點明此行的時間。「恐怕不能」四字用得靈巧，上承「懊惱」，下起對鄰座的問話：「一個單身女子，夜晚逛賭城方便嗎？」得到慈

[*]美國聖若望大學亞洲研究所教授。

愚後,文章又一轉:「我摸了下扁扁的錢包,心裡計算著,這是我旅程將要結束的一段,還有點剩餘的錢。如果我拿美金 50 元孤注一擲,那就是說花 2000 元新臺幣,我會不會有那樣好運道,變成一個百萬富婆回到臺灣,我不禁對自己的癡心妄想笑出聲來。」看!她多會調侃自己。

這短短一段,就顯示琦君的文學天賦和素養。她深得古文結構之妙,把順逆錯綜法用到白話寫作上,絲毫不露斧鑿的痕跡。敘事抒情曲折有致,引人入勝;雖不故作驚人之筆,但時時著力。只有高手、老手,才能如此。

技巧不是琦君成功的主要因素。技巧靠努力是可以學到的。琦君具有學不來的秉質,那是她的真摯敦厚。她的文章自然生動、細膩婀娜,充滿了對世人和萬物的關愛。她不但用至誠、至愛、至敬描繪她的母親、父親、師長,用幽默和風趣寫她的先生和兒子,就是乞丐頭子三劃阿王和嗜賭遊手肫肝叔,在她的筆下,也都是栩栩如生,可敬可愛。她的書中沒有可憎可恨可鄙的人物。她不是不知道世間的醜惡面,只是不願意去揭發誇張。她從不冷嘲熱諷、不詛咒謾罵、不懍然說教、不賣弄學問。她善意地、敏慧地觀察,委婉地、美妙地描繪。她有無限的好奇心、驚人的記憶力。在人海中,她隨處尋覓溫暖、記述溫暖、散播溫暖和慰安。她的文一如其人,親切而極富人情味。即使在片刻之交的異國賭客中,她也能體會到他(她)們的苦酸,欣賞他(她)們的落拓。不像杜斯妥也夫斯基,她筆下的賭徒不是玩物喪志的神經質人物,而是懂得生活藝術的老人,還讀過《老子》的英譯本,欽佩中國的人生哲學,竟像是個傳奇人物,令人神往。這是她的「奇遇」,怎能說不是呢?唯有琦君、平易近人,才能發現這樣罕見的賭客。〈賭城奇遇記〉是篇散文、也可說是短篇小說,雖然人物不是虛構的,但情節的發展出人意料之外,閃爍著藝術的魅力。其實,琦君的許多散文都有接近小說的地方。平凡的人物、生活的瑣事,經過她心靈的揉摩,筆觸的美化,都變得有聲有色,百般嫵媚。她喜歡說故事,善於說故事,又是至情中人,說得高興或悲痛的時候,也許有時不自覺地在創

造，她的真誠使讀者從不懷疑她的文學加工。真和幻的界限本來是模糊縹緲的。否則歷史中怎會有小說，小說中也可能有歷史？司馬遷怎麼會是太史公？

　　和她以前的集子相似，《千里懷人月在峰》書中的文章，多取材回憶和日常生活。其中大半記述她近年旅居美國的思感和交遊。〈靜止的風鈴〉和〈友誼之舟〉描寫她的美國友人譚瑪琍，文如行雲流水，清麗可愛。琦君沒有華夷之見，到處都得到友誼。她說：「個人認爲論交當以性情，而不關國籍。炫耀交異國友人，或畢生不與洋人打交道，都是一樣的『傲慢與偏見』。只要志趣相投，兩心相契，則無論海內海外，都一樣可存知己。」（頁135）

　　像這類帶哲理的雋語，常閃爍在琦君的優美文詞之中。如果要在她的文章中找出一個共同的中心思想，那就是人們應當不執自見，普愛眾生。她的作品可以說是她的載道之作。因爲她是文學大家，她知道怎樣用藝術的筆觸來表達思想，使人樂意接受。〈十個零鴨蛋〉是傳達這思想的一篇傑作。它是這樣開頭的：

　　　　過去在大陸上的教會學校，非常重視英文。初一的英文就由美國老師教。我一聽美國老師教就害怕得心跳。因為在家鄉時，小幫工阿喜說過，外國人就是「番人」，番人無論俄羅斯、法蘭西、德意志、美利堅人，都是很兇的。——阿喜對於每個國家的名稱都說得非常清楚，所以我記得牢牢的。但是一想尖頂教堂的白姑娘，卻是非常和善，我真希望我們的美利堅老師也跟白姑娘一樣和善。
　　　　鐘聲還沒有完，番人老師就進來了。我一看，原來就是第一天母親帶我來註冊時，跟母親說話的那個美國女老師韋先生，她曾和氣地彎下腰用杭州話問我怕不怕外國人，她伸出一雙手說：「我有十個手指頭，你也有十個手指頭，我們都是一樣的，對嗎？」她告訴母親說她來中國十多年，比我的年紀還多，可以說一口流利的杭州話，當時我就不怎麼怕她

了。現在由她教我們英文，我好高興，心也不跳了。

　　凡人都有十個手指頭，華番不都是一樣嗎？為什麼要彼此疑懼呢？如果這樣直說，那就索然無味，不成為文學。琦君藉言談舉止婉轉表達這意思，生動極了，使人難忘。下面一段更是風趣而傳神：

　　……可是二十個雞蛋也太寒傖了，母親還是跟在家鄉一樣，雞蛋就是最貴重的禮物了。母親卻說這些蛋是她親手飼養的嫩母雞生下的，既新鮮又大，韋先生一定喜歡。我只好帶到學校，下英文課時，雙手捧給韋先生，囁嚅地說：「媽媽送你的。」韋先生遲疑地掀開蓋子，笑了笑說：「噢，太多了，我拿一半，一半你帶回去給你爸爸媽媽吃。其實你媽媽不應當這樣客氣，教學生讀書是我們的本分。」她用遮風的大紗巾包了十個蛋走了。同學們圍繞著我，有幾個人用奇怪的眼光看著我，有一個忽然叫道：「你請老師吃雞蛋，老師請你吃鴨蛋，零鴨蛋，哈哈。」我又羞又氣，捧了十個雞蛋回來，往廚房桌上一扔，就大哭起來。母親打開紙匣蓋一看，雞蛋全破了，問了半天，才知道是怎麼回事。母親又笑瞇瞇地說：「原來番人也懂我們中國規矩，送禮時，收一半，退一半。」（當時送禮都是如此，比如四樣禮物，一定只收兩樣，兩樣奉還。）我跺著腳說：「都是你害的，同學們都笑我。笑我一定會吃零鴨蛋。」母親不懂什麼叫吃「零鴨蛋」，說：「明明是雞蛋嘛，怎麼說是鴨蛋，雞蛋比鴨蛋好吃多了。」我更氣得直跳。

　　由上可看出，琦君描寫人的言語笑貌，絲絲入扣。她「母親笑瞇瞇地說：『原來番人也懂我們中國規矩，送禮時，收一半，退一半。』」這一行把她母親的忠厚寫得特別傳神。
　　琦君的筆非常活潑，寫兒童率真、憨態、和心理，維妙維肖。請看〈青草池塘──思妹篇〉中的一段：

……我滿心委屈，不敢分辯，心裡想：「你們都只疼妹妹，我就住到學校去，永不回來，看你們想不想我。」淚水汪在眼裡，化學方程式越加模糊不清了。父親把妹妹抱過去，她還是哭，她娘娘持了奶瓶來，她一把推開了。她娘娘柔聲地對我說：「姐姐，你來抱她一下吧，她就是要你抱啊。」母親也說：「對了，姐姐抱，姐姐疼你，再也不打你了。」我驀地抬頭，看見父親一雙憂鬱的眼神，正在期待地望著我。我的心一下子軟下來，立刻丟下書和筆，走過去從父親懷中接過妹妹，在昏黃的燈暈裡，父母親蒼老的容顏，不由得我一陣心酸。我把妹妹摟得好緊，她那柔柔軟軟，胖哆哆，暖烘烘的小身體，那一陣陣稚嫩的奶香，就像一股從母體帶出來的暖流，把我們姐妹包裹在一起，溶化在一起。我馬上有一種同氣連根，相依為命的感覺。我把臉貼著她的，喃喃地說：「妹妹別哭，姐姐疼你，姐姐真的好疼你啊。」她馬上停止了哭聲，抽抽噎噎地，一雙小胖手來捧我的臉，眼淚汪汪地看著我，我早已禁不住淚流滿面了。母親安慰地笑笑說：「剛才打她，現在後悔了吧。」我在心裡低聲說：「母親啊！豈止為後悔打了她而難過呢。」我再暗暗看一眼父母親的白髮蒼顏，和幼小的妹妹，在心中默禱，但願雙親長命百歲，能看到妹妹長大成人。

這一段我不知讀了多少遍，嘆為觀止。

〈一襲青衫〉也是一篇卓越的回憶文。題目就好得很，不但有詩意，而且一看就知道是寫一位書生。琦君的古典文學修養很深，標題遣詞常有畫龍點睛之妙。文章開始：

我念中學時，初三的物理老師是一位高高瘦瘦的梁先生。他第一天進課堂，就給我們一個很滑稽的印象。他穿一件淡青褪色湖縐綢長衫，本來是應當飄飄然的，卻是太肥太短，就像高高地掛在竹竿上。袖子本來就不夠長，還要捲上一截，露出並不太白的襯衫，坐在我後排的沈琪大聲

地說：「一定是借旁人的長衫，第一天上課來出出鋒頭。」沈琪的一張嘴
是全班最快的，喜歡挖苦人，我低著頭裝沒聽見，可是全班都吃吃地在
笑。梁先生一雙四方頭皮鞋是嶄新的，走路時後腳跟先著地，腳板心再
拍下去，拍得地板好響。他又不坐，只是團團轉，拍嗒拍嗒像跳踢踏舞
似的，我想他一定是剛當老師心情緊張吧，想笑也不敢笑，因為坐第一
排太注目了。梁先生拿起粉筆在黑板上寫了個大大的「梁」字，大聲地
說：

「我姓梁。」

「我們都早知道了，先生姓梁，梁山伯的梁。」大家齊聲說，沈琪又輕
輕地加了一句：「祝英台呢？」

梁先生像沒聽見，偏著頭看了半天，忽然咧嘴笑了，露出一顆大大的金
牙。沈琪又說：「鑲金牙，好土啊。」幸得梁先生還是沒聽見。看看黑板
上那個「梁」字自言自語說：「今天這個字寫得不好，不像我爸爸寫
的。」

——頁185～186

這一段把梁先生的滑稽和沈琪的快嘴描繪得淋漓盡致。琦君不但擅長
人的刻畫，而且在氣氛的烘托渲染上很有技巧，這也是我說她的散文有時
接近小說的一個原因。初讀上引一段，得到的印象是自然明快，等到把全
文細讀幾遍，就會發現敘述經過細心的安排。引的一段中有許多伏筆，請
看文章末三段：

不到兩個月，就傳來噩耗，梁先生竟然去世了。自從他病倒以後，雖然
死的陰影一直籠罩著我們全班同學的心，但一聽說他真的死了，沒有一
個同學願意接受這殘酷的事實。我們一個個嚎啕痛哭，想起他第一天來
上課時的神情，他的那件飄飄蕩蕩又肥又短的褪色淡青湖縐綢衫，捲得
太高的袖口，一年四季的藍布長衫，那雙前頭翹起像龍船的黑布鞋，坐

在四腳打蠟的桌子上差點摔倒的滑稽相，一張笑咧開的嘴露出的閃閃金牙。這一切，如今都只令我們傷心，我們再也笑不出來了。

在追思禮拜上，訓導主任以低沉的音調報告他的生平事蹟。說他母親早喪，事父至孝。父親去世後，為了節省金錢給父母親做墳，一直沒有娶親，一直是子然一身。他臨終時還念念不忘雙親墳墓的事。他沒有新衣服，臨終時只要求把那件褪色淡青湖縐綢長衫給他穿上，因為那是他父親的遺物。

聽到這裡，我們全堂同學都已哽咽不能成聲。訓導主任又沉痛地說：「在殯儀館裡，看他被穿上那件綢衫時，我才發現兩隻袖口已磨破，因沒人為他補，所以他每次穿時都把袖口摺上來，他並不是要學時髦。」

全體同學都在嚶嚶啜泣。殯儀館裡，我們雖然全班同學都曾去祭弔過，但也只能看見他微微帶笑的照片，似在向我們親切地注視。我們沒有被允許走進靈堂後面，沒有機會再看見他穿著那件褪色淡青湖縐綢長衫，我們也永不能再看見了。

　　文章前半諧趣叢生，後半寫梁先生雖害肺病仍然認真教課，筆調漸趨沉鬱。琦君回憶文的一個特色是：莊諧並見，悲哀中有幽默，誠摯裡帶機智，人生本當如此。

　　讀琦君的文章，像喝極品清茶，淡甜中帶點苦澀，沁人肺腑，餘味無窮。她的文章可以一讀百讀，第一讀覺得親切流麗，二讀三讀能體會到她對人生的觀察是多麼深刻，技巧是如此精妙。就像好茶一樣，必須再三品味，二道茶比頭道茶更好。她筆下的人、物、事，具有高度的普遍性，讀者覺得似曾相識，似曾經歷。讀〈一襲青衫〉時，我不由自主地想起小學的一位美術老師耿先生，也像梁先生一樣篤實誠懇，雖然衣著沒有那麼滑稽。小時，我和同學們根本沒把美術當回事，不但不肯用心，還常常淘氣，但耿老師一樣認真地教課，從不打罵我們。小學畢業時，耿老師在我的紀念冊上題字：「少壯不努力，老大徒傷悲。」上初中時，聽說耿老師因

肺病去世了，心中好難過。三十多年過去了，這本紀念冊我至今珍藏著，每次重看他的題字，都想寫點什麼紀念他，可是寫不出來。讀〈一襲青衫〉，耿老師瘦長的身影、蒼白的面孔，又重新浮現在我眼前。文中所寫的許多情景，我似乎都曾身歷。中外古今有無數像梁先生、耿老師同樣可敬愛的教育工作者，可是只有琦君能寫出〈一襲青衫〉、〈春風化雨〉。誰沒上過英文課，然只有琦君寫得出〈十個零鴨蛋〉。由此可以推想琦君為什麼是琦君，為什麼夏志清先生常說：「琦君有好多篇散文，是應該傳世的。」因為她的文章，常是「人人意中所有，人人筆下所無。」

——1979 年 9 月 30 日於紐約

——選自《聯合報》，1979 年 12 月 29～30 日，第 8 版

在彩色和黑白的網點之後

到紐澤西，訪琦君

◎廖玉蕙*

　　在十字路口簡單問過路後，朋友王希亮居然在錯綜複雜的陌生地，一下子便找到了散文家琦君的住所。進到琦君的屋子，入眼的，是電視機中的臺視新聞，陽臺上，一座大大的衛星小耳朵。

　　老人家記錯了日子，以爲是下個星期的採訪。爲了另有約會，無法在訪談結束後和我們共進午餐，琦君女士懊惱不已，頻頻致歉。臨別，除緩步送到大門口外，還深情地踱到陽臺上，倚著欄杆，像個小女孩一般，一再依依揮手，身影瘦瘦小小的。不經意間，我抬眼瞥見瘦弱身影上方的屋頂上，徘徊著淡淡的雲彩，驚訝美東的八月天竟然隱隱已有了秋意。

　　廖玉蕙（以下簡稱「廖」）：妳最近好像文章寫得稍稍少了一點？

　　琦君（以下簡稱「琦」）：是根本就沒寫了！腦筋遲鈍了嘛！寫不出來了。還有一點是趁機可以多留點時間來拜讀朋友的文章。一看朋友文章，自己就更寫不出來。年齡也不對了，重複的話再寫也沒意思了。比方說，有個出版社要我寫回憶錄，但是，我一向的作品幾乎就都是回憶的，再寫重複不好。假設那些不寫，就沒東西，乾脆不寫了。

　　廖：最近身體好嗎？

　　琦：身體還可以，只是風濕，有時候會犯頭暈。今天身體狀況很好！要不然，有時候犯起來會天旋地轉。醫生也不知道原因，大概是生活有點緊張，現在好多了。

　　廖：我來紐約之前，有一個網站上的讀者聽說我要來看妳，興奮得不

---

*發表文章時爲世新大學中國文學系副教授，現爲臺北教育大學語文與創作學系教授。

得了。這個名叫 Eleven 的讀者曾爲妳製作了一個「琦君小棧」的網站。他還提了幾個疑問，希望我能幫他請教妳。首先，他請問妳的真實姓名是「潘希珍」或「潘希真」？以前教科書寫的是「真」，後來國立編譯館根據一篇妳的文章改爲「珍」，說希珍乃「稀世珍琦」之意。這問題似乎也困擾不少國、高中的國文老師。

琦：實際上，我最早的名字是珍珠寶貝的「珍」，因爲，大學時候，我的老師說女孩子老是珠光寶氣的不好，所以幫我改爲「真實」的「真」。聲音念起來還是一樣，是「希望真實」的意思。但是我的身分證和許多的證件，都還是用原來的「珍」，所以實際上還是珍珠的「珍」。

廖：妳曾在書中提及：親生父親一直留在外地不回家，所以被親生母親視爲不祥。想請問妳很多篇文章中的那位滯留外地、不肯回家，娶二姨太及三太太的是指親生父親，還是指妳的大伯？

琦：我所謂的「父親」其實是指我的大伯，我寫的媽媽就是我的大伯母。我出生時，爸爸出外經商，一直沒回來，我媽媽認爲我不祥，就把我丟在地上，是大伯母把我抱起來，從那時起，她就成爲我的媽媽，把我養大。所以，我散文中的父親指的就是大伯。我的親生父母在我一歲時去世。

廖：這一陣子，妳的小說《橘子紅了》被改編成電視劇在臺灣的公視播出，引起很多的回響。妳對於文學作品改編成電視劇抱持怎樣的態度？

琦：我是很惶恐、也很興奮的，對我來說是很大的鼓舞。我沒寫過長篇小說，一般頂多寫個一萬多字，這是我唯一寫四萬多字的小說。我不知道值不值得將它改編成電視劇，跟主編先生談過，也用電話跟徐立功先生談，他說：「我們選妳的作品改編，自有我們的主張。」我說妳們要改編是可以的，但是唯一的條件是不可以有色情摻雜在裡頭，他要我放心。後來，我請他把改編的電視劇寄一份來給我，因爲我雖然不是很懂，不過，我很喜歡，也可以多學習。他們說寄來的規格可能不一樣，必須經過轉錄，所以，我正等著看。我想，原則上是沒有問題的，他們也讓我很放

心。至少鼓勵我，我還會繼續再寫嘛！而且，寫作劇本的夏美華我很熟，她還要再找我的其他作品再來編。

廖：這戲將那種大家族的氣氛醞釀得不錯。不過，聽說衣服太華麗、太貴了，以致沒辦法做很多套。因此，觀眾反應演員常穿同一套衣服，有些奇怪。

琦：是啊！觀眾還是會有一些要求的，不過主編和工作人員也有種種的困難。光是橘園內的橘子聽說就買了好幾噸，我也很感動，李少紅還給我來過信，寄了幾張劇照給我。我說：「怎麼那麼豪華？我們家哪有那麼闊氣！」她說這個應觀眾的要求的，我們要弄得熱鬧一點。我妹妹還跟我說：「姊姊，我媽媽不是這樣。」我說：「這不是寫妳媽媽，這是我編的故事。」故事總是半真半假的嘛！

廖：那麼就像妳剛才說的，妳的作品其實拼湊起來，就很像一本巨型的回憶錄。可以看出妳對往事的記憶相當驚人！是記憶力特別好呢？還是曾做了輔助的功夫？譬如作筆記？

琦：我從來沒有作筆記的習慣。我筆頭很懶的，腦子倒是很清楚，什麼舊時代的事情我都記得清清楚楚的，比如說一個人怎麼樣，說話什麼形態，我都記得。可是要我把記的東西寫下來，我沒有這個習慣。我現在反倒是「不記近事記遠事」。比方說，我現在出去旅行，也不太記得風景，看風景還要記筆記？反正電視上也都有的，不過，這也是缺點。就像現在要寫回憶錄就很難，因為舊時代的片段我都已經寫過的了，現在的，又沒記下來，所以是很難的。

廖：這實在是了不起，如果沒記筆記，居然能記得那麼多，那妳的記憶力果然是很驚人。平常寫日記嗎？

琦：也沒有。

廖：哇！糟了！上散文課的時候，我都跟學生說，琦君女士一定有寫日記或記筆記的習慣，才會記得那麼多，看起來完全錯了！

琦：各地方常會寄些漂亮的紀念本子來，我每次記事情在本子上，總

是記個一、二天就沒有了。

　　廖：妳的文章總是充滿儒家溫柔敦厚的情懷，這樣的情感流露，妳覺得是受到教育的影響？還是天生的個性使然？

　　琦：我想是一半一半吧！我從小生長在農村，左鄰右舍的老先生都是出口成文的，如果背不好文章，他就會給妳打手心。我父親給我請了一位家庭老師，我要是不背書，他不但會打我手心，還會要我罰跪在菩薩面前，因為他是信佛的。我印象最深刻的，就是每一次我被罰跪，我大媽就心疼得不得了，總合掌在邊上陪我。我說：「大媽妳別站了。」她說：「妳跪多少，我陪妳多久。」我只好跟老師求情。老師就說：「妳現在要懂得，一個人自己要怎樣成就自己、勉勵自己，長輩多愛妳。」

　　廖：所以，妳覺得是教育的影響？

　　琦：對，老師就是用這樣的方式，使妳不得不印象深刻的。還有大伯，其實是離我們很遠的，二媽也是跟大伯住在北京的。我本來想如果大伯回來，我就不至於這樣常挨打了，沒想到這原來是大伯交代的。我哥哥去世得早，所以，我是大伯唯一的希望。如果再沒有把我教好，大伯會覺得對不起我的親生父母。不過，我想想自己到現在還沒有學好，沒有什麼成就，還是很難過的。

　　廖：妳真是太客氣了！在臺灣的學生幾乎人人都讀過妳的文章，都看過妳的書的。

　　琦：我想是因為第一：我文字淺，第二：我都是講同樣的故事，所以，年輕的孩子喜歡。第三：在臺灣也待過一段很長的時間，跟他們也經常有過交往。

　　廖：妳記不記得總共出過多少本書？

　　琦：將近四十本吧！連翻譯算進去大概四十五、六本。翻譯的書，通常作者也是朋友。好比朋友的先生可能是外國人，或者太太是美國人，我很喜歡他們寫的英文作品，就幫他們英翻中，寄給臺灣的出版社。這也是讓人家對我們華人更有好印象。

廖：那麼妳持續寫作幾十年了，出版的書籍四十餘冊，我相信如果不是有很強烈的寫作動機，這是很難做到的。妳覺得寫作對妳來說，代表什麼樣的意義？會不會到後來變成一種習慣，不吐不快？

琦：這就是一種習慣了。人老了總是很囉唆嘛！免得跟先生囉唆，所以我就拿出筆來寫。寫完之後，我先生通常是我的第一個讀者，看過之後，往往會說：「不對，這裡跟妳平常講的好像不一樣。」我說：「寫作你不懂的！」我們兩人又要吵架。不過，事後想想，我還是會接受他的意見。所以，我們夫妻之間又衝突、又協調。這也是老年的一種快樂。

廖：夏志清先生曾經為文盛讚妳的文章，尤其是〈一對金手鐲〉這篇，認為題材和魯迅的〈故鄉〉相同，但沒有了魯迅文章的灰暗色調，拿來和李後主或李清照相較，不但不遜色，甚至境界還高些。另外他為妳的〈髻〉抱不平，認為早該取代中學教科書裡朱自清的〈背影〉，成為學子必讀的文章。妳自己對這兩篇文章的評價如何？可否談談寫它們時的心情。

琦：其實〈髻〉是在寫我二媽，我對她並沒有什麼抱怨，兩位長輩都各有梳頭的娘姨，她們之間的衝突就很多，在廚房裡就吵架，我印象很深刻，所以，就把它寫下來。照說，童年心靈受到創傷的人，會變成恨心很重，幸而我大媽是信佛的，講慈悲。老說：「心中有佛，連恨都變成愛。」我對大伯也沒有抱怨，我哥哥去世，他也很難過，娶二姨太也是種種不得已。因為他們都很愛我，所以，我常扮演著居中協調的角色。

　　〈一對金手鐲〉我是寫一位和我同年的鄰居女孩，我和她情同手足。大媽曾把我手上的一對金手鐲分給她一只。只是，後來我到城裡讀書，她在鄉下嫁人了。我再回家鄉時，跟她有了距離，心裡很失落。那時，她已生了孩子。我們同床而臥，她拍著孩子睡覺，我覺得兩個人境遇改變上的不同，讓我很感慨，我就寫了這篇文章。夏志清先生是研究西洋文學的，我說：「我這個是土作品。」夏先生說：「土有土的好處。」妳在大學裡常常接觸年輕人，一定比較了解他們的想法，以後，我應該向妳多請教請教。

廖：妳太客氣了。妳的散文裡，對怨恨、憤怒這類的情感似乎是抱定原則不想多寫，固然有人稱讚妳的溫柔敦厚，但是，也有人因此批評妳的文章因為過度的溫柔敦厚，筆下常成是非不分的菩薩心腸。妳對這樣的評論同意嗎？或者有不同的看法？是不是老一輩的文人比較重視社會教化的功能的緣故？妳是不是認為文學思維的啟蒙事小，人生態度的導引事大？

琦：我接受，我也承認、也曉得老是寫好的一面，天底下哪那麼多好事情呢？可是我覺得，社會上壞事情已經很多了，所以為什麼不把好的一面表現出來呢？有些朋友也會問我：「妳每次都寫好的，那妳自己不是也會生氣？妳生氣說話不見得都是很客氣、很文雅的啊！」我現在經驗多了、體會深了，我想如果我再寫，也會把壞的一面寫出來。不過我先生就講：「算了吧，妳這麼大年紀，還去寫壞事情。」所以，這恐怕是很難的，因為這筆已經成習慣了，寫好的寫慣了，一寫，心裡想到的都是溫馨的。

廖：楊牧先生曾經將妳的小品比喻成黑白及彩色的照片，說：「在黑白的和彩色網點之後，活動著一層引人思考的寓意和哲理。這層寓意和哲理隱隱約約，可有可無──有無之間，端視我們誦讀的靈視。」他的意思就是說，妳並沒有非常明白地寫出妳所要表達的東西，可是讀者可以各自索取所需要的去解讀，有更寬廣的解讀空間。妳覺得這樣的解讀是否深得妳文章的要旨？

琦：真不敢當，不過他這樣的話可以鼓勵、增加我的信心。

廖：目前，文壇有許多顛覆性的創作，解構、後現代、魔幻寫實等等，有些人甚至以寫出詰屈聱牙作品為高，文學陷入深奧難解的境界，以致引起許多讀者的抱怨、以為故示詭祕；可是，也有人認為有更多元的嘗試，也是多元社會的常態，是一種創意的呈現，將使文學更形繽紛多采，值得鼓勵。妳的看法為何？

琦：其實我也覺得很奇怪，有些文章也不知道作者在寫什麼，我會想是我退步了？跟時代連不上了？還是他故弄玄虛？如果是他故弄玄虛，我並不用去適應每一個作者，但是，我覺得有時候主編可能會想：「天天都登

一些適合大家看的文章，為什麼不登一個怪一點的東西，引起別人注意。」所以我想這是窮則變，變則通。我想到早期就有一個很怪的文章，是王文興的《家變》，那時轟動得不得了！在一次電視座談裡，王文興曾經說：「應該看得懂的，看不懂是妳自己的問題。」我就氣不過，寫了一篇關於讀《家變》的文章。但是，我後來想通了，他要這麼做，也是要以「變」來應「不變」，後來他又慢慢走回一個正常的寫作方式。所以我覺得「變」不要故弄玄虛，如果妳是一種文學技巧，那也沒什麼不好，因為讀者有他的眼光，有他的適應性，慢慢他們能夠適應的。其實，要「怪」並不難，窮則變、變則通，變了以後要能通，變不通就走死巷子了。所以，我覺得文學是很難的，中國歷代也有許多作家是很怪的，就像韓愈的作品也是詰屈聱牙，這恐怕是很正常的。

廖：有些海外的作家總擔心他們的作品沒辦法引起國內讀者的共鳴，而妳離開臺灣也有一段時日，卻仍然受到讀者的喜愛。針對這一點，妳有什麼樣的建議呢？我看妳仍舊看臺灣的電視新聞，顯然對國內的發展很關心，妳常和國內的人保持聯繫嗎？

琦：不敢當，事實上我是有點閉門造車，我總是維持我自己原來的風格。不過，我確實和國內的聯繫很多，各出版社也常轉來讀者書信。所以，我現在忙的就是回信，很重要。我覺得不回人家的信是很對不起的事，就等於妳問他、他不回答妳一樣。就像從前給敬仰的老作家寫信，他不回信，我就很灰心了嘛！

我還記得以前在臺灣教書時，一次，要去上課前，有讀者打電話找我，他說：「爸爸、媽媽罵我，老師也說我笨，我現在打電話給妳，妳是我佩服的人，妳要不理我，我就去自殺。」這太可怕了！所以，我一下課就坐上計程車回家，馬上回電話給他，開導他：「不見得每個人都有時間給妳回這個電話，不要這樣任性，父母、老師是為了愛妳的……」我覺得寫作的人有時要負起這種責任來。所以，有時候我甚至覺得回信比寫作還重要，而且也沒有吃虧的，妳在回信時，心裡常能產生靈感。

　　靈感不會一下子就有，所以筆要勤。我永遠感謝我大學裡的恩師——夏承燾先生，他曾經說：「一個人腦子要勤，要隨時想，不要沒有思想，像豬一樣吃、睡是不行的。口要勤，要能跟別人交流、對談。」他說不要跟閉著嘴不說話的人交朋友，這種人保護自己太厲害了，不願意跟人家多談也不好。所以，寫作腦子要動、口要動、手要動。

　　廖：所以，寫作的人就是要對人有興趣、要有愛人、有好奇心？

　　琦：對，就是要跟人有交流。我每次有個念頭，就會跟我先生講，先生就說：「別囉唆！妳寫妳的吧！」我就說：「那我跟你就沒交流了！」有時候跟他說話，他一聲都不回答，我問他，他說：「不回答表示沒意見，說話就是要吵架。」做菜給他吃也是，他一聲不吭，我問他，他又說：「不作聲就表示還可以吃，說話就是批評，還是別講。」

　　廖：哈！男人多半是這樣的。妳在海外是不是常常參加當地的文學活動呢？

　　琦：以前很多，這幾年比較少。剛開始來時，年紀比較輕，興致比較高，行動方便嘛！後來逐漸地我就盡量減少。現在，這邊年輕的一代常常會有新書發表會、讀書討論會請我去，我說：「妳先把書給我看一下，我有意見再給妳書面，有時間就把我的意見唸一下，沒時間就算了。」有時候我說會乾脆來我們家聊聊天，大家可以席地而坐，也是一種聚會的方式。這樣，我先生也可以分享。

　　廖：我們知道除了熟讀傳統文學之外，在中學之前，妳也讀了些 19 世紀英美小說，甚至一度還想到燕京大學讀外文系。可不可以為我們談談妳的閱讀經驗？

　　琦：中學時，我的父親是絕對不許我讀新文學的，他認為所有的新文學都是無聊的小說，他不懂這也是文學，就是阻止我看。幸虧燕京大學那位教授，他是文學院院長，是我父親的好朋友。我就在他面前跪下來，說：「許伯伯，你得救救我！」於是，他就開導我爸爸，起碼讓我讀一些新文學的東西。但是，我從學校裡借來的每一本小說都必須經由他的許可才

可以。不過，因爲他不懂，又加上二姨太在旁邊興風作浪，可以讀的範圍很小。到了大學，受到恩師的薰陶，他鼓勵我接觸新文學。我想念外文系，可是我父親不同意，他說：「妳是中國人，應該念中國人的東西，尤其夏教授也是讀中文的，而且又是中文系系主任。」可是，說實話，到現在我還後悔，爲什麼當時不念外文系呢！可是人是後悔不完的，只有現在多看看外文！只是，記性不行了，現在查完了就忘記。現在的上網，我也不會，我是「漏網之魚」！

廖：妳從小被要求讀了很多中國的詩詞文章，而且要求背誦，這樣的閱讀經驗妳覺得有效嗎？

琦：這倒是可以分兩方面來說。小時候背書可以說是：「和尚念經，有口無心。」都是瞎背；可是，現在我終於可以體會到爲什麼古人用那幾個字、爲什麼用那幾個調子，這才能體會到它的好處。但是壞處是甩不開了！古人都說過，我還再提做什麼？我再說一百字，還不如他說的那兩個字，所以少寫，這也是原因之一。舊東西讀多了，就會有些陳腐，所以我現在盡量少讀。就像瘂弦說的：「妳不會背的詩，就不要再去溫習它了，還是接受點新的。」我覺得很對，新舊是要交融的，不要相互排斥，我就差這點。

廖：可不可以談談妳現在的寫作，有沒有計畫？妳一直以來寫作都是有計畫性的嗎？還是隨性的？

琦：從來沒有的，我有幾本靈感本子，有靈感時就記下來，但是多半都沒有成功。這也是我恩師說的：「靈感就像是雪花的一顆心」，爲什麼呢，因爲其實雪花在開始的時候也只是一個灰塵，在空中飛。灰塵本來是很髒的東西，但是有露水、霧水在上頭凝結，氣候一變，忽然它就變成一朵雪花了。他說那個「變」就是妳的靈性，他說要有這個精神。凝不成雪花，就是連那一點灰塵都沒有了，對人生都沒興趣了，是不可以的。

廖：我從國內的報上看到一個有關妳的報導說，妳將回大陸一趟？

琦：我是有這個念頭，但是，也要看我的健康情況。我預計九月中旬

回我的出生地溫州，把老家的房子整理好，留出兩個房間做我的文學館，我在臺灣出版的書都運過去了。地方上也主動捐錢，我和妹妹也出了些錢，在那兒辦了個三溪中學。大夥兒都很高興，希望我們回去看看。

廖：回去可能待很久嗎？

琦：不會太久，我是經過上海坐火車直接回去，我最喜歡坐火車。在溫州大約停留半個月，再從溫州到臺灣，因為那裡很近，然後再從臺灣回美國，加起來約一個多月。

廖：妳有沒有長期回臺灣的打算？

琦：沒有，因為家現在是在這裡，還有主要是行動不便。這次回去，還得非常健康才行，怕頭暈又犯。

廖：謝謝妳接受我們的採訪，祝妳大陸之行一路順風。

——選自《自由時報》，2001 年 11 月 9～10 日，39 版

琦君的社會寫實小說
《繕校室八小時》

◎林秀蘭[*]

一、

不經意在網路上讀到一位年輕人寫給某教授的信：

……想跟老師探聽一本很老很老的書，是琦君奶奶（她跟我的奶奶同歲）的《繕校室八小時》，我在圖書館一直沒發現這本書，而我非常喜歡琦君的書，想找來看看內容為何，不知老師看過此書否？若有，煩請告訴我內容如何？

教授的回信不久就出現了：

……你提到的琦君女士的書，我也沒看過，會不會只是書中的其中一篇文字，並非一本書呢？這恐怕得花時間去圖書館找找囉！

琦君的散文經常出現在中小學國文課本中，年輕人熟讀作者生平與著作之餘，自然對這本只見其名不見其書的《繕校室八小時》產生好奇，偏偏圖書館往往無法借得此書，不能不說是種遺憾。然則，這是一本什麼樣的書呢？

---

[*]發表文章時為哈佛大學東亞所文學碩士，現為美國龍林中文學苑校長。

二、

　　《繕校室八小時》是琦君第四本短篇小說集，同時也是琦君諸多作品中較鮮為人知的一本。此書係於民國 57 年 1 月由商務出版，比起民國 79 年由洪範出版的《橘子紅了》一書，《繕》書足足早了 22 年面世。然而與琦君其他散文作品相較，這兩本小說集有如難姐難妹，同遭銷售不佳的命運──民國 61 年印行的《繕校室八小時》第二版，直到今年五月初猶存 39 本；《橘子紅了》直到去年因其中的〈橘子紅了〉一篇被拍成連續劇，收視率長紅，始得再版機會，且一連加印二十五版，成為高居排行榜首的暢銷書。

　　《繕校室八小時》一書共收錄〈繕校室八小時〉、〈浪濤沙〉、〈電氣冰箱〉、〈死囚〉、〈他們倆〉、〈生與死〉、〈春陽〉、〈星期天〉、〈莫愁湖〉、〈長溝流月去無聲〉等十篇短篇小說。其中第一篇〈繕校室八小時〉，描寫繕校室中一群基層公務員，在一天八小時中單調、無奈而悲哀的生活，作家在文中對當時一些社會弊端作了相當深刻的批判；第二篇〈浪濤沙〉，寫困處於荒島的警察和死刑犯，在寬容、仇恨、虛榮、誠信之間的掙扎與矛盾，把種種人性弱點刻畫得淋漓盡致；第三篇〈電氣冰箱〉，以強烈的對照描寫兩位推事及其夫人截然不同的為人處事風格，最後歸結於「善有善報，惡有惡報」的傳統古訓；第四篇〈死囚〉，寫一位死刑犯在獲得善良法醫承諾代為教養遺孤後，真心懺悔、欣然赴死的故事，作者從法醫的觀點出發，歸結於稚子口中的「爸爸，好人」，為「人性本善」的理念下了極為動人的註腳；第五篇〈他們倆〉，寫兩位「老芋仔」公務員在困苦卑微的生活中相濡以沫的溫馨故事，「安分守己，知足常樂」的古訓在此成了荒謬與悲哀的結局；第六篇〈生與死〉，描寫一位假釋後自殺未遂的犯人與得了絕症的警員之間誠摯的友誼，道盡人類徘徊於生死之間的無奈與蒼涼；第七篇〈春陽〉，寫一位面部有缺陷的女教師，以己身遭遇啟發一名嚴重自卑且罹肺病的學生，全文強調愛與心靈之美，對於身有缺陷的青少年應是最佳的啟

示；第八篇〈星期天〉，寫小小百貨店一天中的營業情況，急著成家立業的外省籍老闆和精明能幹的本省籍女店員間的互動，形成了一篇詼諧輕鬆的喜劇；第九篇〈莫愁湖〉，寫的是醜婦、美婿以及一位美少女間朦朦朧朧的三角戀情；第十篇〈長溝流月去無聲〉，描寫一對表姊弟之間隱隱約約的情愫，女主角在長期對愛情不切實際的憧憬與蹉跎歲月後，終於發現「那人卻在燈火闌珊處」。

一般而言，本書除了〈莫愁湖〉一篇係以杭州為背景外，其餘諸篇大致上取材自琦君在臺灣的生活、工作經驗，而〈繕校室八小時〉、〈浪濤沙〉、〈電氣冰箱〉、〈死囚〉、〈他們倆〉和〈生與死〉六篇，尤其明顯與作家任職司法界時的所見所聞有關。

值得注意的是，〈死囚〉一文，與《橘子紅了》中的〈爸爸，好人！〉係同一篇小說，換言之，作者僅將〈死囚〉的文字作了些微潤飾（例如：小說的末句由「好人，魏朋究竟是不是好人呢？」改為「好人，魏朋難道不是好人嗎？」），並將題目改為更貼切的〈爸爸，好人！〉罷了；然而這小小的變動卻有畫龍點睛之妙，使得主題益形明朗，同時彰顯了作家的人道思維和悲憫情懷。

無獨有偶，李家同在〈我已長大了〉一文中，寫一位曾判人死刑的法官，在那名已經悔改的死囚要求下，收養了他的兒子；等到那孩子上了大學，這位養父將其出身以及其生父悲慘的結局坦然相告，並要求孩子原諒他曾判其生父死刑。〈我已長大了〉一文有如〈爸爸，好人！〉（或〈死囚〉）的續集，二者可相互發明。

三、

多年前筆者於《橘子紅了》一書中讀到〈爸爸，好人！〉時，便有驚豔之感，深覺這篇小說在琦君諸多作品中，是最具時代性、最感人、兼能深入刻畫人性的社會小說。今年初筆者更於〈尋找一段散落的記憶——琦君的法庭書記官歲月〉一文中表示：「如果〈橘子紅了〉是琦君寫得最美、

最富詩意的懷舊小說，〈爸爸，好人！〉則是琦君最感人、最富現代意識的寫實小說，前者寫出了 1930 年代發生在大陸農村一段凄美絕倫、若有若無的愛情，後者則反映出 1960 年代臺灣都會在轉型期中無可避免的後遺症。」[1]

　　〈爸爸，好人！〉與〈死囚〉既為同一篇小說，其為琦君 1960 年代的作品當無疑問，這篇小說的風格與《繕校室八小時》其他多篇的寫實手法同屬一類，是琦君任職司法界的親身經歷；而《橘子紅了》一書除了〈爸爸，好人！〉外，其餘應為琦君 1980 年代的作品。

　　二十餘年的時光，足以使一個作家的寫作風格產生巨大的變化，然而這其中值得玩味的是，初次嘗試用寫實手法寫社會小說的琦君，在出版了《繕校室八小時》一書後，為何改弦易轍，昂首闊步邁向一種「懷舊的惆悵」，寫出一篇又一篇充滿了深深淺淺愁思的懷舊散文？難道真如琦君所言：「年事日長，對往事的記憶，卻愈清晰。因此在我所有的散文集中，特多懷舊之作。」[2]

　　34 年後被詢及此事，老人家內心不無感慨：「當年我寫這些社會寫實小說，大致上是以我周遭所能接觸的人事物為素材，試著改變我的寫作風格；不料作品發表後，有些同事認為我寫的就是他們，有些甚至認為我有意醜化他們，使我心理上受到極大的壓力。此外，評論家、出版家，沒人給我絲毫鼓勵，我感到相當氣餒，就沒勇氣再繼續寫這類作品了。」[3]

　　從事筆耕的人走的往往是最孤獨、崎嶇的道路，評論家、文友，甚至讀者一句鼓勵、讚賞的話，常可讓作家奮進不懈；相反的，冷嘲熱諷、惡意謾罵或負面的評語，往往在無形中摧殘作家潛藏的天賦。琦君幸而才華天縱，此途受挫，可揀他路走；然而，筆者以為：琦君的散文固然篇篇雋永典雅，動人心弦，但未能繼續《繕校室八小時》一書的社會寫實風格，

---

[1] 刊載於《中國時報》人間副刊，2002 年 4 月 1 日。
[2] 琦君，〈後記〉，《留予他年說夢痕》，臺北：洪範書店，1980 年 10 月。
[3] 根據 2002 年 10 月 5 日筆者電話訪問琦君之內容。

再多寫些充滿寓意、刻畫人性、貼近現實生活的小說，實為現代中文小說的遺憾。

　　《縫校室八小時》一書具有濃厚的時代意識，深刻反映出臺灣在 1960 年代的社會氛圍，與琦君其他懷舊作品大異其趣，對於這本書幾乎被遺忘的琦君社會寫實小說，我們實有必要重新加以評估。

──選自《文訊》，第 207 期，2003 年 1 月

描繪溫馨人間的藝術家
讀琦君傳記《永遠的童話》

◎林良[*]

　　文學運用語言文字生動的反映生活，是一種藝術。琦君以溫馨人間作為描繪對象，有自己的取景，自己的運鏡，自己的手法，自己的筆觸。琦君永遠是那麼寧靜的，專注的，細膩的刻畫她的作品。說她是一位藝術家，就像說她是一位畫家。

　　2004 年 9 月 19 日，琦君回國不久，三民書局特地為她安排了一個「琦君迷同學會」的聚會，邀請琦君的老友和琦君的讀者一起來參加。會中，許多已為人父，已為人母，已為人師的讀者，紛紛起立發言，說自己是「讀琦君的作品長大的」，真誠的向琦君表達內心的感謝，因為琦君的書撫慰了他們內心的不寧，重建他們對人間的信心。從沒見過作家和讀者之間有這樣親切的互動，我受到很大的感動。

　　那次聚會以後，我領悟到，作家的作品不僅僅是可以跟讀者共享藝術創作的喜悅。那作品還能產生心對心的薰陶作用，琦君的作品就是一個美好的例子。琦君是悲憫的，對人性的善良不失去信心，作品中都是善意善念，等於為心靈受傷害的人點亮一盞一盞的燈，使身陷黑暗中的他們，知道路還在，並不是無路可走。

　　琦君的文字，自然而流暢，不刻意造作而有一種美感。她的散文作品是為成年讀者寫的，但是並不艱澀凝滯，因此小孩子也可以親近。她的讀者固然以成年人為多，但是也有很年輕的孩子。這種屬於「兒童文學」的

---

[*]專事寫作。

美質，來自她有童心。她常以純真像孩子的眼睛審視世界，常以善良像孩子的心腸體會人性，所以她的作品孩子讀了也能心領神會。在生活的層面，她的喜好也像小孩。她最愛搜集小飾物、小玩具、小工藝品、小擺設兒，有時候以原件，有時候還有自己的加工，送給朋友和小孩當禮物。

　　我跟琦君認識，也跟兒童文學有關。一次是國語日報要出版一套英語國家得獎的兒童圖畫書，共十冊，命名為「世界兒童文學名著」，特地邀請十位知名女作家來翻譯。琦君也是其中一位。她欣然答應，所翻譯的一本有趣的故事就是《傻鵝皮杜妮》。另一次是小學生雜誌社要編印一本《童話研究》的專書，我和徐曾淵、蘇尚耀，三個人結伴夜訪琦君。雖夜已深，琦君卻不生氣。她招待我們喝熱茶，並且為我們削水果。這次，我們邀她寫一寫她的「童話觀」。琦君答應一定寫，並當場就說出她獨特的見解。

　　琦君說，「童話」是很好的，但是她個人不想寫國王、公主和巫婆。她說，小孩子對長輩們「還是一個小孩子的時候」所過的生活，充滿了好奇。對孩子來說，這也是很好聽的故事。她好像要給孩子一個許諾似的，答應以後要多寫這些孩子想聽的故事。她說，童話應該具有多樣性，不限一格，廣義的童話應該就是「孩子愛聽的故事」。

　　後來，她果然為孩子寫了不少的散文，娓娓敘說她的童年生活，《琦君說童年》就是一個代表。她也為孩子寫故事，《賣牛記》就是一個代表。《賣牛記》是最受孩子喜愛的短篇少年小說。

　　這本傳記，採用訪談的方式，從琦君的童年一直寫到琦君的今天，包括她的家庭、寫作生活，可以說相當的完備，並加深我們對這位有童心的散文家的認識。書名「永遠的童話」，最能道出琦君的性格。她以單純驚喜的童話眼睛看這個世界，這個世界不就是一個童話世界嗎？她以包容厚道的童話心腸看待人生，人生不就是一篇溫馨的童話嗎？難道不是這樣嗎？

——選自宇文正《永遠的童話——琦君傳》

臺北：三民書局，2006 年 1 月

遷臺初期文學女性的聲音
以武月卿主編《中央日報》「婦女與家庭週刊」為研究場域

◎封德屏[*]

一、楔子

　　1945 年中日戰爭結束，只給中國人帶來短暫的安定與歡欣，緊接著而來的國共內戰，許多人又被迫遷徙流離。1949 年國民政府退居臺灣，將近 200 萬左右的人口渡海來臺，大多是有關軍政、黨務、財經、學術、文化界的菁英分子[1]及其眷屬，臺灣社會也因短時間內人口結構的改變、政治結構的劇變，形成了臺灣近代史上一個重要的轉折。彼時不僅行政組織更迭不定，財政、教育也不時變動。其中對臺灣人民最大的影響，應該是語言文字必須在短時間的轉換[2]。這使得日據時期以日文閱讀、書寫的菁英分子，包括學者、作者、學生等，必須噤聲或停筆數年，加緊學習中文，重新閱讀、創作及書寫。

　　這樣的發展是否造成日後族群衝突最重要的因素之一，在此暫且不去深述。這批隨國民政府遷臺的有絕大多數為知識分子，掌握了語言文字的優勢。這樣的影響使得臺灣文壇在 1950 年代幾乎都是遷臺外省人的天下。而這些新來乍到的臺灣新移民，遠離故土親人，有新的生活要適應，對臺灣風土人情，亦有無法溝通的障礙，這些適應摸索的過程，皆成為文字書

* 《文訊》雜誌社長兼總編輯、淡江大學中國文學系兼任助理教授。
[1] 葉石濤，《臺灣文學史綱》，高雄：文學界雜誌社，1987 年 2 月，頁 84。
[2] 同上註，頁 86〜92。

寫最佳場景，也部分真實記錄了當時的生活及社會狀況。日後當臺灣文學
史的論者，簡約而籠統地將 1950 年代的臺灣文學稱之爲「反共文學」時，
似乎象徵彼時官方所主導的文藝政策、文學媒體掩蓋了所有的文藝創作的
類型及特色。[3]然而，當我們翻閱、檢視文學史料及文學出版品，才發覺事
實上並非如此。在這些與所謂官方的「反共文學」大異其趣的創作裡，女
性作家的大量湧現與作品的豐富多姿，以及女性編輯工作者的努力，都是
特別值得觀察的現象。

　　學者邱貴芬認爲戰後初期臺灣移民潮中相當數量具有寫作能力的大陸
女性，對臺灣女性書寫空間的擴展，扮演了關鍵性的角色，這樣的寫作生
態意外打開了臺灣文壇一向爲男性主宰的瓶頸。[4]戰後遷臺的臺灣女性普遍
具備的中文表達能力及較高的學歷，這些條件也比較容易在男性建構的政
治、社會、文化等公共領域占得一席之地。從事女性文學研究的學者范銘
如在分析 1950 年代女作家文本後認爲，這一批具有強烈性別意識的女性知
識分子，她們不僅正視到島上的性別和省籍的議題，並且流露出落地生根
的意願。她們書寫的重點在於思量在此重建家園的困境與方法，而非弔念
和重返失樂園。[5]

　　邱貴芬和范銘如的論點當然有背後足夠支撐的理由及證據。我們如果
以第一代遷臺女作家謝冰瑩（1907～2000）、琦君（1917～2006）、徐鍾珮
（1917～2006）、林海音（1918～2001）、孟瑤（1919～2000）、張秀亞
（1919～2001）、鍾梅音（1922～1984）、艾雯（1923～2009）八位在臺灣
的作品發表時間發表的內容，以及發表媒體的性質來印證可以探尋到更細
微的蹤跡，也可以證明這些文學女性她們被大時代的洪流推擠，離鄉背

[3]葉石濤，《臺灣文學史綱》，頁 86～92。彭瑞金，《臺灣新文學運動四十年》，臺北：自立晚報，
　1991 年，頁 164。
[4]邱貴芬，〈從戰後初期女作家的創作談臺灣文學史的敘述〉，《中外文學》第 29 卷第 2 期，2000 年
　7 月，頁 315～323。
[5]范銘如，〈臺灣新故鄉──五〇年代女性小說〉，《眾裡尋她──臺灣女性小說縱論》，臺北：麥田
　出版公司，2002 年，頁 15。

井，來到一個完全陌生的地方時，她們心裡所想的，以及現實所關懷的，主要是什麼？她們對新來乍到的陌生地域，如何描繪？如何適應？她們是一致的聽命並回應於國民政府的「反共文學」、「戰鬥文藝」？

　　多數論述 1950 年代文學史的文章及專書，把官方主導的文藝政策視為當時的全部現象或主流，而彼時官方主導的媒體、社團確實呈現著濃厚的「反共」、「戰鬥」的氛圍。民國 38 年 11 月，孫陵主編《民族報》副刊喊出了「反共文學」的口號，民國 38 年 11 月底，馮放民主編《臺灣新生報》副刊，又宣示「戰鬥性第一、趣味性第二」，強調文藝的戰鬥性。民國 39 年 3 月「中華文藝獎金委員會」成立，藉高額的獎助鼓勵創作，想藉此改良報刊內容，1950 年 5 月 4 日，「中國文藝協會」由張道藩領軍成立，1951 年 5 月 4 日《文藝創作》雜誌創刊，提供得獎作品發表的園地。1953 年蔣介石發表〈民主主義育樂兩篇補述〉作為國民黨政權文化層面的施政綱領。1953 年 8 月 2 日由中國青年反共救國團所輔導的「中國青年寫作協會」成立，形成一支「年輕的筆隊伍」[6]。1954 年 5 月 4 日，文協召集了陳紀瀅、王平陵等人發起了「文化清潔運動專門研究小組」[7]。1955 年，為加強壯盛筆的隊伍，以婦女為主的「臺灣省婦女寫作協會」成立了，至此，全國性的、女性的、青年的，都各有組織，表面上武裝整齊，似乎沒有漏網之魚，大家一齊「組成筆的隊伍，把筆桿練成槍桿，作為心理作戰的尖兵，鋪成軍事反攻的道路。」[8]

　　這一連串的緊密的措施及組織，似乎布下了天羅地網，容不得有其他想法。結果真的如葉石濤在《臺灣文學史綱》裡論及〈五○年代的臺灣文學〉時所說：「1950 年代文學幾乎由大陸來臺第一代作家所把持，⋯⋯他們的文學來自憤怒和仇恨，所以 1950 年代文學所開的花朵是白色而荒涼的，缺乏批判性和雄厚的人道主義關懷，使他們的文學墮落為政策的附

---

[6]王慶麟，《青年筆陣》，臺北：幼獅文化公司，1983 年。
[7]陳紀瀅，《文藝運動二十五年》，臺北：重光文藝出版社，1978 年。
[8]臺灣省婦女寫作協會編，《婦女創作集》第一輯，臺北：臺灣省婦女寫作協會，1956 年，頁 1～2。

庸，最後導致這些文學變成令人生厭的、劃一思想的口號八股文學。」[9]但事實果真如此嗎？重視思想自由的文人、作家，真的如此整齊一致的聽話嗎？

　　無論文學史論者如何以「有色」的眼光，將 1950 年代所有遷臺作家貼上「反共作家」的標籤，並一概否定「反共文學」的文學價值及時代意義，如何以「大我」的政治意識書寫爲價值評斷的評準來看待「1950 年代」所有的文學作品，我們都不能視而不見 1950 年代女作家的書寫表現。陳紀瀅肯定女作家的成就與表現，但歸功於「臺灣安定的環境適合女性寫作」[10]；劉心皇認爲女作家的優點感情豐富、思想細膩，用詞美麗，可惜寫的差不多是身邊瑣事。「讀她們的作品，彷彿不知道是在這樣驚天動魄的大時代裡」。[11]和葉石濤有較接近觀點對「反共文學」一概否定的彭瑞金，對 1950 年代女作家的評價倒較爲肯定，認爲女作家散文創作質量均有可觀之處，他的理由是：「她們不屬於反共文學的正規部隊，擁有較多的發展空間。」楊照也認爲在「反共文學」、「現代文學」的大標題底下，其實有一個既不反共，也不怎麼現代的伏流，那就是以散文爲大宗的女性作家作品。相對於「反共」、「現代」雙雙走離現實，反而是女作家作品還保留了一點現實的紀錄。[12]

　　學者應鳳凰曾對《自由中國》文藝欄（1951～1957 年）分析，發現來臺的女作家作品，不但人數多，數量和質量都令人刮目相看。[13]暨南大學的研究生唐玉純的碩論《反共時期的女性書寫策略——以「臺灣省婦女寫作協會」爲中心》，將「婦協」成立後所編纂出版的《婦女創作集》（七冊），

---

[9]同註 1，頁 88。
[10]陳紀瀅，《文藝新史程》，臺北：改造出版社，1956 年，頁 19。
[11]劉心皇編，〈五〇年代〉，《當代中國新文學大系——史料與索引》，臺北：天視出版公司，1981 年，頁 80。
[12]楊照，〈文學的神話・神話的文學〉，《文學、社會與歷史想像：戰後文學散論》，臺北：聯合文學出版社，1995 年，頁 121。
[13]應鳳凰，〈《自由中國》《文友通訊》作家群與五〇年代臺灣文學史〉，《文藝理論與通俗文化》（上），臺北：中研院文哲所籌備處，1999 年，頁 109～110。

及相關叢書及背景、主題做了詳細的分析，探究女性作家如何在反共時期開拓屬於女性的獨特書寫領域。張瑞芬近幾年對 1950、1960 年代女作家的散文，做了幾乎地毯式的蒐集及研究，對重現 1950、1960 年代女作家的文學版圖及文學風貌，十分具有意義。

　　此外，學者陳芳明在〈反共文學的形成與發展〉一文中，認為「《自由中國》文藝欄大量採用女性作家的作品，始自聶華苓的編輯之手。……她選取的作品不僅是有意識提高女性作家能見度，並且是相當自覺地要與反共文藝政策有所區隔。」[14]如果我們把時間的座標再往前移，民國 38 年 3月 13 日，彼時文獎會、文協、婦協尚未成立，《自由中國》與《聯合報》副刊尚未創刊，一份附屬國民黨《中央日報》內的「婦女與家庭週刊」（以下簡稱「婦週」）誕生了，由武月卿主編，她總共主編了六年多（民國 38年 3 月 13 日～民國 44 年 4 月 27 日）， 264 期。[15]這份聽起來應該是談「婦女」與「家庭」的刊物，但日後發展成為文藝性極濃的園地，培養了不少女性作者的寫作興趣。遷臺第一代女作家中，竟然有好幾位來臺的第一本散文作品，當初都是發表「婦週」上，例如徐鍾珮《我在臺北》（1951年）、孟瑤《給女孩子的信》（1954 年）、鍾梅音《冷泉心影》（1951 年）、《海濱隨筆》（1954 年），此外，謝冰瑩《給青年朋友的信》（1955 年），大部分的稿子也寫如此，琦君的第一本書《琴心》（1954 年）中將近一半作品發表在「婦週」，張秀亞早期的散文《丹妮的手冊》、艾雯的《生活小品》（1955 年）亦先發表在「婦週」上，再結集成冊的。

　　不僅如此，閱讀這些女作家的文章中多次提到主編武月卿和當年的「婦週」，顯現的不只是主編與作者的情誼，而近似惺惺相惜的好友同儕。本論文試圖以武月卿主編的「婦週」（民國 38 年 3 月 13 日～民國 44 年 4月 27 日）為研究場域，試圖探尋遷臺初期女作家的文學聲音。

---

[14]陳芳明，〈反共文學的形成及其發展〉，《聯合文學》第 199 期，2001 年 5 月，頁 159～160。
[15]武月卿主編，「婦女與家庭週刊」，《中央日報》，1949 年 3 月 12 日～1955 年 4 月 27 日。

二、武月卿與《中央日報》「婦女與家庭週刊」

　　至今（2005 年）創報即將屆滿 80 週年的《中央日報》，自民國 16 年 3 月草創階段算起，其顛沛流離的過程，正是近代中國的一頁滄桑史。1945 年 9 月 10 日中日戰爭結束後，《中央日報》在南京復刊，11 月 14 日國民黨中宣部派任馬星野為社長。馬星野為新聞教育家，極富現代報業經營之理想，接任後，銳意革新，充實內容，日出三大張。馬星野除重視新聞報導外，在經營上最凸出的，首推「報紙雜誌化」的成功。當時《中央日報》定期專刊有十數個之多。舉凡兒童週刊、現代家庭、地圖週刊、科學週刊、圖書週刊、國際週刊、青年週刊、山水雙週刊、食貨雙週刊、報學雙週刊等，供給讀者豐富而廣泛的知識，滿足讀者求知的欲望，這種措施及創舉，也使得彼時《中央日報》試行的企業化經營，有良好的成績表現。報社不僅可以自給自足，尚有盈餘。[16]惜 1948 年後，國共內戰國民黨節節失利，《中央日報》開始籌設遷臺事宜。1949 年 3 月 12 日，克服重重困難，《中央日報》臺灣版正式出刊，日出兩大張。

　　雖然面臨經濟、設備、場地，以及時局諸多不順，在臺灣正式出刊的《中央日報》卻仍努力地善盡傳播媒體的天職。雖然報紙內容略有減張，前文所提到的《中央日報》的諸多專刊的特色，仍在困難的環境下，努力保持原貌，甚至也有以全新面貌重新創刊的，其中的「婦週」，就於《中央日報》來臺創刊的第二天 3 月 13 日創刊，當時主編這個版面的為武月卿女士。

　　武月卿為雲南人，民國 8 年生，中央政治學校（政治大學前身）新聞系畢業，和前《中央日報》副刊主編孫如陵是大學同班同學，畢業後即服務於南京《中央日報》資料室，是當時出版《英倫歸來》、已頗富名氣女記者徐鍾珮同校同系的學妹[17]。徐鍾珮曾在〈零落的海濱故人〉一文中如此形

---

[16]《黨營文化事業專輯》，臺北：中國國民黨中央委員會文化工作會，1972 年，頁 17〜19。

[17]徐鍾珮，〈零落的海濱故人〉，《我在臺北及其他》，臺北：純文學出版社，1986 年 9 月，頁 246。

容武月卿：「月卿高高的、瘦瘦的，說話慢條斯理，不多言，常帶著一臉安
祥的笑，是屬於文弱型的，我常笑她不能做戰地記者。」[18]除了斯文瘦弱的
外型，事實上武月卿患有先天的哮喘病，隨時發病，病發起十分危急，這
些都在日後女作家林海音、徐鍾珮、琦君、謝冰瑩、張秀亞等懷念她的文
章中提到，以及孫如陵先生親口述說[19]，這也許是武月卿選擇靜態的編輯工
作而沒做記者的原因之一吧！

　　顧名思義，「婦週」應該談的都是婦女問題、家庭問題，編者在創刊號
的〈創刊詞〉[20]也將「家庭」與「婦女」的重要性及彼此間的重要關係，表
示得十分清楚，已然標示了創刊的宗旨。除了〈創刊詞〉外，整版除了最
下面的三批廣告外，11 批的篇幅中，有四篇主文，分別是任培道〈職業婦
女與家庭〉，謝冰瑩〈職業婦女的痛苦和矛盾〉，徐鍾珮〈熊掌和魚〉，辜祖
文〈小窗燈火記〉。另外是轉載國外的六格漫畫〈瑪麗找職業〉，以及一篇
翻譯的文章〈總統夫人和生活〉。四篇專文中除了任培道及謝冰瑩的寫作方
式較說理論述外，徐鍾珮及辜祖文談的雖然也是婦女職業與家庭，卻更接
近精采的散文。武月卿自己喜文、能文[21]，這些當然也影響「婦女與家庭」
週刊日後愈來愈趨向文藝性的重要原因之一。

　　事實上，「婦週」早期仍是以「女性」議題為主，舉凡婚姻關係，職業
婦女與家庭問題，孩子的教養問題，臺灣的媳婦仔問題、養女問題等，無
一不是與女性切身有關，但因為執筆的多為遷臺的女性知識分子，知識背
景包括新聞系、中文系、歷史系、新聞系[22]，有些在大陸時期已有創作經
驗，更多的是關心自身女性問題，或發抒自己意見，久而久之，也就練就
了不錯的文筆，繼續她們的筆墨生涯了。

---

[18]同上註。

[19]民國 94 年 10 月 15 日，孫如陵先生經筆者請教在電話中娓娓道出民國 38 年與武月卿同住中央日
　報單身宿舍，武月卿常發哮喘，半夜常與另一同事潘霖送武月卿至醫院急救之情況。

[20]武月卿，「婦女家庭週刊」創刊號，《中央日報》，1949 年 3 月 13 日，第 6 版。

[21]同註 17，頁 249。

[22]張瑞芬，〈琦君散文及五○、六○年代女性創作位置〉，《臺灣文學學報》第 6 期，2005 年 2 月，
　頁 138～141。

　　以往在談臺灣的女權運動的時候，往往焦點集中在少數的幾位關鍵人物身上。適時地開發新觀念、提出口號，呼應世界女性主義的新潮流，以及在實際推動女權運動的工作上付出犧牲與奉獻的代表人物，當然十分重要。但是整個社會經濟的成長、教育的普及，使女性享有完全均等的教育機會，使女性感受到提高自己的社會地位的自覺更重要。西方的女權運動，幾乎與英國的自由主義同步發展，被史家尊稱為自由主義哲學之父的洛克，他的主要作品，都發表在 17 世紀末，就在同一時期，英國已有少數女性作家，開始揭發女性在家庭、在社會種種不平等的待遇，和不合理的處境。近代中國鼓吹女權始於清末，梁啟超的提倡興女學達到伸張女權的目的。到了民國初年，女權問題終於由少數知識分子的鼓吹而成為新文化運動的主要項目，在陳獨秀主編的《新青年》上刊登提倡婦女解放的「易卜生專號」，對女子貞操問題也有過熱烈的討論。顯而易見，女子教育的普及，使女性知識分子，及有書寫能力的女性作家自覺有責任揭發女性種種不平等的處境及問題，再加上媒體提供女性寬闊的發言空間，都大大提升婦女們對女性價值的肯定與婦權的爭取。

　　我們可以說這股自然形式的女性論述力量，媒體主編占了很重要的位置。在 1950 年代初，同時期的黨營或公營媒體的婦女版面，如《臺灣新生報》的「臺灣婦女週刊」，《中華日報》的「現代婦女週刊」，《中央日報》的「婦女與家庭」，「婦聯會」出版的《中華婦女》等，所促成的女性自覺運動成績恐怕比反共抗戰影響要大得多。而這股力量並沒有因隨後文獎會、文協、婦聯會、婦協等所謂官方文化指導單位的成立而減少。而這樣的反覆的討論或論述，也反映了當時社會部分真實的情境。如果談「反共文學」是 1950 年代的文學主流，我們其實更不能忽視這一龐大的、眾聲喧嘩的「邊緣」女性文學族群。

　　以武月卿一個新聞系畢業、喜歡文藝的瘦弱女子來說，在她主編「婦週」期間，卻憑著一己之熱忱、喜好及認知，策劃、邀約了女性知識分子，包括作家、教育工作者、新聞媒體工作者撰寫文章、舉辦活動，更讓

離鄉背井的作者們「以文會友」，建立起女作家彼此長遠及美好的情誼。如果以版面性質來論，當時同一個報紙的「中央副刊」應更具文藝性、文學性，但事實上，我們觀察同一時期耿修業先生所編的副刊，尤其以遷臺來第一、二年，「中央副刊」內容顯得十分駁雜，舉凡笑話、漫畫、國外文章翻譯、風土人情、名人傳記的剪輯等，偶爾才出現一、兩篇比較像樣一點的散文、小品創作，感覺承襲舊式編輯剪輯、拼湊的痕跡較多，編輯主動企畫、約稿的意識非常淡。[23]相較之下「婦週」對女性主題的掌握要準確得多，文藝氣息甚至在前面兩年（民國 38、39 年），比「中副」要濃厚的多。

　　武月卿對編輯工作的熱忱，對女性議題的關心，以及對文藝的愛好，構成了主編「婦週」六年多的成果，也留下文友對她的無限懷念。她對編輯工作的認真、對讀者的掌握、對作者的尊重，可以從她主編 264 期「婦週」所呈現的編輯特色，分別論述。

（一）以座談、徵文方式增加讀者、作者參與感

　　編者在創刊號的〈創刊詞〉中，精要闡述與家庭的重要性及關係，也將辭刊的宗旨點出，希望家庭主婦是「一家衣食住的主持者、支配者，也是家庭快樂或愁苦氣氛的製作者、控制者，本刊之所以誕生那基於這部信念，本刊的希望也繫於此」。此外，呈現的是以婦女最感苦惱的「家務與工作不能協調」為題的書面座談會，邀請時任省立臺北女師校長任培道、以《女兵自傳》聞名的女作家謝冰瑩、前南京《中央日報》採訪副主任徐鍾珮、前南京《中央日報》「婦女週刊」主編辜祖文四位撰稿。任培道和謝冰瑩夾敘論地談「職業婦女」與「家庭」之間的矛盾和痛苦，辜祖文則以〈小窗燈火記〉抒情散文敘述丈夫下班、晚餐過後，一家四口溫馨相聚的快樂時光，另外一篇則是徐鍾珮以輕快幽默的散文筆法寫的〈熊掌和魚〉，將一個婦女面對工作與家庭的兼顧兩難，以及內心對自己的期待。此篇文

---

[23]《中央日報》副刊，1949 年 3 月 12 日～1951 年 3 月 12 日。

章日後常常被人引述。

民國 40 年 5 月 4 日，中國文藝協會成立一週年，邀請女作家在臺灣廣播電臺舉行空中座談會，由趙友培先生擔任主持人，然後分別由鍾梅音〈文藝與人生〉、徐鍾珮〈寫作題材問題〉、童鍾晉〈我的寫作生活〉、艾雯〈主婦與文學〉、王琰如〈我的愛好和婦女寫作〉、林海音〈勿忘婦女讀者〉、武月卿〈我的建議〉。在這個座談會中，除了幾位女作家分別闡述文藝的重要性，大部分都談到「婦女與寫作」的問題，林海音更為婦女界缺少女性讀物而叫屈，武月卿謙遜的說自己無大貢獻，但唯一意外的發現「在自由中國有許多新的女作家」，也呼應林海音所說的，認為增加婦女版篇幅、增加婦女讀物種類是當前必要。[24]

「婦週」第 7 期（民國 38 年 4 月 24 日）除了一般性的徵稿外，舉辦了第一次徵文，題目是「辛勤二十年」，是為了即將來到的母親節而設的徵文。在第 9 期（民國 38 年 5 月 8 日）時則製作了整版有關「母親節」的文章，其中三篇註明是「辛勤二十年」徵文獲選，另有余風〈母親〉、東籬〈母親節獻辭〉兩篇散文、明〈去吧〉一首新詩。編者並說明來稿甚多，因篇幅關係不得不退稿，本期之外，再陸續刊登錄用的文章。其實這樣的散文，似乎也開始了、也預告了「婦週」日後、濃厚的文學氣息。

「婦週」第 18 期（民國 38 年 7 月 17 日）刊登「父親節」徵文啟事，到第 21 期（民國 38 年 8 月 7 日）則整版刊登四篇徵文獲選的文章，並說明來稿近百篇，編輯處理稿件的情形，以短短不到三個星期的徵文時間，能有近百篇的回響，已屬難得。其後第 22 期（民國 38 年 8 月 4 日）整版，也刊登徵文獲選的文章。之後第 23、24 期又名登三篇徵文入選文章。

「婦週」第 70 期（民國 39 年 3 月 7 日）刊登「三二九徵文：我的夢想」啟事，並引胡適先生「青年人要多做夢」為引言，希望年輕人發揮夢想，總有實踐的一天，第 72 期（民國 40 年 3 月 29 日）即整版刊登入選文

---

[24]武月卿主編，《中央日報》「婦女與家庭週刊」第 78 期，1951 年 5 月 9 日，第 6 版。

章六篇散文、兩首新詩,〈編後〉報告此次徵文一星期內即有二百餘稿件,來稿熱烈,但因篇幅的限制,只好大量退稿等等。

第 209 期(民國 43 年 3 月 17 日)「婦週」刊登「我的生活與憧憬」主題徵文獲選文章五篇,第 210 期(民國 43 年 3 月 24 日)刊登「我最崇敬的女子」徵文獲選文章七篇,第 211 期(民國 43 年 3 月 31 日)刊登「我的問題」徵文獲選文章兩篇。

(二)重視與作者、讀者的意見交流

武月卿在「婦週」有限的版面,卻做到了一個編者周到的思考與服務,她重視與作者、讀者的意見交流,可以公開回答的,就公開回答。「婦週」週年慶時(民國 39 年 3 月 12 日),她一口氣刊登了艾雯、謝冰瑩、音(鍾梅音)、惠香、琦君、劉永和、林海音七位作者致編者的來函。每封信後面又有編者對這位作者現況的簡介。

第 57 期(民國 39 年 4 月 23 日)「婦週」上,武月卿以編者的身分綜合回答了《中央日報》在臺周年讀者意見調查中,有關「婦週」的意見與建議。之後,「婦週」在沒有預警下突然停刊七個月,重新復刊的那一期「婦週」(民國 40 年 2 月 14 日),武月卿即向讀者做了一個小小的〈西窗話舊──復刊例語〉。民國 40 年 11 月 13 日,「婦週」第 100 期,林海音、鍾梅音、孟瑤、琦君紛紛來函為 100 期寫了短文,除了「讀者、作者、編者」的短文外,武月卿還放了一張「婦週作者和她們的小朋友」的照片,照片中有林海音、鍾梅音、艾雯、王琰如和她們的孩子。[25]

第 200、201、202 期的「婦週」,武月卿仔細地將 200 期「婦週」的大事紀要,寫成了〈「婦週」200 期散記──「婦週」的滄桑的小事〉,對了解「婦週」200 期以來發展的狀況,有重點的紀錄。[26]

---

[25]這張照片後來在林海音的《剪影話文壇》中又出現,10 月 8 日筆者打電話請教艾雯女士有關武月卿的事,她也提到手邊仍有這張照片,照片中合影的是最早向「婦週」投稿的幾位女作家林海音、鍾梅音、艾雯、王琰如,和她們的孩子夏祖麗、夏祖美、余占正、黃湘。

[26]「婦週」第 200 期,1953 年 12 月 30 日,第 5 版;「婦週」第 201 期,1954 年 1 月 6 日,第 6 版;「婦週」第 202 期,1954 年 1 月 13 日,第 6 版。

武月卿重視讀者意見，不僅在平常一些作者來函、回覆讀者信件中可以看出，她在第 198 期的「婦週」（民國 42 年 12 月 16 日）做了一個〈婦週讀者測驗〉，列了「一、你覺得自「婦週」創刊以來，討論過的問題中，哪些最有意義和價值？」，「二、你最喜歡讀那位作者的文章，爲什麼？」、「三、有無一篇使你印象最深刻的文章？」、「四、你覺得還有哪些重要且必要的問題待討論？」等十個題目徵求讀者意見，這種細問式的問卷調查，不僅是意見的參考，同時也是讀者類別、性向的最好參考。

第 201 期（民國 43 年 1 月 6 日）「婦週」，武月卿以花了三個星期不眠不休的時間整理了「讀者測驗」的回函，做了將近整版的分析報告，並刊登了六篇「我與婦週」的讀者短文[27]。

作爲一個媒體編輯，武月卿面對的是不穩定的刊期。「婦週」首度於民國 39 年 6 月停刊，原因是韓戰爆發，《中央日報》爲增加國際新聞容量，四個專刊同時停刊[28]。民國 40 年 2 月 14 日「婦週」首先復刊，據說原因是林海音民國 40 年 1 月 13 日登在《中央日報》副刊的〈一個抗議〉這篇文章[29]。民國 40 年 8 月 16 日「婦週」第 86 期出刊後，又再度停刊，一個半月後再度復刊。出刊日也由每星期日改爲每星期四出刊。其次，面對的是忽大忽小的版面，由剛開始整版的五分之四版面、改爲五分之三、再改爲二分之一，後又改回五分之三，再改爲四分之一，此後靠主編「走私」廣告版面又調整爲二分之一，惜第二次停刊又復刊後，又淪爲全版三分之一的篇幅。儘管如此，在《中央日報》在臺出刊一週年所做的各版意見調查中，「婦週」是所有專刊中最受歡迎的。

三、「婦女與家庭週刊」與女作家

爲什麼一個「婦女與家庭週刊」培養、聚集了這麼許多女作家，不論

---

[27] 「婦週」第 201 期，1954 年 1 月 6 日，第 6 版。
[28] 「婦週」第 200 期，1953 年 12 月 30 日，第 5 版。
[29] 林海音，〈一個抗議〉，《中央日報》副刊，1951 年 1 月 13 日。

是另起爐灶或初試啼聲，我們可以從下面女作家發表作品的統計中得到一些驚人的發現。事實上在與「婦週」同時發行的報刊除了《中央日報》副刊外，尚有《臺灣新生報》的副刊及《公論報》副刊、《中華日報》副刊等。文學性的雜誌也有一、二，如《寶島文藝》（1949 年）等。這個現象絕大部分原因應該歸功「婦週」的主編武月卿在凝聚女性作家力量所花的心思及力量。以下就以遷臺第一代八位女作家：謝冰瑩、徐鍾珮、琦君、林海音、孟瑤、張秀亞、鍾梅音、艾雯，與武月卿主編「婦週」期間的文學因緣，來看這些女性在時間、空間的大轉移與大變遷時，她們訴之書寫、訴之文學的表現爲何。

（一）謝冰瑩（1907～2000）

在爲「婦週」寫稿的女作家中，謝冰瑩應是年齡最長的一位，這位當年以《從軍日記》、《女兵自傳》早已聞名在北伐及抗戰時期的女中豪傑，民國 37 年 9 月應聘來臺，任當時臺灣省立師範學院（後臺灣師大）教授。「婦週」創刊號上即有謝冰瑩的文章，題目是〈職業婦女的痛苦和矛盾〉，文中有一段句子：「我是受過高等教育，我的志願是爲社會服務，我要把那些困在廚房裡的婦女解救出來，我絕不能更不忍心自己也回到廚房去！」[30]道盡一個知識女性兼家庭主婦的矛盾，文中並謂彼時家庭主婦的痛苦更甚於抗戰時期，因爲物價高漲、公教人員的收入比戰時少，一個家庭只有一個人收入，十分辛苦，文章中爲解決職業婦女的痛苦積極性地建言，普遍設立托兒所，婦女產前產後的准假休養，薪水照付等意見，放在將近一甲子後的今日社會來看，一點也不落伍。接著謝冰瑩在「婦週」第 15 期（民國 38 年 6 月 23 日）發表第二篇文章〈我與冰心〉，澄清一般人將她與冰心誤會成同一個人，或者認爲她們是姊妹加以解釋。自「婦週」第 19 期（民國 38 年 7 月 24 日）開始，謝冰瑩以「潛齋書簡」書信體，開始撰寫專欄。兩個星期一篇，或三個星期一篇，分別就〈離婚以後怎麼辦〉、〈升學

---

[30]同註 20。

與就業〉、〈婦女與兒童文學〉、〈在堅苦中奮鬥〉、〈失戀之後〉、〈產婆——婆婆經〉、〈我怎麼利用時間寫作〉、〈征人之家的故事〉、〈和女孩子們談寫作〉、〈女人讀書有什麼用〉。這個專欄一直寫到「婦週」第 82 期（民國 40年 6 月 6 日）。書信中的主角有的是朋友、有的是學生、有的是讀者，反應熱烈，曾經在一個月內，收到 127 封信。[31]這些文章，與她後來在《臺灣新生報》「今日婦女週刊」的文章，結集爲《綠窗寄語》，由力行書局印行。後來《綠窗寄語》絕版，再加上謝冰瑩日後其他書信文章，成書爲《給青年朋友的信》，由東大圖書公司出版。

（二）徐鍾珮（1917～2006）

來臺前，即以《英倫歸來》散文聞名的徐鍾珮，畢業於中央政治學校新聞系，是中國第一位專業訓練的女記者，鄭明娳在〈一個女作家的中性文體——徐鍾珮作品論〉一文中，即稱其文筆有女作家筆下少見的一種「中性特質」[32]。1949 年，徐鍾珮即在「婦週」創刊號寫下〈熊掌和魚〉，清靈幽默的筆調，道盡一個熱愛工作和家庭的職業婦女的矛盾和掙扎，對現狀充滿無奈，對自己卻充滿自信，接著第 2 期、第 3 期、第 4 期徐鍾珮分別以〈會吹叫子的水壺——介紹英國的廚房〉、〈聞英國取消衣著配給後〉、〈眾生一律平等〉三篇文章，刊登在「婦週」上。隔了一期，「婦週」第 6 期的〈不要國籍的人〉，第 9 期（民國 38 年 5 月 8 日）寫〈母親〉（以筆名余風發表）。

徐鍾珮開始就密集的爲「婦週」寫稿，除了是見多識廣、已具知名度的女作家、名記者外，她和主編武月卿因爲中央政治大學新聞系（政大前身）前後期的學姊、學妹，畢業後又先後在《中央日報》服務，應該有絕大的關係。徐鍾珮在〈零落的海濱故人〉文中，回憶武月卿時這樣形容：

　　她的「婦女與家庭」反映出她的性格，不太刊登有關婦女、兒童的實用

---

[31]謝冰瑩，〈原序一〉，《給青年朋友的信》，臺北：東大圖書公司，1981 年 12 月，頁 3～4。
[32]鄭明娳，收入《當代臺灣女性文學論》，臺北：時報文化出版公司，1993 年。

常識，卻是文藝氣息特濃，有如一張副刊。有人批評它不切實際，更多
的人卻稱讚它氣質高雅。

我想月卿是三十年前第一個把婦女寫作者聯絡起來的人，當時每家無電
話，街上無計程車，在烈日下，在一個凌亂的新環境裡，她一家家去拜
訪拉稿，許多文友就從她那裡得識。[33]

這篇文章應該是目前尋得對武月卿比較完整的介紹與懷念的文章，徐
鍾珮在文章中還說：「全靠她的聯絡，也全靠她的『婦女家庭版』，我和舊
友們才彼此發現，『婦女與家庭』成了聯絡站，也供應了大家發表的園
地。」[34]舊雨、新知，一群喜愛寫作的朋友，在戰火稍歇、離亂方止的環境
中，用文字抒發自己的感情，用寫作安定自己的情緒，大家很快就從文章
中彼此認識了。武月卿的催稿與聯繫，實在功不可沒。

徐鍾珮來臺的第一本作品，書名《我在臺北》，是想藉這本書告訴許多
失散的親人及友人：她平安地在臺北。其中部分稿子就發表在「婦週」[35]。

（三）琦君（1917～2006）

琦君在臺灣當代散文史上，毫無疑問地具有典範的地位。但翻開琦君
在臺灣的文學歷程，整個 1950 年代琦君是以小說創作為主，她整個 30 冊
的散文集中，大多出版在 1960、1970 年代。但是她來臺灣的第一篇〈金盒
子〉、第二篇〈飄零一身——給一個學生的信〉，卻是分別發表在《中央日
報》的「副刊」及「婦週」，這兩個版面對琦君來說，顯見寫作啟蒙的意
義。琦君在回憶她第一本書《琴心》時說：

第一次看到自己的筆名變成鉛字，方方正正地出現在副刊正中顯著的位
置，那種興奮喜悅，一定是所有頭次投稿者可以體會得到的。我馬上又

---

[33]同註 17，頁 247～248。
[34]同上註。
[35]徐鍾珮，《我在臺北》，臺北：重光文藝出版社，1951 年 1 月。

試投一篇到婦女與家庭版，也很快被刊出，不由得信心大增，就陸陸續續的地寫下去。[36]

琦君不僅從此開始她的寫作生涯，她與文壇諸友的交往也從此開始。

琦君在第一篇文章在「婦週」登出來後，寫了一封信給武月卿，向她致問候感謝之忱，也說說自己公餘習作的興趣。這封信沒多久就在「婦週」一次「作者來函」特刊中刊登出來，這一份被認可的榮幸感，鼓舞了琦君，於是她鼓起勇氣去拜訪這位慧眼識「英雄」的主編，在她的宿舍裡，碰到了王琰如，一見如故，因為在這之前，因為都已看過彼此的作品。不久後，當孫如陵、武月卿合請兩刊作者餐會，許多文友，都是初次會面，見了面彼此對彼此的文章互相稱讚，真是個「以文會友」，武月卿是文友的忠實的「介紹人」，這個職稱對她來說再恰當不過了。[37]

琦君除了那一篇「作者來函」外，在武月卿主編期間一共登了 12 篇散文：〈飄零一身——給一個學生的信〉（民國 39 年 3 月 5 日）、〈毋忘我花〉（民國 39 年 6 月 18 日）、〈一生一代一雙人——記我的老師和師母〉（民國 40 年 2 月 14 日）、〈我們的水晶宮〉（民國 40 年 4 月 12 日）、〈鵲橋仙〉[38]（民國 40 年 8 月 30 日）、〈天涯芳草〉（民國 40 年 12 月 13 日）、〈一生兒愛是天然〉（民國 41 年 2 月 14 日）、〈也談跳舞〉（民國 41 年 2 月 21 日）、〈家庭教師〉（民國 41 年 4 月 10 日）、〈遷居〉（民國 42 年 5 月 13 日）、〈傷逝〉（民國 42 年 12 月 9 日）、〈燈下〉（民國 43 年 5 月 5 日）。這些文章大部分收在她第一本書《琴心》裡。琦君不只在一篇文章中懷念武月卿當年的鼓勵及知遇之恩，當年她除了很快的登了琦君的稿子外，還寫了一

---

[36] 琦君，〈我的第一本書〉，《琴心》，臺北：爾雅出版社，1980 年 12 月，頁 203～207。

[37] 同註 19。孫如陵在電話中告訴筆者，當時他主編《中央日報》「軍事週刊」，但武月卿發病時他常代班，所以和「婦週」的女作家們也十分熟。為了讓文友彼此認識，他和武月卿聯合請為兩刊寫稿的作者；他還記得以他們倆署名請帖的大紅帖子寄出去，許多人誤以為是結婚請帖，他仍然記得請客的地點是在「狀元樓」餐廳。

[38] 此首〈鵲橋仙〉為琦君於民國 40 年農曆七夕為紀念結婚週年而寫。

封非常誠懇的信，約她寫稿並約她見面，琦君說：

> 那份溫暖的情誼，可說是我以後持續不斷寫作最早原動力。可見得一位
> 筆頭勤、對作者關懷的主編，可能於一舉手之間，就促使一位作家的漸
> 趨成熟。我至今寫作不輟，感謝的第一位是鼓勵我投稿的謝冰瑩先生與
> 多慈姐，第二位就是給我寫信邀稿的武月卿女士。[39]

琦君認爲，當初若不是武月卿登稿快，她就不會有興趣和信心，一篇
接一篇地寫，而許多女性寫作者，也不可能由文字之友，進而成性情之
交，這些都得感謝武月卿。[40]

（四）林海音（1918～2001）

在武月卿主編「婦週」期間，「婦週」曾兩度遭到停刊。林海音於民國
40 年 1 月 13 日在《中央日報》副刊寫了〈一個抗議〉一文，說了婦女版
面及刊物的稀少及重要，並說了一片不可先拿婦女版開刀的理由。《中央日
報》果真從善如流，不久「婦週」就在好幾個專刊停刊之後，首先復刊
了。[41]林海音曾在一篇懷念武月卿的文章中重提這件事，除了高興，她更敬
佩《中央日報》的重視民意。林海音在臺灣的寫作生涯是從民國 38 年起，
當時在《國語日報》工作的她，另外還兼編一個叫「週末」的版面，由於
沒有稿費得自己撰稿來填滿幾千字的篇幅，而她的投稿生涯也從《中央日
報》開始。

「婦週」第 4 期（民國 38 年 4 月 3 日），林海音以〈跛足的女兒〉一
文[42]，開始了她與「婦週」的文字因緣。總計林海音是所有女作家在「婦

---

[39]琦君，〈悼月卿姐〉，《燈景舊情懷》，臺北：洪範書局，1983 年 2 月，頁 74。
[40]同前註，頁 75。
[41]〈「婦週」二百期散記〉，「婦週」第 201 期，《中央日報》，1954 年 1 月 6 日。
[42]音，〈跛足的女兒〉，「婦週」第 4 期，《中央日報》，1949 年 4 月 3 日，第 6 版。此篇文章係林海
　音在「婦週」第一次也是第一篇用「音」的筆名寫文章，後來爲了與鍾梅音區隔，才改爲「海
　音」。

週」寫稿總量的第二位，僅次於鍾梅音，她總計寫了 48 篇文章，一直到她主掌《聯合報》副刊，才較少在「婦週」上寫稿。[43]林海音以一個女性的身分，關心主婦的廚房，也描繪家鄉的美食，但她更關心婦女問題，「婦週」滿週年時，她寫了〈臺灣的媳婦仔———個值得討論的問題〉（民國 39 年 3 月 12 日），之後又寫了〈臺灣婦女生活漫談〉（民國 39 年 4 月 30 日），此外，更有她對一個新環境的適應及觀察〈臺北屋簷下〉（民國 38 年 4 月 17 日）、〈漫談吃飯〉（民國 38 年 6 月 23 日）等文。民國 40 年 9 月 27 日「婦週」第 92 期，林海音開始固定每週為「婦週」寫「燈下漫筆」專欄（後改為家常閑話），一直到民國 41 年 6 月 5 日，每週一篇，從未脫期。從家庭生活、子女教育、夫妻相處、兩性問題、生活雜感、讀書心得。文章雖短（五百字左右），卻可看出林海音的熱情個性、爽快風格及文學素養。這些文章部分收在她第一本散文和小說的合集《冬青樹》[44]中，評論家司徒衛謂是標準的「主婦型」文學，充滿家庭瑣事和溫馨氣氛。[45]難得的是在那些物質生活匱乏的日子裡，從不見林海音愁苦悲歡，她努力地過尋常日子，以一個家庭主婦的角度，呈現一個喜愛寫作、努力分擔家用、充滿樂觀希望的主婦心聲。這些對現實生活的描述，對女性意識的敏感，對社會現象的批評及感想，可以說完全沒有政治掛帥以及一般所謂的反共文學的影子存在。

　　林海音在《剪影話文壇》中，有一篇懷念武月卿的文章，敘述因投稿和看「婦週」，在版面上認識了許多女作家，以及武月卿受哮喘病折磨的情形。她在回憶中為當年的「婦週」下了評論：

　　　　「婦週」的風格是文藝性濃於實用性，刊的多是生活散文小說、婦女問
　　　　題論著，極少數是有關炒菜、洗窗子、補襪子之類的。這也就是為什麼

---

[43]林海音主編《聯合報》副刊期間為民國 42 年 11 月 1 日～52 年 4 月。
[44]林海音，《冬青樹》，臺北：遊目族文化公司，2000 年 5 月。
[45]司徒衛，〈林海音的「冬青樹」〉，《書評續集》，臺北：幼獅書店，1960 年 6 月，頁 82～86。

作者多是文藝女作家。月卿對在臺灣的女性作家，提供了這塊寫作園地，可說是頗有貢獻和影響。[46]

　　武月卿於民國 43 年赴美留學、結婚、定居，還和林海音等女作家保持聯繫，林海音赴舊金山，總要在武月卿家住住，敘敘舊。[47]

　　其實，不只林海音，同為知名作家她的夫婿何凡，早年也有數篇文章在「婦週」上發表，「婦週」第 7 期（民國 38 年 4 月 24 日），何凡先生以「承楹」筆名翻譯了〈柴達斯的家庭——謹把下面的故事介紹給琴瑟失調、風度粗暴或不關心孩子的父母〉。接著「婦週」第 13 期（民國 38 年 6 月 5 日），以「何凡」筆名寫〈談「楊榻密」的利弊〉，這時就頗有他日後「玻璃墊上」的風格了。「婦週」第 14 期（民國 38 年 6 月 12 日），何凡接著寫了一篇〈談「日本式房子」〉一文。由民國 38 年上半年，林海音和何凡的這些文章，可以看出一對遷臺不久的夫婦，如何認真及努力地觀察新環境，體驗新生活。

（五）孟瑤（1919～2000）

　　以數十部長篇小說、歷史小說著名的女作家孟瑤，很少人知道她的第一本作品卻是散文書信體，是在「婦週」上發表的。孟瑤在「婦週」上的第一篇文章，就頗令人側目，篇名是〈弱者，你的名字是女人！〉（民國 39 年 5 月 7 日）。這也是孟瑤到臺灣寫的第一篇文章。[48]武月卿把這篇文章放在當天最醒目的頭條位置，還引一段文字做前言：「這句話（指弱者，你的名字是女人）像根針，總把我的心刺得血淋淋地。是的，「母親」使女人屈了膝，「妻子」又使女人低了頭。家，給了我一切，但它同時也摘走了我的希望和夢。」這篇文章一針見血地道盡身為女人、身為人妻人母，在現

---

[46] 林海音，〈武月卿／當年——「抗議」〉，《剪影話文壇》，臺北：遊目族文化公司，2000 年 5 月，頁 15～17。

[47] 林海音，〈謝冰瑩／女兵在舊金山〉，《剪影話文壇》，臺北：遊目族文化公司，2000 年 5 月，頁 12～14。

[48] 吉廣興編選，〈孟瑤自傳〉，《孟瑤讀本》，臺北：幼獅文化公司，1994 年 7 月，頁 4～9。

實與理想的掙扎，結尾十分令人震撼：「我沒有看見家，我看見的只是粗壯無比的鎖鏈，無情地束縛了我的四肢和腦；我沒有看見孩子，我所看見的只是可怕的蛇蠍，貪佞地想吞掉我的一切。」[49]這篇文章引起許多的回響及討論，武月卿在隔了一期的「婦週」第 61 期（民國 39 年 5 月 21 日），用整個版面 5 篇文章針對孟瑤這篇文章的回響文章。接著第 62 期（民國 39 年 5 月 28 日）再登了孟瑤的回應文：〈我的答覆〉。

除了這篇引起廣泛討論的文章，孟瑤又陸陸續續寫了 20 篇的散文，大部分環繞在女性、婚姻、家庭等主題上，民國 41 年 7 月 24 日「婦週」第 127 期，孟瑤開始撰寫「給女孩子們的第一封信」系列文章，連續發表在「婦週」上，總共 20 封書信體的散文，主題分別為〈談讀書〉、〈談惜時〉、〈談健康〉、〈談器度〉、〈談勤儉〉、〈談清閒〉、〈談交遊〉、〈談婚姻〉、〈談家庭與事業〉、〈談女性〉、〈談人生信念〉、〈談性格修養〉、〈談鎮定〉、〈談朝氣〉、〈談取與予〉、〈好勝與忌妒〉、〈自知與自信〉、〈群居與獨處〉、〈勇敢與驕傲〉、〈感情與理智〉。最後一篇是民國 42 年 8 月 26 日，整整一年多的時間，這些文章合成《給女孩子的信》這本書，民國 43 年由中興文學出版社出版，之後好些年，不斷有人盜印、翻版，可見頗受人歡迎。[50]

（六）張秀亞（1919～2001）

以散文為名的女作家張秀亞，在大陸時已有四本小說出版[51]，但她的散文創作主要是在臺灣發展完成的。張秀亞開始在「婦週」寫文章的時間比上述幾位作家要晚，民國 40 年 9 月 6 日張秀亞第一篇在「婦週」的稿子〈悼朱振雲女士〉，之後又陸續寫了〈饒恕〉、〈父與女〉、〈或人的日記〉、〈友情與愛情〉等，民國 42 年 12 月 2 日「婦週」第 196 期，張秀亞開始發表「凡妮的手冊」，隔週一篇，每次一個主題，一共寫了 28 篇，後來就以《凡妮的手冊》為書名出版，刪掉了其中四篇，保留了 24 篇[52]。張秀亞

---

[49] 孟瑤，〈弱者，你的名字是女人〉，「婦週」第 59 期，《中央日報》，1950 年 5 月 7 日，第 6 版。
[50] 同註 49，〈附錄三：才華到底何物──孟瑤作品總集〉，頁 274～283。
[51] 〈著譯目錄〉，《張秀亞全集 15 資料卷》，臺南：國家臺灣文學館，2005 年 3 月，頁 168～174。
[52] 張秀亞，〈凡妮的手冊‧自序〉，《張秀亞全集 2‧散文卷 1》，臺南：國家臺灣文學館，2005 年 3

〈依依夢裡無尋處〉這篇悼念武月卿的文章中，仔細地記載了武月卿親自到張秀亞位在臺中市郊的住處拜訪她的情景。

> 在我那松影浮動的小窗前，你啜了半杯清茗，稍坐即去，原來你還要拜訪住在我家附近；在一個學校執教的孟瑤。記得那天中午，你邀了孟瑤、繁露同我餐敘，席間你為我們描繪了當時為你的刊物執筆的北部、南部的一些女作家，以及當時主編一些刊物的女作家「群相」，你提到姚葳、鍾珮、海音、琰如、梅音、劉枋、文漪、怡之、傳文、雪茵、漱菡、艾雯、良蕙、夢燕、蓉子、七七、蘭熙、華嚴、咸思、心蕊、志致、潤璧、人木……等。聽得孟瑤、繁露同我為之神往。[53]

這些年華正當、寫作甚勤的女作家們，就在武月卿的穿針引線、勤奮催稿之下，儼然形成一支美好的「筆隊伍」。

（七）鍾梅音（1922～1984）

如果以女作家在「婦週」發表的量來做統計，鍾梅音排名第一。鍾梅音自幼體弱，她從小患有哮喘病，來臺後，因先生余伯祺臺肥工作的原因，必須調往蘇澳工作，梅音舉家遷往，閑暇時即以寫作自娛。開始時即用「音」為筆名，當時與林海音的筆名「海音」，被文壇稱為文壇「二音」，她們兩人還曾因讀者誤為同一人，而分別在《大華晚報》副刊為文說明此事。[54]或許因為「同病相憐」，鍾梅音與武月卿兩人的感情似乎更甚於其他女作家，鍾梅音家住蘇澳，清幽的住家環境，曾邀武月卿前往蘇澳養病，鍾梅音好客，亦曾多次邀臺北文友去蘇澳渡假，武月卿當然在名單之列，陳紀瀅、徐鍾珮都曾在文章中提到拜訪鍾梅音及赴蘇澳的旅遊情形。[55]

月，頁307～309。

[53]張秀亞，〈海棠樹下小窗前‧依依夢裡無尋處〉，《張秀亞全集 8‧散文卷七》，臺南：國家臺灣文學館，2005年3月，頁418～423。

[54]〈編者按〉，「婦週」第51期，《中央日報》，1950年3月12日。

[55]陳紀瀅，〈憶梅音〉，《傳記文學》第44卷第3期，1984年3月，頁72～76。

　　民國 38 年 6 月 14、15 日，鍾梅音來臺的第一篇文章〈雞的故事〉刊載在《中央日報》副刊，民國 38 年 8 月 14 日「婦週」第 22 期舉辦父親節徵文，鍾梅音以「音」為筆名，撰寫〈父親的悲哀〉一文獲選，此後即展開她的創作生涯。臺灣是鍾梅音創作生涯的起點，而她創作文類全部以散文為主，除了創作，鍾梅音曾主編過國民黨婦工會的《婦女月刊》、《大華晚報》副刊，她也是第一個主持電視節目的女作家。住在蘇澳的六年期間[56]，鍾梅音以一個家庭主婦身分大量創作，主要發表園地為「婦週」、「中副」、《中華日報》副刊。民國 40 年 3 月鍾梅音的第一年散文集《冷泉心影》由「重光文藝」出版，總計 30 篇散文，分別發表在「中副」、「婦週」及《中華日報》副刊。在民國 38 至 42 年這段時間，是她大量創作的階段，在「婦週」上她以「音」及「小芙」兩個筆名輪流寫稿，談的題材相當廣，生活周遭事物的感受、往事故人的回憶，音樂、美術也都因興趣而有頗深的涉獵，兒童文學也曾涉足。單就民國 42 年 1 月～9 月共計 36 期的「婦週」，鍾梅音就發表了 36 篇文章，幾乎每期都有她的作品，民國 43 年 11 月《海濱隨筆》由《大華晚報》出版，計有 100 篇小品文，其中就包括了在「婦週」、「每週漫談」的 41 篇專欄文章。這些文章雖然都不長，皆在五百字左右，但主題明顯，文筆清麗，耐人尋味。

　　文人相重，彼此情誼因文而深，但談文論藝，仍有各自主張。鍾梅音與孟瑤二位就曾因「背書」這個題目，彼此你來我往地表達不同的主張[57]，細讀二人文章，放在今日的白話文、文言文教學之爭，似乎有異曲同工之妙。可見女作家們溫婉謙和的背後，亦有一定理念的堅持。

　　鍾梅音在散文上的表現，至《海天遊蹤》二冊的出版，到達了一個高峰，曾被喻為「最完美的遊記」。1950 年代即享有文名的鍾梅音，不知是否因為成名較早，又有一長段時間隨丈夫旅居海外，直到 1982 年回臺灣養

---

[56] 同上註。
[57] 鍾梅音，〈背書〉、〈興趣〉、〈理解與記憶（孟瑤）〉、〈二年後再答孟瑤〉，收入《海濱隨筆》，臺北：大華晚報社，1954 年 11 月，頁 120～128。

病，1984 年病逝臺北，她在散文方面的成就與表現一直未受應有的重視。
她因患帕金森症回臺療養的同年，武月卿在美病逝，當年作者與主編情誼
深厚的兩位女性，卻先後凋零，難怪徐鍾珮在〈零落的海濱故人〉中，會
有懷故友歎造化的深深感觸。

（八）艾雯（1923～2009）

　　被譽為「自由中國第一本散文集」的《青春篇》作者艾雯，在上述幾
位女作家中年紀最輕，然而散文的文名在 1950 年代即享譽文壇。1955 年
中國青年寫作協會票選「全國青年最愛讀之作家」，艾雯獲得第一名。艾雯
早在來臺前就已發表過許多作品，[58]來臺後定居在高雄岡山，重新拾筆創
作。民國 38 年 9 月 25 日「婦週」第 28 期開始，艾雯一連發表五篇寫教養
孩子的系列短文，接著談愛情、談寫作、談生活的散文小品在「婦週」上
出現，在南部居住長達 20 年的艾雯，藉著與武月卿、林海音等媒體主編與
許多女作家人交往相識的過程，至今仍視為美好的回憶。[59]

　　民國 43 年 1 月 13 日「婦週」第 202 期，艾雯開始以「主婦隨筆」專
欄定期為「婦週」寫稿，每個星期一篇，「用一位達觀而賢能主婦思瑾的口
吻，寫下這些她在生活中所體驗的，領略的，以及她對人生的觀念，品性
的修養、對處世的哲學、孩子的教育、感情的處理、治家的心得以及心聲
的抒寫和偶然的感觸。」[60]艾雯整整寫了一年，連載期間，也接到許多讀者
鼓勵的信件。民國 44 年 6 月，艾雯將這一年的作品，共 46 篇出版成書，
書名改為《生活小品》[61]。

　　身體一向孱弱的艾雯，2003 年仍出版別具風格的散文集《花韻》，對
照當年，筆力仍健。近年仍陸續有作品發表於報端，文字及神韻，更臻爐

[58]艾雯，〈艾雯寫作年表〉，《青春篇》，臺北：爾雅出版社，1984 年 5 月，頁 225～229。
[59]2005 年 10 月 8 日，筆者電話請教艾雯，談一下武月卿及當年寫稿的情形。艾雯當時住在高雄岡
　山，與其他作家相識原先是先認識彼此的作品，還有就是「婦週」武月卿的熱心從中介紹，大家
　有相同的興趣，很快就成為可以談心的好朋友、好姊妹，艾雯至今還十分懷念那段美好的歲月。
[60]艾雯，〈寫在前面〉，《生活小品》，臺北：國華出版社，1955 年 8 月，扉頁後兩頁。
[61]同上註。

火純青。憶起逐漸凋零的友輩，艾雯用筆撐起 1950 年代第一代散文女作家延續的香火。

四、回顧與省思

武月卿主編「婦週」的 264 期當中，出現在其版面上的女作家當然不只前面分論的八位，像繁露、心蕊、蕭傳文、王文漪、王琰如、畢璞、劉咸思、丹扇、郭立誠、於梨華、邱七七等，都有或多或少的作品發表，日後她們也都各自在創作領域中開拓出一片天空。當年「婦週」提供了寬闊自由的創作空間，而凝聚這股力量的，正是開創「婦週」的靈魂人物武月卿。

民國 44 年 4 月 27 日「婦週」第 264 期是武月卿主編的最後一期，民國 44 年 5 月 4 日第 265 期在「婦女與家庭」幾個刊頭字和刊頭圖案下，主編的名字改為「李青來」，在版面不起眼的角落裡，用一個小框框，幾行輕描淡寫的文字：「本刊主編武月卿赴美留學，編務暫由李青來代替。」當然，這一暫代武月卿就沒有回來，一直到「婦週」停辦。

徐鍾珮在〈零落的海濱故人〉中提到武月卿多年氣喘的病體，曾進出醫院數十次，對自己的體弱多病，也曾有灰心和失望[62]。民國 44 年左右，當時的「中副」，幾乎可以說已完全進入「文學副刊」的時代，報紙、雜誌的創作園地也日漸增加。民國 44 年 5 月 4 日，臺灣省婦女寫作協會成立，名義上女作家們有了固定的社團組織，聚會及發聲的機會也大了。「婦週」因主編的喜好文藝及重視女性議題，將這塊園地發展到充滿濃厚文藝氣息，博得許多讀者的喜愛，此時似乎已完成她階段性的任務。臺灣濕熱的氣候及環境，使武月卿多年的哮喘未見好轉，有人建議只有赴美換一個較乾燥的居住環境，才能改善病情。民國 43 年武月卿湊齊 2400 美元在當時像天文數字的保證金，取得簽證，以學生的身分出國。赴美後，武月卿半

---

[62]同註 47。

工半讀，之後結婚成家。完成學業後她在《少年中國晨報》擔任總編輯，和國內的好幾位女作家仍保持聯絡。林海音每到舊金山總要到武月卿家聚聚[63]，琦君在民國 68 年冬天也到舊金山與武月卿重逢敘舊[64]，張秀亞自分別後年年收到她的卡片[65]，徐鍾珮更是以這位學妹的表現爲榮[66]，鍾梅音與武月卿曾在蘇澳家中共度養病時光[67]，艾雯至今還懷念「以文會友」的溫馨時光[68]。

　　這些遷臺初期的女作家們，在離鄉背井之際努力適應新的環境，用樂觀好奇的心去體驗新的生活，她們用勤奮的筆，在兼顧家庭及工作之餘，努力耕耘出自己的天空。她們言爲心聲的一篇篇文章，一部部作品，爲她們所處的時代，所在的臺灣，留下生動的紀錄。在她們生活中，鍋鏟與筆桿齊舞，現實與理想兼顧，她們努力爲自己、爲女性，爭取「發聲」的機會。在筆下，她們個個「不讓鬚眉」，私下，她們以文會友，進而成爲性情之交。

　　這些身處在 1950 年代「反共」氛圍中的女作家，她們沒有忘記「國仇家恨」，但是她們用一支自由的筆，自自然然地寫下她們的所思所感。容或有懷鄉，容或有反共，對這一群離鄉背井的年輕女性（大多二十多歲、三十歲）來說，也是呈現個人真實的經歷。最可貴的，閱讀她們的作品，絕少怨天載道的追悔與憤怒，而多是面向現實生活的在地書寫。

　　《中央日報》的「婦週」，在那個創作園地貧乏的年代，適時地釋放出女作家創作的空間。更由於主編武月卿的努力與用心，讓我們得以記錄下這些遷臺初期女作家的文學風貌，以及她們和臺灣這塊土地的深厚感情。

　　不論「反共文學」、「戰鬥文藝」在 1950 年代是否叫得震天價響，我們

---

[63]同註 48。
[64]同註 40。
[65]同註 54。
[66]同註 17。
[67]鍾梅音，〈小灝的日記〉，《塞上行》，臺中：光啓出版社，1964 年 2 月，頁 126；〈珍妮畫像〉、《海濱隨筆》，臺北：大華晚報社，1954 年 11 月，頁 106。
[68]同註 60。

卻從武月卿主編「婦週」六年的期間，看見長期在文學史中被忽略的女作家的聲音。這些平均具有高學歷及寫作能力的遷臺女作家，一字一句地開拓了女性書寫的空間，她們的努力，爲臺灣的女性文學札下了深厚的根基，也形成一股日後臺灣文學不可忽視的力量。今日，我們還原史料，是否也能公平地還原這些女作家在臺灣文學史中應有的地位。

──選自李瑞騰主編，《永恆的溫柔──琦君及其同輩女作家學術研討會》
桃園：中央大學琦君研究中心，2005 年 12 月

青春與家國記憶
論五○年代大陸遷臺女作家的憶舊散文

◎王小琳*

一、前言

自 1945 年臺灣光復，到 1949 年大陸政權易幟，幾年之中許多大陸人士因著不同的因素渡海來臺，當 1950 年代兩岸徹底隔絕對峙，他們成為歸不得故鄉的遊子。對故土、親人與舊日的懷念之情，因隔絕而更加強烈，憶舊懷鄉，也就成為這一輩作家筆下屢寫不輟的主題。

本文所要討論的「憶舊散文」，指的就是 1950 年代大陸遷臺作家來臺之後所寫、以大陸生活為題材的散文作品。對於這一類的書寫，一般稱為「懷舊」或「懷鄉」文學。本文以「憶舊」名之，是因為懷舊或懷鄉，有時讓人覺得隱含著往昔與今日、故鄉與異地的分殊，而有對現下所處時空不能認同的殊離之意。尤其近年來，本土觀點論者與大陸論著各以其政治意識解讀，不免窄化、淺化，且漠視了這些作品可能具有的豐富意涵，「憶舊」一辭指的是題材的取向，不失為是一個較中性的名稱，自然憶舊總基於深切的緬懷之情。

這一批 1950 年代自大陸遷臺的作家，因占了語文的優勢，成為1950、1960 年代的臺灣文壇主力，也是臺灣現代文學的重要奠基者。其中女性作家的成就，更早已被肯定。本文試圖探討女作家的憶舊散文書寫，以見出女作家們如何看待這一斷裂的過去對於個人生命的意義，以及如何

*發表文章時為中山大學中國文學系助理教授，現已退休。

以書寫重建記憶。爲將論點集中，雖然憶舊散文散見於許多作家的作品中，本文以將這一題材作爲主要寫作關注，有一定數量作品，且能成就特殊風格者爲主。討論的作家有四：張秀亞（1919～2001）、林海音（1918～2001）、琦君（1917～2006）、羅蘭（1919～）。

　　以下論述從兩方面展開：第一部分探討女作家憶舊作品的意涵，第二部分分析憶舊書寫的藝術，並在結語時兼論憶舊散文的文學史地位。

二、憶舊散文的意涵探討

　　不論來臺是出於個人的選擇，或歷史的偶然，對於 1940、1950 年代來到臺灣的大陸人士而言，因隔絕產生的生命斷裂之感是相同的。王鼎鈞〈明滅〉[1]一文中斷裂分離的上下半身，是最鮮明的象徵。這種斷裂，不僅是時間之不可再返，也是空間之不可復臨。在這種心情下，作家將過去歲月於書寫中重溫，以慰藉離恨與鄉愁。

　　然而，憶舊書寫的意義又不僅於此，當個人回顧過去生涯時，其實是重新省思了自己的生命歷史，藉著書寫，對這一段「過去」在生命中具有的意義加以探索並詮釋，這才是此類作品最重要的意涵。細讀四位女性作家的憶舊之作，固然是往事與故人的回憶，懷念與傷逝的表達，但比之更深刻的，是她們都觸及到自我的省思與生命的覺察。以下分別論之。

（一）個人生命的省思

　　張秀亞於 1948 年來臺，當時她正遭逢婚姻失敗的挫折，獨力攜帶稚兒幼女來到異地，斷裂之感非只來自時代政局，也來自個人生命史。從 1952 年出版《三色堇》[2]開始，到 1981 年最後一本散文集《白鴿・紫丁花》[3]止，她在臺共出版散文集二十餘種。憶舊一直是她散文寫作的重要主題之一。[4]她歷述童年的回憶、中學生活、文學啓蒙、高中時的獨遊、北平淪陷

---

[1]王鼎鈞，《左心房漩渦》，臺北：爾雅出版社，1988 年 5 月，頁 3～7。
[2]張秀亞，《三色堇》，臺北：重光出版社，1952 年。
[3]張秀亞，《白鴿・紫丁花》，臺北：九歌出版社，1981 年。
[4]張氏散文的主題有生活抒感、往日追憶、自然歌詠、道德教誨、藝文論評等。參見王小琳，〈張秀

後與友伴奔赴重慶、在重慶遇到的人事，婚姻的甜蜜與痛苦，尤其對在北京輔仁大學度過的四年時光，更是屢屢回顧，筆下的「古城」出現不知凡幾，因為那是她最為珍愛的人生階段，在其中，讀者看到一個愛好文藝、才華早發、自矜自信又善感多愁年輕女子，懷抱理想與熱情，度過美麗如詩的青春歲月。文中的感傷，來自「美好往日」──自信、脫俗、理想、熱情──的失落。她以詩意的筆觸，敘述「我」遇到過去的自己的惆悵：

> 她自過去的歲月中向我走來，趁了這幽靜的午後。
> 本來，我已不敢希望再看到她了，因為我們已離得這麼遙遠，這麼遙遠。
> ……
> 她只是如一點螢火，偶爾在我的心間漫遊，在清晨，在日午、在這幽靜的池畔。[5]

她也對過去的「我」呼喚：

> 在一些繁雜瑣碎的日常細事裡，我終日的旋轉著，我有時真耽心自己，會為了一些柴米油鹽的微事而失落了我生命中那份寶貴的東西──那份對於詩對於美的愛好，而變得異常庸俗。
> 有時，我默默的呼喚著我自己，我常常想到了那個似乎已經去遠了的影子──她並沒有什麼可讚美之處，但是坦爽、誠實，對於單純樸實的生活，對於詩與真，永遠有著嚮往，對於虛偽、虛飾，永遠懷有一份厭棄。……在那一剎那，我似又回到了兒時的巷陌，看到了故居的門扉，看到了夕暮的微光中慈母的容顏，以及自己當年那個矮小的身影。那時

亞散文論〉，第五屆兩岸中山大學中國文學學術研討會，高雄：國立中山大學中國文學系主辦，2002 年 6 月 22～23 日。
[5]張秀亞，〈池畔〉，《我與文學》，臺北：三民書局，1967 年，頁 63～67。

的我，幼稚、無知，但是純樸、誠實，不知道愛慕詩與真，但本身也許就是詩與真。[6]

這是一個對自我期許甚高的女性，所發出的真誠自省，深恐自己曾擁有的美好品質，在粗糙的現實中，即將磨損失落。張氏憶舊散文，較少關注在具體的鄉土，是相當個人的、自我的，卻又深入生命的裡層，緬懷青春的同時，流露的是對自我的珍視，對生命誠懇的自省。若簡單歸入「憶舊散文」[7]，則忽略了其在憶舊書寫中的特殊之處。

（二）人間世相的洞察

林海音生於日本，五歲時到北京，生活 27 年後，於 1948 年回到故鄉臺灣，她回憶北京生活的憶舊之作包括自傳體小說《城南舊事》[8]、以及散文集《兩地》[9]、《家住書坊邊》[10]（收錄《兩地》部分篇章），以及《我的京味兒回憶錄》[11]（收錄前二書的部分篇章）。

林海音的憶舊，建築在豐富的感官經驗，她敘說住過的地方、走過的街道，各式聲音、氣味、顏色、形狀，使記憶中的北京街景與市民生活熱鬧繽紛。例如她在〈北平漫筆〉系列（《兩地》）中寫到的炒栗子、烤牛羊肉、香粉店中的小物件，女學生的藍布褂、市井的叫賣聲、北京的語言趣味。在〈虎坊橋〉（《兩地》）中，站在虎坊橋大街邊，年幼的「我」看到乞丐、騙子、行刑前的犯人、出殯隊伍、還遇到日本記者，在懵懂中接受拍照，登上畫報。在〈家住書坊邊〉（《家住書坊邊》）中寫上學時看到宰羊、下課後吃香噴噴的羊肉燒餅、去商務印書館看高大櫃檯、送書款纏繩的趣

---

[6]張秀亞，〈呼喚〉，同上註，頁 44～46。

[7]劉登翰等編《臺灣文學史（下）》，指出 1950 年代臺灣散文有懷舊散文與學者散文兩類，張秀亞被歸為前者，參見劉登翰等編，《臺灣文學史（下）》，福州：海峽文藝出版社，1993 年，頁 439～445。

[8]林海音，《城南舊事》，臺北：爾雅出版社，1960 年初版，2001 年新 32 印。

[9]林海音，《兩地》，臺北：三民書局，1966 年初版。

[10]林海音，《家住書坊邊》，臺北：純文學出版社，1987 年初版。

[11]林海音，《我的京味兒回憶錄》，臺北：遊目族文化公司，2000 年初版。

味。彷彿一個孩子，置身在熱鬧的人群中，瞪著好奇新鮮的雙眼，東看西瞧，美好的、滑稽的、醜惡的、可怖的，一一印入心版。〈虎坊橋〉中說：

> 家住在虎坊橋，這是一條多姿多彩的大街，每天從早到晚所看見的事事物物，使得我常常琢磨的人物和事情可太多了。我的心靈，在那小小的年紀裡，便充滿了對人世間現實生活的懷疑、同情、感慨、興趣……種種的情緒。[12]

〈臺上、臺下〉中，回憶遊藝園中種種熱鬧，說到：

> 我從小就是一個喜歡找新鮮刺激的孩子，喜歡在平凡的事物中給自己找一些思想的娛樂，所以，在那樣大的一個城南遊藝園裡，不光是聽聽戲，社會眾生相，也都可以在這天地裡看到：美麗、享受、欺騙、勢利、罪惡……但是在一個無憂無慮的小女孩的觀感中，她又能體會到什麼呢？[13]

　　然而在一個敏感早熟的孩子心靈裡，應是有所體會的。「我」既興味十足地置身其中，參與種種熱鬧，又同時有一種冷靜的旁觀，知道美麗與醜陋並存，善良與邪惡俱在，這種種的熱鬧，終會逝去。如同《城南舊事》以父親去世為童年的終結，而「每一段故事的結尾，裡面的主角都是離我而去。」[14]穿過童稚之眼所看到的人世，熱鬧的背後隱隱透著生命的悲感，林海音的憶舊書寫，有著對世間物事無比的興趣熱情，也有一種旁觀者冷然洞悉的智慧。

---

[12]同註 9，頁 70。
[13]同上註，頁 22。
[14]〈後記〉，《城南舊事》，臺北：爾雅出版社，2001 年，頁 235。

（三）文化傳統的眷慕

　　琦君無疑是憶舊散文書寫的代表作家。她在 1949 年來臺，寫作時期開始較張秀亞、林海音爲晚，以 1960 年代的《煙愁》[15]爲始，到距現今最近的《永是有情人》[16]，共有散文集二十餘種，其中憶舊主題占極大的分量。

　　琦君的憶舊多以童年經驗爲主，這也是她的散文最具特色之處。童年回憶以母親爲中心，加上了外公、阿榮伯、五叔、阿標叔、家庭教師，組成一個溫馨的小世界。琦君筆下的人物，各有其性情形象，又一致的表現人格之美，他們給予「我」無盡的受寵，並時刻地給予「我」道德與人格的教育。除了這些親愛的家人外，以「官家小姐」身分置身農村，琦君寫出她所經驗的豐富而淳美的俗民文化，舉凡節慶、宗教，飲食、手藝、偏方、俗諺，無一不表現傳統農村社會的溫良美善，生趣盎然。再加上她所受的古典文化典籍的陶染，使她的憶舊書寫洋溢著詩意的美感。以〈想念荷花〉[17]一文爲例，以荷花爲中心，她寫出了包括荷花生日、遊湖賞荷、點荷花燈等民俗，母親做的荷花甜食，以及與荷花有關的詩歌繪畫，其中連綴的是父母師友之情。人情之美、詩書之美與俗民文化之美，共同構成她散文中的溫潤光澤，這是她憶舊散文的常例。她的筆下幾乎不曾出現農村社會的愚昧無知，傳統文化的衰敗醜惡，琦君憶戀的過去，經過她的書寫與詮釋，不再是她個人的童年與鄉土，實在是文化傳統中所蘊藏的人間純美與至善之境，那無疑是屬於全中國人的心靈原鄉，是更具永恆性的，最初也最終的依歸[18]。

　　正如齊邦媛認爲林海音的《城南舊事》展現了偌大北京城中「親切的一角」[19]，女作家們習於展現個人生命中親切的一角，格局雖小，但小中可

<hr>

[15]琦君，《煙愁》，臺中：光啓出版社，1963 年初版。

[16]琦君，《永是有情人》，臺北：九歌出版社，1998 年初版。

[17]琦君，〈想念荷花〉，《水是故鄉甜》，臺北：九歌出版社，1984 年初版，頁 223～228。

[18]如同齊邦媛認爲反共懷鄉小說中若干作品，「他們所懷念的『鄉』也未必即是狹義的故鄉，而是許多失去不可復得的地方與歲月吧。」參見齊邦媛，〈從灰濛濛重到恣肆揮灑——五十年來的臺灣文學〉，《霧漸漸散的時候——臺灣文學五十年》，臺北：九歌出版社，1998 年，頁 18～19。

[19]齊邦媛，〈超越悲歡的童年——林海音《城南舊事》〉，《千年之淚》，臺北：爾雅出版社，1990

以見大。在烽煙離亂中，大時代的動盪誠然驚心動魄，寧靜的角落卻甜美而永恆，無論是張秀亞個人青春的追尋，林海音在生動的聲音氣味中對世相的覺察，或是琦君對至善純美的追懷，她們的懷鄉憶舊，非只停留在一時一地、記人記事的表層，而是觸及到更深層的生命本質，寫出「變」中之「常」，因此更具有普遍性。

　　也許正因為不停留在表層的懷舊懷鄉，她們的作品不落於空洞的家國論述，少見僵化八股的反共語言，另一方面，對於「永不再」的昔日，她們有著惆悵，但並不流露悲情。作家們雖則懷舊，但對新的時空，卻熱情相迎。來到臺灣，她們都正當三十歲上下的盛年，林海音說「逝去的日子，我不傷感，只是懷念。」[20]一回臺灣，就找了張破書桌，開始寫作[21]。回到故鄉的她固是如此，而張秀亞甫遭婚姻之痛，筆下嗚咽宣洩，一篇〈種花記〉[22]卻寫出強韌的求生精神。琦君和羅蘭也都展開了寫作生涯，在她們作品中臺灣生活的書寫，依然展現了她們所善於體會的親切的角落。

（四）歷史家國的回歸

　　失落的往日長存於記憶之中，憶舊書寫是以歷久而常新，然而，當作家歷經人生長路後，回顧漸行漸遠的前半生經歷，是否可能有不同的省思。特別是在 1980 年代末（1987 年），兩岸隔絕的情勢改變，在臺人民可以赴大陸探親，原本孤懸斷裂的過去，忽然有了接續的機會，「就在這一明滅之間，我那切斷了的生命立時接合起來，我畢竟也有個人的歷史、自己的過去。」[23]當老去的遊子重臨故土，失落的 40 年時光卻無從追索，種種激動感傷，造成盛行一時的「返鄉文學」，而這些激盪震動之後，作家又怎樣再省思他們的前半生呢？

年，頁 99。

[20]林海音，〈騎小驢兒上西山〉，《兩地》，臺北：三民書局，1966 年，頁 78。

[21]林海音，〈好的開始〉，《綠藻與鹹蛋》，臺北：純文學出版社，1980 年初版，1982 年再版，頁 2。

[22]張秀亞，〈種花記〉，《三色菫（增訂版）》，臺北：爾雅出版社，1981 年初版，1983 年第 7 版，頁 1～5。

[23]王鼎鈞，〈明滅〉，《左心房漩渦》，臺北：爾雅出版社，1988 年 5 月，頁 3。

1980 年代之後，張秀亞出版最後一本著作《白鴿‧紫丁花》，其中有好幾篇憶舊之作，內容與風格和她之前作品無差異，過去已成爲腦海中不變的印象。林海音在海峽初開放時寫過〈我的京味兒回憶錄〉（《家住書坊邊》）等，內容是故居的追溯，回北京後寫過散篇〈我的京味兒之旅〉（《我的京味兒回憶錄》）等。琦君在距今最近的兩本散文集《萬水千山師友情》[24]（1995）《永是有情人》（1998）中，除了〈萬水千山師友情〉（《萬水千山師友情》）一篇是返鄉的記敘外，其餘憶舊作品（其中部分是舊作），大體可算是以往同類作品之餘緒。比較之下，羅蘭在多次返鄉之後，於 1990 年代以大筆力寫出的長篇巨製「歲月沉沙三部曲」[25]，顯得相當特殊。

羅蘭在 1948 年來臺，她寫散文、生活小品、專欄、長短篇小說、廣播劇，量多類廣，在 1960 年代中有若干憶舊的散篇[26]，然而比之前三位作者，較爲零星。從 1990 年始，她在多次返鄉之後，開始寫「歲月沉沙三部曲」。分別記錄來臺前、來臺後、開放探親後三個人生階段，本文討論其中的第一部《薊運河畔》。

憶舊書寫來自情感的噴薄澎湃，如琦君所說「我常常想，我若能忘掉親人師友、忘掉童年、忘掉故鄉、我若能不再哭、不再笑，我寧願擱下筆，此生永不再寫。然而這怎麼可能呢？」[27]而羅蘭 1990 年代的書寫，除了深厚的情感外，更有尋根的渴望與生命的思索：

> 我這趟生命的列車，已經在這世界上奔馳很久了。我不想就這樣頭也不回地沿著這生命末梢隨風而逝。並不是我要留戀這世界，我只是想要認真地了解自己這幾十年生命旅途上，都看到了一些什麼，和它們究竟都

[24]琦君，《千山萬水師友情》，臺北：九歌出版社，1995 年初版。
[25]《薊運河畔：歲月沉沙第一部》、《蒼茫雲海：歲月沉沙第二部》、《風雨歸舟：歲月沉沙第三部》，臺北：聯經出版公司，1995 年。
[26]見於《羅蘭散文第一輯》，臺北：文化圖書公司，1965 年初版。《羅蘭散文第二輯》，臺北：文化圖書公司，1968 年初版。
[27]〈留予他年說夢痕〉，《煙愁》，臺中：光啓出版社，1963 年，頁 264。

代表著什麼意義。[28]

　　她試圖將自己的生命放入一個大生命中，而找到一個可安頓的位置。那是家族的、國家的生命。

　　《蓮運河畔》從家族老宅說起，上溯五代祖先，建構家族史的意圖十分明顯。將幼小的自己放在巨大宅院中，無疑是一個鮮明的象徵，顯出傳統之大與個人之微小。隨著成長軌跡，歷歷敘述家族長輩、父母雙親、大宅中的傳說與軼聞；又由父親脫離大家庭、進入中國最早的製鹽廠，引申到中國的現代化歷程。在留日學生的開創下，工廠帶來新的企業文化，是中國現代化的縮影。現代化的小地方，又在新同學留短髮、打毛線、信基督教可見。以中學的生活，談學校教育與當時的音樂，又從生活經驗，做當時社會的採樣，談論物價、租界、大家庭與小家庭關係等社會現象。總之，個人的生命雖然微小，卻不是孤立的存在，而是連繫著家族與國族。

　　藉著書寫，羅蘭將「親切的一角」連結到一個大的整體中，確認生命的歸處，找到最終的安頓。她在書成之後說：

> 我總算把握住這段時間，讓自己有機會回溯到生命的源頭，用惆悵而又安恬的心情，認真地「再活了一次」。[29]

　　如果將四位作家的憶舊作品做歷時的縱觀，從張秀亞個人青春的眷戀，林海音熱鬧人間的體會，琦君傳統美善的緬懷、到羅蘭歷史家國的回歸，代表了半世紀憶舊散文書寫完滿的成就。四位女性作家的憶舊書寫，超越懷人憶事的表面層次，她們真誠地回顧個人生命歷史，賦予其意義及價值。

---

[28]羅蘭，〈前言〉，《蓮運河畔》，臺北：聯經出版公司，1995 年，頁 1。
[29]同上註，頁 2。

三、憶舊書寫的藝術分析

任何創作，都不是生糙材料的再現，必須經過藝術性的轉化。憶舊書寫中，作家以語言捕捉已逝的時空，再建記憶中的往日，要重塑人物事件，使之鮮明可感，又要捕捉時間之流，寫出時間的停駐與流逝。本節嘗試從意象運用、細節描寫、時間感覺、敘述視角、話語類型等方面，分析四位作家憶舊書寫的藝術特徵。

（一）意象運用

意象是經驗的積澱由想像加以創造，作家選用意象的方式和他們體驗生活的方式有關，也決定了作品的風格與意涵。

張秀亞的散文，以抒情為主調，重視語言的節奏韻律，具備詩的特質，並以自然界物象如湖、水、月、花、木、雨、雲等，組成意象系統，構成柔美靜謐的世界。她的憶舊散文，多寫大學時光，而大學中的湖——什剎海，是在她散文中最常出現的意象。

> 在古城讀書的時候，學校的門前，正好是一片藍湖，為秀逸的蘆葦環繞住。那一片清光，浸潤了我的心靈，也容匯了我生命的河流。那沉默而柔媚的湖，一切屬於它的，都像是自詩的國度移來；湖岸上那垂垂的老柳樹，那綠色的潮濕的長堤，還有三月的黎明，自湖岸傳來的鷓鴣鳥的啼喚，隔著水，傳到長夜不寐者的窗前，也似為乍溶的湖水浸透了，是怎樣的斷續、幽咽，但又充滿了希冀，預言著花繁葉滿的辰光！[30]

她寫下湖上的小樓燈影、湖岸的水蓼禽鳥、在湖畔的獨坐、沉思、閱讀，環繞湖水的愛情、夢幻，師友情誼、理想哲思。她以湖代表大學生活，也代表生命中曾擁有過的青春、理想、純美與無憂。

---

[30]張秀亞，〈湖上的小詩〉，《愛琳的日記》，臺北：三民書局，1958 年初版，1968 年第 4 版，頁 15。

啊，可懷念的學生時代，嵌在我那碧綠年光的碧綠的湖水，還有那些在湖邊消度的晨昏，甚至於自學校走向湖邊那成排腳印，仍然那麼清晰的、清晰的，現在我記憶的柳堤上。[31]

一片碧綠的湖水，純美脫俗，便是張氏憶舊書寫中永恆青春的象徵。

與張秀亞相對的，林海音筆下的世界，卻匯集各種聲音、色彩、動作、氣味，人物言談，非常具有人間動態感。林海音的〈在胡同裡長大〉、〈家住書坊邊〉、〈虎坊橋〉、〈想念北平市井風貌〉（均收錄在《家住書坊邊》）等篇，都以一個走動的「我」的視野，來記錄映入眼中的種種。多變而流動，是林海音意象呈現的方式。〈臺上臺下〉描寫城南遊藝園的畫面，極具代表性：

> 在那樣的環境裡：臺上鑼鼓喧天，上場門和下場門都站滿了不相干的人，飲場的、撿場的，打煤氣燈的，換廣告的，在演員中穿來穿去。臺下則是煙霧瀰漫，扔手巾把兒的，要茶錢的，賣玉蘭花的，飛茶壺的，怪聲叫好的，呼兒喚女的，亂成一片。我卻在這亂鬨的場面下，悠然自得，我覺得在我的周圍，是這麼熱鬧，這麼自由自在。[32]

琦君憶舊書寫常以一個具體的物象為中心，展現人事變遷與時光之流。從命題往往可以看出。即以《煙愁》一書為例，就有〈楊梅〉、〈金盒子〉、〈酒杯〉、〈鮮牛奶的故事〉、〈油鼻子與父親的旱煙筒〉、〈毛衣〉、〈煙愁〉、〈甌柑〉、〈紅花燈〉、〈風箏〉、〈月光餅〉等篇，其他文集中的，更是不勝枚舉。有時藉一個意象引動回憶，將今昔綰結，如〈紅花燈〉，從孩子提花燈而憶起外公給「我」作的花燈，最末再回到孩子手中的花燈。有時以一個意象的反覆轉化，寄託時間的流動，世事的滄桑。如〈煙愁〉中，

[31]張秀亞，〈水之湄〉，《湖水・秋燈》，臺北：九歌出版社，1979年，頁24。
[32]林海音，《兩地》，臺北：三民書局，1966年，頁23。

「我」回溯吸煙的歷史，從看父親、叔叔吸煙、學吸煙、偷煙的童年往事，到長大後看母親為病痛吸煙，「我」為了消憂解悶吸煙，到臺灣後，因孤獨而與煙為伴，直至戒煙。其間悠悠歲月流逝，人事變遷盡在其中。

羅蘭的《薊運河畔》是由 51 篇獨立短篇連綴而成的長篇敘事，各篇中常運用一個富於象徵意味的意象，以之貫穿全篇，連繫主題。如〈大宅巡禮〉中，極寫古宅的高大與我之渺小，象徵了傳統的龐大，尋根的艱辛：

> 小小的我，看那高大瓦房，是出奇的高。屋簷更成為不可企及的一些懸崖。仰頭看那高高在上的屋簷陰面的瓦，顯得格外莊嚴。廳房明柱和只能貼附著它慢慢繞行的我，成為懸殊的對比，使我彷彿永遠無法與它提並論。各層正房的臺階那麼高，又那麼荒涼，我從母親所住的東廂房走到祖母或曾祖母住的正房，不但要飽受那走不完的方磚院落的考驗，更又受那必須努力攀爬的高臺階的威脅。……[33]

其他如〈羅漢會與赤兔馬〉中，記述祖父所養的英姿勃發的馬最後掙脫韁繩而去，比喻祖父的「電光火石般的生命力的任性發揮」；〈點秋江，白鷺沙鷗〉中家後門的薊運河，是個人與家族生命之源；〈地平線〉中，以地平線的寬闊無際，代表離開封閉的古宅後，小家庭獨立自由的新生活；〈父母〉中，以工廠與火車的汽笛聲，作為現代化生活的表徵。每個意象都是作為描寫的實景，也都含有象徵意味。

（二）描寫、敘述與時間感

憶舊包含人、地、事、物，必須透過敘述和描寫展現，前者是指「正文中關於單一事件或系列事件的處理、演繹」，後者是「在正文中針對特殊客體呈現具體藝術形象思維的段落」[34]。敘述事件必有時間的推進，描寫則

---

[33] 羅蘭，《薊運河畔》，臺北：聯經出版公司，1995 年，頁 8。
[34] 鄭明娳，《現代散文構成論》，臺北：大安出版社，1989 年第 1 版，1994 年第 3 版，頁 109、頁 175。

具備空間性，二者在散文中造成不同的時間節奏。對事件的簡略敘述，使時間感快速，若細筆刻畫，則時間變緩甚至停頓，二者可決定文本的節奏感。

張秀亞的憶舊散文以抒情為主調，少有完整的「事件」，是以描寫多於敘述，以〈湖水‧秋燈〉為例，首段以自然界的意象開始，展開一個畫面：

> 湖，嵌在我讀書的古城，湖水，溶漾在我的心裡，還有那盞美麗的古銅燈，燃燒在湖邊的小屋中，透過了窗子，照影在湖心。

接著是對湖邊蘆葦與湖水的細筆刻畫：

> 湖邊有一叢叢的蘆葦，燃燒著亮綠的小火燄，和湖對岸的落日，像是融匯在一起。
>
> 湖水原是深淺不同的藍色，一種透明的絲綢一般的藍，偶爾被水禽的長喙啄破，更會被一片片無意間飄來的孤雲漂白。……[35]

由於沒有事件進行，時間近乎靜止，情緒也留連徘徊，象徵往日在記憶中的永恆。

至於以敘事為主的作品，時間節奏感可再進一步說明。敘事學者認為在敘事文中有故事時間與敘述時間兩個元素，前者指故事發展歷經的時間，後者指敘事文中的時間長度。一段動作若被短短的文本簡略帶過，稱為「概述」，節奏感快，反之，若短時間的故事被大量語言細筆描述，稱為「擴述」，節奏變緩，若二者相等則稱等述，可以造成近乎真實的生動逼真效果[36]。林海音敘述童年事件的作品常描寫人物對話動作，多屬「等述」。

---

[35]張秀亞，〈湖水‧秋燈〉，《與紫丁香有約》，臺北：九歌出版社，2002 年初版，頁 17。

[36]敘事學學者認為，在時間長短值的比較上，「敘述時間」——即敘述文中的時間長度，與「故事

「我看看。」媽媽說著就拆開了紙包。「逛了半天天橋，你們倆大概還是
洋車來回，就買了一塊布頭兒！幾尺呀？八尺？」媽媽把布抖落開了。

「八尺？」我和三妹大叫著，「是十二尺哪！」

「十二尺？」這回是媽大叫了，「我不信，去拿尺來，絕沒有十二尺！絕
沒有十二尺！」她連聲加重語氣，媽媽真是的，總要掃我們的興。

尺拿來了，媽媽一尺一尺的量著，最後哈哈大笑起來，「我說怎麼樣？八
尺，一尺也不多，八尺就是八尺！」[37]

　　這樣的對話描寫，使人物聲口、動作、情緒、心理，都真切可感，有
著戲劇場面呈現的效果。林海音的憶舊記敘，常以逼近真實節奏的動作、
言語，記述一個單一事件，以短而集中的時間段落，重塑記憶中生動的一
幕。如〈天橋上當記〉、〈文華閣剪髮記〉（《兩地》）等篇。

　　琦君也常細寫人物對話，就以〈啓蒙師〉（《煙愁》）中的一段爲例：

「媽，我不要這麼兇的老師，給我換一個嘛。」

「老師那能隨便換的，他是你爸爸的學生，肚才很通，你爸爸說他會做
詩。」

「什麼肚才通不通，蘿蔔絲，細粉絲，我才不要哩！」

「不許胡說，對老師要恭敬，你爸爸特地請他來教你，要把你教成個才
女。」

時間」——即故事發展涵蓋的時間長度，有五種關係：1.「故事時間」等於「敘述時間」，稱爲
「等述」或「實況」。2.「故事時間」大於「敘述時間」，稱爲「概述」。3.「敘述時間」近於零，
稱爲「省略」。4.「故事時間」小於「敘述時間」，稱爲「擴述」或「延長」。5.「故事時間」近於
零，稱爲「靜止」。敘事學者也認爲「故事時間」在故事中往往沒有或不必要精確的表示，「敘述
時間」尤其無法測量，二者的比較在理論上是不可行的，只能以敘事所占篇幅長短來做約略的估
計，例如，敘述文中未加省略的「對話」記述通常被稱爲與故事時間等時的敘述。參見王文融
譯，（法）熱拉爾・熱奈特，《敘事話語・新敘事話語》，北京：中國社會科學出版社，1990 年。
高辛勇，《形名學與敘事理論——結構主義的小說分析法》，臺北：聯經出版公司，1987 年。
[37] 林海音，〈天橋上當記〉，《兩地》，臺北：三民書局，1966 年，頁 45。

「我不要當才女，你不是說的嗎？女子無才便是德。」[38]

　　但除對話外，篇中也間雜心情與情狀的描述，使時間速度較緩，屬於「擴述」，童年的物事，在細筆描寫和人物對話中，緩緩流動，彷彿永恆。琦君的憶舊散文中，往往以一物件爲軸心，時光在其上緩緩經過，然而，當童年逝去，時間的流動就加快起來，景象一幕幕在眼前流過，以敘述節奏的轉換，表現出了人生中的「常」與「變」。以〈髻〉[39]一篇爲例，透過童年的眼光，以母親的長髮與五叔婆的禿頂相比，表現母親的年輕美麗，又以姨娘各式時髦髮髻和母親的保守妝扮相比，顯出姨娘的得寵多嬌，童年的記憶，以細節描繪，時間的速度較緩。當「我」長大外出讀書，母親髮變白變短，梳不成髻，然後父親去世，姨娘也不再打扮，直至到了臺灣，姨娘也成白髮，又是十多年過去，姨娘已逝，「我」也不再年輕。時間的跨度陡然增加（後半各段以「我長大出外讀書以後」、「在上海求學時」、「來臺灣以後」、「一轉眼又是十多年了」標明時間的跳動可知）。從髮髻一物，寫出數十年滄桑，童年時光緩緩，似記憶之永恆，再以快筆寫數十年變動之感，以時間的停駐與消亡，代表了人世之變。從而引動濃濃的傷逝之感，而這傷感又因童年細節的趣沖味而淡，二者達於巧妙的平衡。

　　羅蘭的《薊運河畔》每一短篇自成一相對靜止的單元，對話少而多物狀描寫，並夾議論。在〈貝殼，童戲〉中，細筆描寫「跳房子」遊戲使用的「瓦」，使記憶中微小物事鮮明起來：

　　　　其中有一塊正方形的瓷「瓦」，不知怎麼會那麼整齊，約有三寸見方，四緣如刀切的一般，正中間咬一個燒好的印章，紅色的，可惜上面寫的究竟是什麼年份，……只是像豆腐乾一般的紅線條圖案，點綴得那瑩白正方形的瓷「瓦」十分精緻悅目。……它那屬於高級瓷器的質感與它明亮

---

[38] 琦君，《煙愁》，臺中：光啓出版社，1963 年，頁 4。

[39] 琦君，〈髻〉，《紅紗燈》，臺北：三民書局，1969 年初版，2002 年重印第 2 版，頁 33～38。

的線條與顏色，都在我心中隨著歲月的增長，而越來越清晰。[40]

在文末則展開議論：

> 簡樸的生活，其實是很藝術的。工業化的腳步雖然正以銳不可當之勢，
> 迅速的逼近，而久大精鹽正在努力使國家擺脫落後與貧窮，以便跟上時
> 代，希圖在國人自覺與努力下，與列強的聲勢相抗衡。我們這批小孩，
> 能在趕搭上這「全盤西化」列車的同時，仍然把握住那古老時代的夕陽
> 日落，看見那「無限好」的黃昏美景，實在是一種可貴的幸運。[41]

　　以描寫與議論為主體，各單篇的時間是較為停滯的，在單元銜接中，
敘事往前推進，時間在暫止與躍動的交錯中向前行進，顯出時代前進的巨
大沉重感。

（三）敘述視角與話語類型

　　這是指文本的敘述者以怎樣的角度觀事，以怎樣的語調敘述。

　　憶舊書寫，琦君與林海音喜歡採用童年之眼來觀看事物。孩童透露著
天真與好奇，眼中世界無比生動新鮮，又因懵懂，對成人世界不能完全洞
悉，不諳是非，卻更具穿透力。林海音〈文華閣剪髮記〉以三年級的
「我」，窺看理髮店玻璃窗內神祕的世界，想著自己如何也可以剪髮的小小
心思，終於剪髮後，興奮害羞交錯的矛盾心理，生動的重現童稚的純真。

> 我又快樂又難過，走回家去，人像是在飄著，我躲在媽媽和宋媽的中間
> 走。我剪了髮是給人看的，可是這會子我又怕人看。我希望明天早晨到
> 了班上，別的女同學也都剪了，大家都一樣就好了，省得男生看我一個

---

[40]羅蘭，《薊運河畔》，臺北：聯經出版公司，1995 年，頁 119。
[41]羅蘭，《薊運河畔》，臺北：聯經出版公司，1995 年，頁 121。

人。可是我還是希望別的女生沒有剪，好讓大家看我一個人。[42]

琦君在〈關公借錢〉(《玻璃筆》)的故事中，敘述戲班來到鄉村，演出「我」最喜愛的三國，臺上的關公無比神氣，是孩子心中的英雄，然而下了戲的關公，卻好賭博，輸錢後甚且向外公借債。孩子目睹這種反差，發現人間事不美好的真相，只是覺得尷尬難受。

我咬著筆桿發呆，外公說：「你就寫『關公借錢』，不是很有趣嗎？」我連連搖頭說：「不要，我不要把心裡的關公變成那個樣兒。」
那篇日記，就沒寫好，糊裡糊塗湊幾筆就交給先生，先生看了很生氣地說：「心太散漫，以後不許看戲了。」我心裡只想哭，覺得以後也真的不想看戲了，看了戲，人究竟是好是壞都分不清了。[43]

以孩童的眼睛觀看，給予舊事蒙上一層朦朧的迷霧。增加了距離之美，也避免了直接的臧否。琦君寫父親、母親與姨娘三人間的關係，也常以孩童之心眼來看，因而有了更多的寬容。楊牧認為「琦君文筆來回於今昔自我之間，今日的同情和悲憫與往日的天真純潔交織」，又說「童年觀察環境的眼光是今日琦君人情通達的心思還原後，無阻礙的直接的投射。」[44]

在敘述者的話語類型方面，張秀亞多以抒情美文式的「獨語」[45]訴說，有時也以一個在虛實之間的「你」，讓「我」對話。林海音的〈北平漫筆〉等篇，則傾向「閒談」，向友人親切地閒聊北平舊事。琦君在敘述中常插入人物話語，將人物的音容帶到受述者眼前。羅蘭在女性的感性書寫之外，

---

[42]林海音，《兩地》，臺北：三民書局，1966 年，頁 35～36。
[43]琦君，《玻璃筆》，臺北：九歌出版社，1986 年初版，頁 33。
[44]楊牧，〈《留予他年說夢痕》序〉，琦君，《留予他年說夢痕》，臺北：洪範書局，1980 年初版。
[45]王堯將現代散文話語分為何其芳的「獨語」與周作人的「閒談」，探討其源流、演變和意涵。本文只取其表層意義，針對說話情境及受述者不同而區分，參見王堯，〈「美文」的「閒話」與「獨語」──關於現代散文話語的一種研究〉，《中國現代文學理論季刊》第 11 期，頁 455～472。

融入中性筆調，如說明、報導、議論，她引用歷史文獻，報刊報導，結合
史傳與報導文學手法，出入在小我回憶與大我論述之間，建立憶舊散文的
另一種話語類型。

四、結語——兼論憶舊散文在文學史的定位

懷念往日舊事、故人鄉土，是人類共通的感情，憶舊因而是文學作品
中具有普遍性與恆久性的主題。但對 1950 年代遷臺的這一輩作家，憶舊書
寫因政治環境的特異，而有其分殊性。對於斷裂孤懸的過去，他們有著更
充沛難言的感情，也使他們在對生命史的思考上有更多豐富的可能。然而
不可避免的，也必須面對不同的解讀與詮釋。

羅蘭在寫完「歲月沉沙三部曲」後說：

> 現在，當我擱下這支為我用慣的筆，靠向椅背，面對滿室空寂，仍彷彿
> 聽到遠遠傳來歲月的濤聲，帶著沉雄的迴響，向我敘述它們的感慨，告
> 訴我時間的去處，宇宙的遼闊，與個人生命的渺小與蒼涼。[46]

對個人來說，渡海遷臺，誠然是生命中巨大的轉折，而在時間長河之
中，個人心中的憶念微小無足輕重，兩岸的對峙也只是歷史短暫的偶然，
個人的小生命終必匯流入時間之河。這 1950 年來因時空特異而產生的憶舊
懷鄉文學，在時局變異、斯人漸去之後，終將成為絕響。那麼這一輩女作
家的憶舊之作將如何在文學史上定位，是否可免於「二度漂流」[47]的命運？

女作家們的寫作生涯在臺灣展開，寫作事業在臺灣完成，廣大的讀者
群也在臺灣，她們的作品無疑是臺灣現代文學的一部分。儘管憶舊的主題
與未倡言反共的感性書寫，在中國大陸所撰述的文學史中不必受到全然屏

---

[46]同註 28，頁 2～3。
[47]齊邦媛認為「反共懷鄉文學」在中國大陸與臺灣本土所撰述的文學史中都找不到位置，作家如同
　　是在 1949 年辭鄉後的二度漂流。參見齊邦媛，〈二度漂流的文學〉，《霧漸漸散的時候——臺灣文
　　學五十年》，臺北：九歌出版社，1998 年，頁 197～214。

棄，然而她們在臺灣文學史的位置，毋寧是更值得關注的。可惜的是，在臺灣本土論者的文學史著述中，憶舊懷鄉首先因不能反映現實時空的「主題不正確」，已受到貶抑[48]，而女作家散文又被籠統草率歸入文藝腔調、風花雪月之一類，不能辨識其個別面目[49]。然如同前文所分析論述的，女作家們的憶舊書寫，從最親近的身體事物出發，格局雖小，卻最貼近人情人心，又能穿過憶往懷鄉的表層，觸及生命的省思與覺察，具有超越時地的普遍性，且以各具風格的語言形式，為這一種主題類型留下典範之作，而這正是在臺灣這塊土地上所蘊育出的美果。如果能肯定 50 年來的臺灣文學是一個多姿多采，繁花似錦的園地，則這輩女作家的憶舊散文自也是其中一枝花朵，以其豐美的藝術表現，領有一席之地。

──選自李瑞騰主編，《霜後的燦爛──林海音及其同輩女作家學術研討會論文集》

臺南：國立文化資產保存研究中心籌備處，2003 年 5 月

---

[48] 如葉石濤，「儘管臺灣民眾毫無困難和阻礙地接受懷鄉文學的那濃厚鄉愁，但是這和本地民眾現實上的困苦生活脫節，讀起來好像是別的國度裡的風花雪月了。」葉石濤，《臺灣文學史綱》，高雄：文學界出版社，1987 年初版，1999 年再版。頁 89。

[49] 如彭瑞金評 1960 年代散文，「……還是 1950 年代散文情緒的延續，張秀亞、羅蘭、琦君、薇薇夫人、胡品清、王鼎鈞、子敏、鍾梅音等以中學生程度的青春期男女為閱讀對象寫作的散文，儘管發揮了上天入地漫無限制選取題材的寬鬆特質，也能以柔性抒情的文藝腔調陶醉這些特定的對象，但也正如船過水無痕，這些沒有時間、空間刻痕，未善盡作家天職的作品，也只能隨風流逝。」彭瑞金，《臺灣新文學運動四十年》，高雄：春暉出版社，1997 年初版，1998 年再版，頁 134。

琦君散文及五〇、六〇年代女性創作位置

◎張瑞芬[*]

> 在新寫實主義的噪音裡，我們聽到一個寂寞的歌人，倚著綠色的籬樹放歌。每一個節響，每一個音符，都會使我們想起閃爍而又熄滅了的夢之火焰，她歌唱，她嘆息，只是為了能在幽暗中回應的人。
>
> ——張秀亞〈琴韻心聲——我讀《琴心》〉[1]

一、1950、1960 年代女性創作與琦君的文學史位置

在歷來對琦君（潘希真，1917～2006）[2]及其文學的評論中，有兩句話無疑是令人感到不安的。不是那些制式化（張秀亞、胡品清等多位女作家一體適用）的「思想貧弱」、「視野不廣」、「缺少時代和社會性」云云，反倒是 1977 年夏志清說的：「琦君今生也休想拿到諾貝爾獎」[3]，以及 1995 年大陸學者李今所稱：「對無名分的威脅這種人倫秩序的戀人之愛絕少觸及」[4]。

---

[*]發表文章時為逢甲大學中國文學系副教授，現為逢甲大學中國文學系教授。

[1]張秀亞，〈琴韻心聲——我讀《琴心》〉，收入隱地編，《琦君的世界》，臺北：爾雅出版社，1980 年。

[2]琦君本名潘希珍，後易為潘希真，生年據其自訂寫作年表為民國六年（1917）七月，早年散文集《紅紗燈》（臺北：三民書局，1969 年）及《琦君自選集》（臺北：黎明文化公司，1978 年）書末作者介紹誤為 1918 年。

[3]夏志清，〈現代中國文學史四種合評〉，原發表於《現代文學》復刊第一期（1977 年 7 月），收入夏志清，《新文學的傳統》（臺北：時報文化出版公司，1979 年）。爾雅版《琦君的世界》節錄此文部分，題為〈夏志清論〈一對金手鐲〉〉。

[4]李今，〈善與美的象徵——論琦君散文〉，收入《評論十家》（臺北：爾雅出版社，1995 年）。此文另作琦君散文選《紅紗燈》（李今編，長江文藝出版社）之編序。

　　夏志清教授在評論幾本現代文學史之餘，褒揚琦君〈一對金手鐲〉的
真摯樸實，遠非那種製造新鮮神祕異國情調博取國際聲譽者可比。他指
出：

> 如把〈一對金手鐲〉譯成英文，其中沒有性的描寫，沒有暴力的場面——
> ——更沒有洋人心目中想像那種中國鄉下的異國情調，是不會受人注意
> 的，琦君今生也休想拿到諾貝爾獎，但〈一對金手鐲〉讀後，正像讀了
> 其他臺灣、海外優秀作家一樣，我真為我國當代文學感到驕傲……。
> ——夏志清〈現代中國文學史四種合評〉，《新文學的傳統》

　　夏志清所言，完全道出了琦君文學的溫厚存心與蘊藉傳統。然而李今
所謂「愛」的世界，理想的世界，指的是琦君筆下有著超越一切的愛，獨
獨未及「威脅人倫秩序的戀人之愛」，以及人性中的矛盾掙扎。這樣的文
學，可不可能把人生「美化得離了譜」（琦君語）[5]？在高潔情操與崇高理
想之下，如琦君所說的「文學的最高境界，應與宗教相匯和」，「即使寫醜
陋也只基於關愛」[6]，會不會也成了寫作的局限，或限制了文學的高度？從
這點來看，夏志清與李今二說，似乎又有著微妙的共通點，頗耐人尋思。

　　是古典的限制，還是楊牧所說的「古典的節制」？楊牧於 1980 年為
《留予他年說夢痕》作序，曾指出，琦君的淺愁「永遠是無害的淺愁，不
是傷人的哀嘆……時常能於筆端瀕近過度的憂傷之前，忽然援近一句古典
詩詞，以蒙太奇的聲形交錯，化解幾乎逾越限度的憂傷，搶救她的文體於
萬險之間，忽然回頭，保持琦君散文的溫柔敦厚，而且更廣更博」[7]。多少

---

[5]琦君，〈細說從頭〉，收入短篇小說集《錢塘江畔》序言，臺北：爾雅出版社，1980 年。
[6]同上註。
[7]楊牧，〈留予他年說夢痕——琦君的散文〉，原載《聯合報》1980 年 8 月 13 日，收入琦君《留予
　他年說夢痕》序，及隱地編，《琦君的世界》（臺北：爾雅出版社，1980 年）。稍後又收入楊牧，
　《文學的源流》（臺北：洪範書店，1984 年）與《當代臺灣文學評論大系·散文批評》（臺北：正
　中書局，1993 年）。

年來，琦君及其文學，風靡了港臺兩地「九歲到九十歲」的讀者，也幾乎成了 1950、1960 年代懷鄉憶舊與主流價值的代表。2001 年公視「橘子紅了」一劇的製播，使隱居美國多時，並逐漸被遺忘的老作家重新翻身，舊作再版（《賣牛記》、《玳瑁髮夾》等）的熱潮至今未已[8]。高齡 88，被稱爲「國寶級作家」（溫州地方政府且爲之成立「琦君文學館」）的琦君，2004年 6 月偕夫婿李唐基返臺定居，再度於臺灣本地引發一陣「琦君熱」。大陸學者章方松《琦君的文學世界》（2004 年，三民書局），和多年前隱地編的評論集《琦君的世界》（1980 年，爾雅出版社）猶如兩個山頭般遙遙相對，標示了不同時代評論者詮釋／研究琦君的努力。

　　「孩子，只要你有愛，能愛，你便有了一切，懂得一切了」。這是《琴心》中一篇小說的主旨，幾乎也是琦君全部文學的意涵。琦君及其文學，如張秀亞所說，像是一個寂寞的歌人放聲於空曠山間。溫暖情真，含蓄蘊藉，具有超越時代的普世價值。然而，這是否即是學者張誦聖〈臺灣女作家與當代主導文化〉一文所稱——「他們（按：朱西甯、林海音、潘人木、琦君）在 1950 年代所體現的「主導文化」（"dominant culture"）價值，成爲受自由主義啓發的另類文化視野（alternative culture visions）（按：現代派）的對立面」？具體而言，張誦聖指出，琦君的〈髻〉延續五四以來的抒情傳統，符合中國傳統審美價值，和林海音、朱西甯的小說一樣，保守妥協，配合政府文化政策，在 1950 年代占有特殊優勢與影響力[9]。

　　張誦聖之說琦君與 1950 年代主導文化屬性，然或不然，頗可詳細討論。但此處出現的一個學界普遍以小說涵蓋散文評論的差誤，卻不能不提。琦君的〈髻〉收入散文集《紅紗燈》（1969 年，三民書局）之中，寫

---

[8] 琦君近年的舊作再版，包括《橘子紅了》（臺北：洪範書店，1991 年），在公視播出同名劇後創下 39 刷記錄，短時間內銷售近七萬冊。又如《母親的金手錶》（臺北：九歌出版社，2001 年）、《桂花雨》（臺北：格林文化公司，2002 年）、《夢中的餅乾屋》（臺北：九歌出版社，2002 年）、《賣牛記》、《鞋子告狀——琦君寄小讀者》（臺北：九歌出版社，2004 年）皆爲舊作新印。
[9] 張誦聖，〈臺灣女作家與當代主導文化〉，《中外文學》第 28 卷第 4 期，1999 年 9 月，又收入張誦聖《文學場域的變遷》（臺北：聯合文學出版社，2001 年）。

於 1960 年代末,並不適合作為 1950 年代文學例證。以散文寫作成就而
言,琦君不只「不能草率歸類成反共作家」(張誦聖語),甚且似乎不適合
稱為「1950 年代作家」。整個 1950 年代,總其散文寫作成果,只有一本散
文、小說合集的《琴心》(1954 年,國風)。這第一本著作,還是琦君自費
出版,騎著自行車到書店挨家寄售,5000 本賣完即絕版的[10](直到 1980
年,《琴心》才由爾雅再版重印)。琦君於臺灣當代文學史上以散文名家,
其實並不在 1950 年代。

　　1950 年代的琦君,和許多當時活躍於文壇的女作家(張雪茵、張秀
亞、艾雯、林海音、蕭傳文、張漱菡)一樣,小說創作比散文更是她寫作
的主力。在 1953 年張漱菡編的《海燕集》[11]中,琦君寫的是小說〈梅花的
蹤跡〉;在「中國文藝協會」(簡稱「文協」,1950～1959)第九屆中,琦君
任小說創作委員會副主任委員[12];在文協的分流團體「省婦女寫作協會」
(1955～1969)編撰的《婦女創作集》七輯[13]中,琦君發表的全是小說
(1961 年、1963 年出版的《婦女創作集》第五輯與第七輯為散文專號,皆
無琦君作品)。1950 年代琦君所結集的小說,除《琴心》(1954 年)中的七
篇之外,另有《菁姐》(1954 年,今日婦女出版社)、《百合羹》(1958 年,
開明書店)兩本。1980 年,琦君的短篇小說集《錢塘江畔》事實上也收錄
多篇 1950、1960 年代舊作,如〈梅花的蹤跡〉、〈亂世功名〉(即「繕校室
八小時」)、〈阿玉〉等。尹雪曼於 1975 年編的《中華民國文藝史》第 4 章
第 6 節中,論「復興時期第一期」(1949～1952)散文,說理以鳳兮(馮放

---

[10]見琦君,〈琴心〉,收入隱地編《青澀歲月》(臺北:爾雅出版社,1980 年),後易名〈我的第一本
書〉,收入琦君,《琴心》(臺北:爾雅出版社再版,1993 年)書末。

[11]《海燕集》(新竹:海洋出版社,1953 年;臺北:錦冠出版社再版,1989 年,篇章小有異動)是
張漱菡(張欣禾,1930～2000)編選的一部早期女作家小說選,較婦協之成立(1955 年)猶
早。海洋出版社為張漱菡所創立,僅出版此書即因經營不善結束營業。其後張漱菡又曾編選《海
燕集》續集,文光出版社出版。

[12]見中國文藝協會編,〈歷屆理監事名單〉,《文協十年》,臺北:中國文藝協會,1960 年,頁 221。

[13]《婦女創作集》散文小說兼備,總共出版七輯,原為臺灣省婦女寫作協會(「婦協」,1955～
1969,1969 年易名為「中國婦女寫作協會」)響應戰鬥文藝,以反共抗俄精神為主題的女作家徵
文。唐玉純《反共時期的女性書寫策略——以臺灣省婦女寫作協會為中心》(暨南中文所碩士論
文,2004 年)即以此為論述主題。

民）、茹茵（耿修業）為代表，純散文則舉艾雯、張秀亞、鍾梅音等女作家為例。散文一類，獨不見琦君[14]。由此稍可見出，琦君散文在 1950 年代似乎尚未建立普遍的知名度與重要性。

　　琦君開始以散文名家，並真正於臺灣當代文學史上建立重要性與獨特意義，應是《煙愁》（1963 年，光啓社）一書以後。包括《紅紗燈》（1969年，三民書局）、《三更有夢書當枕》（1975 年，爾雅出版社）、《桂花雨》（1976 年，爾雅出版社）及其後諸多散文集。她最好的散文作品都出現在 1960～1970 年代。嚴格說來，琦君是臺灣文壇上 1960～1970 年代發揮影響力的散文主力作家（大陸學者劉登翰《臺灣文學史》將她列入 1960 年代來闡釋，這倒是對的）[15]。散文集《煙愁》一書，不僅是琦君鄉愁憶舊散文的代表作，為她獲得 1964 年「文協」散文獎，以及 1999 年臺灣文學經典的殊榮，也是鄭明娳教授 1970 年代中期首論琦君散文[16]，所根據的最主要文本。

　　將琦君、張秀亞列入 1950 年代作家，是一種籠統含混的歸類，尤其在散文一項上，尤其不妥。外省來臺第一代女作家開始著力創作散文並發揮影響力，其實比我們想像的要晚一些。1963 年，出版第一本純散文集《煙愁》[17]時的琦君（1917～2006），已值 46 歲的中年。這種情形，與張秀亞、胡品清頗為類同。張秀亞（1919～2001）在臺灣創作的第一本散文集是《三色菫》（1952 年），時張秀亞年 33。而她的散文第一個高峰[18]，是 1962

---

[14] 見尹雪曼，《中華民國文藝史》，臺北：正中書局，1975 年，頁 407。《中華民國文藝史》第 5 章第 6 節論復興時期第一期小說（1949～1958），頁 475，列有琦君，然誤植《繕校室八小時》、《七月的哀傷》二本小說集，此二書分別出版於 1968 年、1971 年，非屬 1950 年代。

[15] 見劉登翰，《臺灣文學史》（下）（福州：海峽文藝，1993 年）第 11 章，頁 449。

[16] 鄭明娳，〈談琦君散文〉（臺北：《文壇》，第 189 期，1976 年 3 月），後易名〈琦君論〉，收入鄭明娳，《現代散文縱橫論》（臺北：長安出版社，1986 年）。《煙愁》與《三更有夢書當枕》二書，是鄭明娳 1970 年代中期品評為琦君散文最佳者。

[17] 在 1963 年之前，琦君出版的《琴心》（國風出版社，1954 年）是散文小說合集，《溪邊瑣語》（臺北：婦友月刊，1962 年）像隨筆雜談，體類頗雜，不算純散文作品，類似《琦君小品》（臺北：三民書局，1966 年）。《溪邊瑣語》部分篇章亦收入《紅紗燈》（臺北：三民書局，1969 年）中。琦君所有散文集出版年代及次序，詳見文後論列。

[18] 張瑞芬，〈張秀亞的散文美學與文學史意義〉，收入《張秀亞全集》散文卷導論（臺北：臺灣文學發展基金會／《文訊》編纂，2005 年）。張秀亞《北窗下》之前的《三色菫》、《牧羊女》或《凡

年出版，並榮獲中央婦工會文藝獎章與首屆（1968 年）中山文藝創作獎的《北窗下》，時年 43。胡品清（1921～2006）1962 年自法國離婚後來臺，任教華岡（文化大學法文系所），如果以第一本詩文合集《夢的船》作為正式進入文壇的起點，那是 1967 年，胡品清時 46 歲。羅蘭（靳佩芬，1919～）來臺之初以廣播為業，1960 年代中期才開始創作散文。她的第一本散文集《羅蘭小語》整理自廣播搞，出版於 1963 年，那年她已 44 歲。小民（劉長民，1929～2007）也是第一代來臺女作家，1954 年她曾結業於中華文藝函授學校詩歌班第一屆（1950 年代即受過主流政策影響）[19]，班主任即是覃子豪。然而小民進入文壇亦晚，遲至 41 歲（1970 年）才發表第一篇散文〈母親的頭髮〉，1970 年代中期才出第一本散文集《紫色的毛線衣》。

如上所述，琦君、張秀亞和胡品清等上述外省第一代來臺女作家，被文學史家籠統定位為 1950 年代（或反共時期）作家，恐怕值得再商榷。首先是政治（反共）主題上，她們附和政策之作不算太多；其次在性別議題上，散文姿態保守，是不是如小說創作那樣，可稱之為「性別戰鬥文藝」（范銘如語）也大有問題[20]。前者，據唐玉純《反共時期的女性書寫策略——以「臺灣省婦女寫作協會」為中心》（2004 年，暨南中文所碩士論文）研究顯示，即使是婦協初創時期（1955 年），《婦女創作集》中，女作家筆下的反共抗俄題材也只占大約四分之一。其次，1950 年代女性小說主題多以離亂愛情、社會人生為主，散文作品更是嚴守性別和政治的分際（相對

妮的手冊》等，以耽戀往事為多，尚未建立其抒情美文的獨特風格。她的散文三個高峰，分別是《北窗下》（1962 年）、《水仙辭》（1973 年）、和《湖水・秋燈》（1979 年）。

[19] 小民，〈寫作靠自己〉（收入《紫色的歌》，臺中：晨星出版社，1987 年）曾詳述中華文藝函授學校校長李振冬，謝冰瑩為小說班主任，王怡之（王志忱，1916～，小說家王藍的姊姊）為國文班主任，任課教授有陳紀瀅、張秀亞、徐鍾珮，沉櫻等。小民原因夫婿工作居住南部，1970 年代初移居臺北後，投稿中副，並加入婦協，始漸與臺北女作家熟稔。

[20] 「性別戰鬥文藝」一詞，引自范銘如，〈「我」行我素——六〇年代臺灣文學的「小」女聲〉，范銘如，《眾裡尋她——臺灣女性小說縱論》（臺北：麥田出版社，2002 年），頁 61。以琦君為例，直到 1980 年代，〈「閨秀派」與醜惡面描寫〉（《青燈有味是兒時》）仍斥情慾描寫為「國之妖孽」，足見其保守。

於郭良蕙以小說挑戰道德尺度），表現趨於溫和保守。在時間點上，來臺第一代女作家的散文真正進入文學領域，開始顯現風格或建立影響力，大部分晚至 1960 或 1970 年代，其中泰半 1980 年代仍維持盛景不衰。這一點，尤與小說史或一般當代文學史觀點有極大落差。筆者於〈現代主義與臺灣六十年代女性散文——以趙雲、張菱舲、李藍為主〉[21]一文中，所提及目前女性學者（如邱貴芬）努力建構的女性文學史觀，雖可彌補以男性本土論述為主的單音現象，但似乎並不能一併妥善處理散文等不同文類[22]，所言即此。

要討論 1950、1960 年代女性散文與琦君及其文學相應的位置，首要釐清的是當時女作家的寫作群體與文學發表（建立影響力）模式。將文學的實質性思考（substantial thinking）轉換為關係性思考（relation thinking），亦即布爾迪厄（Pierre Bourdieu，1930～2002）1983 年《文化生產場域》（ *The Field of Cultureal Production* ）[23]中強調的「文學生態」（"literary culture"）與「權力場域」（"field of power"）問題。學者張誦聖引布爾迪厄之說，認為 1950、1960 年代女性作家的「習性、氣質」（"habitus, or disposition"），「取決於她們在當時文壇裡的位置，以及這個文壇和臺灣社會整體權力場域的特定關係」[24]。張誦聖並且指出，女性特質加官方意識，使她們得到額外的正統性，並在文學生產場域中分配到很大的發展空間。

事實然否？我們且從來臺第一代女作家的年齡分布，與私誼／作品發

---

[21]張瑞芬，〈現代主義與臺灣六○年代女性散文——以趙雲、張菱舲、李藍為主〉（2003 年 10 月，淡江大學「第八屆文學與美學國際學術研討會」論文），收入《海峽兩岸現當代文學論集》（臺北：臺灣學生書局，2004 年）。

[22]邱貴芬引 Edward W. Soja 多元主體的第三空間，與 Anthony Giddens 所述，強調歷史的龐雜多元性，指出「現有的臺灣文學史述，以殖民抗爭為主軸的敘述並無法真正妥善處理女性文學」。因之將臺灣女性小說分為「日據」、「戰後初期」（1945～1987）、「現代主義鄉土時期」（1960～1970中業）、「閨秀文學」（1976～1987）、「解嚴後女作家創作」（1987 以後）五期，見邱貴芬《後殖民及其外》（臺北：麥田出版社，2003 年），頁 71。然由於所據僅小說文本，取女性散文（或詩）與此並列，則又見出一種捉襟見肘的困境與無所適從。

[23]參見布爾迪厄，（Pierre. Bourdieu, 1930～2002），*The Field of Cultural Production, or Economic World Reversed*, trans. By R. Nice, Poetics, 12:311～56.

[24]張誦聖，〈臺灣女作家與當代主導文化〉，《中外文學》第 28 卷第 4 期，1999 年 9 月，又收入張誦聖，《文學場域的變遷》（臺北：聯合文學出版社，2001 年）。

表模式這兩點仔細尋繹其間關係。近年來在文學史的論述上，1950、1960年代女作家最常被提及的，包括：

「謝冰瑩、張秀亞、徐鍾珮、劉咸思、琦君、郭良蕙、王琰如、艾雯、孟瑤、張漱菡、劉枋、鍾梅音」（范銘如：常在「婦週」發表的女作家）[25]。

「孟瑤、潘人木、童真、蘇雪林、徐鍾珮、林海音、郭良蕙、華嚴、聶華苓」（邱貴芬：戰後初期活躍女作家）[26]。

「蘇雪林、謝冰瑩、李曼瑰、徐鍾珮、張雪茵、劉枋、王琰如、王文漪、侯榕生、潘人木、盧月化、孫多慈、鍾梅音、張秀亞、嚴友梅、艾雯、郭晉秀、張漱菡」（陳芳明：「婦協」中較知名的作家）[27]。

以上三位學者所指稱的「常在婦週發表的女作家」、「戰後初期活躍女作家」與「婦協中較知名的作家」，大致相同，無甚疑義。然而「臺灣省婦女寫作協會」（1955～1969 年，以下簡稱「婦協」）成員就有三百餘位（其中寫作有成者約三分之一），至今由於史料與文本的散佚，全面性的整理與研究仍未可得。關於戰後來臺第一代女作家詳細資料，至今僅唐玉純《反共時期的女性書寫策略——以「臺灣省婦女寫作協會」為中心》篇末列舉部分資料（約百名左右），仍有再補述的空間。

試舉《婦女創作集》第五輯及第七輯「散文選集」[28]作者為例，1950年代女作家主力創作群，除前文諸位學者所引較知名者外，依篇目羅列，至少就有如下名單，這些名字，如今幾已為文壇及讀者完全遺忘。包括：小蘋、心蕊、王明書、王怡之、王家瑩、王雪真、毛向新、余聞、姚葳、

---

[25]范銘如，〈臺灣新故鄉——五○年代女性小說〉，《眾裡尋她——臺灣女性小說縱論》（臺北：麥田出版社，2002 年），頁 19。

[26]邱貴芬，〈從戰後初期女作家的創作談臺灣文學史的敘述〉，收入邱貴芬，《後殖民及其外》（臺北：麥田出版社，2003 年）。

[27]陳芳明，《臺灣新文學史》第 11 章〈反共文學的形成及其發展〉，《聯合文學》199 期（2001 年 5月）。

[28]《婦女創作集》第五輯「散文選集」，由「婦協」出版於 1961 年，共收錄 30 篇散文；第七輯「散文選集」，出版於 1963 年，共收錄 41 篇散文，二書作者偶有重出者。

殷正慈、尉素秋、紅紅、張丹霞、張菱舲、喬曉芙、黃媛珊、葉曼、孫韶康、陳曉薔、陳香梅、楊明翠、楊雪娥、謝吟雪、叢靜文、嚴友梅、蕭傳文、王晶心、艾玫、李樂薇、吳子我、吳麗婉、馬均權、陸白烈、蔣竹君、楊百元、蕭綠石、譚彥、盧月化。這份 1950 年代女性散文作者名單，於今視之，能為文學史（或將來的文學史）所提及者，恐甚寥寥。

如果《婦女創作集》第五輯、第七輯「散文專輯」的作者名單，可以提供 1950 年代女性散文的一個俯瞰（或概觀）角度，那麼，琦君竟是不在 1950 年代女性散文之中的（如上所述，琦君於《婦女創作集》第五輯、第七輯中，未曾發表一文）。琦君散文的重要性，在 1960 年代以降，隨著文本的數量增多，甚且進入文學典律（選本與教材）後，才愈來愈為明顯。

在當前 1950 年代與戰後來臺第一代女作家的相關論述（如邱貴芬、范銘如、張誦聖、梅家玲）中，女作家們的政治意涵與性別挑戰已然被詳細討論。然而女作家之間如何形成連結？這個問題，頗相關於當時文壇的書寫／發聲位置與模式，卻鮮少被注意。這一批人數眾多的筆隊伍，「筆力遒健，風華正盛」，形成編寫之間環環相扣的關係，甚且由於年齡分布的差異，形成了不同的三個年齡層。

若以表列方式，釐清當時重要作家們之間的年齡先後順序與背景資料，可以清楚看出，1950 年代（其寫作成績延伸至 1960 年代）的外省第一代來臺女作家，普遍來自較高的文化背景與政經地位，她們的寫作成就多半涵蓋散文、小說兩種文類；年齡則主要集中於在三個區塊：1.1987～1908 年；2.1916～1923 年；3.1928～1936 年中。其中，又以 1916～1923 年生者人數最多。琦君（1917～2006），則恰好是明白 1950 年代女作家相關位置的一個適當切入點。她的年齡，就在其中最大多數的第二層，與徐鍾珮、林海音、羅蘭、張秀亞、鍾梅音、胡品清、艾雯相近，共同構築了一個戰後第一代女性散文的繁花盛景。琦君 1950 年代的寫作起步和文友關係，其實也是 1950、1960 年代女性整體創作位置絕佳的說明。

　　熟悉琦君的讀者都清楚她的文學起步，在〈我的第一本書〉[29]中，琦君說明了自己第一篇正式發表的作品是刊載於《中央日報》（1949 年 6 月）的散文〈金盒子〉（後收入《琴心》）。當時的琦君初來臺（1949 年 5 月）未久，33 歲，尚未結婚[30]。從她 1980 年的一段回憶，可以見出當時文壇態勢與發表管道（所謂「文化生產場域」）。這段文字，是還原 1950 年代女作家寫作生態，極重要的第一手史料：（按：底線與按語為論文作者所加）

　　那時故友孫多慈大姊[31]任教師大，由她介紹拜識了蘇雪林和謝冰瑩兩位前輩，她們都極力鼓勵我寫文章。於是我試投一篇〈金盒子〉到中副，不久竟被刊出。……我馬上又試投一篇小說體散文〈飄零一身〉（後改名〈海天遙寄〉）到婦女與家庭版，也很快被刊出。……一年後，由於孫如陵、武月卿二位主編以文會友的召飲，認識了為兩刊寫稿的同文諸友。……有一次主編空軍「明天」月刊的杜衡之先生（按：後來為琦君妹夫），建議我何妨試寫小說。我一時興起，寫了篇一萬多字的小說「姊夫」，……寄給陳紀瀅和趙友培兩位先生指正，恰值穆中南先生創辦文壇月刊，陳先生就將該文介紹給「文壇」……不久海音特地陪同劉枋（按：《文壇》主編）來看我，殷切的約我繼續為「文壇」寫小說……

　　　　　　　　　　　　　　──琦君〈我的第一本書〉，《母心似天空》

　　1982 年，琦君〈悼武月卿姊〉一文，與 1986 年〈一點心願──由散

---

[29] 琦君，〈我的第一本書〉寫於 1980 年，收入爾雅版《青澀歲月──作家的第一本書》（1980 年）、琦君《母心似天空》（臺北：爾雅出版社，1981 年）和《琴心》（臺北：1980 年，爾雅出版社再版本）。

[30] 琦君的另一半李唐基先生，於報上見到〈金盒子〉一文，遂寫信並透過好友結識她，因而締結良緣。石麗東〈詩·散文·生活──琦君、李唐基談他二人的和而不同〉，《中華日報》1995 年 2 月 24 日。

[31] 孫多慈（夫許紹棣）為琦君之鄉誼長輩（孫父為浙江大學中文系主任），畫壇才女，亦為婦協成員，1970 年代初期去世。孫多慈早年與徐悲鴻、蔣碧微、張道藩間的離亂情緣，詳於《蔣碧微回憶錄》（臺北：皇冠出版社）中。

文到小說四十年〉[32]，又為〈我的第一本書〉補充了些 1950 年代琦君初寫作時期的資料。據琦君多年後這些回憶，當年〈海天遙寄〉此一篇名即為武月卿（「中副」婦女與家庭版主編）所改，自己前去拜訪，適逢王琰如（《暢流》半月刊主編）也帶了孩子去看武月卿，於是琦君與王琰如一見如故。而後在孫如陵、武月卿二位主編以文會友的聚會上得識爽朗的林海音。《文壇》之後，琦君也開始為《中華日報》副刊主編徐蔚忱與《聯合報》副刊主編林海音寫稿。琦君與張秀亞的因緣，則是看了張秀亞甫出版的《牧羊女》（1953 年）後，琦君化名「碧川」（按：琦君英文名 Beatrice 之音譯）為文〈也無風雨也無情〉[33]表示欽佩。至於與葉霞翟（葉蘋，胡宗南將軍夫人）共同成為張秀亞女兒于德蘭的乾媽，並作詞〈金縷曲〉贈張秀亞[34]，則又是後來的事了。

由上述記事可知，琦君的文壇起步，時間在反共文學的一階段（1949～1955 年），正是 1950 年「中華文藝獎金委員會」（以下簡稱「文獎會」）和「中國文藝協會」（以下簡稱「文協」）初創之際，當時張道藩與陳紀瀅為主要領導者。由於「文獎會」與「文協」強烈的反共政策取向，當時能在文獎會（1950～1956 年）「五四獎金」中奪魁，作品刊載於《文藝創作》（1951～1956 年）的，主要並不是女作家[35]，散文亦不在「文獎會」當時

---

[32]琦君，〈悼武月卿姊〉一文，收入《燈景舊情懷》，〈一點心願——由散文到小說四十年〉原載《中華日報》副刊 1986 年 2 月 21 日，收入琦君，《母心‧佛心》（臺北：九歌出版社，1990 年）。

[33]琦君，〈也無風雨也無晴——寄張秀亞女士〉，載於《中央日報》1953 年 8 月 19 日，為一篇短小的文章。文中譽張秀亞「文章風格之高，直可以上追詩騷」。此文未收入琦君或張秀亞書中，僅見《甜蜜的星光——憶念張秀亞女士的文學與生活》（臺北：光啟出版社，2003 年）（下），頁 556。

[34]見琦君，〈和藹的微笑——敬悼霞翟姊〉，收入琦君，《母心似天空》（臺北：爾雅出版社，1981 年）。〈金縷曲——贈秀亞〉，收入《琦君小品》（臺北：三民書局，1966 年）、《琦君自選集》（臺北：黎明文化公司，1978 年）。葉霞翟，胡宗南將軍夫人，著有《天地悠悠》（臺北：文壇社，1965 年）、《一束紫花》（臺北：三民書局，1969 年）。

[35]據文獎會（1950～1956 年）得獎名單，除少數如匡若霞、孟瑤（揚宗珍）、王韻梅（繁露）、潘人木（潘佛彬）外，皆男性作家，如端木方、郭嗣汾、尼洛、潘壘、尹雪曼、段彩華、司馬桑敦等。見尹雪曼《中華民國文藝史》（臺北：正中書局，1975 年）第 12 章「文藝運動」，頁 962。梅家玲〈性別 V.S.家國：五○年代的臺灣小說——以《文藝創作》與文獎會得獎小說為例〉（《臺大文史哲學報》第 55 期，2001 年 11 月，後收入《性別，還是家國？五○與八、九○年代臺灣

獎助之列（由此看來，當時女作家雖多，因寫作而能獲鉅額稿費／實質利益[36]者寡）。《暢流》、《革命文藝》、《文壇》、《野風》與《中央日報》、《中華日報》、《掃蕩報》，尤其是《中央日報》副刊「婦女與家庭版」（武月卿編，後由鍾梅音接任），成爲許多女作家初出茅廬的試劍之地，琦君自然也不例外。

琦君與同時期女作家，逐漸在寫作上嶄露頭角，並立足於較有利位置，其實要到反共文學的第二階段（1955～1959）。在 1955 年以後，文協的分流團體「婦協」由（文協成員）蘇雪林和謝冰瑩領軍成立（並相偕號召「戰鬥文藝」、「文化清潔運動」），陸續出版了《婦女創作集》共七輯。加上 1953 年起聶華苓主編《自由中國》文藝欄（1953～1960）、林海音任《聯合報》副刊主編（1953～1963）諸多因素，以「文藝性」取代「政策性」的結果，才大量採用本省作家與女作家的作品。張漱菡也在同一年（1953 年）編女作家小說集《海燕集》，就在文壇上自由主義、現代主義和本土主義逐漸萌芽的時候，同時成就了女作家一時蜂起的繁華盛景。

就原始的權力結構和性別分布而言，「文協」（1950～1960 年）成員凡1290 人，女性僅占六分之一弱。其下主編的雜誌，亦多男性主編，如葛賢寧（《文藝創作》）、虞君質（《文藝月報》、劉心皇（《幼獅文藝》）、任卓宣（《筆匯》）、潘壘（《寶島文藝》）、徐蔚忱（《文藝新聞》）、尹雪曼（《晨星》）等。王琰如（《暢流》）、王文漪（《軍中文藝》、《婦友》）等女性主編，爲其中之極少數[37]。「婦協」（1955～1969 年）本爲反共戰鬥政策下的分支群體，其設置原意，據《婦女創作集》序言所稱，是「組成筆的隊伍，把筆桿練成槍桿，作爲心理作戰的尖兵，鋪成軍事反攻的道路」[38]。然

小說論》（臺北：麥田出版社，2004 年）一文亦詳。

[36]據《文藝創作》徵稿辦法所載，當時短、中、長篇小說獎金，分別爲 3000、8000、12000 元，當時公務員薪水約爲百元左右。據以《如夢記》獲第一屆短篇首獎的潘人木（潘佛彬）回憶說，3000 元當時可買十兩黃金，足見其獎額之豐厚。

[37]見《文協十年》，臺北：中國文藝協會，1960 年，頁 2，頁 33～35。

[38]見《婦女創作集》第一輯（臺北：臺灣省婦女寫作協會，1956 年），頁 1。

而，「筆桿練成槍桿」的結果，卻是《婦女創作集》中反共抗俄題材只占大約四分之一[39]，張漱菡編的《海燕集》也反映了相同的情形（少數和反共有關的小說是蘇雪林〈森林競樂會〉、謝冰瑩〈煙囪〉等，約占八分之一）。

　　「婦協」繼「文協」成立之後，聶華苓主編的《自由中國》文藝欄，和林海音的《聯合報》副刊，四者交流下大量激發了女性作者的龐大的創作能量。她們的作品，散文創作開始與小說交替出現，能見度與受歡迎程度都較反共文學的一階段（1949～1955 年）激增。筆桿並未成為槍桿的護翼，某種程度上來說，反共文藝的官方意識被移花接木了。就外在形式而言，1950 年代女作家是被國家機器和意識形態收編的，事實上，她們利用文學場域的優勢（相對於當時的省籍作家鍾肇政等《文友通訊》諸人的沉寂），發展出自己異於反共主流政策的一套書寫美學，並「質疑、消解了（男性）家國意識的正當性和合理性」[40]。離亂鄉愁，憶舊懷人，琦君及其文學，也是在此一時期（1950 年代中期），逐漸被讀者所注意。然而被注意的，還只是不甚成熟的小說，並非其後建立卓著聲名的憶舊散文。

　　在《婦女創作集》七輯中，琦君以「琦君」、「潘琦君」為名，先後發表小說〈懇親會〉、〈百合羹〉、〈春陽〉、〈莫愁湖〉、〈心潮〉。這些早期的小說，後來都陸續收入琦君的小說集《菁姐》、《百合羹》中。它們得到的評價褒貶各異，有人稱許其氛圍境界之渲染，技藝絕佳，亦有評其「結構雷同」、「人物欠缺真實性」、「寫作圈子過小」、「太過柏拉圖式戀愛」者[41]。

　　就權力結構上而言，或有人稱其為官方主流。琦君是 1950 年代「文

---

[39] 唐玉純，《反共時期的女性書寫策略——以「臺灣省婦女寫作協會」為中心》，暨南中文所碩士論文，2004 年。

[40] 范銘如，〈臺灣新故鄉——五〇年代女性小說〉（《眾裡尋她——臺灣女性小說縱論》，臺北：麥田出版社，2002 年）與梅家玲〈性別 V.S.家國：五〇年代的臺灣小說——以《文藝創作》與文獎會得獎小說為例〉（《臺大文史哲學報》第 55 期，2001 年 11 月，後收入梅家玲《性別，還是家國？五〇與八、九〇年代臺灣小說論》，臺北：麥田出版社，2004 年）對此均有發明。

[41] 以上琦君的早期短篇小說篇名，錄自《婦女創作集》第一至七輯（臺灣省婦女寫作協會出版）。關於琦君小說集《菁姐》、《百合羹》相關評論，見張秀亞，〈琴韻心聲——我讀〈琴心〉〉、司徒衛，〈琦君的《菁姐》〉、藥婆，〈琦君的《菁姐》〉、林海音，〈一生兒愛好是天然〉，皆收入《琦君的世界》（臺北：爾雅出版社，1980 年）。所謂「結構雷同」、「人物欠缺真實性」、「寫作圈子過小」，張秀亞早期小說，亦多見如此評價。

協」兼「婦協」成員[42]，作品多於《文壇》、「中副」發表，她的小說（〈友愛〉）甚且列入「文壇社」出版的戰鬥文藝小叢書《文壇小說選》中。然而在文學表現上，和許多女作家一樣，琦君仍不適合被歸類為 1950 年代反共作家。除上述寫作精神不符合反共政策之外，另有一項主因，即是當時許多女作家較她更具代表性。整個 1950 年代，琦君只出版了一本散文與小說合集的《琴心》，就作品的質與量而言，在散文上無法與蘇雪林、謝冰瑩、張秀亞、鍾梅音、艾雯相比，小說方面，亦遜於繁露、孟瑤、潘人木、童真、聶華苓、張漱菡。試舉數位（較 1917 年出生的琦君年輕一輩者）於 1950 年代出版之作品為例，即可明顯見出，她們當時的知名度與產量，實比琦君更高一些。

聶華苓（1925～）：《葛藤》（1953 年，自由中國）、《翡翠貓》（1959年，明華）、《失去的金鈴子》（1960 年，學生）。

郭良蕙（1926～）：《銀夢》（1953 年，青年）、《午夜的話》（1954 年，暢流）、《禁果》（1954 年，臺灣）、《情種》（1955 年，婦女寫作協會）、《生活的秘密》（1956 年，新新）、《錯誤的抉擇》（1956 年，正中）、《聖女》（1956 年，友聯）、《繁華夢》（1956 年，中央日報社）、《一吻》（1958年，亞洲）、《默戀》（1959 年，亞洲）、《感情的債》（1959 年，大業）、《往事》（1960 年，大業）。

童真（1928～）：《翠鳥湖》（1958 年，自由中國）、《黑煙》（1960 年，明華）。

張漱菡（1930～2000）：散文《風城畫》（1953 年，大業）、《春晨頌》（1959 年，力行）；小說《意難忘》（1953 年，暢流）、《橋影簫聲》（1953年，大業）、《七孔笛》（1956 年，大業）、《喘息的小巷》（1959 年，亞洲出版社）、《江山萬里心》（1959 年，明華）[43]。

---

[42]有謂林海音與琦君並非文協與婦協成員者（靜宜大學中國文學研究所簡弘毅〈撐開反共的大傘——五〇年代國家文藝政策與文藝體制初探〉，中區中文所研究生論文發表會論文，2001 年），此說不確。

[43]詳見《1999 中華民國作家作品目錄》（臺北：文建會，1999 年）。

　　琦君在 1950～1960 年代女性文學史中的重要性，要從她由小說到散文
的轉型成功（這一點與張秀亞頗爲一致），與臺北文友圈的核心關係說起。
而後者，與她們所處的地緣位置（臺北）與年齡相近有絕大關係。1950 年
代文壇上活躍的女作家們，其輩分依年齡長幼，有三個較集中的區塊，其
間涇渭分明，頗有長幼尊卑的態勢。年長者，多被尊爲「大姊」，或「前
輩」。與謝冰瑩（1907～2000）相差十歲的林海音（1918～2001），就曾稱
謝冰瑩爲「我母親那個時代的女人」[44]。年齡輩分上的微妙，從郭良蕙一
事，亦可略見端倪。當時常在《野風》、《暢流》等文藝刊物上發表小說的
知名女作家郭良蕙（1926～），年紀上算是「小妹」一級。1963 年引發
《心鎖》論爭，主力抨擊郭良蕙敗德者，即是長她兩個輩分的「前輩」蘇
雪林與謝冰瑩[45]。輩分居中的，或有開明派如林海音，多年後就頗不以爲然
的說：「文協還開除人哪，算了吧！」[46]。

　　以 1950～1960 年代「婦協」成員，與當時知名的女作家爲本，始於蘇
雪林（1897 年生），終於李藍（楊楚萍，1940 年生）[47]，列舉 50 位重要作
家，將生年依序羅列，可以看出這三個較爲集中的年齡層。其中在第二層
裡，包含了目前較知名的眾多作家，琦君也在此中之列：

　　（一）1987～1908 年：蘇雪林、沉櫻、謝冰瑩、雪茵。

　　（二）1916～1923 年：琦君、徐鍾珮、林海音、繁露、劉枋、孟瑤、
羅蘭、羅人木、張秀亞、鍾梅音、胡品清、畢璞、艾雯。

　　（三）1928～1936 年：童真、小民、郭晉秀、張漱菡、徐薏藍。

---

[44]丁文玲，〈巨星隕落‧文學喟嘆——遠逝的四〇、五〇年代女作家〉，《中國時報》，2001 年 12 月
　9 日。
[45]見謝冰瑩，〈給郭良蕙女士的一封公開信〉、蘇雪林，〈評兩本黃色小說：「江山美人」與「心
　鎖」〉，關於郭良蕙《心鎖》被禁，與被「婦協」、「文協」開除一事之正反意見，俱收入余之良，
　《心鎖之論戰》（臺北：五洲出版社，1963 年）。
[46]見林海音，〈從新潮到古董〉，《剪影話文壇》（臺北：純文學出版社，1984 年），頁 86。
[47]李藍（楊楚萍，1940～），以小說《黑鄉》獲第四屆國軍文藝獎。見《文藝座談實錄》（臺北：文
　建會，1983 年）頁 531。李藍 1960 年代中期開始寫作散文，風格一變，著有散文集《在中國的
　夜》、《青春就是這樣》，詳見張瑞芬，〈現代主義與臺灣六〇年代女性散文——以趙雲、張菱舲、
　李藍爲主〉（2003 年 10 月，淡江大學「第八屆文學與美學國際學術研討會」論文），收入《海峽
　兩岸現當代文學論集》（臺北：臺灣學生書局，2004 年）。

　　從下文更詳細的表列中，尤可見出，她們的學歷和省籍分布，與「文協」成員統計資料大致類同（大學以上的高學歷居大多數，籍貫則以江蘇、浙江、安徽爲多）[48]，張誦聖所謂戰後初期臺灣文壇的「中產階級品味」[49]，實與較高的教育水準不無關係。她們之中，卒業於文理學院者爲大多數，其中多人出自官宦世家，詩禮門庭，社會階層頗高。任新聞、教育、軍職者眾，身兼軍官子弟或眷屬亦多。曾於大陸或臺灣負責編務者，頗不在少數。

　　以下 50 位「婦協」女作家資料，以考證其生年次序與背景資歷爲要[50]，其著作與得獎記錄因項目繁多，且多見他文載錄，此暫不贅：

筆名／真實姓名，其他筆名	生年	籍貫／學歷／經歷	備註 ◎曾主持雜誌編務者 ☆「文協」兼「婦協」理監事者
蘇雪林（蘇梅，綠漪）	1897～1999	安徽／北京女子高等師院、法國里昂學院肄業	☆「戰鬥文藝」發起人；祖父爲浙江縣官
盧月化	1906～	浙江／法國巴黎大學文學博士	☆
沉櫻[51]（陳鍈）	1907～1988	山東／上海復旦大學中文系	前夫梁宗岱
謝冰瑩	1907～2000	湖南／中央軍事政治學校	☆曾任軍職；「戰鬥文藝」發起人；父爲前清舉人
李曼瑰（雨初）	1907～1975	廣東／燕京大學中文系	☆

[48]據《文協十年》（臺北：中國文藝協會，1960 年）書末附錄「中國文藝協會會員統計表」，男性成員共計 1084，女性成員 206 位；省籍方面，江蘇 181，浙江 140，安徽 67，此三地爲最大宗；留學及大學學歷高居三分之二左右。

[49]張誦聖，〈臺灣女作家與當代主導文化〉，《中外文學》第 28 卷第 4 期，1999 年 9 月，又收入張誦聖，《文學場域的變遷》（臺北：聯合文學，2001 年）。

[50]以下生平資料，由《1999 中華民國作家作品目錄》（臺北：文建會，1999 年）、《女作家自傳》（臺北：中美文化，1972 年）、《織錦的手——女作家素描》（臺北：九歌出版社，1987 年）及女作家個別傳記資料，參照考核而成。

[51]沉櫻，許多資料（中學國文選）多誤植爲沈櫻，「沉櫻」實則爲本名（陳鍈）之音譯，不可更易。詳見劉枋，《當代作家別傳——非花之花》（臺北：采風出版社，1985 年），頁 41。

雪茵（張雪茵）	1908～1987	湖南／藝芳大學中文系	◎☆先祖爲清朝翰林宰相；父爲電報局長；張雪茵後與張漱菡爲妯娌
劉咸思（劉溶）	1909～2004	江蘇／燕京大學肄業、北平師範數學系	曾祖父爲京官；父留學東京帝大
王文漪（潔心）	1914～1997	江蘇／南京金陵大學	◎☆父爲黃埔軍校校長王柏齡
葉蘋（葉霞翟）	1914～1980	浙江人／美國威斯康辛政治博士	夫胡宗南將軍
姚葳（張明）	1915～2004	江蘇／中央政治學校新聞專科	◎☆國大代表
葉曼（劉世綸）	1916～	湖南／北大法學院	◎父京師學堂畢業，留美學生；葉曼夫婿爲外交官田寶岱
王怡之（王志忱）	1916～	北平／中國大學中文系	弟王藍；王怡之爲張秀亞河北女師時期學姐
蕭傳文（一心，蕭釆）	1916～1999	湖南／上海大夏大學	◎出身官宦世家
葉蟬貞	1917～2006	湖南／武昌中華大學肄業	父葉嵩齡（革命先烈）；長兄亦爲國民黨殉職軍官
王琰如（王琰，琰如）	1917～2005	江蘇	◎☆曾任蔣經國秘書；隨夫婿工作駐利比亞四年；中國婦女寫作協會總幹事
琦君（潘希真）	1917～2006	浙江／之江大學中文系	☆父（實爲大伯）爲將軍潘國綱，蔣中正校友（保定北洋陸軍學堂）[52]
徐鍾珮（余風）	1917～2006	江蘇／中央政治學校新聞系	☆國大代表；夫朱撫松爲外交官；隨夫婿駐西班牙及他國多年
林海音（林含英）	1918～2001	臺灣・北平／北平世界新聞學校	◎☆父林煥文；夫散文家何凡

---

[52]琦君生父潘國康，生母卓氏，於琦君四歲時先後過世。琦君爲大伯潘國綱（鑒宗）收養，潘鑒宗出身軍旅，官至上將師長，1938 年去世。詳見章方松，〈琦君的故鄉與童年〉，《琦君的文學世界》，臺北：三民書局，2004 年。

繁露（王韻梅）	1918～2008	浙江／上海大夏大學肄業	曾任軍職
劉枋	1919～2007	山東／北平中國大學化學系	◎☆父為法界泰斗，曾任縣長；繼王琰如後，劉枋任中國婦女寫作協會總幹事
孟瑤（揚宗珍）	1919～2000	湖北／中央大學歷史系	祖父為儒醫；父任政府官職
羅蘭（靳佩芬）	1919～	河北／河北第一女師	警廣「安全島」主持人；與王怡之、張秀亞河北女師同學
潘人木（潘佛彬）	1919～2005	遼寧／中央大學外文系	◎
張秀亞（陳藍，張亞藍）	1919～2001	河北／輔大西語系，歷史所	☆國大代表；外祖及父親皆任官職；張秀亞為天主教于彬樞機主教弟媳
鍾梅音（音）	1922～1984	福建／廣西文法學院法律系肄業	◎☆曾隨夫婿余伯祺訪歐美及泰國多地
胡品清	1921～2006	浙江／法國巴黎大學博士班肄業	出身官宦世家；祖母為翰林之女；父為將軍；前夫為法國外交部武官
畢璞（周素珊）	1922～	廣東／嶺南大學中文系	◎父為留學生，任嶺南大學教授
艾雯（熊崑珍）	1923～2009	江蘇／曾任檔案圖書管理	☆姑蘇書香門第；夫任職空軍
吳崇蘭（素心蘭）	1923～	江蘇／中央政治學校交管科	父為滿清末代秀才；吳崇蘭為任卓宣的學生
張裘麗（張鍾嫻）	1924～	浙江／重慶北碚某大學	外祖父為清末舉人；舅父留學歐洲；兄任中央大學教授；張裘麗隨夫婿工作居住韓國、北非等地
王明書	1925～	福建／臺灣師大夜間部	◎父為大學教授；夫空軍軍官
嚴友梅	1925～2007	河南／山東齊魯大學	◎

聶華苓	1925～	湖北／中央大學外文系、美國榮譽博士	◎昔與孟瑤、潘人木爲（沙坪壩）中央大學同窗
侯榕生	1926～1990	北平／輔大史學系	父任熱河開魯縣縣長
陳克環	1926～1980	湖北／南京金陵女大外文系	夫爲空軍軍官
郭良蕙	1926～	山東／復旦大學外文系	與郭晉秀爲小學同學；1963因《心鎖》遭文協、婦協開除；夫爲空軍軍官
丹扉（鄭錦先）	1926～	福建／南京金陵女大	◎父爲法院院長
華嚴（嚴停雲）	1926～	福建／上海聖約翰大學中文系	嚴復之孫女；姊嚴倬雲（辜振甫妻）
鮑曉暉（張競英）	1926～	遼寧／瀋陽東北大學肄業	
姚宜瑛	1927～	江蘇／上海法學院新聞系	◎任中國婦女寫作協會總幹事
邱七七	1928～	湖北／南京金陵女子文理學院	☆父爲將軍；任中國婦女寫作協會總幹事
童真	1928～	浙江／聖方濟學院肄業	出身浙江商業世家
小民（劉長民）	1929～2007	北平／成都中華女中	父爲將軍；弟爲殉難空軍軍官
郭晉秀（琇）	1929～2003	河南／河南大學	夫爲空軍軍官；與郭良蕙爲小學同學
雪韻（楊召南，照霞天）	1929～2007	臺北・北平／上海音樂專科學校	父革命黨人；母爲律師、國大代表
張漱菡（張欣禾）	1930～2000	安徽／上海震旦大學文理學院肄業	外祖父馬通伯；祖父爲清相張廷玉；著有胡秋原傳記
於梨華	1931～	浙江／臺大歷史系，加州大學新聞碩士	
徐薏藍（徐恩楣）	1936～	浙江／中興法商學院	父爲空軍軍官

| 張菱舲 | 1936～2003 | 雲南／淡江英專肄業 | 父爲著名學者張鐵君 |
| 李藍（楊楚萍） | 1940～ | 安徽／屏東師範學院 | ◎前夫爲作家桑品載 |

　　就年紀輩分而言，蘇雪林、沉櫻、謝冰瑩、雪茵允稱「大姊」或「前輩」，是受五四或國故舊學直接影響的一代，她們的寫作生涯泰半發端於大陸，來到臺灣後在文藝界起著帶頭的作用。在 1950 年代初期，真正在臺灣文壇上打磨出來，且當時最爲生機勃發的，應屬下一梯次（1916～1923 年出生者）。其中多人，又位於（以爽朗熱情的林海音爲中心的）臺北女性文友圈中[53]。「當時正是女主編女作家們筆力遒健，風華正盛的年代」（張秀亞語），在林海音《剪影話文壇》（1984 年，純文學）、劉枋《當代作家別傳——非花之花》（1985 年，采風）中，曾道出當年以林海音爲首的「女作家慶生會」由來與全部成員。「女作家慶生會」起因於林海音於 1953 年 12 月生了女兒（夏祖葳），滿月時邀集一群女文友請滿月酒，在王文漪[54]的建議下，決定每月聚餐。如此「沒有組織的組織」，竟一辦 30 年未曾停歇，人數最多的時候達三十餘人。當時最早的發起人，計有 11 人，分別是琦君、鍾梅音、林海音、陳紀瀅太太、張漱菡、王琰如、張雪茵、黃眅思、劉枋、劉咸思、黃媛珊[55]。其後陸續參加者如葉霞翟、孫多慈、張秀亞等。

---

[53]精確一點來說，以北中南不同居住地而形成了三個文友群體，臺北較大，臺中是孟瑤、張秀亞、楊念慈、端木方、繁露、童真；南部則是艾雯、郭良蕙、郭晉秀等。張秀亞曾在〈依依夢裡無尋處〉（收入 1984 年《海棠樹下小窗前》）一文中，藉悼念甫去世的 1950 年代中央日報「婦女與家庭版」主編武月卿，點染出文壇女作家群像。1950 年代初，武月卿迢迢來探訪臺中的張秀亞與孟瑤、繁露，並邀張秀亞繼艾雯「主婦隨筆」如孟瑤「給女孩子們的信」後，爲專欄撰稿（後結集張秀亞《凡妮的手冊》一書）。從張秀亞的文字中，可知當時正是女主編女作家們筆力遒健，風華正盛的年代。據武月卿稱，當時琦君猶新婚，這一支美好的筆隊伍領隊的是蘇雪林和謝冰瑩……，「聽得孟瑤、繁露同我（按：張秀亞）爲之神往」。由此可知，遠在臺中的張秀亞，雖任國大代表，1950 年代初與臺北女作家並不熟稔，後來才加入婦協及青年寫作協會。
[54]王文漪（1914～1997），《軍中文藝》、《婦女月刊》主編，兼國民黨婦工會總幹事，著有散文集《愛與船》、《晚來的明珠》、《花棚下》、《風廊》等。
[55]林海音，〈沒有組織的組織〉，見林海音，《剪影話文壇》（臺北：純文學出版社，1984 年），頁 66。黃眅思並非女作家，而是《暢流》的會計，眾文友都從她手中領稿費。

　　這個臺北女性文友群，值得注意者有二，一是女作家私人情誼重於寫
作政策／實際的傾向，其次是文壇（文學場域）核心人物與外圍（如《自
由中國》同人）的分布。遙想當年，潘人木說：「海音生孩子，坐月子，都
是這票人幫的忙，姊妹們不只是文友，更是生活上的朋友……大家見面很
少談文學的事，反而家裡雜務聊得多」[56]。在 1950 年代的政治高壓與禁閉
下，相對於婦協與文協的反共任務與功能，「女作家慶生會」聚會之出於私
誼，遠於政令，亦可知矣。關於這個文友群體的權力場域（ field of
power），從主掌編務者眾，亦可知一二。

　　1950 年代初擔任《暢流》主編的王琰如，在多年後的《文友畫像及其
他》一書（1996 年）中，道出一段不為人知的文壇掌故。 1953 年才發起
的「女作家慶生會」，其實有一前身，即是所謂「五人小組」，分別是王琰
如、琦君、林海音、劉咸思、劉枋[57]。這情誼最厚的五人中，只有劉咸思
（1909～2004）年歲稍長，王琰如、琦君、林海音、劉枋都幾乎同年，「幾
個年紀相仿的女作家琦君、劉枋、王琰如等人與林海音幾乎天天膩在一塊」
（王琰如語），理亦宜然。此外，五人之中，就有三人主掌當時重要刊物編
務，分別是王琰如（《暢流》）、林海音（《聯合報》副刊）、劉枋（《文壇》）
[58]。這五人之中，劉枋、林海音、王琰如三人，外加一個《新生報》主編姚
葳（張明），甚且是牌搭子。王琰如回憶說：「有時琦君也會做幾道好菜請
我們」。劉枋與夫婿黃公偉仳離時，琦君甚且擔任法院見證人，亦足見其情
誼甚篤。

　　琦君於 1950 年代的交遊，除了這「不甚官方」的女性文友群外，和
（一直是官方文藝政策對立面的）《自由中國》（1949～1960）諸人亦頗有

---

[56]引自丁文玲，〈巨星隕落・文學唱嘆——遠逝的四〇、五〇年代女作家〉，《中國時報》，2001 年
　12 月 9 日。
[57]見王琰如，《文友畫像及其他》（臺北：大地出版社，1996 年），頁 43、頁 99。
[58]劉枋寫於 1967 年的〈我的註解〉（收入劉枋，《我及其他》，臺北：三民書局，1971 年）一文中，
　對自己主編《文壇》一事有詳細說明。劉枋 1949 年 5 月來臺（時間與琦君同），初編《全民日
　報》，楊念慈等人皆為作者。《文壇》創辦之初，穆中南為發行人，社長王藍，一至七期為劉枋主
　編。

交集。據郭嗣汾（1919～）〈五十年間如反掌〉一文回憶，當時諸文友成立了一個仿效法國文學沙龍的「春臺小集」，主要成員有聶華苓、司馬桑敦、林海音、何凡、殷海光、雷震、彭歌、琦君夫婦、夏濟安、吳魯芹、劉守宜、郭衣洞（柏楊）、徐訏、周棄子等，被視爲「自由中國派」。郭嗣汾並且說：「在小聚中，唯一不談的是政治，因爲大家對政治都沒有興趣，但是不談政治並不等於不牽涉到政治……有人把它變成了政治話題，把小集同人歸類於「自由中國派」，而且彭歌和筆者還特別被點名」[59]。1960 年，隨著《自由中國》被查禁，這之後，陸續被政治議題株連者，遠不只彭歌和郭嗣汾。同人寥落，眾友星散，這是 1950 年代較不爲人所知，沉默而無能爲力的琦君吧！

琦君（1917～2006）和張秀亞（1919～2001）、鍾梅音（1922～1984），這幾位臺灣當代文學史上早期女性散文的代表，幾乎都是在林海音主編《聯合報》副刊時的 1953、1954 年左右進軍聯副，並發表了不少作品。在 1950 年代中期，張秀亞、鍾梅音寫作散文的數量開始逐漸超過小說，琦君亦然。琦君在《聯合報》副刊發表的（除小說〈百合羹〉、〈荼蘼花〉外）多爲散文[60]，這些作品，就是後來收入《煙愁》的〈倒帳〉、〈紅花燈〉、〈秋扇〉、〈煙愁〉。

從琦君的散文中，另可見出，除了上述女作家外，當時琦君與孫多慈、沉櫻、葉霞翟[61]等長輩友人交情深厚。琦君的《紅紗燈》（1969 年）第二輯乃爲王文漪《婦友月刊》所寫專欄，《細雨燈花落》（1977 年）則結集

---

[59] 見郭嗣汾，〈五十年間如反掌——追憶「春臺小集」的一鱗半爪〉，《聯合報》副刊，2003 年 8 月 20 日。郭嗣汾，筆名晉俠，1950 年代軍中作家，著有《黎明的海戰》、《寒夜曲》等小說。琦君，〈星辰廖落念高陽〉（《媽媽銀行》，1992 年）一文亦憶及「春臺小集」眾友。劉枋，《當代作家列傳——非花之花》〈溫柔敦厚錦繡河山——記郭嗣汾〉亦可參考。

[60] 詳見施英美，《《聯合報》副刊時期（1953～1963）的林海音》（靜宜大學中國文學研究所碩士論文，2003 年），頁 156。

[61] 琦君寫孫多慈於〈日邊清夢斷〉、〈歸魂只合傍梅花〉（《三更有夢當枕》）、〈日落的那邊〉（《母心似天空》）；寫沉櫻於〈遙念〉、〈花開時節喜逢君〉、〈忘憂之日〉、〈一回相見一回老〉（《桂花雨》、《與我同車》、《留予他年說夢痕》、《青燈有味是兒時》）；寫葉霞翟於〈和藹的微笑〉（《母心似天空》）。

自《中華日報》副刊專欄「龍吟集」。1964 年《煙愁》獲中國文協獎章，1965 年代表「婦協」應邀訪韓，1970 年《紅紗燈》獲中山學術基金會文藝創作散文獎，1974 年起〈下雨天，真好〉多篇散文入選《讀者文摘》、中學課本。1977 年，獲選源成版十大散文家之一，《留予他年說夢痕》獲「文協」第四屆獎章，《琦君寄小讀者》、《此處有仙桃》獲行政院圖書金鼎獎等。在文學的「典律化」過程中，琦君以其正面、光明的屬性，超越時代與意識形態的局限，其影響力不可謂不大。琦君的影響力，表現在兩件具體事實上，一是 1999 年臺灣文學經典選拔上超越張曉風，與簡媜分列女性散文「唯二」；二是蘇雪林、林海音、張曉風、簡媜，列名 40 年來被中文所碩博士論文研究的五位女性散文家之一[62]。

　　證諸前文張誦聖（〈臺灣女作家與當代主導文化〉）所謂傳統審美價值、保守妥協、中產品味，女作家如琦君與林海音，獨獨能擺脫 1950 年代文學的局限（相對於如今較被青年學生遺忘的朱西甯、潘人木），不能不說是幸運的事。在 1950～1960 年代，孫陵、郭嗣汾、朱西甯誤觸政治的隱微禁忌外，甚至徐訏（1919～1980）的小說《盲戀》、《荒謬的英法海峽》，也曾被指為「遠離現實並傳播消極悲觀情緒」、「沒有積極負起戰鬥義務」、「就是一萬部也無益於反共抗俄，無益於人生」，而不免遭到批判[63]。除了後來文學上的高度成就外，琦君以中道自持，不曾干犯禁忌，從未捲入政治（相對於張漱菡曾被誣為匪諜）或性別（郭良蕙《心鎖》事件）的較大爭議之中[64]，或亦成為文學主流的主要原因。

---

[62] 見〈臺灣文學的第一份書單——「臺灣文學經典」決選會議紀實〉，《臺灣文學經典研討會論文集》（臺北：聯經出版公司，1999 年），與尹子玉，《「臺灣文學經典」論爭研究》（中央大學中國文學研究所碩士論文，2002 年）。如張瑞芬，〈文學兩「鍾」書——徐鍾珮與鍾梅音散文的再評價〉，《霜後的燦爛——林海音及其同輩女作家學術研討會論文集》（臺北：文資籌備處，2003 年）所列舉，為博碩士論文所研究者，除以上五位，近年益增張秀亞、艾雯（羅淑芬，政治大學碩士論文，2004 年）、鮑曉暉（趙台萍，南華大學碩士論文，2003 年）。

[63] 見王集叢，《戰鬥文藝論》（臺北：文壇社，1955 年），頁 19～20。

[64] 多年後，郭良蕙和張漱菡受訪時對往事仍耿耿於懷。詳見曾鈴月《女性、鄉土與國族——戰後初期大陸來臺三位女作家小說作品之女性書寫及其社會意義初探》（靜宜大學碩士論文，2001 年）附錄〈五〇年代大陸來臺女性小說家訪談記錄〉（按：「三位」所指為徐鍾珮、孟瑤、潘人木）。

琦君的散文極盛時期，顯然是《煙愁》（1963 年）到《留予他年說夢痕》（1980 年）之間，共 13 本散文集（《琴心》、《琦君自選集》計入，詳下文序列）。1983 年後，琦君隨夫婿長居美國（那也大約是張秀亞和艾雯出版最後一本散文集，鍾梅音病逝的時候），琦君雖筆耕不輟，新作源源不絕，然而在曹又方、蔣芸（1970 年代女性散文健將）引發女性意識，張曉風、陳幸蕙重建古典界域，甚或 1980 年代洪素麗、周芬伶、廖玉蕙本土傾向也已漸次出現[65]的局面下，戰後第一代女性散文，隨著琦君的遠去異鄉，較諸往日，影響力已然逐漸衰歇。

二、琦君散文的內容、特色與成就

> 我深深感覺到，寫小說和寫散文的況味，完全不同，甘苦各異。散文是信筆拈來，直抒胸臆……而寫小說，卻絕非自己的心靈所能操縱。……寫散文時，你本人一直入乎其中，而寫小說儘管設身處地的體念，仍必須出乎其外。許多散文裡可表達的感想，卻無法見諸小說。……寫散文，是心靈上的享受，而寫小說卻是心靈上的焦熬和折磨。
>
> ——琦君〈細說從頭〉，《錢塘江畔》

1980 年，琦君在輯錄舊作（《錢塘江畔》）的小說集序言中，有感而言相對於寫散文，小說寫作之於她的折磨。就在琦君同一年出版的散文集《留予他年說夢痕》中，楊牧用一篇極好的序文，為琦君散文做了精闢的說解。楊牧指出，琦君散文，以多年來不刻意求變（甚可說是「以不變應萬變」）的風格勝出，足證她的文學根本，厚植於無可推翻的基礎上。「寓嚴密深廣的思想感情於平淡明朗的文體之中」，「烈火生青焰，冷水為增冰，如陳酒之醇，如老薑之辣，或如琦君憶舊文章中所提到的『陳勝德的

---

[65]最後一本散文集，張秀亞為《海棠樹下小窗前》（1984 年），艾雯為《綴網集》（1986 年），鍾梅音為《天堂歲月》（1980 年）。（按：艾雯近日又有一圖文集《花韻》，雅逸，2003 年）。首本散文集，洪素麗為《十年散記》（1981 年）、周芬伶《絕美》（1985 年）、廖玉蕙《閒情》（1986 年）。

八寶茶』，良方一味，涼沁心胸」[66]。

　　良方一味，涼沁心胸。那是逝去的年代，也是永遠的文學，在歷經歲月的淘洗後，行經人生的粗礪河床，沖刷而出的精金美玉。1970 年代中期鄭明娳教授〈談琦君散文〉即曾指出，琦君散文寫得最出色的是懷舊文。人物本身雖重現，但事件多不重複，如司馬遷《史記》的互見法，讀者不覺複沓，反有層疊而出的多角度感受[67]。

　　傷別懷舊，感物思人，在戰後第一代渡海來臺的女性散文中，本為主要寫作題材。張雪茵、葉蟬貞，甚或艾雯、鍾梅音，都有過不少動人的佳作。「家臺灣」，畢竟對泰半經過兵燹離亂，骨肉流離的女作家來說，是一件艱困的人生任務。戰後來臺女作家的「離散／流亡」處境，容或解讀不同[68]。然而對孑然一身（父母俱已去世），未婚（尚且沒有工作），和妹妹潘樹珍一起來臺的琦君（潘希珍）而言，初來之際，也曾「行邁靡靡，中心搖搖」（〈如此星辰非昨夜〉）、「此心如無根的浮萍，沒有了著落」（〈鄉思〉[69]）。在 1950 年代左右，琦君的憶舊思親，懷想故人，表現在短篇小說的創作上，和張秀亞、張漱菡、孟瑤、童真、畢璞諸多女作家早期作品一樣，於今視之，恐怕是主題勝於技巧，並不算太成功。

　　在亂離家國，顛沛行旅中，當時的女作家小說文本充滿虛構和安慰的本質，相較之下，散文則反而是貼近事實的。琦君早期的小說（〈遲暮

---

[66] 楊牧此文，原載《聯合報》1980 年 8 月 13 日，收入琦君，《留予他年說夢痕》序、隱地編，《琦君的世界》（臺北：爾雅出版社，1980 年）、楊牧，《文學的源流》（臺北：洪範書店，1984 年）與《當代臺灣文學評論大系·散文批評》（臺北：正中書局，1993 年）。

[67] 鄭明娳，〈談琦君散文〉（《文壇》第 189 期，1976 年 3 月），後易名〈琦君論〉，收入鄭明娳，《現代散文縱橫論》，臺北：長安出版社，1986 年。

[68] 戰後第一代來臺女作家，除蘇雪林、謝冰瑩一輩外，或不宜率爾稱為五四文學的傳承（劉枋，《我及其他》，頁 13，即曾自稱生於五四運動之後二年，求學時為北伐時期，「從沒感覺到五四曾如何對我施以洗禮」）。其渡海來臺，非僅時間先後有別，動機亦頗不一致，亦不宜以「流亡」（"exile"）、「離散」（"diaspora"）文學一概稱之。例如蘇雪林先至香港，1950 年代初才到臺灣；羅蘭、齊邦媛、張漱菡來臺都早於 1949 年，非避亂而來。羅蘭、齊邦媛乃戰後來臺覓職，尋找自己的新生活。張漱菡則說「起初我是跟母親來臺灣玩的，準備玩一趟再回去，什麼也沒有帶出來……」，見曾鈴月，《女性、鄉土與國族——戰後初期大陸來臺三位女作家小說作品之女性書寫及其社會意義初探》（靜宜大學碩士論文，2001 年）附錄訪談。

[69] 琦君，〈鄉思〉，作於 1952 年除夕，收入《琴心》，臺北：國風出版社，1954 年。〈如此星辰非昨夜〉，見《桂花雨》，臺北：爾雅出版社，1976 年。

心〉、〈繡香袋〉、〈長溝流月去無聲〉）如此，張漱菡短篇小說集《疑雲》
（1962 年）亦不例外。過多的偶然與美好結局，使這些「喪亂之極」的故
事，似乎只能存在於特定時空之中，難以成藝術上的普遍價值。以張漱菡
短篇小說集《疑雲》爲例，爲小女兒徵家教老師，能找到離散的親生長子
（〈疑雲〉）；南下火車上，赫然見到鄰座竟是初戀情人，往昔羞怯少年今日
已成市儈（〈尋夢的人〉）、電影院前巧遇昔日戀人，別離二十載，雖已各自
婚嫁，竟發現彼此仍深愛對方（〈別後浮雲〉）……[70]。倒是張雪茵〈烽煙歲
月〉、〈離亂草〉；葉蟬貞的〈燈下〉、〈大哥〉、〈母親〉；鍾梅音的〈父親的
悲哀〉、〈遙記我父〉；王文漪〈祖母〉；王琰如〈寸草心〉[71]這些樸實且直抒
胸臆的散文，讀之更令人鼻酸淚落。其感人肺腑，震撼胸臆，正和琦君的
憶舊散文一樣。

　　琦君散文開始以人物爲主體，作懷舊與鄉愁的抒發，最早即是《琴心》
（散文、小說合集，1954 年）中的〈金盒子〉（寫早夭的大哥），這也是她
於 1949 年第一篇投稿作品，發表於孫如陵主編的《中央日報》。《琴心》
中，另有散文〈聖誕夜〉、〈油鼻子與父親的旱煙筒〉、〈一生一代一雙人〉、
〈家庭教師〉諸篇，僅占全書極少部分篇幅。一直要到散文集《煙愁》
（1963 年），才全面轉向散文寫作，並確立了以人物爲懷舊主軸的齊整體
制。琦君至今最爲膾炙人口的佳篇，有許多出自此書，例如〈阿榮怕怕〉、
〈三劃阿王〉、〈毛衣〉等。在琦君 30 部散文創作中，《煙愁》、《三更有夢
書當枕》、《桂花雨》、《留予他年說夢痕》、《一襲青衫萬縷情——我的中學
生活回憶》，就內容與體制而言，或稱其中最佳。以上諸作，除《一襲青衫
萬縷情——我的中學生活回憶》（1991 年）爲舊作新錄外，大抵都完成於
1980 年之前。

---

[70] 引自張漱菡，《疑雲》（臺北：正中書局，1962 年），此書共收錄 20 篇短篇小說。
[71] 見張雪茵，《綠蔭庭院》（臺北：常新出版社，1978 年）；葉蟬貞，《懷鄉集》（自印，1966 年）、
　　《燈下》（臺北：三民書局，1971 年）；鍾梅音，《冷泉心影》（臺北：重光文藝出版社，1951
　　年），與王文漪，《晚來的明珠》（臺北：婦女寫作協會，1956 年）。王琰如〈寸草心〉，收入《婦
　　女創作輯》第五輯。

　　為明白琦君的散文寫作歷程，今將其所有散文作品，經考證所有著作版權頁，依前後順序，列表於下，以便參照。《琴心》與《琦君自選集》等合集與近年選集《母親的金手錶》亦列入，《琦君寄小讀者》歸於兒童文學，暫不計入。凡此，總數共計 30 本。上文筆者以為最佳之五本散文集，則以☆標明：

1《琴心》（1954 年，國風）
＊散文、小說合集，1980 年爾雅再版
2《溪邊瑣語》（1962 年，婦友月刊社）
＊1956 年出版小說集《菁姐》
＊1956 年出版小說集《百合羹》
3《煙愁》（1963 年，光啓）☆
＊1975 年書評書目再版　1981 年爾雅再版
＊1964 年以《煙愁》獲文協獎章
＊1965 年以婦協成員身分應邀訪韓
4《琦君小品》（1966 年，三民書局）
＊散文／小說／詞／雜談
＊1966 年出版兒童小說集《賣牛記》
5《紅紗燈》（1969 年，三民書局）
＊收入《溪邊瑣語》部分內容
＊1969 年退休
＊1969 年出版兒童小說集《老鞋匠和狗》
＊1971 年出版小說集《七月的哀傷》
6《三更有夢書當枕》（1975 年，爾雅）☆
＊1972 年訪美
7《桂花雨》（1976 年，爾雅）☆
8《細雨燈花落》（1977 年，爾雅）
＊中華副刊「龍吟集」雜文專欄結集

＊1977 年赴美

9《琦君自選集》（1978 年，黎明）

＊散文／小說／詞合集，書末附出版目錄及評論引得

10《讀書與生活》（1978 年，東大）

＊錄有讀王文興《家變》一文

11《千里懷人月在峰》（1978 年，爾雅）

＊內容多為在美見聞、雜感

12《與我同車》（1979 年，九歌）

＊內容多為在美見聞、雜感

13《留予他年說夢痕》（1980 年，洪範）☆

＊居紐約半年

＊1980 年出版短篇小說集《錢塘江畔》，自美返臺

＊1980 年爾雅編《琦君的世界》（評論總集）

＊1981 年出版宋詞評論《詞人之舟》

14《母心似天空》（1981 年，爾雅）

＊收錄〈我的筆名〉、〈我的第一本書〉諸文

＊1981 年出版《琦君說童年》

15《燈景舊情懷》（1983 年，洪範）

＊收錄〈我對散文的看法〉一文

──＊1983 年，因夫婿李唐基調職留美長住──

16《水是故鄉甜》（1984 年，九歌）

17《此處有仙桃》（1985 年，九歌）

＊出版《琦君寄小讀者》（1985 年，純文學）

18《玻璃筆》（1986 年，九歌）

＊1986 年《琦君寄小讀者》獲行政院新聞局金鼎獎

19《琦君讀書》（1987 年，九歌）

＊集諸多序文而成（評莊因、喻麗清、王藍、吳玲瑤、言曦、季季

書）

20《我愛動物》（1988 年，洪範）

＊輯錄大部分有關動物之舊作而成

21《青燈有味是兒時》（1988 年，九歌）

＊2004 年，九歌重印。收錄〈三十年點滴念師恩〉（記夏承燾最完整版本），及周芬伶越洋專訪

22《淚珠與珍珠》（1989 年，九歌）

＊1989 年應文建會之邀返國，評論潘人木《馬蘭的故事》

23《母心、佛心》（1990 年，九歌）

＊收錄〈一點心願——寫作四十年〉

24《文與情》（1990 年，三民書局）

＊散文、小說、劇本合集，劇本〈母與女〉為自我與母親寫照

25《一襲青衫萬縷情——我的中學生活回憶》（1991 年，爾雅）☆

＊大部分為舊作

＊出版小說集《橘子紅了》（1991 年，洪範）

＊由門生王思曾陪同，返鄉祭拜先人盧墓

＊1991 年應文建會之邀返國，夏志清評論琦君作品

26《媽媽銀行》（1992 年，九歌）

＊收錄〈得失寸心知——淺談寫作〉

27《萬水千山師友情》（1995 年，九歌）

＊〈萬水千山師友情〉、〈似海師恩〉再寫夏承燾師

＊收錄〈四十年來的寫作〉、〈我寫作的信念〉

28《母親的書》（1996 年，洪範）

＊1997 年邱珮萱《琦君及其散文研究》（高師大碩士論文）

29《永是有情人》（1998 年，九歌）

＊序言中道出母親實為大伯母之原委

30《母親的金手錶》（2001 年，九歌）

＊選自《水是故鄉甜》、《此處有仙桃》

＊2001 年秋琦君偕夫婿返鄉探視，章方松陪同，溫州政府成立「琦君文學館」

——2004 年 6 月，琦君偕夫婿李唐基返臺定居——

＊2004 年章方松出版《琦君的文學世界》（三民書局）

＊2004 年王怡心《琦君小說主題內涵與人物刻畫研究》（東吳大學中研所碩士論文）

　　琦君在初期散文中，很早就確立了以人物爲懷舊主軸的寫實基調，然而仔細尋繹其間差別，會發覺《煙愁》、《紅紗燈》、《三更有夢書當枕》、《桂花雨》及其後作品，較諸《琴心》時期，進境顯明。〈毛衣〉和〈髻〉、〈楊梅〉，和〈一生兒愛好是天然〉、〈小玩意〉（《琴心》），同樣寫母親；〈不見是見，見亦無見——悼念我的啓蒙師〉和〈家庭教師〉（《琴心》），同樣寫啓蒙師；〈春風化雨——懷恩師夏承燾先生〉，和〈湖天歸夢〉（《琴心》），同樣寫夏承燾師，其間技巧高低，直不可以道里計。主要是愈到後來，琦君寫人物越擅長以小事物烘托情境，並增加口語對話，使形象亦發鮮活。〈三劃阿王〉、〈阿榮伯伯〉、〈紅紗燈〉、〈一對金手鐲〉諸作的成功，殆由此也。

　　琦君 1960 年代的散文，無疑當以《煙愁》（1963 年）爲代表，1970 年代則由《三更有夢書當枕》（1975 年）、《桂花雨》（1976 年）拔得頭籌。之後出版過專欄雜文《細雨燈花落》、《琦君自選集》、雜文《讀書與生活》後，《千里懷人月在峰》、《與我同車》標示了 1978 年至 1979 年在美時期的筆耕不輟與異鄉悵惘。饒富深意的是，臺灣之於琦君，從當年的異地變成了思念的故鄉。遙念親友，竟也寫出了一個散文轉折來。《千里懷人月在峰》、《與我同車》中，令人印象最爲深刻的〈一襲青衫〉寫孤貧的中學老師，〈春風化雨——懷恩師夏承燾先生〉憶昔日恩師，〈花開時節喜逢君〉寫沉櫻與簡宛，都是情真意摯，感人至深之作。

　　1980 年，對 64 歲的琦君來說，是一個新局面的開始。不只是《留予他年說夢痕》這本散文集，同年出版的，包括了琦君小說集《錢塘江畔》、隱地編選的評論集《琦君的世界》，以及稍後結集的宋詞評論《詞人之舟》[72]。更重要的是這年她自美返臺，再度回到臺灣，以及自己熟悉的文壇，並執教中央大學中文系。《留予他年說夢痕》這本散文，之所以佳評如潮，並繼《煙愁》、《三更有夢書當枕》、《桂花雨》之後，成爲她最重要的第四本代表性作品，主要是歷經時間的淬練之後，人生閱歷的深厚，使得琦君的文字（雖然仍舊淺白無所緣飾）顯出極強後勁。如飲醇醪，醉後方覺。「留予他年說夢痕，一花一木耐溫存」，這兩句恩師夏承燾當年的贈詩，也正是《煙愁》一書後記的篇題，如大海回瀾一般，緊扣著琦君一生的創作主旨與情調。

　　是「堂廡已大，感慨逐深」，像「一襲舊布衫的氣息，褪了色，卻仍溫暖而妥貼」[73]。《留予他年說夢痕》一書，寫於琦君客居紐約的最後半年，「夢裡不知身是客」之感，竟從臺灣移置到了美國。《煙愁》、《三更有夢書當枕》、《桂花雨》是 1960～1970 年代居臺灣而思故鄉永嘉瞿溪，是琦君憶舊散文的出發點，而《留予他年說夢痕》及其以後作品，則是 1980 年代在異國「對自己國家（臺灣）的繫念」。童年是一個夢境，遠方是另一個，由是交織出兩重夢境的奇異世界。林依潔〈《留予他年說夢痕》裡兩個交疊的夢境〉即指出，「這兩個夢境，在琦君的天地裡是逐漸交疊互出的……琦君不過是站在一個固定的交移點，一一接納這些轉深或突變的風景，慢慢織進自己的佛天福地裡。在那天地中，果真是一花一世界，琦君已從一粒細沙裡看盡了天堂。」

　　果其然乎？是夢境，抑或寓言？從記實／寫實的憶舊，到抽離時空的憧憬，除了魂牽夢縈的親人（〈母親的書〉、〈大圓桌上的蒼蠅牢〉、〈香菇

---

[72]琦君，《詞人之舟》，原爲 1968 年爲葉曼《婦女雜誌》所寫宋詞評論，而後續於林海音《純文學月刊》發表，至 1981 年由純文學出版社輯錄成書。由於多位詞人未及收入，琦君於書末後記謂擬寫一續集，至今未付實現。

[73]引自林依潔，〈《留予他年說夢痕》裡兩個交疊的夢境〉，《明道文藝》第 60 期，1981 年。

蒂〉、〈夢蘭〉繼續懷念母親），琦君也寫鄉村友人凱蒂、美國養老院老嫗、葉倫修女、華府訪沉櫻（〈異國故人情〉、〈忘憂之日〉等），甚或客途逆旅中的小友——老鼠、蜘蛛、蜜蜂和鄰家小犬（〈鼠友〉、〈閒居偶拾〉）。寫丈夫（〈「三如堂」主人〉）、電影明星與故鄉廟戲（〈電影・明星〉、〈「白蛇傳」的回憶〉），一杯釀茶裡，把永嘉農村、臺灣文友和美國紀聞巧妙串起（〈茶邊瑣語〉）。半日悠閒，十年塵夢，琦君的散文至此，悠悠有陳厚之味。明朗又有所斂藏，自然中多有節制，一種從未感受的平衡感，使熟悉她的讀者不覺暗地心驚。楊牧謂《留予他年說夢痕》優雅細緻處似冰心，悲憫冷靜如魯迅，堪稱對琦君這一時期散文高度讚揚之辭。

在 1981 年出版過《母心似天空》後，由於丈夫調職，琦君赴美長住，之後又陸續出版諸多散文集如《燈景舊情懷》、《水是故鄉甜》、《此處有仙桃》等，直到《永是有情人》（1998 年），永遠與讀者文友相約「報上見」的琦君，堪稱健筆不輟，生命力驚人。穿越 1980 到 1990 年代，老作家在此一時期的創作中，透露出不少以往鮮為人知的文本細節，如〈萬水千山師友情〉寫夏承燾師；〈父親的兩位知己〉寫劉景晨、楊雨農；〈一點心願——寫作四十年〉把自己寫作的心路歷程和盤托出。從《琦君讀書》一書，可以見出作者深厚的學養，以及作家論作家的內行精細。1990 年代中，《一襲青衫萬縷情——我的中學生活回憶》（1991 年，爾雅），將她回憶青春歲月、學生生涯的師友文章集為一帙，都是琦君散文中極富代表性的佳篇，算是不可錯過的一本精選集。

歷來對琦君散文的評價，除了平穩周正的「童心佛心」、「白描」、「不事雕琢」、「親切平實」、「溫柔蘊藉」、「悲憫情懷」、「流不盡的菩薩泉」諸說[74]外，最耐人尋味，並且值得再討論的，算是編有《琦君散文選》的大陸學者李今的說法。李今在〈善與美的象徵——論琦君散文〉一文[75]中指稱，

---

[74] 雜引自《琦君的世界》（臺北：爾雅出版社，1980 年）中亮軒、思果、鄭明娳諸說。
[75] 李今，〈善與美的象徵——論琦君散文〉，收入《評論十家》（臺北：爾雅出版社，1995 年）。此文另作琦君散文選《紅紗燈》（李今編，長江文藝出版社）之編序。

琦君的散文，和冰心一樣博愛，歌頌理想的世界，具中國傳統風味，溫柔婉約，並同樣寫有「寄小讀者」系列。同樣有位威風凜凜的軍官父親，具傳統婦女美德的母親，冰心和琦君二人的人生境遇，也一樣的平順，從無「作人」與「作女人」之間的矛盾和困境。都上過基督教教會學校，都有美滿的婚姻與家庭。從人格到風格，冰心與琦君二人，堪稱無一不似。1990 年代李今編《琦君散文選》時，甚且說，「琦君這個名字對於大陸的讀者來說，還是陌生的……不知道琦君不要緊，相信只要你喜歡冰心就一定會喜歡琦君」。

李今對琦君與冰心的體會，或不能不受稍早范培松《中國現代散文史》的影響[76]，將冰心散文視爲五四文學的趨美變異，於是將琦君與冰心一併劃歸「溫柔散文」之列。李今並頗爲犀利的指出，她們對無名分的愛絕少觸及，是相當保守自恃的閨閣習氣。寫作於她們，似乎不是需要奮鬥的一項事業，「而是她們圓滿生活的一種補充或一種方式……使父母兄弟、親朋好友及本人的生活成爲她們共同的屢描不倦的人物和創作的源頭活水，在這方面，琦君比冰心走得更遠更極端。」

是「圓滿生活的補充」，抑或「一涉『女』字即無理可喻，而只能談些現象和感覺」（李今語）？這之間耐人尋味之處，事涉性別爭議，且暫擱下，先來探究琦君與冰心究竟是否相似的問題。

琦君與冰心的散文，就她們使用的文學語言來說，其實並不相侔，前者口語，後者文言，這和她們所處時代相距十餘年有絕大關係。冰心（謝婉瑩，1900～1999）雖出生於南方（福州），然而整個成長時期都在北京求學，五四運動爆發那年，她正就讀於協和女子預科（後併入燕京女大）。正是這時代的轟然巨響，使冰心棄醫從文，走上了文學的道路，1921 年她加入文學研究會，成爲京派文人之一[77]。與蘇雪林相同[78]，冰心是舊時代中走

---

[76]范培松，《中國現代散文史》（江蘇：江蘇古籍出版社，1994 年）第三章中，稱周作人的「沖淡散文」、冰心的「溫柔散文」、朱自清的「儒雅散文」、徐志摩的「唯美散文」，相對於魯迅，皆爲五四散文的分流與變異。

[77]參看蕭鳳，《冰心傳》（北京：十月文藝，1987 年），及卓如《燦若繁星——冰心傳》（臺北：業強

過來，站在浪潮上（受五四直接啓蒙）的一代，她的散文質地以文言爲
底，優雅細緻，有時帶一點文藝腔，爲道地「美文」一路。早年寫詩，冰
心的文字因之特具音律與節奏性，赴美求學，又使冰心文字和氣質顯著西
化，這些都是琦君散文所無之特質。試舉冰心 1924 年〈往事〉（二之三）
片段爲例，即可知其文字風格：

> 今夜林中月下的青山，無可比擬！彷彿萬一，只能說是似娟娟的靜女，
> 雖是照人的明豔，卻不飛揚妖冶，是低眉垂袖，瓔珞矜嚴。……今夜的
> 林中，也不宜於高士徘徊，美人掩映——縱使林中月下，有佳句可尋，
> 有佳音可賞，而一片光霧淒迷當中，只容意念迴旋，不容人物點綴。
>
> ——冰心〈往事〉（二之三）[79]

冰心寫的是白話文，底子卻近於文言體，五四初期俞平伯諸人的散文
也有這種特質，這和琦君散文本質有極大差異。琦君散文平白如話，不重
文言結構和句法，這和時代背景有關。琦君晚冰心 17 年出生，自小在永嘉
瞿溪和杭州二地居住，後入之江大學中文系，抗戰中返滬續學。1941 年琦
君大學畢業，之後曾短期在上海匯中女中及故鄉永嘉縣中任教，1949 年來
到臺灣。琦君和北方幾無淵源，在五四運動亦無關係，私塾時期即開始寫
語體文。她甚且回憶說，自己 12 歲到杭州，考入教會學校（弘道女中）時
說的是一口鄉村土話[80]。

相對於北方風氣之新潮，身處溫州南鄉的琦君，和冰心在青年時期所
受的時代啓蒙無疑是不同的。冰心出身海軍將領門庭，西化甚早，琦君的

出版社，1991 年），以及《冰心選集》（四川：四川人民出版社，1983 年）。

[78] 蘇雪林（1897～1999），五四那年她 22 歲，正從家鄉安徽升學北京女子師範，成了胡適、周作
人、李大釗的學生。馮沅君、黃廬隱都是她的同班同學。蘇雪林、冰心、凌叔華、馮沅君、丁玲
後來被稱爲民初五大女作家。

[79] 冰心，〈往事〉（其二）十則之三，寫於 1924 年留美其間，因病在沙穰青山療養院時。原載《小
說月報》第 15 卷第 7 期，1924 年 7 月，今收入《冰心散文集》（北京：北新書局，1932 年）。

[80] 見琦君，〈鄉土情懷〉（收入《萬水千山師友情》，1995 年）一文。

家學[81]與師承，卻是她較爲保守與國學傾向的主因，父親原本屬意琦君從大儒馬一浮爲弟子，並反對她上洋學堂，足見觀念較爲保守（投考大學，琦君原本意在燕京外文系，父親堅持不允，故改入之江大學中文系）。除父親外，很多人未曾注意琦君在晚年散文中多次提及的夏承燾（瞿禪）師。在文章與人格的影響上，1938 年琦君痛失父親後，夏承燾事實上成了琦君亦父亦兄，亦師亦友的關鍵性人物[82]。他不只是琦君之江大學時期的業師，早年亦爲琦君父親的同鄉小友，常至家中作客。琦君大學畢業後，曾於上海蒙其照拂，於母校任助教，而後又同在永嘉中學執教，情誼甚篤。從筆名（「琦君」）的由來[83]，文字風格的奠定，到數十年後琦君作《詞人之舟》，夏承燾之影響琦君，堪稱至深且鉅。

　　讀的是中文系，琦君雖也雅愛詩詞，然而在散文中表現爲一種「文從意順」的平易口語，從不玩文字遊戲或故作驚人之筆，往往在平實中見意念之深邃，「艱窮變怪得，往往造平淡」，是她終身服膺的理念（由此亦可明白多年前她對《家變》文字，對歐陽子部分小說，以及晦澀現代詩的不以爲然）[84]。對於寫散文，她堅持「風格就是文格，也就是作者人格的表現」，她「永遠只能寫溫厚善良的人物」。而冰心早期（出國留學前），身處五四狂飆時代的她，可是寫過所謂「問題小說」的。父子的矛盾衝突（〈私人獨憔悴〉）、童養媳的命運（〈最後的安息〉）、時代青年的徬徨苦悶（〈超人〉），在《春水》、《繁星》的優美之外，冰心或有過內心衝突，比琦君更「冰炭滿懷抱」的時期。

---

[81] 琦君，〈雲居書屋〉一文（收入《煙愁》）對早年隨父親讀書，「漫研朱墨，圈點詩書」之樂，與父親貯書之富，有詳細描寫。

[82] 夏承燾（1900～1986），溫州重要詞人。據《夏承燾集》（浙江古籍出版社，1997 年）和《天風閣學詞日記》所記（引自章方松《琦君的文學世界》），1938 年潘鑑宗去世（三年後琦君母親亦逝），琦君常至恩師處傾訴談心，至「午後一時來，談至夜八時去，滔滔不絕，聽之忘倦」，「希珍訴家庭鬱伊，語次泣下」云云。

[83] 琦君，〈我的筆名〉（收入《母心似天空》）中，說明其筆名的緣由，乃因龍沐勛老師因案入獄，琦君與夏老師通信營救之，龍、夏二人書信中，偶以「琦君」（希世之珍琦）稱弟子，後琦君乃以爲筆名。

[84] 琦君，〈變則通乎？讀「家變」〉、〈移植的櫻花——與歐陽子談寫作〉、〈不薄今人愛古人——談寫作〉，皆收入書評集《琦君讀書》，臺北：九歌出版社，1987 年。

　　《寄小讀者》，是冰心在 1923 到 1926 年間，青年留美時（26 歲左右）所寫的早期代表作[85]，文字委婉細膩，以孩童的大姊姊身分，託寄鄉愁，爲「冰心體」美文的代表。琦君也有《琦君寄小讀者》（1985 年，純文學）一書，卻是寫於 69 歲，以老奶奶的慈祥寫給國內的小讀者的心情故事，屬於兒童文學的淺白之作。同樣是童心、母愛和對大自然的謳歌，琦君與冰心相隔半世紀的寄語讀者，書名雖一，卻頗爲異趣。

　　琦君的散文，和冰心一樣有著母親的無盡思慕，鄉愁與思親，幾乎也都成爲寫作的發端。然而隔海思親，書寫鄉愁時的琦君，已然是飽經離亂後的中年，與冰心早期詩文中青春年華，且志氣飽滿（雖然也是「長不大的女兒」、「缺少性別視點」[86]），諸多特性也不完全相符。說琦君是冰心的傳人，或代表五四文學到臺灣的傳承，或稱牽強。我們要注意的，倒是琦君在臺灣女性散文史上，居於什麼地位？

　　在戰後初期文壇（1950 年代）上，專攻散文的女作家並不太多。蘇雪林、張雪茵、鍾梅音的散文較文言古典氣；張秀亞、艾雯則細緻優雅，以美文技巧取勝；林海音、徐鍾珮是新聞眼兼俐落筆，中性而乾淨，諸家各有勝場。琦君散文在 1950 年代，初始並不起眼，然而穿越 1960 年代以下，逐漸取得主流位置。她的懷舊主題，是離亂傷情經過沉澱後的反芻，隔著渺遠時空的人性呼喚，在不同時代中，撼動了無數人的心靈。平白如水，卻是流不盡的菩薩泉，其味醇醇，遠勝瓊漿玉液。白先勇說得好，讀過琦君，「沒有人會忘記二媽頭上耀武揚威的髮髻，是如何刺痛著琦君母親的心」[87]，或有讀者如我，更心驚未已的是，什麼樣的人在半世紀後才對讀者道出這樣的秘密：「我筆下的母親，其實是對我有天高地厚之愛的伯

[85]冰心《寄小讀者》收通訊 29 篇，發表於《晨報》副刊，後皆收入《冰心選集》。1938 年，冰心離北京赴昆明，再至重慶，於「潛廬」寫《再寄小讀者》，1978 年，寫《三寄小讀者》，影響力已大不如前。

[86]見孟悅、戴錦華，《浮出歷史地表——中國現代女性文學研究》（臺北：時報文化出版公司，1993 年），第四章〈冰心：天之驕女〉。

[87]白先勇，〈棄婦吟——讀琦君「橘子紅了」有感〉，載《聯合報》1990 年 8 月，收入琦君，《橘子紅了》（臺北：洪範書店，1991 年）序言。

母」？[88]琦君的溫厚存心，內斂自持，以一整個人生作爲基底，成就了有別於鄉愿的文學極致。

夏承燾師「與其以腦作詩，寧願以心作詩」的教誨，深深進入琦君的思維與觀念。她的文字看似無甚技巧，只是白描，然「大巧若拙」，琦君曾揭櫫自己寫作散文，重視詩的氣質，小說戲劇鮮明的形象化、立體感，以及剪裁、音調、節奏和語言對話的描繪。「風格就是文格，也就是作者人格的表現」。如何樹立起自己的風格？簡要來說，只有二字：「親」與「新」，除真誠親切，且需自創一格，推陳出新。琦君並舉小說家福樓拜的話：「世間沒有兩片樹葉是相同的，找出那唯一的字，去形容唯一的樹葉吧」[89]。

不諱言「我就只會寫自己」的琦君，相信不管寫作的內容快樂或悲傷，美麗或醜惡，「都應指向一個光明高華的方向」。她也頗有自己獨特的創作堅持，「要寫自己真正的感覺，寫浮在眼前最鮮明的意象」，「一個人的心越單純，對人間世相的感觸就越敏銳。……就如同朱晦庵先生詩所說的『半畝方塘』中的『天光雲影』一般非常鮮明，然後以複雜的頭腦去尋找最恰當的字眼和句子去表達。[90]」

在〈漫談創作〉（《琦君小品》）中，除了簡潔，琦君強調含蓄蘊藉，亦即隱藏藝術。暗示，比明明白白說盡了更有餘味。如同國畫中的寫意，意到筆不到，亦即司空圖所謂：「不著一字，盡得風流」。文章有含蓄之美，才能深扣讀者心弦。

「淡淡的煙愁，像輕煙似的，縈繞著，也散開了。那不象徵虛無飄渺，更不象徵幻滅」[91]。正如琦君曾自稱偏愛的〈煙愁〉篇題，與恩師「留予他年說夢痕，一花一木耐溫存」的悲愴詩句。爲了他年的印證，以一枝

---

[88]琦君，〈大媽媽敬祝您在天堂裡生日快樂〉，收入琦君，《永是有情人》（臺北：九歌出版社，1998年）序言。夏志清，〈母女連心忍痛處——琦君回憶錄評賞〉，《中央日報》1991年11月8日，亦言及此。琦君散文中的父親潘國綱、母親葉夢蘭，實爲其大伯、大伯母。

[89]琦君，〈我對散文的看法〉，《燈景舊情懷》（臺北：洪範書店，1983年），此文亦收入《文藝座談實錄》（臺北：文建會，1983年）。

[90]琦君，〈雲影天光（代序）〉，收入琦君，《三更有夢書當枕》，臺北：爾雅出版社，1975年。

[91]引自琦君，〈留予他年說夢痕——後記〉（《煙愁》，頁215）。

頹筆，留下了斕斑的夢痕。琦君及她的散文，像「閃爍而又熄滅了的夢之火焰」（張秀亞語），又如楊牧所形容，那是秋光中翻看一疊整理得井井有條的照片，保守自恃，又渲染有致，一種踏踏實實的，永恆的美的感受。讀琦君的作品，甚且感覺其間有一種互文性存在，小說〈阿玉〉的故事，本出自〈三更有夢書當枕〉（《三更有夢書當枕》）文中，小說〈梅花的蹤跡〉，幾可與〈春雪・梅花〉（《此處有仙桃》）並讀。而琦君《橘子紅了》，兼採〈阿玉〉（1956 年）、〈梨兒〉（1964 年）兩個故事，和翻譯自韓國女作家孫素姬小說的〈柿子紅了〉[92]篇名。其中，目睹鄉下女孩秀芬悲劇的旁觀者秀娟，不正是琦君自己嗎？

張秀亞多年前曾引琦君的句子，說她「猶有最高枝，何妨出手遲」[93]。琦君攀折藝術的顛峰，折給我們的一枝，是三秋桂子，抑或冬深寒梅，更或是一根常綠的橄欖枝。她的愛，容或超越一切，且欠缺心中的掙扎，是過濾後略無渣滓的人生美善價值。然而不是「無理可喻」，是不忍言之。是王國維所稱「主觀之詩人」，而不是「客觀之詩人」，如是而已。

如果我們說張秀亞的散文，代表一種美善心靈的極致，幾乎與田園詩心和抒情美文劃上等號，如同稍晚呂大明之「天國式散文」[94]，琦君的母心與佛心，就如同「善書型散文」，是瑣碎政治，也是主婦文學，如同小民《媽媽鐘》及其他作品所表現的。那是一個離戰亂很近，離現代很遙遠的時代。一個還沒有聽過女性主義的時代，也是一個有真誠有盼望，覺得無論世事如何艱難，總還有慈母的愛無可懷疑的時代。

琴心夢痕，過往如煙雲。寂寞的歌人，倚著綠色的籬樹放歌。她歌

---

[92] 琦君譯韓國女作家孫素姬小說〈柿子紅了〉，發表於《純文學月刊》（1967 年 1 月 1 日），後收入《純文學短篇小說選譯》（1980 年）。

[93] 見張秀亞，〈煙愁〉，《中央日報》副刊，1963 年 12 月 31 日，收入評論集《琦君的世界》。「猶有最高枝」一語，琦君後又折送季季散文集《夜歌》為序，收入琦君，《桂花雨》、《琦君讀書》中。

[94] 見祖慰〈詩性直覺的散與合——讀呂大明《尋找希望的星空》散文集〉，《中央日報》1994 年 6 月 26 日。祖慰另有二文，〈呂大明——綸音天語構築的美廬〉，收入《來我家喝杯茶》（臺北：九歌出版社，1991 年）序，〈她說她是一柱香——在呂大明佛香式散文中的開悟〉，收入《南十字星座》（臺北：三民書局，1993 年）序。

唱，她歎息，都只是爲了能在幽暗中回應的人。琦君及那一個逝去的時代，給了我們這樣永遠的文學。

備註：

　　本文初稿，曾發表於中央大學圖書館「琦君作品研討會」（2004 年 12 月 1 日），原題〈琴心夢痕──琦君散文及其文學史意義〉，今修正改寫，增益約五千字，另成此文。

──選自《臺灣文學學報》，第 6 期，2005 年 2 月

「三更有夢書當枕」
琦君

◎鐘麗慧*

　　年逾花甲的琦君女士，持續寫作了三十餘年未曾中斷，且仍居「暢銷作家」之榜。不僅讀者喜歡她，作家也讚佩她，她是臺灣文壇閃亮的恆星。

文壇閃亮的恆星

　　琦君到臺灣的第二個月——民國 38 年 6 月，就開始了她的筆耕生涯。她曾憶述這段寫作因緣：「38 年夏，渡海來臺之初，一時尚未覓得合適工作，休閒中細讀《中央日報》『中央副刊』和『婦女與家庭版』，對各家文章不勝欣羨，但未動投稿之念。那時故友孫多慈大姊任教師大，由於她的介紹，拜識了蘇雪林和謝冰瑩二位前輩，她們都極力鼓勵我寫文章。於是，我試投一篇〈金盒子〉到『中副』，不久竟被刊出。第一次看到自己的筆名，變成鉛字，方方正正地出現在副刊正中顯著的位置上，那種興奮喜悅，一定是所有首次投稿者可以體會得到的。我馬上又試投一篇小說體散文〈飄零一身〉（後改名為〈海天遙寄〉）到『婦女與家庭版』，也很快被刊出，不由得信心大增，就陸陸續續地寫下去。」此後，琦君就不斷地寫散文。

　　民國 40 年在《文壇》月刊的創刊號上，首篇版面刊登的竟是琦君的小說〈姊夫〉，這是她的第一篇小說。從此，她的筆就兼寫散文與小說了。可

*發表文章時為《自立晚報》藝文版主任，現為文字工作者。

是，由於她寫散文的成就，往往使人忽視了她寫小說的成績。

她在民國 43 年出版的第一本書《琴心》，就是散文與小說的合集，包括二十多篇散文和七篇小說。當時她在〈後記〉裡曾這樣寫著：「我只是樸實地用膚淺的文字，傳遞出我的點滴心聲。這一字一句裡，有我的歡笑、有我的眼淚；有我對過去不盡的懷念，對未來無窮的寄望。」

《琴心》初版 5000 冊，不到兩年就成了絕版書。直到民國 69 年，才由爾雅出版社印行，得以「重見天日」，彌補了讀者的「只聞其名，未見其書」的缺憾。到今（73）年 3 月已經印行 11 版，歷久不衰。

民國 45 年，她又自費以《今日婦女》半月刊名義，出版了第二本書——《菁姊》，這是一本短篇小說集。也是賣完 5000 本就宣告絕版了。

今天讀者看到的「爾雅版」的《菁姊》，已非當年的面貌了。

「爾雅版」的《菁姊》是從當年的《菁姊》及民國 60 年出版的《七月的哀傷》兩書中選出六篇，另外加上未曾結集的四篇，共為十篇的短篇小說集。民國 70 年，琦君在重印《菁姊》時說：「集中除《七月的哀傷》以外，其餘各篇，有描繪少男少女的癡與愛的、有寫中年未婚女子寂寞芳心的、有寫舊雨重逢而無法結合的，也有寫老公務員的抑鬱以終的。我一邊看，一邊自我『讚賞』，真不相信自己曾有過那樣年輕的情懷、豐富的想像力，編織出那樣充滿浪漫氣氛的故事。這樣的情懷與氣氛，離我已日益遙遠。也許以後永不能再寫這一類小說了。這也是我願意重印此書的原因之一吧。」

重印的《菁姊》，也在兩年內行銷 11 版。琦君的魅力由此可見。

民國 47 年，再由開明書店出版第三本書——《百合羹》，也是一本短篇小說集。

民國 51 年，由婦女月刊社出版小品集《溪邊瑣語》。

民國 52 年，光啟出版社印行了她的第一本散文集《煙愁》，也是她的第五本書。這本《煙愁》十分受歡迎，歷久彌新。21 年來，輾轉了三家出版社，印行 27 版。民國 64 年改由書評書目出版社印行，至 68 年共印 11

版；民國 70 年 3 月轉由爾雅出版社印行，至 73 年 2 月，已印行 16 版。

《煙愁》共收有 37 篇散文，寫她的童年故事、寫她對親人師友的懷念、寫來臺灣的生活感想，就是今天讀者熟悉的琦君散文風格的濫觴。

她在〈後記〉裡說：「每回我寫到我的父母家人與師友，我都禁不住熱淚盈眶。我忘不了他們對我的關愛，我也珍惜自己對他們的這一分情。像樹木花草似的，誰能沒有一個根呢？我常常想，我若能忘掉親師友，忘掉童年，忘掉故鄉，我若能不再哭，不再笑，我寧願擱下筆，此生永不再寫，然而，這怎麼可能呢？」「為了他年的印證，我以這枝禿筆，留下斑斕的夢痕，也付印了這本小書。」或許這是造就琦君散文內容的主要原因吧！

民國 55 年，由臺灣省教育廳出版兒童小說《賣牛記》；和三民書局出版散文集《琦君小品》。

民國 57 年，由臺灣商務印書館出版短篇小說集《繕校室八小時》。

民國 58 年，再由三民書局出版散文集《紅紗燈》共收 40 篇作品，分為三輯，第一輯是生活的雜感，第二輯是「平日讀書寫作之餘，心靈深處的些微感受與領悟」，第三輯是讀書心得；和臺灣省教育廳出版兒童小說《老鞋匠和狗》。

民國 60 年，由「驚聲文物供應社」出版短篇小說集《七月的哀傷》。

民國 64 年，由爾雅出版社印行《三更有夢書當枕》。這本散文集是琦君最鍾愛的，特別是〈我家龍子〉、〈我的另一半〉、〈不薄今人愛古人——我讀新詩〉和〈三更有夢書當枕——我的讀書回憶〉四篇。同樣的，也是最受讀者喜愛的，到今年三月，九年來已印行了 34 版，不僅「暢銷」，又「常銷」。

同年，由黎明文化事業公司出版《琦君自選集》。

民國 65 年，再由「爾雅」出版散文集《桂花雨》。全書收有 30 篇散文，其中有琦君自己最喜愛的〈父親〉、〈一對金手鐲〉、〈看戲〉等篇。

她的另一半李唐基先生為《桂花雨》作序，在序中說：「我覺得她近年

的寫作，除抒情、憶舊之外，也有不少寓理於情之作，對於世態人情，往往有更深一層的看法。這或許由於年事漸長，憂患備嘗之故。但她於深入淺出的說理中，仍洋溢著一片真摯樸實之情。信手拈來的詩詞或先哲雋語，都能妙法天然，相得益彰。」做爲第一位讀者的李唐基，說得真是一針見血。

這本《桂花雨》也有相當高的行銷紀錄，八年來印行 21 版。

民國 66 年，又由「爾雅」出版散文集《細雨燈花落》。全書收錄了 65 篇短文，原是發表於《中華日報》副刊的「龍吟集」專欄。不同於過去的散文集，這些短文大都是從現代生活的點滴，引發的感想；相同的是一樣敏銳的觀察、一樣真摯的關懷。七年來印行 14 版，也是個令人羨慕的紀錄。

民國 67 年，由「東大」出版散文集《讀書與生活》；「爾雅」出版散文集《千里懷人月在峰》。《讀書與生活》一書分上、下輯，上輯有十篇，是她閱讀古典文學的心得與當代文學作品的感想；下輯有 26 篇，是她記述身邊瑣事、思念故鄉、回憶童年、旅遊觀感等。

《千里懷人月在峰》，全書收有 23 篇，主要是以她在民國 61 年應美國政府邀請訪問夏威夷和美國本土的雜感，大都是對所接觸的人物，以及美國社會人情的記述。另外還有民國 66 年旅居美國時所寫的回憶或書評等文章。其中，她最喜愛的是「春風化雨」一文，寫影響她最深的江南大詞家夏承燾先生。

民國 68 年，由九歌出版社印行散文集《與我同車》，收的是她旅居美國時對自己國家繫念的散文。

民國 69 年，由「爾雅」出版短篇小說集《錢塘江畔》；「洪範」出版散文集《留予他年說夢痕》。

《錢塘江畔》是琦君十多年來的致力於散文創作之外，唯一的短篇小說集，全書收有 11 篇小說。

《留予他年說夢痕》是琦君最滿意的一本書。全書收有 21 篇散文，有

兒時故鄉的回憶，和海外遊蹤的記述。其中她最鍾情〈「三如堂」主人〉一文。寫的是她的丈夫。

《詞人之舟》載有她深厚的國學修養

民國 70 年，琦君出版了第 21 本書——《詞人之舟》（純文學出版社），既非散文集，也不是短篇小說集，卻是一本詞人選集。書中先簡介「詞」，然後選了八位詞人：溫庭筠、晏殊、蘇軾、晏幾道、秦觀、辛棄疾、朱淑貞、吳藻，還附述了卓文君及花蕊夫人。琦君說：「這本集子的對象是一般愛好舊詩詞的青年讀者，所以，內容方面，不時穿插點詞人的軼事和他們的感情生活，以求其趣味化。於詞作的分析欣賞，也儘量避免學術性的抽象理論。」

齊邦媛教授認為琦君在出版散文、小說集之後，再出詞人選集，「讀者好似先看到樹的枝幹花葉，然後才看到樹根。這本書也好像是許多問題的答案，又似補足了她自傳裡重要的一環。」

第 22 本書《琦君說童年》，也由「純文學」出版。全書收了 26 篇童年故事，這是她為少年朋友所寫的，也是她在散文、小說、詩詞之外的另一寫作範疇。最近一年，琦君有心多寫點兒童文學作品，目前她在《中華日報》「兒童版」有個專欄——「給小朋友的信」，寫旅遊及旅居雜感，不寫景觀，只寫人與事。

同年，又由「爾雅」出版了第 23 本書《母心似天空》。全書收有 31 篇散文，有生活雜感、憶故人，比較「現代」些了。

民國 71 年，再由「洪範」出版第 24 本書《燈景舊情懷》，這也是她滿意的散文集。

質量並重・叫好又叫座

從她的出書紀錄，可見她寫作 34 年的執著毅力；從每本書的印行版數，更可知她的作品受讀者喜愛之深、之久。並早於民國 53 年，就已獲得

「中國文藝協會散文創作獎章」；民國 59 年，獲「中山文藝創作散文獎」等榮譽。

然而，最難能可貴的是贏得作家的讚佩，推翻了「文人相輕」的通病。琦君的散文、小說曾贏得了作家們這麼多的讚許：

楊牧：「琦君的小品晶瑩清澈，典雅雋永，是當今猶能一貫執筆的資深作家中，風格確定而不衰腐，題材完備而不僵化，最能持續開創，時時展現流動的新意，而不昧於文字，反能充分駕馭文字以驅策新感性新思維的二三健筆之一。」「琦君以她的敏感和學識做她文學的骨架，洗練的文字布開人情風土的真與善，保守自恃，為這一代的小品散文樹立溫柔敦厚的面貌和法則。」

林海音：「琦君的散文，乍看來，文字是樸實無華的，但仔細的玩味，就會覺得那種淡雅，也是經過作者細心琢磨的。」

張秀亞：「在新寫實主義的噪音裡，我們聽到一個寂寞的歌人，倚著綠色的籬樹放歌。每一個節響，每一個音符，都會使我們想起閃爍而又熄滅了的夢之火焰，她歌唱，她歎息，只是為了能在幽暗中回應的人。」「在琦君的文章中，有一種清新俊逸之氣，一股高雅的氣韻，一種難言的神韻，這賦予她文字無限的魅力，文章的氣韻，原是得自天機，發自靈府。」

糜文開：「她的小說，不著重於人物的刻畫描寫，不著重於情節的離奇幻變，不著重於詞藻的雕琢修飾，而匠心獨運，在她神妙筆鋒所製造的特有氛圍中，直接呼吸到人心的跳動。」「琦君的散文，怨而不怒，哀而不傷，溫柔敦厚之至。這是得力於舊文學造詣之深。」

彭歌：「在這一代文人作家中，像琦君這樣富於東方氣息的已經不多了，東方人的某些敏感與寬柔，是她的特長。」

陳克環：「她驚人的記憶力和生動的筆觸，將她所熟知的人物描繪得栩栩如生，而她特有的女性幽默感，又完整毫無遮蔽地展露出她內心的天地，不雕琢，也無粉飾。」

亮軒：「一談起散文，便不由得令人想起潘琦君來，一則是她的散文總

那麼耐讀，而且不傷腦筋，再則是潘琦君的人跟她的文一般模樣。文如其人或人如其文，……琦君卻是『長得就像她的作品』，在憨厚中透出智慧。」

亮軒有句形容琦君散文的名言：「琦君的題材在她手中就像安全刀片的廣告詞般『用完了可以再用』。」

思果：「她寫對父母、孩子、小動物的親愛，對師長的敬仰，對朋友的感情……細微深厚到極處，這可以說是天賦。又能用生花妙筆把感受寫出古人所說的澹雅、沉鬱、研精覃思，她都有了。」

鄭明娳：「潘琦君的散文，無論寫人、寫事、寫物，都在平常無奇中含蘊至理，在清淡樸實中見出秀美。她的散文，不是濃妝豔抹的豪華貴婦，也不是粗服亂頭的村俚美女；而是秀外慧中的大家閨秀。」

洪醒夫：「寫的是我們已有的，或已聽過的感情經驗、人事歷練、我們想說的話。然而，我們說不出來，即使說出來，也沒有那樣好，所以，說是『人人意中所有，人人筆下所無』的。」

李又寧：「技巧不是琦君成功的主要因素……琦君具有學不來的稟質，那是她的真摯敦厚。她的文章自然生動、細膩婀娜，充滿了對世人和萬物的關愛。她不但用至誠、至愛、至敬描繪她的母親、父親、師長，用幽默和風趣寫她的先生和兒子，就是乞丐頭子三劃阿王和嗜賭遊手胅肝叔，在她的筆下，也都是栩栩如生，可敬可愛。她的書中沒有可憎可恨可鄙的人物。她不是不知道世間的醜惡面，只是不願意去揭發誇張。她從不冷嘲熱諷、不詛咒謾罵、不懍然說教、不賣弄學問。她善意地、敏慧地觀察、委婉地、美妙地描繪。她有無限的好奇心、驚人的記憶力。在人海中，她隨處尋覓溫暖、記述溫暖、散播溫暖和安慰。她的文一如其人，親切而極富人情味。」

文如其人・溫柔敦厚

「文如其人」幾乎是每位認識琦君的人的第一感受，春風和煦，生於

民國六年的她，「喜歡年輕人，尊敬老人，疼愛小孩子。小貓、小狗、小花、小草……她都喜歡。」（林海音語）她很能聊天，又有滿腹的故事和笑話，聽她說話總覺得時間過得真快，令人意猶未盡。而且，不論年紀大小、初識或老友，她都能談笑風生，一見如故。去（民國 72）年夏天，女作家荊棘帶著女兒回來，有次聚會中，琦君可以和荊棘的女兒聊下兩、三個鐘頭，兩人泰半以英語交談，穿插簡單的國語，成了忘年之交。

誠如詩詞融入她的散文一般，古典詩詞也是她生活中的一部分。她五歲認字，七歲讀唐詩、習字，十歲讀詩經、論語、左傳和唐宋古文。就讀之江大學中文系時，受江南大詞人夏承燾的教誨，使琦君的詩詞造詣之高，為現代作家難望其項背。琦君最著名的一首詞〈金縷曲〉，是祝賀梁實秋教授譯完「莎士比亞全集」。

此外，琦君也愛習畫、打太極拳、舞太極劍，她是位十分古典的現代女作家。她還有鮮為人知的表演才華，臺北的「非組織的組織」——女作家慶生會中，她常為大家用黃梅調唱生日快樂歌，也常表演歌唱各地方言的技藝，維妙維肖。因此，當她遠赴國外時，她成了大家思念最深的好友。

由於她常懷不老的童心，令人看不出她已是六十開外，幾近古稀之年了。

三十多年來，她不僅是臺灣文壇的奠基者，更是寫作不輟、受歡迎的文星。她共出版了 24 本書，其中一半是散文集，另外有短篇小說、兒童小說、詩詞研究等等。

其實，她的寫作生涯開始得很早，早在她高一那年，就在《浙江青年》發表第一篇文章——〈我的好朋友——小黃狗〉，獲得稿費銀元二元六角，及該刊主編的鼓勵。當時她就立志要做個「文學家」。

可是，大學畢業後，寫作卻中輟了。直到來臺灣後，在司法行政部工作 26 年，又在中國文化大學、中興大學、中央大學等校執教，因此，寫作都是在公餘之暇，挑燈夜戰下完成的。

　　因而這位筆耕三十餘年，著作等身且歷久不衰的女作家，溫柔敦厚，數十年如一日的寫作態度，寫為文壇典範，尤其值得後進學習、敬佩。

——民國 73 年 5 月

——選自鐘麗慧《織錦的手》

臺北：九歌出版社，1987 年 1 月

屬蛇的女人
記琦君姐

◎小民[*]

　　知道琦君姐屬蛇，是在臺灣電視公司的餐宴上，有一道炒鱔魚。味道不錯，非常滑嫩鮮美。我見坐在左邊位子的琦君姐，沒朝鱔魚盤下筷子，就勸她嘗嘗說鱔魚很好吃。

　　琦君姐笑著搖搖頭，回答她不敢吃鱔魚：

　　「因為太像了蛇，我是屬蛇的。」

　　「真的？我也屬蛇！不過我不怕，我還喝過蛇湯呢，雖然喝下去覺得噁心。」

　　琦君姐又笑著說她大概大我兩輪，我說大一輪還不夠？怎會大得了兩輪！琦君姐雖然常在文章中，自稱她已臨近古稀之年了，但看起來絕對不像，有時真比小一輪的我，還顯得年輕。這是因為琦君姐永遠保持一顆樂觀進取之心吧！

　　關於屬蛇這回事，我一向耿耿於懷。因為一般人皆認為蛇是狡猾的動物，自從聖經創世記開端將引誘人類始祖——亞當和夏娃犯罪的責任，歸在蛇的身上，「毒蛇的種子」便永遠為人所厭惡。我常怨母親，說她老人家太偏心，早年我一年，或遲生我一年都好。我不是龍就是虎，為何非讓我在蛇年出生？

　　因此，凡是有人問起我屬啥時，我即回答是「屬小龍」的，而從不提那個「蛇」字。外子不服氣，說如果蛇是小龍，那他屬兔也可以算「小

---

[*]小民（1929～2007）詩人、散文家。本名劉長民。臺北人。

虎」了。誰理他！反正我是屬小龍的。

又一次蛇年來臨的時候，我由一份雜誌上讀到一篇權威性談蛇屬性的文章，是這樣寫著：

「蛇象徵吉利、通常是智慧型的。個性方面略有晴、多雲、偶陣雨。但還算慷慨大方。雖難取悅，卻憑其優雅的魅力吸引異性……」

原來如此，蛇並非全盤缺點。雖然，我不完全同意以上關於蛇的象徵等等，卻聯想起聖經上另有多處對蛇推崇的地方。如摩西舉蛇以色列人仰望便得痊癒，至今軍醫的標幟仍是蛇盤在十字架上，變成濟世活人的代表。

在一次農產品品嚐會上，我和琦君大姐說起蛇的種種好處，她十分高興的說：

「小民，妳寫一篇蛇的文章，必定生動有趣！」

當時確想寫的，拖懶下來，蛇年過去了，更失去時機。只是每逢過生日，或遇見與蛇有關景物，都會想到琦君姐。

「以文會友」，認識琦君姐十年了。常在一些文藝集會時見面，琦君姐對人坦誠，從不以老前輩自居。文如其人，和她的文章一樣，不板起臉說教，只在憶舊、述古喻今中給讀書朋友小小的啓示。琦君姐舊文學根底深厚，觀念卻極新。她是信佛的，有一回我去普一買點心，順道至濟南路她府上，她高興得竟唱了好幾首聖詩給我聽。原來她曾在教會中學念過書呢！琦君姐真可愛。

——選自小民《親情》

臺北：道聲出版社，1985 年 5 月

琦君

◎陳芳明[*]

　　琦君在高中時代便嘗試投稿，她的第一篇文章是在高一時投《浙江青年》的一篇：〈我的好朋友——小黃狗〉，以第一篇的地位刊出，得到稿費銀元二元六角，並且得到該刊的主編來函鼓勵，當時對她有很大的鼓舞作用，她決心以後要做個「文學家」。

　　可是大學畢業後，寫作卻中輟下來，她因服務於司法界，文書案牘消磨了她寫作的雄心，在大學時候，她的老師曾諄諄勉勵她：「以汝之性情稟賦，若勉為此業（指寫作），期以十年，必能有成，幸勿為人間閒煩惱蝕其心血，勉之勉之。」她時時謹記這段勉勵，心裡常有一股創作的慾望。

　　直到遷來臺灣之後，因舉目無親，心情落寞，琦君乃毅然提起筆來，嘗試撰寫短文，她來臺後的第一篇短文題為〈時間·時間〉，投給《中央日報》副刊，半月後便刊出了。她喜不自勝，又立即再寫一篇散文紀念她的恩師：〈一生一代一雙人〉，投給《中央日報》的「婦女家庭」，不久就刊登出來了。從此便奠定她寫作的信心，增加很濃的興趣，她繼續寫數十篇的散文之後，便又嘗試撰寫短篇小說：〈姊夫〉，在《文壇》月刊的創刊號以第一篇的地位發表，於是她又開始向短篇小說方面發展。

　　琦君的第一本結集《琴心》，是以自費出版的，當時出版之後，便有許多不相識的讀者寫讀後感推介她的著作，認作她寫鄉村生活及童年生活很樸素，有真感情。不過，她並不因此而感到滿足，她自覺到只停留在回憶童年，會使創作走向狹窄的道路，因此，她企圖從自己的生活圈子掙脫出

[*]發表文章時為臺灣大學歷史學系碩士，現為政治大學講座教授兼臺灣文學研究所所長。

來。她服務於司法界，每日可見到各種階層的人物，從他們身上正好可以反映出形形色色的生活面，她乃逐漸由個人身邊的瑣事圈中跳出，以哀矜勿喜的心情寫大機關中的小人物，把他們的「雄心壯志」，他們的善良和醜陋，以及被人們遺忘的苦難者的心聲，都以真摯的文字表現出來。民國 57 年出版的《繕校室八小時》，就是比較富社會性的小說，也是她較為滿意的集子。

琦君的短篇小說數篇曾經譯成韓文，獲得韓國讀者的熱愛，民國 52 年 2 月，應韓國女苑雜誌社的邀請，去韓國訪問。同年五四文藝節，獲得中國文藝協會散文獎。民國 59 年，她的散文集《紅紗燈》，獲得中山學術基金會文藝創作散文獎。民國 61 年，應美軍太平洋總部的邀請，以友好訪問團員身分，訪問夏威夷；又由美國國務院安排，訪美兩個月。

她現在任教中央大學中國文學系，對當代的中國文學勤於介紹，使當代的文藝創作打進學院裡面，對於目前的文學發展的貢獻是相當大的。讀者只注意到她在創作方面的努力，也應了解她在推展文學方面所做的默默的努力。

——原載《書評書目》，第 12 期，民國 63 年 4 月

——選自隱地編，《琦君的世界》

臺北：爾雅出版社，1985 年 6 月

我們的國文老師潘琦君女士

◎鄭秀嬌[*]

　　悠閒地漫步，一臉慈祥和藹的神情寫在微笑的唇梢，走近身旁時，她會在你點頭之前先向你點個頭，愉悅地說一聲：「早。」——這就是我們的國文老師——女作家潘琦君女士。

　　在臺灣，不知道她的人不會多，沒有讀過她作品的人，恐怕會更少。民國 52 年出版散文集《煙愁》，是一本爲好多讀者所熟悉，包括了 38 篇散文的集子，大部分都是懷往憶舊的。所以常常在那裡面可以看到笑影中閃著淚光。潘老師偶爾在課堂上以輕柔中帶有深深懷念之音調，讀古今名家作品，班上靜寂地聆聽，大家都感動不已。潘老師上課時除了以令人最感輕鬆愉快的方式講解課業上的難題之外，常指點我們學習文章的作法，培養我們的欣賞能力，擴充我們的知識領域，更難能可貴的是我們常常聽到一些她自身的寫作經驗及家居生活的情趣，那怕是一絲兒淡愁及瑣碎之事，在我們聽來都成爲最吸引人的故事了。潘老師喜歡在下課時間與同學們聊聊天，像一個慈母般地關愛我們，無時無刻不帶著笑容的臉上，雖然免不了留下一些時光飛逝的刻痕，但你絕不相信潘老師，已經是五十多歲的人，她看起來那樣年輕，就像她那顆充滿愛和赤誠的心一樣年輕！

　　潘老師服務於司法界，還兼任兩所大學的國文教授，她自認教書和讀書是畢生最大的樂趣，每天除了上班、上課及做家事之餘，總會抽出時間來讀書、看雜誌、報紙，看到有好的文章，就會即時動手剪下，然後分門別類的貼起來。潘老師對英文尤其認真學習，清晨一早起床必先扭開收音

*發表文章時爲實踐家政專科學校學生。

機，收聽「空中英語教學」節目，所以潘老師的英文不但可以與外國人對答如流，甚至還嘗試著將自己的作品翻成英文哩！

潘老師好學而又好客，喜歡在家招待朋友，她的好友，也都是一些有名的作家，譬如林海音、張秀亞、沉櫻、張明等等，常與她們相聚在一起，研究寫作，也談名菜的作法。這使她覺得生活多采多姿。潘老師最喜歡帶著一大群小女孩玩，不知道是不是因為她自己只有一個兒子？上學期中有一次國文課堂上，潘老師突然決定下午帶我們去拜訪她的好友，久仰大名的女作家沉櫻女士。當沉女士打開公寓房門，見到我們一大群女孩子時，欣喜之情堆滿了她的笑臉，我們都知道沉櫻女士與潘老師同樣值得我們敬愛！那一天，我們不但坐滿了沉老師家的地板，掃光了沉老師為我們準備的可口點心，還搬走了沉老師的名作，如《一個陌生女子的來信》。潘老師也時常自家中攜一些存書送給我們：《煙愁》、《百合羹》、《繕校室八小時》、《琦君小品》以及曾獲中山文藝獎的《紅紗燈》等著作，都是雋永清新，感人至深而百讀不厭的作品。

上學期中，潘老師曾領著我們全班同學到天母公園烤肉，潘老師早跟我們打成了一片，與我們一塊兒動手，一塊兒唱跳，帶來許多平日最喜愛的亮晶的小擺飾，給我們當做抽獎，潘老師的笑聲一直縈迴著我們身旁，這是我們最難忘的一天。

最近潘老師將應美國之邀請作為期四個月的訪問，我們暫時不能聽到潘老師諄諄的誨諭，更不能聽到她娓娓動人的談話了。雖然請來了一位與潘老師一樣好的男老師來教我們，但我們心中仍像失落了什麼。讓我們在此虔誠地祝福潘老師旅途愉快，身體健康。

——原載《實踐家專校訊》藝文沙龍，民國 61 年 3 月

——選自隱地編，《琦君的世界》

臺北：爾雅出版社，1985 年 6 月

慷慨與謙遜

◎張曼娟[*]

　　約莫十年前，我得到生平第一次的文學獎，那是《中央日報》與《明道文藝》合辦的全國學生文學獎。頒獎典禮上，初次看見崇敬已久的兩位文壇前輩——王藍伯伯和琦君阿姨。

　　王藍伯伯也看見了我，是因為在極短的時間內，我便花完了為數不少的一筆獎金，捐給了泰北難民。

　　王伯伯認為這是件「難得」的事，故而印象深刻。對我而言，卻是偶然，甚至無法把動機說清楚，只是知道有人受苦，胸中的不平與悲憫便如鼓聲咚咚，不舍晝夜，獎金適時而至，使得鼓聲暫歇。

　　雖是初識，王伯伯的親切自然，卻像是看著我長大的。他領我去看畫室，並且告訴我，擱下小說筆，拿起水彩筆的心路歷程。因為極愛平劇，繪畫多以劇中人物為主，並在油彩厚實強烈的舞臺表演中，展現因渲染而成的輕靈飄逸，給人廣大的想像空間。然而，人們始終不能忘記的，仍是那部長篇鉅著《藍與黑》，14 歲那年，我整個暑假都捧著那 40 萬字，唐琪啦、醒亞啦、美莊啦，癡啊怨啊，純潔犧牲勇敢，一下子得到了好多好多，也投入得好深好深。

　　第一次見到王媽媽，心臟劇烈跳動，她究竟是唐琪還是美莊？原來都不是。王媽媽爽朗熱情，典型的居家婦人，卻也是藝術才華橫溢的王伯伯的賢內助。王伯伯對妻子是尊重兼體貼的；王媽媽則從不曾在言談中強調丈夫的不平凡（從這件事正可見出她的不平凡），只是尋常丈夫，老來相

---

[*]發表文章時為東吳大學中國文學系副教授，現為東吳大學中國文學系教授。

伴。結伴去旅行，結伴去探親訪友，結伴去聽戲，結伴去吃館子。

王伯伯是位美食主義者，我因此跟隨著吃了不少美味佳肴。王伯伯是相當慷慨的，即使是對我這麼名不見經傳的小女孩。相識兩年以後，我出版了第一本小說集，非常侷促羞澀，忐忑不安的捧到王伯伯面前，請他指正。那時，倉促出版，一直感覺著自己的年少與輕淺，王伯伯卻歡喜地接受了。過了不多久，把原書批得滿滿的，還給了我，包括標點符號，王伯伯覺得不適當的部分，都替我改正了，並且，圈出比較精彩的地方。這是一件何等耗費精神體力的事啊！直到現在，我仍收藏著這冊評點本，視若珍寶，它令我感覺溫暖。

也因王伯伯的引見，得以認識了王伯伯口中的「大姐」——琦君阿姨。

琦君阿姨其實是很年輕的，聽她說話，看待事物的方式，有著敦厚的童心。這幾年來阿姨都住在美國，難有見面幾會，而這幾年我在大學擔任現代文學教程，年年都有「琦君散文」專題討論，和學生賞析的同時，彷彿又重溫了相識的回憶。

去年秋冬之際，《中央日報》舉行文學研討會，討論琦君散文，琦君阿姨專程返臺。在一場演講會中，遇見了我班上的一個學生，學生興奮地告訴她，我們將在下個禮拜的課堂上討論她的散文作品。琦君阿姨詳細問了上課的時間，表示她想來「旁聽」（學生說到這兒，眼眸因歡喜而燦亮，我卻差點暈倒），但是，發現那時已安排了別的事，便要求學生將上課過程錄給她作紀念。我對班上 120 位學生宣布了這件事，並且說：「我們共同把這份禮物送給琦君女士吧！」

上課當天，錄音機比平時多出一倍，這兒一臺，那兒一臺，令人觸目心驚。學生並不怯場，發言踴躍，侃侃而談（初生之犢？），有讚賞、有批評。課後，我們選擇了效果最好的一卷錄音帶，由我拿著，到《中央日報》文學研討會場，等待研討會結束，慎重地交到琦君阿姨手中。「謝謝啊。」阿姨說。

「不客氣。」我說:「這都是學生的心意。」

我以為,事情就此結束。

然而,琦君阿姨回到美國,卻寫了一封長信來,表示她聽過帶子,「受益良多」,希望我向學生傳達感謝。從信中我發現她真的注意到學生談的每個細節,並且作出回應。然而,這只是個年輕老師與一群年輕學生的讀後感,暢所欲言,不夠專業、不夠精細;甚至有些狂妄。琦君阿姨已是卓然名家,何以如此看重?

終於,在多年以後,我看見琦君阿姨樸實的謙遜,這使她始終年輕。

王藍伯伯的慷慨、琦君阿姨的謙遜,是他們的藝術成就以外,值得仰望的光采。

　　　　　　　——原載民國 81 年 10 月 3 日,《中央日報》副刊

　　　　　　　——選自封德屏主編,《風範:文壇前輩素描》
　　　　　　　臺北:正中書局,1996 年 10 月

杜甫介紹的一對冤家

◎宇文正[*]

第一封情書

　　琦君和李唐基的認識，緣於琦君發表的第一篇作品。

　　1946 年夏天李唐基來到臺灣，「戰後建設需要大量人力，我是四川人，當時剛畢業，中國多大我不知道，要派我到哪我就到哪。因為我是單身，最適合派臺灣，就這樣來到了臺灣。我在復旦大學學的是經濟，臺幣正要改幣制，我來臺就到羅東紙廠擔任帳務股長，那是臺灣最大的紙廠，新聞紙、鈔票紙都是它製造。我雖然學經濟，學生時代就喜歡文學、話劇，看報紙時讀到好的文章總要剪下來，閒暇時再拿出來慢慢的欣賞、重讀。記得那時我剪了一篇〈金盒子〉，那是琦君來臺發表的第一篇文章，我剪報的時候並不認識她。

　　後來金瓜石那邊的金銅礦務局有個科長的缺，有人推薦我去。金瓜石是山區，可以眺望大海，跟重慶很像。重慶也是個山城，下面是嘉陵江、長江，我覺得像回到家鄉，就決定留下來了。待下來之後才發覺受不了，因為多天幾乎天天下雨，又是個不毛之地，生活很單調，而我在大後方認識的朋友那時大部分都在臺北，於是我沒事就往臺北跑，找朋友談天、看電影、上館子。有一位老同事是在臺北地方法院當會計科長，他是單身，住在法院裡，宿舍有兩張床，室友是個年輕的法官，每個週末都回家，我可以去睡他的空床。朋友知道我有一個習慣，睡前一定要讀一點輕鬆的文

---
[*]《聯合報》副刊組主任。

字。有一晚看電影回來，兩人看著報紙，朋友說，我們對面有一個小姐，今天報紙上登著她的文章呢！你看看。女生宿舍就在我朋友房間對面，因為他這邊是主管房，有熱水設備，對面女孩子要開水什麼的都到他這裡來。他把報紙遞給我，我一看，作者叫琦君，我有印象，剪過她的文章。

我回去以後，有一天把剪報拿出來翻翻，看到一篇〈金盒子〉，想起在朋友的宿舍見過這個作者。我再重讀一遍，是寫得非常感人，尤其我是一個人單獨到臺灣，特別有同感。我是長子，父親很反對我來臺，他希望我大學一畢業就回家鄉服務，他的擔子也可以輕鬆一點；但我想在外多學點經驗，我說我去臺灣最多三年五年一定回來，沒想到回不去了！那篇〈金盒子〉是思念作者的哥哥，讀著讀著，我也想起了親人；加上見過作者本人，把人跟文章配合起來，再讀，就更覺得親切。於是我拿起筆來寫個讀後感給她。我把信寫完了，又唯恐自己的水準不夠，想起杜甫的〈月夜憶舍弟〉：

戍鼓斷人行，秋邊一雁聲。露從今夜白，月是故鄉明。有弟皆分散，無家問死生。寄書長不達，況乃未休兵。

那正是我當下的心情，我在信末抄錄了這首詩，把信寄給了她。」

「你們就這樣認識了？」

「其實之前她就看過我常在宿舍出入，對我已經有印象了，看了我的信，大概覺得還夠水準，就開始通信。所以每當有人問我們怎麼認識的？我都開玩笑說：我們是杜甫介紹的！要是我沒有抄上杜甫那首詩，說不定她就不回信了！」

「通信以後，我一有空就到臺北找她，後來找機會調到臺北來，認識兩年以後我們結了婚。假如我還留在金瓜石，能不能成功娶到她，我就不知道了。」

「結婚那年是民國 40 年，琦君 34 歲；我是民國 10 年出生，應該是

30 歲。」

「我們的婚禮是在火車站旁邊的『勵志社』舉行，它的社長是一位知名的將軍，經常代表官方在那裡接待外賓，所以是那時臺北最有名的飯店。不過，當時琦君認識的作家不多，我倆的親人也多半不在身邊，就只有同事朋友觀禮了。」

不是冤家不聚頭！

談起婚姻，琦君常說：「要修到神仙眷屬，須做得柴米夫妻。」「幸福就是嫁一個勤快的丈夫，什麼都他做，我就都不要管！」她也曾在文章裡以《約翰·克利斯多夫》裡的一段話談夫妻之道：「能找到了一顆靈魂，在苦難中有所偎依。找到了溫柔而安全的托身之地，使你在驚魂未定之時得以喘息一會，不復孤獨。……即使受苦也要和他一起受苦，只要生死與共，即使痛苦，也成歡樂了。」苦難中偎依的靈魂，多麼浪漫！然而在現實生活中，關於夫妻相處，琦君最常掛在嘴邊的一句話卻是——不是冤家不聚頭！

兩人鬥了一輩子的嘴。琦君稱丈夫「今之古人」，因為他凡事都要講原則，從公務到家庭瑣事，絲毫不肯通融，妙的是這位「今之古人」最喜歡使用新式電器；李唐基則說「家有怪妻」，已經進入電子時代，她居然還相信雙手萬能！什麼事都自己動手，弄得整天東痛西癢，又怕曬太陽，「妳呀！是拒絕陽光的怪人！」

兩人唯一一致的意見是關於養生，李唐基的口頭禪是：「藥補不如食補，食補不如睡補。」琦君則說：「養生的道理最簡單，餓來吃飯睏來眠！餓了就吃，累了就睡，其他事情都不必管。可是真要做到卻不容易噢！因為你有事掛心就吃不下，一點點事情掛在心上就睡不著覺了。」

琦君就有失眠的困擾，四處求醫無效，李唐基笑她庸人自擾，「睡不著就睡不著，那表示妳不需要那麼多睡眠，緊張什麼！」他在鏡中發現自己額角上有一撮白髮，喊著琦君快來幫他拔掉，琦君學著他的四川口音說：

「北（白）了就北了，那表示你需要長白髮，緊張啥子嘛！」

輪到琦君對鏡發急的時候——她一向自己捲髮捲得很順手的，那一天不知怎麼捲的，捲出個木瓜頭；丈夫站在身後只是笑，琦君恨恨地：「你這是幸災樂禍……」李唐基卻搬出她溫州的家鄉諺語說：「不要生氣啦，頭梳得不好，只不過是一天的事，丈夫嫁不好，才是一生一世的事！」

琦君個性急、做事快，李唐基卻是「全天下最慢條斯理的男人」。琦君抱怨他連買個電風扇都得集思廣益，考慮再三，最後買回來的還是個老舊的樣子，跟原來一模一樣的牌子！李唐基也不甘示弱，說：「跟她這位緊張大師一起吃飯，要得胃病。一同過馬路，要得心臟病！」還對她說：「讀聖賢書，第一要懂得那一片雍容氣質。而妳整天像熱鍋上的螞蟻，在屋裡團團轉，轉得旁人心情不寧！」

琦君不耐煩整理零星什物，李唐基什麼都要珍藏。她譏笑他男人家未免瑣碎，他責備她女人家太煞粗心。你丟我撿的戲碼天天上演。

琦君的文章〈我的另一半〉膾炙人口，說她的那一半「優點多於缺點」，但讀起來似乎多半是「缺陷美」。她在文章裡宣告丈夫動作之慢，是「老虎追來了，還得回頭看看是公的還是母的」；他是會計人員，把辦公室那一套搬到家裡來，指導琦君如何記帳，沒多久琦君就記成一片糊塗帳！他最大的嗜好就是躺在沙發上翹起二郎腿看書報雜誌，天塌下來都沒他的事！他認為貴的東西一定是好的，所以在臺灣喜歡吃蘋果，到了日本又想吃香蕉，反正跟錢過不去。……

李唐基讀後覺得委屈，認為對他的優點隻字未提，於是琦君又寫了一篇〈「我的另一半」補述〉，這一篇則談到他的研究精神，學麻將時徹夜研究麻將經，結果跟朋友玩了四圈，三家自摸，就只有他輸得清潔溜溜，而即使如此，那些贏家也絕不肯同他再戰，因為他考慮之周，出手之慢，叫人忍無可忍。……「補述」似乎彌補不大。

李唐基慢條斯理慣了，君子報仇十年不晚，在琦君寫〈「我的另一半」補述〉之後又十餘年，他才寫了篇〈我家有個反對黨〉登在《中華副刊》

上報一箭之仇。文中說明他們夫妻如何「相生相剋」、發揮制衡作用,「她性子急,永遠有忙不完的事,好像過了今天就沒有明天,天天在家裡刮颱風。」「她寫作時也是快節奏,如遇疑難字詞,沒有耐心查字典,常常寫錯別字。如我在邊上,便只好請教我這個活字典。」「她背誦古人詩詞,朗朗上口。你如問她出處,不一定答得出來,張冠李戴還振振有詞地說,文學重欣賞,只要文章好,管他什麼人、何時、何地寫的?」「最怕陪她逛百貨公司。……她一進公司,就眼花撩亂,尤其見不得精緻的小玩意,愛不釋手。花了很多時間,最後捧回家的都不是需要的,需要的只好等待下一次再去光顧了。」結論是,還好他大肚能容,永遠包容得下她這個反對黨。

她都是在沙灘上看衣服的!

回顧五十多年婚姻,李唐基說從年輕到老,他與琦君的心靈交流,始終建立在文學上。「我們只有在談文學時有共同的語言,其他方面完全沒有共通點!」更進一步說,除了寫作,琦君對什麼事幾乎都不感興趣,更別說運動了!「我在工作上是比較拘謹,其實個性外向,喜歡運動,夏天常去淡水海水浴場游泳,因為我是長江鍛鍊出來的呀!海邊游泳在我看起來太簡單了。常常我和她的一群同事去海邊游泳,她都是在沙灘上幫我們看衣服的。我也有些朋友喜歡跳舞、唱歌,她只喜歡文學!」

他們唯一共同喜歡的運動是打太極拳、舞太極劍,有段時間兩人常打拳、舞劍鍛鍊身體,可是因為各有「師父」,門派不同,所以也有門戶之見,兩人都認為自己的太極拳打得比對方好得多!

琦君的個性浪漫熱情,完全沒有數字觀念,李唐基凡事按部就班,計畫周延——也多虧學過會計的他長於理財,兩人互補,才能得享無憂無慮的晚年。李唐基說:「在美國時她常常長途電話指導文友寫作,在電話裡逐字逐句的說,電話費一筆就是一百多塊美金!我說她,她還不高興,說我這人太實際!」

琦君一旁訕訕地說:「我哪懂那麼多!」嘴一撇,一點兒也不認錯,

「妳看他好凶啊！我現在後悔嫁給他也沒用了！」

笑問琦君：「妳什麼時候開始後悔的呢？」她說：「從頭就後悔了！」

李唐基搖搖頭：「這個人講話不憑良心！她最近拿出從前的照片，說我現在啊跟那照片差得太遠了！」

琦君指著牆上李唐基年輕時的照片，「好善良，妳看那照片！」

李伯伯都八十多歲了，當然⋯⋯跟年輕時不同啊，我問琦君阿姨：「當初為什麼願意嫁給李伯伯？」

「喔，我也不知道，不是冤家不碰頭嘛！」不過，琦君終於還是承認，「主要是他喜歡文學，這一點倒是不錯的。」

李唐基說，他本來很希望從事文學這條路，認識琦君之後，也想她能幫助他，然而婚後，愈來愈發現琦君的天分，「我想我的工作天天跟數字作伴，回不去了，即使寫作也不會是一流作家，不如我努力工作，讓她專心多寫！我們結婚以後，開始還跟她二姨太住在一起，後來搬出來，住在法院的宿舍，她上班方便，那宿舍只有一個小房間可以擺張床、擺個小桌子吃飯，煮飯燒菜都在外面走道上。我們倆吃飽飯沒什麼娛樂，就講起親人、過去的事。她講著許多傷心感動的事，自己就掉眼淚。我聽著——欸，這段故事很有意思，可以寫下來啊！我想我聽了感動，別人看了也一定會感動。於是她把每天飯後的談話逐漸的寫出來。一篇一篇的散文就這樣出來了。她文章寫好了，我也總是第一個讀者，我會提出意見，她有的接受，有的不接受。」

問琦君是否寫作真得李先生的「指正」，琦君立刻答：「沒有他，我的作品更好！」她說：「他總拿出會計師的挑剔性格，在我寫好的稿子上勾勾槓槓，指出某處用字欠妥，某句辭不達意，某段文氣未貫，把我的文章批評得體無完膚！」事實上，最初琦君總被丈夫的評語刺激得怒火中燒，但仔細再推敲，倒又覺得「夫人不言，言必有中」，就照著他的指正修改後再寄出了。等到文章刊出，琦君說：「得意的不是我，倒是他！我說：『你這樣會改人家的文章，何不自己寫呢？』他說：『我是核稿的，不是擬稿

的。』他主管做到家裡來啦！」

有段時間李唐基外派紐約，琦君五天一封萬言書，看得李唐基精疲力盡。終於把她勸到紐約作伴，「1983 年我又要調去紐約，我就跟她說，妳想寫作，在臺灣沒有那個環境，朋友多，平日要教書，寒暑假又有夏令營……外務太多，根本不能安心寫作，不如跟我到美國，包妳可以寫個長篇！」

在美國做個「閒妻」

美國新澤西的生活確實沒有臺灣熱鬧，適合靜心寫作，但也未免太不熱鬧！琦君丟下臺北的一切，在那裡做個「閒妻」，整天看報紙、雜誌、電視，織毛衣，有時到圖書館、市場走走，然後等待丈夫下班回來，一邊吃飯，一邊向他報告看書、看報、看電視，觀察鄰居、市場……種種的感想見聞，聽得他昏昏欲睡，「妳呀，在臺北時信太長，來此以後話太多！」若是閉上嘴，兩人坐對一室花草，又不免寂寞，琦君打趣丈夫：「宋代詞人說：『樹若有情時，不會得青青如此。』你這個沒嘴的葫蘆，比樹如何呢？」李唐基笑答：「樹無情，才能長青。人有情，乃得白頭偕老啊！」

琦君寫信給臺灣的朋友訴說客居心情，不但寫自己的信，還代丈夫回信給朋友，做起了「代書」，重溫年少時幫母親「代書」寫信給父親的時光。丈夫責備她不明事理：「臺灣朋友各個忙得團團轉，誰像妳以寫信為職業，人家收到妳的信，不好意思不回，回了妳又再寫，豈不是惡性循環！」建議她：「何不把妳想寫的書信內容，化作文章，刊在報上，臺北的友人不就都看到了嗎？」說得琦君只有安安分分把文字寫在稿紙上。

在新澤西期間，她寫下了心中一直寫想的中篇小說《橘子紅了》，這部作品在民國 90 年時被公視改拍成電視劇，造成轟動。她在美國一住 20 年，仍持續寫作不輟。

在美期間，讓琦君印象最深刻的是，有一回她從華盛頓特區坐了六小時、換了三次車回到紐約，夜晚下著濛濛細雨，正懊惱著身上沒帶傘，後

面一個黑鴉鴉的人影，撐著一把大傘，輕聲喊她。原來丈夫下班車擠，較平日晚了一班車，才剛好碰上她回來。琦君在傘下安心了，倒又想著怎會那麼巧呢？他倆若不是「有緣千里來相會」就一定「不是冤家不碰頭」了！忍不住找碴：「這樣的巧遇，怎麼你剛才叫我的時候聲音有氣沒力，一點也不意外的樣子？」李唐基淡淡地說：「這有什麼稀奇，天下巧合的事多得很！」讓琦君忍不住想起她還在臺灣，與丈夫分隔兩地時，丈夫曾在信上說「身處異國，才感到家庭的舒適溫暖，天堂都無法比擬。……千言萬語，無從說起，想到前人有這兩句話：『一室莊嚴妻是佛，六時經濟米鹽茶。』就以此來贈予妳……」拿「佛」來恭維她呢！看來，還是距離能夠營造美感。

　　兩地相隔那段期間，琦君出版了《桂花雨》，央請丈夫寫序，序末，見到李唐基深情的一段話：「於遙遠的懷念中，不禁記起琦君最喜歡的清人的兩句詞：『詞賦從今須少作，留取心魂相守。』我真寧願她少寫文章，相信琦君一定能體我深意吧！」

最想念水晶宮

　　他們回國後定居淡水，30 坪大的住屋，客廳一扇大玻璃窗面對著淡水河，琦君已無法到河邊散步，只能從窗前遠眺淡水美麗的夕陽和往來穿梭的渡輪。這兒有人定時打掃、管三餐，若是生病了，一按鈕，護士就會趕來照顧，也有隨傳隨到的鐘點女傭，是專為銀髮族設計的飯店式住宅。琦君常恍神，不知自己身在何處，問她喜歡住淡水嗎？她迷惑地說：「這裡是淡水呀？」李唐基仍然是淡淡地說：「妳跟著我就對了！」

　　重回臺灣，兩老只覺得臺灣變化太大。李唐基回想剛到臺灣來時，整個臺北市人口不超過三十萬，住在日式房子裡，晚上睡覺只聽見窗外木屐踏在街道地板上的聲音，滴滴答，滴滴答。

　　他們經歷動盪的時代，來到臺灣，在臺北安定下來，而後從臺北到紐約，再回到淡水，五十多年過去，最令他倆懷念的，仍然是他們婚後的第

一個家——法院分配的迷你宿舍，他們小小的「水晶宮」。

　　水晶宮聽來堂皇無比，其實是大廈底層的一間浴室改裝。磁磚地上因潮溼常冒著汗珠，走在上面如履薄冰；僅一扇破舊的木窗朝西北，四季都不能打開；灰暗的牆壁，凹處還有個年久失修的水龍頭，開不了關不緊，地面上終日積水盈盈。整個屋子彎彎曲曲，像個螺絲殼，總面積才不到六個榻榻米大，連煮飯都得到外面走道。歲末思親，琦君坐困愁城，李唐基勸她不要懊惱，螺絲殼也可以變成水晶宮！他們打起精神把房子打掃潔淨，牆壁凹處拉上帘子，壁上掛起字畫，几上選一座淡綠色檯燈，配上四周淡綠帘幕，又在水龍頭下安置一個「承露盤」，大約 24 小時恰可滴水盈盈，真是名副其實的水晶宮了。沒地方放桌子，他們在原有的「浴盆」上加一方木板，就成了飯桌、書桌和書櫃。過年時，在這浴盆改造的「三合一」飯桌上，他們還曾經大擺筵席呢！就是從這張「書桌」，淡淡的燈光下，琦君開始了埋首寫作的生涯。在小小的蝸居裡，打開一片廣闊的視窗。

　　「水晶宮」裡，她寫下了《琴心》、《菁姐》。後來她搬到中和郊區，又搬到臺北金華街，搬到新澤西，不但擁有了自己的書房，還有了不被人情打擾的寫作環境，因此，寫出更多的著作。而今在淡水，琦君因為關節退化，行動不便，若要出門，就由李唐基陪著她，到餐廳，到活動中心，到醫院……。

　　從水晶宮到淡水潤福，執子之手，與子偕老。

——選自宇文正《永遠的童話——琦君傳》

臺北：三民書局，2006 年 1 月

鋼琴與「罵殿」

琦君的音樂世界

◎宇文正

琦君有好手藝，但因為不忍殺生，愈來愈傾向吃素，何況年紀大了，慢慢也就不作菜了，不過，年老後的琦君，生活上卻有了新的樂趣，那就是唱戲。現在在淡水的生活，每個禮拜平劇老師來，一起跟「同學」唱唱戲，已經成了她生活上的一大寄託。

琦君的父親喜歡戲，一家遷到杭州時，凡遇好戲班來時，杭州唯一的一家戲院「共舞臺」的老闆就親自送戲單來，問要訂多少座位，並請他點戲。「那時梅蘭芳也到家裡來看我父親的，父親曾當過軍長嘛！那是軍閥時代耶，有時父親發脾氣罵人的時候，我說：『什麼稀奇，你是軍閥！』當然把父親氣得不得了！」

彈鋼琴像炒豆子

「軍閥」家裡，在那時代就有留聲機，因此她總說：「我是留學生！」只是那時從留聲機裡偷偷學唱戲的琦君，一點也不敢相信，原來自己是有音樂細胞的呢。

這都是鋼琴惹的禍！琦君有多篇文章提到自己學琴的慘痛歷史，自稱連「對牛彈琴的那條牛」都不如，很為自己「沒有一粒音樂細胞」而沮喪。每見到朋友的兒女們輕柔的手指小麻雀似地在琴鍵上跳躍，跳出美妙的音樂，她的心裡就有百般的滋味！

琦君的父親決心要把她培養成說一口流利英語、彈一手好鋼琴的「淑女」，她考上了教會中學，馬上為她報名個別的鋼琴課，一學期 12 塊銀元

在那時不是一筆小數目。然而第一天見到鋼琴老師就把琦君給嚇壞了！那老師姓曹，「陰曹地府」的曹，沒有想像中學音樂者的優雅氣質，四方臉上一對倒掛眉毛、扁鼻子、大嘴巴，嘴唇薄得一抿緊幾乎看不見紅色；臉上浮著灰撲撲的粉，隨時要飄下來的樣子，活像戲臺上的曹操，琦君私下就喊她曹操。當然問題不在長像，琦君自己當時剛從鄉下來，「土頭土腦」、「畏畏縮縮」，也高明不到哪兒去，問題在那「冷若冰霜」的臉，聲色俱厲的教學方式，把琦君學琴的熱情整個澆熄了。奇怪，她始終想不通，一顆受過音樂陶冶的心靈，怎麼會如此冷峻呢？

「當初不是曹操教我的話，我鋼琴可以學得好的！她就只會奉承我們家二姨娘，二姨娘把我帶到她面前，說：『曹老師妳好好教喔，這個孩子野得很！你不好好教她就不學的。』一看曹老師的樣子，我心裡就發抖，而她要討好我的家裡，假使我一句都彈不出來，不好交代，對我就更凶了！」

更稀奇的是，琦君家裡付了 12 塊銀元上個別課，曹老師卻安排了另一位同學與她一起上課，而且總是先教那同學，再教琦君。那同學已有基礎，一教就能上手，小拇指上戴著閃閃發光不知真的假的小鑽戒在鍵盤上來回穿梭，看得琦君頭昏眼花，更是相形見絀。她回家懇求父親把錢退回來，說「彈鋼琴像炒豆子，嗶嗶剝剝在鍋裡蹦，一點也不好聽。」父親卻是半點商量餘地都沒有，她只得硬著頭皮學了。彈不上來，「曹操」拿鉛筆桿敲她的腦袋，罵她：「不配當學生，白花家長的錢！」而每學期的音樂會表演，她就跌跌撞撞上一次「斷頭臺」，如此煎熬了五年，直到要上高三了，即將準備參加全國性的高中會考，她大膽央求一位慈愛的穆老師到家裡來為她說情。來自美國的穆老師用她的美國腔杭州話對琦君父親說：「你的女兒鋼琴天荣（才）不太耗（好），你不必勉強塔（她），還是灰（會）考重要。」她才終於從鋼琴的牢籠裡解放出來。

可是在琦君的心中，總有一份淡淡的惋惜，如果不是父親逼她學琴呢？如果遇上的是一位慈愛的老師，鼓勵她、引導她，鋼琴還會那麼使她

望而生畏嗎？鋼琴一直是琦君心中隱隱的遺憾。難怪她一輩子相信「愛的教育」！

張天心發現的音樂「戲」胞

但誰說她的「音樂天柴」不好呢？她唱起戲來，卻真是有板有眼，毫不含糊的。

李唐基說：「琦君的戲劇細胞，還不是我發現的，是張天心！」

張天心是旅居華府的作家，能文、善畫，尤其拉一手好胡琴，擔任過北美華文寫作協會副會長、華府分會會長，晚年以槍殺「乾女兒的丈夫」而震驚海外華人圈，被判終身監禁，於獄中病歿。想起溫文爾雅的張天心，竟有如此令人震撼、不解又心酸的晚年，琦君夫婦不勝欷歔。

他們與張天心熟識，開始於某年歲末，華府一個文藝團體的座談會邀請琦君去演講，主席是張天心，那時他剛好出版新作《一琴走天下》（星光版），贈予琦君夫婦。琦君讀了頗為欣賞，推薦給丈夫李唐基看。那是耶誕節前，李唐基讀後便隨手在聖誕卡上寫下有趣的四句打油詩寄給張天心：「三絕琴書畫，知交滿天下。東西南北走，快樂你我他。」張天心開開心心把這首短詩寄給《中央日報》副刊，「中副」登出了這則文壇消息，說張天心最近出書，李唐基以詩相贈云云。

次年春天，張天心邀請琦君夫婦喝茶聊天。飯後，有人提議大夥來唱幾段戲。眾人問起琦君會唱嗎？琦君說我只是小時候跟留聲機學的，不真的會。張天心說：「妳唱，我跟，沒問題的。」張天心拉起胡琴幫琦君伴奏，當場她唱了「賀后罵殿」，眾人大聲鼓掌叫好。那溫馨熱鬧的歡聚如在昨日，李唐基懷念地說：「大家都說她唱得好，而且還是經過張天心評點的！」

特別喜歡唱「罵殿」

不只平劇，琦君還會唱紹興戲，那是她住在杭州時一位照顧她的金媽

教的。金媽是紹興人，一口道地的紹興調，紹興戲本來大部分就是哭哭啼啼，感性的金媽，平日就常是一把眼淚一把鼻涕，唱起紹興戲來特別有韻味。當她唱「夫妻本是同林鳥，大難臨頭各西東」時，眼淚撲簌簌直掉。琦君不解，問了母親才知道，金媽本來是嫁給不愁吃穿的好人家，因為沒有生育，她婆婆硬給兒子另討了媳婦，她一氣之下，寧可出來給人幫傭，自食其力。

紹興調唱不盡金媽的心事，她東幾句西幾句地唱，想到哪兒唱到哪兒，琦君也不明白，為什麼隔了大半個世紀，卻仍記得她唱的那些詞？那首「珍珠塔」，「天也空來地也空，人生渺渺在夢中。南無，南無阿彌陀，啊……佛。……」老在她心頭縈繞。而唱起梁祝的「我與你小橋結伴到如今……」，琦君說：「就好像回到故鄉一樣。」

在抗戰期間，琦君一個人離家在外讀書，有時為了躲避日軍，住在窮鄉僻壤的山間，不論到哪，她手邊總要帶兩張破舊的平劇唱片，一張是老生，一張是青衣。琦君的嗓子也有本事，老生、青衣都能跟著唱。

現在琦君每個星期四老師來，她一定下樓跟一群「票友」一塊兒練習，也可多認識朋友。李唐基說：「上個禮拜四，我出去辦事，讓她自己去唱。她唱了「打漁殺家」、「梅龍鎮」，唱完老師直誇她唱得真好！還說沒想到她鬚生、青衣都會唱。她一開口，大家就知道她是會唱的！他們說：『妳一個人把什麼角色都包了，我們都沒戲唱了！』」過年的時候，他們打算請琦君登臺表演。

我們一邊聊著，琦君又唱起「賀后罵殿」：「就好比秦趙高……只罵得這昏王又轉身去……只罵得這昏王無言……」

「奇怪，為什麼特別喜歡唱「賀后罵殿」呢？」我問。

琦君露出頑皮的笑容：「我小時候二姨娘很凶嘛！我那時候在廚房一唱，二姨娘過來就是一巴掌。她自己喜歡聽戲，就是不讓我學。她要發洩，要表現她的權威，我就躲在桌子下面……」

「唱那個『罵殿』嗎？」

　　「是呀！我學『罵殿』，一邊唱一邊想著是在罵她，我的情緒就可以抒解。大概也因為那時常常唱，這一段的詞始終忘不了！」琦君說著，又露出促狹的表情。

　　「李伯伯會跟您一起唱嗎？」

　　琦君搶著回答：「他一句都不會！」

　　「誰說的！」李唐基說：「我會唱中華民國國歌！」

　　　　　　　　　　　　　　　——選自宇文正《永遠的童話——琦君傳》

　　　　　　　　　　　　　　　臺北：三民書局，2006 年 1 月

以詞訂交
憶琦君二三事

◎樸月*

「琦君阿姨去世了！」

聽到這個消息，使已為爸爸正在榮總加護病房與生命拔河而心力交瘁的我，心情更如雪上加霜。卻又慶幸：在今年春節過後，元宵左右，曾與丘秀芷專程去淡水潤福探訪過她。

一路上，我們談到幾次去看琦君阿姨令人好笑又感傷的事。她有時不太認得人，但我一提「我是樸月」，她倒是立刻十分清楚；也許因為她未回臺灣前，我到美國時，曾去看過她兩次。比起許多「久違」的朋友，讓她的印象較新且深吧？

那時，我弟弟一家住康州的橘郡，離紐澤西他們家約兩小時車程；在美國，這就算相當近了。我去時，都是由我弟婦開車，還帶著我的小侄女世琳。喜歡小孩的琦君阿姨，還跟小世琳玩「挑繩」的遊戲。一老一小玩得不亦樂乎。「琦君婆婆」與當時七歲的「小世琳」因而成為真正的「忘年之交」。

我們去時，本來因為怕給他們二老添麻煩，都沒準備在他們家吃飯。而她捨不得我們走，總堅持要我們吃了飯才許走。就由李伯伯開著他的老爺車帶我們出去吃館子。其實吃倒是其次，主要的是因而得以多聚一陣子；在美國定居的他們，顯然日常生活不免清寂。她就曾感歎的說過。

「住在這兒，離誰都遠！見見老朋友都不容易！」

*本名劉明儀，專事寫作。

幸而她的人緣非常好，即使不容易見面，與文友間的「熱線電話」倒是不斷線的。文友們到紐約，也總不會忘了去探訪他們，為他們的生活帶來歡樂與驚喜。

2004 年，我又陪家父到美國去探親。那時我弟弟已遷居北卡州的洛麗城，距離遠了，但我們還是打算專程去探望她一次。打電話給他們時，李伯伯告訴我，他們已經決定回臺灣，在專為老人頤養的「淡水潤福」定居，正忙著搬家。因此，我們也就沒去打擾，而相約等我們也回臺灣時「淡水見」。

回臺灣後，我也曾分別約了不同的朋友去看過她幾次。有一回，正當「格林」為她出版的《玟瑰髮夾》出版。我陪著「格林」的張玲玲、為她繪本畫插畫的黃淑英姐妹、在《聯合報》任職的朋友孫金君同去看她。雖然有些新近的事她不太記得了，總問：「我現在在哪裡呀？」但與她一起翻閱新書，看到書中的圖片，談起書中幾個她幼時身邊的人物，她卻記得清清楚楚，如數家珍。

上一回是陪張秀亞阿姨的女兒，也是她的乾女兒于德蘭去看她。提起德蘭，她總是笑咪咪地說：

「德蘭是個小娃娃！」

這應是她留存在腦海中深刻印象；她初見德蘭時，德蘭當然還是個「小娃娃」。讓人不由感歎時光飛逝。事實上，當年的「小娃娃」德蘭也已近望六之年，比我還大十歲呢！

每回我們去，她總是捨不得我們走。有一回，還拉著我「撒賴」，說：

「你說了你不走的！」

我好言好語哄她說：

「我下回再來看您。」

她馬上追問：

「哪一天？」

我想，她真的是太寂寞了！李伯伯也說，平時她常說頭暈，這不舒

服，那不舒服的。但一有朋友來，就高興得什麼病也沒有了！還總跟朋友「告狀」，說李伯伯如何「管」她，不許這，不許那的：

「對我好兇！」

口中說著這樣的話，臉上的表情卻洋溢著幸福的愛嬌。李伯伯就在一邊笑，說她不聽醫生的話，只好由他來做壞人！我們也哄她，李伯伯管她都是為她好。她就「修正」方才的說法，說李伯伯「面惡心善」。

提起這些事，我跟秀芷感慨：

「也只有我們『中生代』還能跑跑了；她同一輩的，也都老了，自顧不暇。下一代，因她出國太久，又沒有多少交集。」

那天，正當元宵前後，秀芷還帶了紙雕的小狗花燈，當場為她拼湊安裝。她在一邊看秀芷做花燈，笑得好高興！那一張樂開了的笑臉，像小孩一般的歡天喜地，爛漫無機。

當天，正好出版社將宇文正為她寫的新書《永遠的童話》送達，李伯伯拿出來送我們。正好我也帶了我的新書《鹿橋歌未央》送她，笑說我們正好彼此「交換」。李伯伯還開玩笑：

「這樣的交換，你可吃虧了；你的書那麼大一本，我們的是本小書！」

我和秀芷請她簽名，她高高興興的為我題寫：

「樸月妹惠正」、「琦君敬贈」、「九五、二、九」。

她深受中國式的禮教薰陶，待人總是溫厚謙退的。所以雖然從相識起，我一直喊她「琦君阿姨」，她卻總稱我「樸月妹」。

屈指數數，我們相識應該是 24 年！那時，我才剛出我的第一本書《梅花引》，而她已是名滿華文世界，與張秀亞阿姨並稱「散文雙璧」的名作家了。但很特別的是：我們之間訂交，卻出於她主動！

《梅花引》是我在《中國語文月刊》上「詞演示」專欄的結集。「演示」者，可以說是用一篇完整的散文來演繹詮釋一首詞。這構想出於先姨父趙友培先生。由於他知道我從小喜愛「詞」，雖非學院出身，卻在這條路

上，摸索自學了二十餘年。他認為，「非學院」正是我的「優點」；沒有「師門」的「包袱」，反而海闊天空，可以自由揮灑。因而「內舉不避親」的將這新闢的專欄給了當時還沒有什麼寫作經驗的我。這一機緣，開啟了我的「文學寫作事業」。所以當別人問起我的寫作經歷，我總說：我是先有了「專欄」才開始寫作的。這種福緣，恐怕「無例可循」。後來，才開始寫散文，偶爾也在「中副」發表作品。

《梅花引》的序，是姨父親自寫的。張秀亞阿姨基於提攜後進，又對我這個生長於現代，卻是古典文學薰染長大的「小朋友」一向有些偏疼。自願為我的新書寫「跋」，並在《中央日報》「晨鐘」發表；其中當然有不少的溢美之詞。

是秀亞阿姨的「跋」引起琦君阿姨的注意吧？後來，她告訴我，她過去曾看過我幾篇在「中副」發表的散文，對「樸月」留下很好的印象。又見到秀亞阿姨的「跋」，知道這「小朋友」的新書，主題竟然是「詞」！非常高興。見到當時「中副」的主編孫如陵伯伯時，就跟他要我家的地址和電話。孫伯伯的答覆卻是：

「你知道我們是不把作家的地址、電話給人的。如果你想找樸月，寫封信到中副來，我們會幫你轉。」

她氣得去向張秀亞阿姨「抱怨」：

「他又不是不認識我！我也不是閒著無聊，無故騷擾女作家的男人呀！」

張秀亞阿姨聽了也笑不可抑，打電話跟我說這件事，並把她的地址給我，要我送她一本《梅花引》，並寫一封信向她致意。秀亞阿姨說：

「你是晚輩，理當你先寫信給她，並送她一本《梅花引》請她指教，謝謝她對你的厚愛。」

不僅如此，秀亞阿姨還特別請了一次客，請了不少女作家與會。但她們大概不知道，這一次的客其實是為我請的；不僅是為了讓我跟琦君阿姨見面，也為了把我引介給文藝界的長輩們認識。我進入文藝界，一路行

來，一直深受長輩們的關愛照顧，其中很大的一部分原因在此：是素以人品、文品爲人敬愛尊重的秀亞阿姨把我帶進文藝圈的！因此我成爲他們「愛屋及烏」的受惠者。

跟琦君阿姨終於見了面！我們都很高興。一位阿姨見到我們正在談話，她顯然知道我們初識，就笑著對我說：

「見到人人仰慕的名作家琦君，你一定很高興吧？」

我還沒回答，琦君阿姨卻率直糾正：

「你說錯了！秀亞介紹我們認識，不是因爲她仰慕我，是因爲我仰慕她！」

我爲之愕然；她是在文藝、學術兩方面都爲當世推重，享有盛名的作家！我卻才初出茅蘆。她竟說出這樣的溫厚謙遜的話來，還說得那麼坦然自在！

我與她見面的機會並不很多，但從那時起，我們開始通信。我們信中的主題，常不是她最著名的散文，而是我們共同的喜好：「詞」！那時，她的《詞人之舟》出版不久，我在書中發現一個錯誤：詞牌〈更漏子〉被誤植爲〈河傳〉。我在信中坦誠的指出這個錯誤。她立時承認失誤，不但沒有因而不悅，還表示很高興、感謝，並希望我將我手中這本加了眉批的書給她，而由她寄一本新書跟我交換。所以現在我手邊的《詞人之舟》是有她親筆簽名的，原因在此。

和許多與我同年齡層的讀者一樣，我對她的散文名篇都耳熟能詳。她的小說不多，其中一篇〈長溝流月去無聲〉，我十分喜愛，曾在讀後填過一闋〈金縷曲〉。在相識之後，不揣「班門弄斧」，冒昧的將這闋〈金縷曲〉寄給她看：

枕上殘更數，夜沈沈，漏長夢短，總成淒楚。凌亂茶煙寒碧裊，抵似秋蓮倍苦。怕尋問、情歸何處？鏡影催人青鬢改，拚今生一任芳華誤，終不悔，維君故。十年烽火關山阻。憶當時，春風絳帳，驀然相遇。攜手

暗香疏影裡，翦雪烹茗裁句。弄玉笛憑猜眉語。莫教長溝流月去，守心魂留月花間住。凝望斷，天涯暮。

寄出不久，就接到了她的〈金縷曲〉和韻：

往事那堪數，嘆年年，秋燈煮夢，萬般酸楚。問到梅花惟一笑，笑我此心悽苦。休回首、銷魂舊處。枕上淚痕書裡字，任無情翻被多情誤。千重恨，總如故。天涯歸路狼煙阻。悔當初，西冷橋畔，何因相遇？湖水湖風涼不管，剪燭西窗聯句。更幾度傾杯細語。雪水煮茶茶味永，奈長溝流月去難住。短笛裡，斜陽暮。

多年後，提起此事。她說，因為搬家，許多的東西都找不到了。我還特別將兩闋詞都印出來寄給她存念。在「琦君研究中心」來信找她的手稿資料時，我也特將她和韻的詞影印了提供。

不知道她有多少詞作。但對我來說，曾與她「唱和」，擁有她親筆寫贈的詞稿，卻是非常大的喜悅與榮幸。這種榮幸，想來也是屬於少數人的吧？因為，我們不僅是忘年「文友」，還是「以詞訂交」的「詞友」呢！

——選自《中華日報》，2006 年 7 月 15 日，第 23 版

雨聲滴零憶舊情

悼琦君姊

◎姚宜瑛*

時常想到琦君姊，寄居海外多年，現在回到自己喜歡的土地上，該多多享受暮年安居的日子。

沒想到這樣快，才不過兩年。不能貪心，兩年也是上天恩賜。

找到一些她寄給我的信，舊事舊情，滿是溫馨，那段歲月，彷彿大家仍愛寫信，也許都是性急的人，凡事總要快快做好，遇到歡喜事也急於和好朋友分享，電話打不通，一次兩次，立刻提筆來信，在小小的臺北市，也許間隔一兩條馬路，增添了郵差先生的忙碌。

那時，陳老師（沉櫻）還在，常常幾人小聚，一壺香片，滿桌小點心，在琦君姊家都是她親手調製，我最愛紅豆糕，香糯柔美，吃了還要打包帶回家。

這樣充滿茶香的小聚，永不厭倦，永遠有說不盡的快樂，其實那時每個人都很忙，還要「偷」點時間來寫作，可是老友聚在一起聊天多快樂，琦君姊金華街的小樓，陳老師信義路的小樓，在我家則是綠蔭沉沉，有時飄著桂花香的小園。

人為什麼要老？要永別？歲月最無情，輕易的把一個人音容笑貌都「沒」了，而人世還是如此熙攘忙碌。琦君姊安享九十高壽，文名滿天下。我們該深深地感謝上天。

——6 月 9 日雨聲中

——選自《文訊》，第 249 期，2006 年 7 月

---

*散文家。1970 年創辦「大地出版社」，現已退休。

因讀琦君作品而流淚

◎郭強生[*]

　　我易感與孤單的童年，一直渴望在中文的世界裡找尋寄居。

　　有一批兒童讀物，由當時省政府教育廳，得到聯合國兒童文教基金會撥款，而邀集國內作家與插畫家製作出版了。因父親受邀擔任了出版審議委員，這一整套書也進駐了我小小的書架。林海音、胡品清、林良、徐鍾珮……現在我們都熟知的文壇大家們都在這套叢書的作者群中。但其中有一本，特別得到我的鍾愛。講的是一個窮人家孩子，寡母把唯一值錢的耕田老牛賣了，小男孩與老牛相依情深，竟傻氣地隻身進城，想把老牛找回來。一位走江湖賣膏藥的老人，懷念著曾被他放在擔子裡挑著，與他一同流浪，卻又在襁褓中便早夭的兒子。萍水相逢的一老一小，短短的緣分，老人拿出畢生積蓄，最後為這個小男孩贖回了牛。完了。故事很簡單，但我讀到一種亦悲亦喜的蒼涼，只能用震撼形容：

> 他有時很想把套在阿黃濕漉漉的鼻子上的黃銅圈圈拿掉。可是他的媽媽不許他這樣做，她說哪一家的牛鼻子上不套圈圈呢？好在阿黃和其他的牛一樣，套了許多年的圈圈，已經習慣了。況且小主人從來不使勁拉牠，他只要鬆鬆地一牽繩子，牠就會翹起脖子，向他走來，臉頰親熱地靠向他的臂膀，用濕漉漉的鼻子碰他的手背。
>
> ……
>
> 「他沒有長大嗎？」

[*]東華大學英美語文學系教授。

「沒有。」

「為什麼呢？」

「因為他沒有了媽媽，我把他放在籃子裡挑來挑去，起先他咿咿呀呀地唱歌，小拳頭小腳也常常舞動，但是他沒奶吃，天又太冷，他一天天地變得非常瘦弱，又傳染上了麻疹。你知道麻疹是要特別當心的，但是他還得躺在小籃子裡，風吹太陽曬，他受不住了。有一天他不再唱歌了，小拳頭小腳也不再舞動了。我把他抱回到家鄉，睡在他媽媽的墳邊，讓他們在一起作伴。」

「張伯伯，您一定哭得很傷心。」聰聰望著他微紅而疲倦的眼睛。

「我只哭過一次，後來就不哭了。因為我想他在媽媽身邊比在我身邊更好。每天晚上，我躺在床上，就可以在心裡跟他說話，我好像看見他在媽媽懷裡，一天天長大了。」

……

30 年後，換成了我在哭。

面對了一屋子琦君的書迷，我應邀朗誦她作品〈賣牛記〉中上述一段，竟突然哽咽流淚滿面而不能止。那是我唯一的一次，也是最後一次與琦君的面對面。琦君阿姨坐在輪椅上，一頭白髮，微微佝僂。我不知所措地趕忙抹掉眼淚，向來賓致歉，解釋因為這段文字讓我懷念起自己剛過世不久的母親。但是這突如其來、把我自己都嚇了一跳的悲傷，究竟是什麼原因，我當下也並不全然理解。懷念母親當然是部分原因，但若不是這樣的文字，又怎麼能勾起 30 年來在生命中累積的所有大大小小的感懷？人生中這樣無由的一哭，真的難得。

琦君回來了；我的淚還沒乾，而琦君又走了。

我們沒有交談，但並不遺憾。骨子裡我或許還是那個怪小孩，覺得有些作家的某作品就是為我寫的，她早就認識我是誰，知道我的存在。

文學的美好價值也就在此了，它提供了更高的認同——做為一個人，

而不是哪裡人。它可以讓一個孩童的心從此充滿溫暖，不再孤獨，也可以讓一個社會中的人學會體諒包容。琦君的讀者們，每個人或許都在其中找到了某種認同的東西。以我而言，我看見了一種純度，尤其在還很小的時候，她已經教會我不要變質的可貴。

　　30 年前讀琦君的記憶，換來一場無預警的眼淚，那並不是悲傷。而是突然感覺，到家了。

備註：

　　本文摘錄自郭強生著《就是捨不得》（九歌出版）書中〈那孩子說，都是因為您〉一文。

──選自琦君《與我同車》

臺北：九歌出版社，2006 年 11 月

緊握生花妙筆的琦君

◎林芝[*]

　　琦君的散文多是憶舊抒情之作，典雅雋永、晶瑩醇厚。50 年來，膾炙人口，傳誦不衰，堪稱臺灣現代「回憶文學」的典範。

　　訪問之前，我細讀琦君的散文，想到人人必有不同的心境，成年人在不自覺中墜入兒時的沉思，青少年朋友也可以體會出生活中信手拈來的樂事。尤其是曾選入國文課本的〈下雨天，真好〉，就是這麼一篇老少咸宜的好文章。琦君聽了我這番話，不禁調侃自己說：「我是個現代的老祖母！」

　　她這一句輕鬆的開場白，使我們這次的訪談格外地充滿了情味。

　　談到這篇 1961 年完成的散文，琦君曾寫過這麼一段自剖：「許多童年的故事，寫下我對親人師友的懷念，……也許會被認為是個人廉價的感傷，雞毛蒜皮不值一提的身邊瑣事，或老生常談卻自以為了不起的人生哲學。對於這些批評，我都坦然置之。我是因為心裡有一分情緒在激盪，不得不寫時才寫。每回我寫到我的父母家人與師友，我都禁不住熱淚盈眶。我忘不了他們對我的關愛，我也珍惜自己對他們的這一份情。」這段話淋漓盡致地道出了她對人世滄桑的感懷及熱愛人生的執著。

　　〈下雨天，真好〉一文中的描寫，除了那種安詳、寧謐的感覺之外，童年時代對琦君的影響甚大。她是這麼寫著：

　　「……雨天總是把我帶到另一個處所，在那兒，我又可以重享歡樂的童年。……因為下雨天長工不下田，母親不用老早起來做飯……」琦君回憶道：

―――――――――

[*]發表文章時為《幼獅少年》專欄作者，現為行天宮志業中心編輯室主任。

「下雨天的日子，有許許多多快樂的事可做，尤其是孩提時代的無憂無慮，給我很深刻的印象，把這一類的情懷寫出來，更可以使我覺得年輕不少，這一篇散文正是我寫回憶文章的開始；尤其是我逐漸發現，那個時代的教育方式完全不同於今日，現在的青少年和父母師長間有著專家強調的『代溝』，似乎並不盡是如此，我想到往日師生間的恩情，父母對子女的身教、呵護，便用一個個的故事，寫出一串串的懷想。」

〈下雨天，真好〉一文的主旨是作者刻意描寫她的母親，琦君侃侃而談她寫作的心態：「我不是大文豪，也不是個成功的母親，只是藉著一支筆和一份思念，寫出母親的美德，對我的教育愛，以及她在我心目中的形象，來報答這分重如山、深似海的親恩。」

「您是如何掌握氣氛，寫得人物活現、扣人心弦呢？」這是一個讀者關心的問題。

「脫離了現代人的眼光，回到童年的心境。」琦君不認為自己有什麼特別的方法：「寫作最重要的是先讓自己喜歡，否則讀者怎麼會感動呢？」千錘百鍊的技巧，就在她三言兩語中說得十分透徹，令人不禁對她的謙遜，升起無限的敬意。

本名潘希珍（或作「真」）的琦君，寫作多年，這個頗具有號召力的筆名又是如何取得？

「在抗戰期間，經常和我大學時代的恩師魚雁往返，他一直鼓勵我寫作，而且寄來別人的作品給我觀摩，我禁不住躍躍欲試，就寫了平生的第一篇散文〈金盒子〉，當時兵荒馬亂，文章寫成了也無處發表，我就一直把它壓存在箱底帶到臺灣。那段時日，老師的信中一直稱呼我『琦』，取的是我本名中『珍』的同義字，他又為了尊稱再加了一個君字，此後，為了紀念老師，我就用『琦君』這兩字作為筆名。」

當初未有寫作的計畫，又在司法界擔任公職二十多年，琦君卻一直握緊了足以自我肯定、揮灑自如的筆，成功的扮演著家庭主婦、公務員及作家三個角色。

　　「在公職上，對我的寫作方面有相當大的裨益。」琦君談到散文習作的要素：「我不講究學院派的理論，也不刻意分析什麼浪漫或寫實。修習文學，使我能運用文理、情理；從事司法，使我洞悉法理、事理，如此一來，情理兼顧，不但啓發我深刻地去思考，也使我體會出更多的人生面貌。」

　　爲了能完全發揮她文學方面的特長，琦君奉派到全省的監獄去參觀訪問受刑人，將他們的悔過書、日記，寫成感人肺腑又能發人深省的小說、散文，作爲獄中的教化教材。

　　「26 年的公職，我沒有一絲抱怨，也不覺得浪費時間或妨礙寫作，反而使我體會到了別人難有的經歷。」琦君凡事充滿感懷，該是她寫作成功的重要因素之一。

　　提及少年時代的生活經驗，琦君另有一番滋味在心頭：「我們也有很沉重的考試壓力，但當時啓發性的教育方式，激勵著我們的榮譽感和競爭心。當時的會考就相當於現在的聯考，因此學校也有模擬考，大家也都快『烤』焦了。」

　　「初中時代，我的數學不好，但班上人才濟濟，於是校長曾允諾我們，如果每個人的模擬總平均都列入甲等，就可以直升高中。這麼一來，我的數學成績若達不到標準，豈不成了害群之馬？於是同學們個個大公無私，全都熱心地教我，我的成績果真不負眾望。這個故事我就寫成了一篇名爲〈八十八分〉的散文。」

　　「我記得當時師長的疏導及父母的關愛，都使我得到很大的安慰。尤其是我的母親，她是一位典型農村社會的婦女，完全不懂什麼心理，都時候有人提倡女權運動，母親聽了就大發議論：我的雙手握起，就是『女拳』；我每日下田工作，就是『運動』。她看我考試時患得患失不能平衡，就說：『大家不要你，我要你，考不取學校，回到家來，父母是永遠愛你的！』」琦君得自母教的恩澤，使她的人生滿溢著愛心，也完全流露在她的作品中。

　　在琦君的記憶中有太多的寶藏，值得我們來探尋，談到她的啓蒙教育，又是個引人入勝的故事：

　　「小時候總是偷偷地看閒書，父親雖然限制我要先讀經典之作，才能涉獵新文藝，但每次讀到白話文章，我就特別開心。記得第一次參加作文比賽，題目是『煙鬼的下場』，要我們寫出禁煙的意義，小小年紀的我，弄得一頭霧水，自然就落選了。心中真不是滋味，但老師卻指導我寫一些自己熟悉的事物，我試著投了一篇〈我的好朋友——小黃狗〉，很快的就在《浙江青年》上登出，得到平生的一筆稿費，喜出望外之餘，又寫了新詩，從此就對寫作有了濃烈的興致。因此引發了我多讀課外書的動機。」

　　談到讀書寫作，琦君的見地不同凡俗：「我從不菲薄古書，像《史記》、杜甫詩，都有無數的精華，取之不竭。我特別要強調，寫作和生活有著密不可分的關係。如果你對人、對生活，沒有同情心，沒有參與感，怎能寫出好文章？」

　　「讀書如交友，寫作如爲人」是琦君的座右銘，她說：「學寫作就是學做人，要誠誠懇懇地寫；讀書就是交朋友，要懂得擷長補短，而不是全盤接受，儘管在書中寫眉批、畫紅圈，才算得上有交流，這樣會使你的書更有價值，而不是裝飾品。」

　　在琦君的生活中，經常手不釋卷，「我擺在案頭的書，多半是古典文學和詩詞欣賞批評，如《孟子》、《莊子》、《史記》等；平日也不斷預約新書，隨時不忘汲取新知，臨睡前我一定要翻閱兒童讀物，那可以使我安詳恬靜地進入夢鄉。」

　　琦君將書籍分爲三大類：一爲理論性的書，如哲學之類；一爲感性的書，如文藝之類；一爲悟性的書，如勵志文學。然而她的喜好呢？

　　「我個人十分偏愛的書，包括《史記》，因爲它具有刻畫人物的高明技巧，以及蓬勃的氣勢；還有杜甫詩的情感更勝於李白，我也喜歡；蘇辛詞的寫作懷抱令人神往，袁中道、袁宏道的晚明小品，我也百讀不厭；小說以曹雪芹的《紅樓夢》最好，還有張潮的《幽夢影》，我很欣賞其中的智慧

雋語。」

「新文藝中如徐鍾珮的《餘音》、張愛玲的小說及名家的代表作我都要讀。此外黃文範翻譯索忍尼辛所寫的《古拉格群島》、羅曼羅蘭的作品，我都十分推崇。」

「還有記憶深刻的是在中學時代讀的英文教材，如《小婦人》、《小男兒》，都使我日後在寫作兒童讀物方面，受益不淺。」

琦君深信交友得一、二知己足矣，同樣地，讀書也要有一、兩本精讀、下工夫深的好書，這要比「樣樣通、樣樣鬆」來得更好些。這又何嘗不是一份精緻的書單，足以做為青少年朋友參考的資料。

琦君談到散文寫作的方法，她的話語平實，卻包含畢生付出的心血，足以作為青少年朋友參考的資料。不由得人不折服：

「簡單地說，散文要寫得好，第一要件是具象，給人深刻的印象；第二要件是真情，使人沉醉其中；第三要件是景明，教人一目了然；第四要件是人物要生動活潑，才能引人注意。」

「更重要的是文筆要『新』，不要蓄意模仿，而要多觀察，直到自創風格；多看好文章，勤做筆記，抄錄佳句，必然印象深刻，絕不同於抄襲，這些都是喜愛寫作的少年朋友值得嘗試的方法；提筆寫作，要保持心情輕鬆、愉快，即使退稿也不必灰心。值得一提的是，寫小說有語言、動作，創作散文也要把握這個原則，就可以突破平面，形成立體的作品。」琦君緩緩道出她個人集多年經驗的寫作法寶，令我為之精神大振，入寶山而不空手回，是此行的最大收穫！

同時，琦君不諱言地提起她在寫作過程中曾經遇到的困境：

「早期受到林海音的幫助和鼓勵極大，我的散文常有掉書袋、文白夾雜的毛病，她很委婉的指出，我才明瞭原來寫白話文不是這樣寫的，千萬不能落俗，而且平易並非平淡，從此我的文章才逐漸生活化、口語化。後來夏志清教授也批評我的文章常拖個尾巴，總有太多的教育意味，我才了悟讀者是很聰明的，毋需作者在字裡行間教訓人，我就改掉了在文後必有

結論的毛病。」

2002 年秋天，由夫婿、媳婦陪同，琦君特地由美國紐澤西州遠赴老家，在故居重新整建的「琦君文學館」和三溪中學，重溫她青春年少的回憶……。見到了父親的三姨太和不少鄉親故友，以及小樓綺窗前年年茂盛的桂花。一路上的活動由名攝影家葉劍平掌鏡，精緻裝幀的幾大本《故鄉之行》，留下了珍貴的紀實。從大陸浙江永嘉風塵僕僕地回到臺北，我再見到了精神奕奕的琦君，聆聽她溫婉的話語、清朗的笑聲，熟稔又親切。儘管歲月增添了她的銀白華髮，不變的是她一貫的風趣和情味。

「情深意重的友誼，是我最大的支柱！」琦君滿帶盈盈笑意地對我們說到她的心情：「見到你們，我就不需要輪椅、拐杖了，大家的關懷又讓我靈活起來，充滿了生氣！」話鋒一轉，琦君語重心長地表示：「上了年紀，寫作風格大抵定了型，我仍然想著寫點文字，也有一番體悟，做為書寫的人，心要輕、筆要勤、文要精！」2003 年，琦君的作品《橘子紅了》拍成了電視劇，叫好又叫座。

2004 年 6 月，琦君和先生李唐基決定返臺定居；12 月 1 日中央大學圖書館舉辦了「琦君作品研討會暨相關資料展」。並在該校的閱讀網站「在中央」，以琦君及其作品為啟用的首次主題。

走筆至此，再讀琦君散文，更深刻地體味出她那「寓意於事、寓情於景」的獨特風格，被喻為當代散文大家，琦君真是當之無愧！

——選自林芝《妙筆生花》
臺北：正中書局，2005 年 2 月

訪琦君

◎曾麗華*

　　琦君的散文，像是一片圓荷浮小葉的風景，淡淡飄著清如蓮蕊的氣息。她的文章既美且仁，緣情而不綺靡，所有的感覺總由愛與德出發，字句皆是心弦細細的撥弄，有母親般的細膩懷抱。

下雨天，真好

　　這是一篇讓千萬心靈感動、流連不已的小品。下雨天，有什麼好呢？那些天地異色裡，溼沉的雲壓落在無力氣的高樓頂，街上的行人，上班的依舊上班，上學的依舊上學，忍受著四處飛濺的塵泥。

　　可是住在鄉下的那個叫「小春」的小丫頭呢？這個天資聰明絕倫，愛吃零嘴，眼睛最尖，老是看見別人做壞事的小丫頭，卻坐在牀頭，擁著暖被，看著窗上亮晶晶的水珠子，直哼哼哈哈著「下雨天，真好」。因為這是全中國小孩子都覺得快樂萬分的事——不用上學堂啦。一不上學堂，可做的吃喝玩樂事就多得數不清了。

　　許多人也和琦君一樣，有過歡樂無限的童年，卻隨著歲月消長，不復再現。而琦君的生活哲學是體味，纖步細移的體味使得她的記憶錦囊永遠保存光澤色彩，而使得任何平凡小事都有情有態。

　　在〈下雨天，真好〉裡，琦君兒時的夢痕，把千千萬萬的孩子帶到一個他們深深渴望的世界裡，那兒有無盡善良感人的天真，和一點童心的諧謔、淘氣與貪心。這篇文章曾經登在《讀者文摘》，以後又被選入國中國文

課本。這一選，使得琦君不絕如縷地收到了許許多多孩子的信，他們全來自臺灣每一個角隅的學校。琦君的幾個抽屜裡塞滿了這些「飛鴻雪片」，冠以最親暱的稱呼：琦君婆婆、琦君奶奶、琦君阿姨。有的把他們多年珍藏的小書籤、小葉片、卡片慷慨相贈，有的畫著衣飾叮噹的小娃娃問：「琦君婆婆，您長得是不是像這個樣子？」令人絕倒。

給孩子回信成了她每天重要又費時的工作，她說：「我每一封信都收藏，每一封信都仔細地回，我怎麼能不回他們的信呢？那樣他們會多傷心？」

對於童話的見解

琦君爲《時報周刊》寫過兒童故事，主角是個布姑娘。在她兒時的農村社會裡，這個縫製的布娃娃是個擬人化的娃娃，琦君天天帶著她到處去玩，和人談話、歷險，由她身上編織出一片燦爛的人生。這雖是孩童的一種遊戲，可是其中的啓迪，琦君認爲比今日的電動玩具多得太多了。她最極力強調的是其中所含蘊的生命力。從小，她讀兒童故事深受感動的都是最反樸還淳的生活軼事，像司馬光的破水缸、愛迪生的頑皮靈活、華盛頓的砍櫻桃，都是生活裡最誠實的景象。她筆下的童話，不是安徒生或格林，沒有瑰麗的仙境、會唱歌的大樹、會說話的小動物、藏在花瓣裡的小公主……她筆底鋪成的世界，是田園裡的細麥輕花、紙糊紅紗燈的朦朧、外祖父的白鬍鬚、媽媽溫暖的手臂彎、阿榮伯的小雕刻、老師的大黃瓜腫腿、父親的慢吟細聲……教每一個孩子去體會什麼是家，什麼是情親，什麼是父母愛、手足愛、朋友愛……最後歸落的總是什麼是「生活」裡的種種歡感，什麼是「人」的世界、倫理與秩序。

她從記憶中追尋兒時情景，心中常常澎湃不已，她說：「那些事情我簡直不可能有寫完的一天！」因爲她也曾經是孩子，有屬於孩子的特異敏感，爲某些事物而搖蕩性情久久不能釋懷。她曲盡其妙地重述下來，誠懇地希望一代又一代不停繼起的孩子們能一起來分享這種快樂，一起得到啓

示與感動。也許，孩童熱烈真摯的心靈，才真正更是藝術家的境界；一個成年人世界的種種意識障礙，只有使得藝術家的形成更為困難。

談起今日孩子們耳濡目染的環境，琦君總是歎惋。她衝口而出：「父母之恩真是昊天罔極！」可現在的社會裡，太多父母在承望子女的顏色，使他們益加稗狂，口口聲聲說：「媽媽，你怎麼都不像電視影片裡面的父母們向孩子道歉？」他們卻從來沒有細思過父母曾給予的是什麼。琦君的「童話」其實也希望為倫理的世界開闢出一片美感，但不落入說教的窠臼。

濃厚的母性

琦君衣服樸潔，聲音嘹喨，一高談闊論總是一室的粲然。她又絮絮不絕地介紹盈溢滿屋的小擺飾，許多小玩意就藏放在盆景的花葉覆蓋中或清淺的水裡。琦君，真是一位充滿濃厚母性的女子。這個家，其實又含蘊著無數小小的家。這些小飾物，無論它們的來歷如何，街頭地攤上的廉價品、異國的商店櫥窗裡、友人的輾轉相送……如果是形單影隻地來到琦君家裡，她便四方有意無意地去物色它們的伴侶，為它們再佈置起一座座的家。一隻小雞來了，琦君日後會想法再配上母雞；一隻小鵝來了，琦君又會為它配上鵝爸爸、鵝媽媽，甚至加上兄弟姊妹。如此，這些可愛的小玩物的家，便一處一處地座落開來，布滿琦君的客廳。一處處和樂的天倫美景，讓人喜不自禁地不停把鼻子埋於其中窺探，覺得甜蜜無限。

琦君還為客廳桌上的黃金葛盆景取名為「龍子」。這截原來索自友人花瓶中的黃金葛，琦君用了一點巧思，把碧色的長莖繞成數圈盤放在盆底，使重心落定，其餘的細莖依然曼妙旁伸出去。那些桃形的葉子雖在輕攏慢撚的姿態間生長，卻也充滿生命綿邈的希望，細莖下又悄悄滋生出新的鬚根。琦君再用另一個細巧如碟的小盆盛水承接，和前面的大花盆相較，就如小兒女般依傍了。

由一個家的佈置最可以猜測主人的個性。繁多的飾物與顏色，彷彿雜沓有聲，加上琦君剛由重感冒恢復過來，時有咳逆，這個家總像有什麼東

西在相互呶呶逐擊，熱鬧非常。我想，也主要是琦君對生活的一種熱烈非凡的態度。

琦君本人不僅才思敏捷，記憶力卓絕（到今天仍然記得初中第一排每個同學的名字），還有數不清的婦德在她身上。她像任何一個好妻子與母親一樣，能燒得一手好菜，織得一手好毛衣。她的菜，以細緻出名，她解釋說因為幼時的農村社會裡，從來沒有福分燒隻全魚或燒塊大肉來吃，每樣材料都是切片分別配成好幾個菜來燒。她織給先生盈櫃的毛衣，件件都有獨到的花色與式樣，細心地配合四季的薄秋與隆冬，輕寒與酷雪，件數簡直如一般人的襯衫之多。每件毛衣，琦君又可細數編織過程。編織這些毛衣的時間，完全是琦君上、下班時在車上往返的途中，或者看電視之際，她不僅手動、耳朵聽、眼睛看，嘴裡還時有批評意見，惹得先生在一旁笑著說：「你在的時候，家裡真吵，看電視都還要說個不停！」琦君是真愛說話，電話筒壓在耳邊，和朋友也可以聒聒聊上半天。

在民國 53 年到 63 年之間，琦君馳騰於身兼數職中。除了在司法行政部擔任編審科長，她還在中興大學、中央大學、世界新專、實踐家專、文化學院及內湖行政專科學校兼課，每天都在分秒必爭中。退休後與先生在美國的三年裡，她依然不息地四處參觀、教學、交友，完成好幾部散文作品。前不久又出版了十年間斷續寫成的《詞人之舟》，雖是賞析文章如「詞話」，但琦君風格始終是自成一家，音詞清澈。

看見琦君不絕的精力和堅強的奮鬥意志，悲歎生命枯碎空虛的人，都應該了解到，為生命著色的是自己不是別人。

——原載《婦女雜誌》，1982 年 9 月

——選自曾麗華《流過的季節》
臺北：洪範書店，1987 年 1 月

筆致淡雅的潘琦君

◎施文華*

　　如果我們不否認「認識任何作品都是以作者思想為基礎」這句話，那麼對於琦君女士表現於文字上的那份情操，也可以想見她的為人了。

　　在她的第一本散文集中，有這麼一篇文章。題名是「一生兒愛好是天然」，作者藉她母親的話說：

> 孩子，不要心痛那兩條辮子，在我心目中，你怎麼打扮都是美麗的。因為我看的不僅是你的外表，而是你的內心。我相信你有一顆美麗的靈魂，善良的心。你要懂得如何培養心靈，這與修飾娟好的容顏一樣是人類的天性。你如能潔身自好，從善如流，你縱使淡裝素服，也必定容光煥發，儀態萬千。因為唯有真與善方能使你美，你懂嗎？……我嘗記《牡丹亭》裡的兩句詞：「一生兒愛好是天然，卻三春好處無人見。」仔細玩味此意，就懂得如何「愛好」了。你如果真正的美好，縱然是三春好處無人見，也不用心懷怨望，因為「空山無人，水流花放」，幽谷的芳蘭是不會因沒有人讚賞而減退芳華的。這是人生最高的境界，好孩子，記取我的話吧！

　　「一生兒愛好是天然」，正是這位玉潔冰心的作者的情操，憑著這點，她寫下了無數清新雋永的散文和小說。乍看來她的文字是樸實無華的，但仔細玩味，卻也可以發現就是那一派清淡，也是經過她細心琢磨的。正因

為她的文章不矯揉造作，不忸怩作態，而是行雲流水般的自然，就給人以樸實的印象了。作者有著她寫作的方向，她自己也曾這麼說：

> 寫文章不僅要鍊字鍊句，更要鍊意，要鍊到人人意中所有，人人筆下所無，才是人間至文。華麗的辭藻，固然可以裝飾文章的外表，可是沒有真善美的內容，讀起來骨多肉少，終不免「以艱深文淺陋」之譏。……
> ──〈《琴心》序〉

　　琦君生長在山明水秀的浙江杭州，先就受了大自然的靈秀。雖然她的家境很好，但是幼年也經過一段坎坷的命運，終於完成了大學教育。她畢業於之江大學國文系，對於國學的修養造詣，已經很明顯的使讀者在她的文章裡看出來了。

　　琦君來臺後，幾年內出版了三本集子：

《琴心》（民國 43 年 1 月初版）

《菁姐》（民國 45 年 1 月初版）

《百合羹》（民國 47 年 9 月初版）

　　《菁姐》和《百合羹》是短篇小說集，《琴心》則是包括 17 篇散文和六篇短篇小說的集子。《琴心》中的散文幾乎是懷憶往舊之作。人怎麼能忘記過去呢？尤其是童年。像其中的〈金盒子〉、〈油鼻子與父親的旱煙筒〉、〈小玩意〉等篇，都是極佳的描寫童年生活的散文。張秀亞女士曾為她這些文章寫下了如下的句子：

> 作者以一枝生動的筆，把讀者都帶回到孩子的國度，任情嘆喜，一派天真，記得喬治桑曾說過：「童年充滿了可愛的愚騃，童年全屬神聖。」作者以鮮明的色調，把那純真，神聖，美麗的童年圖繪給我們，愛撫著昨日枝頭的花朵，笑影淚光，一時都在我們臉上閃過。

　　像〈小玩意〉這篇回憶童年的散文，便是在笑影中閃著淚光的作品。天真未泯的孩子，當爸爸娶了姨太太回來，母親躲在房裡飲泣的時候，他們兄妹卻為姨太太送來一籃小玩意在歡笑。歡笑的日子並不多，緊接著是那篇〈金盒子〉，也是一個小玩意，當這對手足情切的兄妹遙遠的分離了，就憑著「金盒子」來做她寂寞的田園生活的良伴，引起她無限思念哥哥的情意。但是造物是多麼殘酷啊！她盼望一年後可以歸來的哥哥，去迎接他時卻只見一具棺柩和父親的淚眼。

　　作者的家庭原是富有的，父親是個叱吒風雲的軍官，在她的原籍溫州和卜居多年的杭州都有過煊赫的權勢。無論在風光如畫的西子湖或是那十八灣頭的水鄉，琦君的童年也還是充滿憂傷的。

　　憂傷也成了她在寫作藝術上的美，她因此追求永恆，期待友愛，她的小說便是在這種意境下完成的。

　　〈梅花的蹤跡〉是最足以代表琦君這種風格的一篇小說了。當你在靜靜的午夜讀了它，掩卷之後，你會久久仍沉浸在那飄逸的氛圍中，你彷彿看到落英繽紛的梅花仙子，披著一襲白衣自梅湖冉冉而來，周圍是皚皚白雪的深山幽徑，你正待捕捉那仙子的衣襟的，她卻不知在何時已飄然引去，只有幾枝梅花在寒風中搖曳，給你留下永恆的記憶。

　　正如張秀亞女士所說：「在新寫實的噪音裡，我們聽到一個寂寞的歌人，倚著綠色的籬樹放歌。每一個節響，每一個音符，都會使我們想起閃爍而又熄滅了的夢之火燄，她歌唱，她歎息，只是為了能在幽暗中回音的人。」

　　確實如此，琦君所寫的愛情故事，不是《飄》裡的郝思嘉，更不是時下所流行的在世界大戰後所產生的典型，像法國莎岡的《晨愁》中及《微笑》中的少女，也不是東方日本《輓歌》中的憐心那種女性。琦君筆下的愛情，總是在隱約之中帶著柏拉圖式的精神戀愛的意味。這種美一經觸及，就會保持著它的永恆了。

　　在〈梅花的蹤跡〉中，那梅花的化身給人的印象是這樣的：她大約十

四、五歲，完全是鄉村姑娘的打扮。在柔和的燭光裡，她那聖潔美麗的臉容，像是突然出現在眼前的夢影，讓你的思想遠離塵世，而陶鎔在靈的境界裡。她沒有一般女孩子的嬌羞，卻又不是獷野。眼裡閃著一種似憧憬又似抑鬱的光。皮膚像雪光映在梅花瓣上，透著淡粉紅色的亮光。這樣的一個女孩子，生在這樣幽靜的處所，是天公有意的安排嗎？

這樣一個十四、五歲的村姑，學畫時竟把畫撕掉，並且能夠說：「何必呢？我只是為了要寫出內心的情緒，有時我自己都捉摸不定那瞬息千變的情緒，又何必要把畫保留下來呢？」這樣的話，對於習慣於寫實主義的讀者，必定認為不可能。但要知道，琦君的筆端原是充滿了理想為象徵主義的情調，在此時此地的作者群中，也唯有秀亞和琦君了。

如果發掘作者心靈的深處，我們寧願說，作者正是把她的幼年遭遇和對自己身世迷茫，寄託於這篇〈梅花的蹤跡〉。

但也正因為琦君的作品中所表現的思想，是符合了她的倫理觀念，所以在她許多篇小說中人物的描寫，我們可以見到一個典型，她只是在不同的故事中以不同的身分出現罷了。這也許是她一直還沒有嘗試長篇小說創作的主因吧！因為長篇小說是要更大的場面，更多不同性格的人物登場，而琦君筆下從沒有這麼多人物。關於這一點，有一位極欽佩而愛護琦君的讀者（據說她是一個失明的女人，琦君的作品都賴她的子女讀給她聽的）也曾為文提及，她說：

> 琦君在人物的描寫上似乎僅是幾個人：一個是天真爛漫的孩子（不管是男孩或是女孩）。〈菁姐〉裡的萱兒，〈清明劫〉裡的小蘭，〈完整的愛〉裡的阿慧，〈阿玉〉裡的小鶯。另一個就是那恬靜、多情、可愛的女子，〈清明劫〉裡的翠姨，〈完整的愛〉裡的媽，〈菁姐〉裡的菁姐，〈紫羅蘭的芬芳〉裡的蓉嫂。再有一個就是姨母兼後母的一位。這幾個人物寫得非常成功和動人，他是當我們看出在這不同篇幅而同一型的人物出現時，就有點責備作者為什麼不把更多人物的生命給予每篇作品裡呢？這

些人物的刻畫，是需要作者再努力去發掘的，不能僅限在這個小小圈子裡。

這一段話，對於琦君的寫作前途是很有幫助的。在《百合羹》這本集子裡，我們看出琦君已努力在嘗試擴大她寫作的領域，而不把自己圍限於個人的傷感中了。〈鐘〉、〈團圓月〉、〈沉淵〉諸篇，就是很好的例子。可是愛好琦君作品的讀者們，對她有著更大的期望。我們希望她能放大胸襟，於身邊瑣事以外，掇取更多更廣的生活題材，發掘人生更深的意義來從事於長篇的創作。以她溫厚的性情，細膩的筆觸，繼續向這方向不斷努力的話，相信她的成就應該不止於此吧！正如她在〈梅花的蹤跡〉篇首詞中的最後兩句：

猶有最高枝，何妨出手遲。

遲，沒有關係，我們總在盼待中。

——原載《婦友》

——選自隱地編，《琦君的世界》
臺北：爾雅出版社，1985 年 6 月

善與美的象徵

論琦君散文

◎李今*

　　讀琦君的散文很容易讓人想起冰心，「母愛」和「童心」是她們作品中一望而知的共同主題，一個顯著的特徵。冰心歌唱「普天下的母親的愛」，她把母愛推及博愛而解除罪惡，「一個沒有出過學校門的聰明女子」的邏輯，讓舉世震驚而感動；琦君頌揚「母心似天空」，她寫了一輩子的母愛，源源不竭的一個母親的無邊無際的愛，一個女兒的無邊無際的仰體親心，也同樣使人感慨萬千而垂泣。冰心為自己「從前也曾是一個小孩子，現在還有時仍是一個小孩子」而常常自傲，她的一本《寄小讀者》風靡至今，開闢了散文的一種體式；琦君自稱「老頑童」，人們說她「60 歲的時候，仍然常存著六歲的童心和 16 歲的純真」，她也寫出了一本自己的《寄小讀者》，同樣風靡了 1980、1990 年代的青年。

　　不僅如此，冰心和琦君，竟有著相似的家庭環境和經歷。儘管琦君比冰心晚出世了 17 年，但兩人都曾有位威風凜凜的軍官父親；有位集中了中國傳統女性美德的母親；都曾被當作男兒般教養；都上過基督教的教會學校；都受到了良好的高等教育；都有個幸福的家庭；不管她們是否曾出外上學或任職，給人的印象都是安居在家庭裡的閨秀或主婦；儘管她們都是作家，但卻使人覺得寫作並不是外在於她們，需要為之奮鬥的一項事業，而是她們圓滿生活的一種補充或一種方式，也許正是這些相似，使父母兄弟、親朋好友及本人的生活成為她們共同的屢描不倦的人物和創作的源頭

*發表文章時為中國現代文學館副研究員，現為中國人民大學文學院教授。

活水,在這方面,琦君比冰心走得更遠而極端。

有人曾說過,要接近詩,必須先接近詩人的人格。對於琦君這樣的作家,我卻覺得要先從認識女人及其代表——女作家開始。

琦君的創作與自己的距離實在太近了,從 1950 年代初起,她先後出版了近三十本散文集,寫的幾乎都是身邊瑣事,不是對過去生活的回憶,就是由現在生活所生發的感想,甚至可以說,她的散文是她不按編年史順序寫的自傳,所以,不認識琦君不怕,只要讀琦君的散文就會了解這個人。琦君的散文是她性靈最直接的流露,是她人格最純真的表現。不過,要認識琦君散文的價值,就不得不陷入一個老生常談的對女性作家寫身邊瑣事現象的評價問題。

琦君與冰心都曾被冠以「閨秀派」作家,不管在過去還是現在,不管在臺灣還是大陸,對她們以家庭和瑣事為創作題材的寫法都頗有微詞,不過這種價值判斷似乎並不妨礙她們作品的流傳,在她們創作中所飽滿著洋溢著的愛心與溫情傾倒了代代的讀者。

也許,真的是一涉及到「女」字就無「理」可喻,而只能談些現象和感覺,女性作家的寫身邊瑣事和切身經驗似乎也大可不必闡述為什麼該寫或為什麼不該寫的理論,琦君曾直言不諱地講:「我就只會寫自己」[1],「我是因為心裡有一份情緒在激盪,不得不寫時才寫。每回我寫到我的父母家人與師友,我都禁不住熱淚盈眶。我忘不了他們對我的關愛,我也珍惜自己對他們的這一份情。像樹木花草似的,誰能沒有一個根呢?我常常想,我若能忘掉親人師友,忘掉童年,忘掉故鄉,我若能不再哭,不再笑,我寧願擱下筆,此生永不再寫,然而,這怎麼可能呢?」[2]這大概就是像琦君這樣的女作家的創作因緣。她們的寫作,寫切身經驗,是順乎自然,隨其至情,出於本性;是生活被體驗為一種藝術,或是說,藝術被體驗為一種生活的結果;是「不求名利顯達的為藝術而藝術」。大概也正是這種從容不

---

[1] 琦君,〈「有我」與「無我」〉,《青燈有味似兒時》,臺北:九歌出版社,1992 年,頁 171。
[2] 琦君,〈留予他年說夢痕〉,《煙愁》,臺北:爾雅出版社,1987 年,頁 222。

迫，無所掛礙的創作態度，使琦君這樣的閨秀派作家的寫作似乎成了一種「溫存的」，「漫無目的的閒散動作」，成了「靈性上的」一份「陶醉」。創作對於她們來說，是在工作中，也是在游息中，在對生涯中的一花一木，一悲一喜的體味中和感謝中，正像琦君所崇尚的「坐在一口舊箱子上，什麼都不用力看，是藝術的最高意境」[3]。的確，琦君的散文是以閒適的心情寫的，我們也須懷著一份閒適的心情去領略和體味。這種閒適的情操需要以「清空」的生活態度和「沉著」的生活原則為條件，以培養善感的「靈心」和仁慈的「善心」為結果。

憑感覺來說，閨秀派作家似乎都是女人味十足的女性，但從理論上講，什麼是「女人味」，何謂「女人」，恐怕又是一個其說不一的難題，不過，在這點上，琦君又與冰心的見解相似。冰心在《關於女人》後記中曾以男士的口吻戲謔地說：上帝創造了女人「就是叫她來愛，來維持這個世界」。琦君則萬分正經地闡述女子具有「陰柔之美」，「更包含著永恆的，無邊無盡的愛與仁慈」[4]。她還把文學分成柔性與剛性兩個方面，認為剛性產生承先啟後的時代感與使命感；「柔性是愛國愛家、愛鄉土、愛大自然而至一花一木民胞物與的情懷，虔誠地創作出最具魅力、震撼人心的作品，以反映我民族的特性和不朽精神。」[5]琦君意指的柔性當包括像她這樣的充滿愛的情懷，具有女性氣質的文學創作。琦君與冰心都認為女性意味著愛，她們也通過自己的作品把這個「愛」字抒寫到了極致。

琦君與冰心都是從有名分的愛，也即親子的愛、兄弟姊妹的愛、夫妻的愛、師生朋友的愛寫起，而對無名分的威脅這種人倫秩序的戀人之愛絕少觸及，這大概也是人們說她們保守自恃，具有大家閨秀風範的原因之一，所不同的是冰心是以她的早慧和不願長大的女兒心態抒發著對母親、父親及家人的依戀和愛戴；而琦君當她開始投入創作時就已過而立之年，

---

[3]琦君，〈浮生半日閒〉，《琦君自選集》，臺北：黎明文化事業股份有限公司，1986年，頁128。
[4]琦君，〈歷代女性與文學〉，見《讀書與生活》，臺北：東大圖書有限公司，1978年，頁12。
[5]琦君，〈剛與柔〉，見《玻璃筆》，臺北：九歌出版社，1986年，頁163。

是以嘗過人生滋味的成熟的婦人心情去追念亡故的雙親，感懷師友的情意，因而比冰心更爲豐厚，更多知恩報恩的感受和體認，並且冰心善寫優美空靈的抒情文，對愛的歌頌往往直抒胸臆，而琦君則偏向於樸素溫厚記人記事的敘述文，愛的情愫蘊藉於形象的塑造和物態的描繪之中，所以讓人感覺琦君的散文有些小說化，而小說又有些散文化。

琦君在散文中注入小說的筆法，得益於我國的敘事散文的經典之作《左傳》和《史記》。她曾一再闡明恩師夏承燾先生的觀點，認爲左丘明與司馬遷表面上是傳史實，骨子裡是寫小說，只是因爲當時小說的地位低下，所以對這點不敢直言和強調。這種體認和領悟使琦君爲自己敘事散文的創作找到了深厚的根基和寬廣的天地。她揣摩到《左傳》和《史記》是「以真實的歷史故事爲骨幹，再加上詳細生動的描寫」[6]，這種方法也成爲琦君敘事散文的一大特點，她是以自己童年的經歷和故事爲骨幹，再加上詳細生動的描寫，從而她的散文飽滿充實而情趣盎然。

琦君散文中最優秀的部分是那些憶舊懷人的作品，她彷彿要給自己的家庭作傳一樣，雖不是頭尾有序、長篇巨製，但她採取的適應散文的「化整爲零」的手法，同樣收到了「化零爲整」的效果，這也是《史記》中人物傳記的特點之一。盡力避免一般的梗概式地敘述，抓住某次經歷某一事件層層鋪開，具體細緻地描寫人物的活動，使人物性格凸出，人物是靠「點」而不是「線」來支撐的，每篇只凸出人物的一兩個側面，同一人物又散見於不同之處，從而構成一個大的整體中的內在聯繫。比如，同是寫母親，〈毛衣〉著重寫母親對女兒的「天高地厚」的關愛；〈髻〉凸出了母親受到父親冷落後的自甘淡泊、隱忍和自尊；〈母親新婚時〉透露母親對父親的深埋於心的愛；〈衣不如故〉寫其節儉；〈媽媽的手〉寫其操勞；〈南海慈航〉寫其虔誠信佛等等，甚至在著重寫他人的作品中也不忘勾畫母親一筆。琦君對母親的描寫，從點點滴滴的瑣事細節入手，又分散於不同的篇

---

[6]程榕寧，〈潘琦君教授談讀書與寫作〉，《琦君的世界》，臺北：爾雅出版社，1985 年，頁 91。

章之中，但只要全部讀罷琦君的散文，一個勤勞、節儉、寬容、慈愛的母親形象就會栩栩如生地樹立在讀者的面前。母親不僅是琦君愛的情愫的寄託，也是琦君宣揚愛的真理的載體。另外，支撐著琦君散文世界的其他幾個主要人物，如父親、外祖父、哥哥、老師、長工等的塑造也都是如此，通過他們的言行，一舉一動，宣揚著「世界上只有一個真理就是『愛』的福音」。

臺灣著名作家白先勇先生曾經說過：「一個作家，一輩子寫了許多書，其實也只在重複自己的兩三句話，如果能以各種角度、不同的技巧，把這兩三句話說好，那就沒白寫了。」[7]琦君更為單純，她的創作可用一個字概括，就是「愛」。能把這樣單一的主題，寫的讓人不覺重複而厭煩，並能時時感動溫暖著讀者的心，這不僅由於琦君能把「愛」寫在不同的人物；即使同一人物，又是不同的事件；即使同一事件，又是不同的側面之上，還由於在她的散文中所呈現出的一個溫柔端厚，對人對一切生命都悲憫博愛，「不著一份憎恨」的敘述者，也即作者的形象。

琦君從母親那兒耳濡目染，秉承了佛家的圓通廣大，慈悲為懷的訓誡；從恩師那兒學到了「以微笑之智慧，面對煩惱，磨刮出心靈之光輝」的教誨，從基督教教會學校裡接受了「愛」的洗禮，並成為「愛」的福音的傳播者。

琦君與冰心的愛都是超功利、超階級、超國家，廣施至一切生命的「博愛」，並把「愛」置於高過一切的位置，她們甚至想以愛來感化社會。冰心以母愛建立起人類應該充滿愛的根據，說「世界上的母親和母親都是好朋友，世界上的兒子和兒子也都是好朋友，都是互相牽連，不是互相遺棄的」[8]。琦君更默禱「人類能盡量發揮仁慈的本性，愛惜到最最細小的生命」，希望能以此偉大博愛的精神，避免社會上的殘殺案件和殘酷的戰爭

---

[7]轉引自隱地，〈讀《紅紗燈》〉，《琦君的世界》，同註6，頁136。
[8]冰心，〈超人〉，《小說月報》，1921年4月10日。

⁹。冰心曾因猝不及防親眼看見一隻小老鼠被狗吃掉，傷心至落淚自責，懺悔不已；琦君則更進一步爲經常光顧她家的一隻小老鼠留飯，終至以鼠爲友，和睦相處，臨搬家時，還要爲牠日後的生計暗生焦慮，這些護生的散文是琦君散文中感人至深的部分。冰心與琦君對人見人厭的過街老鼠尚存如此溫情，何言其他呢？她們的愛能夠遍布大千世界的萬事萬物，能夠沉潛到宇宙最本質的生命本身，她們播下了無數愛的種子，引領著我們去從容不迫地領受和體味世間一切的美。的確，人們可以從功利的角度去批評和嘲笑她們的空虛、幼稚，但我們也不妨聽聽像她們這類作家的創作信念：「我自笑把人生美化得離了譜。但我深感這個世界的暴戾已經夠多，爲什麼不透過文學多多渲染祥和美好的一面，以做彌補呢。」¹⁰

　　琦君與冰心的散文世界都可稱得上是愛的世界，理想的世界，她們的童年生活都爲營造這樣一個世界提供了泉源和素材，但與冰心相比，琦君的童年並非那麼完滿。她生活在一夫多妻的舊式家庭之中，父親自娶了「裊裊婷婷」的二媽後，完全把琦君的母親拋在一邊。母親的終日操勞，暗自垂淚；二媽的頤指氣使，占盡風頭都給琦君的童年帶來了一層陰影。這樣的經歷本來是最容易給人帶來傷害和怨恨，也是閨秀派作家源遠流長的「婦怨」的好題材，但琦君的創作不是發洩，也並未迴避這些陰影，而是以敘述母親的一顆無爭、無怨、無尤的佛心，能夠承當人生的風風雨雨，包容一切怨恨拂逆的胸懷；緬懷母親對父親的不計回報，「傾全生命」的愛；抒發自己對父親的懷念和愛戴以及對二媽的體諒和寬宥，化解了這些陰影，讓愛的情懷戰勝了人間的不平和恩怨。

　　在某種程度上說，琦君也是很不幸的。她 11 歲時，從小的玩伴──哥哥去世，十年後領養的弟弟病故，緊接著父母又相繼故去。這些不測本來最容易使人悲天憫人，感傷自憐，也是中國文人源遠流長的「感時傷事」的好題材，但琦君的創作並未流於悲痛，也並未迴避這些人生中的黯淡和

---

⁹琦君，〈小金魚與鴨子〉，《煙愁》，同註 2，頁 152。
¹⁰琦君，〈細說從頭〉，《錢塘江畔》，臺北：爾雅出版社，1987 年，頁 5。

憂傷，而是以自己內心所保留的對哥哥對父母的無盡思念，寫出的偉大母親的不朽形象，抒發的自己所永遠擁有的母親的愛，掃除了孤寂的人生之旅的清冷與無奈，讓不朽的永恆的愛超越了人類的生死界限。所以儘管有人說琦君屬閨秀派，但也不乏有人讚琦君「豪邁有丈夫氣」。

正因爲琦君能體認「人世間多少事不能如我們的心願」，「人渺小無能」，所以她記著散播著「世界上只有一個真理就是『愛』的真理」，勉勵自己和大家「背著生命的包袱向前走，不要怨望，不要徬徨」[11]，她從母親的爲人處事和自己的切身經驗中更體會到「『愛』是『施予』、『包容』，不是承受」[12]。

琦君的散文世界是愛的理想的世界，並不是說她的生活所遇沒有憂愁、痛苦和醜惡，正是這些憂愁、痛苦和醜惡爲她的散文更磨刮出了一種溫厚寬廣的風範。應該承認，琦君是有怨艾的，面對使母親一生鬱鬱不樂的人，作爲一個善體親心的女兒，怎能無動於衷？但琦君的怨艾是包容的溫厚的，不著一份憎恨；也應該承認，琦君的散文世界是瑣細的，但她從瑣細中昇華出的境界是寬廣的，顯露出的心靈是崇高的。

冰心和琦君都曾被評論說是較多具備中國傳統情韻和風味的作家。那麼，什麼是中國的傳統情韻和風味呢？在這方面，琦君有一個特別站在女性立場的見解。她研究了中國文學和歷代女性作家之後說：「中國文學是傾向於蘊藉婉約的，所謂不失其溫柔端厚之旨。而蘊藉婉約、溫柔端厚的作品，由女性自己來著筆，自更顯得出色當行。」[13]琦君與冰心的散文都可以說是這種風範的至文，在這方面更顯得是出色當行。她們寫的不僅題材本身即帶有溫柔的性質，她們對社會萬事萬物「流不盡的菩薩泉」，又給溫柔的題材蒙上了一層溫柔的色彩。在創作中，她們的用字都含蓄蘊藉，餘味無窮。冰心追求「欲語又停留」的效果，琦君嚮往「不著一字，盡得風

---

[11]琦君，〈聖誕夜〉，《琴心》，臺北：爾雅出版社，1987年，頁25。
[12]琦君，〈病中致兒書〉，《與我同車》，臺北：九歌出版社，1987年，頁44。
[13]琦君，〈歷代女性與文學〉，《讀書與生活》，頁21。

流」的境界，都秉承了中國古典詩詞所特有的蘊藉婉約的風格。可以套用郁達夫在《中國新文學大系‧散文二集‧導言》有關冰心的一段話來說，讀了冰心和琦君女士的作品，「就能夠了解中國一切歷史上的才女的心情；意在言外，文必己出，哀而不傷，動中法度，是女士的生平，亦即是女士的文章之極致。」

冰心和琦君對於現代女性來說，又可說是一個謎。她們不僅有著讓人企羨的事業上的成功，又有著讓人企羨的家庭生活的幸福和圓滿；她們既是自主而獨立的女性，又能善為人女、人妻、人母。現代女性所普遍存在的事業與家庭，「做人」與「做女人」之間的矛盾和困境，在她們身上似乎並不存在，至少沒有達到勢不兩立的緊張程度。她們所追求的是兩者間的和諧和一致，是對女人在傳統與現代兩個價值體系中所扮演的不同角色的雙重體認和承擔。她們既欽敬婦女解放，也欣賞賢妻良母，冰心曾說「看到或聽到『打倒賢妻良母』口號時，我總覺得有點逆耳刺眼」[14]。琦君則更明確地表示「高水準的知識婦女，也已領悟到爭取女權的正確途徑，不是偏激的言行，而是沉潛的自我能力表現和對女性基本職責的認識」[15]。她們不僅從認識上，也從實踐上統一了事業與家庭，做人與做女人之間的矛盾。也許，正因為她們對賢妻良母的欣賞，對女人原有職責的體認，使她們對中國傳統文化中「婦德」的價值觀念，有了較多的認同。

不過，也許需要辨析的是，她們的認同不是認同女人在歷史上非人的受奴役的地位，而是試圖以愛重新解釋和規定女性的職責。自古以來，《禮記》為女人下的定義即是「婦人，從人者也，幼從父兄，嫁從夫，夫死從子」。冰心和琦君則以愛的精神重新調整人倫關係，使之成為女人的靈魂。女性意味著愛：為女兒愛父母兄弟，為妻愛夫婿，為母愛子女，這個「愛」對「從」的改變，或說是取代，儘管是一字之差，但它從文化觀念

---

[14] 轉引自范伯群、曾華鵬，〈論冰心的創作〉，《冰心研究資料》，北京：北京出版社，1984 年，頁264。

[15] 琦君，〈美國中年婦女看「婦運」〉，《千里懷人月在峰》，臺北：爾雅出版社，1987 年，頁90。

上改變了女性在家庭中的位置，因爲「愛」人者是施予者，是主體，而「從」人者則是受制者，是客體。

　　自「五四」以來，中國現代女性試圖以一系列的否定來肯定自身，認爲女人「不是玩物」，不是「傳宗接代的工具」，「不是花瓶」，表現了逃離家庭的傾向，也承擔了逃離家庭後的失落和痛苦。冰心和琦君都經過現代思潮的洗禮，不過，她們似乎更以肯定的方式來肯定自身。不管她們所信奉的「愛」字是否能夠改變女人的位置，也不論這兩種方式，哪一種對女人更有價值，但無疑這種精神上的和諧是她們創造自己的人生和作品的內在依據和驅力。

　　琦君這個名字對於大陸的讀者來說，還是陌生的，但在臺灣她是 1950 年代以來馳騁文壇，成就顯赫，與林海音、張秀亞、柏楊齊名的著名散文家，也是海外知名的臺灣女作家。

　　不知道琦君不要緊，相信只要你喜歡冰心就一定會喜歡琦君。

——選自席慕蓉、沈奇等著《評論十家》

臺北：爾雅出版社，1995 年 11 月

輯五◎
研究評論資料目錄

作家生平、作品評論專書與學位論文

專書

1. 隱地編　　琦君的世界　臺北　爾雅出版社　1985年6月　284頁

本書收錄描述琦君及評論其作品之文章，全書分2輯：1.琦君生平行誼事蹟的文章，收有陳芳明〈琦君〉、季季〈琦君〉、林海音〈一生兒愛好是天然〉、朱莉〈潘琦君是小說家也是詞人〉、鄭秀嬌〈我們的國文老師潘琦君女士〉、鄭明娳〈一花一木耐溫存〉、夏祖麗〈琦君和盧燕有段師生緣〉、邱秀文〈「我愛寫作也愛教書」〉、黃凌書〈一條會歌唱的小溪〉、陳芳蓉〈那顆歌唱的心靈〉、夏祖麗〈琦君記憶裡有許多書房〉、吳雪學〈訪作家琦君〉、心岱〈雲影天光〉、程榕寧〈潘琦君教授談讀書與寫作〉14篇；2.作品評論，收有糜文開〈讀《琴心》〉、梅遜〈《琴心》讀後〉、張秀亞〈琴韻心聲〉、羅家倫〈琦君的《菁姐》〉、公孫嬿〈《琴心》〉、司徒衛〈琦君的《菁姐》〉、藥婆〈琦君的《菁姐》〉、施文華〈筆致淡雅的潘琦君〉、張秀亞〈《煙愁》〉、隱地〈讀《紅紗燈》〉、彭歌〈東方的寬柔〉、薇薇夫人〈《煙愁》感人〉、陳克環〈淡淡的《煙愁》〉、夏志清〈夏志清談琦君〉、亮軒〈流不盡的菩薩泉〉、思果〈落花一片天上來〉、王鼎鈞〈花語〉、鄭明娳〈談琦君散文〉、林瑞美〈比較朱自清的〈背影〉與琦君的〈髻〉〉、洪醒夫〈意中所有筆下所無〉、翠羽〈遲來的回音〉、彭歌〈平易精省〉、唐潤鈿〈評介《讀書與生活》〉、喻麗清〈失去的一角〉、李又寧〈談琦君的散文〉、魏淑貞〈讀《桂花雨》有感〉、李漢呈〈逃出「煙愁」世界〉、陶曉清〈琦君的小說〉、楊玉雪〈總是一般情懷〉、黃文範〈童心即佛心〉、陳愛麗〈為有源頭活水來〉、楊牧〈留予他年說夢痕〉、歐陽子〈一葉扁舟，怎載得動如許的學問？〉、劉靜娟〈琦君說童年〉、郭明福〈癡心父母古來多〉、鄭明娳〈評介《燈景舊情懷》〉、詹悟〈風光一日一回新〉、隱地〈編後〉37篇。

2. 章方松　　琦君的文學世界　臺北　三民書局　2004年9月　304頁

本書以琦君的童年教育為主軸，深入探討琦君文學的形成，並分析琦君文學的特點。全書共5章：1.琦君的故鄉與童年；2.琦君的文學理念；3.琦君的情感世界；4.琦君與現代作家的文學比較；5.側寫琦君。

3. 宇文正　　永遠的童話：琦君傳　臺北　三民書局　2006年1月　254頁

本書以訪談的方式呈現琦君自童年至今的生活歷程。全書共3部分：1.琦君——從水晶宮到淡水潤福；2.小春——永遠的童話；3.潘希真——離亂歲月。正文後附錄〈琦君年表〉、〈琦君作品表〉。

4. 李瑞騰編　　永恆的溫柔：琦君及其同輩女作家學術研討會論文集　桃園　中央大學中文系琦君研究中心　2006 年 7 月　443 頁

本書爲 2005 年 12 月 15—16 日舉辦的「琦君及其同輩女作家學術研討會」之論文集。全書收錄 17 篇論文：1.封德屏〈遷臺初期文學女性的聲音——以武月卿主編《中央日報・婦女與家庭週刊》爲研究場域〉；2.張瑞芬〈琴心夢痕——琦君散文及其文學史意義〉；3.梁竣瓘〈試論琦君的文學史地位〉；4.應鳳凰〈五、六零年代女性小說的性別與家國話語——比較琦君與林海音〉；5.汪淑珍〈林海音與琦君——編者與作家的互動考察〉；6.羅秀美〈學院女作家琦君與孟瑤的教學／學術生涯考察——兼論其文學接受情形〉；7.曾萍萍〈一種相思兩般情——論琦君與聶華苓的懷舊主題散文〉；8.侯雅文〈論《詞人之舟》的詞觀及其在遷臺後臺灣詞學發展上的意義〉；9.林秀蘭〈從花果飄零到靈根自植——琦君的離散書寫〉；10.李栩鈺〈不離不棄——琦君的怨婦書寫〉；11.許秦蓁〈蜜蜂、胡蝶、名牌——琦君散文中的上海書寫〉；12.洪珊慧〈留予他年說夢痕——論琦君的懷舊散文〉；13.林淑媛〈永是有情人——論琦君散文中的佛教色彩〉；14.黃慧鳳〈傳統倫常觀下的婚姻形貌——琦君小說中的女性處境探析〉；15.朱嘉雯〈重寫綠窗舊夢——琦君詩化小說析探〉；16.林淑貞〈琦君「傳記情境」中的鏡像疊影——以《菁姐》爲例〉；17.莊宜文〈從個人傷痕到集體記憶——《橘子紅了》小說改寫與影劇改編的衍義歷程〉。

5. 李瑞騰主編　　新生代論琦君：琦君文學專題研究論文集　桃園　中央大學中文系琦君研究中心　2006 年 7 月　159 頁

本書爲中央大學「琦君文學專題研究」課堂上碩士生試寫的論文，經公開發表後集結成書。全書收錄 9 篇：1.陳威宏〈論琦君散文之人物形象——以《煙愁》爲討論中心〉；2.林胤華〈琦君散文中以物寄情的意象書寫——以《三更有夢書當枕》爲例〉；3.簡瀅灜〈高中國文編選琦君散文之探討〉；4.許芳儒〈以父之名——試探琦君作品中的父親形象〉；5.陳建隆〈「梅」有意思——琦君梅花意象研究〉；6.楊毓絢〈論琦君小說中的家庭書寫〉；7.李家欣〈琦君小說中女性人物類型研究〉；8.賴婉玲〈琦君小說的社會寫實色彩——以《繕校室八小時》爲研究場域〉；9.辜韻潔〈無可奈何花落去——試比較〈橘子紅了〉與〈柿子紅了〉〉。

6. 李瑞騰，莊宜文主編　　琦君書信集　臺南　國立臺灣文學館　2007 年 8 月　530 頁

本書收錄琦君與丁中德等 58 人來往書信。正文前有〈琦君小傳〉。

學位論文

7. 邱珮萱　　琦君及其散文研究　高雄師範大學國文學系　碩士論文　何淑貞教
　　　　授指導　1996 年　185 頁

本論文藉由文學理論上的鑑賞層次，透過閱讀角度的轉換，與探析層面的擴張，分
析琦君散文中所凸顯的人文精神內涵與文藝技巧。全文共 6 章：1.緒論；2.琦君的人
生經歷；3.琦君的創作世界；4.琦君散文的類型；5.琦君散文的藝術；6.結論。正文
後附錄〈琦君著作年表〉。

8. 陳雅芬　　琦君小說研究　臺北師範學院應用語文研究所　碩士論文　馮永敏
　　　　教授指導　2002 年　356 頁

本論文研究琦君小說作品的內涵、藝術和旨趣。全文共 7 章：1.緒論；2.琦君人生經
歷；3.琦君創作歷程；4.琦君小說散文類似原因；5.琦君小說內涵；6.琦君小說藝
術；7.結論。

9. 陳瀅如　　琦君兒童散文的傳記性　臺東大學兒童文學研究所　碩士論文　林
　　　　文寶教授指導　2002 年　188 頁

本論文研究琦君的兒童散文，分題材內容、結構敘事與藝術美感等 3 部分論述。全
文共 6 章：1.緒論；2.傳記與兒童散文；3.琦君兒童散文題材內容的傳記性；4.琦君
兒童散文結構敘事的傳記性；5.琦君兒童散文藝術美感的傳記性；6.結語。

10. 陶玉芳　　琦君散文在國小教育上的價值與應用　屏東師範學院國民教育研究
　　　　所　碩士論文　鍾屏蘭教授指導　2004 年 1 月　380 頁

本論文研究琦君散文中蘊含的教育價值，並應用於國小閱讀教學。全文共 6 章：1.
緒論；2.琦君的人生經歷及創作世界；3.琦君散文的內容大要；4.琦君散文在國小
教育上的價值；5.琦君散文在國小教育上的實踐與應用；6.結論。

11. 王怡心　　琦君小說主題內涵與人物刻畫研究　東吳大學中國文學系　碩士論
　　　　文　沈謙教授指導　2004 年　153 頁

本論文研究琦君小說中主題內涵，與人物刻畫的意義與價值，及其「小說家」的地
位。全文共 5 章：1.緒論；2.琦君小說的創作背景；3.琦君小說的主題內涵；4.琦君
小說的人物刻畫；5.結論。

12. 陳姿宇　　琦君散文人物刻劃研究　玄奘大學中國語文學系　碩士論文　鄭明
　　　　娳教授指導　2004 年　136 頁

本論文以琦君散文中最爲人稱道的「人物」作爲研究對象，評論其散文創作中，主題類型的人物塑造與刻劃之特色。全文共 6 章：1.緒論；2.琦君的生平經歷；3.人物外在描寫；4.人物內在刻劃；5.琦君散文人物的特色；6.結論。

13. 鄭君潔　論琦君的書寫美學和生活風格　佛光人文社會學院　碩士論文　羅中峰教授指導　2005 年 1 月　136 頁

本論文以文學、社會學以及與琦君有關的文人雅集、賦詩酬酢的傳統文人養成過程，以探看文人生活風格與書寫美學的關係，另外亦從教科書的編選、評鑑的機制、媒體的助瀾和文化的消費來觀察琦君在文壇上的評價和歷久不衰的銷售潛力。全文共 5 章：1.緒論；2.琦君的懷鄉憶舊；3.琦君的文人酬酢；4.琦君的市井風情；5.結論。正文後附錄〈琦君文壇大事紀〉及〈琦君生活史及著作分期〉。

14. 林鈺雯　琦君散文的抒情傳統　彰化師範大學國文學系　碩士論文　周芬伶教授指導　2005 年 6 月　212 頁

本論文藉琦君傳記再配合口述歷史的採集工作，獲得第一手採訪資料與年表的修訂，以補前人研究的不足；並透過「美學角度」找出她的風格地位的確切斷語。全文共 7 章：1.緒論；2.琦君生平記事；3.主題的呈現；4.母女一體——女性書寫；5.意象與象徵；6.風格與語言；7.結論。正文後附錄〈琦君年表〉、〈琦君訪談稿〉。

15. 張林淑娟　琦君〈橘子紅了〉敘事美學研究　銘傳大學應用中國文學系碩士在職專班　碩士論文　江惜美教授指導　2005 年 6 月　180 頁

本論文藉「結構美學」的理論，探討〈橘子紅了〉敘事結構，再以「小說美學」的理論，分析琦君在小說創作上的藝術技巧。全文共 5 章：1.緒論；2.琦君〈橘子紅了〉敘事研究；3.琦君〈橘子紅了〉敘述結構研究；4.琦君〈橘子紅了〉藝術技巧分析；5.結論。

16. 林致妤　現代小說與戲劇跨媒體互文性研究——以〈橘子紅了〉及其改編連續劇爲例　東華大學中國語文學系　碩士論文　須文蔚教授指導　2006 年 6 月　145 頁

本論文以琦君〈橘子紅了〉小說及同名連續劇爲研究對象，分析〈橘子紅了〉從文學文本到電視電影影本，轉換過程間所引起的跨媒體互文現象。全文共 7 章：1.緒論；2.現代小說與戲劇跨媒體互文現象之背景與範圍界定；3.分析現代小說與戲劇跨媒體互文現象之理論依據；4.舊時代女性的幽微情感：琦君〈橘子紅了〉的創作

背景；5.「女性」視角：李少紅執導〈橘子紅了〉之影視文本分析；6.〈橘子紅了〉跨媒體互文現象面分析及其再現之女性論述；7.結語。

17. 張西燕　琦君小說中女性意識書寫研究　屏東教育大學中國語文學系　碩士論文　簡貴雀教授指導　2006 年　169 頁

本論文蒐集琦君曾發表過的 70 篇小說作品，以女性意識書寫的表現爲研究主軸，藉由「女性主義」的觀點，重新對琦君小說有更深一層的體認。全文共 6 章：1.緒論；2.女性主義思潮發展與臺灣女性小說書寫；3.琦君女性意識覺醒之因緣與表現；4.琦君小說女性意識書寫的內涵；5.琦君小說女性意識書寫的技巧；6.結論。

18. 王琢藝　舊時代的棄婦輓歌──琦君小說〈橘子紅了〉研究　彰化師範大學國文學系　碩士論文　蔣美華教授指導　2007 年 8 月　179 頁

本論文分析〈橘子紅了〉人物的內心世界以及探索琦君的思想，並藉此反省性別歧視、人權與倫理與女性立場的侷限，以釐清自我的概念與價值。全文共 6 章：1.緒論；2.探索琦君生命歷程；3.〈橘子紅了〉的創作背景；4.〈橘子紅了〉的人物性格與互動；5.〈橘子紅了〉之思想內涵；6.結論。

19. 戴　勇　琦君散文創作論　華僑大學中國現當代文學研究所　碩士論文　倪金華教授指導　2008 年 5 月　46 頁

本論文對琦君散文創作的整體風貌進行研究，探討琦君散文中對愛與鄉愁的繼承和發展、傳統意象書寫的成因、美學特質、敘述策略、語言特點，最後分析其創作的優缺得失。全文共 4 章：1.文化母題的藝術呈現；2.匠心獨運的意象營造；3.儒家美學特質的彰顯；4.別具特色的文體建構。正文前有引言，正文後有結語、海峽兩岸琦君研究綜述、後記。

20. 王育美　琦君書信研究　中央大學中國文學系碩士在職專班　碩士論文　李瑞騰教授指導　2008 年 6 月　207 頁

本論文以《琦君書信集》爲主要研究範圍，以了解琦君晚年生活、交遊、思想、創作。全文共 7 章：1.緒論；2.琦君書信的集結成書；3.琦君書信的往來對象；4.晚年孤寂：琦君書信反映的生命境況；5.真誠美善：琦君書信反映的文學立場；6.琦君書信的寫作特色；7.結論。

21. 陳怡村　琦君懷鄉散文研究　東吳大學中國文學系　碩士論文　朱孟庭教授指導　2008 年 7 月　162 頁

本論文以琦君懷鄉散文作爲研究對象，探究其文中的鄉愁情感，及其在懷鄉文學上

的成就及影響。全文共 6 章：1.緒論；2.琦君生平；3.懷鄉文學與琦君；4.琦君懷鄉散文的內涵主題；5.琦君懷鄉散文的手法與特色；6.結論。

22. 王勛鴻　　君臨之側，閨怨之外──五六十年代臺灣女性文學研究　山東大學文中國現當代文學研究所　博士論文　黃萬華教授指導　2008 年 9 月　182頁

本論文以 1950、1960 年代琦君、張秀亞、歐陽子、聶華苓、郭良蕙、吉錚、於梨華、徐鍾珮、林海音等臺灣女性作家爲例，探討女性作家在懷鄉書寫及「家臺灣」的在地化書寫之保守社會文化下，所表顯出的「女性性別意識的塑造與呈現」、「五四文學傳統的承繼」、「1960 年代現代派主義思潮下女作家性欲書寫」和「留學生文學」等面向，從中討論女作家如何在「反共文學」浪潮中發出自己的聲音。全文共 5 章：1.男性家國時代的女性聲音：五十年代文藝體制及女作家；2.鄉關何處？：戰後女作家的身份言說與建構；3.性別與家國：戰後女作家的性別論述；4.她們從五四走來──五四文學傳統的承繼；5.從文學理論的移植到身體的位移──六十年代女性創作。正文後附錄〈《自由中國》女作家及其作品〉、〈《文藝創作》各期刊載的女性作家作品〉、〈《文學雜誌》譯介之現代主義文藝思潮〉、〈《文學雜誌》上的女作家及其作品〉、〈《現代文學》女性小說家的創作篇目〉、〈《今日世界》美國文學引介內容〉。

23. 廖雅玲　　〈橘子紅了〉女性意識研究──以小說與電視劇爲文本的考察　彰化師範大學國文學系　碩士論文　陳金木教授指導　2008 年　319 頁

本論文以琦君〈橘子紅了〉及同名戲劇文本爲研究範圍，再以女性主義的角度切入，歸納分析小說與戲劇文本之間的人物特色、情節發展，以探討兩種文本之間女性意識的內涵。全文共 5 章：1.緒論；2.小說作者、創作背景與女性意識；3.電視劇中之女性意識；4.小說與電視劇文本的變與不變；5.結論──兩個世代女性對女性意識的詮釋視野。

24. 蘇曉玲　　琦君散文在國中國文教學應用之研究　臺南大學國語文學系中國文學碩士在職專班　碩士論文　張惠貞教授指導　2009 年 5 月　311 頁

本論文探討琦君散文在國中國文教學上的應用，並且設計教學活動，具體落實於閱讀教學、作文教學及情意教學中，藉以彰顯琦君散文的教育價值。全文共 8 章：1.緒論；2.琦君生平；3.琦君散文主題內容；4.琦君散文的藝術經營與教育價值；5.琦

君散文與閱讀教學；6.琦君散文與作文教學；7.琦君散文與情意教學；8.結論。

25. 許馨勻　　溫柔敦厚之筆，寫真善美之文——琦君小說研究　中山大學中國文學系　碩士論文　蔡振念教授指導　2009 年 6 月　154 頁

本論文從琦君在小說的人物、情節、場景的細心安排之中，深入研究琦君小說的「真」──自我生活的投射；及小說中的「善」──對視角的細心安排；還有琦君小說中的「美」──美的意象，以探討琦君真善美的寫作宗旨。全文共 6 章：1.緒論；2.琦君追求真善美人生哲學之由來；3.琦君小說的「真」；4.琦君小說的「善」；5.琦君小說的「美」；6.結論。正文後附錄〈琦君生平紀事〉。

26. 吳淑靜　　永遠的溫柔：論琦君的懷舊散文　高雄師範大學國文學系　碩士論文　林文欽教授指導　2009 年　185 頁

本論文以琦君的懷舊散文作為主題，藉由其豐富多彩的懷舊篇章，對琦君散文之中的美學意義、人文品性以及永恆的文學生命，有更深層的了解。全文共 7 章：1.緒論；2.文獻研究；3.琦君懷舊散文的主題分析；4.琦君懷舊散文的藝術鑑賞；5.琦君懷舊散文的生活智慧；6.琦君懷舊散文的局限性；7.總結。

27. 莊明珠　　母親在琦君散文中的形象及其影響研究　國立臺南大學國語文學系　碩士論文　張惠貞指導　2009 年 12 月　138 頁

本論文首先論述五○年代的文學背景，藉此切入琦君的懷舊文學，並以琦君的母親為核心，呈現文本中母親的特色及其對琦君寫作生涯、作品之影響。全文共 7 章：1.緒論；2.五○年代的文藝背景；3.琦君散文中的母親形象分析；4.琦君散文中的母愛情感；5.母親對琦君的人格特質的影響；6.母親在琦君文學寫作上的影響；7.結論。

28. 潘星仔　　中譯英銜接手段對連貫的影響：以《琦君散文選中英對照》為例　長榮大學翻譯學系　碩士論文　藍月素指導　2010 年　91 頁

本論文採用琦君散文選中英對照一書為文本，探討因中文與英文的語言差異，所造成之語篇中銜接與連貫的關係。全文共 5 章：1.Introduction；2.Literature Review；3.Shifts of Lexical and Grammatical Cohesion in ST and TT；4.The Role of Shifted Cohesive Devices in Coherence；5.Conclusions。

作家生平資料篇目

自述

29. 潘琦君　　何時歸看浙江潮——大學生活鎖憶　大學生活　第 1 卷第 5 期　1955 年 9 月　頁 14—16

30. 琦　君　　前言　百合羹　臺北　臺灣開明書店　1958 年 9 月　〔1〕頁

31. 琦　君　　三更有夢書當枕——我的讀書回憶　書評書目　第 14 期　1963 年 6 月　頁 3—15

32. 琦　君　　我的讀書回憶　中華日報　1976 年 11 月 11 日　11 版

33. 琦　君　　三更有夢書當枕　讀書樂——書評書目選集　臺北　財團法人洪健全教育文化基金會　1986 年 3 月　頁 75—93

34. 琦　君　　我爲什麼寫《留予他年說夢痕》[1]　中國時報　1963 年 7 月 2 日　8 版

35. 琦　君　　後記——留予他年說夢痕　煙愁　臺北　光啓出版社　1963 年 8 月　頁 200—209

36. 琦　君　　後記——留予他年說夢痕　煙愁　臺北　書評書目出版社　1977 年 9 月　頁 229—238

37. 琦　君　　留予他年說夢痕——後記　煙愁　臺北　爾雅出版社　1982 年 3 月　頁 215—223

38. 琦　君　　關於《琦君小品》[2]　中央日報　1966 年 12 月 12 日　9 版

39. 琦　君　　前言　琦君小品　臺北　三民書局　1966 年 12 月　頁 1—2

40 琦　君　　前言　琦君小品　臺北　三民書局　2004 年 2 月　頁 1—2

41. 琦　君　　漫談創作　琦君小品　臺北　三民書局　1966 年 12 月　頁 202—208

42. 琦　君　　漫談創作　文學思潮　第 2 期　1978 年 9 月　頁 193—199

43. 琦　君　　漫談創作　琦君小品　臺北　三民書局　2004 年 2 月　頁 237—

---

[1]本文後改篇名爲〈後記——留予他年說夢痕〉。
[2]本文後改篇名爲〈前言〉。

244

44. 琦　　君　　寫作技巧談片　琦君小品　臺北　三民書局　1966 年 12 月　頁 209—213

45. 琦　　君　　寫作技巧談片　琦君小品　臺北　三民書局　2004 年 2 月　頁 245 —250

46. 琦　　君　　我的《繕校室八小時》　中央日報　1967 年 12 月 29 日　9 版

47. 潘琦君　　作家書簡　亞洲文學　第 100、101 期　1969 年 6 月　頁 35

48. 琦　　君　　我的《紅紗燈》[3]　中央日報　1969 年 11 月 8 日　9 版

49. 琦　　君　　前言　紅紗燈　臺北　三民書局　1972 年 10 月　頁 1—2

50. 潘琦君　　寫作回顧　女作家自傳　臺北　中美文化出版社　1972 年 5 月　頁 196—210

51. 琦　　君　　寫作回顧　女作家寫作生活與書簡　臺南　慈暉出版社　1974 年 10 月　頁 128—143

52. 琦　　君　　寫作回顧　琦君自選集　臺北　黎明文化公司　1980 年 7 月　頁 3 —18

53. 潘琦君　　談談我的愛好　中國時報　1974 年 7 月 15 日　9 版

54. 琦　　君　　雲影天光　三更有夢書當枕　臺北　爾雅出版社　1975 年 7 月　頁 1—4

55. 琦　　君　　枝上花開又十年——三版小記　煙愁　臺北　書評書目出版社　1977 年 9 月　頁 1—2

56. 琦　　君　　三版小記——枝上花開又十年　煙愁　臺北　爾雅出版社　1982 年 3 月　頁 1—2

57. 琦　　君　　我的新散文集——《千里懷人月在峰》　中華日報　1978 年 8 月 22 日　11 版

58. 琦　　君　　看戲　中華文藝　第 93 期　1978 年 11 月　頁 178—190

59. 琦　　君　　電影・明星　聯合報　1979 年 8 月 17 日　8 版

---

[3]本文後改篇名為〈前言〉。

60. 琦　君　　電影‧明星　回首故園（聯副三十年文學大系‧散文卷）　臺北
聯經出版公司　1981 年 10 月　頁 469—476

61. 琦　君　　閒居偶拾　聯合報　1979 年 9 月 29 日　8 版

62. 琦　君　　閒居偶拾　回首故園（聯副三十年文學大系‧散文卷）　臺北　聯
經出版公司　1981 年 10 月　頁 525—533

63. 琦　君　　我的第一本書《琴心》　愛書人　第 136 期　1980 年 3 月　3 版

64. 琦　君　　《琴心》　青澀歲月　臺北　爾雅出版社　1980 年 7 月　頁 195—
199

65. 琦　君　　我的第一本書《琴心》　爾雅　臺北　爾雅出版社　1981 年 7 月
頁 277—280

66. 琦　　君　　我的第一本書——《琴心》　母心似天空　臺北　爾雅出版社
1981 年 12 月　頁 89—94

67. 琦　　君　　我的第一本書　琴心　臺北　爾雅出版社　1982 年 3 月　頁 203—
207

68. 琦　君　　代序——細說從頭　錢塘江畔　臺北　爾雅出版社　1980 年 4 月
頁 1—6

69. 琦　君　　我的筆名[4]　愛書人　第 149 期　1980 年 7 月　4 版

70. 琦　君　　我的筆名　母心似天空　臺北　爾雅出版社　1981 年 12 月　頁 85
—88

71. 琦　君　　我的筆名　閒情　臺北　號角出版社　1983 年 3 月　頁 166—169

72. 琦　君　　我的筆名　聯合報　1991 年 1 月 23 日　25 版

73. 琦　君　　我為什麼以「琦君」作筆名　大成雜誌　第 220 期　1992 年 3 月
頁 73

74. 琦　君　　文學與時代——琦君（散文家）：寫作歸納為四個字　文學時代雙
月叢刊　第 1 期　1980 年 11 月　頁 6—7

75. 琦　君　　後記　留予他年說夢痕　臺北　洪範書店　1980 年 12 月　頁 201

---

[4]本文後改篇名為〈我為什麼以「琦君」作筆名〉。

—203

76. 琦　　君　　《留予他年說夢痕》後記　洪範雜誌　第 1 期　1981 年 3 月　2 版

77. 琦　　君　　鋼琴和我——中學生活回憶　明道文藝　第 58 期　1981 年 1 月　頁 16—24

78. 琦　　君　　後記　詞人之舟　臺北　爾雅出版社　1981 年 4 月　頁 243—248

79. 琦　　君　　不卜他生樂此生　我的下輩子　臺北　愛書人雜誌社　1981 年 11 月　頁 176—179

80. 琦　　君　　序　與我同車　臺北　九歌出版社　1981 年 11 月　頁 3—4

81. 琦　　君　　初版自序　與我同車　臺北　九歌出版社　2006 年 11 月　頁 17—18

82. 琦　　君　　重印《菁姐》——只爲留個紀念　菁姐　臺北　爾雅出版社　1981 年 12 月　頁 1—5

83. 琦　　君　　校後記　琴心　臺北　爾雅出版社　1982 年 3 月　頁 209—211

84. 琦　　君　　小記童年　琦君說童年　臺北　純文學出版社　1982 年 3 月　頁 5—6

85. 琦　　君　　小記童年　琦君說童年　臺北　三民書局　2008 年 7 月　頁 5—6

86. 琦　　君　　盼待回音　細雨待花落　臺北　爾雅出版社　1982 年 7 月　頁 3—5

87. 琦　　君　　我對散文的看法　洪範雜誌　第 11 期　1983 年 2 月　1 版

88. 琦　　君　　《燈景舊情懷》小記　洪範雜誌　第 11 期　1983 年 2 月　1 版

89. 琦　　君　　小序　燈景舊情懷　臺北　洪範書店　1983 年 2 月　頁 1—3

90. 琦　　君　　小序——異國的仙桃　此處有仙桃　臺北　九歌出版社　1985 年 6 月　頁 3—5

91. 琦　　君　　異國的仙桃　此處有仙桃　臺北　九歌出版社　2006 年 6 月　頁 19—21

92. 琦　　君　　寫在前面[5]　琦君寄小讀者　臺北　純文學出版社　1985 年 6 月

---

[5]本文後改篇名爲〈說童年・寫旅居，所以真正忘憂——爲《琦君寄小讀者》說幾句話〉、〈給小

頁 3—5

93. 琦　君　　說童年・寫旅居，所以真正忘憂——為《琦君寄小讀者》說幾句話
九歌雜誌　第 185 期　1996 年 8 月　3 版

94. 琦　君　　寫在前面　琦君寄小讀者　臺北　九歌出版社　1996 年 8 月　頁 1
—3

95. 琦　君　　給小讀者寫信，可以忘憂　鞋子告狀——琦君寄小讀者　臺北　九
歌出版社　2004 年 8 月　頁 3—5

96. 琦　君　　我為什麼要寫作　玻璃筆　臺北　九歌出版社　1986 年 12 月　頁
161—162

97. 琦　君　　七十歲與七歲之間——〈玻璃筆〉小記[6]　九歌雜誌　第 70 期
1986 年 12 月　1 版

98. 琦　君　　小序　玻璃筆　臺北　九歌出版社　1986 年 12 月　頁 3—5

99. 琦　君　　關於〈橘子紅了〉　聯合文學　第 32 期　1987 年 6 月　頁 10—13

100. 琦　君　　關於〈橘子紅了〉　洪範雜誌　第 48 期　1992 年 1 月　3 版

101. 琦　君　　關於〈橘子紅了〉　洪範雜誌　第 65 期　2001 年 7 月　4 版

102. 琦　君　　友情的書——寫在《琦君讀書》之前　九歌雜誌　第 80 期　1987
年 10 月　1 版

103. 琦　君　　友情的書　琦君讀書　臺北　九歌出版社　1987 年 10 月　頁 3—
5

104. 琦　君　　我愛動物　洪範雜誌　第 34 期　1988 年 3 月　1 版

105. 琦　君　　我愛動物　我愛動物　臺北　洪範書店　1988 年 3 月　頁 1—7

106. 琦　君　　寫不完的童年往事——客中歲月談《青燈有味似兒時》[7]　九歌雜
誌　第 89 期　1988 年 7 月　2 版

107. 琦　君　　小序　青燈有味似兒時　臺北　九歌出版社　1988 年 8 月　頁 3

讀者寫信，可以忘憂〉。
[6]本文後改篇名為〈小序〉。
[7]本文後改篇名為〈小序〉。

　　　　　　　　　—5

108. 琦　君　眼高手也高　八○○字小語（8）　臺北　文經出版社　1988 年 9
　　　　　　　　月　頁 16—17

109. 琦　君　面對五四，面對五四人物——懷念兩位中學老師　文訊雜誌　第
　　　　　　　　43 期　1989 年 5 月　頁 38—39

110. 琦　君　老大、老小　比伯的手風琴　臺北　漢藝色研文化公司　1989 年
　　　　　　　　7 月　頁 2—5

111. 琦　君　小序　文與情　臺北　三民書局　1990 年 8 月　頁 1—2

112. 琦　君　媽媽，您安心吧！——寫在《母心‧佛心》出版之前　九歌雜誌
　　　　　　　　第 116 期　1990 年 10 月　2 版

113. 琦　君　媽媽，您安心吧！　母心‧佛心　臺北　九歌出版社　1990 年 10
　　　　　　　　月　頁 1—6

114. 琦　君　做個「學堂生」　我們的八十年　臺北　時報文化出版公司
　　　　　　　　1991 年 9 月　頁 33—48

115. 琦　君　《橘子紅了》小序　洪範雜誌　第 47 期　1991 年 9 月　1 版

116. 琦　君　小序　橘子紅了　臺北　洪範書店　1991 年 9 月　頁 7—9

117. 琦　君　旅居心情——寫在《媽媽銀行》出版之前　九歌雜誌　第 139 期
　　　　　　　　1992 年 9 月　2 版

118. 琦　君　旅居心情　媽媽銀行　臺北　九歌出版社　1992 年 9 月　頁 1—6

119. 琦　君　旅居心情（代序）　媽媽銀行　臺北　九歌出版社　2005 年 5 月
　　　　　　　　頁 3—6

120. 琦　君　得失寸心知——淺談寫作　媽媽銀行　臺北　九歌出版社　1992
　　　　　　　　年 9 月　頁 223—229

121. 琦　君　中個女狀元　童年的夢 1　臺北　時報文化出版公司　1993 年 8
　　　　　　　　月　頁 25—28

122. 琦　君　皆從胸臆湧出　中學課本上的作家　臺北　幼獅文化公司　1994
　　　　　　　　年 10 月　頁 130—133

123. 琦　　君　　以文章代書信　萬水千山師友情　臺北　九歌出版社　1995 年 2 月　頁 1—3

124. 琦　　君　　以文章代書信（初版自序）　萬水千山師友情　臺北　九歌出版社　2006 年 6 月　頁 13—14

125. 琦　　君　　四十年來的寫作　萬水千山師友情　臺北　九歌出版社　1995 年 2 月　頁 183—192

126. 琦　　君　　四十年來的寫作　夢中的餅乾屋　臺北　九歌出版社　2002 年 3 月　頁 264—270

127. 琦　　君　　四十年來的寫作　萬水千山師友情　臺北　九歌出版社　2006 年 6 月　頁 145—151

128. 琦　　君　　我寫作的信念　萬水千山師友情　臺北　九歌出版社　1995 年 2 月　頁 198—204

129. 琦　　君　　我寫作的信念　夢中的餅乾屋　臺北　九歌出版社　2002 年 3 月　頁 275—279

130. 琦　　君　　我寫作的信念　萬水千山師友情　臺北　九歌出版社　2006 年 6 月　頁 156—160

131. 琦　　君　　談寫作、念恩師　中華日報　1996 年 4 月 27 日　14 版

132. 琦　　君　　大媽媽敬祝您在天堂裡生日快樂　九歌雜誌　第 203 期　1998 年 2 月　2 版

133. 琦　　君　　大媽媽敬祝您在天堂裡生日快樂——代序　永是有情人　臺北　九歌出版社　1998 年 2 月　頁 1—6

134. 琦　　君　　我的留學夢　中華日報　2000 年 3 月 20 日　19 版

135. 琦　　君　　重拾當年學英文的夢　中華日報　2000 年 6 月 1 日　19 版

136. 琦　　君　　寫在《水是故鄉甜》之前　水是故鄉甜　臺北　九歌出版社　2006 年 6 月　頁 5—7

137. 琦　　君　　讀書瑣憶　青少年臺灣文庫 2——散文讀本 2：狂歌正年少　臺北　國立編譯館　2008 年 12 月　頁 24—29

他述

138. 柳綠蔭　　梅花的化身——琦君　中國一周　第 240 期　1954 年 11 月 29 日
　　　　　　　頁 22

139. 郭嗣汾　　我所認識的潘琦君　幼獅文藝　第 103 期　1963 年 5 月　頁 21

140. 菱子〔林海音〕　　一生兒愛好是天然——琦君筆緻淡雅樸實無華　香港時
　　　　　　　報　1964 年 7 月 9 日　6 版

141. 林海音　　一生兒愛好是天然　芸窗夜讀　臺北　純文學出版社　1982 年 4
　　　　　　　月　頁 57—60

142. 林海音　　一生兒愛好是天然　聯合報　1983 年 6 月 10 日　8 版

143. 林海音　　一生兒愛好是天然　剪影話文壇　臺北　純文學出版社　1984 年
　　　　　　　8 月　頁 50—51

144. 林海音　　一生兒愛好是天然　琦君的世界　臺北　爾雅出版社　1985 年 6
　　　　　　　月　頁 11—13

145. 林海音　　琦君——一生兒愛好是天然　九歌雜誌　第 168 期　1995 年 2 月
　　　　　　　2 版

146. 林海音　　一生兒愛好是天然　落入滿天霞　長沙　湖南人民出版社　1997
　　　　　　　年 12 月　頁 39—42

147. 林海音　　琦君——一生兒愛好是天然　林海音作品集・剪影話文壇　臺北
　　　　　　　遊目族文化公司　2000 年 5 月　頁 49—51

148. 朱　莉　　潘琦君是小說家也是詞人　婦女雜誌　第 35 期　1971 年 8 月　頁
　　　　　　　30—31

149. 朱　莉　　潘琦君是小說家也是詞人　琦君的世界　臺北　爾雅出版社
　　　　　　　1985 年 6 月　頁 15—21

150. 〔書評書目〕　　作家話像——琦君　書評書目　第 12 期　1974 年 4 月　頁
　　　　　　　70—72

151. 王牧之　　浙籍在臺作家及藝術家小傳（三）〔琦君部分〕　浙江月刊　第 7
　　　　　　　卷第 1 期　1975 年 1 月　頁 34

152. 張雪茵　　新舊兼備的散文作家琦君　青年戰士報　1975 年 11 月 7 日　11 版

153. 文　雨　　憶吾師　中華日報　1975 年 11 月 29 日　11 版

154. 鄭明娳　　一花一木耐溫存　幼獅文藝　第 263 期　1975 年 11 月　頁 56—73

155. 鄭明娳　　一花一木耐溫存　琦君的世界　臺北　爾雅出版社　1985 年 6 月　頁 27—40

156. 賴錢鍊　　心靈點滴　明道文藝　第 1 期　1976 年 4 月　頁 141—142

157. 季　季　　當代八位女作家——琦君　文藝月刊　第 105 期　1978 年 3 月　頁 19—21

158. 季　季　　琦君　琦君的世界　臺北　爾雅出版社　1985 年 6 月　頁 7—10

159. 談瑪琍著；黃文範譯　　記琦君——瀑布邊[8]　中華日報　1978 年 8 月 1 日　11 版

160. 談瑪琍著；黃文範譯　　瀑布邊——記中國友人琦君女士　千里懷人月在峰　臺北　爾雅出版社　1978 年 9 月　頁 199—206

161. 李唐基　　「讀後感」變成了「情書」——琦君，我那作家太座　聯合報　1980 年 3 月 8 日　8 版

162. 碧　光　　作家與良知〔琦君部分〕　臺灣日報　1980 年 4 月 7 日　12 版

163. 周　錦　　中國新文學第四期的特出作家〔琦君部分〕　中國新文學簡史　臺北　成文出版社　1980 年 5 月　頁 258—260

164. 〔愛書人〕　　橫跨兩代的人——琦君　愛書人　第 142 期　1980 年 5 月　2 版

165. 〔純文學〕　　作家動態：琦君——所介紹的每一位詞人都是她所喜愛的　純文學　第 1 期　1981 年 4 月　頁 19

166. 洪　簡　　琦君與懷特　中央日報　1981 年 11 月 15 日　10 版

167. 陳乃輝　　雋永如詩的散文家——潘琦君女士　婦聯畫刊　第 13 期　1982 年

---

[8]本文後改篇名為〈瀑布邊——記中國友人琦君女士〉。

　　　　　　　1 月　頁 49—50

168. 李唐基　　序　桂花雨　臺北　爾雅出版社　1982 年 4 月　頁 1—3

169. 夏祖麗　　絳帳滿春風——琦君和盧燕有段師生緣　人間的感情　臺北　純
　　　　　　　文學出版社　1982 年 4 月　頁 205—212

170. 夏祖麗　　琦君和盧燕有段師生緣　琦君的世界　臺北　爾雅出版社　1985
　　　　　　　年 6 月　頁 41—47

171. 季　季　　滿足讀者心靈的琦君　九歌　第 21 期　1982 年 7 月　1 版

172. 許　集　　有緣千里來相聚——聽琦君看琦君　新加坡聯合早報　1983 年 7
　　　　　　　月 20 日　10 版

173. 王晉民，鄺白曼　　琦君　臺灣與海外華人作家小傳　福州　福建人民出版
　　　　　　　社　1983 年 9 月　頁 125—126

174. 鐘麗慧　　「三更有夢書當枕」——琦君　文藝月刊　第 179 期　1984 年 5
　　　　　　　月　頁 8—16

175. 鐘麗慧　　「三更有夢書當枕」——琦君　織錦的手　臺北　九歌出版社
　　　　　　　1987 年 1 月　頁 93—106

176. 思　真　　夢中應識歸來路——寄懷臺灣作家琦君　團結報　1984 年 7 月 28
　　　　　　　日　5 版

177. 翁倩因　　海天雲樹憶故人——記臺灣女作家琦君　團結報　1984 年 10 月
　　　　　　　20 日　5 版

178. 王臨冬　　初識琦君　中央日報　1985 年 3 月 22 日　10 版

179. 小　民　　屬蛇的女人——記琦君姐　臺灣日報　1985 年 3 月 28 日　8 版

180. 小　民　　屬蛇的女人——記琦君姐　親情　臺北　道聲出版社　1985 年 5
　　　　　　　月　頁 226—228

181. 陳芳明　　琦君　琦君的世界　臺北　爾雅出版社　1985 年 6 月　頁 3—5

182. 鄭秀嬌　　我們的國文老師潘琦君女士　琦君的世界　臺北　爾雅出版社
　　　　　　　1985 年 6 月　頁 23—25

183. 劉　枋　　她那好軟的小手——記琦君　非花之花　臺北　采風出版社

1985 年 9 月　頁 19—24

184. 劉　枋　她那好軟的小手——記琦君　非花之花　臺北　采風出版社
2007 年 8 月　頁 19—24

185. 黃美惠　琦君作品十二度上《讀者文摘》——數寫作歷程特別感謝秦法官
民生報　1986 年 1 月 4 日　9 版

186.〔九歌雜誌〕　書緣・書香〔琦君部分〕　九歌雜誌　第 59 期　1986 年 1
月　4 版

187.〔九歌雜誌〕　書緣・書香〔琦君部分〕　九歌雜誌　第 61 期　1986 年 3
月　4 版

188.〔臺港文學選刊〕　琦君作品十二度上美國《讀者文摘》　臺港文學選刊
1986 年第 2 期　1986 年 4 月　頁 95

189. 羅　子　細品《此處有仙桃》，樂享祥和美好的內心世界　九歌雜誌　第 63
期　1986 年 5 月　3 版

190.〔九歌雜誌〕　書緣・書香〔琦君部分〕　九歌雜誌　第 67 期　1986 年 9
月　4 版

191. 周安儀　多產作家篇篇難產，琦君筆下字字珠璣　九歌雜誌　第 70 期
1986 年 12 月　1 版

192.〔九歌雜誌〕　書緣・書香〔琦君部分〕　九歌雜誌　第 70 期　1986 年
12 月　4 版

193. 翁璇慶　留取心魂相守——記臺灣女作家琦君　聯合時報　1987 年 4 月 17
日　2 版

194.〔九歌雜誌〕　書緣・書香〔琦君部分〕　九歌雜誌　第 74 期　1987 年 4
月　4 版

195. 黃秋芳　文學的第一個春天——「作家的第一本書」綜合採訪〔琦君部
分〕　文訊雜誌　第 30 期　1987 年 6 月　頁 10

196.〔九歌雜誌〕　書緣・書香〔琦君部分〕　九歌雜誌　第 77 期　1987 年 7
月　4 版

197.〔九歌雜誌〕　　書緣‧書香〔琦君部分〕　九歌雜誌　第 80 期　1987 年 10 月　4 版

198.〔九歌雜誌〕　　書緣‧書香〔琦君部分〕　九歌雜誌　第 89 期　1988 年 7 月　4 版

199. 陳信元　琦君的「香思」　幼獅文藝　第 415 期　1988 年 7 月　頁 155

200. 林太乙　琦君與我　中國時報　1988 年 8 月 27 日　23 版

201. 林太乙　琦君與我──讀《青燈有味似兒時》篇篇感動　九歌雜誌　第 92 期　1988 年 10 月 15 日　3 版

202. 林太乙　琦君與我　琦君散文選中英對照　臺北　九歌出版社　2007 年 6 月　頁 5—6

203. 丘秀芷　老小老小──琦君大姊　青年日報　1988 年 10 月 19 日　14 版

204. 丘秀芷　老小老小──琦君大姊　風範：文壇前輩素描　臺北　正中書局　1996 年 10 月　頁 153

205.〔九歌雜誌〕　　書緣‧書香〔琦君部分〕　九歌雜誌　第 108 期　1989 年 2 月　4 版

206. 應平書　文壇長青樹──琦君　中華日報　1989 年 4 月 13 日　14 版

207. 李金蓮　旅美多年有夢書當枕──琦君返國參加潘人木作品研討會　中國時報　1989 年 4 月 17 日　22 版

208. 簡　宛　如師亦友話琦君　中央日報　1989 年 5 月 20 日　16 版

209. 心　岱　琦君常保赤忱童心　民生報　1989 年 6 月 22 日　22 版

210. 黃秋芳　希世的珍琦──追隨琦君的眼睛　明道文藝　第 160 期　1989 年 7 月　頁 16—24

211. 畢　璞　一座友情紀念博物館──琦君的家　中央日報　1989 年 9 月 13 日　16 版

212. 陳素芳　路有多長，我就跑多遠──琦君談生活、話讀書　中華日報　1989 年 10 月 24 日　15 版

213.〔九歌雜誌〕　　書緣‧書香〔琦君部分〕　九歌雜誌　第 109 期　1990 年

3 月　4 版

214. 曾麗華　　為生命著色的琦君，讓千萬心靈流連不已　九歌雜誌　第 112 期　1990 年 6 月　1 版

215. 〔九歌雜誌〕　　書緣・書香〔琦君部分〕　九歌雜誌　第 116 期　1990 年 10 月　4 版

216. 劉安諾　　琦君的幽默　中華日報　1991 年 3 月 15 日　14 版

217. 劉安諾　　琦君的幽默　人間多幽默　臺北　文經出版社　1992 年 11 月　頁 72—80

218. 唐吉〔李唐基〕　　我家有個反對黨——側寫我的另一半琦君　九歌雜誌　第 124 期　1991 年 6 月　1 版

219. 唐　吉　　我家有個反對黨　歡喜冤家　臺北　健行文化出版公司　1991 年 7 月　頁 26—30

220. 應平書　　赤子之心・和藹之貌——琦君是文壇永遠的長青樹　九歌雜誌　第 130 期　1991 年 12 月　1 版

221. 朱白水　　琦君享譽文壇四十年　文訊雜誌　第 76 期　1992 年 2 月　頁 99

222. 張曼娟　　慷慨與謙遜　中央日報　1992 年 10 月 3 日　16 版

223. 張曼娟　　慷慨與謙遜　風範：文壇前輩素描　臺北　正中書局　1996 年 10 月　頁 172—175

224. 朱白水　　為琦君女士畫一張素描　臺灣日報　1992 年 12 月 30 日　9 版

225. 潘亞暾　　十月京華逢琦君　世界華文女作家素描　廣州　暨南大學出版社　1993 年 3 月　頁 327—331

226. 潘亞暾　　十月京華逢琦君　「娜拉」言說——中國現代女作家心路紀程　上海　上海文藝出版社　1993 年 12 月　頁 327—337

227. 小　民　　給溫馨親切的琦君大姐　臺灣日報　1995 年 6 月 29 日　11 版

228. 王琰如　　水晶宮裡的女主人——記菩薩心腸的潘琦君[9]　青年日報　1995 年 10 月 4 日　15 版

---

[9] 本文後改篇名為〈菩薩心腸潘琦君〉。

229. 王琰如　　菩薩心腸潘琦君　文友畫像及其他　臺北　大地出版社　1996 年
　　　7 月　頁 173—179

230. 〔九歌雜誌〕　　書緣‧書香〔琦君部分〕　九歌雜誌　第 185 期　1996 年
　　　8 月　4 版

231. 翁均和　　乾媽的生日　中華日報　1996 年 10 月 18 日　14 版

232. 莊宜文　　聆聽歲暮的聲音——資深前輩作家現況報導——琦君身在海外，
　　　心繫臺灣　聯合報　1997 年 12 月 16 日　41 版

233. 〔九歌雜誌〕　　書緣‧書香〔琦君部分〕　九歌雜誌　第 203 期　1998 年
　　　2 月　4 版

234. 吳玲瑤　　永懷赤子情　中央日報　1998 年 6 月 12 日　22 版

235. 〔九歌雜誌〕　　書緣‧書香〔琦君部分〕　九歌雜誌　第 208 期　1998 年
　　　7 月　4 版

236. 陳維信　　琦君：今年必交出新卷——臺灣文學經典名家特寫　聯合報
　　　1999 年 2 月 15 日　37 版

237. 陳維信　　琦君特寫——今年必定交出新卷　臺灣文學經典研討會論文集
　　　臺北　行政院文建會，聯經出版公司　1999 年 6 月　頁 347

238. 冰　子　　相濡以沫——記在病中的琦君伉儷　中華日報　2000 年 1 月 3 日
　　　19 版

239. 〔九歌雜誌〕　　書緣‧書香〔琦君部分〕　九歌雜誌　第 231 期　2000 年
　　　6 月　4 版

240. 張夢瑞　　琦君動手術‧更記掛心願　民生報　2000 年 10 月 12 日　A7 版

241. 耕　雨　　琦君有一位好老師　臺灣新聞報　2000 年 10 月 25 日　B8 版

242. 曾慧燕　　北美華文作協舉行年會，琦君、鄭愁予、夏志清及王鼎鈞獲頒傑
　　　出會員　聯合報　2001 年 5 月 28 日　14 版

243. 張夢瑞　　琦君文學館即將開幕——老作家，初返鄉，近鄉情怯　民生報
　　　2001 年 10 月 19 日　A13 版

244. 王　璞　　紐約行，大豐收——遠赴紐約拍攝「作家錄影傳記」（上、下）

　　　　　　　　〔琦君部分〕　聯合報　2001 年 10 月 27—28 日　37 版

245. 王　璞　　紐約行，大豐收——遠赴紐約拍攝「作家錄影傳記」〔琦君部分〕　作家錄影傳記十年剪影　臺北　國家圖書館　2009 年 6 月　頁 56

246. 王蘭芬　　追思張秀亞，琦君拄杖悲　民生報　2001 年 11 月 10 日　A13 版

247. 林　芝　　久違了，琦君阿姨　聯合報　2001 年 11 月 25 日　37 版

248. 李令儀　　出版風雲人物——殷允芃、琦君入列　聯合報　2002 年 1 月 12 日　14 版

249. 廖玉蕙　　美麗的邂逅　自由時報　2002 年 2 月 2 日　39 版

250. 〔九歌雜誌〕　書緣・書香〔琦君部分〕　九歌雜誌　第 252 期　2002 年　3 月　4 版

251. 〔編輯部〕　琦君的有情世界　夢中的餅乾屋　臺北　九歌出版社　2002 年 3 月　頁 3—5

252. 冰　子　　琦君返鄉　中華日報　2002 年 3 月 10 日　19 版

253. 冰　子　　琦君返鄉　夢中有我心　臺北　瀛洲出版社　2003 年 10 月　頁 66—71

254. 冰　子　　琦君返鄉　華府作協　臺北　北美華文作家協會華府分會　2006 年 9 月　頁 104—106

255. 林秀蘭　　尋找一段散落的記憶——琦君的法庭書記官歲月　中國時報　2002 年 4 月 1 日　39 版

256. 符立中　　與舊景鄉情告別——琦君　幼獅文藝　第 586 期　2002 年 10 月　頁 14—15

257. 陳素芳　　琦君——永是有情人　文訊雜誌　第 209 期　2003 年 3 月　頁 29—30

258. 王景山　　琦君　臺港澳暨海外華文作家辭典　北京　人民文學出版社　2003 年 7 月　頁 473—476

259. 隱　地　　歷久彌新話琦君　自從有了書以後　臺北　爾雅出版社　2003 年

7 月　頁 165—169

260. 王　璞　　山窮水盡柳暗花明——琦君拍攝錄影傳記　中華日報　2003 年 8 月 27 日　19 版

261. 王　璞　　山窮水盡，柳暗花明——為琦君拍攝「作家錄影傳記」　作家錄影傳記十年剪影　臺北　國家圖書館　2009 年 6 月　頁 83—89

262. 〔編輯部〕　　琦君其人其文　母親的金手錶　臺北　九歌出版社　2004 年 7 月　頁 3—5

263. 陳宛茜　　返臺定居，琦君有粉絲圍繞　聯合報　2004 年 8 月 23 日　A12 版

264. 陳希林　　琦君：我還想投稿——老友訪客滿屋，開心展開新生活　中國時報　2004 年 8 月 23 日　A14 版

265. 賴素鈴　　又見琦君　民生報　2004 年 8 月 29 日　CS4 版

266. 李月華　　琦君還想投稿　中國時報　2004 年 8 月 29 日　14 版

267. 田新彬　　琦君回家了　中央日報　2004 年 9 月 14 日　17 版

268. 〔中華日報〕　　扁贈勳五資深作家〔琦君部分〕　中華日報　2004 年 10 月 16 日　2 版

269. 林黛嫚　　記憶停格（上、下）　臺灣日報　2004 年 10 月 29—30 日　17 版

270. 章方松　　琦君的文學理念　幼獅文藝　第 610 期　2004 年 10 月　頁 32—35

271. 洪士惠　　琦君返臺定居　文訊雜誌　第 228 期　2004 年 10 月　頁 95

272. 劉靜娟　　不變的溫柔——關於琦君二三事　自由時報　2004 年 11 月 2 日　47 版

273. 潘　煊　　文采流潤人心的散文大家——琦君在水一方　人間福報　2004 年 12 月 26 日　4 版

274. 冰　子　　多才多藝念琦君　中華日報　2005 年 1 月 27 日　23 版

275. 應鳳凰，鄭秀婷　　戰後臺灣文學風華——五〇年代女作家系列（二）——永保赤子之心的希世珍琦——琦君[10]　明道文藝　第 346 期　2005

---

[10] 本文後改篇名為〈琦君——溫柔敦厚，錦心繡手〉。

　　　　　　　年 1 月　頁 36—41

276. 應鳳凰　　琦君——溫柔敦厚，錦心繡手　文學風華：戰後初期 13 著名女作
　　　　　　　家　臺北　秀威資訊科技公司　2007 年 5 月　頁 13—20

277. 張　殿　　琦君、張大春入圍大陸華語文學傳媒大獎　聯合報　2005 年 3 月
　　　　　　　6 日　C6 版

278. 徐　學　　哀怨的堅持〔琦君部分〕　悅讀臺北女　廈門　廈門大學出版社
　　　　　　　2005 年 5 月　頁 17—18

279. 張夢瑞　　琦君與盧燕的師生情緣　中華日報　2005 年 7 月 14 日　23 版

280. 隱　地　　奼紫嫣紅・文學大觀（上）〔琦君部分〕　聯合報　2005 年 7 月
　　　　　　　19 日　E7 版

281. 林郁真　　琦君——國家二等卿雲勳章得主　2004 臺灣文學年鑑　臺南　國
　　　　　　　家臺灣文學館　2005 年 7 月　頁 133

282. 鄭德麟　　中大琦君研究中心揭幕——琦君出席談閱讀、寫作樂在其中，回
　　　　　　　憶授課往事記憶猶新　青年日報　2005 年 12 月 16 日　11 版

283. 徐開塵　　今年該叫琦君年——向同期女作家延伸　民生報　2005 年 12 月
　　　　　　　16 日　A13 版

284. 張英傑　　作家琦君縱橫文壇半世紀　臺灣時報　2005 年 12 月 16 日　6 版

285. 徐銀磯　　琦君：閱讀寫作最快樂　臺灣日報　2005 年 12 月 16 日　15 版

286. 張幼芳　　琦君研究中心開幕　聯合報　2005 年 12 月 16 日　C6 版

287. 宇文正　　杜甫介紹的一對冤家（1—7）　中華日報　2005 年 12 月 18—24
　　　　　　　日　23 版

288. 宇文正　　鋼琴與罵殿　中央日報　2006 年 1 月 11 日　17 版

289. 林　良　　描繪溫馨人間的藝術家——讀琦君傳記《永遠的童話》　永遠的
　　　　　　　童話：琦君傳　臺北　三民書局　2006 年 1 月　頁 1—5

290. 夏祖麗　　遙遠的愛——記一些往事　永遠的童話：琦君傳　臺北　三民書
　　　　　　　局　2006 年 1 月　頁 7—14

291. 劉振強　　序三——且說緣起　永遠的童話：琦君傳　臺北　三民書局

2006 年 1 月　頁 15—17

292. 應鳳凰　　城樓上高掛紅紗燈——琦君與林海音　中華日報　2006 年 2 月 22
　　　　　　　日　23 版

293. 王盛弘　　琦君迷宇文正、王盛弘對談——你用什麼方式記得琦君？　聯合
　　　　　　　報　2006 年 2 月 26 日　E4 版

294.〔人間福報〕　亞洲華文作家，向琦君致敬　人間福報　2006 年 4 月 26 日
　　　　　　　6 版

295. 潘　罡　　資深作家琦君，將接受致敬　中國時報　2006 年 4 月 27 日　E8
　　　　　　　版

296. 韓國棟　　琦君獲亞洲華文作家文藝基金會贈獎牌　中國時報　2006 年 5 月
　　　　　　　1 日　C2 版

297. 林英喆　　向琦君致敬——散花仙女把美撒遍文壇，亞洲華文作家齊聚讚頌
　　　　　　　民生報　2006 年 5 月 1 日　A6 版

298. 高淑芬　　《琦君傳》外說琦君——專訪傳記作者宇文正　幼獅文藝　第 629
　　　　　　　期　2006 年 5 月　頁 92—95

299. 栞　涵　　細雨燈花落　中華日報　2006 年 6 月 27 日　9 版

300. 丘秀芷　　念琦君大姊　中華日報　2006 年 6 月 9 日　9 版

301. 隱　地　　追憶出版琦君《煙愁》的一段往事　中華日報　2006 年 6 月 9 日
　　　　　　　9 版

302. 隱　地　　追憶出版琦君《煙愁》的一段往事　春天窗前的七十歲少年　臺
　　　　　　　北　爾雅出版社　2008 年 1 月　頁 36—38

303. 宇文正　　終其一生，她是幸福的——懷念琦君　中華日報　2006 年 6 月 10
　　　　　　　日　9 版

304. 宇文正　　終其一生，她是幸福的——懷念琦君　萬水千山師友情　臺北
　　　　　　　九歌出版社　2006 年 6 月　頁 209—211

305. 廖玉蕙　　終究無法將她久留人間　自由時報　2006 年 6 月 13 日　E6 版

306. 廖玉蕙　　終究無法將她久留人間　淚珠與珍珠　臺北　九歌出版社　2006

年 8 月　頁 3—11

307. 廖玉蕙　　終究無法將她久留人間　華府作協　臺北　北美華文作家協會華府分會　2006 年 9 月　頁 94—95

308. 應鳳凰　　希世之珍琦——琦君的「文壇之最」　中華日報　2006 年 6 月 19 日　9 版

309. 應鳳凰　　希世之珍琦——琦君的文壇之最　玻璃筆　臺北　九歌出版社　2006 年 9 月　頁 229—231

310.〔編輯部〕　　永恆的懷念　萬水千山師友情　臺北　九歌出版社　2006 年 6 月　頁 3—6

311. 邵冰如　　寫下永遠的童話——訪琦君一生依賴的老伴李唐基　萬水千山師友情　臺北　九歌出版社　2006 年 6 月　頁 207—208

312. 蘇　林　　作家是寶　水是故鄉甜　臺北　九歌出版社　2006 年 6 月　頁 211—213

313. 賴素鈴　　作家琦君阿姨走了，文壇老少話題綿長　民生報　2006 年 6 月 8 日　B7 版

314. 周美惠　　作家琦君病逝，享年 90　聯合報　2006 年 6 月 8 日　12 版

315. 張英傑　　作家琦君病逝，享年 90 歲　臺灣時報　2006 年 6 月 8 日　5 版

316.〔中華日報〕　　作家琦君病逝，享壽 90　中華日報　2006 年 6 月 8 日　5 版

317. 陳希林　　肺炎去世‧文壇哀悼　中國時報　2006 年 6 月 8 日　E8 版

318. 陳希林　　琦君，再見　中國時報　2006 年 6 月 8 日　E8 版

319. 陳希林　　琦君之夫李唐基：回溫州安葬骨灰　中國時報　2006 年 6 月 8 日　E8 版

320. 李瑞騰　　臉上常帶著純真的笑　中國時報　2006 年 6 月 8 日　E8 版

321. 李瑞騰　　臉上常帶著純真笑容的琦君　此處有仙桃　臺北　九歌出版社　2006 年 6 月　頁 7—9

322. 陳希林　　為人為文，真誠無偽　中國時報　2006 年 6 月 8 日　E8 版

323. 陳希林　　為人為文，真誠無偽　此處有仙桃　臺北　九歌出版社　2006 年
　　　　　　　6 月　頁 231—233

324. 趙靜瑜　　橘子紅了‧人也散了——知名作家琦君昨日過世‧享壽 90 歲　自
　　　　　　　由時報　2006 年 6 月 8 日　E5 版

325. 〔人間福報〕　　橘子落了，琦君昨晨病逝　人間福報　2006 年 6 月 8 日
　　　　　　　10 版

326. 聞曉鶯　　琦君的別離　臺灣時報　2006 年 7 月 2 日　13 版

327. 樸　月　　以詞訂交——憶琦君二三事　中華日報　2006 年 7 月 15 日　23
　　　　　　　版

328. 黃文範　　琦君的二百二十封信　中華日報　2006 年 7 月 22 日　23 版

329. 周慧珠　　細雨紛飛，桂花已落，追思琦君——琦君研究中心盼各界提供相
　　　　　　　關資料，開展更廣泛研究主題　人間福報　2006 年 7 月 25 日　6
　　　　　　　版

330. 姚宜瑛　　雨聲滴零憶舊情——悼琦君姐　文訊雜誌　第 249 期　2006 年 7
　　　　　　　月　頁 30

331. 畢　璞　　莫愁前路無知己，天下誰人不識君——送別琦君　文訊雜誌　第
　　　　　　　249 期　2006 年 7 月　頁 31—32

332. 畢　璞　　莫愁前路無知己，天下誰人不識君　淚珠與珍珠　臺北　九歌出
　　　　　　　版社　2006 年 8 月　頁 197—199

333. 陳素芳　　漸行漸遠還深——二十年書信往返念琦君　文訊雜誌　第 249 期
　　　　　　　2006 年 7 月　頁 33—36

334. 陳素芳　　漸行漸遠還深——二十年書信往返念琦君　淚珠與珍珠　臺北
　　　　　　　九歌出版社　2006 年 8 月　頁 206—212

335. 黃靜嘉　　幾段因緣記琦君　文訊雜誌　第 249 期　2006 年 7 月　頁 37

336. 詹　悟　　夜半琦君入夢來　文訊雜誌　第 249 期　2006 年 7 月　頁 38—39

337. 詹宇霈　　資深作家琦君辭世　文訊雜誌　第 249 期　2006 年 7 月　頁 144

338. 黃靜嘉　　琦君家世及成長環境——記師承、交游，以及早年的話劇演出

淚珠與珍珠　臺北　九歌出版社　2006 年 8 月　頁 200—205

339. 詹宇霈　懷念永遠的琦君追思會　文訊雜誌　第 251 期　2006 年 9 月　頁 142—143

340. 蔣竹君　回憶潘老師——我是她第一次執教的學生　玻璃筆　臺北　九歌出版社　2006 年 9 月　頁 9—11

341. 王盛弘　聽到琦君阿姨過世　玻璃筆　臺北　九歌出版社　2006 年 9 月　頁 232—234

342. 宣中文　潘陸風釆，希世之珍　玻璃筆　臺北　九歌出版社　2006 年 9 月　頁 235—237

343. 簡　宛　留予他年說夢痕——懷念琦君　華府作協　臺北　北美華文作家協會華府分會　2006 年 9 月　頁 96—97

344. 宇文正　如沐春風——我所認識的琦君　華府作協　臺北　北美華文作家協會華府分會　2006 年 9 月　頁 98—99

345. 樸　月　以「詞」訂交——追思琦君阿姨　華府作協　臺北　北美華文作家協會華府分會　2006 年 9 月　頁 100—103

346. 江　漢　童話仙子請慢飛——記琦君與我的忘年交　華府作協　臺北　北美華文作家協會華府分會　2006 年 9 月　頁 107—108

347. 夏志清　雞窗夜靜思故友〔琦君部分〕　聯合報　2006 年 10 月 3 日　E7 版

348. 郭強生　因讀琦君作品而流淚　與我同車　臺北　九歌出版社　2006 年 11 月　頁 9—12

349. 鄭明娳　閱讀琦君的方法　與我同車　臺北　九歌出版社　2006 年 11 月　頁 231—233

350. 愛　薇　鄉愁‧鄉愁，從此莫愁　與我同車　臺北　九歌出版社　2006 年 11 月　頁 234—238

351. 韓青秀　研究琦君，她的溫柔，推動文學的手　聯合晚報　2007 年 2 月 21 日　6 版

352. 韓青秀　　閱讀琦君，500 信寫下雋永深情　聯合晚報　2007 年 2 月 21 日
　　　　　　　6 版

353. 彭　　歌　　溫柔敦厚，風華自蘊——琦君與李唐基　文訊雜誌　第 257 期
　　　　　　　2007 年 3 月　頁 56—58

354. 彭　　歌　　溫柔敦厚，風華自蘊——琦君與李唐基　琦君散文選中英對照
　　　　　　　臺北　九歌出版社　2007 年 6 月　頁 1—4

355. 彭　　歌　　溫柔敦厚，風華自蘊——琦君與李唐基　憶春臺舊友　臺北　九
　　　　　　　歌出版社　2009 年 12 月　頁 84—90

356. 袁　　鷹　　春草池塘盼遠人消息——憶琦君　人民文學　2007 年第 4 期
　　　　　　　2007 年 4 月　頁 107—110

357. 〔編輯部〕　琦君小傳　琦君書信集　臺南　國立臺灣文學館　2007 年 8
　　　　　　　月　〔2〕頁

358. 廖翠華　　作家瞭望臺　比整個世界還要大：散文選讀　臺北　三民書局
　　　　　　　2007 年 9 月　頁 63

359. 龔萬輝　　斷層的友誼——亦師亦友憶琦君　自由時報　2007 年 10 月 17 日
　　　　　　　E5 版

360. 陳清玉　　亦師亦友憶琦君　明報月刊　第 503 期　2007 年 11 月　頁 43

361. 〔封德屏主編〕　琦君　2007 臺灣作家作品目錄　臺南　國立臺灣文學館
　　　　　　　2008 年 7 月　頁 997

362. 廖玉蕙　　作者簡介　散文新四書·冬之妍　臺北　三民書局　2008 年 9 月
　　　　　　　頁 21—22

363. 封德屏等[11]　溫柔的文學火花——「作家的忘年情誼」座談紀實〔琦君部
　　　　　　　　　分〕　文訊雜誌　第 277 期　2008 年 11 月　頁 105—106

364. 〔路寒袖編著〕　作者介紹／琦君　青少年臺灣文庫 2——散文讀本 2：狂
　　　　　　　　　歌正年少　臺北　國立編譯館　2008 年 12 月　頁 23

365. 趙淑俠　　懷念文壇的大姊們——琦君（1917—2006）　忽成歐洲過客　臺

---

[11]主持人：封德屏；與談者：宇文正、樸月；紀錄：吳丹華。

北　秀威資訊科技公司　2009 年 4 月　頁 206—209

366. 趙淑敏　　記住那永遠的溫暖與慈柔——憶念琦君　蕭邦旅社——趙淑敏散
文作品集　臺北　秀威資訊科技公司　2009 年 6 月　頁 207—209

367. 管管等編[12]　　琦君小傳　臺灣十大散文家選集　香港　曉林出版社　〔未著
錄出版年月〕　頁 80

368. 石麗東主編　　琦君　全球華文女作家小傳及作品目錄　臺北　秀威資訊科
技公司　2010 年 11 月　頁 67

訪談、對談

369. 宜以文　　「五四」前夕訪女作家　公論報　1963 年 5 月 4 日　3 版

370. 褚鴻蓮　　潘琦君和寫作——執著一枝敏感銳利的筆，寫盡人世間的喜怒哀
樂　中國時報　1971 年 7 月 5 日　6 版

371. 邱秀文　　琦君訪問記——下筆愛美心濃，文章雋永有味[13]　中國時報　1976
年 2 月 15 日　8 版

372. 邱秀文　　我愛寫作也愛教書——教師節訪作家琦君　琦君的世界　臺北
爾雅出版社　1985 年 6 月　頁 49—51

373. 王永華，施錦標　　訪琦君　興大法商　第 32 期　1976 年 3 月　頁 42—45

374. 黃綾書　　一條會唱歌的小溪——訪潘琦君　遠東人雜誌　第 29 期　1976 年
5 月　頁 45—46

375. 黃綾書　　一條會歌唱的小溪——訪潘琦君　琦君的世界　臺北　爾雅出版
社　1985 年 6 月　頁 53—55

376. 夏祖麗　　琦君記憶裡有許多書房　書評書目　第 51 期　1977 年 7 月　頁
130—136

377. 夏祖麗　　琦君訪問記——記憶裡的許多書房　握筆的人　臺北　純文學出
版社　1977 年 12 月　頁 107—116

378. 夏祖麗　　琦君記憶裡有許多書房　琦君的世界　臺北　爾雅出版社　1985

---

[12]編者：管管、辛鬱、菩提、張默、張漢良。
[13]本文後改篇名為〈我愛寫作也愛教書——教師節訪作家琦君〉。

　　　　　　　年 6 月　頁 65—72

379. 心　　岱　　雲影天光——琦君緣[14]　明道文藝　第 17 期　1977 年 8 月　頁
　　　　　　　160—167

380. 心　　岱　　雲影天光——訪琦君　一把風采　臺北　皇冠出版社　1978 年 6
　　　　　　　月　頁 55—68

381. 心　　岱　　雲影天光——琦君緣　琦君的世界　臺北　爾雅出版社　1985 年
　　　　　　　6 月　頁 77—87

382. 程榕寧　　潘琦君教授談讀書與寫作　大華晚報　1980 年 3 月 30 日　7 版

383. 程榕寧　　潘琦君教授談讀書與寫作　琦君的世界　臺北　爾雅出版社
　　　　　　　1985 年 6 月　頁 89—92

384. 琦君等[15]　專題座談——如何展開對大陸文藝進軍座談實錄　中華文藝　第
　　　　　　　128 期　1981 年 10 月　頁 15—23

385. 陳玲珍　　萬里情懷總是春——琦君女士訪問記　文學時代雙月刊　第 5 期
　　　　　　　1982 年 1 月　頁 18—28

386. 黃碧霞，黃寶靜訪；鄭慧蘋記　　捕捉夢痕的赤子——訪《留予他年說夢
　　　　　　　痕》作者琦君女士　洪範雜誌　第 6 期　1982 年 2 月　3 版

387. 方梓訪　　結清帳目　人生金言（上）　臺北　自立晚報社　1983 年 9 月
　　　　　　　頁 10—12

388. 林　　芝　　緊握生花妙筆的散文家　幼獅少年　第 85 期　1983 年 11 月　頁
　　　　　　　110—111

389. 林　　芝　　緊握生花妙筆的散文家——琦君　望向高峰：速寫現代散文作家
　　　　　　　臺北　幼獅文化公司　1992 年 12 月　頁 26—34

390. 林　　芝　　緊握生花妙筆的琦君[16]　妙筆生花：伴你我成長的現代作家　臺北
　　　　　　　正中書局　2005 年 2 月　頁 1—16

---

[14]本文後改篇名為〈雲影天光——訪琦君〉。
[15]主席：尹雪曼；與會者：陳紀瀅、唐紹華、尹雪曼、張秀亞、劉枋、琦君、尼洛、趙淑敏、朱西
甯、魏萼、呼嘯、李牧、古錚劍、于還素、施良貴、岳騫、司馬中原、丁穎、程國強；紀錄：沙
金。
[16]本文後附錄〈作家小傳——琦君〉。

391. 陳芳蓉　　那顆歌唱的心靈──琦君訪問記　琦君的世界　臺北　爾雅出版社　1985 年 6 月　頁 57─63

392. 吳雪雪　　訪作家琦君　琦君的世界　臺北　爾雅出版社　1985 年 6 月　頁 73─76

393. 沈靜〔周芬伶〕　　千里懷人月在峰──與琦君越洋筆談　中國時報　1986 年 11 月 22 日　8 版

394. 周芬伶　　千里懷人月在峰──越洋專訪琦君　九歌雜誌　第 89 期　1988 年 7 月　1 版

395. 周芬伶　　千里懷人月在峰──與琦君越洋筆談　青燈有味似兒時　臺北　九歌出版社　1988 年 7 月　頁 243─250

396. 曾麗華　　訪琦君　流過的季節　臺北　洪範書店　1987 年 1 月　頁 175─182

397. 應平書　　琦君的赤子情懷　文訊雜誌　第 36 期　1988 年 6 月　頁 208─214

398. 應平書　　秀外慧中的大家閨秀──以赤子之心為文的琦君女士　筆墨長青──十六位文壇耆宿　臺北　文訊雜誌社　1989 年 4 月　頁 282─287

399. 陳素芳　　赤子情懷，日新又新──琦君寫作答客問　中華日報　1989 年 2 月 25 日　15 版

400. 陳素芳　　赤子情懷，日新又新──琦君寫作答客問　九歌雜誌　第 231 期　2000 年 6 月　1 版

401. 義　芝　　琦君談心靈採購　聯合報　1989 年 5 月 13 日　27 版

402. 李　初　　結緣・惜福・愛生──琦君的忘年生涯　致富人生　臺北　合森文化公司　1990 年 10 月　頁 64─71

403. 羅　岭　　相見何必曾相識──見琦君　爾雅人　第 66 期　1991 年 9 月　1 版

404. 林黛嫚　　靈感本子記錄溫柔敦厚──琦君談散文的原則與語言　中央日報

1991 年 11 月 8 日　16—17 版

405. 林黛嫚　　靈感本子記錄溫柔敦厚——琦君談散文的原則與語言　九歌雜誌
　　　　　　　第 203 期　1998 年 2 月　1 版

406. 秀　秀　　文壇長青樹琦君與讀者相看兩不厭　九歌雜誌　第 150 期　1993
　　　　　　　年 8 月　1 版

407. 石麗東　　詩、散文、生活，琦君、李唐基談他二人的和而不同　中華日報
　　　　　　　1995 年 2 月 24 日　8 版

408. 殷志鵬　　訪作家琦君　回首英美留學路　臺北　健行文化出版公司　1999
　　　　　　　年 10 月　頁 79—86

409. 應平書　　琦君說童年——琦君的人與書　國語日報　2000 年 6 月 11 日　8
　　　　　　　版

410. 廖玉蕙　　在彩色和黑白的網點之後——到紐澤西，訪琦君（上、下）　自
　　　　　　　由時報　2001 年 11 月 9—10 日　39 版

411. 廖玉蕙　　琦君——在黑白和彩色的網點之後　走訪捕蝶人　臺北　九歌出
　　　　　　　版社　2002 年 3 月　頁 101—124

412. 林鈺雯　　琦君訪談稿　琦君散文的抒情傳統　彰化師範大學國文學系　碩
　　　　　　　士論文　周芬伶教授指導　2005 年 6 月　頁 194—212

413. 宇文正　　我是讀您的書長大的！——訪琦君（上、下）　聯合報　2005 年
　　　　　　　12 月 29—30 日　E7 版

414. 宇文正　　後記——我是讀您的書長大的！　永遠的童話：琦君傳　臺北
　　　　　　　三民書局　2006 年 1 月　頁 229—232

年表

415. 〔編輯部〕　　琦君寫作年表　煙愁　臺北　爾雅出版社　1982 年 3 月　頁
　　　　　　　224—225

416. 〔編輯部〕　　琦君寫作年表　桂花雨　臺北　爾雅出版社　1982 年 4 月
　　　　　　　頁 221—229

417. 〔編輯部〕　　琦君寫作年表　千里懷人月在峰　臺北　爾雅出版社　1982

年 7 月　頁 207—214

418.〔編輯部〕　　琦君寫作年表　一襲青衫萬縷情　臺北　爾雅出版社　1991
年 7 月　頁 225—235

419. 鄭君潔　琦君文壇大事紀　論琦君的書寫美學和生活風格　佛光人文社會
學院　碩士論文　羅中峰教授指導　2003 年　頁 81—83

420. 鄭君潔　琦君生活史及著作分期　論琦君的書寫美學和生活風格　佛光人
文社會學院　碩士論文　羅中峰教授指導　2003 年　頁 84—85

421. 林鈺雯　琦君年表　琦君散文的抒情傳統　彰化師範大學國文學系　碩士
論文　周芬伶教授指導　2005 年 6 月　頁 184—193

422. 宇文正　琦君年表　永遠的童話：琦君傳　臺北　三民書局　2006 年 1 月
頁 233—250

423. 丁榮生　琦君著作表　中國時報　2006 年 6 月 8 日　E8 版

424. 編輯部　琦君生平與作品繫年（年齡以農曆計算）　文訊雜誌　第 249 期
2006 年 7 月　頁 44—49

425.〔文訊雜誌〕　潘希真女士生平[17]　國史館現藏民國人物傳記史料彙編（第
31 輯）　臺北　國史館　2007 年 7 月　頁 632—650

426. 應鳳凰　琦君年表　文學風華：戰後初期 13 著名女作家　臺北　秀威資訊
科技公司　2007 年 5 月　頁 21—24

427. 許馨勻　琦君生平紀事　溫柔敦厚之筆・寫真善美之文——琦君小說研究
中山大學中國文學系研究所　碩士論文　蔡振念教授指導　2009
年 6 月　頁 140—151

其他

428. 鄒景雯　作家琦君獲頒總統褒揚令　自由時報　2006 年 6 月 17 日　B6 版

429. 劉郁青　陳總統褒揚，馬市長祭悼——琦君告別式，作品綴成輓聯　民生
報　2006 年 6 月 20 日　B9 版

430. 丁文玲　琦君告別式，悼念讀者排長龍　中國時報　2006 年 6 月 20 日

---

[17]本文轉載自〈琦君生平與作品繫年〉。

E8 版

431. 林英喆　　細雨紛飛，燈花已落，追思琦君——國家文學館擬編書信集　民生報　2006 年 7 月 25 日　A9 版

432. 陳宛茜　　琦君九十冥誕，出版人爆搶書記——隱地出了九本，蔡文甫靠勤剪報，贏得作家心　聯合報　2006 年 7 月 26 日　C6 版

433. 詹宇霈　　頌聲與夏蟬齊鳴——甫逝作家琦君獲頒總統褒揚令　文訊雜誌　第 250 期　2006 年 8 月　頁 129

434. 〔編輯部〕　　琦君及著作得獎紀錄　淚珠與珍珠　臺北　九歌出版社　2006 年 8 月　頁 218—219

435. 顧敏耀　　琦君（1917—）——「琦君研究中心」成立　2005 臺灣文學年鑑　臺南　國家臺灣文學館籌備處　2006 年 10 月　頁 368

作品評論篇目

綜論

436. 施文華　　筆致淡雅的潘琦君　婦友月刊　第 58 期　1959 年 7 月　頁 20—21

437. 施文華　　筆致淡雅的潘琦君　琦君的世界　臺北　爾雅出版社　1985 年 6 月　頁 125—130

438. 夏志清　　夏志清書簡[18]　書評書目　第 18 期　1974 年 10 月　頁 36—37

439. 夏志清　　夏志清談琦君　琦君的世界　臺北　爾雅出版社　1985 年 6 月　頁 149—150

440. 夏志清　　夏志清書簡[19]　書評書目　第 21 期　1975 年 1 月　頁 78—82

441. 夏志清　　琦君的散文　人的文學　臺北　純文學出版社　1977 年 3 月　頁 145—150

442. 蕭　福　　懷念——讀琦君散文有感　書評書目　第 32 期　1975 年 12 月

---

[18] 本文後改篇名為〈夏志清談琦君〉。
[19] 本文後改篇名為〈琦君的散文〉。

頁 114—115

443. 思　果　落花一片天上來——談琦君女士的散文　中國時報　1975 年 12 月
　　　21 日　12 版

444. 思　果　落花一片天上來——談琦君女士的散文　林居筆話　臺北　大地
　　　出版社　1979 年 7 月　頁 149—154

445. 思　果　落花一片天上來——談琦君女士的散文　琦君的世界　臺北　爾
　　　雅出版社　1985 年 6 月　頁 161—165

446. 楊昌年　潘琦君　近代小說研究　臺北　蘭臺書局　1976 年 1 月　頁 578

447. 鄭明娳　談琦君散文　文壇　第 189 期　1976 年 3 月　頁 34—42

448. 鄭明娳　談琦君散文　現代散文欣賞　臺北　東大圖書公司　1978 年 5 月
　　　頁 119—129

449. 鄭明娳　談琦君的散文　琦君的世界　臺北　爾雅出版社　1985 年 6 月
　　　頁 169—178

450. 鄭明娳　琦君論　現代散文縱橫論　臺北　長安出版社　1976 年 10 月　頁
　　　67—80

451. 鄭明娳　琦君論　中國現代文學大系臺灣（臺灣 1970—1989）‧評論卷
　　　（貳）　臺北　九歌出版社　1989 年 5 月　頁 705—720

452. 陳信元　筆端常帶感情的琦君　中學白話文選　臺北　故鄉出版社　1979
　　　年 7 月　頁 138—139

453. 羅　禾　琦君　幼獅文藝　第 308 期　1979 年 8 月　頁 175

454. 李又寧　談琦君的散文（上、下）　聯合報　1979 年 12 月 29—30 日　8
　　　版

455. 李又寧　談琦君的散文　琦君的世界　臺北　爾雅出版社　1985 年 6 月
　　　頁 211—219

456. 葉　伊　作家的作品——琦君與她的書　愛書人　第 170 期　1980 年 2 月
　　　4 版

457. 陳愛麗　爲有源頭活水來——試論琦君的散文（上、下）　中華日報

1980 年 11 月 27—28 日　10 版

458. 陳愛麗　爲有源頭活水來——試論琦君的散文　琦君的世界　臺北　爾雅出版社　1985 年 6 月　頁 239—245

459. 宋招祿　讀琦君的散文　國語日報　1981 年 1 月 18 日　6 版

460. 莊素玉　琦君的世界　臺灣光華雜誌　第 6 卷第 3 期　1981 年 3 月　頁 28—31

461. 夏祖麗　琦君是散文家兼詞人　她們的世界　臺北　純文學出版社　1981 年 6 月　頁 174—181

462. 陳芳明　用真摯的文字表現心聲——創作與教學並進的琦君　九歌雜誌　第 21 期　1982 年 7 月　1 版

463. 區富禮　一語天然萬古新，豪傑落盡見真淳——琦君和她的小說　新加坡聯合早報　1983 年 7 月 9 日　10 版

464. 隱　地　作家與書的故事——琦君　新書月刊　第 8 期　1984 年 5 月　頁 48—49

465. 隱　地　琦君　作家與書的故事　臺北　爾雅出版社　1985 年 11 月　頁 71—74

466. 張　健　六十年代的散文：民國五十年到五十九年〔琦君部分〕　文訊雜誌　第 13 期　1984 年 8 月　頁 80

467. 潘夢園　魂牽夢縈憶故鄉——試論琦君懷鄉思親的散文　暨南學報　1984 年第 4 期　1984 年 10 月　頁 81—87

468. 李　源　一個寂寞的歌人——論琦君的創作　廣東社會科學　1986 年第 9 期　1986 年 9 月　頁 32—34

469. 杜元明　一花一木見溫存——關於琦君的散文[20]　文學報　1987 年 8 月 27 日　3 版

470. 杜元明　琦君的散文　現代臺灣文學史　瀋陽　遼寧大學出版社　1987 年 12 月　頁 739—747

---

[20]本文後改篇名爲〈琦君的散文〉。

471. 徐　學　　以愛心洞照憂患人生——淺談琦君散文　臺港文學選刊　1988 年第 4 期　1988 年 4 月　頁 84

472. 張默芸　　臺灣文壇閃亮的恆星——琦君散文小說作品評析　福建論壇 1988 年第 4 期　1988 年 8 月　頁 48—52

473. 陳平原　　留予他年說夢痕，一花一木耐溫存——臺灣作家琦君的生活和作品　溫州師範學院學報　1989 年第 2 期　1989 年 4 月　頁 54—60

474. 公仲，汪義生　　50 年代後期及 60 年代臺灣文學〔琦君部分〕　臺灣新文學史初編　南昌　江西人民出版社　1989 年 8 月　頁 165—166

475. 鄭明娳　　八〇年代臺灣散文現象〔琦君部分〕　世紀末偏航——八〇年代臺灣文學論　臺北　時報文化出版公司　1990 年 12 月　頁 70

476. 徐　學　　女作家散文〔琦君部分〕　臺灣新文學概觀（下）　廈門　鷺江出版社　1991 年 6 月　頁 186—189

477. 鄭明娳　　琦君　大學散文選　臺北　業強出版社　1991 年 10 月　頁 141

478. 夏志清　　母女連心忍痛楚——琦君回憶錄評賞（上、中、下）[21]　中央日報 1991 年 11 月 8—10 日　16 版，16 版，9 版

479. 夏志清　　母子連心忍痛楚——琦君回憶錄評賞　第六屆現代文學討論會 臺北　行政院文建會，中央日報主辦　1991 年 12 月 8 日

480. 方　忠　　留予他年說夢痕・一花一木耐溫存——琦君散文論[22]　臺港與海外華文文學評論和研究　1992 年第 1 期　1992 年 5 月　頁 37—42

481. 方　忠　　一花一木耐溫存——琦君散文　臺港散文四十家　鄭州　中原農民出版社　1995 年 9 月　頁 99—104

482. 徐　學　　余光中、琦君與 60 年代的散文創作　臺灣文學史（下）　福州 海峽文藝出版社　1993 年 1 月　頁 448—450

483. 金漢，馮雲青，李新宇　　琦君　新編中國當代文學發展史　杭州　杭州大學出版社　1993 年 1 月　頁 707

---

[21]本文藉由琦君的懷舊散文，論述琦君的童年及讀書生涯，並就此評論琦君特有之文學風格。全文共 4 小節：1.回憶錄與舊禮教；2.母親心上的刀痕；3.兄妹忍受的折磨；4.小春的苦難與成長。

[22]本文後改篇名為〈一花一木耐溫存——琦君散文〉。

484. 樓肇明　臺灣散文四十年發展的輪廓——《臺灣八十年代散文選》〔琦君部分〕　臺灣香港澳門暨海外華文文學論文選　福州　海峽文藝出版社　1993 年 3 月　頁 244—245

485. 徐　學　從古典到現代——臺灣作家散文觀綜論之二〔琦君部分〕　臺灣香港澳門暨海外華文文學論文選　福州　海峽文藝出版社　1993 年 3 月　頁 259

486. 汪逸芳　耕耘伊甸園　爾雅人　第 76 期　1993 年 5 月　2 版

487. 何寄澎　當代臺灣散文中的女性形象〔琦君部分〕　當代臺灣女性文學史　臺北　時報文化出版公司　1993 年 5 月　頁 283—284

488. 王晉民　琦君的散文　臺灣當代文學史　南寧　廣西人民教育出版社　1994 年 2 月　頁 713—724

489. 李　今　直接的流露、純真的表現——我讀琦君的散文[23]　中華日報　1994 年 2 月 25 日　11 版

490. 李　今　善與美的象徵——論琦君散文　評論十家　臺北　爾雅出版社　1995 年 11 月　頁 107—121

491. 張默芸　琦君論　江蘇社會科學　1994 年第 3 期　1994 年 6 月　頁 107—112

492. 樓肇明　談琦君的散文　琦君散文　杭州　浙江文藝出版社　1994 年 9 月　頁 3

493. 金聖華　琦君的三個堅持　橋畔閒眺　臺北　月房子出版社　1995 年 1 月　頁 160—161

494. 徐　學　當代臺灣散文的生命體驗〔琦君部分〕　臺灣研究集刊　1995 年第 1 期　1995 年 2 月　頁 58—60

495. 黎　怡　一顆靈心——琦君　爾雅人　第 78 期　1995 年 3 月　4 版

496. 佚　名　溫厚寬闊的悲憫胸懷——漫談琦君的散文世界　九歌雜誌　第 178 期　1995 年 12 月　3 版

---

[23]本文後改篇名爲〈善與美的象徵——論琦君散文〉。

497. 王琰如　　琦君與小老鼠　國語日報　1996 年 2 月 12 日　6 版

498. 陳玉玲　　女性童年的烏托邦——童年的烏托邦〔琦君部分〕　中外文學　第 25 卷第 4 期　1996 年 9 月　頁 105—117

499. 錢佩佩　　琦君　翰海觀潮　臺北　行政院文建會　1997 年 5 月　頁 270—273

500. 楊昌年　　散文的崛起〔琦君部分〕　二十世紀中國新文學史　臺北　駱駝出版社　1997 年 10 月　頁 300—301

501. 杜元明　　魂繫故土畫「夢痕」——琦君散文管窺　吉林師範學院學報　1998 年第 1 期　1998 年 1 月　頁 82—87

502. 鄭明娳　　感性散文的特色——呈現作者個人的生活經驗〔琦君部分〕　現代散文　臺北　三民書局　1999 年 3 月　頁 18—19

503. 鄭明娳　　感性散文的侷限——題材受到限制〔琦君部分〕　現代散文　臺北　三民書局　1999 年 3 月　頁 31—33

504. 林慧美　　充滿愛意和溫情的生命之旅——淺談琦君散文的藝術風格　當代文壇　1999 年第 5 期　1999 年 5 月　頁 57—58

505. 方　忠　　百年臺灣文學發展論——從空疏到勃發的散文〔琦君部分〕　百年中華文學史論：1898—2002　上海　華東師範大學出版社　1999 年 9 月　頁 59

506. 劉林紅　　女性寫作：文學話語的別依系統——繁花似錦‧新蕊吐秀〔琦君部分〕　百年中華文學史論：1898—2002　上海　華東師範大學出版社　1999 年 9 月　頁 304

507. 黃萬華　　「老祖母」的「童真」視角——琦君旅美後散文創作淺論　美國華文文學論　濟南　山東文藝出版社　2000 年 5 月　頁 158—162

508. 鄭雅文　　鄉愁——從林海音的北平到琦君的杭州　戰後臺灣女性成長小說研究——從反共文學到鄉土文學　中央大學中國文學系　碩士論文　康來新教授指導　2000 年 6 月　頁 57—70

509. 方　忠　　琦君　二十世紀中國文學史（下）　臺北　文史哲出版社　2000

　　　　　　年 9 月　頁 950—955

510. 莊若江　　琦君——走出閨怨的女作家　臺港澳文學教程　上海　漢語大辭
　　　　　　典出版社　2000 年 10 月　頁 144—146

511. 許劍銘　　臺灣當代散文透視——悠思綿邈的文化鄉愁〔琦君部分〕　語文
　　　　　　學刊　第 2 期　2001 年 2 月　頁 55

512. 翁細金　　琦君散文的一種解讀　溫州師範學院學報　2001 年第 2 期　2001
　　　　　　年 4 月　頁 35—38

513. 張小弟　　美國華文文學——琦君的散文創作　五洲華人文學概況　太原
　　　　　　山西教育出版社　2001 年 10 月　頁 259—260

514. 魏　赤　　眼因淚而清明，心因憂患而溫厚——論琦君的散文（上、下）[24]
　　　　　　國文天地　第 197—198 期　2001 年 10—11 月　頁 51—54，65—
　　　　　　68

515. 魏　赤　　臺灣女作家琦君的散文世界　臨沂師範學院學報　2002 年第 1 期
　　　　　　2002 年 2 月　頁 87—90

516. 賴素鈴　　重溫故鄉童年點滴，琦君書中景猶在　民生報　2001 年 11 月 6 日
　　　　　　A10 版

517. 王　敏　　臺灣散文創作的繁榮——琦君、張秀亞、胡品清　簡明臺灣文學
　　　　　　史　北京　時事出版社　2002 年 6 月　頁 351—353

518. 劉敬洲　　潘琦君及其少年小說作品　六〇年代臺灣少年小說作品初探　臺
　　　　　　東師範學院兒童文學研究所　碩士論文　洪文珍教授指導　2002
　　　　　　年 12 月　頁 85—89

519. 楊俊華　　論臺灣女作家琦君的懷舊散文　華南師範大學學報　2003 年第 1
　　　　　　期　2003 年 2 月　頁 48—51，56

520. 古慧芬　　琦君及其筆下童年時期的人物[25]　國文天地　第 214 期　2003 年 3
　　　　　　月　頁 16—26

---

[24] 本文後改篇名為〈臺灣女作家琦君的散文世界〉。
[25] 本文論述琦君的生平、生長環境，並探討琦君筆下懷舊散文中所塑造的人物形象及描寫手法。全
　　文共 4 小節：1.前言；2.琦君的生平；3.琦君筆下童年時期的人物；4.結語。

521. 朱嘉雯　　推開一座牢固的城門——林海音及同時代女作家的五四傳承〔琦
　　　　　　　君部分〕　霜後的燦爛：林海音及其同輩女作家學術研討會論文
　　　　　　　集　臺南　國立文化資產保存研究中心籌備處　2003 年 5 月　頁
　　　　　　　231—232

522. 王小琳　　青春與家國記憶——論五〇年代大陸遷臺女作家的憶舊散文〔琦
　　　　　　　君部分〕　霜後的燦爛：林海音及其同輩女作家學術研討會論文
　　　　　　　集　臺南　國立文化資產保存研究中心籌備處　2003 年 5 月　頁
　　　　　　　320—334

523. 邱珮萱　　千里憶舊的思鄉人——琦君　戰後臺灣散文中的原鄉書寫　高雄
　　　　　　　師範大學國文學系　博士論文　何淑貞教授指導　2003 年 6 月
　　　　　　　頁 20—30

524. 施英美　　從漂浪之旅到落地生根的女作家〔琦君部分〕　《聯合報》副刊
　　　　　　　時期（1953—1963）的林海音研究　靜宜大學中國文學系　碩士
　　　　　　　論文　陳芳明，胡森永教授指導　2003 年 6 月　頁 157—158

525. 王宗法　　琦君　20 世紀中國文學通史　上海　東方出版中心　2003 年 9 月
　　　　　　　頁 586—588

526. 王怡心　　琦君小說中的女性意識[26]　東吳中文研究集刊　第 10 期　2003 年
　　　　　　　9 月　頁 283—295

527. 王怡心　　從物化、焦慮見琦君小說中的女性意識　中國語文　第 93 卷第 4
　　　　　　　期　2003 年 10 月　頁 76—84

528. 蘇益芳　　五四文學精神的繼承與突破——戰後臺灣的現代文學發展——琦
　　　　　　　君：擁有超凡記憶的散文家　夏志清與戰後臺灣的現代文學批評
　　　　　　　政治大學中國文學系　碩士論文　陳芳明教授指導　2004 年 4 月
　　　　　　　頁 126—128

529. 陸卓寧　　品讀琦君　閱讀與寫作　2004 年第 6 期　2004 年 6 月　頁 6

---

[26]本文論述琦君小說作品中所表達的女性意識的傳統面相，並探討琦君作品對女性的關懷與療救但
　未達自覺的表現。全文共 4 小節：1.物化——主體消失的飄蕩；2.焦慮——原罪意識的折磨；3.
　尚未自覺的女性意識；4.結語。後改篇名爲〈從物化、焦慮見琦君小說中的女性意識〉。

530. 方　忠　　琦君的散文　二十世紀臺灣文學史論　南昌　百花文藝出版社
　　　　　　　2004 年 10 月　頁 105—117

531. 張瑞芬　　琦君散文及其文學史意義[27]　水是故鄉甜——琦君作品研討會　桃
　　　　　　　園　中央大學圖書館主辦　2004 年 12 月 1 日

532. 張瑞芬　　琦君散文及五○、六○年代女性創作位置[28]　臺灣文學學報　第 6
　　　　　　　期　2005 年 2 月　頁 121—158

533. 張瑞芬　　琴心夢痕——琦君散文及其文學史意義　永恆的溫柔：琦君及其
　　　　　　　同輩女作家學術研討會論文集　桃園　中央大學中文系琦君研究
　　　　　　　中心　2006 年 7 月　頁 29—59

534. 張瑞芬　　琦君散文及五○、六○年代女性創作位置　臺灣當代女性散文史
　　　　　　　論　臺北　麥田出版社　2007 年 4 月　頁 147—198

535. 林秀蘭　　從花果飄零到靈根自植——琦君的離散書寫[29]　水是故鄉甜——琦
　　　　　　　君作品研討會　桃園　中央大學圖書館主辦　2004 年 12 月 1 日

536. 林秀蘭　　從花果飄零到靈根自植——琦君的離散書寫　永恆的溫柔：琦君
　　　　　　　及其同輩女作家學術研討會論文集　桃園　中央大學中文系琦君
　　　　　　　研究中心　2006 年 7 月　頁 233—249

537. 劉于甄　　我讀琦君的《橘子紅了》　閱讀、寫作與心理自聊——穿梭在文
　　　　　　　字中的結構與解構旅程　輔仁大學心理學系　碩士論文　夏林清
　　　　　　　教授指導　2004 年　頁 41—45

538. 繆　倩　　愛之真，文之柔——論冰心與琦君的女性散文書寫　唐山學院學
　　　　　　　報　第 18 卷第 2 期　2005 年 2 月　頁 34—37

---

[27]本文探討琦君的文學成就，予其文學史的地位。全文共 3 小節：1.五○、六○年代女性創作與琦
　君的文學史位置；2.琦君散文的內容、特色與成就；3.結語。後改篇名爲〈琴心夢痕——琦君散
　文及其文學史意義〉、〈琦君散文及五○、六○年代女性創作位置〉。
[28]本文論析琦君散文總體成就並闡述戰後第一代外省來臺女作家的寫作位置，與她們彼此之間的背
　景、年齡、私誼關係。全文共 2 部分：1.五○、六○年代女性創作與琦君的文學史位置；2.琦君
　散文的內容、特色與成就。
[29]本文探討琦君作品中的離散意涵和書寫技巧，同時透過琦君赴美之後的作品與生活圖景，分析其
　中國傳統知識分子的溫柔敦厚思想。全文共 5 小節：1.前言；2.離散與離散書寫；3.琦君一生最
　重要的兩段離散歲月；4.從「離散」到「離而不散」；5.結語。

539. 顏安秀　　　「文藝欄」小說整體總覽——女性作者〔琦君部分〕　《自由中國》文學性研究：以「文藝欄」小說爲探討對象　臺北師範學院臺灣文學研究所　碩士論文　許俊雅教授指導　2005 年 6 月　頁 97—98

540. 方忠，于小桂　　論臺灣當代文學中的佛教文化精神〔琦君部分〕　第二屆兩岸現代文學發展與思潮學術研討會論文集　臺北　中華發展基金管理委員會主辦；佛光人文社會學院文學系承辦　2005 年 10 月 28—29 日　頁 234—236，244—245

541. 姚皓華　　　琦君思鄉懷人散文研究　渤海大學學報　2005 年第 6 期　2005 年 11 月　頁 29—31

542. 楊俊華　　　論臺灣女作家琦君散文的敘述法　廣東社會科學　2005 年第 6 期 2005 年 11 月　頁 143—147

543. 宇文正　　　永遠的童話——琦君的創作（上、下）　中央日報　2005 年 12 月 26—27 日　17 版

544. 封德屏　　　遷臺初期文學女性的聲音——以武月卿主編《中央日報·婦女與家庭》爲研究場域——琦君（1917—）　琦君及其同輩女作家學術研討會　中壢　中央大學琦君研究中心主辦　2005 年 12 月 15 —16 日

545. 封德屏　　　遷臺初期文學女性的聲音——以武月卿主編《中央日報·婦女與家庭週刊》爲研究場域——琦君（1917—2006）　永恆的溫柔：琦君及其同輩女作家學術研討會論文集　桃園　中央大學中文系琦君研究中心　2006 年 7 月　頁 17—18

546. 梁竣瓘　　　試論琦君的文學史地位[30]　琦君及其同輩女作家學術研討會　桃園 中央大學中文系琦君研究中心　2005 年 12 月 15—16 日

547. 梁竣瓘　　　試論琦君的文學史地位　永恆的溫柔：琦君及其同輩女作家學術

---

[30]本文從文學史角度切入，探討琦君在兩岸文學史的寫作裡，如何被介紹與定位。全文共 4 小節：1.前言；2.臺灣文學史上的「留名」；3.「留名」的背後；4.不應只是「留名」。

研討會論文集　桃園　中央大學中文系琦君研究中心　2006 年 7
月　頁 61—78

548. 應鳳凰　　五、六○年代女性小說家筆下的「家國」與「性別」話語——比
　　　　　　　較琦君與林海音[31]　琦君及其同輩女作家學術研討會　中壢　國立
　　　　　　　中央大學琦君研究中心主辦　2005 年 12 月 15—16 日

549. 應鳳凰　　五、六○年代女性小說的性別與家國話語——比較琦君與林海音
　　　　　　　永恆的溫柔：琦君及其同輩女作家學術研討會論文集　桃園　中
　　　　　　　央大學中文系琦君研究中心　2006 年 7 月　頁 79—99

550. 汪淑珍　　林海音與琦君——編者與作者的互動考察[32]　琦君及其同輩女作家
　　　　　　　學術研討會　桃園　中央大學中文系琦君研究中心　2005 年 12 月
　　　　　　　15—16 日

551. 汪淑珍　　林海音與琦君——編者與作家的互動考察　永恆的溫柔：琦君及
　　　　　　　其同輩女作家學術研討會論文集　桃園　中央大學中文系琦君研
　　　　　　　究中心　2006 年 7 月　頁 101—125

552. 羅秀美　　學院女作家琦君與孟瑤的教學／學術生涯考察——兼論其文學接
　　　　　　　受情形[33]　琦君及其同輩女作家學術研討會　桃園　中央大學琦君
　　　　　　　研究中心主辦　2005 年 12 月 15—16 日

553. 羅秀美　　學院女作家琦君與孟瑤的教學／學術生涯考察——兼論其文學接
　　　　　　　受情形　永恆的溫柔：琦君及其同輩女作家學術研討會論文集
　　　　　　　桃園　中央大學中文系琦君研究中心　2006 年 7 月　頁 127—169

---

[31] 本文將琦君與林海音生平及其文學成果，置於「五四文學傳統的臺灣化」脈落下加以檢視。全文
共 7 小節：1.前言；2.女性作家與創作環境；3.五、六○年代的琦君小說；4.女作家「鄉愁」二
韻；5.亂世功名：官僚體制與過客心態；6.阿玉與金鯉魚——難以跨越的階級鴻溝；7.結論。
[32] 本文以編者與作者的角度，探討林海音與琦君的互動情況，以提供編者與作者有效的相處模式。
全文共 9 小節：1.前言；2.經歷志趣相近故往來頻仍；3.熱心熱情激促創作動力；4.開闊襟懷引渡
進入文壇；5.寬闊視野衍生多元寫作；6.慧眼識文塑造作家經典；7.潤飾修改以達文稿完美；8.美
感包裝畢使成品完善；9.結語。
[33] 本文探討琦君與孟瑤在教學與創作之間的互動，以展現女作家由廚房、書房到講壇的現象，以及
所彰顯的文學史意義。全文共 6 小節：1.前言；2.五四接受新式學院教育的摩登女子——之江大
學中文系／中央大學歷史系；3.在學院中教／學以推展現代文學——以中央大學中文系／中興大
學中文系為主；4.建構五十年代散文／小說風景的琦君／孟瑤如何建構自己的接受史？；5.女子
的小敘述對家國的大敘述：琦君／孟瑤建構臺灣的散文史／小說史；6.結語。

554. 曾萍萍　　　一種鄉思兩般情——論琦君與聶華苓的懷舊主題散文[34]　琦君及其
　　　　　　　　同輩女作家學術研討會　桃園　中央大學中文系琦君研究中心
　　　　　　　　2005 年 12 月 15—16 日

555. 曾萍萍　　　一種鄉思兩般情——論琦君與聶華苓的懷舊主題散文　永恆的溫
　　　　　　　　柔：琦君及其同輩女作家學術研討會論文集　桃園　中央大學中
　　　　　　　　文系琦君研究中心　2006 年 7 月　頁 171—202

556. 李栩鈺　　　不離不棄——琦君的怨婦書寫[35]　琦君及其同輩女作家學術研討會
　　　　　　　　桃園　中央大學中文系琦君研究中心主辦　2005 年 12 月 15—16
　　　　　　　　日

557. 李栩鈺　　　不離不棄——琦君的怨婦書寫　永恆的溫柔：琦君及其同輩女作
　　　　　　　　家學術研討會論文集　桃園　中央大學中文系琦君研究中心
　　　　　　　　2006 年 7 月　頁 251—272

558. 許秦蓁　　　水是故鄉甜，上海是名牌——初探琦君散筆下的上海（初稿）[36]
　　　　　　　　琦君及其同輩女作家學術研討會　桃園　中央大學琦君研究中心
　　　　　　　　主辦　2005 年 12 月 15—16 日

559. 許秦蓁　　　蜜蜂、胡蝶、名牌——琦君散文中的上海書寫　永恆的溫柔：琦
　　　　　　　　君及其同輩女作家學術研討會論文集　桃園　中央大學中文系琦
　　　　　　　　君研究中心　2006 年 7 月　頁 273—298

560. 許秦蓁　　　蜜蜂、胡蝶、名牌——琦君散文中的上海書寫　時／空的重組與
　　　　　　　　再現——臺灣文學與城市論述　臺北　秀威資訊科技公司　2009
　　　　　　　　年 3 月　頁 47—76

---

[34]本文探討琦君與聶華苓兩人懷舊散文的異同。全文共 5 小節：1.前言；2.懷舊主題散文之一：家
庭與婚姻；3.懷舊主題散文之二：學養與事業；4.從作家觀注的面向看懷舊主題散文的表現；5.
結語。

[35]本文分析〈橘子紅了〉兼及琦君其他文章，以探討琦君母親的怨婦形象。全文共 4 小節：1.前
言；2.琦君作品中的大媽形象；3.《紅樓夢》、《怨女》與〈橘子紅了〉；4.小結。

[36]本文以「文化地理學」的角度，探討琦君的上海書寫。全文共 4 小節：1.琦君的文學地景——永
嘉、杭州、上海；2.上海是名牌——童年的上海想像；3.亂世離散——隻身上海滿鄉愁；4.結語
——水是故鄉甜，上海娛樂園。後改篇名為〈蜜蜂、胡蝶、名牌——琦君散文中的上海書寫〉。

561. 洪珊慧　　留予他年說夢痕——論琦君的懷舊散文[37]　琦君及其同輩女作家學
　　　　　　　術研討會　桃園　中央大學中文系琦君研究中心　2005 年 12 月
　　　　　　　15—16 日

562. 洪珊慧　　留予他年說夢痕——論琦君的懷舊散文　永恆的溫柔：琦君及其
　　　　　　　同輩女作家學術研討會論文集　桃園　中央大學中文系琦君研究
　　　　　　　中心　2006 年 7 月　頁 299—324

563. 林淑媛　　永是有情人：論佛教對琦君散文的影響[38]　琦君及其同輩女作家學
　　　　　　　術研討會　桃園　中央大學中文系琦君研究中心　2005 年 12 月
　　　　　　　15—16 日　頁 1—16

564. 林淑媛　　永是有情人：論琦君散文中的佛教色彩　永恆的溫柔：琦君及其
　　　　　　　同輩女作家學術研討會論文集　桃園　中央大學中文系琦君研究
　　　　　　　中心　2006 年 7 月　頁 325—348

565. 黃慧鳳　　琦君小說中的婚姻形貌[39]　琦君及其同輩女作家學術研討會　中壢
　　　　　　　國立中央大學琦君研究中心主辦　2005 年 12 月 15—16 日

566. 黃慧鳳　　傳統倫常觀下的婚姻形貌——琦君小說中的女性處境探析　永恆
　　　　　　　的溫柔：琦君及其同輩女作家學術研討會論文集　桃園　中央大
　　　　　　　學中文系琦君研究中心　2006 年 7 月　頁 349—374

567. 徐開塵　　臺灣文學史對她不公平——文學斷代難收編，總是遺漏了琦君
　　　　　　　民生報　2005 年 12 月 16 日　A13 版

568. 陳希林　　文學史忽略琦君，學者抱不平　中國時報　2005 年 12 月 16 日
　　　　　　　D8 版

---

[37]本文將琦君懷舊散文置於五〇年代反共抗懷鄉文學的系譜下，以得知琦君懷舊散文在文學史上代
表的意義。全文共 5 小節：1.前言；2.從懷鄉反共到真情憶舊；3.故人故土的美好懷想；4.美好敦
厚另一章——記憶的選擇性呈現與書寫；5.結語。
[38]本文探討佛教信仰與琦君的淵源，與佛教對作家文學觀的建立，以及作品中佛教色彩，以得知佛
教對琦君散文創作的影響。全文共 4 小節：1.從佛教視角思考琦君散文的思想與價值；2.深遠的
佛教因緣——家庭與師友的薰陶；3.慈悲精神的闡發——作品中的佛教色彩；4.永是有情人。
[39]本文以琦君小說作品為文本，探討其作品中婚姻的形構模式、女性在婚姻中的地位，以及婚姻呈
現的特色。全文共 5 小節：1.前言；2.婚姻的形構模式；3.婚姻中的女性地位；4.作品的婚姻特
色；5.結論：傳統倫常的束縛與羈絆。後改篇名為〈傳統倫常觀下的婚姻形貌——琦君小說中的
女性處境探析〉。

569. 曹麗蕙　琦君文章敦厚，流露永恆的溫柔　人間福報　2005 年 12 月 17 日　4 版

570. 張瑞芬　馨香桂花雨——論琦君散文　五十年來臺灣女性散文‧評論篇　臺北　麥田出版公司　2006 年 2 月　頁 30—40

571. 黃萬華　臺灣文學——散文——琦君　中國現當代文學　濟南　山東文藝出版社　2006 年 3 月　頁 491—493

572. 許珮馨　冰心歌頌母愛路線的餘緒——琦君　五〇年代的遷臺女作家散文研究　臺灣師範大學國文學系　博士論文　柯慶明教授指導　2006 年 6 月　頁 107—108

573. 許珮馨　青燈有味似兒時——琦君　五〇年代的遷臺女作家散文研究　臺灣師範大學國文學系　博士論文　柯慶明教授指導　2006 年 6 月　頁 206—223

574. 簡瀅灐　高中國文編選琦君散文之探討[40]　新生代論琦君：琦君文學專題研究論文集　桃園　中央大學中文系琦君研究中心　2006 年 7 月　頁 39—62

575. 許芳儒　以父之名——試探琦君作品中的父親形象[41]　新生代論琦君：琦君文學專題研究論文集　桃園　中央大學中文系琦君研究中心　2006 年 7 月　頁 63—83

576. 陳建隆　「梅」有意思——琦君的梅花意象研究[42]　新生代論琦君：琦君文學專題研究論文集　桃園　中央大學中文系琦君研究中心　2006 年 7 月　頁 85—96

577. 楊毓絢　論琦君小說中的家庭書寫[43]　新生代論琦君：琦君文學專題研究論

---

[40]本文探討教科書編選琦君散文的選文動機、課文架構處理以及選文在教育上的價值。全文共 6 小節：1.前言；2.選文標準；3.課文架構；4.教育價值；5.琦君散文的經典性；6.結語。

[41]本文探討琦君作品中的父親形象，兼探討其創作背後的動機，繼而評價琦君作品中所蘊涵的意義。全文共 6 小節：1.前言；2.琦君小說中的父親；3.琦君散文中的父親；4.「小說父親」與「散文父親」之間；5.文學的傳記性；6.結論。

[42]本文探討琦君作品中「梅」的意義，以體現琦君的梅花與中國梅花傳統間的傳承與延續。全文共 5 小節：1.前言；2.梅之美；3.梅花精神；4.梅樣人物；5.結論。

[43]本文探討琦君小說中家庭書寫，以了解其家庭觀念。全文共 5 小節：1.前言；2.琦君家庭觀念的

　　　　　　　　　文集　桃園　中央大學中文系琦君研究中心　2006 年 7 月　頁 99
　　　　　　　　　—116

578. 李家欣　　　琦君小說中女性人物類型研究[44]　新生代論琦君：琦君文學專題研
　　　　　　　　　究論文集　桃園　中央大學中文系琦君研究中心　2006 年 7 月
　　　　　　　　　頁 117—127

579. 張瑞芬　　　細雨燈花落——懷想琦君與其散文　文訊雜誌　第 249 期　2006
　　　　　　　　　年 7 月　頁 40—43

580. 張瑞芬　　　細雨燈花落——懷想琦君及琦君的散文　琦君讀書　臺北　九歌
　　　　　　　　　出版社　2006 年 12 月　頁 255—232

581. 張瑞芬　　　細雨燈花落——懷想琦君及琦君的散文　狩獵月光：當代文學及
　　　　　　　　　散文散評　臺北　聯合文學出版社　2007 年 4 月　頁 253—259

582. 朱才華　　　春風化雨潤心田——論琦君散文中的母親形象　哈爾濱學院學報
　　　　　　　　　第 27 卷第 8 期　2006 年 8 月　頁 88—92

583. 仲文婷　　　論琦君懷舊散文的小說化書寫　世界華文文學論壇　2006 年第 3
　　　　　　　　　期　2006 年 9 月　頁 25—27

584. 程國君，杜建波　臺灣女性散文的審美創造〔琦君部分〕　陝西師範大學
　　　　　　　　　學報　第 36 卷第 1 期　2007 年 1 月　頁 86

585. 戴　惠　　　琦君的小說創作　語文教學與研究　2007 年第 2 期　2007 年 2 月
　　　　　　　　　頁 88—89

586. 莊斐喬　　　花木溫存——論琦君的花卉散文[45]　中國語文　第 100 卷第 3 期
　　　　　　　　　2007 年 3 月　頁 81—95

587. 尹　詩　　　植根故鄉文化的吟唱——琦君作品探析　世界華文文學論壇
　　　　　　　　　2007 年第 1 期　2007 年 3 月　頁 25—28

　啓蒙；3.親爲人妻人母後的家庭生活；4.琦君家庭書寫所呈現的新、舊問題；5.結語。

[44]本文分析琦君小說中的女性，以歸納出琦君小說中的女性形象。全文共 4 小節：1.前言；2.傳統女性；3.現代女性；4.結論。

[45]本文探討琦君小說中描寫花草的篇章，並研究琦君筆下花草表現之意象、情感及寫作技巧等主題。全文共 7 小節：1.前言；2.琦君筆下的群芳譜；3.琦君花卉散文的中心思想；4.琦君花卉散文的情感；5.琦君花卉散文的寫作技巧；6.琦君花卉散文的風格與意境；7.結論。

588. 楊俊華　　論琦君散文的積極心理學智慧　華南師範大學學報　2007 年第 2 期　2007 年 4 月　頁 57—62

589. 鄭明娳　　讀書如讀人——琦君　山月村之歌　臺北　秀威資訊科技公司 2007 年 5 月　頁 95—96

590. 陳昌明　　從「互文性」論琦君散文的古典轉化　人文與創意學術研討會 臺南　成功大學文學院　2007 年 6 月 23 日

591. 李姝嫻　　永是有情人——琦君　五○年代女性懷舊散文研究　玄奘大學中 國語文系　碩士論文　何淑貞教授指導　2007 年 8 月　頁 31—42

592. 李姝嫻　　琦君——溫柔敦厚　五○年代女性懷舊散文研究　玄奘大學中國 語文系　碩士論文　何淑貞教授指導　2007 年 8 月　頁 102—106

593. 李　偉　　琦君小說的審美觀照　語文學刊　2007 年第 9 期　2007 年 9 月 頁 81—83

594. 孫　輝　　走進琦君的散文世界　現代語文　2007 年第 10 期　2007 年 10 月 頁 91

595. 李　偉　　幽暗中的女性聲音——琦君小說解讀　文教資料　2007 年第 35 期 2007 年 12 月　頁 25—27

596. 李葉林　　琦君散文題材拓展與角色轉換　池州學院學報　第 21 卷第 6 期 2007 年 12 月　頁 101—103

597. 楊秋紅　　雨，心靈的棲居地　中國校園文學　2008 年第 11 期　2008 年 6 月　頁 76

598. 李　偉　　覺解人生的心路——琦君文學作品中佛教文化現象探索之一　浙 江社會科學　2008 年第 8 期　2008 年 8 月　頁 112—116，129

599. 朱雙一　　臺灣文學中的中國南方各區域文化色彩——江浙籍作家筆下的吳 越文化色彩〔琦君部分〕　臺灣文學與中華地域文化　廈門　鷺 江出版社　2008 年 9 月　頁 240—254

600. 王卉卉　　以情建構的散文世界——評琦君散文中的結構特色　現代語文 2008 年第 10 期　2008 年 10 月　頁 99—100

601. 張堂錡　　琦君的散文藝術特色及其成就　追想彼岸：現代中文文學研究論叢 2　臺北　文史哲出版社　2008 年 10 月　頁 173—182

602. 李　偉　　「蓮花」模式：敘事原型——琦君文學作品中佛教文化現象探索（之二）　當代文壇　2008 年第 6 期　2008 年 11 月　頁 77—80

603. 于瀅慧　　琦君——斯人已邈，橘香猶存　語文世界（教師之窗）　2009 年 Z1 期　2009 年 1 月　頁 17—20

604. 侯如綺　　由昔向今的調整——琦君由寄寓鄉愁向融入「異地」的隱晦轉換　臺灣外省小說家的離散與敘述（1950—1987）　東海大學中國文學系　博士論文　陳俊啓教授指導　2009 年 2 月　頁 87—98

605. 謝　聰　　童心·母心·佛心——琦君散文的「性靈說」　南方論刊　2009 年第 5 期　2009 年 5 月　頁 91—92

606. 喻大翔，周黎萍　　果到金秋萬里黃——世界華文女作家散文風格論　世界華文文學論壇　2009 年第 2 期　2009 年 6 月　頁 12—16

607. 夏　菲　　傳統女性寫作的守護者——從琦君散文觀再讀其創作　當代小說　2009 年第 9 期　2009 年 9 月　頁 8—9

608. 戴　勇　　論琦君散文的儒家美學特質　江西教育學院學報　第 30 卷第 5 期　2009 年 10 月　頁 73—76

609. 戴　勇　　大愛無涯,鄉愁滿天——論琦君散文的母題抒寫　哈爾濱學院學報　2009 年第 10 期　2009 年 10 月　頁 100—105

610. 麻曉先　　淺談琦君文中的鄉愁之美　科教新報（教育科研）　2010 年 05 期　2010 年 2 月　頁 96—97

611. 謝淑惠　　佛緣、人生與文學藝術表現——琦君散文中的佛理[46]　中國語文　第 632 期　2010 年 2 月　頁 96—112

612. 閆純德　　20 世紀五六十年代的臺灣女性散文〔琦君部分〕　南京師範大學文學院學報　2010 年第 1 期　2010 年 3 月　頁 45—46

---

[46]本文探討琦君在散文作品中所表現的佛教思維及體現。全文共 5 小節：1.前言；2.琦君與佛教淵源；3.琦君的佛教實踐；4.作品中呈現的佛理；5.結語。

613. 陳丰駿　　兒童散文作家與作品舉要——琦君　國小兒童散文閱讀教學研究
　　　高雄師範大學回流中文碩士班　碩士論文　羅克洲指導　2010 年
　　　頁 49—58

分論
◆單部作品
論述
《詞人之舟》

614. 齊邦媛　　自然處見才情[47]　純文學　第 1 期　1981 年 4 月　頁 3—6

615. 齊邦媛　　自然處見才情——琦君談詞　詞人之舟　臺北　爾雅出版社
　　　1981 年 4 月　頁 1—7

616. 齊邦媛　　自然處見才情——琦君談詞　書和人　第 44 期　1981 年 5 月　頁
　　　6—8

617. 齊邦媛　　自然處見才情——琦君談詞　詞人之舟　臺北　爾雅出版社
　　　1996 年 3 月　頁 1—7

618. 齊邦媛　　自然處見才情——琦君談詞　霧漸漸散的時後　臺北　九歌出版
　　　社　1998 年 10 月　頁 253—259

619. 鮑曉暉　　低吟淺唱欣賞詞——讀琦君《詞人之舟》　中央日報　1981 年 7
　　　月 8 日　10 版

620. 林文月　　讀《詞人之舟》　中央日報　1981 年 8 月 5 日　10 版

621. 林文月　　讀《詞人之舟》　婦友月刊　第 331 期　1982 年 4 月　頁 18—19

622. 林文月　　讀《詞人之舟》　詞人之舟　臺北　爾雅出版社　1996 年 3 月
　　　頁 251—257

623. 壽德棻　　我讀琦君的《詞人之舟》　臺灣時報　1981 年 8 月 11 日　12 版

624. 宋招祿　　《詞人之舟》讀後　國語日報　1981 年 9 月 27 日　6 版

625. 歐陽子　　一葉扁舟怎載得動如許的學問？——評介琦君的《詞人之舟》

---

[47]本文研究琦君於著作《詞人之舟》中對古代詞人、詞作之論點，並探究琦君論述中的現代化精
　神。

聯合報　1981 年 9 月 29 日　8 版

626. 歐陽子　　一葉扁舟怎載得動如許的學問？──評介琦君的《詞人之舟》
　　　　　　　歐陽子自選集　臺北　黎明文化公司　1982 年 7 月　頁 355─363

627. 歐陽子　　一葉扁舟怎載得動如許的學問？──評介琦君的《詞人之舟》
　　　　　　　風簷展書讀　臺北　純文學出版社　1985 年 1 月　頁 183─190

628. 歐陽子　　一葉扁舟怎載得動如許的學問？　琦君的世界　臺北　爾雅出版
　　　　　　　社　1985 年 6 月　頁 253─259

629. 歐陽子　　一葉扁舟怎載得動如許的學問？──評介琦君的《詞人之舟》
　　　　　　　詞人之舟　臺北　爾雅出版社　1996 年 3 月　頁 259─268

630. 若　華　　試泛《詞人之舟》　書評書目　第 100 期　1981 年 9 月　頁 172
　　　　　　　─173

631. 周宗盛　　評琦君的《詞人之舟》　大華晚報　1982 年 2 月 21 日　11 版

632. 詹　悟　　《詞人之舟》與度人之舟　中國語文　第 50 卷第 6 期　1982 年 6
　　　　　　　月　頁 68

633. 蔡木生　　我讀《詞人之舟》　中華日報　1982 年 10 月 18 日　9 版

634. 柳惠容　　《詞人之舟》　改變中學生的書　臺北　前衛出版社　1984 年 10
　　　　　　　月　頁 227─230

635. 雷　巢　　遲汝他年傳筆陣──讀琦君《詞人之舟》　中華日報　1988 年 11
　　　　　　　月 2 日　14 版

636. 簡　宛　　溫柔心‧文學情──讀琦君女士的《詞人之舟》　國語日報
　　　　　　　1996 年 5 月 10 日　5 版

637. 斯　真　　泛舟記──讀《詞人之舟》的感想　爾雅人　第 95 期　1996 年 7
　　　　　　　月　2─3 版

638. 謝素行　　溪下水聲長──我讀《詞人之舟》　爾雅人　第 99 期　1997 年 4
　　　　　　　月　3 版

639. 周昭翡　　親切而不惹人自卑的評論──《詞人之舟》　文訊雜誌　第 221
　　　　　　　期　2004 年 3 月　頁 73

640. 侯雅文　論《詞人之舟》的詞觀及其在戰後臺灣詞學發展上的意義[48]　琦君及其同輩女作家學術研討會　桃園　中央大學中文系琦君研究中心主辦　2005 年 12 月 15—16 日

641. 侯雅文　論《詞人之舟》的詞觀及其在遷臺後臺灣詞學發展上的意義　永恆的溫柔：琦君及其同輩女作家學術研討會論文集　桃園　中央大學中文系琦君研究中心主辦　2006 年 7 月　頁 203—230

《琦君讀書》

642. 林貞羊　以文會友之樂——評《琦君讀書》　中華日報　1987 年 12 月 4 日　8 版

643. 林貞羊　以文會友之樂——《琦君讀書》評書也談人　九歌雜誌　第 83 期　1988 年 1 月　3 版

644. 蔡佩蓉　《琦君讀書》為讀者打開另一扇窗，使人悠遊於讀者之樂　中央日報　1988 年 1 月 7 日　17 版

645. 胡坤仲　大處著眼，小處著手——《琦君讀書》越看越有趣　九歌雜誌　第 88 期　1988 年 6 月　3 版

散文

《溪邊瑣語》

646. 錢劍秋　《溪邊瑣語》序　溪邊瑣語　臺北　婦友社　1962 年 5 月　頁 1—2

《煙愁》

647. 張秀亞　琦君著《煙愁》[49]　中央日報　1963 年 10 月 31 日　9 版

648. 張秀亞　《煙愁》　書評書目　第 37 期　1976 年 5 月　頁 114—116

649. 張秀亞　《煙愁》　琦君的世界　臺北　爾雅出版社　1985 年 6 月　頁 131—134

---

[48] 本文探討《詞人之舟》編選詞作的結果，以及詮釋詞作的內容，以得知《詞人之舟》所秉持的「詞觀」。全文共 5 小節：1.回顧與反思前人對《詞人之舟》的評述；2.《詞人之舟》的詞觀析論；3.琦君「詞觀」的淵源；4.《詞人之舟》在遷臺後臺灣詞學發展上的意義；5.結論。

[49] 本文後改篇名為〈煙愁〉、〈歌唱的是心靈〉。

650. 張秀亞　　歌唱的是心靈　張秀亞全集・散文卷 8　臺南　國家臺灣文學館　2005 年 3 月　頁 264—266

651. 薇薇夫人　　《煙愁》感人　聯合報　1974 年 9 月 30 日　6 版

652. 薇薇夫人　　《煙愁》感人　琦君的世界　臺北　爾雅出版社　1985 年 6 月　頁 145—146

653. 陳克環　　琦君淡淡的《煙愁》　中華日報　1974 年 12 月 7 日　9 版

654. 陳克環　　琦君淡淡的《煙愁》　琦君的世界　臺北　爾雅出版社　1985 年 6 月　頁 147—148

655. 盧素貞　　我讀《煙愁》　書評書目　第 49 期　1977 年 5 月　頁 48—49

656. 喻麗清　　失去的一角——重讀《煙愁》　書評書目　第 81 期　1980 年 1 月　頁 88—89

657. 喻麗清　　失去的一角——重讀《煙愁》　琦君的世界　臺北　爾雅出版社　1985 年 6 月　頁 209—210

658. 李　瑋　　三十年來散文暢銷書介紹——《煙愁》　散文季刊　第 1 期　1984 年 1 月　頁 110—111

659. 陳信元　　夏日炎炎書解悶——好書推薦——現代散文書單——琦君《煙愁》　國文天地　第 39 期　1988 年 8 月　頁 27—28

660. 鄭明娳　　《煙愁》　錦囊開卷　臺北　國家文藝基金管理委員會　1993 年 6 月　頁 247—249

661. 賴正能　　《煙愁》　臺灣日報　1995 年 6 月 10 日　11 版

662. 王盛弘　　留得芳菲住《煙愁》　爾雅人　第 105 期　1998 年 5 月　4 版

663. 何淑貞　　蘊藉雋永話《煙愁》——論琦君《煙愁》　臺灣文學經典研討會論文集　臺北　行政院文建會，聯經出版公司　1999 年 6 月　頁 333—345

664. 黃彗倩　　多情應笑我　中央日報　2000 年 6 月 29 日　22 版

665. 陳威宏　　論琦君散文之人物形象——以《煙愁》為討論中心[50]　新生代論琦

---

[50] 本文探討《煙愁》以了解作家對週遭人進行觀察與反省，同時凸顯時代動盪中傳統社會對家庭的

君：琦君文學專題研究論文集　桃園　中央大學中文系琦君研究中心　2006 年 7 月　頁 3—19

《琦君小品》

666. 老　松　　《琦君小品》　現代學苑　第 4 卷第 3 期　1967 年 3 月　頁 127

667. 黃雅歆　　花團錦簇的拼盤——評介《琦君小品》　在閱讀與書寫之間：評好書 300 種　臺北　三民書局　2005 年 2 月　頁 285

《紅紗燈》

668. 隱　地　　《紅紗燈》　反芻集　臺北　大林出版社　1970 年 12 月　頁 37—45

669. 隱　地　　讀《紅紗燈》　琦君的世界　臺北　爾雅出版社　1985 年 6 月　頁 135—141

670. 隱　地　　《紅紗燈》　草的天堂　臺北　爾雅出版社　2005 年 10 月　頁 65—68

671. 衣若芬　　記憶交織的錦繡——評介《紅紗燈》　在閱讀與書寫之間：評好書 300 種　臺北　三民書局　2005 年 2 月　頁 250

《三更有夢書當枕》

672. 亮　軒　　流不盡的菩薩泉——看琦君《三更有夢書當枕》有感　書評書目　第 29 期　1975 年 9 月　頁 19—24

673. 亮　軒　　流不盡的菩薩泉——看琦君《三更有夢書當枕》有感　爾雅　臺北　爾雅出版社　1981 年 7 月　頁 267—274

674. 亮　軒　　流不盡的菩薩泉——看琦君《三更有夢書當枕》有感　琦君的世界　臺北　爾雅出版社　1985 年 6 月　頁 153—160

675. 亮　軒　　流不盡的菩薩泉　在有限的生命裡種一棵無限的文學樹　臺北　爾雅出版社　1995 年 7 月　頁 84

676. 王鼎鈞　　花語　中華日報　1976 年 1 月 15 日　9 版

要求，以及對於個人遭遇的影響。全文共 6 小節：1.前言；2.母親、父親、姨娘形象；3.老師形象；4.丈夫與兒子小楠形象；5.朋友形象；6.結語。

677. 王鼎鈞　　花語　琦君的世界　臺北　爾雅出版社　1985 年 6 月　頁 167—168

678. 米　雷　　我讀琦君《三更有夢書當枕》　中華日報　1976 年 1 月 26 日　5 版

679. 米　雷　　我讀琦君《三更有夢書當枕》　一車的月色　臺北　文豪出版社　1979 年 12 月　頁 195—197

680. 采　微　　方寸田園　明道文藝　第 1 期　1976 年 4 月　頁 138—139

681. 謝美秀　　樸實的愛　明道文藝　第 1 期　1976 年 4 月　頁 140

682. 淨　如　　凍頂烏龍　明道文藝　第 1 期　1976 年 4 月　頁 142—144

683. 方　叔　　那屬於中國傳統女性的散文　書評書目　第 67 期　1978 年 11 月　頁 124—126

684. 周啟南　　《三更有夢書當枕》　北市青年　第 121 期　1978 年 12 月　頁 12—14

685. 徐麗玲　　讀《三更有夢書當枕》　國語日報　1979 年 6 月 24 日　6 版

686. 喻麗清　　讀《三更有夢書當枕》　愛書人　第 142 期　1980 年 5 月　2 版

687. 程榕寧　　讀《三更有夢書當枕》　愛書人　第 142 期　1980 年 5 月　2 版

688. 吳　晟　　琦君《三更有夢書當枕》　大家文學選・散文卷　臺中　明光出版社　1981 年 10 月　頁 187—190

689. 陳佩璇　　《三更有夢書當枕》——琦君的寫作天地　聯合報　1982 年 3 月 5 日　12 版

690.〔許燕，李敬選編〕　《三更有夢書當枕》　感人的書　臺北　希代書版公司　1984 年 12 月　頁 275—285

691. 丘秀芷　　文章本天成——《三更有夢書當枕》　國語日報　1986 年 5 月 30 日　7 版

692. 丘秀芷　　文章本天成——《三更有夢書當枕》　名家為你選好書：四十八位現代作家對青少年的獻禮　臺北　國語日報社　1986 年 7 月　頁 40—43

693. 林胤華　琦君散文中以物寄情的意象書寫——以《三更有夢書當枕》為例[51]
新生代論琦君：琦君文學專題研究論文集　桃園　中央大學中文
系琦君研究中心　2006 年 7 月　頁 21—37

《桂花雨》

694. 劉守世　我讀琦君《桂花雨》　中華日報　1977 年 4 月 18 日　11 版

695. 洪醒夫　意中所有，筆下所無——《桂花雨》讀後雜感　明道文藝　第 15
期　1977 年 6 月　頁 147—150

696. 洪醒夫　意中所有筆下所無　琦君的世界　臺北　爾雅出版社　1985 年 6
月　頁 193—198

697. 洪醒夫　意中所有，筆下所無——琦君《桂花雨》讀後雜感　洪醒夫研究
專集　彰化　彰化縣立文化中心　1994 年 6 月　頁 104—110

698. 洪醒夫　意中所有，筆下所無——琦君《桂花雨》讀後雜感　洪醒夫全
集・評論卷　彰化　彰化縣文化局　2001 年 6 月　頁 28—35

699. 胡坤仲　情絲千千萬　明道文藝　第 15 期　1977 年 6 月　頁 151—154

700. 胡坤仲　情絲千千萬——讀《桂花雨》　爾雅人　第 92 期　1996 年 1 月
2—3 版

701. 廖麗玉　細細香風　明道文藝　第 15 期　1977 年 6 月　頁 155—158

702. 彭　歌　平易精省　聯合報　1977 年 12 月 3 日　12 版

703. 彭　歌　平易精省　琦君的世界　臺北　爾雅出版社　1985 年 6 月　頁
203—204

704. 魏淑貞　讀《桂花雨》有感　自立晚報　1980 年 3 月 9 日　3 版

705. 魏淑貞　讀《桂花雨》有感　琦君的世界　臺北　爾雅出版社　1985 年 6
月　頁 221—223

706. 隱　地　清芳天上來——重讀《桂花雨》　中國時報　2002 年 6 月 27 日
39 版

---

[51]本文藉《三更有夢書當枕》以探討物象在散文中所呈現的型態。全文共 5 小節：1.前言；2.物象
之呈現與人物的互動；3.物象與主題內容之間的關係；4.物象中的情感意涵之轉變；5.結語。

707. 隱　　地　　清芳天上來——重讀《桂花雨》　春天窗前的七十歲少年　臺北
　　　　爾雅出版社　2008 年 1 月　頁 142—144

708. 徐開塵　　黃淑英水彩勾繪故事圖像，琦君《桂花雨》躍然紙上　民生報
　　　　2002 年 7 月 20 日　A13 版

《細雨燈花落》

709. 朱嘉麗　　晶瑩圓潤粒粒珠　中央日報　1982 年 6 月 13 日　10 版

《讀書與生活》

710. 唐潤鈿　　評介《讀書與生活》　出版與研究　第 26 期　1978 年 7 月　頁 3

711. 唐潤鈿　　評介《讀書與生活》　琦君的世界　臺北　爾雅出版社　1985 年
　　　　6 月　頁 205—208

712. 林黛嫚　　和琦君一起明善心，見真性情——評介《讀書與生活》　在閱讀
　　　　與書寫之間：評好書 300 種　臺北　三民書局　2005 年 2 月　頁
　　　　299

《枕著一片書香》

713. 艾　宏　　評介《枕著一片書香》　中華日報　1978 年 10 月 5 日　9 版

714. 許　燕　　《枕著一片書香》讀後　青年戰士報　1978 年 10 月 21 日　11 版

715. 張拓蕪　　越嚼越有味讀——讀《枕著一片書香》散文集　新生報　1978 年
　　　　10 月 23 日　12 版

《千里懷人月在峰》

716. 鮑　芷　　琦君的作品　中央日報　1979 年 1 月 3 日　11 版

《與我同車》

717. 黃一平　　我讀琦君《與我同車》　中華日報　1979 年 4 月 12 日　9 版

718. 雅　雲　　盪漾著溫厚與摯誠的書——琦君的《與我同車》讀後　臺灣新生
　　　　報　1979 年 4 月 20 日　12 版

719. 李漢呈　　逃出煙愁世界——評琦君新著《與我同車》　中華日報　1979 年
　　　　5 月 25 日　11 版

720. 李漢呈　　逃出煙愁世界——評琦君新著《與我同車》　九歌雜誌　第 1 期

1979 年 7 月 3 版

721. 李漢呈 逃出「煙愁」世界 琦君的世界 臺北 爾雅出版社 1985 年 6
月 頁 225—227

《留予他年說夢痕》

722. 楊 牧 《留予他年說夢痕》——琦君的散文[52] 聯合報 1980 年 9 月 13
日 8 版

723. 楊 牧 序 留予他年說夢痕 臺北 爾雅出版社 1980 年 12 月 頁 1—
7

724. 楊 牧 琦君的散文——《留予他年說夢痕》 洪範雜誌 第 1 期 1981
年 3 月 2 版

725. 楊 牧 《留予他年說夢痕》——琦君的散文 文學的源流 臺北 洪範
書店 1984 年 1 月 頁 69—74

726. 楊 牧 《留予他年說夢痕》——琦君的散文 琦君的世界 臺北 爾雅
出版社 1985 年 6 月 頁 247—251

727. 楊 牧 《留予他年說夢痕》——琦君的散文 當代臺灣文學評論大系‧
散文批評卷 臺北 正中書局 1993 年 5 月 頁 453—458

728. 楊 牧 《留予他年說夢痕》琦君散文 失去樂土 臺北 洪範書店
2002 年 8 月 頁 129—132

729. 沈新民 表現真情之作——《留予他年說夢痕》 中華日報 1980 年 12 月
24 日 10 版

730. 沈新民 表現真情之作——《留予他年說夢痕》 洪範雜誌 第 4 期
1981 年 10 月 2 版

731. 詹 悟 有情世界——讀琦君《留予他年說夢痕》 中央日報 1981 年 2
月 18 日 10 版

732. 詹 悟 有情世界——讀琦君《留予他年說夢痕》 洪範雜誌 第 1 期
1981 年 3 月 4 版

---

[52] 本文後改篇名爲〈序〉。

733. 栞　涵　　懇摯的愛心——《留予他年說夢痕》讀後　新生報　1981 年 2 月 23 日　12 版

734. 栞　涵　　懇摯的愛心——《留予他年說夢痕》讀後　洪範雜誌　第 2 期 1981 年 6 月　2 版

735. 林依潔　　《留予他年說夢痕》裡兩個交疊的夢境　明道文藝　第 60 期 1981 年 3 月　頁 42—45

736. 林依潔　　《留予他年說夢痕》裡兩個交疊的夢境　洪範雜誌　第 3 期 1981 年 8 月　4 版

737. 蘇小蓮　　滄海桑田，一眼就看盡；人間冷暖，盡在筆墨間——琦君與《留予他年說夢痕》　洪範雜誌　第 5 期　1981 年 12 月　3 版

738. 周　棟　　談《留予他年說夢痕》　洪範雜誌　第 8 期　1982 年 6 月　3 版

739. 沙　雅　　溫柔敦厚，寬容博愛——《留予他年說夢痕》　時報周刊　第 345 期　1984 年 10 月 7 日　頁 82

740. 沙　雅　　《留予他年說夢痕》　洪範雜誌　第 19 期　1985 年 1 月 10 日　3 版

《琦君說童年》

741. 思　量　　《琦君說童年》　消費時代　第 153 期　1972 年 6 月　頁 43

742. 符兆祥　　看《琦君說童年》　中央日報　1981 年 10 月 2 日　10 版

743. 林海音　　談談琦君　琦君說童年　臺北　純文學出版社　1982 年 3 月　頁 1—3

744. 林海音　　談談琦君——《琦君說童年》小序　芸窗夜讀　臺北　純文學出版社　1982 年 4 月　頁 314—316

745. 林海音　　談談琦君——《琦君說童年》小序　林海音作品集・芸窗夜讀　臺北　遊目族文化公司　2000 年 5 月　頁 82—84

746. 林海音　　談談琦君　琦君說童年　臺北　三民書局　2008 年 7 月　頁 1—3

747. 嶺　月　　送你一枝魔筆——《琦君說童年》　幼獅少年　第 73 期　1982 年 11 月　頁 12—13

748. 劉靜娟　《琦君說童年》　風簷展書讀　南投　南投縣文化局　1985 年 1 月　頁 569—572

749. 劉靜娟　《琦君說童年》　琦君的世界　臺北　爾雅出版社　1985 年 6 月　頁 261—264

750. 葉詠琍　評《琦君說童年》　婦女雜誌　第 213 期　1986 年 6 月　頁 50—51

751. 林美慧　永遠想念的歲月——我讀《琦君說童年》　中國語文　第 61 卷第 3 期　1987 年 8 月　頁 74—78

752. 鍾　玲　溫馨——《琦君說童年》賞析　聯合文學　第 81 期　1991 年 7 月　頁 82—83

753. 文藝作品調查研究小組　《琦君說童年》　書林采風　臺北　國家文藝基金管理委員會　1992 年 6 月　頁 41—42

754. 藍涵馨　《琦君說童年》　臺灣兒童文學 100　臺北　行政院文建會　2000 年 3 月　頁 180—181

755. 黃雅歆　思鄉下的童年光采——評介《琦君說童年》　在閱讀與書寫之間：評好書 300 種　臺北　三民書局　2005 年 2 月　頁 140

756. 許建崑　童年故事多〔《琦君說童年》部分〕　閱讀的苗圃：我的讀書單　臺北　幼獅文化公司　2007 年 10 月　頁 72

《母心似天空》

757. 郭明福　癡心父母古來多——讀琦君的《母心似天空》　中華日報　1982 年 6 月 29 日　10 版

758. 郭明福　癡心父母古來多　琦君的世界　臺北　爾雅出版社　1985 年 6 月　頁 265—268

《燈景舊情懷》

759. 郭明福　琦君散文集《燈景舊情懷》讀後[53]　中央日報　1983 年 3 月 25 日　12 版

---

[53]本文後改篇名爲〈多少溫情多少夢〉。

760. 郭明福　　多少溫情多少夢——我讀《燈景舊情懷》　洪範雜誌　第 12 期
　　　　　　　1983 年 4 月　2 版

761. 郭明福　　《燈景舊情懷》　洪範雜誌　第 22 期　1985 年 6 月　3 版

762. 郭明福　　多少溫情多少夢　琳瑯書滿目　臺北　爾雅出版社　1985 年 7 月
　　　　　　　頁 211—215

763. 詹　悟　　歌唱人生——讀琦君的《燈景舊情懷》　中央日報　1983 年 4 月
　　　　　　　27 日　10 版

764. 詹　悟　　歌唱人生——讀琦君的《燈景舊情懷》　中國語文　第 53 卷第 1
　　　　　　　期　1983 年 7 月　頁 4—6

765. 詹　悟　　歌唱人生——讀琦君的《燈景舊情懷》　洪範雜誌　第 13 期
　　　　　　　1983 年 7 月　3 版

766. 鄭明娳　　評介《燈景舊情懷》　文訊雜誌　第 3 期　1983 年 9 月　頁 115
　　　　　　　—119

767. 鄭明娳　　評介《燈景舊情懷》　洪範雜誌　第 15 期　1984 年 1 月　1 版

768. 鄭明娳　　評介《燈景舊情懷》　琦君的世界　臺北　爾雅出版社　1985 年
　　　　　　　6 月　頁 269—273

769. 異史氏　　好一杯茉莉花茶——讀琦君的散文集《燈景舊情懷》　洪範雜誌
　　　　　　　第 16 期　1984 年 4 月　4 版

770. 游　喚　　傳統下的獨白——評琦君散文集《燈景舊情懷》　散文季刊　第 2
　　　　　　　期　1984 年 4 月　頁 84—89

771. 游　喚　　傳統下的獨白——評琦君散文集《燈景舊情懷》　文學批評的實
　　　　　　　踐與反思　臺中　臺中縣立文化中心　1993 年 6 月　頁 149—159

《水是故鄉甜》

772. 詹　悟　　風光一日一回新——讀琦君的《水是故鄉甜》　中華日報　1984
　　　　　　　年 9 月 17 日　10 版

773. 詹　悟　　評琦君著《水是故鄉甜》　新書月刊　第 12 期　1984 年 9 月　頁
　　　　　　　69

774. 詹　悟　　風光一日一回新——讀琦君的《水是故鄉甜》　琦君的世界　臺北　爾雅出版社　1985 年 6 月　頁 275—277

775. 鐘麗慧　　當季散文新書介紹——《水是故鄉甜》　散文季刊　第 3 期　1984 年 7 月　頁 165—167

776. 郭明福　　坎坷世路上的安慰——琦君《水是故鄉甜》　中央日報　1984 年 8 月 27 日　10 版

777. 郭明福　　坎坷世路上的安慰——琦君《水是故鄉甜》　水是故鄉甜　臺北　九歌出版社　2006 年 6 月　頁 214—217

778. 重　提　　《水是故鄉甜》　婦友月刊　第 376 期　1986 年 1 月　頁 54—55

《此處有仙桃》

779. 詹　悟　　仙桃及其他　中華日報　1985 年 12 月 16 日　11 版

780. 詹　悟　　仙桃及其他——幽默與溫暖的《此處有仙桃》　九歌雜誌　第 59 期　1986 年 1 月　2 版

781. 詹　悟　　仙桃及其他——讀琦君的《此處有仙桃》　風簷展書讀　南投　南投縣文化局　2001 年 12 月　頁 88—92

782. 書　宇　　從《此處有仙桃》看琦君的巧手與慧心　九歌雜誌　第 58 期　1985 年 12 月　2 版

783. 唐潤鈿　　《此處有仙桃》共嘗中國人內心共有的甜酸味　九歌雜誌　第 61 期　1986 年 3 月　2 版

《琦君寄小讀者》

784. 郭明福　　可貴的赤子心——介紹《琦君寄小讀者》　國語日報　1985 年 10 月 9 日　7 版

785. 謝素行　　小朋友的好朋友——與孩子們分享《琦君寄小讀者》　中華日報　1985 年 11 月 21 日　11 版

786. 林武憲　　大作家與小讀者[54]　中央日報　1986 年 1 月 20 日　11 版

787. 林武憲　　《琦君寄小讀者》　國語日報　1986 年 1 月 26 日　3 版

---

[54] 本文後改篇名為〈《琦君寄小讀者》〉。

788. 滕淑芬　文如其人──評介《琦君寄小讀者》　臺灣光華雜誌　第 11 卷第 1 期　1986 年 1 月　頁 96─97

789. 葉詠琍　評《琦君寄小讀者》　婦女雜誌　第 215 期　1986 年 8 月　頁 46

《玻璃筆》

790. 尤　今　小小玻璃屋，濃濃人世情　中華日報　1987 年 8 月 7 日　8 版

791. 胡坤仲　信手拈來皆佳句──讀《玻璃筆》神清氣明　九歌雜誌　第 165 期　1994 年 11 月　2 版

《青燈有味似兒時》

792. 李宜涯　書海探微──《青燈有味似兒時》　青年日報　1988 年 10 月 8 日 第 14 版

793. 李宜涯　《青燈有味似兒時》　書海探微　臺北　黎明文化公司　1989 年 3 月　頁 51─53

794. 李宜涯　《青燈有味似兒時》　當代名著欣賞　臺北　文史哲出版社 2000 年 1 月　頁 29─31

795. 吳涵碧　囊中一卷琦君書──溫柔蘊藉的《青燈有味似兒時》　九歌雜誌 第 93 期　1988 年 11 月　2 版

796. 詹　悟　明日尋來盡是詩　中華日報　1989 年 2 月 28 日　14 版

797. 詹　悟　明日尋來盡是詩──《青燈有味似兒時》餘味無窮　九歌雜誌 第 128 期　1991 年 10 月　3 版

798. 謝秀卿　《青燈有味似兒時》讀後　書評　第 14 期　1995 年 2 月　頁 65 ─66

799. 邱瓊慧　從《青燈有味似兒時》認識琦君的世界　中國語文　第 83 卷第 6 期　1998 年 12 月　頁 69─74

800. 邱瓊慧　從《青燈有味似兒時》認識琦君的世界　國學教學論文集　臺北 萬卷樓圖書公司　2001 年 9 月　頁 312─319

801. 王文仁　《青燈有味似兒時》　臺灣文學館通訊　第 6 期　2004 年 3 月 頁 93

《淚珠與珍珠》

802. 水　天　　幽默風趣・細膩深刻——寫人間情的《淚珠與珍珠》　九歌雜誌　第 127 期　1991 年 9 月　2 版

803. 田澤娟　　《淚珠與珍珠》主題探微　語文教學與研究　第 19 期　2000 年 10 月　頁 28

《一襲青衫萬縷情》

804. 曾英藝　　萬縷情深憶師恩——讀琦君《一襲青衫萬縷情》　博雅教育文集　第二輯　臺北　臺北師範學院　1992 年 7 月　頁 607—612

805. 芃花，清花　　生活中的享受、我讀到的好書——《一襲青衫萬縷情》　爾雅人　第 92 期　1996 年 1 月　2 版

《媽媽銀行》

806. 林景隆　　人人意中所有，人人筆下所無——雋永清新的《媽媽銀行》　九歌雜誌　第 153 期　1993 年 11 月　2 版

807. 詹　悟　　《媽媽銀行》存的是什麼款？[55]　中華日報　1994 年 11 月 13 日　11 版

808. 詹　悟　　評琦君《媽媽銀行》　九歌二十　臺北　九歌出版社　1998 年 3 月　頁 235—236

809. 詹　悟　　琦君的《媽媽銀行》存的是什麼款？　風簷展書讀　南投　南投縣文化局　2001 年 12 月　頁 84—87

810. 詹　悟　　《媽媽銀行》存的是什麼款？　媽媽銀行　臺北　九歌出版社　2005 年 5 月　頁 197—200

《萬水千山師友情》

811. 詹　悟　　但得此心春長滿——讀琦君《萬水千山師友情》　明道文藝　第 249 期　1996 年 12 月　頁 78—79

812. 詹　悟　　但得此心春長滿——讀琦君《萬水千山師友情》　風簷展書讀　南投　南投縣文化局　2001 年 12 月　頁 93—95

---

[55] 本文後改篇名為〈評琦君《媽媽銀行》〉。

813. 吳玲瑤　　讀琦君《萬水千山師友情》　萬水千山師友情　臺北　九歌出版
社　2006 年 6 月　頁 212—213

《永是有情人》

814. 陳文芬　　童心與溫暖的活泉——琦君《永是有情人》透露身世　中國時報
1998 年 2 月 5 日　25 版

815. 陳文芬　　童心與溫暖的活泉——琦君《永是有情人》透露身世　九歌雜誌
第 204 期　1998 年 3 月　3 版

816. 洪淑苓　　永恆的母親　中央日報　1998 年 6 月 12 日　22 版

817. 潘人木　　你看琦君多嫵媚　中央日報　1998 年 6 月 12 日　22 版

818. 凌晏汝　　琦君筆孩童心　中央日報　1998 年 6 月 12 日　22 版

819. 林秀蘭　　慈悲溫靄的大媽　中央日報　1998 年 6 月 12 日　22 版

820. 蔡佩如　　點亮心燈　中央日報　1998 年 6 月 22 日　22 版

821. 詹　悟　　琦君《永是有情人》及其他　書評　第 38 期　1999 年 2 月　頁
15—17

822. 詹　悟　　琦君《永是有情人》及其他　風簷展書讀　南投　南投縣文化局
2001 年 12 月　頁 96—100

《琦君散文選——中英對照》

823. 保　真　　中國人傑出的散文典範——《琦君散文選——中英對照》　青年
日報　2000 年 8 月 25 日　13 版

《夢中的餅乾屋》

824. 汪　平　　琦君《夢中的餅乾屋》——琦君的有情世界　九歌雜誌　第 252
期　2002 年 3 月　3 版

小說

《菁姐》

825. 羅家倫　　琦君的《菁姐》[56]　中央日報　1956 年 1 月 18 日　6 版

826. 羅家倫　　潘琦君著《菁姐》序　羅家倫先生文存・第 10 冊　臺北　國史

---

[56]本文後改篇名爲〈潘琦君著《菁姐》序〉。

館，中國國民黨黨史委員會　1976 年 12 月　頁 293—294

827. 羅家倫　琦君的《菁姐》　琦君的世界　臺北　爾雅出版社　1985 年 6 月　頁 105—106

828. 糜文開　讀《菁姐》　婦友月刊　第 16 期　1956 年 1 月　頁 31—32

829. 糜文開　讀《菁姐》　文開隨筆續編　臺北　東大圖書公司　1995 年 10 月　頁 125—132

830. 應未遲　《菁姐》讀後　聯合報　1956 年 2 月 1 日　6 版

831. 馬怡紅　矯飾・殘酷的愛情——評琦君的短篇小說集《菁姐》　聯合報　1956 年 9 月 18 日　6 版

832. 司徒衛　琦君的《菁姐》　婦友月刊　第 27 期　1956 年 12 月　頁 113—119

833. 司徒衛　琦君的《菁姐》　書評續集　臺北　幼獅書店　1960 年 6 月　頁 101—106

834. 司徒衛　琦君的《菁姐》　五十年代文學論評　臺北　成文出版社　1979 年 7 月　頁 195—201

835. 司徒衛　琦君的《菁姐》　琦君的世界　臺北　爾雅出版社　1985 年 6 月　頁 113—119

836. 藥　婆　琦君的《菁姐》　琦君的世界　臺北　爾雅出版社　1985 年 6 月　頁 121—124

837. 黃春香　《菁姐》　參與者月刊　第 61 期　1987 年 9 月　頁 6

838. 林淑貞　琦君「傳記情境」中的影像疊影——以《菁姐》為例[57]　琦君及其同輩女作家學術研討會　中壢　國立中央大學琦君研究中心主辦　2005 年 12 月 15—16 日

839. 林淑貞　琦君「傳記情境」中的鏡像疊影——以《菁姐》為例　永恆的溫柔：琦君及其同輩女作家學術研討會論文集　桃園　中央大學中

---

[57]本文探討《菁姐》中十篇小說，以得知琦君的創作不僅是為了時代造像，更是琦君生平的境遇感受。全文共 5 小節：1.前言；2.《菁姐》書寫結構與模式；3.多重稜鏡下的生平境遇感；4.小說與生平境遇感的重疊；5.結語。

　　　　　文系琦君研究中心　2006 年 7 月　頁 389—408

《繕校室八小時》

840. 易典謨　評介《繕校室八小時》　現代學苑　第 4 卷第 6 期　1969 年 4 月
　　　　　頁 167—168

841. 林秀蘭　琦君的社會寫實小說——《繕校室八小時》　文訊雜誌　第 207
　　　　　期　2003 年 1 月　頁 10—12

842. 賴婉玲　琦君小說的社會寫實色彩——以《繕校室八小時》爲研究場域[58]
　　　　　新生代論琦君：琦君文學專題研究論文集　桃園　中央大學中文
　　　　　系琦君研究中心　2006 年 7 月　頁 129—143

843. 應鳳凰　「反共＋現代」：右翼自由主義思潮文學版——五〇年代臺灣小說
　　　　　——琦君《繕校室八小時》　臺灣小說史論　臺北　麥田出版公
　　　　　司　2007 年 3 月　頁 185—186

《錢塘江畔》

844. 舟　子　琦君的《錢塘江畔》——讀後止不住牽掛　大華晚報　1980 年 9
　　　　　月 21 日　7 版

845. 陶曉清　琦君的小說　爾雅　臺北　爾雅出版社　1981 年 7 月　頁 275—
　　　　　276

846. 陶曉清　琦君的小說　琦君的世界　臺北　爾雅出版社　1985 年 6 月　頁
　　　　　229—230

847. 呂大明　心羅錦繡——讀琦君小說《錢塘江畔》有感（上、下）　中華日
　　　　　報　1982 年 2 月 3—4 日　10 版

848. 楊玉雪　總是一般情懷——我看《錢塘江畔》　琦君的世界　臺北　爾雅
　　　　　出版社　1985 年 6 月　頁 231—233

849. 韓　秀　岸頭山水驚雷處處　與書同在　臺北　三民書局　2003 年 2 月
　　　　　頁 12—17

---

[58] 本文藉《繕校室八小時》探討琦君小說作品呈現出的社會寫實性，以展現此類型小說的特色與價值。全文共 4 小節：1.前言；2.時代背景與作者自身經歷；3.琦君小說的社會性；4.結語。

《橘子紅了》

850. 小　魚　　琦君和張愛玲　有毛病　臺北　漢藝色研文化公司　1988 年 8 月
　　　　　頁 98—99

851. 李　今　　橘子落了，又紅了　文學自由談　1994 年第 4 期　1994 年 4 月
　　　　　頁 63—65

852. 李　今　　橘子落了，又紅了——讀琦君的中篇小說《橘子紅了》　洪範雜
　　　　　誌　第 53 期　1994 年 11 月　2 版

853. 詹　悟　　棄婦的輓歌[59]　書評　第 22 期　1996 年 6 月　頁 16—18

854. 詹　悟　　棄婦的輓歌——讀琦君的《橘子紅了》　好書解讀　南投　南投
　　　　　縣文化局　1997 年 5 月　頁 251—255

855. 孟　絲　　悲劇姻緣——我讀《橘子紅了》　臺灣新生報　2000 年 10 月 12
　　　　　日　15 版

856. 韓　秀　　「回家」的遐想——再溫琦君小說《橘子紅了》　中央日報
　　　　　2000 年 10 月 15 日　18 版

857. 韓　秀　　「回家」的遐想——再溫琦君小說《橘子紅了》　洪範雜誌　第
　　　　　63 期　2000 年 11 月　3 版

858. 韓　秀　　「回家」的遐想　與書同在　臺北　三民書局　2003 年 2 月　頁
　　　　　7—11

859. 韓　秀　　小說與電視連續劇　聯合報　2001 年 1 月 5 日　37 版

860. 張夢瑞　　公視節目助陣，琦君《橘子紅了》閱讀共鳴渡海峽——小說立體
　　　　　化‧故事動起來‧角色活過來　民生報　2001 年 3 月 20 日　A7
　　　　　版

861. 林全洲　　看《橘子紅了》，懷念早期文學　聯合報　2001 年 5 月 15 日　19
　　　　　版

862. 王明霞　　等待的顏色——關於《橘子紅了》　自由時報　2001 年 6 月 28 日
　　　　　39 版

---

[59]本文後改篇名爲〈棄婦的輓歌——讀琦君的《橘子紅了》〉。

863. 李怡芸　　七月發燒品：《橘子紅了》，原著也紅了，三個月銷售突破十年總量，《大宅門》也引爆書市熱潮　星報　2001 年 7 月 6 日　9 版

864. 樊天璣　　戲紅，書也紅！《橘子紅了》書店賣翻了　民生報　2001 年 7 月 10 日　A6 版

865. 平予齡　　平路、夏美華、林佩芬會談文學劇《橘子紅了》　聯合報　2001 年 7 月 15 日　37 版

866. 徐淑卿　　琦君《橘子紅了》回憶來了　中國時報　2001 年 7 月 15 日　13 版

867. 張夢瑞　　小說搭上電視劇順風車，《大宅門》和《橘子紅了》一印上萬本　民生報　2001 年 7 月 17 日　A6 版

868. 賴素鈴　　《橘子紅了》——琦君笑說點鐵成金　民生報　2001 年 7 月 24 日　6 版

869. 羅玉如　　《橘子紅了》小說熱賣　中華日報　2001 年 7 月 25 日　27 版

870. 彭蕙仙　　《橘子紅了》，琦君抒懷　中華日報　2001 年 12 月 6 日　19 版

871. 張夢瑞　　書紅了，拍成戲，戲紅了，看原著，看書，看戲，書迷就是戲迷　民生報　2002 年 2 月 11 日　C2 版

872. 汪淑珍　　婚戀磨難的斑駁痕跡——《橘子紅了》　書評　第 56 期　2002 年 2 月　頁 24—27

873. 樸　　月　　惺惺相惜各成癡——琦君的《橘子紅了》　明道文藝　第 311 期　2002 年 2 月　頁 134—139

874. 李少紅，田小蕙　　橘子這樣紅了　電影藝術　第 3 期　2002 年 5 月　頁 63—66

875. 林致妤　　從《橘子紅了》跨藝術互文現象看現代文學傳播[60]　第七屆青年文學會議論文集：臺灣文學的比較研究　臺北　文訊雜誌社　2003 年 11 月　頁 197—226

---

[60]本文以「互文性」理論為切入角度，從文學改編談起，比較文學文本、視覺文本與音樂文本三者間的「跨藝術互文」現象，解釋由改編過的文本與原著的轉折過程。全文共 4 小節：1.前言；2.從文學改編到跨藝術互文；3.《橘子紅了》跨藝術互文的現象面分析；4.結語。

876. 張向輝　一首棄婦的輓歌──淺評琦君《橘子紅了》　美與時代　2004　第
　　　1 期　2004 年 1 月　頁 84─85

877. 王萬睿　《橘子紅了》　最愛一百小說　臺北　聯經出版公司　2004 年 5
　　　月　頁 58─59

878. 陳佩君　描繪男人形象──《橘子紅了》看男性權力關係與兩性性別替代
　　　性別、媒體與文化研究學術研討會　臺北　世新大學性別研究所
　　　主辦　2004 年 6 月 11─12 日

879. 簡廷涓　一首時代的哀歌──評《橘子紅了》　書寫青春──臺積電青年
　　　學生小說暨書評獎合集　臺北　聯經出版公司　2004 年 7 月　頁
　　　256─259

880. 林彥伯　瀟灑走一回　與書共鳴：九十二學年度臺北市高級中學跨校網路
　　　讀書會優勝作品精選輯　臺北　臺北市教育局　2004 年 10 月　頁
　　　187─189

《菁姐──琦君小說選》

881. 王文仁　《菁姐──琦君小說選》　臺灣文學館通訊　第 5 期　2004 年 9
　　　月　頁 78

書信
《琦君書信集》

882. 李瑞騰　《琦君書信集》編印完成　人間福報　2007 年 8 月 27 日　15 版

883. 汪淑珍　重新認識琦君──《琦君書信集》　全國新書資訊月刊　第 110
　　　期　2008 年 2 月　頁 26─29

兒童文學
《賣牛記》

884. 彭正翔　閱讀《中華兒童叢書》之心得──以《賣牛記》為例　我們的記
　　　憶・我們的歷史　臺北　萬卷樓圖書公司　2003 年 11 月　頁 156
　　　─162

885. 冰　子　充滿了愛的仙境　賣牛記　臺北　三民書局　2004 年 8 月　〔4〕

頁

886. 李　潼　　酸甜的人世情懷‧甘苦的遠年往事──讀琦君《賣牛記》少年小
　　　　　　　說集　文訊雜誌　第 227 期　2004 年 9 月　頁 16—17

887. 馬筱鳳　　《賣牛記》　中央日報　2004 年 10 月 4 日　17 版

888. 林黛嫚　　平實的故事，溫潤的情思──評介《賣牛記》　在閱讀與書寫之
　　　　　　　間：評好書 300 種　臺北　三民書局　2005 年 2 月　頁 298

文集

《琴心》

889. 張文伯　　《琴心》序言　中央日報　1953 年 12 月 24 日　6 版

890. 張文伯　　序　琴心　臺北　爾雅出版社　1982 年 3 月　〔2〕頁

891. 張秀亞　　琴韻心聲──我讀《琴心》　中央日報　1954 年 1 月 16 日　6 版

892. 張秀亞　　琴韻心聲──我讀《琴心》　琦君的世界　臺北　爾雅出版社
　　　　　　　1985 年 6 月　頁 101—103

893. 張秀亞　　琴韻心聲──我讀《琴心》　張秀亞全集‧散文卷 8　臺南　國家
　　　　　　　臺灣文學館　2005 年 3 月　頁 186—188

894. 梅　遜　　琦君《琴心》讀後　聯合報　1954 年 1 月 25 日　8 版

895. 梅　遜　　《琴心》讀後　琦君的世界　臺北　爾雅出版社　1985 年 6 月
　　　　　　　頁 99—100

896. 梁雲坡　　我讀《琴心》　軍中文藝　第 2 期　1954 年 2 月　頁 11

897. 穆　穆　　讀《琴心》　中華日報　1954 年 3 月 9 日　6 版

898. 公孫嬿　　《琴心》　自由中國　第 12 卷第 9 期　1955 年 2 月　頁 29—30

899. 公孫嬿　　《琴心》　琦君的世界　臺北　爾雅出版社　1985 年 6 月　頁
　　　　　　　107—111

900. 糜文開　　讀《琴心》　琦君的世界　臺北　爾雅出版社　1985 年 6 月　頁
　　　　　　　95—97

901. 糜文開　　讀《琴心》──一部描寫怎麼去愛的書　文開隨筆續編　臺北
　　　　　　　東大圖書公司　1995 年 10 月　頁 109—114

902. 林少雯　　琦君的《琴心》　中央日報　2000 年 12 月 22 日　20 版

《文與情》

903. 衣若芬　　「真情」與「造文」——評介《文與情》　在閱讀與書寫之間：
評好書 300 種　臺北　三民書局　2005 年 2 月　頁 9

◆多部作品

《煙愁》、《繕校室八小時》

904. 彭　歌　　東方的寬柔　聯合報　1974 年 6 月 22 日　12 版

905. 彭　歌　　東方的寬柔　琦君的世界　臺北　爾雅出版社　1985 年 6 月　頁
143—144

《桂花雨》、《細雨燈花落》

906. 翠　羽　　遲來的回音——讀琦君的兩本書有感　中華日報　1978 年 2 月 13
日　11 版

907. 翠　羽　　遲來的回音——讀琦君的兩本書有感　琦君的世界　臺北　爾雅
出版社　1985 年 6 月　頁 199—202

《三更有夢書當枕》、《千里懷人月在峰》

908. 殷宋玲　　《三更有夢書當枕》、《千里懷人月在峰》　新加坡聯合早報
1983 年 7 月 20 日　10 版

《橘子紅了》、《母親的金手錶》、《此處有仙桃》、《水是故鄉甜》

909. 張夢瑞　　洪範琦君紅兩岸，九歌經典將跟上　民生報　2002 年 1 月 29 日
A10 版

《紅紗燈》、《桂花雨》、《橘子紅了》

910. 羅　奇　　《紅紗燈》重新排版，《桂花雨》變身繪本，琦君《橘子紅了》交
老運　聯合報　2002 年 6 月 23 日　22 版

《琴心》、《菁姐》

911. 朱嘉雯　　重寫綠窗舊夢——琦君詩化小說探析[61]　琦君及其同輩女作家學術

---

[61]本文以語境、生活、人生以及亂離四重視角，探討琦君早期短篇小說，以得知其作品中的詩意
美。全文共 6 小節：1.前言：詩意的距離；2.一場遠方的夢：詩化的語境；3.冉冉綻放的芙蓉：

研討會　桃園　中央大學中文系琦君研究中心　2005 年 12 月 15—
16 日

912. 朱嘉雯　重寫綠窗舊夢——琦君詩化小說探析　永恆的溫柔：琦君及其同
輩女作家學術研討會論文集　桃園　中央大學中文系琦君研究中心
2006 年 7 月　頁 375—387

913. 朱嘉雯　重寫綠窗舊夢——琦君詩化特質　玫瑰，在她如此盛開的時候—
—探索女性文學的綺麗世界　臺北　秀威資訊科技公司　2007 年 2
月　頁 117—138

◆單篇作品

914. 梅　遜　讀琦君著〈聖誕夜〉　文壇　第 103 期　1969 年 1 月　頁 21—23

915. 羅　蘭　「克姑媽」為什麼可愛〔〈克姑媽的煩惱〉〕　中央日報　1969
年 6 月 4 日　9 版

916. 撫萱閣主　〈髻〉按　你喜愛的文章　臺北　史地教育出版社　1969 年 11
月　頁 104

917. 林瑞美　比較朱自清的〈背影〉與琦君的〈髻〉——淺論現代散文進步了
沒有　書評書目　第 35 期　1976 年 3 月　頁 31—39

918. 林瑞美　比較朱自清的〈背影〉與琦君的〈髻〉　琦君的世界　臺北　爾
雅出版社　1985 年 6 月　頁 179—192

919. 賴芳伶　〈髻〉簡析　中國現代散文選析　臺北　長安出版社　1985 年 3
月　頁 544

920. 張春榮　現代散文的六大特色〔〈髻〉部分〕　國文天地　第 14 期　1986
年 7 月　頁 84

921. 鄭明娳　現代散文的感性與知性——知性散文的特色〔〈髻〉部分〕　現
代散文　臺北　三民書局　1999 年 3 月　頁 58

922. 〔鄭明娳，林燿德主編〕　〈髻〉　有情四卷——愛情　臺北　正中書局

寫意的生活；4.分不清天上人間：愛與死的美麗存在；5.海天遙寄：亂離悲歌；6.結語：重寫綠
窗舊夢，覺來渾不分明。後改篇名為〈重寫綠窗舊夢——琦君詩化特質〉。

1999 年 12 月　頁 132—133

923. 王宗法　映襯的藝術——讀〈髻〉　臺港文學觀察　合肥　安徽教育出版
社　2000 年 8 月　頁 128—133

924. 唐淑貞　世間萬事轉頭空——讀琦君〈髻〉一文　中國語文　第 86 卷第 1
期　2001 年 1 月　頁 52—55

925. 唐淑貞　世界萬事轉頭空——讀琦君〈髻〉一文　國學教學論文集　臺北
萬卷樓圖書公司　2001 年 9 月　頁 320—324

926. 周杏芬　從〈髻〉看琦君洞達世情的人生體悟　國文天地　第 196 期
2001 年 9 月　頁 59—60

927. 陳幸蕙　與你一起悅讀〔〈髻〉〕　成長的風景　臺北　幼獅文化公司
2002 年 10 月　頁 44—45

928. 王玲玲　琦君的散文〈髻〉解讀　青海師專學報　2002 年第 6 期　2002 年
頁 53—54

929. 黃　梅　講師的話〔〈髻〉〕　人間福報　2003 年 5 月 11 日　11 版

930. 黃　梅　〈髻〉編者的話　在字句裡呼吸　臺北　香海文化公司　2006 年
9 月　頁 28—29

931. 陳芳明　在母性與女性之間——五〇年代以降臺灣女性散文的流變
〔〈髻〉部分〕　霜後的燦爛：林海音及其同輩女作家學術研討
會論文集　臺南　國立文化資產保存研究中心籌備處　2003 年 5
月　頁 300

932. 陳芳明　在母性與女性之間——五〇年代以降臺灣女性散文的流變
〔〈髻〉部分〕　五十年來臺灣女性散文‧選文篇（下）　臺北
麥田出版公司　2006 年 2 月　頁 17

933. 郭小聰　〈髻〉作品賞析　星光燦爛的文學花園：現代文學知識精華：散
文‧詩歌　臺北　雅書堂文化公司　2005 年 5 月　頁 188—191

934. 倫立英　臺灣文壇上閃亮的恆星：琦君〔〈髻〉〕　語文世界　2005 年第
9 期　2005 年 9 月　頁 12—14

935. 黃雅莉　　從「回憶作為審美體驗」的角度談現代散文教學的「入」與「出」——以琦君〈髻〉為例　現代文學教學研討會　臺北　臺灣師範大學國文系承辦　2006 年 11 月 4 日

936. 黃倩芸　　自古美人如名將，不許人間見白頭——初探琦君散文〈髻〉的意象內蘊　現代語文　2007 年第 10 期　2007 年 10 月　頁 92—93

937. 王基倫等[62]　　〈髻〉賞析　國文 2　臺北　東大圖書公司　2008 年 2 月　頁 55—56

938. 張雙田　　〈髻〉的敘述角度簡析　電影文學　2008 年第 18 期　2008 年 9 月　頁 129

939. 鄧　倩　　梳不透・青絲云髻幾多愁——品讀琦君散文〈髻〉　名作欣賞　2010 年第 3 期　2010 年 1 月　頁 49—50

940. 陳高唐　　〈又來的時候〉讀後　中央日報　1971 年 2 月 8 日　9 版

941. 夏志清　　現代中國文學史四種合評[63]〔〈一對金手鐲〉部分〕　現代文學復刊號第 1 期　1977 年 7 月　頁 57—58

942. 夏志清　　夏志清論〈一對金手鐲〉　琦君的世界　臺北　爾雅出版社　1985 年 6 月　頁 150—152

943. 羅安琪　　〈一對金手鐲〉與作文教學　中國語文　第 77 卷第 6 期　1995 年 12 月 1 日　頁 79—82

944. 洪富連　　琦君〈一對金手鐲〉　當代主題散文的研究　高雄　復文圖書出版社　1998 年 4 月　頁 130—134

945. 〔編輯部〕　　人情觀照〔〈一對金手鐲〉部分〕　階梯作文 2　臺北　三民書局　1999 年 10 月　頁 140

946. 陳惠齡　　現代散文教學情境設計（下）〔〈一對金手鐲〉部分〕　國文天地　第 185 期　2000 年 10 月　頁 93—94

947. 浦基維，涂玉萍，林聆慈　　義旨與材料運用——物材的種類——屬「人

---

[62]編著者：王基倫、王學玲、朱孟庭、林偉淑、林淑芬、范宜如、高嘉謙、曾守正、黃俊郎、謝佩芬、簡淑寬、顏瑞芳、羅凡政。
[63]本文後改篇名為〈夏志清論〈一對金手鐲〉〉。

文」之物材〔〈一對金手鐲〉部分〕　散文・新詩義旨古今談　臺北　萬卷樓圖書公司　2002 年 1 月　頁 151—152

948. 浦基維，涂玉萍，林聆慈　材料的作用——作為事物的象徵——以「物」為象〔〈一對金手鐲〉部分〕　散文・新詩義旨古今談　臺北　萬卷樓圖書公司　2002 年 1 月　頁 170

949. 蔡玫姿　閨秀、奶娘身體及再現——以 1930s—1980s 的女性小說文本為例〔〈一對金手鐲〉部分〕　全國臺灣文學研究生學術研討會論文集　臺南　國家臺灣文學館籌備處　2004 年 7 月　頁 352—354

950. 蔡玫姿　1976 琦君〈一對金手鐲〉　閨秀風格小說歷時衍生與文學體制研究　清華大學中國文學系　博士論文　劉人鵬教授指導　2005 年 6 月　頁 119—121

951. 陳青生　相同的心願・不同的思索——琦君散文〈一對金手鐲〉與魯迅散文〈故鄉〉的賞析[64]　琦君及其同輩女作家學術研討會　中壢　國立中央大學琦君研究中心主辦　2005 年 12 月 15—16 日

952. 季　薇　畫像傳神——琦君的〈父親〉　婦友月刊　第 283 期　1978 年 2 月　頁 21

953. 鄭明娳　現代散文的感性與知性——感性散文的特色〔〈父親〉部分〕　現代散文　臺北　三民書局　1999 年 3 月　頁 18—19

954. 簡錦松　有寄託的文章〔〈鼠友〉〕　愛書人　第 122 期　1979 年 10 月 21 日　3 版

955. 〔鄭明娳，林燿德選註〕　〈鼠友〉　智慧三品／物趣　臺北　正中書局　1991 年 7 月　頁 22—23

956. 朱星鶴　淺析琦君的〈母親！母親！〉　中華文藝　第 108 期　1980 年 2 月　頁 28—30

957. 詹　悟　論小說的衝突——兼析琦君的〈岳母〉　臺灣新聞報　1980 年 8

---

[64] 本文比較〈一對金手鐲〉與〈故鄉〉的在內容、題材、人物描寫上的異同，並藉由故事上的分析進一步探討兩位作者因生活環境所造成的不同觀念與想法。

月 21 日　12 版

958. 詹　悟　　論小說的衝突——兼析琦君的〈岳母〉　好書解讀　南投　南投
　　　　　　　縣立文化中心　1997 年 5 月　頁 130—143

959. 黃文範　　童心即佛心——讀琦君〈蔣公的童年〉　中華日報　1980 年 9 月
　　　　　　　2 日　10 版

960. 黃文範　　童心即佛心——讀琦君〈蔣公的童年〉　琦君的世界　臺北　爾
　　　　　　　雅出版社　1985 年 6 月　頁 235—238

961. 林佩芬　　五鐘齊鳴——「鐘」〔〈鐘〉部分〕　爾雅　臺北　爾雅出版社
　　　　　　　1981 年 7 月　頁 227

962. 王大兆　　〈月光餅〉香又脆——讀臺灣女作家琦君懷鄉散文有感　人民日
　　　　　　　報　1982 年 9 月 29 日　2 版

963. 周　粲　　從「流月樓」到「留月樓」——讀琦君的〈長溝流月去無聲〉
　　　　　　　新加坡聯合早報　1983 年 7 月 9 日　10 版

964. 沈　謙　　愛的世界——評琦君的〈想念荷花〉　幼獅少年　第 85 期　1983
　　　　　　　年 11 月　頁 118—121

965. 沈　謙　　愛的世界——評琦君的〈想念荷花〉　獨步，散文國：現代散文
　　　　　　　評析　臺北　讀冊文化公司　2002 年 10 月　頁 11—18

966. 沈　謙　　愛的世界——讀琦君的〈想念荷花〉　水是故鄉甜　臺北　九歌
　　　　　　　出版社　2006 年 6 月　頁 138—146

967. 林錫嘉　　中國現代散文理論簡介〔〈我對散文的看法〉部分〕　文訊雜誌
　　　　　　　第 14 期　1984 年 10 月　頁 94—95

968. 洪素麗　　編者的話〔〈繡花〉〕　1984 臺灣散文選　臺北　前衛出版社
　　　　　　　1985 年 2 月　頁 105—106

969. 賴芳伶　　〈外祖父的白鬍鬚〉簡析　中國現代散文選析 2　臺北　長安出版
　　　　　　　社　1985 年 3 月　頁 534

970. 蕭蕭編　　琦君〈外祖父的白鬍鬚〉賞析　臺灣現代文選・散文卷　臺北
　　　　　　　三民書局　2005 年 6 月　頁 6—8

971. 賴芳伶　　〈方寸田園〉簡析　中國現代散文選析 2　臺北　長安出版社
　　　　　　　1985 年 3 月　頁 538

972. 潞　臨　　〈方寸田園〉賞析　臺灣散文鑑賞辭典　太原　北岳文藝出版社
　　　　　　　1991 年 12 月　頁 148—149

973. 江右瑜　　〈方寸田園〉賞析　遇見現代小品文　臺北　麥田出版公司
　　　　　　　2004 年 1 月　頁 110—113

974. 黃　梅　　〈方寸田園〉編者的話　天地與我並生　臺北　香海文化公司
　　　　　　　2006 年 9 月　頁 350—351

975. 賴芳伶　　〈燈景舊情懷〉簡析　中國現代散文選析 2　臺北　長安出版社
　　　　　　　1985 年 3 月　頁 553

976. 洪富連　　琦君〈燈景舊情懷〉　當代主題散文的研究　高雄　復文圖書出
　　　　　　　版社　1998 年 4 月　頁 154—157

977. 〔蕭蕭主編〕　　〈旅居隨筆〉編者註　七十三年散文選　臺北　九歌出版
　　　　　　　社　1985 年 4 月　頁 276

978. 李　敬　　〈春節憶兒時〉　當時年紀小　臺北　希代書版公司　1985 年 9
　　　　　　　月　頁 191—207

979. 白先勇　　棄婦吟——讀琦君〈橘子紅了〉有感[65]　第六隻手指　臺北　爾雅
　　　　　　　出版社　1985 年 11 月　頁 225—229

980. 白先勇　　棄婦吟——讀琦君〈橘子紅了〉有感　聯合報　1990 年 8 月 7 日
　　　　　　　25 版

981. 白先勇　　棄婦吟——讀琦君〈橘子紅了〉有感　橘子紅了　臺北　洪範書
　　　　　　　店　1991 年 9 月　頁 1—6

982. 白先勇　　棄婦吟——讀琦君〈橘子紅了〉有感　洪範雜誌　第 47 期　1991
　　　　　　　年 9 月　1 版

983. 白先勇　　讀琦君〈橘子紅了〉有感　洪範雜誌　第 64 期　2001 年 4 月　4
　　　　　　　版

---

[65] 本文後改篇名〈讀琦君〈橘子紅了〉有感〉、〈棄婦吟——琦君的〈橘子紅了〉〉。

984. 白先勇　　棄婦吟——琦君的〈橘子紅了〉　白先勇書話　臺北　爾雅出版
　　　　　　　社　2008 年 7 月　頁 31—36

985. 景小佩　　〈橘子紅了〉——男人用箍咒掌控女人，也用箍咒砸疼了自己
　　　　　　　聯合報　2001 年 7 月 1 日　37 版

986. 景小佩　　〈橘子紅了〉——男子用箍咒掌控了女人，也用箍咒砸疼了自己
　　　　　　　洪範雜誌　第 65 期　2001 年 7 月　4 版

987. 陳碧月　　淺談琦君〈橘子紅了〉所呈現的意義　臺灣文學評論　第 1 卷第 2
　　　　　　　期　2001 年 10 月　頁 220—228

988. 陳碧月　　淺談琦君〈橘子紅了〉所呈現的意義　兩岸當代女性小說選讀
　　　　　　　臺北　五南圖書出版公司　2007 年 9 月　頁 2—13

989. 莊宜文　　〈橘子紅了〉的文本衍義[66]　水是故鄉甜——琦君作品研討會　桃
　　　　　　　園　中央大學圖書館主辦　2004 年 12 月 1 日

990. 莊宜文　　從個人傷痕到集體記憶——〈橘子紅了〉小說改寫與影劇改編的
　　　　　　　衍義歷程　臺灣文學學報　第 7 期　2005 年 12 月　頁 67—98

991. 莊宜文　　從個人傷痕到集體記憶——〈橘子紅了〉小說改寫與影劇改編的
　　　　　　　衍義歷程　永恆的溫柔：琦君及其同輩女作家學術研討會論文集
　　　　　　　桃園　中央大學中文系琦君研究中心　2006 年 7 月　頁 409—439

992. 陳碧月　　認識小說〔〈橘子紅了〉部分〕　小說欣賞入門　臺北　五南圖
　　　　　　　書出版公司　2005 年 9 月　頁 8—9

993. 辜韻潔　　無可奈何花落去——試比較〈橘子紅了〉與〈柿子紅了〉[67]　新生
　　　　　　　代論琦君：琦君文學專題研究論文集　桃園　中央大學中文系琦
　　　　　　　君研究中心　2006 年 7 月　頁 145—158

---

[66]本文探討〈橘子紅了〉及其後改編電視劇劇本之異同，及其所呈現的意義。全文共 5 小節：1.身世之謎／創傷記憶——琦君〈橘子紅了〉的生成；2.遊走在禮教的邊界——改編的廣播劇與電影劇本；3.在亂倫與去勢之外——李少紅導演改編的電視劇；4.李少紅，看磚！——電視劇在中國大陸引發爭議；5.從個人傷痕到集體記憶。後改篇名為〈從個人傷痕到集體記憶——〈橘子紅了〉小說改寫與影劇改編的衍義歷程〉。

[67]本文探討〈橘子紅了〉與〈柿子紅了〉，以發掘出琦君與孫素姬對女性與社會的關懷面。全文共 4 小節：1.前言；2.背景介紹；3.作品探究；4.結論。

994. 葉依儂　　棄婦的輓歌──論琦君〈橘子紅了〉之象徵技巧　國文天地　第 271 期　2007 年 12 月　頁 54─58

995. 葉依儂　　封建婚姻的斑駁痕跡──析論琦君〈橘子紅了〉中之婦女處境　國文天地　第 275 期　2008 年 4 月　頁 70─74

996. 肖麗花，程麗蓉　　女性關懷的不同書寫──試比較〈橘子紅了〉和〈妻妾成群〉[68]　西安石油大學學報　2010 年第 2 期　2010 年 6 月　頁 39─49

997. 林錫嘉　　〈桂花雨〉　濃濃的鄉情　臺北　希代書版公司　1986 年 1 月　頁 20─24

998. 何海萍　　〈桂花雨〉難點突破　語文教學通訊　2008 年第 25 期　2008 年 9 月　頁 37

999. 許　燕　　〈毛衣〉　親情就是根　臺北　希代書版公司　1986 年 2 月　頁 250─258

1000. 簡宗梧　　十年心事十年燈──評析琦君散文〈母親的書〉　師友　第 231 期　1986 年 9 月　頁 55─56

1001. 簡宗梧　　十年心事十年燈──評琦君的〈母親的書〉　庚辰雕龍　臺北　三民書局　2000 年 8 月　頁 193─197

1002. 劉洪雷　　〈母親的書〉賞析　臺灣散文鑑賞辭典　太原　北岳文藝出版社　1991 年 12 月　頁 109─112

1003. 林貞羊　　作家與寵物的深情──《寵物與我》雅致有趣〔〈呆呆，再見！〉部分〕　九歌雜誌　第 94 期　1988 年 12 月　3 版

1004. 林錫嘉　　〈窗前看鳥〉編者註　七十七年散文選　臺北　九歌出版社　1989 年 3 月　頁 269─270

1005. 〔鄭明娳，林燿德主編〕　〈一朵小梅花〉　有情四卷──親情　臺北　正中書局　1989 年 12 月　頁 50

---

[68] 本文從書寫主體、文本呈示和藝術實現層面比較琦君〈橘子紅了〉和蘇童〈妻妾成群〉，分析兩位作家對女性關懷的不同書寫。全文共 4 小節：1.作家──書寫主體的觀照；2.文本──「女性關懷」的呈現；3.藝術──「女性關懷」的實現；4.結語。

1006. 〔鄭明娳，林燿德主編〕 〈一朵小梅花〉賞析 給你一份愛——親情之書 臺北 正中書局 1999 年 10 月 頁 76—77

1007. 〔鄭明娳，林燿德選註〕 〈跌倒就爬起〉 人生五題——童年 臺北 正中書局 1990 年 5 月 頁 126—127

1008. 鄭明娳 琦君〈老鐘與我〉欣賞 青少年散文選 臺北 業強出版社 1990 年 6 月 頁 54

1009. 〔鄭明娳，林燿德選註〕 〈自己的書房〉 智慧三品／書香 臺北 正中書局 1991 年 7 月 頁 70

1010. 鍾 岭 〈一襲青衫萬縷情〉 自立晚報 1991 年 8 月 25 日 5 版

1011. 〔鄭明娳，林燿德選註〕 〈單身漢先生〉 乾坤雙璧／男人 臺北 正中書局 1991 年 9 月 頁 130—131

1012. 劉福勤 〈三更有夢書當枕——我的讀書回憶〉賞析 臺灣散文鑑賞辭典 太原 北岳文藝出版社 1991 年 12 月 頁 128—130

1013. 黎 民 〈衣不如故〉賞析 臺灣散文鑑賞辭典 太原 北岳文藝出版社 1991 年 12 月 頁 138—139

1014. 愈 博 〈人鼠之間〉賞析 臺灣散文鑑賞辭典 太原 北岳文藝出版社 1991 年 12 月 頁 144—145

1015. 潞 臨 〈下雨天，真好〉賞析 臺灣散文鑑賞辭典 太原 北岳文藝出版社 1991 年 12 月 頁 155—157

1016. 謝 昉 綿綿鄉思寄雨情——琦君的〈下雨天，真好〉解讀 名作欣賞 1998 年第 3 期 1998 年 5 月 頁 57—58

1017. 〔游喚，張鴻聲，徐華中編〕 〈下雨天〉賞析 現代散文精讀 臺北 五南圖書出版公司 1998 年 8 月 頁 62—67

1018. 黃思齊 研究性閱讀—舉琦君〈下雨天，真好！〉為例 國中國文閱讀教學創新之研究 高雄師範大學國文學系國文教學碩士班 碩士論文 陳宏銘教授指導 2004 年 6 月 頁 199—206

1019. 守 拙 金桂飄香、鄉愁悠悠——讀琦君〈故鄉的桂花雨〉 語文月刊

1992 年第 12 期　1992 年 12 月　頁 19

1020. 鄒德莉　評析琦君〈故鄉的桂花雨〉　中國語文　第 82 卷第 1 期　1998 年 1 月　頁 80—87

1021. 蔡孟樺　〈故鄉的桂花雨〉編者的話　天地與我並生　臺北　香海文化公司　2006 年 9 月　頁 222—223

1022. 施修蓉　童心燭照的憂患人生——琦君〈壓歲錢〉賞析　廣東教育學院學報　1993 年第 2 期　1993 年 5 月　頁 27—29

1023. 〔編輯部〕　剪斷的金戒指——微型小說〈祝福〉賞析　永是有情人　臺北　九歌出版社　1998 年 2 月　頁 217—220

1024. 林秀蘭　琦君的有情天地——〈爸爸，好人〉讀後感　臺灣新生報　1998 年 7 月 11 日　13 版

1025. 鄭明娳　現代散文的感性與知性——感性散文的侷限〔〈雙親〉部分〕　現代散文　臺北　三民書局　1999 年 3 月　頁 32—33

1026. 王德威　溫文爾雅——《爾雅短篇小說選》序論〔〈七月的哀傷〉部分〕　爾雅短篇小說選：爾雅創社二十五年小說菁華（一）　臺北　爾雅出版社　2000 年 5 月　〔2〕頁

1027. 馬景賢　欣賞〔〈母親的心情〉〕　淺紫色的故事　臺北　幼獅文化公司　2002 年 4 月　頁 15—16

1028. 劉智妙　白話文教學的說與寫——以琦君〈心照不宣〉爲例　語文能力表達教學研討會　臺北　淡江大學中國文學系，醒吾技術學院主辦　2004 年 5 月 11 日

1029. 蕭　蕭　〈紅紗燈〉賞析　臺灣現代文選　臺北　三民書局　2004 年 5 月　頁 12—13

1030. 廖翠華　密門之鑰——〈紅紗燈〉　比整個世界還要大：散文選讀　臺北　三民書局　2007 年 9 月　頁 64—65

1031. 蕭　蕭　琦君〈水是故鄉甜〉賞析　攀登生命顛峰　臺北　聯合文學出版社　2005 年 3 月　頁 191—192

1032. 蕭　蕭　琦君〈我愛紙盒〉賞析　開拓文學沃土　臺北　聯合文學出版社
2005 年 3 月　頁 165—166

1033. 林淑媛　琦君〈放生〉　臺灣宗教文選　臺北　二魚文化公司　2005 年 5
月　頁 112

1034. 鄭君潔　琦君〈茶邊瑣語〉　多元的交響：世華散文評析　臺北　唐山出
版社　2005 年 6 月　頁 3—8

1035. 陶曉躍　〈淚珠與珍珠〉的三種境界　中學語文教學　2005 年第 10 期
2005 年 10 月　頁 34

1036. 孫善網　清水芙蓉暗香浮動——琦君〈淚珠與珍珠〉賞析　現代語文
2006 年第 5 期　2006 年 5 月　頁 28—29

1037. 張麗敏　〈淚珠和珍珠〉主題再思考　現代語文　2007 年第 3 期　2007
年 3 月　頁 43

1038. 薛新宇　那滴深沉又純潔的淚——對〈淚珠與珍珠〉的解讀　教育前沿
2008 年第 5 期　2008 年 5 月　頁 76—77

1039. 于偉章　〈淚珠與珍珠〉主旨索隱　語文教學通訊　2008 年 31 期　2008
年 11 月　頁 35—36

1040. 林海霞　〈淚珠與珍珠〉主題探微　語文教學與研究　2009 年 19 期
2009 年 6 月　頁 45

1041. 趙惠平　怎一個「懷鄉」了得——〈淚珠與珍珠〉主旨探微　語文教學之
友　2009 年第 7 期　2009 年 7 月　頁 24—25

1042. 劉洪波　〈淚珠與珍珠〉的構思　語文教學與研究　2009 年第 35 期
2009 年 12 月　頁 94

1043. 陳幸蕙　〈葡萄乾麵包〉品味這一帖故事的芬芳　煮飯花：溫馨的親情小
品選集　臺北　幼獅文化公司　2006 年 3 月　頁 16—17

1044. 郭誌光　嵌鎖在大機器上的小螺絲釘：官僚文化〔〈亂世功名〉部分〕
戰後臺灣勞工題材小說的異化主題（1945—2005）　清華大學臺
灣文學研究所　碩士論文　陳萬益教授指導　2006 年 8 月　頁

34

1045. 蔡孟樺　〈珍珠與眼淚〉編者的話　穿越生命長流　臺北　香海文化公司　2006 年 9 月　頁 154—155

1046. 馬景賢　〈我知道，你也愛我！〉　爸爸星　臺北　幼獅文化公司　2007 年 5 月　頁 11—15

1047. 李家欣　各創作類型之表現：小說的表現——女作家們的表現〔〈母親的毛衣〉部分〕　夏濟安與《文學雜誌》研究　中央大學中國文學系　碩士論文　李瑞騰教授指導　2007 年 7 月　頁 75

1048. 江寶釵　重省五〇年代臺灣文學史的詮釋問題——一個奠基於「場域」的思考：文學場域的消長——以現代主義與女性文學為觀察核心〔〈菁姐〉部分〕　臺灣近五十年代現代小說論文集　高雄　中山大學文學院，人文社會科學中心　2007 年 8 月　頁 51—52

1049. 劉小華　情如春酒醉人心——〈春酒〉賞析　語言天地　2008 年第 1 期　2008 年 1 月　頁 63—64

1050. 張國華　行走在遺忘與銘記之間——細讀琦君〈春酒〉　語文教學通訊　2008 年第 14 期　2008 年 5 月　頁 37—38

1051. 藍其明　「轉折」傳情〈春酒〉醇化——抓住「轉折」語句設計〈春酒〉教學　教學月刊　2009 年第 7 期　2009 年 7 月　頁 47—49

1052. 虞靜婕　家鄉的味道——讀琦君〈春酒〉有感　作文新天地　2009 年第 10 期　2009 年 10 月　頁 18—19

1053. 郭莉莉，董林　春酒一杯滋味長——從〈春酒〉的結尾探究文章的意蘊[69]　中華活頁文選　2010 年第 1 期　2010 年 1 月　頁 12—14

1054. 廖玉蕙　〈我的另一半〉作品導讀——急驚風偏遇慢郎中　散文新四書・冬之妍　臺北　三民書局　2008 年 9 月　頁 22—23

1055. 路寒袖　作品導讀／〈讀書瑣憶〉　青少年臺灣文庫 2——散文讀本 2：

---

[69] 本文主要分析〈春酒〉的最後 2 段，藉此探討文中更深刻的內涵與琦君創作之情感。全文共 2 小節；1.「道地家鄉味」蘊藉豐富，提升了〈春酒〉的內涵；2.文末的反問句表達了強烈的鄉愁，增加了作品藝術感染力。

狂歌正年少　臺北　國立編譯館　2008 年 12 月　頁 30

◆多篇作品

1056. 鄭明娳　臺灣現代散文女作家筆下的父親形象[70]〔〈父親〉、〈永恆的思念〉部分〕　人文及社會學科教學通訊　第 3 卷第 2 期　臺北　教育部人文及社會學科教育指導委員會　1992 年 8 月　頁 94—103

1057. 鄭明娳　臺灣現代散文女作家筆下的父親形象〔〈父親〉、〈永恆的思念〉部分〕　現代散文現象論　臺北　大安出版社　1992 年 8 月　頁 124—127

1058. 鄭明娳　當代臺灣女作家散文中的父親形象〔〈父親〉、〈永恆的思念〉部分〕　文藝論評精華　臺北　中國文藝協會　1993 年 2 月　頁 216—219

1059. 陳素琰　女人筆下的女性世界〔〈髻〉、〈一對金手鐲〉部分〕　揚子江與阿里山的對話——海峽兩岸文學比較　上海　上海文藝出版社　1995 年 12 月　頁 233—243

1060. 浦基維，涂玉萍，林聆慈　辭章創作與個人際遇——親情、愛情——親情〔〈髻〉、〈媽媽的手〉、〈一對金手鐲〉部分〕　散文·新詩義旨古今談　臺北　萬卷樓圖書公司　2002 年 1 月　頁 68

1061. 李瑞騰　從小說〈母親的毛衣〉到散文〈毛衣〉——琦君作品不同版本的比較分析[71]　琦君及其同輩女作家學術研討會　桃園　中央大學琦君研究中心主辦　2005 年 12 月 15—16 日

1062. 鄭明娳　導讀：琦君〈紅紗燈〉、〈母親的書〉　二十世紀臺灣文學金典·散文卷（第一部）　臺北　聯合文學出版社　2006 年 5 月　頁 168—169

1063. 許建崑　母親的力量〔〈母親〉、〈髻〉部分〕　閱讀的苗圃：我的讀書單

---

[70] 本文後改篇名爲〈當代臺灣女作家散文中的父親形象〉。
[71] 本文探討〈母親的毛衣〉與〈毛衣〉以追索琦君當年修改己作的意義。

臺北　幼獅文化公司　2007 年 10 月　頁 100

1064. 徐　靜　暗香浮動情深沉〔〈桂花雨〉、〈髻〉〕　山東教育　2009 年第 31 期　2009 年 7 月　頁 58

作品評論目錄、索引

1065.〔編輯部〕　作品評論引得　琦君自選集　臺北　黎明文化公司　1980 年 7 月　頁 1—2

1066. 鄒桂苑　琦君研究資料彙編　文訊雜誌　第 115 期　1995 年 5 月　頁 98 —108

1067. 戴　勇　海峽兩岸琦君研究綜述　江西教育學院學報　第 30 卷第 1 期 2009 年 2 月　頁 79—82

國家圖書館出版品預行編目資料

臺灣現當代作家研究資料彙編. 12, 琦君 / 周芬伶編
　選. -- 初版. -- 臺南市：臺灣文學館，2011.03
　　面；　公分.

ISBN 978-986-02-7262-8（平裝）

1.潘希真　2.傳記　3.文學評論

863.4　　　　　　　　　　　　　　　　100003469

【臺灣現當代作家研究資料彙編】12

琦君

發 行 人／　　李瑞騰
指導單位／　　行政院文化建設委員會
出版單位／　　國立台灣文學館
　　　　　　　地址／70041 台南市中西區中正路 1 號
　　　　　　　電話／06-2217201　　　　傳真／06-2218952
　　　　　　　網址／www.nmtl.gov.tw　電子信箱／pba@nmtl.gov.tw

總 策 畫／　　封德屏
顧　　問／　　林淇瀁　張恆豪　許俊雅　陳信元　陳建忠　陳義芝　須文蔚　應鳳凰
工作小組／　　王雅嫻　杜秀卿　林端貝　周宣吟　張桓瑋
　　　　　　　黃子倫　黃寁婷　詹宇霈　羅巧琳
編　　選／　　周芬伶
責任編輯／　　羅巧琳
校　　對／　　王雅嫻　林端貝　林肇豐　張桓瑋　黃寁婷　詹宇霈　趙慶華　蘇峰楠
計畫團隊／　　財團法人台灣文學發展基金會
美術設計／　　翁國鈞・不倒翁視覺創意
印　　刷／　　松霖彩色印刷事業有限公司

經銷展售／　　國家書店松江門市（02-25180207）
　　　　　　　國立台灣文學館—雪芙瑞文學咖啡坊（06-2214632）
　　　　　　　五南文化廣場（04-22260330）
　　　　　　　文建會員工消費合作社（02-23434168）
　　　　　　　南天書局（02-23620190）　　　　唐山出版社（02-23633072）
　　　　　　　府城舊冊店（06-2763093）　　　　台灣的店（02-23625799）
　　　　　　　啓發文化（02-29586713）　　　　三民書局（02-23617511）

初版一刷／2011 年 3 月
定　　價／新臺幣 410 元整　　全套新臺幣 5500 元整
GPN／1010000403（單本）
　　　1010000407（套）
ISBN／978-986-02-7262-8（單本）
　　　978-986-02-7266-6（套）